Frank Festa (Hg.)

Lovecrafts dunkle Idole

HORRORGESCHICHTEN

Herausgegeben von
Frank Festa

FESTA

Nachdruck der beiden gebundenen Ausgaben *Lovecrafts dunkle Idole* und *Das rote Zimmer – Lovecrafts dunkle Idole II*, Festa Verlag.

2. Auflage November 2018

Titelbild: Timo Wuerz

ISBN 978-3-86552-663-2
eBook 978-3-86552-664-9

Inhalt

Band I
Lovecrafts dunkle Idole

Vorwort
Seite 11

Matthew Phipps Shiel
Das Haus im Sturm
Seite 17

Maurice Level
Der Abdruck der Hand
Seite 57

Francis Marion Crawford
Das Totenlächeln
Seite 68

Irvin S. Cobb
Fischkopf
Seite 98

Mary E. Wilkins-Freeman
Die Schatten an der Wand
Seite 113

Jean Marie Villiers de l'Isle-Adam
Die Marter der Hoffnung
Seite 135

Ambrose Bierce
HALPIN FRAYSERS TOD
Seite 144

Lafcadio Hearn
ALS ICH EINE BLUME WAR
Seite 166
EL VÓMITO
Seite 168
DIE PEST
Seite 172
TOTE LIEBE
Seite 175

Robert H. Barlow
EINE BLASS ERINNERTE GESCHICHTE
Seite 181

Ralph Adams Cram
DAS TOTE TAL
Seite 219

Band II
Das rote Zimmer

Vorwort
Seite 233

H. P. Lovecraft an Fritz Leiber jun.
Seite 234

Herbert George Wells
Das rote Zimmer
Seite 243

Clemence Housman
Die Werwölfin
Seite 256

John Buchan
Das grüne Gnu
Seite 310

H. F. Arnold
Telegramm in der Nacht
Seite 338

Mearle Prout
Das Haus des Wurmes
Seite 349

M. L. Humphreys
Das obere Stockwerk
Seite 380

Théophile Gautier
Der Mumienfuss
Seite 400

Arthur J. Burks
Die Glocken des Ozeans
Seite 414

Robert Louis Stevenson
Die Leichenräuber
Seite 433

Arthur Machen
Die weissen Gestalten
Seite 454

Edward Lucas White
Lukundoo
Seite 508

Edgar Allan Poe
Die Auslöschung des Hauses Usher
Seite 529

C. L. Moore
Der Kuss des Schwarzen Gottes
Seite 556

Lord Dunsany
Die erschütternde Geschichte von
Thangobrind, dem Juwelendieb
Seite 596

Quellen- und Copyrightvermerke
Seite 601

Band I

Lovecrafts dunkle Idole

Vorwort

Wie das Werk keines anderen Autors beeinflussten die Erzählungen des Amerikaners Howard Phillips Lovecraft (1890–1937) die moderne unheimlich-fantastische Literatur – und sie dominieren das Genre auch heute noch. Neben Edgar Allan Poe und Ambrose Bierce zählt Lovecraft zu den drei ›Eckpfeilern der amerikanischen Horrorliteratur‹.* Somit wurde H. P. Lovecraft posthum zum bedeutendsten Autor unheimlicher Dichtung im 20. Jahrhundert.

Führende Horrorautoren – Schriftsteller wie Robert Bloch, Ramsey Campbell, T. E. D. Klein, Brian Lumley, Graham Masterton, Stephen King, Thomas Ligotti, Karl Edward Wagner, F. Paul Wilson oder Poppy Z. Brite, um nur wenige zu nennen, zeigen sich von Lovecrafts Werk inspiriert; sie alle haben auch Geschichten zu H. P. Lovecrafts Cthulhu-Mythos verfasst. Es ist sicher nicht verfehlt, inzwischen von einer echten ›Lovecraft-Schule‹ zu sprechen.

Speziell das Frühwerk seiner ›Schüler‹ wurde durch Lovecrafts Einfluss geprägt, gab ihren Texten einen gewissen Touch ›kosmischen Schreckens‹. Dem Gros gelang es jedoch bald, sich von ihrem literarischen Vorbild zu lösen, um individuelle dunkle Fantasien zu entwerfen. Das beste Beispiel dafür ist der Engländer Ramsey Campbell, der sein erstes Buch *The Inhabitant of the Lake and Less Welcome Tenants* (1964) noch ganz im Schatten Lovecrafts verfasste, um bereits ein Buch später in *Demons by Daylight* (geschrieben 1968/69) seine modernen Großstadtdämonen zu entwickeln, die der Psyche seiner Protagonisten entspringen – oder doch nicht?

Auch in Europa wirkt Lovecrafts Einfluss, besonders in Italien und Frankreich. Im deutschsprachigen Raum erschienen erste

* S. T. Joshi in *The H. P. Lovecraft Centennial Conference: Proceedings*, Necronomicon Press/West Warwick/USA 1991

Übersetzungen und die erste Zusammenstellung seiner Kurzgeschichten Mitte der 60er-Jahre. Sie regten auch hier eine Anzahl sehr unterschiedlicher Autoren an, etwa H.C. Artmann, Hugh Walker, Arno Schmidt, Karl und Doris Grünning, Uwe Vöhl oder Wolfgang Hohlbein, in dessen *Hexer*-Serie Lovecraft sogar der Hauptprotagonist wurde. In den 80er- und 90er-Jahren vergrößerte sich noch die Zahl der Autoren, die sich Lovecraft bewusst zum Vorbild nahmen; zweifellos ist sein Einfluss nach wie vor sehr groß.

Beginnen möchte ich diese Reihe ganz vorne, mit Lovecrafts Vorbildern, seinen ›dunklen Idolen‹, denn neben der vorrangigen Absicht, mit dieser Auswahl von 13 klassischen unheimlichen Geschichten – darunter drei deutschen Erstveröffentlichungen – zu unterhalten, möchte ich in diesem Buch gerade für den Lovecraft-Fan anschaulich machen, welche literarischen Wurzeln das Werk H.P. Lovecrafts hat.

Welche Autoren beeinflussten ihn? Welche Art von Geschichten mochte er am liebsten?

Lovecraft hat sich oft schriftlich zu diesem Thema geäußert. In seinen unglaublich vielen Briefen – man schätzt ihre Zahl auf etwa 100.000, aber nur ein kleiner Teil ist erhalten geblieben – schwärmt er häufig von seinen Idolen und literarischen Entdeckungen, die ihn zu seiner Zeit begeisterten. Weiterhin schrieb er einige Essays über die von ihm bewunderten Schriftsteller; und natürlich gibt seine umfangreiche Abhandlung über die Weird Fiction, *Supernatural Horror in Literature*, den besten Überblick.

Wann traf eine Erzählung den Geschmack Lovecrafts?

Lovecraft schätzte vor allem solche Geschichten, die nicht die traditionellen Motive der Gespensterstorys benutzten – er verlangte eine stärkere Kraft des Schreckens, den ›cosmic horror‹: »Ganz allgemein können wir sagen, dass eine unheimliche Geschichte, deren

Absicht es ist, zu lehren oder einen sozialen Effekt zu erzeugen, oder eine, worin der Schrecken letztlich durch natürliche Mittel erklärt wird, keine echte Geschichte des Grauens ist. Dennoch bleibt die Tatsache, dass solche Erzählungen häufig, in isolierten Absätzen, atmosphärische Schilderungen enthalten, welche das Kriterium der wahren übernatürlichen Horrorliteratur erfüllen. Daher müssen wir eine unheimliche Geschichte nicht anhand der Absichten des Verfassers beurteilen, auch nicht nach der reinen Mechanik der Handlung, sondern anhand der emotionalen Ebene, die sie an ihrer am wenigsten ›weltlichen‹ Stelle erreicht. Wird das angemessene Gefühl ausgelöst, so muss ein solcher ›Höhepunkt‹ aufgrund seines Eigenwertes als unheimliche Literatur anerkannt werden, ganz egal, wie prosaisch sich die Geschichte späterhin entwickelt. Der wahre Test für das wirklich Unheimliche besteht einfach in Folgendem: Wird beim Leser ein tief empfundenes Gefühl der Furcht sowie des Kontaktes mit unbekannten Sphären und Mächten erzeugt, ein subtiles Verhalten ängstlichen Lauschens nach dem Schlag schwarzer Schwingen oder dem Schleichen von Gestalten und Wesen von außerhalb, vom äußersten Rand des bekannten Universums? Je vollständiger und vereinheitlichter eine Geschichte diese Atmosphäre vermittelt, desto besser ist sie selbst als Kunstwerk in dem gegebenen Medium zu verstehen.«*

Obzwar die hier gesammelten Horrorgeschichten zu Lovecrafts Favoriten zählen und ihre literarische Qualität in ihrem Genre wirklich überdurchschnittlich ist, wird deutlich, dass jenes von Lovecraft geforderte Kriterium »kosmischen Grauens« niemand besser erfüllte als er selbst.

Frank Festa

* Alle benutzten Übersetzungen aus *Supernatural Horror in Literature* mit freundlicher Genehmigung von Joachim Körber; entnommen aus *H. P. Lovecraft – Die Literatur des Grauens*, Edition Phantasia, Linkenheim 1985. Alle restlichen Übersetzungen der Sekundärtexte stammen vom Herausgeber.

Matthew Phipps Shiel

Ich freue mich sehr, mit der nun folgenden Erzählung ein echtes Meisterwerk der literarischen Fantastik in deutscher Erstveröffentlichung präsentieren zu können – ›The House of Sounds‹ von Matthew Phipps Shiel.

Es war W. Paul Cook, einer seiner Freunde aus der United Amateur Press Association, der Lovecraft mit Shiels Werk bekannt machte. Cook lieh Lovecraft 1925 einige Bücher. An Frank Belknap Long schrieb Lovecraft im Oktober: »(…) Das andere Buch, das Cook mir lieh, ist völlig anders – oh, wie anders! –, es enthält, was wir beide, Cook und ich, als einzigartiges Meisterwerk feiern – die großartigste Horrorgeschichte der Generation, und von einem lebenden und beinahe ganz unbekannten Autor (…) ›The House of Sounds‹. (…) Wie kann ich ihren giftig-grauen *heimtückischen Wahnsinn* beschreiben? Wenn ich sage, dass sie ›The Fall of the House of Usher‹ sehr gleicht oder dass sie Ähnlichkeit hat mit meinem ›Alchemist‹ (1908), habe ich gar nichts ausgedrückt über den zutiefst einmaligen Wahn arktischer Öde, titanischer Meere, irrsinniger metallischer Türme, jahrhundertealter Böswilligkeit, rasender Wellen und Katarakte, und, grauenhaft über allem, beharrlich, hirnzermarternd, Pan-verfluchter kosmischer LÄRM … Gott! Aber nach dieser Geschichte sollte ich nie mehr versuchen, etwas Eigenes zu schreiben. Shiel hat es viel besser gemacht als ich in meinen besten Geschichten, ließ mich atemlos und sprachlos zurück. Und dieser Mann ist praktisch noch unbekannt in Amerika – und geradeso in seiner Heimat England.«

Im November bat W. Paul Cook Lovecraft um einen Aufsatz über die unheimliche Literatur, den er in seinem Magazin *The Recluse* abdrucken wollte. Lovecraft schrieb eine erste Fassung von *Supernatural Horror in Literature* etwa zum Jahreswechsel 1925/26, aber erst im August 1927 erschien der Text im *Recluse,* neben Gedichten von C. A. Smith und Frank Belknap Long sowie Erzählungen von Donald Wandrei und H. Warner Munn. Geplant als vierteljährliche Schrift, blieb es die einzige Ausgabe, die jemals erschien.

In seinem Essay äußert sich Lovecraft zurückhaltender über Shiel, aber immer noch enthusiastisch: »Shiel, Autor zahlreicher unheimlicher, grotesker und abenteuerlicher Romane und Geschichten, erreicht manchmal ein hohes Niveau entsetzlicher Magie. ›Xelucha‹ ist ein verderblich-bösartiges Fragment, aber es wird noch übertroffen von ›The House of Sounds‹, unzweifelhaft Mr. Shiels Meisterwerk, das in den ›gelben Neunzigern‹ überladen geschrieben (1896 unter dem Titel ›Vaila‹ in der Sammlung *Shapes in the Fire*) und mit mehr künstlerischer Zurückhaltung im frühen 20. Jahrhundert überarbeitet wurde. In ihrer endgültigen Form verdient diese Geschichte einen Platz unter den hervorragendsten Stücken ihrer Art. Sie erzählt von einem schleichenden Grauen und einer Bedrohung über Jahrhunderte hinweg auf einer subarktischen Insel vor der Küste Norwegens, wo im Brausen dämonischer Winde und dem ununterbrochenen Tosen höllischer Wogen ein rachsüchtiger toter Mann einen Messingturm des Schreckens erbaute. Es erinnert sehr an Poes ›The Fall of the House of Usher‹ und ist doch auch wieder grundverschieden davon (…).«

Matthew Phipps Shiell (das zweite L strich er, als er zu publizieren begann) wurde am 21. Juli 1865 in Westindien geboren. Er war irischer Abstammung. Sein Vater *ernannte* ihn 1880 zum König des unbewohnten Karibik-Inselchens Redonda. Shiel studierte Sprachen und Medizin in London, bis er 1895 sein erstes Buch veröffentlichte, *Prince Zaleski*. Er schrieb mehr als 30 Bücher, die meisten davon nicht zum fantastischen Genre gehörend, und starb im Februar 1947 in England.

Rein A. Zondergeld urteilt in seinem *Lexikon der phantastischen Literatur*, dass ›The House of Sounds‹ eine »auch sprachlich bis ins Lächerliche übersteigerte Nachahmung von Poes ›The Fall of the House of Usher‹« sei. Ein Fehlurteil, wie ich finde. Der Leser kann sich nun selbst eine Meinung bilden.

Das Haus im Sturm

E caddi come lúom cui sonno piglia.
– Dante

Vor etlichen Jahren, als ich noch ein junger Mann war, ein Student in Paris, kannte ich den großen Carot und beobachtete an seiner Seite viele jener Fälle von Geisteskrankheit, in deren Analyse er ein solcher Meister war. Ich erinnere mich an ein kleines Mädchen aus dem Marais, das sich bis zum Alter von neun Jahren in nichts von seinen Spielkameradinnen unterschied; doch eines Abends, als es im Bett lag, flüsterte es seiner Mutter ins Ohr: »Mama, kannst du nicht den Klang der Welt hören?« Es scheint, dass sie gerade in Geografie gelernt hatte, dass sich unser Globus mit ungeheurer Geschwindigkeit in einer Umlaufbahn um die Sonne dreht; und ihr Klang der Welt war nichts als ein leises Rauschen im Ohr, hörbar nur in der Stille der Nacht. Innerhalb von sechs Monaten war sie völlig irre.

Ich erwähnte den Fall meinem Freund Haco Harfager gegenüber, der damals zusammen mit mir ein altes Haus in St. Germain bewohnte, welches hinter einer Mauer und einem Dschungel aus Gebüsch verborgen lag. Er hörte mir mit außerordentlichem Interesse zu und binnen Kurzem saß er eingehüllt in Trübsinn da.

Auch ein anderer Fall, den ich zum Besten gab, machte einen großen Eindruck auf meinen Freund: Ein junger Mann, ein Spielzeugmacher aus St. Antoine, der an Schwindsucht litt – doch er war fleißig und kein Trinker –, kehrte eines Tages in der Dämmerung zu seiner Dachkammer zurück. Auf dem Weg kaufte er zufällig eines jener aufrührerischen Journale, die unter dem Licht der Laternen auf den Boulevards kursierten. Diese einfache Tat war der Beginn seines Schicksals. Er war nie ein eifriger Leser gewesen und wusste wenig von dem Wirbel und dem Aufruhr in der Welt.

Doch am nächsten Tag kaufte er ein anderes Journal. Bald erwarb er sich Kenntnisse über Politik, über die großen Bewegungen, den Tumult des Lebens. Und dieses Interesse begann alles andere zu verschlingen. Bis spät in die Nacht – jede Nacht – lag er brütend über dem Getöse der Taten, über den gedruckten Leidenschaften. Jedes Mal erwachte er mit dem Gefühl körperlicher Krankheit, doch frisch im Geiste – und kaufte eine Morgenzeitung. Und je mehr seine Zähne knirschten, desto weniger bekamen sie zu essen. Er wurde nachlässig; seine Arbeit wurde unregelmäßig, er wälzte sich den Tag über auf dem Bett herum. Er ging in Lumpen gekleidet. Als das gewaltige Interesse in seiner zerbrechlichen Seele wuchs, verließ ihn jedes andere, geringere Interesse. Es kam der Tag, an dem er sich nicht mehr um sein eigenes Leben sorgte, und ein anderer Tag, an dem er sich die Haare vom Kopf riss.

Über diesen Mann sagte der große Carot zu mir: »Man weiß wirklich nicht, ob man über einen solchen Fall kichern oder weinen sollte. Beachten Sie einmal, wie unterschiedlich die Menschen sind. Es gibt Köpfe, die exakt so sensibel sind wie ein Strahl flüssigen Bleies: Jeder Hauch regt sie auf und verwirrt sie – und was ist, wenn ein Hurrikan kommt? Für solche Leute ist diese Ordnung der Dinge ganz klar keine geeignete Heimat, sondern eine Todesmaschine, eine unheilvolle Ungeheuerlichkeit. Für einige ist der brausende Schrei des Seins *zu* grausam – sie *können* die Welt nicht ertragen. Ich sage: Lasst jeden auf seinen eigenen kleinen Fetzen Existenz achtgeben und das monströse Automaton alleinlassen. Hier in diesem armen Spielzeugmacher haben Sie einen Fall des Ohrs: Es ist nur eine Neurose, Oxyecoia. Großartig war jener griechische Mythos der ›Harpyien‹; von *ihnen* ist dieses Geschöpf fortgerissen worden – oder besser, er wurde an einem Arm von den Rädern des Universums erfasst, und so ging er zugrunde. Es ist ein ziemlich entzückender Ausgang – eine Entrückung in einem flammenden Streitwagen! Erinnern Sie sich nur daran, dass der erste Körperteil, der erfasst wurde, *die Ohrmuschel* war; er wandte sein *Ohr* dem Geheul der Welt zu und endete selbst heulend. Zwischen dem Chaos und unseren Schuhsohlen schwingt nur die dünnste Membrane, das versichere ich Ihnen! Ich habe einen Mann gekannt, der die folgende Gehörbesonderheit hatte: Jedes Geräusch überbrachte ihm einige Kenntnis von dem Umstand, der das Geräusch verursacht hatte. Zum Beispiel verriet ihm eine Stange aus einem Kupfer-Zinn-Gemisch, die auf eine Stange aus einem Eisen-Blei-Gemisch schlug, nicht nur die Anteile jedes Metalls in jeder Stange, sondern auch sozusagen einige Kenntnis über die wesentliche Bedeutung und den Geist von Kupfer, von Zinn, von Eisen und von Blei. Auch ihn haben die Harpyien hinfortgerafft.«

Ich habe erwähnt, dass ich einige dieser Fälle meinem Freund Harfager berichtete, und ich war erstaunt über die offensichtlichen Anstrengungen, die er unternahm, um sein Interesse zu verbergen, über seine weit offen stehenden Nasenflügel …

Schon ganz zu Beginn, als wir dieselben Seminare in Stockholm besuchten, war eine Vertrautheit zwischen uns entstanden. Doch es war keine Vertrautheit, die von den üblichen Zeichen der Freundschaft begleitet wurde. Harfager war das scheueste, zurückgezogenste aller Wesen. Obwohl unser gemeinsamer Haushalt (der durch Zufall während einer mitternächtlichen *séance* zustande gekommen war) nun schon einige Monate dauerte, wusste ich nichts von seinen Plänen. Tagsüber lasen wir zusammen; er war in der Vergangenheit versunken, mich nahm die Gegenwart in Anspruch; am späten Abend ruhten wir auf Sofas vor der großen Höhlung eines *Louis-Onze*-Kamins und rauchten schweigend beim sterbenden Feuer. Bisweilen lockte mich eine *soirée* oder eine Vorlesung aus dem Haus, doch außer einem einzigen Mal habe ich nie bemerkt, dass Harfager es verlassen hätte. Als ich damals zufällig auf ihn stieß, war ich durch die Rue St. Honoré geeilt, in der ein Brausen des Verkehrs über das alte Pflaster ratterte, das es dort noch gibt. In diesem Tumult stand er in lauschender Haltung; und einen Augenblick lang erkannte er mich nicht.

Sogar in meinen Jugendtagen hatte ich in meinem Freund den geborenen Patrizier gesehen – nicht dass seine Person einen Eindruck von Dünkel oder Reichtum ausgestrahlt hätte: im Gegenteil. Er deutete jedoch ein unerrechenbares Alter seines Geschlechts an, und ich habe nie einen Adligen getroffen, welcher dermaßen in seinem Äußeren die Sicherheit des geborenen Prinzen trug, dessen bleiche Blüte aus dem Gestern stammt und morgen vergehen wird, doch dessen Wurzeln hinab durch die Zeitalter schießen. So viel wusste ich über Harfager und auch, dass auf der einen oder anderen seiner Inseln nördlich von Zetland seine Mutter und eine Tante lebten und dass er etwas schwerhörig war, aber dennoch bei gewissen Klängen tausend Qualen oder Freuden unterworfen wurde, so bei dem Gewinsel einer Tür, dem Ton eines Vogels …

Er war etwas unter mittelgroß und neigte zur Beleibtheit. Seine Nase erhob sich adlerhaft unter jener Art von Stirn, die ›musikalisch‹ genannt wird – das heißt, mit Schläfen, die sich *auswärts* zu den Wangenknochen neigen und so Platz für die Basis des Gehirns machen; während die Richtung der schwerlidrigen Augen und der Augenbrauen eine nach unten hängende war. Er trug einen dünnen Backenbart. Doch das Hauptmerkmal seines Gesichts waren die Ohren, die beinahe rund, sehr klein und eng anliegend und ohne jene äußere Krümmung waren, die man ›Helix‹ nennt. Ich erfuhr, dass dies schon lange ein Charakteristikum seines Geschlechts war. In das ganze fahle Gesicht meines Freundes war eine Aura trauriger Unfähigkeit eingeschrieben, eine äußerste Sorgenschwere: Man war versucht, ihn ›Sardanapalus‹ zu nennen, hinfälliger Letzter aus Nimrods Geschlecht.

Nach einem Jahr fand ich es nötig, Harfager gegenüber mein Vorhaben zu erwähnen, Paris zu verlassen. Wir ruhten uns in jener Nacht in unserem Schlupfwinkel am Kamin aus. Er erwiderte auf meine Neuigkeiten ein höfliches ›Tatsächlich!‹ und fuhr fort, sich an dem Kaminfeuer zu weiden, doch nach einer Stunde wandte er sich mir zu und bemerkte: »Nun, es scheint eine harte Welt zu sein.« Gelegentlich äußerte er Binsenweisheiten in einem solchen Tonfall einer erstaunlichen Entdeckung, doch sein ernster Blick, seine nunmehrige Verzagtheit erstaunten mich. »Was soll das heißen?«, fragte ich.

»Mein Freund, verlass mich nicht!« Er breitete seine Arme aus.

Ich erfuhr, dass er das Objekt einer teuflischen Bosheit, das Opfer einer schrecklichen Versuchung war. Dass ein Zauber, eine lockende Hand, eine lauernde Lust ihn beständig zu verführen drohte, der zu entkommen die größte Anstrengung seines Lebens war (und der er besonders in der Einsamkeit ausgesetzt war); und dass es so etwa seit jenem Tag war, als er im Alter von fünf Jahren von seinem Vater aus seinem trostlosen Heim im Ozean fortgeschickt worden war.

Und von wem ging diese Bosheit aus? Er sagte mir, von seiner Mutter und seiner Tante.

Und was war seine Versuchung? Er sagte, es sei die Versuchung, zurückzugehen, in hungernder Raserei zurück zu jenem Heim zu eilen.

Ich wollte wissen, aus welchen Motiven und in welcher Weise sich die Bosheit seiner Mutter und seiner Tante manifestierte. Er antwortete, dass er glaube, es gebe kein bestimmtes Motiv, sondern nur eine schicksalsbestimmte Böswilligkeit, und dass die Art, in der sie sich manifestiere, in den Gebeten und Befehlen bestehe, mit denen sie ihn bestürmten, wieder den Sitz seiner Ahnen einzunehmen.

All das konnte ich nicht verstehen, und das sagte ich ihm auch. Worin bestanden diese Anziehungskraft und diese Gefahr seines Heims? Darauf erwiderte Harfager nichts. Er erhob sich aus seinem Sessel, verschwand hinter den Kaminvorhängen und verließ den Raum. Er kam mit einem in Leder gebundenen Quartband zurück, der sich als Gascoignes *Chronik nordischer Familien* herausstellte, gedruckt in englischer Fraktur.

Die Textstelle, auf die er zeigte, las ich so: »Nun begab sich der ältere jener beiden Brüder, Harold, von schicklichem Charakter und voller Verwegenheit, auf eine Wallfahrt nach Dänemark, von wo aus er sich wieder nach Hause nach Hjaltland (Zetland) begab und mit sich die liebreiche Thronda als seine Frau brachte, welche eine Tochter königlichen Geblüts aus Dänemark war. Und sein jüngerer Bruder Sweyn, welcher traurig und höflich war, jedoch den anderen an List bei Weitem übertraf, empfing ihn guter Dinge.

Doch bald darauf wurde Sweyn vor lauter Liebe zu Thronda, seines Bruders Frau, schwer krank. Und siehe, während der werte Harold an dem Bette weilte, in welchem Sweyn krank daniederlag, fügte Sweyn ihm einen gewaltigen Schlag mit einem Schwert zu, legte seine Hände ohne langes Zaudern in Fesseln und warf ihn auf den Grund eines tiefen Verlieses. Und weil Harold sich nicht höchstselbst der Herrschaft über Thronda, sein Weib, begeben wollte, schnitt ihm Sweyn beide Ohren ab und stach eines seiner Augen aus und ging nach etlichen solcher Torturen daran, ihn zu morden. Doch eines Tages zerriss der heldenhafte Harold seine Fesseln, umfasste seinen Widersacher, rang mit ihm, überwand ihn und entkam. Dennoch begann er zu taumeln, als er zum Somburg-Kopf gelangte, nicht weit vom Schloss entfernt, und obwohl er leichtfüßig war, konnte er nicht mehr weiterlaufen, da er aufgrund der langen Foltern durch seinen Bruder geschwächt war. Und als er dort ohnmächtig lag, stieß sein Bruder auf ihn, und nachdem er ihn mit einem Pfeil verwundet hatte, warf er ihn vom Somburg-Kopf hinab ins Meer.

Nicht lange hiernach schenkte Thronda (obwohl sie weder die Weise kannte, in welcher ihr Herr zu Tode gekommen war, noch wirklich wusste, ob er tot war oder lebte) Sweyn ihre Gunst und wurde unter großem Prunk und dem Klang tönenden Blechs (Trompeten) seine Frau. Und kurz darauf gingen beide fort, um sich fortan an fernen Orten aufzuhalten.

Nun ereignete es sich, dass Sweyn durch einen Traum bestimmt wurde, ein großes Haus in Hjaltland für die heimkehrende Lady

Thronda errichten zu lassen; zu diesem Behufe bestellte er einen gewitzten Baumeister und sandte ihn nach England, um Männer für die Erbauung dieses starken Hauses zu werben, während er mit seiner Lady in Rom verblieb. Dann kam dieser Architekt nach London, doch auf dem Weg von dort aus nach Hjaltland ertrank er zusammen mit all seinen Mannen, allen und jedem.

Und nach der festgesetzten Zeit von zwei Jahren sandte Sweyn einen Brief nach Hjaltland, um zu erfahren, wie es um sein großes Haus bestellt war, denn er wusste nichts von dem Untergang des Architekten, und bald hernach erhielt er die Antwort, mit dem Haus *gehe es gut voran* und es werde auf der Insel Rayba errichtet. Doch dies war nicht die Insel, die Sweyn für das Gebäude ausersehen hatte, und er war voller Angst und fiel beinah vor Grauen tot um, denn vor sich in dem Brief sah er die Art der Handschrift seines Bruders Harold. Und dann sagte er in dieser Weise: ›Sicherlich lebt Harold, denn sonst wär' dieser Brief von Geisterhand geschrieben.‹ Und ihm war viele Tage weh; er sah, dass dies ein todbringender Streich war.

Danach kehrte er nach Hjaltland zurück, um zu erfahren, wie es um die Sache stand, und dort war das alte Schloss auf dem Somburg-Kopf zusammengestürzt und eingerissen. Da packte Sweyn das Weh und er schrie: ›Um Jesu Gnade, was ist aus dem ganzen großen Haus meiner Väter geworden? O weh! Dieser gottlose Tag der Vorsehung!‹ Und einer der Leute erzählte ihm, dass eine Arbeiterschar aus fernen Landesteilen es abgerissen habe. Und er fragte: ›Wer hat ihnen das befohlen?‹, doch das konnte niemand beantworten. Dann sagte er wiederum: ›Ist mein Bruder Harold nicht noch lebendig? Denn ich habe seine Handschrift gesehen.‹

Und auch das konnte niemand beantworten. So ging er nach Rayba und sah dort das große Haus stehen, und als er es anschaute, sagte er: ›Dies hat sicherlich mein Bruder Harold errichtet, sei er nun lebendig oder tot.‹ Und dort weilten er und seine Dame und seine Söhne bis auf den heutigen Tag; deshalb ist das Haus erbarmungslos und ohne Gnade. Darum geht die Sage, dass auf alle, die dort leben, ein gottloser Wahnsinn und eine wollüstige Pein fällt und dass sie vermittelst der Ohren den Kelch der Raserei des ohrenlosen Harold trinken, bis die Zeit des Hauses beendet sein wird.«

Nachdem ich die Erzählung halblaut gelesen hatte, lächelte ich und sagte: »Das hier, Harfager, ist ein respektables Märchen vonseiten des guten Gascoigne, aber es hat das Aussehen einer unwesentlichen geschichtlichen Begebenheit.«

»Trotz allem ist es eine *geschichtliche Begebenheit*«, erwiderte er.

»Du glaubst das?«

»Das Haus steht fest gebaut auf Rayba.«

»Aber glaubst du wirklich, dass mittelalterliche Geister den Bau ihres Familienwohnsitzes überwacht haben?«

»Das sagt Gascoigne an keiner Stelle«, antwortete er, »denn ›mit einem Pfeile verwundet‹ zu werden, heißt nicht unbedingt zu sterben, und wenn er es damit sagen sollte, so weiß ich nichts davon.«

»Und was, Harfager, ist das für ein ›gottloser Wahnsinn‹, für eine ›wollüstige Pein‹, von der Gascoigne spricht?«

»Was fragst du mich?«, – er breitete seine Arme aus – »Was weiß ich? Ich weiß gar nichts! Ich bin im Alter von fünf Jahren von diesem Ort verbannt worden. Und doch klingt mir noch sein Schrei im Kopf. Und habe ich dir nicht von den Ängsten ererbten Verlangens und Widerwillens – auch in mir selbst – *erzählt* …?«

Wie auch immer, ich *musste* gerade damals nach Heidelberg gehen, und so versprach ich, ich würde als Kompromiss meine Abwesenheit kurz machen und mich ihm in wenigen Wochen wieder anschließen. Ich nahm sein niedergeschlagenes Schweigen als Zustimmung und verließ ihn bald danach.

Aber ich wurde in Heidelberg aufgehalten, und als ich zu unserem alten Haus zurückkehrte, fand ich es leer. Harfager war fortgegangen.

Es war zwölf Jahre später, dass mir ein Brief – ein ziemlich wilder Brief und ein schrecklich langer – in der Handschrift meines Freundes nachgeschickt wurde. Er war in Rayba abgestempelt. Der Handschrift zufolge war er *in rasender Eile* abgefasst worden, sodass ich nur umso mehr über die triviale Natur seines Inhalts erstaunt war. Auf der ersten halben Seite redete er von unserer alten Freundschaft und fragte, ob ich seine Mutter besuchen wolle, die im Sterben lag; der Rest des Briefes bestand aus einer Analyse des Stammbaums seiner Mutter, deren scheinbares Ziel es war, zu zeigen, dass sie eine echte Harfager und eine entfernte Cousine seines Vaters war. Dann fuhr er damit fort, dass er Stellung zu der großen Fruchtbarkeit seines Geschlechts nahm und behauptete, dass seit dem 14. Jahrhundert mehr als *vier Millionen* seiner Mitglieder gelebt hätten, von denen – wie er glaubte – nur noch drei übrig geblieben waren. Mit dieser Erklärung endete der Brief.

Davon beeinflusst reiste ich nordwärts, erreichte Caithness, ließ die stürmischen Orkneys hinter mir, erreichte Lerwick, und von Unst aus, der kahlsten und nördlichsten Insel Zetlands, brachte ich es mittels Bestechungsgeldern fertig, die Wettertauglichkeit eines ›Sechser‹-Seglers (identisch mit den ›Langschiffen‹ der Wikinger) gegen eine rollende See und einen hässlichen Himmel auszuspielen. Mir wurde gesagt, dass diese Reise zu einer solchen Jahreszeit ein gewisses Risiko bedeute. Es war der typische düstere Dezember jenes Meeres, und sie sagten, das Wetter sei – obwohl niemals kalt – kaum je anders als stürmisch. Ein Nebel lag nun über den Wellen und schloss unser Boot in eine Kuppel aus trübseliger Dämmerung ein, und es lag etwas Geisterhaftes in dem Anblick der schweigenden See und des brütenden Himmels, der in mir die Stimmung einer Reise aus der Natur hinaus hervorrief, einer Kreuzfahrt hinter die Welt. Bisweilen aber kamen wir an einer jener ›Skerries‹ vorbei, jener Schären, deren schroffe Felswände, die durch die Kämpfe des Golfstroms mit der Nordsee zersetzt wurden, das Aussehen schrecklicher Ruinen und Verwüstungen hatten. Doch ich bemerkte nur drei von ihnen, denn bevor der graue Tag auch nur seinen halben Lauf genommen hatte, überfiel uns eine plötzliche Dunkelheit und mit ihr einer jener Stürme, aus deren ununterbrochener Abfolge der Winter dieser beinahe arktischen See besteht. Während der flüchtigen, wilden Ausblicke des nächsten Tages hörte der Regen nicht auf, doch bevor die Dunkelheit ganz herabgekommen war, hielt mein Kapitän inne (er redete unablässig mit einer Anzahl von Wassernixen, Wasserpferden und *grülies*) und wies auf eine Erhebung düstereren Graus an der Bugseite. Dies sollte Rayba sein.

Er sagte, Rayba sei der Mittelpunkt eines ziemlichen Nestes solcher *rösts* (Strudel) und Widerströmungen, welche die Flut mit verschlungenen Wirbelungen zwischen all die Inseln schleudert; doch vor Rayba tobten sie mit mehr als üblicher Wut, was sie der Reihe von Felsspitzen verdankten, die das Land rings wie eine Garnison umstanden. Daher war es zu jeder Zeit schwierig, sich Rayba zu nähern, und bei Nacht war es schlicht tollkühn. Mit einer günstigen Meeresströmung aber gelangten wir genügend nahe heran, um die Gischtmähne zu sehen, die den Küstenwall umgab. Ihr Anprall, so sagte der Kapitän, war oft wirksamer als eine ganze Artillerie, denn sie schleuderte Steinbrocken mehr als 200 Meter weit über das Eiland.

Als die Sonne das nächste Mal über den Horizont spähte, waren wir nahe an die Küste herangekommen, und es war zu diesem Zeitpunkt, dass mich zum ersten Mal der Eindruck einer Drehbewegung der Insel befiel – wahrscheinlich hervorgerufen durch die Wirbelungen des Wassers. Wir schafften eine Landung an einem *voe,* oder Meeresarm, an der Westküste – die Ostküste war, obwohl sie meinen Zielpunkt darstellte, wegen der Dünung außerhalb jeglicher Erwägung. Hier fand ich in zwei binsengedeckten *skeos* (oder Hütten) fünf oder sechs Seeleute, die sich ihren Lebensunterhalt mit dem Lebensmittelhandel für das große Haus im Osten verdienten. Ich nahm mir einen von ihnen als Führer und begann die Insel zu erklettern.

Nun hatte ich während der Nacht in dem Boot ein Dröhnen in den Ohren verspürt, für das selbst das Grollen der See rund um die Küste eine ungenügende Begründung zu geben schien, und nun, als wir vorangingen, verstärkte es sich erheblich – und mit ihm noch einmal meine innerliche Überzeugung *drehender* Bewegungen. Ich stellte fest, dass Rayba ein Land aus Granitklippen und Gneis war. Etwa in seiner Mitte aber erreichten wir eine Hochebene, die sich von West nach Ost neigte und von vielen Seen bedeckt war, die träge ineinanderflossen. Östlich von dieser Seenkette konnte ich keinen Strand erkennen, und mittels eines Gebrülls zu meinem Führer hinüber und einem Drehen des Ohrs in die Richtung seines Antwortbrüllens erfuhr ich, dass es *keinen* solchen Strand gab – ich sage *Brüllen,* denn nichts Leiseres konnte durch das ständige Gedonner wie von 10.000 Bisons dringen, das nun von allen Seiten widerhallte. Auch machte sich ein gewisses Zittern der Erde bemerkbar. Währenddessen suchte das Auge im trostlosen Überblick vergeblich nach einem Baum oder Busch, denn keine Art von Vegetation außer Torf konnte auch nur einen Tag dem ewigen Sturm auf diesem umnachteten Eiland trotzen. Eine halbe Stunde nach der Mittagszeit begann die Dunkelheit auf uns zu fallen, und kurz danach zeigte mein Führer hinab auf einen Hohlweg nahe der Ostküste und machte sich geschwind auf den Rückweg. Ich schrie ihm eine Frage hinterher, als er ging, doch nun hatten die Stimmen der Sterblichen aufgehört, auch nur im Geringsten hörbar zu sein.

Diesen Hohlweg ging ich mit sinkendem Herzen und einem einzigartigen Anfall von Schwindel hinunter, und als ich sein Ende erreicht hatte, trat ich auf einen Felsvorsprung hinaus, der unter den unmittelbaren Angriffen der See erzitterte; doch übrigens war dieser ganze Landesteil im Griff eines Fiebers, das nicht allein von den großen Kanonen des Meeres herrührte. Während ich zu meiner Standfestigkeit gegenüber den Windstößen vom Meer her eine Kliffspitze umarmte, starrte ich auf eine Landschaft, die nicht weniger schrecklich war als irgendein furchtbarer Bereich aus den Träumen Dantes. Drei ›Skerries‹, die von fantastischen und wie Hexenfinger verdrehten Felsen flankiert waren und Horden von

Fischadlern, Robben und Walrossen als Zuflucht dienten, lagen in einigen Faden Entfernung; und von dem Gebraus in ihnen tobte die See in bleichem, aufgerührtem und doch unhörbarem Zorn gegen das Land. Ich ließ meine Felsspitze los und taumelte einige Schritte nach links.

Nun öffnete sich plötzlich ein Amphitheater vor mir, und meinem Blick erschloss sich ein Panorama von solch entsetzlicher Majestät, wie ich es mir nie hätte vorstellen können.

Ich sagte: »Ein Amphitheater«, doch was ich sah, besaß eher die Form einer normannischen Tür. Stellen Sie sich eine solche Tür vor, 800 Meter breit, flach am Boden, der gerundete Teil am weitesten vom Meer entfernt, und lassen Sie darum eine senkrechte Felsmauer sich etwa 40 Meter hoch auftürmen; und nun lassen Sie über diese gerundete Türform – und *über ihre gesamte Ausdehnung* – eine brüllende See ihre Tonnage in weißlicher Raserei rollen, und die Erstarrung, mit der ich daraufstarrte, und mein Zurückschrecken und dann mein Fluchtinstinkt werden Verständnis finden.

So ergossen sich die Lochs von Rayba ineinander.

Und innerhalb der Rundung dieses normannischen Kataraktes, gekleidet in die Welt seines Rauchs und seiner weit ausholenden Brandung, stand ein Gebilde aus Messing.

Die letzten Strahlen des Tages waren nun beinahe vergangen, doch durch den Nebel, der es wie in einen trüben Nimbus aus Tränen tauchte, konnte ich sehen, dass das Gebäude im Vergleich zu der Größe seines Umfangs niedrig war, dass es mit einer Kuppel gekrönt war und dass in ihm zwei Reihen normannischer Fenster umliefen, die oberen kleiner als die unteren. Gewisse Anzeichen ließen mich darauf schließen, dass das Haus auf einem Felsbett errichtet worden war, das rund und allein stehend innerhalb der Krümmung des Kataraktes lag, doch nirgendwo erhob sich dieses Bett über die Flut, denn der gesamte Boden, den ich vor mir hatte, war von einem tiefen dampfenden Fluss überflutet, der sich in das strandlose Meer ergoss. Der Zugang zu dem Gebäude war nur über eine massive erhöhte Bogenbrücke möglich, an der Seetang wie ein Bart hing. Ich stieg von meinem Vorsprung herab, ging über die Brücke und wurde von der Gischt durchnässt. Als ich näher kam, konnte ich sehen, dass auch das Haus bis zu halber Höhe dicker als ein alter Schiffsrumpf mit Kletten und einer Menge hellen Seegrases behangen war; und ich sah – zu meiner großen Überraschung –, dass von vielen Stellen nahe dem Dach der ehernen Wand massige Ketten wie triefende Bärte in Strahlen herabliefen, sodass das Gebäude den Anblick einer viel verankerten Arche besaß. Doch ich hielt nicht inne, um genauer hinzuschauen, sondern warf mich vorwärts und rannte durch den weichen Wasserfall, der vom Dach herunterströmte. Durch eines der vielen Portale betrat ich den Wohnsitz.

Dunkelheit umgab mich nun – und Geräusche. Ich schien im Mittelpunkt eines schreienden Planeten zu stehen; der Krach glich dem Widerhall Tausender Kanonen und wurde nur unterbrochen von seltsam schmetterndem und tosendem Lärm. Traurigkeit stieg auf mich herab; ich war den Tränen nahe. »Hier«, sagte ich, »ist der Ort der Tränen; nirgendwo sonst ist das Tal der Seufzer.« Dennoch ging ich durch eine Hallenflucht voran und fragte mich gerade, wohin ich mich als Nächstes wenden sollte, als mir eine scheußliche Gestalt mit einer Lampe in der Hand entgegenstampfte. Ich wich vor ihr zurück! Zuerst schien es mir das Skelett eines schmächtigen Mannes zu sein, das in ein Leichentuch gehüllt war, bis das Licht eines kleinen Auges und ein Film von Haut über einem Teil des Gesichts mich beruhigten. Indes besaß er keine Anzeichen von Ohren. Wie ich später erfuhr, war sein Name Aith, und seine Erscheinung erklärte er (wahr oder nicht) dadurch, dass er einmal eine Verbrennung erlitt, die beinahe zur Verkohlung geführt hatte, doch irgendwie habe er sich wieder erholt. Mit einem boshaften Ausdruck im Gesicht und aufgeregten Gesten führte er mich zu einem Zimmer im oberen Geschoss, wo er, nachdem er eine Wachskerze angezündet hatte, auf einen gedeckten Tisch wies und mich allein ließ.

Lange Zeit saß ich da in Einsamkeit und war mir bewusst, wie das Gebäude zitterte, obwohl jede Sinneswahrnehmung in dem alles beherrschenden Eindruck des Lärms unterging und von ihm verschluckt wurde. Wasser, Wasser war die Welt – ein Nachtmahr auf meiner Brust, ein Verlangen, nach Luft zu schnappen, ein Erzittern meiner Nerven, ein Gefühl, unendlich tief in grenzenloser Sintflut ertrunken und begraben zu sein; und als auch das Schwindelgefühl sich verstärkte, sprang ich auf und rannte umher – doch plötzlich hielt ich inne, verärgert über mich selbst, warum, wusste ich nicht. Tatsächlich hatte ich mich dabei überrascht, in einer gewissen *Eile* herumzulaufen, die für mich ungewöhnlich, ja unnatürlich ist. So zwang ich mich, stehen zu bleiben und die Halle zu betrachten. Sie war groß und nebelfeucht, sodass ihre abgerissene, aber reiche Möblierung verloren darin aussah. Ihr Mittelpunkt wurde von einem Grabmal eingenommen, das den Namen eines Harfager aus dem 14. Jahrhundert trug, und ihre Wände bestanden aus alten Eichenpaneelen. Nachdem ich in düsterer Stimmung diese Dinge gesehen hatte, wartete ich in einem unerträglichen Bewusstsein von Einsamkeit. Kurz nach Mitternacht teilte sich der Wandvorhang und Harfager kam in schnellem, steifem Gang herein. In den vergangenen zwölf Jahren war mein Freund alt geworden. Es stimmt, dass er eine Neigung zur Beleibtheit besaß, doch für ein wissendes Auge war er in Wirklichkeit ausgezehrt und unterernährt. Sein Hals stak nach vorn aus seiner Brust heraus, der untere Teil seines Rückens war altersbedingt ziemlich nach vorn gebeugt, und sein Haar umfloss sein Gesicht und seine Schultern in einer Ungezähmtheit schrecklicher Weiße, während ein fahler Kinnbart ihm auf die Brust hing. Seine Kleidung bestand aus einer Robe, die wie aus Seetang wirkte und die, als er ging, seine haarigen und nackten Schienbeine enthüllte. Er trug jene weichen Pantoffeln, die man *rivlins* nennt.

Zu meinem Erstaunen begann er zu reden. Als ich inbrünstig rief, dass ich nicht einmal den Bruchteil eines Geräusches aus seinem sich bewegenden Mund verstehen konnte, schlug er mit beiden

Handflächen an seine Ohren und bestürmte mich dann wieder von Neuem, doch abermals ohne Ergebnis, und dann nahm er mit einer ärgerlichen Handbewegung seine Kerze auf und verließ den Raum.

Es lag etwas auffallend Unnatürliches in seiner Art – etwas, das mich an das Skelett mit dem Namen Aith erinnerte: ein Übereifer, ein Fieber, eine Raserei, eine *Lautheit,* eine Ungeduld in der Haltung, eine Übertreibung der Gesten. Seine Hand schleuderte beständig Haarsträhnen aus seinem Gesicht, das, obwohl es das Safrangelb des Todes besaß, doch rote Augen hatte – dicklidrige Augen, die in einem Blick nach unten und zur Seite fixiert waren. Als er zu mir zurückkam, hatte er ein elfenbeinernes Täfelchen und ein Grafitstück in der Hand, das an einer um sein Gewand geschlungenen Kordel herabhing. Er schrieb hastig die Bitte auf, ich möge, wenn ich nicht zu müde sei, zusammen mit ihm an dem Begräbnis seiner Mutter teilnehmen.

Ich brüllte ihm meine Zustimmung entgegen.

Erneut schlug er mit seinen Handflächen gegen seine Ohren, dann schrieb er: »Brülle nicht: Nicht einmal ein Flüstern in irgendeinem Teil des Gebäudes ist für mich unhörbar.«

Ich erinnerte mich daran, dass er früher in seinem Leben leicht schwerhörig gewesen war.

Wir gingen zusammen durch viele Zimmer, wobei er die Kerze mit seiner Hand beschirmte – eine notwendige Handlung, denn wie ich schnell herausfand, war die Luft in keinem Winkel des erzitternden Gebäudes im Zustand der Ruhe, sondern sie wurde immerwährend von einer seltsamen Erschütterung in Bewegung gehalten, von schwachen Winden, wie Echos von Stürmen, die den Vorhängen ein allgemeines Zittern bescherten. Überall traf ich denselben vergangenen Glanz an sowie gegenwärtige Verwahrlosung und Fäulnis. In vielen der Räume standen Grabmale, ein Zimmer war ein mit Bronzen bevölkertes Museum; sie waren zerbrochen, von Pilzen überwuchert, und troffen vor Feuchtigkeit – es war, als ob das Haus vor Arbeitseifer schwitzte, und ein Miasma von Zerfall vergiftete die ganze Luft.

Ich folgte Harfager auf seinem labyrinthischen Weg mit einiger Schwierigkeit, denn er ging geradezu überstürzt und hielt nur einmal an. Über dem grellen Glanz des Lichtes wirkte sein Gesicht plump und wild. Er warf seine Finger hoch und gab ein einziges Wort von sich. Aus der Form seiner Lippen schloss ich auf das Wort »*Horch!*«.

Alsbald betraten wir eine sehr lange Kammer, in der auf Stühlen neben einem Bett ein Sarg aufgebahrt war, welcher von einer Kerzenreihe flankiert wurde. Der Sarg war sehr tief und besaß die folgende Absonderlichkeit: Der Fußteil fehlte, sodass die Sohlen des Leichnams sichtbar wurden, als wir an ihn herantraten. Auch sah ich drei aufrecht stehende Stäbe, die an der Seite des Sarges befestigt waren. Jeder Stab trug an seiner Spitze eine kleine silberne Glocke von der Art, welche *morrice* genannt wird; sie hingen von einer beweglichen Feder herab. Und am Kopf des Bettes stampfte Aith innerhalb einer engen Fläche jähzornig hin und her.

Harfager stellte die Kerze auf einem Steintisch ab und stand mit einer verrückten Aufmerksamkeit über den Körper gebeugt da. Auch ich stand still und schaute den Tod an, der so erbarmungslos und rau war, wie ich ihn noch nie gesehen hatte. Der Sarg schien drohend voll mit wirren grauen Locken; die Tote war von hohem Alter, knochig und hakennasig, und ihr Gesicht erzitterte in stiller Übereinstimmung mit dem Erbeben des Gebäudes. Ich bemerkte, dass über dem Körper drei Bögen angebracht waren, wie die Bögen einer Geige; ihre Enden passten in Vertiefungen an den Seiten des Sarges; und sie waren so gebogen, dass sie sich der Wölbung der beiden Sargdeckelhälften anschmiegten, wenn diese geschlossen waren. Einer dieser Bögen führte über die Knie der toten Dame, ein anderer überwölbte ihren Bauch, der dritte ihren Hals. In jedem von ihnen befand sich ein Loch, und durch jedes dieser Löcher führte ein Draht von den Silberglocken über ihnen – so wurden die drei Löcher durch die drei gespannten Drähte in sechs Halbkreise unterteilt. Bevor ich die Bedeutung von alldem erraten konnte, schloss Harfager die klappbaren Sargdeckel, die ebenfalls kleine Löcher besaßen, durch welche die drei Drähte liefen. Dann drehte er den Schlüssel im Schloss herum und brachte ein Wort hervor, das ich als »Komm« deutete.

Aith packte nun den Griff am Kopfende des Sarges, und aus den dunklen Gefilden der Halle heraus schritt eine Dame in Schwarz heran. Sie war groß, bleich, von beeindruckendem Anblick; und aus dem Schwung ihrer Nase und ihren runden Ohren erriet ich, dass sie Lady Swertha war, die Tante Harfagers. Ihre Augen waren recht rot – ob es vom Weinen herrührte, konnte ich nicht sagen. Indem Harfager und ich je einen Griff nahe dem Fußende des Sarges packten und die Dame einen der schwarzen Kerzenhalter vor uns hertrug, begannen die Trauerfeierlichkeiten. Als ich zur Tür kam, bemerkte ich dort in einer Ecke zwei weitere Särge, in welche die Namen Harfagers und seiner Tante eingraviert waren. Nun wanden wir uns eine breite Treppe hinab, die zu einem tieferen Geschoss führte, und von dort aus stiegen wir über schmale bronzene Stufen noch weiter hinunter und kamen zu einem Portal aus Metall, an dem die Dame den Leuchter absetzte und uns verließ.

Die Kammer des Todes, in welche wir den Leichnam jetzt trugen, wurde von der bronzenen Außenwand des Gebäudes begrenzt, und zwar an der Stelle, wo diese dem Katarakt am nächsten stand; sicherlich war sie von der Welt der Wellen draußen überschwemmt, weshalb die Erschütterungen hier noch stärker waren. Auf jeder Seite war das Gelass mit Särgen vollgestapelt, die hoch und breit in Regalen aufgereiht standen, und das mächtige Gespringe und Umhergehüpfe, das auf unser Eintreten folgte, erwies es als Paradies für ganze Armeen von Ratten. Da es undenkbar war, dass sie sich einen Weg durch eine Bronzemauer von fünf Metern Dicke gebissen hatten – denn hier war sogar der Boden ehern –, nahm ich an, dass irgendein fruchtbares Pärchen in diesem Haus zur Zeit seiner Erbauung eine archengleiche Zuflucht vor dem Wasser gefunden haben musste. Doch auch diese Vermutung schien unsinnig; und Harfager vertraute mir später seinen Verdacht an, dass sie aus irgendeinem Grund von den ursprünglichen Erbauern dort *angesiedelt* worden waren.

Wir ließen unsere Last auf einer Steinbank im Mittelpunkt des Raumes nieder, worauf Aith sich beeilte fortzukommen. Dann wanderte Harfager wiederholt von einem Ende des Gelasses zum anderen, wobei er unter häufigem Bücken und Spähen und Strecken die Regale und ihre Verankerungen überprüfte.

Ich fragte mich, ob er irgendwelche Zweifel an ihrer Standfestigkeit hatte. Tatsächlich war alles von Dampf und Fäulnis durchdrungen. Ein Stück Holz, das ich berührte, zerbröselte unter meinem Daumen zu Staub.

Er winkte mich schließlich heran, und mit nur einem einzigen Halt und einem »*Horch!*« von seinen Lippen liefen wir durch das Haus zu meinem Zimmer, wo ich allein gelassen umherrannte, aufgeregt von vagem Zorn; schließlich taumelte ich in einen qualvollen Schlaf.

Im tiefen Inneren des Hauses erhellte nicht einmal der trübe Tag dieses Landes der Trostlosigkeit unsere Düsternis; doch ich konnte mein morgendliches Aufstehen nach einer Uhr regulieren, die in meinem Zimmer stand; manchmal wurde ich auch von Harfager geweckt, mit dem ich in kurzer Zeit mehr als unsere frühere Freundschaft erneuerte. Dass ich *mehr* sage, klingt merkwürdig, aber so *war* es: Und dies wurde durch die Tatsache bewiesen, dass wir uns Freiheiten in unseren Gesprächen und unserem Verhalten herausnahmen und entschuldigten, welche wir als zwei Personen von mehr als üblicher Zurückhaltung niemals untereinander zu begehen gewagt oder auch nur davon geträumt hätten. Während wir uns einmal zum Beispiel in zielloser Hast auf einem Weg durch Korridore befanden, die in Schatten und perspektivisch verzerrten Fernen verschwanden, schrieb er, dass mein Schritt sehr langsam sei. Ich entgegnete, dass es ein Schritt sei, der genau meiner augenblicklichen Stimmung entspreche. Er schrieb: »Du hast eine Neigung zum *Verdruss* entwickelt.«

Ich war sehr beleidigt und sagte: »Es gibt sicherlich mehr Füße in der Welt als einen, die sich diesen Schuh anziehen können!«

Eines anderen Tages war er regelrecht schroff zu mir, als er von mir den Grund für die unmenschliche Schärfe seiner – und meiner! – Ohren zu erfahren trachtete. Denn zu meinem Entsetzen begann auch ich mit der Zeit, Andeutungen brüllender Laute zu vernehmen. Ich redete mir ein, dass der Grund dafür in einer Entzündung des Hörnervs lag, welche, auch wenn es den Katarakt nicht gegeben hätte, bereits das Grollen des Meeres und das Rollen des ewigen Sturmes um uns hervorzubringen imstande gewesen sei; ich sagte, sein eigenes Ohrinneres müsse im höchsten Grade entzündet sein. Ihm gegenüber nannte ich die Krankheit ›Paracusis Wilisü‹. Als er seine Stirn in Widerspruch runzelte, fuhr ich recht unbeeindruckt fort, indem ich einen Fall aus meiner eigenen Erfahrung berichtete, bei dem eine sehr schwerhörige Frau das Fallen einer Stecknadel in einem Eisenbahnabteil hören konnte.*

Nun gab er zur Antwort: »Unter allen unwissenden Leuten pflege ich den reinen Wissenschaftler als den unwissendsten anzusehen!«

Doch ich für meinen Teil sah es als unglaubhaft an, dass er vorgab, im Hinblick auf den krankhaften Zustand seines Gehörs im Dunkeln zu tappen. Er selbst hingegen erklärte mir, seine eigene Anfälligkeit sowie die von Aith und der Lady Swertha rührten von Schwindelparoxysmen her. Ich war überrascht, denn kurz zuvor war ich selbst durch Gefühle des Schwankens und der Übelkeit aus dem Schlaf geweckt worden; und ich war zunächst sicher gewesen, dass der Raum mit mir in wilder Fahrt umherwirbelte.

Dieser Eindruck verging, und ich schrieb ihn – vielleicht übereilt – einer Störung in den Nervenenden des ›Labyrinths‹, also des inneren Ohres, zu. In Harfager aber hatte die Überzeugung, dass

---

* Solche Fälle sind vielen Medizinern bekannt. (Die Erschütterung des tauben Nerves ist der Grund für die erworbene Überempfindlichkeit; auch gibt es für diese Überempfindlichkeit keine Grenzen, wenn der Aufruhr erheblich zunimmt.)

das Haus sich wirbelnd bewegte, einen so schrecklichen Grad an Gewissheit angenommen, dass ihre Auswirkungen manchmal denen des Wahnsinns oder der fanatischen Besessenheit glich. Er sagte, das Gefühl des Schwindels sei niemals in ihm abwesend und selten nur das Gefühl, dem zufolge er mit weit ausgestreckten Armen am Rande von Abgründen stehe, die seine halbwilligen Füße lockten. Einmal wurde er während des Gehens von unirdischen Kräften zu Boden geworfen und lag dort ausgestreckt und in Schweiß gebadet, mit verwirrter Blendung und Verwunderung im Blick, und starrte die wirbelnden Wände an. Überdies marterte ihn beständig das Bewusstsein von Lauten, die so einzigartig in ihrer Art waren, dass ich sie als nichts anderes als die Auswirkungen eines unendlich schlimmen *tinnitus* ansehen konnte. Er sagte mir, dass ihn durch das Brüllen hindurch manchmal das Schlaflied eines Vogels besuche, und aus der Bürde dieses Liedes erwuchs ihm die Vorstellung, dass der Vogel aus einem sehr fernen Land stammen musste, so weiß wie Schaum war und einen malvenfarbenen Kamm besaß. Oder er wusste von zusammenklingenden menschlichen Tönen, die fern, aber dennoch deutlich waren und eifrig in der Lautstärke miteinander konkurrierten und am Ende zu einem Durcheinander musikalischer Sätze verschmolzen. Und bald erschrak er vor einem unendlich fernen und drohenden Krachen, das wie der monströse Lärm des Zerbrechens eines ganzen Weltalls voller Töpferwaren in seinen Ohren klang.

Ferner erzählte er mir, dass er regelmäßig die bunten Räder einer verschlungenen Sphärenmusik tief, tief in der Dunkelheit des brüllenden Kataraktes eher sehen denn hören konnte. Diese Eindrücke, bei denen ich einwandte, sie *müssten* rein entotisch sein, besaßen manchmal eine wohltuende Wirkung auf ihn, und er pflegte lange dazustehen und mit erhobener Hand ihren Verführungen zu lauschen; andere wiederum entzündeten in ihm einen wahnsinnigen Zorn. Ich vermutete, dass sie der Grund für jenes »*Horch!*« waren, das in Abständen von etwa einer Stunde aus ihm hervorbrach. Aber damit lag ich falsch und in zitterndem Entsetzen erfuhr ich bald die Wahrheit.

Denn als wir einmal durch eine eiserne Tür im Erdgeschoss schritten, hielt er inne und horchte einige Minuten lang mit einem höchst scharfen und listigen, argwöhnischen Blick. Sofort entfuhr ihm der Schrei: »*Horch!*«, und er drehte sich zu mir um und schrieb auf das Täfelchen: »Hast du es nicht gehört?«

Ich hatte nichts als das Brüllen von draußen gehört, und er schrie geradewegs in mein Ohr in Lauten, die jetzt für mich hörbar waren wie die Echos aus fernen Träumen: »Du wirst sehen!«

Er nahm den Kerzenleuchter auf, holte aus einer Tasche seiner Robe einen Schlüssel hervor, entriegelte die eiserne Tür, und wir traten in einen Raum, der im Verhältnis zu seiner Grundfläche sehr hoch und gewölbt war. Mit Ausnahme einer Leiter, die sich an seiner Wand erhob, war er völlig leer, und im Mittelpunkt seines marmornen Fußbodens befand sich ein Wasserbecken, wie ein römisches ›impluvium‹, aber rund wie der Raum selbst – ein Becken, das augenscheinlich unergründlich tief und voll von einer dicken und tintigen Flüssigkeit war. Ich war von seinem gegenwärtigen Anblick sehr verwirrt, denn als die Kerze seine Oberfläche beschien, bemerkte ich, dass diese vor recht kurzer Zeit in Aufruhr gebracht worden war, und zwar in einer Weise, für welche das Erzittern des Hauses nicht verantwortlich sein konnte, denn kleine, schleimige *Wellen* gingen nun von seiner Mitte zum Rand aus.

Als ich Harfager um eine Erklärung anstarrte, gab er mir ein Zeichen zu warten und lief dann etwa eine Stunde lang mit auf dem Rücken verschränkten Händen in dem Gemach umher; dann hielt er inne und wir standen beide am Rand des Beckens und blickten in das Wasser. Plötzlich griff er meinen Arm fester, und ich sah mit einem Anflug des Entsetzens einen kleinen Ball, möglicherweise aus Blei, doch durch irgendeine Chemikalie blutrot besudelt, von der Decke herabfallen und in der Mitte des Beckens versinken. Es zischte, als er das Wasser berührte, und ein Dunsthauch stieg auf.

»Im Namen aller dunklen Dinge: Was ist das?«, flüsterte ich.

Wieder bedeutete er mir durch ein geschäftiges und Vertrauen heischendes Zeichen, ich solle warten. Er zog die Leiter an das Becken heran und übergab mir den Leuchter. Als ich hochgestiegen war und das Licht weit über mich hielt, erblickte ich eine Kugel aus altem Kupfer, die im Dunst der Kuppel hing und durch ein Halsstück zur Ballonform verlängert war; an seinem Ende konnte ich ein winziges Loch entdecken. Auf die Kugel war kaum sichtbar in roten Druckbuchstaben gemalt:

»HARFAGER-HOUSE: 1389–188 .«

Ich war schneller wieder unten, als ich hochgestiegen war! »Aber was bedeutet das?«, keuchte ich.

»Hast du die Schrift gesehen?«

»Ja. Und ihre Bedeutung?«

Er schrieb: »Durch einen Vergleich von Gascoigne und Thrunster habe ich herausgefunden, dass das Haus um 1389 *erbaut* wurde.«

»Aber die letzten Zahlen …?«

»Hinter der letzten 8«, entgegnete er, »steht noch eine Zahl, die nicht ganz von einem Grünspanfleck verdeckt ist.«

»Was für eine Zahl?«, fragte ich.

»Man kann sie nicht lesen, sondern nur erraten. Da das Jahr 1888 fast vorüber ist, kann es nur die Zahl 9 sein.«

»Oh, dein Geist ist entartet!«, schrie ich verwirrt. »Du nimmst etwas an – du *behauptest* etwas – in einer Art, die kein Geist, der gelernt hat, seine Schlussfolgerungen auf Fakten zu gründen, ertragen kann.«

»Und du bist irrational«, schrie er. »Ich unterstelle, dass dir die Formel des Archimedes geläufig ist, wonach das Volumen einer Kugel bekannt ist, wenn man den Durchmesser kennt. Nun, ich weiß, dass der Durchmesser jener Kugel in der Kuppel eineinhalb Meter beträgt, und der Durchmesser der bleiernen Bälle etwa einen Zentimeter. Wenn man nun annimmt, dass 1389 die Kugel voller Bälle war, kannst du schnell überschlagen, dass nicht mehr viele der etwas mehr als vier Millionen vorhanden sind, die seitdem einmal in jeder Stunde herunterfielen. Das Fallen der Bälle *kann nicht* noch ein Jahr so weitergehen. Daher drängt sich uns die Zahl 9 auf.«

»Das nimmst du nur an!«, schrie ich. »Oh, glaube mir, mein Freund, das ist der Mutwille der Verruchtheit! Durch welche Algebra der Verzweiflung weißt du, dass jeder Ball einen der Sprösslinge deines Geschlechts darstellt, oder dass das letzte Datum mit dem Anhalten der Uhr zusammenfällt? Selbst wenn es so ist, was bedeutet das schon? Es kann keine *Bedeutung* haben!«

»Willst du mich verrückt machen?«, schrie er. Dann schrieb er rasend schnell: »Ich schwöre dir, dass ich nichts von dieser Bedeutung weiß. Aber ist es für dich nicht deutlich, dass dieses Ding ein großes Stundenglas und dazu da ist, nicht die Stunden eines einzelnen Tages, sondern die eines Zyklus zu zählen, und zwar eines Zyklus von 500 Jahren?«

Ich schrie leidenschaftlich: »Aber der ganze Apparat ist doch nichts als ein böses Trugbild unserer Gehirne! Wie wird der Fall der Bälle gesteuert? Ah, mein Freund, du fantasierst – dein Geist ist in diesem Krawall der Wasser verkommen.«

Er antwortete: »Ich habe nicht feststellen können, durch welche inneren Mechanismen oder klebrigen Mittel oder Spiralwicklungen, die in ihrer Funktionsweise vielleicht von der Vibration des Hauses abhängen, die Bälle in ihrem Fall zurückgehalten werden. Das ist etwas, das durchaus innerhalb des Könnens des mittelalterlichen Mechanikers, des Erfinders dieser Uhr, lag, aber es ist zumindest klar, dass eines der Elemente der Fallverzögerung die Winzigkeit der Öffnung ist, durch welche die Bälle hindurchmüssen, und dass dieses Element nicht länger funktionieren wird, wenn nicht mehr als drei Bälle übrig sind; und das bedeutet folglich, dass die letzten drei beinahe im gleichen Augenblick herunterfallen werden.«

»Um Himmels willen!«, rief ich aus, ohne mich darum zu kümmern, was für einen Unsinn ich da von mir gab. »Aber deine Mutter ist tot, Harfager! Willst du etwa leugnen, dass nur noch du und die Lady Swertha übrig sind?«

Ein Blick voller Verachtung war alles, was er mir darauf zur Antwort gab.

Aber einen Tag später gestand er mir, dass die bleiernen Tropfen eine stetige Pein für seine Ohren waren und dass er von Stunde zu Stunde heiß ihren Fall erwarte, dass er sogar aus seinem kurzen Schlaf bei jedem Niederfallen erwachte; dass, wo immer im Haus er auch war, sie ihn mit einer zerschmetternden Lautstärke fanden, und dass jeder Aufprall ihn mit stechendem Schmerz im Ohr zwickte. Ich war über seine Erklärung entsetzt, dass diese Tropfen nun der ganze Inhalt seines Lebens geworden und so eng mit dem Klang seines Geistes verbunden waren, dass das Ende ihres Fallens für ihn sogar den Zusammenbruch seines Verstandes bedeutet hätte. Bei diesem Geständnis schluchzte er und verbarg sein Gesicht, während er sich gegen eine Säule lehnte. Als der Anfall vorüber war, wollte ich von ihm wissen, ob es denn vollkommen unmöglich sei, dass er ein für alle Mal die Faszination der Uhr abschütteln und mit mir von diesem Ort fliehen könne. Er schrieb als rätselhafte Antwort: »Ein *drei*faches Seil kann nicht so schnell reißen.« Ich hub an zu fragen: »Dreifach ...?« Er schrieb mit einem bitteren Lächeln: »In den Schmerz verliebt sein – sich nach dem Leid sehnen –, ist das nicht ein gottloser Wahnsinn?« Ich begriff erstaunt, dass er unbewusst Gascoigne zitiert hatte! »Ein gottloser Wahnsinn!«

»Eine wollüstige Pein!«

»Du hast das Gesicht meiner Tante gesehen«, fuhr er fort. »Deine Augen sind schwach, wenn du in ihm nicht eine gottlose Ruhe gesehen hast, die Fröhlichkeit einer blasphemischen Geduld, ein Grinsen hinter ihrem dreisten Lächeln.« Dann sprach er von der Aussicht auf ein Grauen, vor dem seine ganze Seele zittere, und die dennoch manchmal in seinem Herz als *Hoffnung* lache. Es war die Aussicht auf ein merkliches Anschwellen der Lautstärke aller Geräusche um ihn herum. Wenn *dies* geschah, sagte er, müsse das Gehirn zusammenbrechen. In der Nacht meiner Ankunft hatten der Krach meiner Schuhe und seitdem meine bisweilen erhobene Stimme heftigen Schmerz in ihm ausgelöst. Ich glaubte ihn sagen zu hören, dass für ein solches Ohr der Genuss einer Tortur, die in einer erheblichen Lautsteigerung um ihn herum bestand, eine Verlockung war, welche keine menschlichen Vorzüge übersteigen könnten, und als ich sagte, dass ich mir eine solche Steigerung nicht einmal vorstellen könne und viel weniger noch die Mittel, durch welche sie bewirkt werden möge, holte er aus den Archiven des Hauses einige Annalen, die von den Oberhäuptern seiner Familie geführt worden waren. Diesen zufolge schien es so, als machten die Stürme, die andauernd die Gegend Raybas zerrissen, in Intervallen von einigen Jahren unweigerlich einem riesigen Wahnsinn Platz, einem Samson unter den lustigen Kerlen, einem Sirius unter den Sonnen. Zu solchen Zeiten fiel der Regen herab – und kamen die Fluten – wie bei der ersten Sintflut. Jene *rösts,* oder Wasserwirbel, die Rayba auf ewig umkreisten, verschmähten dann die Enge der Seitenarme, in denen sie für gewöhnlich umhertobten, brachen auf in Fontänenwirbel und tanzten über das kleine Eiland, auf dem einige von ihnen ineinanderflossen und ihr Wasser abluden, und jene Wellen, die in den Katarakt strömten, verdoppelten so dessen Masse und brachen sich mit vervielfachtem Brüllen.

Harfager sagte, es sei verwunderlich, dass ein solch großes Ereignis seit 18 Jahren nicht mehr über Rayba hereingebrochen war.

Ich fragte: »Und was ist zusätzlich zu den fallenden Bällen und der Aussicht auf eine Steigerung des Lärms der dritte Strang jenes *dreifachen Seils,* von dem du gesprochen hast?«

Als Antwort führte er mich zu einer runden Halle, von der er sich, wie er sagte, überzeugt hatte, dass sie den Mittelpunkt des kreisförmigen Gebäudes bildete. Es war eine sehr große Halle – ich glaube, eine so große hatte ich niemals zuvor gesehen. Sie war derart gewaltig, dass jener Teil der Wand, welcher von der Kerze erhellt wurde, nicht gebogen, sondern flach erschien. Beinahe ihr gesamter Raum wurde vom Boden bis zur Decke von einer Säule aus Messing eingenommen; der Raum zwischen der Wand und der Säule war nur so breit wie ein ausgestreckter Arm.

»Diese Säule«, schrieb Harfager, »führt hinauf zur Kuppel und noch darüber hinaus; sie führt zum Erdgeschoss und durch es hindurch und von dort aus zu dem bronzenen Boden der Grüfte und *durch sie hindurch* in das Steinfundament. Unter jedem Stockwerk dehnt sie sich aus und stützt so den Boden. Von welcher Art genau ist der Eindruck, den ich durch diese Beschreibung in dir hervorgerufen habe?«

»Ich weiß nicht«, antwortete ich und wandte mich von ihm ab, »stelle mir keines deiner Rätsel, Harfager; ich fühle einen Schwindel …«

»Gib mir trotzdem eine Antwort«, sagte er. »Denke an die *Seltsamkeit* dieses tiefsten bronzenen Bodens. Ich habe entdeckt, dass er etwa zwei Meter dick ist, und ich habe Grund anzunehmen, dass sein Untergrund ein wenig *über* dem Steinfundament liegt. Erinnere dich, dass der Bau an keiner Stelle an der Säule *befestigt* ist; denk an die *Ketten,* die von den Außenwänden herabhängen und anscheinend das Haus im Boden *verankern.* Sag mir, welchen Eindruck habe ich *jetzt* erweckt?«

»Ist es *das,* worauf du wartest?«, brüllte ich. »Es mag aber gar keine böswillige Absicht haben! Du ziehst voreilige Schlüsse! Jedes befestigte Haus in solch einem Land und an solch einem Ort ist der Gefahr ausgesetzt, von einem mächtigen Sturm zerschmettert zu werden. Was ist, wenn es die Absicht des Erbauers war, dass in einem solchen Fall die Ketten brechen sollen und das Haus dadurch, dass es nachgeben kann, gerettet wird?«

»Wenigstens mangelt es dir nicht an gutem Glauben«, erwiderte er, und dann kehrten wir zu dem Buch zurück, das wir gemeinsam lasen. Er hatte noch nicht die alte Gewohnheit des Studierens verloren, obwohl er sich nicht mehr dazu bringen konnte, sich zum Lesen *hinzusetzen;* deshalb pflegte er mit einem Band (der bisweilen zu Boden geworfen wurde) innerhalb des Scheins der Kerze umherzustapfen, oder ich las ihm vor, obwohl ich meine eigene Stimme nicht hören konnte. Aus einer Laune heraus fand sich im Inhalt der wenigen Bücher, die innerhalb der Grenzen seiner Geduld lagen, immer etwas *Pikareskes* oder geckenhaft Spekulatives: Quevedos ›Tacaño‹ oder das System des Tycho Brahe, vor allem aber George Hakewills ›Macht und Vorsehung Gottes‹. Eines Tages jedoch, als ich gerade vorlas, unterbrach er mich mit einem Satz, der damit in keinem Zusammenhang stand: »Was ich nicht verstehen kann, ist, dass du, ein Wissenschaftler, glauben solltest, das Leben höre mit dem Ende des Atmens auf«, und von diesem Augenblick an wechselte die Stimmung unserer Lesungen. Denn er führte mich zu den Krypten der Bibliothek im tiefsten Teil des Gebäudes und überwältigte mich Stunde nach Stunde in einem *Furor* des Triumphs mit Büchern, welche die Dauer des Lebens nach dem ›Tod‹ beweisen sollten. Was, so fragte er, sei meine Ansicht über Baron Verulams Beschreibung des toten Mannes, den man Worte des Gebets sprechen gehört hatte? Oder über das lebendige Innere des toten Gefangenen? Als ich meinen Unglauben ausdrückte, schien er überrascht und erinnerte mich an die Zuckungen toter Kobras, an das lange Schlagen eines Froschherzens nach dem ›Tode‹. »Sie ist nicht tot«, zitierte er, »sondern *schlafet.*« Die Vorstellung von Bacon und Paracelsus, dass der Urgrund des Lebens in einem Geist oder einer Flüssigkeit wohne, war für ihn der Beweis, dass eine solche Flüssigkeit ihrer Natur nach keiner *plötzlichen* Vernichtung preisgegeben sein könne, während die Organe, die sie durchdrungen hat, übrig bleiben. Als ich fragte, welche Grenze er denn der Nachwirkung des ›Lebens‹ in den ›Toten‹ setze, antwortete er, dass erst dann, wenn der Verfall so weit fortgeschritten sei, dass man die Nerven nicht länger Nerven nennen könne, oder wenn das Gehirn am Hals keine Verbindung mehr mit dem Körper besitze, weil er zum Beispiel von Ratten angenagt sei, der König aller Schrecken erst wirklich König sei. In einer Taktlosigkeit, die mir vor meinem Aufenthalt auf Rayba fremd gewesen war, platzte ich mit der Frage heraus, ob all das auf seine Mutter bezogen sei. Eine Zeit lang stand er nachdenklich da, dann schrieb er: »Selbst wenn ich keinen Grund gehabt hätte, zu glauben, dass mein eigenes und Swerthas Leben mit ihrem endgültigen Tod zusammenhängen, hätte ich doch Vorkehrungen getroffen, um den Grad der Zerstörung ihres Körpers festzustellen. Mir wird nicht die geringste Information entgehen.« Dann erklärte er, dass die Ratten, die sich an jenem Ort des Todes austobten, mit der Zeit ganze Arbeit an ihr leisten würden, aber nicht an den Hals herankommen konnten, ohne zuerst die drei Stränge zu zerbeißen, die durch die Löcher in den Bögen innerhalb des Sarges liefen, sodass die Glocken eine nach der anderen erklängen.

Die Wintersonnenwende war vorübergegangen; ein neues Jahr begann. Eines Nachts schlief ich tief und fest, als Harfager in mein Zimmer kam und mich wach rüttelte. Sein Gesicht sah im Schein des Leuchters gespenstisch aus. Innerhalb kurzer Zeit war eine Veränderung mit ihm vorgegangen. Er war kaum mehr derselbe. Er wirkte wie ein armer Wicht, in dessen erstaunte Augen des Nachts die Augen der Angst gestarrt haben.

Er sagte, er sei sich eines Knarrens und Spannens bewusst, das ihm das Gefühl gebe, als hänge er in der Luft an einem Faden, der unter seinem Körpergewicht bald reißen musste, und er bat mich, ihn um Gottes willen zu den Särgen zu begleiten. Wir gingen zusammen durch das Haus. Er war zaghaft, verstört, seine Haltung war schlaff. Wir gelangten in die Kammer des Todes, wo er sich herumdrückte und die Regale untersuchte. Aus dem unten offenen Sarg der toten Dame, der auf seiner Steinbank zitterte, sah ich eine Wasserratte herauskriechen, und als Harfager unter einem der kürzesten Regale hindurchschlüpfte, das nur einen einzigen Sarg trug, fiel dieser plötzlich herab und zerbröckelte vor Harfagers Füßen zu Staub. Er stieß den Schrei einer geängstigten Kreatur aus, wankte zu mir, auf dass ich ihn stützen möge, und ich trug ihn zurück zu den oberen Gefilden des Palastes.

Er saß mit vergrabenem Gesicht in einer Ecke eines kleinen Zimmers, schlotterte und war augenscheinlich überwältigt von der Ungeheuerlichkeit des Alters. Nicht länger wies er mit seinem »*Horch!*« auf das Fallen der bleiernen Tropfen hin. Auf meine Vorhaltungen antwortete er nur mit dem Seufzer »So bald!«. Wann immer ich nach ihm sah, fand ich ihn dort in dem Zimmer. Seine Mannhaftigkeit war in einem Fieber zusammengebrochen. Ich glaube nicht, dass er während dieser Zeit schlief.

Als ich mich ihm in der zweiten Nacht näherte, sprang er plötzlich mit dem Aufschrei hoch: »Die erste Glocke schlägt!«

Und kaum hatte er dies herausgebrüllt, als aus großer Entfernung ein schwaches Jammern, das an seinem Ursprung ein heftiger Schrei gewesen sein musste, meine nun fiebrigen Ohren erreichte. Harfager schlug seine Handflächen gegen die Ohren und stürmte davon. Ich folgte ihm in heißer Jagd durch die schwarze Tiefe des Hauses, bis wir zu einem Raum kamen, in dem ein brennender Kerzenleuchter stand und der in schwindendes Rot getaucht war. Auf dem Boden lag die Lady Swertha in Ohnmacht; ihr dunkelgraues, in Unordnung gebrachtes Haar umhüllte sie wie eine aufgewühlte See; einige Büschel Haare waren ausgerissen und lagen verstreut umher, und auf ihrem Hals befanden sich Würgemale. Wir trugen sie zu ihrem Bett in einem Alkoven, und nachdem wir einige Medizin in einem Schrank entdeckt hatten, flößte ich sie ihr zwischen ihren geschlossenen Zähnen ein. Ich sah, dass ihr verzückter Gesichtsausdruck nicht vom Tod kündete, und da ich in ihrem Anblick etwas Erschreckendes fand, ließ ich sie kurz darauf mit Harfager allein.

Als ich ihn das nächste Mal sah, hatte sich sein Verhalten in einer Weise geändert, die ich nur als grauenhaft bezeichnen kann. Es glich der übertriebenen Wichtigtuerei, die man bei Personen von schwachem Intellekt beobachten kann, wenn sie sich selbst mit dem Gedanken »Zur Arbeit! Die Zeit wird knapp!« anspornen.

Sein Gang hingegen ekelte mich an, da er einen Hinweis auf eine *Ataxia locomotrice* gab. Als ich ihn nach seiner Tante und nach der

Bedeutung der Gewaltmale auf ihrem Körper fragte und mein Ohr seinen tiefen und salbungsvollen Lauten entgegenbeugte, konnte ich hören: »Es ist ein Anschlag auf ihr Leben geführt worden, von dem Skelett, Aith.«

Er schien weder mein Erstaunen darüber zu teilen, noch konnte er mir eine klare Antwort geben, warum er solch einen Diener noch beschäftigte und worin dessen Dienste eigentlich bestanden. Er sagte mir, Aith sei während der Zeit seiner Abwesenheit, als er noch ein Kind war, in den Palast aufgenommen worden, und er wisse wenig über ihn außer dem Umstand, dass Aith außergewöhnlich stark sei. *Woher* er gekommen war, oder unter welchen Umständen, wusste niemand außer Lady Swertha, doch sie fürchtete sich davor, oder wenigstens wich sie hartnäckig davor aus, Harfager in das Geheimnis einzuweihen.

Er fügte hinzu, dass sich die Lady vom Tag seiner Rückkehr nach Rayba an ein Stillschweigen über alle möglichen Gegenstände auferlegt hatte, welches sie außer einer gelegentlichen Bemerkung nie durchbrach.

Mit einem ataxischen, unkoordinierten Eifer, mit dem Gehabe eines Betrunkenen, der sich selbst zu geregelten Handlungen zwingt, machte sich Harfager nun daran, eine Unmenge von alltäglichen Dingen zu tun: Er sammelte Chroniken und ordnete sie dem Datum nach, er etikettierte Dokumentenpakete, er bestand auf meiner Unterstützung, als er die Gesichter der Gemälde zur Wand hin drehte. Er wurde nun aber regelmäßig von Schwindelanfällen unterbrochen, wurde sechsmal in einer einzigen Stunde zu Boden geworfen, während andauernd Blut aus seinen Ohren rann. Er beschwerte sich bei mir in einem Ton kläglichen Jammerns über die Lockung einer silbernen *Flöte,* die ihn fortdauernd verführe. Als er sich unter diesen folgenschweren Nichtigkeiten krümmte, flatterten seine Hände wie Espenlaub. Ich nahm die Bewegungen seiner winselnden Lippen wahr und den starren Blick seiner eingesunkenen Augen: Eine plötzliche Senilität war über seine Jugend gekommen. Eines Tages warf er all das ab und war wieder jung. Er betrat meinen Raum, riss mich aus meinen Träumen, ich bemerkte den Wahnsinn des Entzückens in seinen Augen und hörte sein Zischeln in meinen Ohren: »Auf! *Der Sturm!*«

Ah! Ich hatte es gewusst – es steckte im Albtraum der Nacht. Ich fühlte es in der Luft des Zimmers. Es war gekommen. Ich sah es gespenstisch im Kerzenlicht, das auf die Hölle von Harfagers Gesicht strahlte.

Eine Fröhlichkeit brach aus mir hervor, als ich von meiner Couch aufsprang und nach der Uhr blickte: Es war acht Uhr – morgens. Harfager hatte sich bereits mit dem unverhüllt steifen Gang eines verrückten Propheten entfernt, und ich hastete hinter ihm her. Man konnte deutlich eine Verstärkung im Zittern des Gebäudes spüren, und bald wiederum war es für eine Sekunde ruhig, als ob es atemlos lausche; seine Luft war von schwachen Böen bewegt. Bisweilen vermeinte ich etwas wie den Lärm einer weit entfernten Wehklage zu hören, doch ob es das oder nur das Schreien des Sturms war, konnte ich nicht sagen; manchmal hingegen glaubte ich das Geprahle eines Orgelakkordes zu vernehmen. Um die Mittagszeit erspähte ich Harfager, wie er mit der Lampe in der Hand einen Korridor mit nackten Füßen entlangrannte. Als wir uns trafen, schaute er mich an, doch er erkannte mich kaum und war schon vorüber, hielt dann inne und rannte zu mir zurück, um die Frage in mein Ohr zu heulen: »Willst du *sehen?*« Er winkte mich heran und ich folgte ihm zu einer sehr kleinen Öffnung in der Außenwand, die mit einer Bronzetafel verschlossen war. Als er die Verriegelung löste, schoss die Tafel augenblicklich mit großer Heftigkeit nach innen und warf Harfager zu Boden, während der Atem des Sturms, der durch die bronzene Röhre mit brutaler Bravour kreischte, mich erfasste und an eine Ecke in der Wand fesselte, und den Korridor herab flog ein langer Wirbelzug aus Bildern und Wasser und Wind. Trotzdem gelang es mir, auf dem Bauch bis zu der Öffnung vorzurobben. Von dort aus hätte die See sichtbar sein müssen, doch meine Sinne traf nichts als eine

Vision sich überschlagender Düsterkeit und ein allgemeiner Eindruck des Buchstabens O. Die Sonne über Rayba war erloschen. In einem glücklichen Augenblick gelang es uns, den Laden mit vereinten Kräften wieder zu schließen.

»Komm!« In seinen Augen lag ein frischer Glanz und er winkte mich heran. »Lass uns nachsehen, wie es den Toten in der großen Einsamkeit ergeht.« Und wir rannten los, waren aber kaum bis zur Hälfte der großen Treppe gekommen, als ich vom Bewusstsein eines gewaltigen Schreckens entsetzt wurde, von dem Bass eines dumpfen Aufschlags, der durch nichts anderes als durch die zu Boden fallende Masse aller Särge hervorgerufen sein konnte. Ich blickte zu Harfager hin, und für einen Augenblick sah ich nur seine Füße Reißaus nehmen, angstgejagt, er hielt sich die Ohren zu, sein Mund war rund geöffnet. Dann ergriff mich Furcht – ein Zittern in der sonstigen Kühnheit meines Herzens, ein Gedanke, dass ich Harfager nun auf jeden Fall in seiner bitteren Not alleinlassen und etwas für meine eigene Rettung tun musste. Doch ich suchte nur unter Zögern nach ihm, um ihm mein letztes Lebewohl zu sagen – ein Zögern, von dem ich fühlte, dass es nicht selbstlos, sondern selbstsüchtig und ungesund war. Ich streifte durch die Nacht und suchte Licht, und als ich auf eine Lampe gestoßen war, fuhr ich fort, nach Harfager Ausschau zu halten. So vergingen mehrere Stunden, während derer ich aufgrund des Zustandes der Luft in dem Haus nicht daran zweifeln konnte, dass die entfesselte Gewalt draußen nun noch schlimmer tobte. Geräusche wie Schreie – unwirklich, wie das Kreischen von Dämonen – gelangten nun zu meinen Ohren. Als die Nacht herankam, begann ich in dem viel stärker gewordenen Bariton des Katarakts eine neue Note zu entdecken – eine Schrillheit – das Pfeifen einer Verzückung – eine Boshaftigkeit – die Drohung einer blinden und tauben Tollwut.

Es muss um sechs Uhr gewesen sein, als ich Harfager fand. Er saß in einem düsteren Raum, mit herabgebeugter Stirn, seine Hände auf den Knien, sein Gesicht vom Haar verdeckt, und Blut floss aus seinen Ohren. Der rechte Ärmel seiner Robe war augenscheinlich in einem erneuten Versuch abgerissen worden, das Fenster zu öffnen, und der zerschmetterte Arm hing schlaff von seiner Schulter herab. Einige Zeit stand ich da und sah, wie er sein Gemurmel von sich gab, doch nun, da ich ihn gefunden hatte, sagte ich nichts von meinem geplanten Fortgehen. Alsbald blickte er scharf auf, mit dem Ruf *»Horch!«* – dann, mit Ungeduld, »Horch! Horch!«, dann mit einem Schrei »Die zweite Glocke!«. Und *wieder,* in unmittelbarer Folge auf seinen Schrei, erklang ein Jammern durch das Haus, schwach, aber doch wirklich. In diesem Augenblick fiel Harfager vor Schwindel taumelnd zu Boden, ich aber ergriff die Lampe und stürzte zitternd, doch mit unbändigem Willen, hinaus. Eine Zeit lang hielt das wilde Jammern an (entweder tatsächlich oder als Widerhall in meinen Ohren), und als ich zu dem Zimmer der Lady Swertha lief, sah ich diesem gegenüber die offen stehende Tür der Waffenkammer, in die ich schlüpfte, eine Streitaxt aufnahm und schon der Lady zu Hilfe eilen wollte, als Aith mit teuflisch blitzenden Augen aus ihrem Zimmer hastete. Ich schwang meine Axt und stürzte schreiend hervor, um ihn zu fällen, doch durch ein Missgeschick entglitt mir die Lampe, und bevor ich wusste, wie mir geschah, flog die Axt aus meinem Griff, und ich wurde von einer höchst erschreckenden Gewalt zurückgestoßen. Es fiel jedoch genügend Licht aus dem Zimmer, um mir zu zeigen, dass das Skelett durch eine der Türen der Waffenkammer geeilt war, und so schlug ich diese Tür sofort zu und verriegelte sie und auch die andere. Nun war Aith ein Gefangener. Dann betrat ich das Zimmer der Lady. Sie lag auf dem Bett im Alkoven ausgestreckt, und als ich mich zu ihr niederbeugte, krächzte mir aus ihr das Keuchen des Todes scheußlich entgegen. Ein Blick auf ihren zerfleischten Hals überzeugte mich, dass ihre letzte Stunde geschlagen hatte. Ich legte sie gerade auf das Bett, zog die beiseitegeschobenen schwarzen Vorhänge zu und wandte mich von diesem verfluchten Anblick ab. Auf einem nahebei stehenden *escritoire* bemerkte ich eine Notiz, die offensichtlich an Harfager gerichtet war: »Ich will trotzen und fliehen, nicht vor der Angst, sondern aus Vergnügen am Trotz selbst. Kannst du kommen?« Ich nahm eine brennende Kerze aus dem Leuchter und überließ die Lady ihrer Einsamkeit und den Schmerzen ihres Todes.

Ich war schon eine gewisse Strecke zurückgegangen, als ich von einem seltsamen Geräusch aufgeschreckt wurde – einem Trommeln, das dem Trommeln eines Tamburins ähnelte, und da ich es trotz der Entfernung recht deutlich hören konnte, musste eine unglaubliche Energie dahinterstecken. Nach zwei Minuten brach es erneut aus, und dann in regelmäßigen Intervallen. Es verursachte mir Schmerzen, und in mir wuchs die Überzeugung, dass Aith zwei der alten bronzenen Schilder von ihren Haken genommen hatte, sie an ihren Griffen hielt und sie nun gegeneinanderschlug, womit er den Wahnsinn dartat, der ihn jetzt überfallen hatte. Als ich meinen Weg zu Harfager zurückgefunden hatte, war er der reine Zorn, der durch das Zimmer stampfte.

Er schüttelte seinen Kopf wie ein gefoltertes Pferd und versuchte, jedes Zusammenschlagen der bronzenen Schilde von seinem Gehör fernzuhalten. »Ah, wann … wann …«, ächzte er heiser in meine Ohren, »wann wird das Keuchen in ihrem Hals aufhören? Ich will selbst, hörst du – *mit meinen eigenen Händen* – o Gott …« Seit dem Morgen schien sein Gehörfieber (und tatsächlich auch mein eigenes) in stetem Maß mit dem röhrenden und kreischenden Chaos um uns herum gewachsen zu sein. Und das Todesröcheln aus Lady Swerthas Hals füllte ihm in schmerzhafter Weise die Zeiten zwischen Aiths grauslichem Schlagen. Alsbald hob er huschende Finger in die Luft und schoss mit ausgebreiteten Armen in die Dunkelheit.

Und wieder suchte ich nach ihm, und wieder war ich lange erfolglos. Als die Stunden vergingen und der Tag sich zur unheilvollen Mitternacht neigte, nahm der Schrei des jetzt doppelt lauten, mit der Masse und der Majestät des auf seinem Höhepunkt stehenden Sturmes vereinten Kataraktes einen *absichtlichen* Charakter an, der für jegliche Vernunft nicht länger erträglich war. Meine eigenen Gedanken entflohen meiner Herrschaft und gingen ihre eigenen Wege, denn hier an der Brutstätte des Fiebers lag auch ich im Fieber. Ich wanderte von Zimmer zu Zimmer, hastig, schwindelnd in der Hoffnung auf eine Wonne. »Wie ein Mann, den der Schlaf packt«, so war ich gepackt worden. Als ich in der Nähe der Waffenkammer vorbeikam, hörte ich dennoch leise die stürmischen Schilde Aiths. Harfager sah ich nicht, denn auch er streifte wie ein rasender Ahasver durch die Welt des Hauses. Etwa um Mitternacht aber bemerkte ich Licht, das hinter einer Tür im unteren Geschoss hervorschien. Ich trat ein und sah ihn dort – es war die Kammer des tropfenden Uhrwerks. Er saß auf den Stufen der Leiter, umarmte sich selbst und starrte auf das düstere Becken. Das letzte Licht des Aufruhrs dieses Tages schien in seinen Augen zu sterben, und er warf mir keinen Blick zu, als ich hineinstürmte. Seine Hände und sein bloßer Arm waren in frisch vergossenem Blut gebadet, doch auch dies schien ihm nicht bewusst zu sein. Sein Mund stand weit offen. Als ich ihn beobachtete, hüpfte er plötzlich hoch, schlug die Hände zusammen mit dem Schrei »Die letzte Glocke schlägt!«, und rannte wie ein Tobender hinaus. Deswegen sah er nicht (doch vielleicht hörte er es), was ich nun mit banger Scheu sah: Ein Ball fiel von dem Uhrwerk mit einem Zischen und einem Dampfen in das Becken, und als die Uhr noch einmal tickte, fiel der nächste, und bei einem weiteren Ticken noch einer! Der Rauch des ersten hatte sich noch nicht vollständig aufgelöst, als der Rauch des dritten sich mit ihm vermischte und bis unter die Kuppeldecke floss. Ich begriff, dass die Zeit des Hauses abgelaufen war, und so warf auch ich meine Hände hoch und eilte von diesem Ort hinweg, doch meine Flucht wurde von dem Gefühl eines gewaltigen Schicksals aufgehalten, das seine Schalen über das Gebäude ausgoss, und ich wurde durch einen wie Musketenschüsse knisternden Lärm hoch oben und durch das Herabstürzen einer ganzen Welt aus Wasser gewahr, dass in dem Wirbeltanz draußen eine Wasserfontäne ihre gebrochene Spitze auf uns herabgeschleudert hatte, die durch das Kuppeldach geschossen war. In diesem Augenblick bemerkte ich, wie Harfager auf mich zulief, die Hände in seinem Haar vergraben, und als er an mir vorüberhastete, ergriff ich ihn und schrie: »Harfager, rette dich! Die Quellen, Harfager – bei Gott, Mann!« Ich zischte es in das Innerste seines Ohrs: *»Die Quellen der Großen Tiefe …!«* Er starrte mich an, dann setzte er seinen Weg fort, während ich in ein Zimmer huschte und die Tür schloss.

Hier wartete ich eine Weile mit weichen Knien, doch meine Raserei trieb mich um, und ich trat wieder nach draußen, um entdecken zu müssen, dass das Wasser überall in den Korridoren bereits knietief stand, während Sturmfetzen, die durch das Loch in der Kuppel donnerten, nun im Haus umherbrausten. Mein Kerzenlicht wurde sofort ausgelöscht, doch ich wurde von der Anwesenheit eines *anderen* Lichts überrascht – geistergleich, düster, bläulich, mild und doch wild –, das nun überall durch das Haus schimmerte. Ich stand in Erstaunen darüber da, als der Ausbruch einer noch majestätischeren Erregung gegen das Haus anrannte, und mit ihr wurde ich mir eines *Knackens* von irgendwoher bewusst. Eine unendliche Minute lang wartete ich, und dann kam schnell – immer schneller – in rascher Abfolge das Pochen, Knacken, Ploppen der Ankerketten des Hauses unter der anprallenden Schulter des Hurrikans. Und *wieder* eine Sekunde atemloser Stille – und dann – verzweifelt – seine Stunde kam –, das Haus bewegte sich. Mein Fleisch wand sich wie das Fleisch wimmelnder Würmer. Eine langsame Bewegung, ein Innehalten – dann ein Schwung, ein Wirbeln – und eine Pause! Dann ein Wirbeln und ein Schwung – und eine Pause! Dann ständiges Eindreschen auf die bronzene Achse des Hauses, als ob ein Feldarbeiter immer wieder die Egge ansetzt, dann ein Verstärken des Ansturms, dann die letzte, leichte Lebendigkeit der Flucht. Und als ich nun abermals umhertaumelte und stürzte, überkam mich für einen Augenblick der Gedanke an ein Entkommen, doch diesmal schüttelte ich ihm eine ehrfurchtslose Faust entgegen. »Aber nein, o Gott, nein, nein«, keuchte ich. »Ich werde nicht mehr von hier weggehen, lass mich hier tanzend in diesem Karneval der Strudel vergehen, in dieser Anarchie des Donners.« Ich torkelte umher. Aber die Erinnerung tastet hinsichtlich allem, was dann folgte, in einem grauen Dämmer. Ich kämpfte mich die Treppe hoch, die jetzt ein reißender Fluss war, und rannte eine Zeit lang stolpernd und unter wildem Geschwätz zwischen den herabstürzenden Dächern und den zerstörten Wänden umher. Die Luft war dick erfüllt von Wassergüssen; das ganze Dach war nun bis auf drei Sparren vom Wind fortgerissen worden, und im Glanz des bläulichen Mondes flatterten die Wandteppiche wild wie das fließende Haar eines tobenden Fakirs, der von den Taranteln des Wahnsinns gestochen umherwirbelte. An einer Stelle, an welcher der größte der Säulengänge hervorsprang, begann das Gebäude bei jeder Umdrehung mit dumpfen Erschütterungen gegen irgendein Hindernis zu krachen: Es stieß an und bevor man eins-zwei-drei sagen konnte, war es schon wieder dreimal angestoßen. Schnell - noch schneller - hetzte es in einem Fieberwirbel umher, jeder Portikus war ein Segel im Sturm, der seinen großen Rahmen zu Stücken zerschlug.

Ich lief an der Tür eines Raumes vorbei, der mit den Trümmern einer Mauer übersät war, und sah im graublauen Mondlicht Harfager auf einem Grab sitzen. Neben sich hatte er eine Trommel, die er fiebrig, aber regelmäßig mit einem Knüppel in seiner blutigen Faust schlug. Die Geschwindigkeit des sich neigenden Hauses hatte sich jetzt bis zum traumhaften letzten, höchsten Stadium des Trudelns gesteigert. Plötzlich warf sich Harfager die Matte aus Haar aus dem Gesicht, sprang auf, breitete seine Arme aus und begann in dieselbe Richtung wie das Gebäude zu wanken, traumumgeben, mit zurückgeschlagenem Haar, mit zitternden Wangen. Vor diesem Anblick scheute ich würgend zurück, und stolpernd und stürzend fand ich mich schließlich im Untergeschoss gegenüber einem Portal, wo eine Außentür unerwartet vor mir zerbrach und der Atem des Sturms mir frisch ins Gesicht schlug. Darauf stachelte meine Seele einen Impuls an, halb aus Wahnsinn, mehr noch aus Vernunft, und ich rannte aus der Türöffnung, um dort draußen weit in die Vorhölle hineingewirbelt zu werden. Der Fluss drückte mich sofort halb unter Wasser und spülte mich dem Meer entgegen, und sogar dort, in der Tiefe der Wirbel, erreichte ein schrilles Gerassel wie von einer zersplitternden Welt meine Ohren. Es war kaum vorüber, als mein Körper in seinem Schwung mit einer der seetangüberkrusteten Ankerketten zusammenstieß, die von der noch nicht völlig zerstörten Brücke stammte. Noch immer hatte ich nicht zur Gänze mein Bewusstsein verloren. Etwas befreite meinen Kopf aus dem Wasser, und schließlich konnte ich mich auf den Gipfel eines Felsens wuchten. Von dort bis zum Rand des Felsens, über den ich damals gekommen war, war die Brücke unversehrt, und ich robbte unter den Schlägen des Windes und unter dem rauschenden Regen hindurch, der seiden in der Nacht schimmerte. Ich bemerkte dasselbe wilde Leuchten um mich herum, das durch die zerbrochene Kuppel in das Gebäude hineingefallen war, und blickte zurück – und sah, dass der Wohnsitz der Harfager eine Erinnerung aus der Vergangenheit war; dann schaute ich auf – und der ganze nördliche Himmel schien bis zum Zenit ein einziger Ozean vielfarbigen Glanzes zu sein – die *aurora borealis,* die vom Sturm gefegt und durcheinandergebracht war. Die Majestät dieses Anblicks rührte mich zu einem Tränenguss. Und mit den Tränen zerbrach der Traum, ging die Verblendung vorüber! Eine Hand schien vor meinem Gehirn die Schleier der Täuschung fortzuziehen, und ich fiel auf die Knie und erhob meine Hände gen Himmel in Dankbarkeit für das Wunder meiner Errettung vor der Verführung, der Drangsal und dem Zusammenbruch von Rayba.

Maurice Level

Der Franzose Maurice Level ist heute sogar unter Kennern fantastischer Literatur so gut wie vergessen, dabei war er – neben André de Lorde – der wichtigste Autor des berühmten Pariser *Théâtre du Grand Guignol.* Dieses Theater, das 1898 seine erste Vorstellung gab, war spezialisiert auf blutige Horrorschauspiele, in denen mit drastischen und ausgeklügelten Tricks die Angst und der Ekel des Publikums hervorgerufen wurden. Köpfe wurden abgetrennt, Augen ausgestochen, Leiber zerstückelt, literweise schwappte ›künstliches‹ Blut auf die Bühne und die Darsteller. Mancher Zuschauer fiel in Ohnmacht oder flüchtete aus dem Saal. Das Ganze war ein raffiniert in Szene gesetztes Spektakel, das die ersten 20 seiner 40 Jahre des Bestehens großen Erfolg verbuchen konnte und Zuschauer aus ganz Europa anlockte.

Maurice Level wurde 1875 geboren. Er war Chirurg; seine beruflichen Erfahrungen, die er in Krankenhäusern und während des Ersten Weltkrieges sammelte, verarbeitete er in seinen *contes cruels.* Er begann mit dem Schreiben um die Jahrhundertwende. Neben seinen Kurzgeschichten schrieb er auch zwei makabere Romane. Maurice Level starb 1926.

Seine Erzählungen kann man tatsächlich als Vorbereiter der sogenannten Splatterpunk-Literatur sehen – wie auch das *Théâtre du Grand Guignol* ein Vorläufer der Splatterfilme ist – deren Autoren sich in ihren literarischen Mitteln, ebenso wie Level, auf die knappe Schilderung blutiger Grausamkeiten beschränken.

Lovecraft erwähnt Maurice Level in *Supernatural Horror in Literature* nur kurz. In Zusammenhang mit den Erzählungen von Villiers de L'Isle-Adam schreibt er: »Dieser Typus jedoch ist weniger Teil der Tradition des Unheimlichen, sondern eine eigenständige Sparte, die der sogenannten *contes cruels,* in welchen das Verzerren der Gefühle durch dramatische Qualen, Frustration und grausame körperliche Schrecken bewerkstelligt wird. Fast vollkommen dieser Form verschrieben hat sich der Schriftsteller Maurice Level, dessen kurze Episoden sich so hervorragend für ›Thriller‹-Bühnenadaptionen des Grand Guignol eigneten.«

In einem Brief vom 5. Februar 1932 an J. Vernon Shea nennt Lovecraft eine Erzählung »eine conte cruel des Level-Typs«. Welche Geschichten von Maurice Level Lovecraft kannte und welche er besonders mochte, lässt sich nicht mehr feststellen. In den 20er-Jahren waren in den USA zwei Sammlungen mit Kurzgeschichten des Franzosen erschienen und somit Lovecraft zugänglich: *Tales of Mystery and Horror* (1920) und *Grand Guignol Stories* (1922).

Der Abdruck der Hand

Der Zug rollte durch die dunkle Nacht. Meine drei Reisegefährten, ein alter Herr, ein junger Mann und eine sehr junge Frau, schliefen nicht. Von Zeit zu Zeit sprach die junge Frau einige Worte zu dem jungen Manne. Er antwortete mit irgendeiner Bewegung und alles versank wieder in Schweigen. Gegen zwei Uhr sausten wir, ohne dass der Zug sein Tempo verlangsamte, an einem kleinen Bahnhof vorüber. Seine Lichter drangen wie Pfeile in unser Abteil. Und unser Wagen schütterte auf den Drehscheiben. Dieser Stoß und das Geräusch ermunterten die junge Frau, die eben im Einschlafen war. Der junge Mann wischte mit seiner behandschuhten Hand über die Fensterscheiben, beugte den Kopf vor und versuchte etwas zu sehen. Aber die Bahnuhr, die Lampen, der Name der Station waren bereits wieder in die Schatten zurückgesunken.

Die junge Frau fragte mit matter Stimme: »Wo sind wir, Jacques?«

Er zog seine Uhr, dachte nach und erwiderte: »Ich weiß es nicht ganz genau. Aber der Zeit nach müssen wir nicht mehr weit von Pontarlier sein.«

»Oh doch«, sagte der alte Herr, »wir sind noch nicht durch den Tunnel gekommen.«

Der junge Mann dankte und die junge Frau seufzte: »Mein Gott, wie endlos diese Reise ist … Ich habe noch kein Auge geschlossen. Wenn du wenigstens Zeitungen gekauft hättest.«

»Darf ich mir erlauben?«, fragte der alte Herr und reichte ihr einige Blätter hinüber.

Sie nahm sie mit liebenswürdigem Dank an und begann zu lesen.

Ihr Mann zog ein Zigarettenetui aus seiner Tasche und reichte es seinem Nachbarn.

»Eine Zigarette, mein Herr?«

»Mit Vergnügen.«

Er war ein hübscher junger Mann von etwa 30 Jahren, elegant und dabei kräftig, mit einem feinen, energischen Kopf und sehr sanften Augen, deren Blick noch weicher wurde, wenn er sich auf seine junge Frau heftete. Sie hatte die Zeitungen entfaltet und schien ganz vertieft in ihre Lektüre.

Ihr Mann zog die herabgleitende Decke wieder über ihr Knie zurück, streifte den Florüberzug der Lampe hinauf, um die Augen seiner Frau nicht zu sehr zu ermüden, fuhr liebkosend über ihre Hand und sagte: »Bist du nun zufrieden?« Sie lächelte, und er wandte sich dem alten Herrn wieder zu.

»Ich bin Ihnen unendlich dankbar, mein Herr«, sagte er, »diese Reise ist wirklich zu lang und anstrengend, besonders für meine Frau, die nicht daran gewöhnt ist, nachts zu fahren.«

Der Angeredete erwiderte sehr höflich: »Umso unangenehmer in dieser Jahreszeit, da der Tag so spät anbricht. Es wird noch vollständig Nacht sein, wenn wir in Vallorbe einlaufen, und dort haben wir ganz gut eine halbe Stunde mit der Zollrevision zu tun. Sie gehen wohl nach Italien?«

»Nein, wir reisen nach der Schweiz. Meine Frau ist ein wenig leidend, und die Ärzte haben ihr Gebirgsluft empfohlen.«

Da die junge Frau nun alle Zeitungen nacheinander durchflogen hatte, legte sie sie auf den Sitz zurück und sagte: »Man spricht absolut nur von der einzigen Sache, die mich fesselt. Ich verfolge dieses Verbrechen … wie man einen Roman verfolgt.«

Ihr Gatte zuckte die Schultern. »Ich sehe wirklich nicht ein, was daran so aufregend ist.«

»Was daran aufregend ist? *Alles!* … Die Geschicklichkeit dieses Mörders … das undurchdringliche Geheimnis … kurzum alles!«

Der alte Herr, dem augenscheinlich daran lag, eine Unterhaltung anzuknüpfen, fragte: »Sie sprechen von dem Verbrechen in der Rue Pergolèse, gnädige Frau?«

»Ja, mein Herr, finden Sie es nicht auch sehr interessant?«

»Außerordentlich.«

»Siehst du, der Herr ist ganz meiner Meinung.«

Der junge Mann hatte eine Zeitung genommen und öffnete sie. Ohne die Augen zu erheben, erwiderte er: »Aber ich weiß gar nicht, worum es sich handelt, mein Kleines.«

»Du weißt es nicht? Aber du liest es ja ebenso wie ich, du hast die Geschichte erst neulich im Theater während des ganzen Zwischenaktes durchgelesen – und noch heute Morgen, bevor wir abreisten …«

Er ließ seine Zeitung fallen und sah sie betroffen an: »Hör mal, wenn ich erkläre, dass ich es nicht gelesen habe, so habe ich es eben nicht gelesen.«

Dieser sanft und zärtlich aussehende Mann musste nicht gerade bequem sein und nicht leicht einen Widerspruch ertragen. Denn er sagte diese Worte in einem trockenen, fast schneidenden Tone, und seine blauen Augen, die soeben noch so liebkosend geblickt, nahmen plötzlich eine kalte Starrheit an, die mir peinlich war. Er bemerkte wohl meine Überraschung, fasste sich und fuhr leichten Tones fort: »Vielleicht habe ich es auch irgendwo gelesen. Eine Halbweltdame, die in ihrem Heim erdolcht wurde … mitten in der Nacht …«

»Am hellen Tag«, verbesserte die junge Frau.

»Also, wenn du willst, am hellen Tage … Man hat ihr Geld und Schmuckstücke gestohlen, wie das alle Tage vorkommt!«

»Oh, das ging sehr viel geheimnisvoller zu.«

Er seufzte: »Gott, wenn du das Geheimnis so liebst!«

Und er vertiefte sich wieder in die Lektüre der Zeitung.

Aber die junge Frau, die von der Geschichte sichtlich sehr in Anspruch genommen wurde, wandte sich dem anderen Mitreisenden zu: »Wenn man bedenkt, dass vielleicht jemand an der Tür dieser Unglücklichen läutete, während sie gerade ermordet wurde – und das ist sogar sehr wahrscheinlich.«

Der Herr schien überrascht zu sein: »Woraus schließen Sie das?«

»Aus einem ganz einfachen Umstande: Nicht ein einziges Schmuckstück ist verschwunden, und dennoch brauchte man nur die Hand danach auszustrecken. Es fanden sich später zwei wunderbare Ringe, eine goldene Börse und eine Diamantenbrosche auf der Kommode vor, und auch kein einziger Nippesgegenstand aus den Glasschränken ist berührt worden. Nicht die geringste Unordnung. Der Mörder muss überrascht oder durch ein Geräusch erschreckt worden sein und ist geflohen, ohne Zeit gehabt zu haben, seine Beute zusammenzuraffen. Das Verbrechen hat ihm nicht viel eingebracht.«

Der alte Herr schüttelte den Kopf: »Doch, gnädige Frau, viel, sehr viel. Es ist sogar eines der einträglichsten Verbrechen, die sind seit vielen Jahren begangen worden ist, und der Mann hat sich Zeit dazu gelassen, dafür bürge ich Ihnen.«

»Warum hat er denn nicht die Schmucksachen geraubt?«

»Ganz einfach, weil der Mörder als intelligenter Mann sich gesagt hat: Das Geld und die Bankscheine sind anonym, können mich nicht verraten. Aber bei Schmuckgegenständen – ob man sie nun behält oder zu verkaufen sucht – setzt man sich immer der Gefahr aus, verhaftet zu werden. Telegraf und Telefon haben die Arbeit der Missetäter erheblich kompliziert. Man verfolgt sie steckbrieflich auf offenem Meere, man nimmt sie fest, bevor sie Zeit gehabt haben, auf einem gastfreundlichen Boden zu landen, dessen Gesetze keine Auslieferung gestatten …«

»Wenn nun aber der Verbrecher so gut vorausgesehen hätte, dass man seine Spur erst nach einigen Tagen finden könne?«

Doch der alte Herr vollendete mit Bestimmtheit: »Nein, man wird ihn niemals verhaften …«

Wider meinen Willen murmelte ich: »Das ist etwas weniger sicher als gestern.«

Die junge Frau zitterte, der alte Herr drehte sich ungestüm zu mir um, und der junge Mann sah mich über seine Zeitung hinweg an. »Ich bitte Sie«, sagte der alte Herr, »ich habe alles gelesen, was auf diese Sache Bezug hat, ich habe sie in zehn Zeitungen mit dem größten Interesse verfolgt, und ich habe nicht das Geringste gefunden, was zu der Annahme führen könnte …«

»Weil die Entdeckung, auf die ich anspiele, soeben erst gemacht worden ist«, erwiderte ich ihm, »und weil man nicht vor morgen früh davon sprechen kann.«

Die junge Frau beugte neugierig ihren Kopf vor: »Sind Sie Journalist, mein Herr?«

»Nein, gnädige Frau. Und doch bin ich recht gut über die Sache orientiert. In meiner Eigenschaft als Gerichtsarzt habe ich den ersten Feststellungen beigewohnt. Nun, im Laufe dieser ersten Aufnahmen des Tatbestandes hat man nur eins bemerkt – denn das Zimmer, in dem das Verbrechen begangen wurde, war ziemlich dunkel –, und zwar, dass die Tote mit einem einzigen Messerstich mitten in die Brust verwundet worden war. Aber als man mir den Körper nach dem Leichenschauhaus brachte, entdeckte ich einen ziemlich großen Fleck unter der linken Brust, einen rötlichen Fleck, der die Form einer Hand zu haben schien. Ich fotografierte diesen Fleck, ich verstärkte die Platte, und als ich den ersten Abzug machte, konnte ich feststellen, dass es tatsächlich die Zeichnung einer Hand war – einer langen, feinen Hand, und die Aufnahme war so gut gelungen, dass mir nicht die geringste Einzelheit, nicht eine Falte, nicht eine Linie, nicht ein Streifen fehlte!«

»Vielleicht«, sagte der alte Herr nachdenklich, »hat ein Polizist den Körper beim Aufheben berührt. Und da diese Leute gewöhnlich keine Handschuhe tragen, so kann man darin wohl nur die Spur einer nicht sehr sauberen, aber darum nicht minder unschuldigen Hand sehen.«

Der junge Mann, der immer noch las, begann zu lachen. Doch ich verübelte ihm das nicht, denn es ist ja üblich, Ärzte und Gutachter mit Vorliebe zu verulken. Ich sagte nichts und fügte nur hinzu: »Wenn Augen sich auch täuschen können, die *Chemie* irrt nie. Und der Fleck war ein Blutfleck, ein sehr verwischter, das gebe ich zu, aber immerhin ein Blutfleck. Auch stimmte der Abdruck mit keiner Hand einer der Personen überein, die seit der Entdeckung des Verbrechens das Haus betreten hatten. Und außerdem fand man ein feuchtes, sehr verschmutztes Handtuch neben der Toilette, aus dessen Vorhandensein man sich ohne große Fantasie einen Teil des Dramas vorstellen kann: Nach vollendetem Verbrechen wird der Mörder seine rechte, rot gewordene Hand abgetrocknet haben. Dann hat er sich wohl im Moment des Fortgehens versichern wollen, dass sein Opfer wirklich tot sei und dass er nicht nötig habe, seine Tat zu vervollständigen; er hat sich der Erstochenen genähert, hat die Hand auf ihr Herz gedrückt, und da er nicht mehr das geringste Klopfen wahrgenommen hat, so ist er geräuschlos, wie er eingetreten, wieder hinausgegangen. Nur hat er bei alledem vergessen, dass Blut fürchterlich an der Haut haftet, und dass er damit, ohne es zu wollen, den deutlichsten, den unleugbarsten Stempel seiner Persönlichkeit auf sein Werk gedrückt hatte.«

Bestürzt hörten die drei Reisenden zu.

»Das ist erstaunlich«, sagte die junge Frau.

Ihr Gatte meinte: »Wirklich, sehr merkwürdig.«

Und der alte Herr murmelte: »Bah! Solange man diese Handabdrücke nicht durch Maße abstimmen kann, bleibt diese Methode eine recht platonische Befriedigung, und wenn ich der Mörder wäre, so würde ich ganz ruhig schlafen.«

»Vielleicht noch diese Nacht, aber *morgen*, glaube ich, nicht mehr. Denn morgen werden sämtliche Zeitungen den Abdruck meiner Fotografie veröffentlichen und morgen wird ganz Frankreich, zwei Tage später ganz Europa diese Hand kennen. Und diese Hand wird den Mörder verraten, falls er sich nicht dazu entschließen sollte, sein ganzes Leben lang, zu jeder Stunde, Handschuhe zu tragen, oder wenn er sich – ein Held in seiner Art – nicht gar selbst das Handgelenk durchschneidet. Denn diese Hand, mein Herr, trägt außer ihren charakteristischen Linien, die selbst einem wenig geschickten Praktiker genügen würden, sie von jeder anderen Hand zu unterscheiden, noch ein anderes Merkmal, das jedem unfehlbar auffallen muss: eine *Narbe*, die vom äußersten Ende des Ringfingers bis zum Ende jener Linie geht, welche die Wahrsagerinnen Lebenslinie nennen. Es ist eine Narbe, die sehr kräftig sein muss und die man unmöglich übersehen kann. Sodass wir den Mörder, wenn er sich zum Beispiel – ich meine nur! – zufällig unter uns befinden würde, sofort erkennen könnten, sobald er aus Unachtsamkeit seine Handschuhe abstreifen würde. Denn nach diesen Schilderungen müssten Sie, gnädige Frau, und Sie, meine Herren, und ebenso selbstverständlich ich selbst ihn unbedingt erkennen und an der nächsten Station verhaften lassen.«

»Oh«, stammelte die junge Frau. Die beiden Männer blickten mechanisch auf ihre Handschuhe hinab.

»So wird diese Fotografie bestimmt in den Blättern abgebildet erscheinen?«, begann der junge Mann von Neuem.

»Und wir werden sie bei unserer Ankunft bereits in den Zeitungen finden?«, fragte der alte Herr.

»Ja.«

Meine Erzählung schien die junge Frau sehr erregt zu haben, denn sie sagte mit einer etwas zögernden Stimme: »Ich möchte die Fotografie gerne sehen.«

»Nichts leichter als das«, erwiderte ich, »ich habe gerade einen Abzug in meiner Handtasche: Hier ist er.«

Sie griff nach dem Blatt. Ihr Mann beugte sich über ihre Schulter, und der alte Herr fragte: »Sie gestatten?«

Er setzte sich neben sie. Sie hatten alle drei das Gesicht gesenkt und sahen auf das Blatt nieder. Ihre Gesichter verzerrte eine so angestrengte Aufmerksamkeit, dass man auf den Gedanken kommen konnte, sie hätten die Hand leibhaftig vor sich. Doch die Lampe leuchtete nur matt, und ich musste ihnen die Einzelheiten erklären: »Sehen Sie diese weiße Linie, die ist deutlich, nicht? … Und dann …«

»Finden Sie nicht, dass es hier erstickend heiß ist?«, fragte plötzlich der junge Mann. »Ich öffne ein wenig das Fenster, nicht wahr?«

Er ließ das Fenster hinunter, und der alte Herr sagte, sich die Stirn trocknend: »Oh, das tut gut.«

Ich setzte meine Erklärung fort. In diesem Augenblick ließ die Lokomotive einen durchdringenden, langen Pfiff ertönen, und ein fürchterlicher Lärm erhob sich. Ich rief sehr laut: »Wir laufen in den Tunnel ein! Ich werde es Ihnen weiter erklären, wenn wir wieder draußen sind, man versteht nicht sein eigenes Wort!«

Der alte Herr setzte sich wieder auf seinen Platz. Die junge Frau hielt ihre Augen immer noch auf die Fotografie geheftet. Und ihr Mann sagte zum zweiten Male: »Man erstickt hier.«

Er beugte sich dem Fenster ein wenig näher zu.

Und plötzlich war mir, als ob ich ein seltsames Geräusch vernähme, etwas wie einen Hilferuf oder ein Röcheln. Meine Gefährten vernahmen es wohl auch, denn alle drei erhoben den Kopf. Aber dann war es wieder still, und wir rollten in der Dunkelheit, von donnerähnlichem Lärm umfangen, noch eine Minute lang dahin. Dann nahm das Geräusch ab, die Luft schien besser zu werden, der in das Abteil eingedrungene Rauch verflüchtigte sich: Wieder waren wir auf offener Bahn, unter freiem Himmel. Aber als ich mich jetzt anschickte, meine Erklärung zu vollenden, bemerkte ich, dass der junge Mann, der immer noch mit aus dem Fenster hinaushängendem Arm in einer Ecke lehnte, totenbleich, wie ohnmächtig war.

Er ließ einen irren Blick über uns und besonders über seine Frau hingleiten und sank zurück.

Ich fragte ihn: »Fühlen Sie sich nicht wohl, mein Herr?«

Ich hatte kaum Zeit, ihn zurückzuhalten. Er fiel wie tot vornüber, und da sah ich …

»Um Himmels willen!«, schrie der alte Herr auf, »er muss mit der Hand gegen einen Pfeiler des Tunnels gestoßen sein, und dabei ist ihm die Hand zerquetscht worden.«

Die junge Frau war aschfahl und richtete sich auf. Aber schon hatte ich den Ärmel des Verwundeten zerrissen und den Arm mit meinem Taschentuch verbunden. Der junge Mann öffnete die Augen, sein Blick lief von seiner Schulter den Arm entlang und heftete sich dann leidenschaftlich auf seine junge, unbewegliche Frau. Sie hatte sich wieder gesetzt, und obwohl ihre Zähne aufeinanderschlugen, presste sie den Verstümmelten wortlos an ihre Brust.

Plötzlich kam der Ausruf des alten Herrn mir ins Gedächtnis zurück: ›Und dabei ist ihm seine Hand zerquetscht worden‹ …

Ich betrachtete die zur Erde gefallene Fotografie. Der Verwundete folgte meinem Blicke und sah mich starr an. Und ich erinnerte mich meines Ausspruches: ›oder sich nicht selbst das Handgelenk durchschneiden‹. Der Argwohn, die Gewissheit, waren zu gleicher Zeit in mir aufgetaucht, aber ich hatte nicht die Kraft, vielleicht auch nicht den Willen, zu sprechen. Und ohne dass ein weiteres Wort zwischen uns gewechselt wurde, erwarteten wir den Anbruch des Tages.

Da es in Vallorbe noch vollständig Nacht war, so brachte man den Verwundeten erst in Lausanne hinaus. Ich habe niemals mehr von ihm sprechen hören. Ich weiß nicht, ob er am Leben geblieben ist … Ich weiß nur, dass man den Mörder aus der Rue Pergolèse niemals gefunden hat …

Francis Marion Crawford

Der Amerikaner Francis Marion Crawford (1854–1909) hat ein umfangreiches Werk hinterlassen: Romane, Essays und historische Werke. Zu Lebzeiten war er ein regelrechter Bestsellerautor. Heute erinnert man sich an ihn nur noch wegen seiner wenigen Kurzgeschichten unheimlicher Prägung und dreier seiner Romane mit fantastischem Einschlag: *Zoroaster* (1885), *The Witch of Prague – A Fantastic Tale* (1891) und *Khaled* (1891).

Donald Wandrei war es, der 1926 – also zu der Zeit, als Lovecraft die erste Fassung von *Supernatural Horror in Literature* schrieb – diesem die Kollektion *Wandering Ghosts* (1911) von F. M. Crawford lieh.

Lovecraft in seinem Essay: »F. Marion Crawford schrieb einige unheimliche Geschichten unterschiedlicher Qualität, die nun in einem Band vorliegen: *Wandering Ghosts*. In der Geschichte ›For the Blood is Life‹ wird gekonnt ein Fall von mondphasenabhängigem Vampirismus nahe der süditalienischen Meeresküste geschildert. ›The Dead Smile‹ handelt von Familien-Entsetzen in einem alten Haus und einer uralten Gruft in Irland und beschreibt eindrucksvoll eine Banshee. ›The Upper Berth‹ allerdings ist Crawfords unheimliches Meisterwerk und gleichzeitig eine der packendsten Horrorgeschichten der Literatur. In dieser Geschichte eines von Selbstmord heimgesuchten Prunkzimmers werden solche Dinge wie geisterhafte Salzwasserfeuchtigkeit, eine seltsame offene Luke und der albtraumhafte Kampf mit einem namenlosen Objekt mit unvergleichlicher Dichte in Szene gesetzt.«

Die Erzählungen ›For the Blood ist Life‹ und ›The Upper Berth‹ sind in deutschsprachigen Anthologien bereits oft nachgedruckt worden, darum entschied ich mich für den Abdruck von ›The Dead Smile‹, das unbekannter geblieben ist.

Das Totenlächeln

I.

Sir Hugh Ockram lächelte, als er an einem Nachmittag im späten August am offenen Fenster seines Arbeitszimmers saß. Gerade in diesem Augenblick verdüsterte eine seltsam gelbe Wolke die tief stehende Sonne, und das klare Sommerlicht wurde gespenstisch, als wäre es plötzlich von den fauligen Dünsten einer Seuche vergiftet und besudelt worden. Sir Hughs Gesicht schien bestenfalls aus feinem Pergament zu bestehen, das hauteng über eine hölzerne Maske gezogen war, in welche zwei Augen sehr tief eingesunken waren und von innen heraus durch Spalten unter den schrägen, runzeligen Lidern hervorlugten, lebendig und wachsam wie zwei Kröten in ihren Erdlöchern, Seite an Seite und exakt einander gleich. Doch als das Licht wechselte, blitzte ein kleines gelbes Funkeln in ihnen beiden auf. Mrs. Macdonald, die uralte Kinderfrau, hatte einmal gesagt, dass Sir Hugh, wenn er lächle, die Gesichter seiner beiden toten Frauen in der Hölle sehe – zwei tote Frauen, die er betrogen hatte. (Mrs. Macdonald, die Kinderfrau, war 100 Jahre alt.) Das Lächeln weitete sich, und über seine verfärbten Zähne dehnten sich die bleichen Lippen mit einem Ausdruck tiefer Selbstzufriedenheit, die mit dem unversöhnlichsten Hass und großer Verachtung für das menschliche Wesen vermischt war. Die abscheuliche Krankheit, an der er starb, hatte sein Gehirn berührt. Sein Sohn stand neben ihm, groß, weiß und zart wie ein Engel in einem mittelalterlichen Bild, und obwohl in seinen violetten Augen tiefes Leid lag, als er seinen Vater anschaute, fühlte er doch, wie der Schatten jenes ekelhaften Lächelns sich auf seine eignen Lippen stahl, sie spaltete und gegen seinen Willen hochzog.

Es war wie ein schlechter Traum, denn er versuchte, nicht zu lächeln, und lächelte umso mehr. Neben ihm, ihm seltsam ähnlich in ihrer blassen, engelgleichen Schönheit, mit demselben schattenhaften, goldenen Haar, denselben traurigen violetten Augen, demselben klaren, bleichen Gesicht, stand Evelyn Warburton und hatte ihre Hand auf seinen Arm gelegt. Und als sie in die Augen ihres Onkels schaute und ihren Blick nicht davon abwenden konnte, wusste sie, dass das tödliche Lächeln auch auf ihren eigenen roten Lippen schwebte und sie fest über ihre kleinen Zähne zog, während zwei helle Tränen an ihren Wangen zum Mund herabliefen und von der Oberlippe zur Unterlippe tropften, während sie lächelte – und das Lächeln war wie der Schatten des Todes und das Siegel der Verdammung auf ihrem reinen, jungen Gesicht. »Natürlich«, sagte Sir Hugh sehr langsam und schaute hoch hinaus auf die Bäume, »wenn ihr euch dazu entschlossen habt, zu heiraten, kann ich euch nicht daran hindern, und ich nehme nicht an, dass ihr meiner Zustimmung die leiseste Bedeutung zumesst –«

»Vater!«, rief Gabriel vorwurfsvoll aus.

»Nein, ich will mir nichts vormachen«, fuhr der alte Mann fort und lächelte schrecklich. »Ihr werdet heiraten, wenn ich tot bin, obwohl es einen sehr guten Grund gibt, warum ihr es nicht tun solltet – warum ihr es nicht tun solltet«, wiederholte er sehr nachdrücklich, und er wandte seine Krötenaugen langsam den Liebenden zu.

»Was für einen Grund?«, fragte Evelyn mit angstvoller Stimme.

»Kümmere dich nicht um den Grund, meine Liebe. Du wirst heiraten, als ob er nicht existiere.« Nun kam eine lange Pause. »Zwei sind gegangen«, sagte er mit seltsam tiefer Stimme, »und noch zwei, das macht vier, alle zusammen, für immer und immer, hell brennend, brennend, brennend.«

Bei den letzten Worten sank er langsam zurück, und das leichte Glitzern der Krötenaugen verschwand unter den geschwollenen Lidern. Die gespenstische Wolke zog an der im Westen stehenden Sonne vorbei, sodass die Erde wieder grün und das Licht wieder rein war. Sir Hugh war eingeschlafen, wie er es oft im Verlauf seiner letzten Krankheit tat, sogar während er sprach.

Gabriel Ockram zog Evelyn fort, und sie gingen vom Arbeitszimmer hinaus in die schwach erleuchtete Halle. Sie schlossen die Tür leise hinter sich, und dann atmeten sie beide hörbar auf, als ob eine plötzliche Gefahr vorübergegangen sei. Sie legten ihre Hände ineinander, und ihre seltsam ähnlichen Augen trafen sich in einem langen Blick, in dem Liebe und vollkommenes Verstehen von dem geheimen Erschrecken vor etwas Unbekanntem verdunkelt wurden. Ihre bleichen Gesichter spiegelten die Angst des anderen wider.

»Es ist sein Geheimnis«, sagte Evelyn schließlich. »Er wird uns nie sagen, was es ist.«

»Wenn er damit stirbt«, antwortete Gabriel, »muss er es allein tragen.«

»Allein tragen!«, echote es in der düsteren Halle. Es war ein seltsames Echo, und manche fürchteten sich davor, denn sie sagten, wenn es ein wirkliches Echo wäre, würde es alles wiederholen und nicht nur hier und dort eine Phrase, und nicht manchmal reden und manchmal stumm sein. Doch Mrs. Macdonald sagte, dass die große Halle niemals ein Gebet wiederhole, wenn ein Ockram sterbe, obwohl sie zehn Flüche für einen wiedergebe.

»Allein tragen«, wiederholte es recht sanft, und Evelyn schreckte hoch und schaute umher.

»Es ist nur das Echo«, sagte Gabriel und führte sie fort.

Sie gingen hinaus in das Licht des späten Nachmittags und ließen sich auf einem Steinsitz hinter der Kapelle nieder, die quer an das Ende des Ostflügels angebaut war. Es war sehr still; kein Hauch rührte sich, und es gab nicht das leiseste Geräusch in ihrer Nähe. Nur weit draußen im Park flötete ein Singvogel das hohe Präludium zum Abendchor.

»Es ist sehr einsam hier«, sagte Evelyn und nahm Gabriels Hand. Sie sprach, als fürchte sie, die Stille zu stören. »Wenn es dunkel wäre, hätte ich Angst.«

»Wovor? Vor mir?« Gabriels traurige Augen blickten sie an.

»Oh nein! Wie könnte ich vor dir Angst haben? Aber vor den alten Ockrams – es heißt, dass sie gerade unter unseren Füßen hier in der nördlichen Gruft außerhalb der Kapelle liegen, alle nur in ihren Leichentüchern, ohne Särge, wie man sie üblicherweise begrub.«

»So wie es immer sein wird. So wie man meinen Vater begraben wird, und mich. Es heißt, ein Ockram wird nie in einem Sarg liegen.«

»Aber das kann nicht wahr sein – das sind Märchen – Gespenstergeschichten!« Evelyn schmiegte sich enger an ihren Begleiter und fasste seine Hand fester. Die Sonne begann zu sinken.

»Natürlich. Aber da ist die Geschichte des alten Sir Vernon, der wegen Verrats unter James II. enthauptet wurde. Die Familie brachte seinen Körper von der Richtstätte in einem eisernen Sarg mit schweren Schlössern zurück, und sie legten ihn in die Nordgruft. Doch wann immer die Gruft später geöffnet wurde, um ein anderes Familienmitglied zu beerdigen, fand man seinen Sarg weit offen, und der Körper stand aufrecht gegen die Wand gelehnt; der Kopf hingegen war in eine Ecke gerollt und sah den Körper lächelnd an.«

»So wie Onkel Hugh lächelt?« Evelyn schauderte.

»Ja, ich glaube, schon«, antwortete Gabriel nachdenklich. »Natürlich habe ich es nie gesehen, und die Gruft ist seit 30 Jahren nicht mehr geöffnet worden – es ist ja niemand von uns seitdem gestorben.«

»Und wenn – wenn Onkel Hugh stirbt – wirst du –« Evelyn hielt inne, und ihr wunderschönes, dünnes Gesicht war totenbleich.

»Ja. Ich werde auch ihn dort aufgebahrt sehen – mit seinem Geheimnis, was immer es sein mag.« Gabriel seufzte und drückte die kleine Hand des Mädchens.

»Ich will nicht daran denken«, sagte sie unsicher. »Oh, Gabriel, was kann das für ein Geheimnis sein? Er hat gesagt, wir sollten lieber nicht heiraten – nicht dass er es verboten hätte –, doch er hat es in einer so seltsamen Art gesagt, und er hat gelächelt – igitt!«

Ihre kleinen weißen Zähne klapperten vor Angst, und sie sah über ihre Schulter, als sie sich noch näher an Gabriel drückte. »Und irgendwie habe ich das Lächeln auch in meinem eigenen Gesicht gefühlt – –«

»Ich auch«, antwortete Gabriel mit tiefer, aufgeregter Stimme. »Mrs. Macdonald –« Er brach unvermittelt ab.

»Was? Was hat sie gesagt?«

»Oh, nichts. Sie hat mir Dinge erzählt – sie würden dich beängstigen, meine Liebe. Komm, es wird kalt.« Er erhob sich, doch Evelyn hielt seine Rechte mit ihren beiden Händen fest. Sie saß noch da und schaute hoch in sein Gesicht.

»Aber wir werden trotzdem heiraten, Gabriel! Sag, dass wir es tun werden!«

»Natürlich, Liebste, natürlich. Aber während mein Vater so krank ist, ist es unmöglich –«

»Oh Gabriel, lieber Gabriel! Ich wünschte, wir wären schon verheiratet«, rief Evelyn in plötzlichem Kummer aus. »Ich weiß, dass uns etwas daran hindern und uns voneinander fernhalten wird.«

»Nichts wird das können!«

»Nichts?«

»Nichts Menschliches«, sagte Gabriel Ockram, als sie ihn zu sich herabzog.

Und ihre Gesichter, die einander so seltsam ähnlich waren, trafen und berührten sich – und Gabriel wusste, dass der Kuss einen wunderbaren Beigeschmack des Bösen haben würde, doch auf Evelyns Lippen schien er wie der kühle Atem einer süßen und tödlichen Angst. Und keiner von ihnen verstand es, denn sie waren jung und unschuldig. Und doch zog sie ihn zu sich mit der leisesten Berührung, wie wenn eine empfindsame Pflanze zittert und ihre dünnen Blätter wellt, sich beugt und sanft über etwas stülpt, das sie begehrt, und er ließ sich bereitwillig zu ihr ziehen, wie er es selbst dann getan hätte, wenn ihre Berührung giftig und tödlich gewesen wäre, denn sie war in seltsamer Liebe zu jenem halb wollüstigen Hauch der Angst befangen, und er begehrte leidenschaftlich dieses namenlose böse Etwas, das auf ihren Mädchenlippen lauerte.

»Es ist, als ob wir uns in einem seltsamen Traum liebten«, sagte sie.

»Ich fürchte das Erwachen«, murmelte er.

»Wir werden nicht erwachen, Liebster. Wenn der Traum vorüber ist, wird er sich schon in den Tod verwandelt haben, so sanft, dass wir es nicht erkennen werden. Doch bis dahin –«

Sie schwieg, und ihre Augen suchten die seinen, und ihre Gesichter kamen langsam einander immer näher. Es war, als besäßen ihre roten Lippen Gedanken, die den tiefen Kuss des anderen vorhersahen und vorherwussten.

»Bis dahin«, sagte sie wieder, sehr tief, und ihr Mund kam dem seinen näher.

»Träume – bis dahin«, murmelte sein Atem.

II.

Mrs. Macdonald war 100 Jahre alt. Sie pflegte sitzend in einem großen ledernen Ohrensessel zu schlafen, mit ihren Füßen auf einem mit Schafsfell bezogenen Schemel und in viele warme Decken eingewickelt, sogar im Sommer. Neben ihr brannte in der Nacht immer eine kleine Lampe, und daneben stand ein alter silberner Becher mit etwas zu trinken darin.

Ihr Gesicht war stark gerunzelt, doch die Runzeln waren so klein und fein und nahe beieinander, dass sie anstatt Linien Schatten erschufen. Zwei dünne Locken ihres Haares, das von Weiß wieder zu einem rauchigen Gelb überging, hingen unter ihrer gestärkten weißen Kappe hervor und lagen über ihren Schläfen. Ab und an erwachte sie, und ihre Augenlider zogen sich in winzigen Falten wie kleine rosafarbene Seidenvorhänge hoch, und ihre sonderbaren blauen Augen blickten geradewegs vor sich durch Türen und Wände und Welten hindurch auf einen Ort weit dahinter. Dann schlief sie wieder ein, und ihre Hände lagen aufeinander am Rande der Decken; die Daumen waren im Alter länger als die übrigen Finger geworden, und die Gelenke schimmerten in dem gedämpften Licht der Lampe wie polierte Holzäpfel.

Es war beinahe ein Uhr nachts, und die Sommerbrise blies einen Efeuzweig in einer stillen Liebkosung gegen die Fensterscheibe. In dem kleinen Zimmer dahinter, dessen Tür halb offen stand, schlief fest das Kammermädchen, das sich um die alte Kinderfrau Mrs. Macdonald kümmerte. Alles war sehr still. Die uralte Frau atmete regelmäßig, und ihre nach innen gewölbten Lippen erzitterten jedes Mal, wenn sie den Atem ausstieß. Ihre Augen waren geschlossen.

Aber draußen vor dem Fenster schwebte ein Gesicht und violette Augen schauten die alte Schläferin fest an. Es sah aus wie das Gesicht von Evelyn Warburton, doch vom Fensterbrett bis zum Fuß des Turms waren es 25 Meter. Die Wangen waren schmaler als die Evelyns und so weiß wie schimmerndes Licht, und ihre Augen waren starr, und die Lippen waren nicht rot von Leben, sondern tot und mit frischem Blut bemalt. Langsam falteten sich Mrs. Macdonalds Lider nach oben, und sie schaute so lange direkt in das Gesicht vor dem Fenster, wie man brauchte, um bis zehn zu zählen.

»Ist es Zeit?«, fragte sie in ihrer schwachen, alten, wie von weit her kommenden Stimme.

Als sie es anschaute, wandelte sich das Gesicht hinter dem Fenster. Seine Augen öffneten sich weiter und weiter, bis das Weiße überall um das helle Violett herum glänzte, und die blutigen Lippen öffneten sich über schimmernden Zähnen und dehnten sich, weiteten sich, dehnten sich nochmals, und das schattenhafte goldene Haar stellte sich auf und strömte in der nächtlichen Brise gegen das Fenster. Und als Antwort auf Mrs. Macdonalds Frage kam der Laut, der das lebendige Fleisch gefrieren lässt.

Jene dunkle, wehklagende Stimme, die sich plötzlich wie der Schrei des Sturms erhebt, von einem Wehklagen zu einem Jammern, von einem Jammern zu einem Heulen, von einem Heulen zum Angstschrei der gefolterten Toten – derjenige, der das gehört hat, ist ein Wissender, und er kann Zeugnis davon geben, dass der Schrei der Banshee ein gottloser Schrei ist, wenn man ihn allein in der Nacht hört. Als er vorüber und das Gesicht verschwunden war, schüttelte sich Mrs. Macdonald ein wenig in ihrem großen Sessel. Noch immer schaute sie auf das schwarze Geviert des Fensters, doch da war nichts mehr, nichts als die Nacht und der wispernde Efeuzweig. Sie drehte ihren Kopf zu der halb offen stehenden Tür. Dort stand das Mädchen in seinem weißen Nachthemd; seine Zähne klapperten vor Angst.

»Es ist Zeit, mein Kind«, sagte Mrs. Macdonald. »Ich muss zu ihm gehen, denn das ist das Ende.«

Sie erhob sich langsam, stützte sich mit ihren welken Händen an den Lehnen des Sessels ab, und das Mädchen brachte ihr einen wollenen Umhang und einen großen Mantel sowie ihren Krückstock und half ihr, sich fertig zu machen. Doch sehr oft schaute das Mädchen zum Fenster hin und war außer sich vor Angst. Mrs. Macdonald schüttelte ihr Haupt und sprach Worte, die das Mädchen nicht verstehen konnte.

»Es sah aus wie das Gesicht von Miss Evelyn«, sagte das Mädchen schließlich zitternd.

Die alte Frau schaute verärgert und scharf auf, und ihre sonderbaren blauen Augen glänzten. Sie hielt sich mit ihrer linken Hand an der Lehne des großen Sessels fest und hob ihren Krückstock, wie um das Mädchen mit aller ihr zur Verfügung stehenden Kraft zu schlagen. Doch sie tat es nicht.

»Du bist ein gutes Mädchen«, sagte sie, »aber du bist eine Närrin. Bete um Verstand, mein Kind, bete um Verstand – oder finde eine Anstellung in einem anderen Haus als Ockram Hall. Bring die Lampe her und stütze mich unter meinem linken Arm.«

Der Krückstock klapperte auf dem hölzernen Fußboden, und die flachen Absätze der Pantoffeln der Mrs. Macdonald schlackerten in langsamen Dreiklängen hinter ihr her, als sie zur Tür ging. Jede Stufe hinunter war eine Anstrengung, und durch die klappernden Geräusche wussten die wachenden Bediensteten, dass sie kam, lange bevor sie sie sahen.

Niemand schlief nun mehr, und in den Korridoren nahe Sir Hughs Schlafzimmer waren Lichter und Wispern und bleiche Gesichter. Nun ging jemand hinein, nun kam jemand heraus, doch jeder machte Platz für Mrs. Macdonald, die Sir Hughs Vater vor mehr als 80 Jahren großgezogen hatte.

Das Licht im Zimmer war sanft und klar. Dort stand Gabriel Ockram neben dem Bett seines Vaters, und dort kniete Evelyn Warburton; ihr Haar lag wie ein goldener Schatten auf ihren Schultern, und ihre Hände waren aufgeregt ineinandergeklammert. Und Gabriel gegenüber versuchte eine Krankenschwester, Sir Hugh ein Getränk einzuflößen. Doch er wollte nicht, und obwohl seine Lippen getrennt waren, hatte er seine Zähne fest aufeinandergebissen. Er war jetzt sehr, sehr dünn und gelblich, und seine Augen blickten zur Seite und waren wie gelbe Kohlen.

»Quäl ihn nicht«, sagte Mrs. Macdonald zu der Frau, die den Becher hielt. »Lass mich mit ihm sprechen, denn seine Stunde ist gekommen.«

»Lassen Sie sie mit ihm sprechen«, sagte Gabriel mit dumpfer Stimme.

So lehnte sich die alte Frau über das Kissen und legte das Federgewicht ihrer welken Hand, die wie eine braune Motte aussah, auf Sir Hughs gelbe Finger, und sie sprach in ernstem Ton zu ihm, während nur Gabriel und Evelyn im Zimmer zurückgeblieben waren, um zuzuhören.

»Hugh Ockram«, sagte sie, »dies ist das Ende deines Lebens, und so wie ich gesehen habe, wie du geboren wurdest, und wie dein Vater vor dir geboren wurde, werde ich nun sehen, wie du stirbst. Hugh Ockram, willst du mir die Wahrheit sagen?«

Der sterbende Mann erkannte die leise, von weit her kommende Stimme, die er sein ganzes Leben hindurch gehört hatte, und er drehte sehr langsam sein gelbes Gesicht Mrs. Macdonald zu, doch er sagte nichts. Dann sprach sie erneut.

»Hugh Ockram, du wirst nie wieder das Tageslicht sehen. Willst du die Wahrheit sagen?«

Seine krötengleichen Augen waren noch nicht blind. Sie saugten sich an ihrem Gesicht fest.

»Was willst du von mir?« fragte er, und jedes Wort ließ das vorhergehende hohl klingen. »Ich habe keine Geheimnisse. Ich habe ein gutes Leben gelebt.«

Mrs. Macdonald lachte – ein winziges, raues Lachen, das ihren alten Kopf ein wenig baumeln und zittern machte, als ob ihr Hals auf einer Stahlfeder saß. Doch Sir Hughs Augen wurden rot, und seine bleichen Lippen begannen sich zu verziehen.

»Lass mich in Frieden sterben«, sagte er langsam.

Mrs. Macdonald schüttelte ihren Kopf, und ihre braune, mottengleiche Hand verließ die seine und flatterte zu seiner Stirn.

»Bei der Mutter, die dich geboren hat und die vor Kummer über die Sünden gestorben ist, die du begangen hast, sage mir die Wahrheit!«

Sir Hughs Lippen strafften sich über seinen verfärbten Zähnen. »Nicht in dieser Welt«, antwortete er langsam.

»Bei der Frau, die deinen Sohn geboren hat, und die am gebrochenen Herzen gestorben ist, sage mir die Wahrheit!«

»Weder dir im Leben noch ihr im ewigen Tod.« Seine Lippen kräuselten sich, als wären die Worte Kohlen zwischen ihnen, und ein großer Schweißtropfen rollte über das Pergament seiner Stirn. Gabriel Ockram biss sich in die Hand, als er seinen Vater sterben sah. Doch Mrs. Macdonald sprach ein drittes Mal.

»Bei der Frau, die du betrogen hast, und die in dieser Nacht auf dich wartet, Hugh Ockram, sage mir die Wahrheit!«

»Es ist zu spät. Lass mich in Frieden sterben.«

Die sich kräuselnden Lippen begannen über den geschlossenen

gelben Zähnen zu lächeln, und die Krötenaugen glühten in seinem Kopf wie gottlose Juwelen.

»Es ist noch Zeit«, sagte die alte Frau. »Sage mir den Namen von Evelyn Warburtons Vater. Dann werde ich dich in Frieden sterben lassen.«

Evelyn wich zurück, während sie noch kniete, und starrte erst auf Mrs. Macdonald, dann auf ihren Onkel.

»Der Name von Evelyns Vater?«, wiederholte er langsam, während das schreckliche Lächeln sich auf seinem sterbenden Gesicht ausbreitete.

Das Licht wurde seltsam schwach in dem großen Raum. Als Evelyn aufsah, wuchs Mrs. Macdonalds gekrümmter Schatten an der Wand ins Gigantische. Sir Hughs Atem kam dick und rasselnd aus seiner Kehle, bis der Tod wie eine Schlange hineinkroch und ihn dämpfte. Evelyn betete laut mit hoher und klarer Stimme.

Dann klopfte etwas an das Fenster, und sie fühlte, wie ihr das Haar in einem kühlen Luftzug zu Berge stehen wollte, als sie hochschaute. Sie sah, wie ihr eigenes weißes Gesicht sie durch das Fenster anblickte und ihre eigenen Augen sie durch das Glas hindurch geweitet und angstvoll anstarrten, und wie ihr eigenes Haar gegen die Scheibe strömte, und sie sah ihre eigenen blutbespritzten Lippen. Langsam stand sie vom Boden auf und stand starr für einen Augenblick, dann schrie sie ein einziges Mal auf und fiel geradewegs nach hinten in Gabriels Arme. Doch der Schrei, der ihrem eigenen antwortete, war der Angstschrei des gequälten Körpers, aus dem die Seele wegen ihrer Todsünden nicht entweichen kann, obwohl die Teufel in ihr gegen den Verfall und jeder für seinen ihm zustehenden Anteil kämpfen. Sir Hugh Ockram saß aufrecht in seinem Totenbett und sah und schrie laut: »Evelyn!« Seine grelle Stimme brach und rasselte in seiner Brust, als er niedersank. Doch noch immer folterte ihn Mrs. Macdonald, denn es war noch etwas Leben in ihm.

»Du hast die Mutter gesehen, wie sie auf dich wartet, Hugh Ockram. Wer war der Vater dieses Mädchens mit Namen Evelyn? Wie lautet sein Name?«

Zum letzten Mal kam das schreckliche Lachen auf die gestrafften Lippen, sehr langsam, sehr sicher nun, und die Krötenaugen erglühten rot, und das pergamentene Gesicht schimmerte ein wenig in dem flackernden Licht. Zum letzten Mal kamen Worte von ihm.

»In der Hölle kennt man ihn.«

Dann erloschen die glühenden Augen rasch, das gelbe Gesicht wurde wachsbleich, und ein großes Schaudern rann durch den dünnen Körper, als Hugh Ockram starb.

Doch im Tod lächelte er noch immer, denn er kannte sein Geheimnis und hatte es auch auf der anderen Seite behalten. Er würde es mit sich nehmen, damit es für immer bei ihm in der Nordgruft der Kapelle liege, wo die Ockrams ohne Sarg in ihren Leichentüchern aufgebahrt lagen – alle außer einem. Obwohl er tot war, lächelte er, denn er hatte seinen Schatz an gottloser Wahrheit bis zum Ende nicht preisgegeben, und nun gab es niemanden mehr, der den Namen aussprechen konnte, doch da war noch all das Böse, das er nicht verhindert hatte, damit es Frucht trage.

Als sie ihn betrachteten – Mrs. Macdonald und Gabriel, der die noch bewusstlose Evelyn in seinen Armen hielt, während er auf seinen Vater schaute –, fühlten sie, wie das Totenlächeln auf ihre eigenen Lippen kroch – sowohl das alte Weib als auch der Jüngling mit dem Engelsgesicht. Dann zitterten sie ein wenig, und beide sahen sie Evelyn an, die mit ihrem Kopf an seiner Schulter lag, und obwohl sie wunderhübsch war, umwand auch ihren Mund dasselbe ekelhafte Lächeln. Es war wie der Vorbote eines großen Unheils, das sie nicht verstehen konnten.

Doch schließlich trugen sie Evelyn vorsichtig hinaus. Als sie ihre Augen öffnete, war das Lächeln verschwunden. Aus der Tiefe des großen Hauses kamen die Laute von Weinen und Singen die Treppen herauf und echoten durch die trostlosen Korridore, denn die Frauen hatten damit begonnen, den toten Herrn nach irischer Sitte zu beklagen, und die Halle hatte ihre eigenen Echos in jener Nacht, wie das ferne Jammern der Banshee zwischen den

Bäumen des Waldes. Als die Zeit gekommen war, legten sie Sir Hugh in seinem Leichentuch auf ein Bahrengestell und trugen ihn im Schein von Kerzenleuchtern zur Kapelle und durch die eiserne Tür und den langen Abstieg hinunter zur nördlichen Gruft, um ihn neben seinen Vater zu legen. Zwei der Männer gingen zuerst hinein, um den Ort vorzubereiten, und kamen stolpernd wie Betrunkene und bleich wieder heraus und ließen ihre Lichter in der Gruft zurück.

Doch Gabriel Ockram hatte keine Angst, denn er wusste, was geschehen war. So ging er allein hinein und sah, dass der Leichnam Sir Vernon Ockrams aufrecht gegen die Steinwand lehnte, während sein Kopf auf der Erde nahebei lag, mit nach oben gerichtetem Gesicht, und die getrockneten ledernen Lippen lächelten schrecklich den gedörrten Leichnam an, während der eiserne, mit schwarzem Samt ausgeschlagene Sarg offen auf dem Boden stand.

Dann nahm Gabriel das Ding in seine Hände, denn es war sehr leicht, da es von der Luft in der Gruft ausgetrocknet worden war, und diejenigen, die von der Tür aus hereinlugten, sahen, wie er es wieder in den Sarg legte, wobei es ein wenig wie ein Riedbündel raschelte, und es klang hohl, als es die Seiten und den Boden des Sarges berührte. Er legte auch den Kopf auf die Schultern und schloss den Deckel, der mit einem rostigen Schnappen zufiel.

Danach legten sie Sir Hugh neben dessen Vater auf das Bahrengestell, auf dem sie ihn hierhergebracht hatten, und schließlich gingen sie zurück zur Kapelle.

Doch als sie sich gegenseitig ansahen, Herr und Dienerschaft, lächelten sie alle das Totenlächeln des Leichnams, den sie in der Gruft zurückgelassen hatten, sodass sie es nicht ertragen konnten, einander länger anzuschauen, ehe es gewichen war.

III.

Gabriel Ockram wurde zu Sir Gabriel und erbte den Titel zusammen mit dem halb durchgebrachten Vermögen, das ihm sein Vater hinterlassen hatte. Evelyn Warburton lebte noch immer auf Ockram Hall, in dem Südzimmer, das ihres gewesen war, solange sie sich zu erinnern vermochte. Sie konnte nicht fortgehen, denn es gab keine Verwandten, zu denen sie hätte gehen können, und überdies schien es keinen Grund zu geben, warum sie nicht bleiben sollte. Die Welt würde sich nie darum kümmern, was die Ockrams auf ihrem irischen Gelände trieben, und es war schon lange her, dass die Ockrams ihrerseits etwas von der Welt erbeten hatten.

So nahm Sir Gabriel den Platz seines Vaters an dem dunklen, alten Tisch im Speisezimmer ein, und Evelyn saß ihm gegenüber, bis die Zeit ihres Trauerns vorüber wäre und sie schließlich heiraten würden. Währenddessen ging ihr Leben so weiter wie bisher, da Sir Hugh das letzte Jahr seines Lebens hindurch ein hoffnungsloser Invalide gewesen war und sie ihn nur einmal am Tag für kurze Zeit gesehen und sie ihre meiste Zeit in einer seltsam vollkommenen Kameradschaft zusammen verbracht hatten.

Doch obwohl der späte Sommer sich zum Herbst trübte und der Herbst in den Winter hineindunkelte und Sturm auf Sturm folgte und sich Regen auf Regen in den kurzen Tagen und den langen Nächten ergoss, schien doch Ockram Hall weniger düster zu sein, seit Sir Hugh in der nördlichen Gruft neben seinem Vater beigesetzt worden war. Und zur Weihnachtszeit dekorierte Evelyn die große Halle mit Stechpalmen und grünen Zweigen, und mächtige Feuer loderten in jedem Kamin. Dann wurden all die Pächter zum Neujahrsessen gebeten, und sie aßen und tranken reichlich, während Sir Gabriel am Kopf des Tisches saß. Evelyn kam herein, als der Portwein gebracht wurde, und der angesehenste der Pächter brachte einen Toast auf ihre Gesundheit aus.

Es sei lange her, sagte er, dass es eine Lady Ockram gegeben habe. Sir Gabriel beschattete seine Augen mit der Hand und sah auf den Tisch nieder, doch eine schwache Röte erblühte auf Evelyns durchsichtigen Wangen. Aber, so sagte der grauhaarige Bauer, es sei noch länger her, dass es eine so hübsche Lady Ockram gegeben habe, wie es die nächste sein werde, und er trank auf das Wohl von Evelyn Warburton.

Dann standen alle Pächter auf und ließen sie hochleben, und gleichfalls erhob sich Sir Gabriel und stellte sich neben sie. Und als die Männer das letzte und lauteste Hoch riefen, war da eine Stimme über allen, die nicht von ihnen kam; sie war höher, wilder, lauter – ein unirdischer Schrei, welcher der Braut von Ockram Hall zu Ehren kreischte. Und die Stechpalmen und die grünen Zweige über dem großen Kaminsims schüttelten und bewegten sich, als fahre ein kühler Luftzug über sie. Die Männer wurden bleich, und viele von ihnen setzten ihre Gläser ab, andere wiederum ließen sie vor Furcht auf den Boden fallen. Als sie einander ansahen, lächelten sie alle seltsam, ein Totenlächeln, wie das des toten Sir Hugh. Jemand schrie etwas auf Irisch, und plötzlich lag die Angst vor dem Tod auf allen, sodass sie in Panik flohen, wobei sie übereinander stolperten wie wilde Tiere in einem brennenden Forst, wenn der dicke Rauch vor dem Feuer herläuft, und die Tische wurden umgeworfen und Trinkgläser und Flaschen in Massen zerbrochen, und der dunkle rote Wein kroch wie Blut über den polierten Boden.

Sir Gabriel und Evelyn standen allein am Kopf des Tisches vor dem Trümmerhaufen des Festes und wagten nicht, sich einander zuzudrehen, denn jeder wusste, dass der andere lächelte. Sein rechter Arm hielt sie, und seine linke Hand umklammerte ihre rechte, als sie vor sich starrten, und wenn nicht der Schatten ihres Haars gewesen wäre, hätte man ihre beiden Gesichter nicht auseinanderhalten können. Sie lauschten lange, doch der Schrei kam nicht wieder, und das Totenlächeln verschwand von ihren Lippen, während sie beide sich daran erinnerten, dass Sir Hugh Ockram in der nördlichen Gruft ruhte und lächelnd im Dunkeln in seinem Leichentuch lag, weil er mit seinem Geheimnis gestorben war.

So endete das Neujahrsessen für die Pächter. Von dieser Zeit an wurde Sir Gabriel immer schweigsamer, und sein Gesicht wurde sogar noch bleicher und dünner als zuvor. Oft pflegte er ohne Vorwarnung und Erklärungen aus seinem Sessel aufzustehen, als ob ihn etwas gegen seinen Willen bewege, und er ging hinaus in den Regen oder den Sonnenschein zur Nordseite der Kapelle und setzte sich auf die Steinbank. Dann starrte er auf den Boden, als könne er durch ihn hindurchsehen und durch die Gruft darunter und durch das weiße Leichentuch im Dunkeln bis zu dem Totenlächeln, das niemals sterben würde.

Immer wenn er so hinausging, folgte ihm Evelyn sofort und setzte sich neben ihn. Einmal kamen ihre Gesichter wie im vergangenen Sommer einander plötzlich nahe, ihre Augenlider sanken herab, und ihre roten Lippen waren beinahe miteinander verschmolzen. Doch als sich ihre Augen trafen, wurden diese weit und wild, sodass sich das Weiße in einem Ring um das tiefe Violett der Pupille zeigte, und ihre Zähne klapperten, und ihre ineinandergeklammerten Hände wurden zu den Händen von Leichnamen angesichts des Schreckens, der sich unter ihren Füßen befand und von dem sie wussten, den sie aber nicht sehen konnten.

Auch fand Evelyn einmal Sir Gabriel allein in der Kapelle, wie er vor der eisernen Tür stand, die hinab zu dem Ort des Todes führte. In seiner Hand lag der Schlüssel für diese Tür, doch er hatte ihn nicht in das Schloss gesteckt. Evelyn zog ihn zitternd fort, denn auch sie war in Wachträumen dazu getrieben worden, den schrecklichen Leichnam nochmals zu sehen und herauszufinden, ob er sich verändert hatte, seitdem er dort beigesetzt worden war.

»Ich werde verrückt«, sagte Sir Gabriel und bedeckte seine Augen mit der Hand, als er mit ihr ging. »Ich sehe ihn in meinem Schlaf, ich sehe ihn, wenn ich wach bin – er zieht mich zu sich, Tag und Nacht, und wenn ich ihn nicht noch einmal sehe, werde ich sterben!«

»Ich weiß«, antwortete Evelyn. »Ich weiß. Es ist, als ob er Fäden aussendet wie eine Spinne, um uns zu sich herabzuziehen.« Sie war für einen Augenblick still, dann ergriff sie seinen Arm mit der Stärke eines Mannes und schrie beinahe die weiteren Worte aus: »Aber wir dürfen nicht dorthin gehen! Wir dürfen nicht gehen!«

Sir Gabriels Augen waren halb geschlossen, und ihn bewegte die Qual in ihrem Gesicht nicht.

»Ich werde sterben, wenn ich ihn nicht noch einmal sehen kann«, sagte er mit einer ruhigen Stimme, die nicht wie seine eigene klang. An jenem Tag, an jenem Abend sprach er kaum mehr; er dachte an sein Vorhaben, dachte immerzu daran, während Evelyn Warburton von Kopf bis Fuß in einem Schrecken erbebte, den sie nie zuvor gekannt hatte.

An einem grauen Wintermorgen ging sie allein zu Mrs. Macdonalds Turmzimmer hinauf, setzte sich neben den großen ledernen Lehnstuhl und legte ihre dünne weiße Hand auf die welken Finger.

Sie sagte: »Was ist es, das Onkel Hugh Ihnen in jener Nacht, bevor er starb, sagen sollte? Es muss ein furchtbares Geheimnis gewesen sein – und obwohl Sie ihn danach gefragt haben, fühle ich irgendwie, dass Sie es kennen, und dass Sie wissen, warum er so fürchterlich zu lächeln pflegte.«

Der Kopf der alten Frau bewegte sich langsam von einer Seite zur anderen.

»Ich vermute nur etwas – ich werde es nie wirklich wissen«, antwortete sie gemächlich mit ihrer gebrochenen Stimme.

»Aber was vermuten Sie? Wer bin ich? Warum haben Sie gefragt, wer mein Vater war? Sie wissen, dass ich Colonel Warburtons Tochter bin, und meine Mutter war Lady Ockrams Schwester, sodass Gabriel und ich Cousin und Cousine sind. Mein Vater wurde in Afghanistan getötet. Was für ein Geheimnis kann es da geben?«

»Ich weiß es nicht. Ich kann es nur vermuten.«

»Was vermuten Sie?«, fragte Evelyn flehentlich und drückte die weichen, welken Hände, als sie sich vorbeugte. Doch Mrs. Macdonalds faltige Lider fielen plötzlich über ihre sonderbar blauen Augen, und ihre Lippen bebten leicht unter ihrem Atem, als ob sie schlafe.

Evelyn wartete. Am Feuer strickte das irische Zimmermädchen flink, und die Nadeln klackten wie drei oder vier Uhren, die gegeneinander antickten. Und die wirkliche Uhr an der Wand tickte feierlich allein und zählte die Sekunden der Frau, die 100 Jahre alt war und der nicht mehr viele Tage beschieden waren. Draußen schlug der Efeuzweig im Wintersturm gegen das Fenster, so wie er bereits vor 100 Jahren gegen das Glas geschlagen hatte.

Als Evelyn dort saß, fühlte sie, wie ein entsetzliches Verlangen wieder erwachte – der ekelhafte Wunsch, hinabzusteigen, hinab zu diesem Leichnam in der nördlichen Gruft, und das Leichentuch zu öffnen und zu sehen, ob er sich verändert hatte. Sie hielt Mrs. Macdonalds Hände fest, wie um sich selbst an diesen Ort zu binden und gegen die erschreckende Anziehung des bösen Toten anzukämpfen. Die alte Katze, die immer auf dem Schemel lag und Mrs. Macdonalds Füße warm hielt, erhob und streckte sich und schaute hoch in Evelyns Augen, während sie einen Katzenbuckel machte und ihr Schwanz sich verdickte und sträubte. Ihre hässlichen rosafarbenen Lippen zogen sich zu einem teuflischen Grinsen zurück und zeigten scharfe Zähne. Evelyn starrte die Katze an und war fasziniert von ihrer Hässlichkeit. Dann streckte die Kreatur unvermittelt eine Pfote mit gespreizten Krallen aus und fauchte die junge Frau an. Plötzlich glich die grinsende Katze dem lächelnden Leichnam tief unter ihr, sodass Evelyn bis in die Spitzen ihrer kleinen Füße erzitterte und ihr Gesicht mit der freien Hand bedeckte, damit Mrs. Macdonald nicht erwachte und das Totenlächeln darauf sehen konnte, denn Evelyn fühlte, dass es da war.

Die alte Frau hatte schon wieder ihre Augen geöffnet, und sie berührte ihre Katze mit dem Ende ihres Krückstocks, worauf der Buckel des Tieres verschwand und sein Schwanz schrumpfte, und es schlich sich davon zu seinem Platz auf dem Schemel. Doch seine gelben Augen blickten seitwärts zwischen den Schlitzen der Lider zu Evelyn hoch.

»Was ist es, das Sie vermuten?«, fragte die junge Frau erneut.

»Etwas Schlimmes – etwas Verruchtes. Aber ich wage es nicht, dir davon zu erzählen, denn es stimmt vielleicht nicht, und der bloße Gedanke daran könnte dein Leben zugrunde richten. Denn wenn ich richtig vermute, hatte er die Absicht, dass ihr es nicht wissen solltet, dass ihr beide heiraten und für seine alte Sünde mit euren Seelen bezahlen solltet.«

»Er pflegte uns zu sagen, dass wir nicht heiraten sollten – –«

»Ja, das hat er euch vielleicht gesagt, aber das war, als ob ein Mann vergiftetes Fleisch vor ein verhungerndes Tier stellt und sagt: ›Iss nicht davon‹, doch niemals seine Hand erhebt, um das Fleisch wegzunehmen. Und wenn er euch sagte, dass ihr nicht heiraten solltet, war es, weil er hoffte, dass ihr gerade dies tun würdet, denn von allen Toten oder Lebendigen war Hugh Ockram der falscheste, der je eine erbärmliche Lüge erzählt hat, und der grausamste, der je eine schwache Frau misshandelt hat, und der schlechteste, der je die Sünde geliebt hat.«

»Aber Gabriel und ich lieben uns«, sagte Evelyn sehr traurig.

Mrs. Macdonalds alte Augen schauten in weite Fernen und auf lange vergangene Anblicke, die sich in der grauen Winterluft zwischen den Nebeln einer uralten Jugend erhoben.

»Wenn ihr liebt, könnt ihr zusammen sterben«, sagte sie sehr langsam. »Warum solltet ihr noch leben, wenn es stimmt? Ich bin 100 Jahre alt. Was hat das Leben mir gegeben? Der Beginn ist Feuer, das Ende ist ein Aschenhaufen, und zwischen dem Ende und dem Beginn liegt aller Schmerz der Welt. Lass mich schlafen, wenn ich schon nicht sterben kann.«

Dann schlossen sich die Augen der alten Frau abermals und ihr Kopf sank ein wenig tiefer auf ihre Brust.

So ging Evelyn fort und ließ sie schlafen; auch die Katze schlief nun auf dem Schemel; und die junge Frau versuchte, Mrs. Macdonalds Worte zu vergessen, doch sie konnte es nicht, denn sie hörte sie wieder und wieder im Wind und hinter sich auf der Treppe. Und als sie krank vor Angst vor dem schrecklichen, unbekannten Bösen wurde, an das ihre Seele gefesselt war, fühlte sie, wie ein körperliches Etwas sie bedrängte und drückte und vorantrieb, und von der anderen Seite fühlte sie die Fäden, die sie auf rätselhafte Weise an sich zogen. Wenn sie ihre Augen schloss, sah sie in der Kapelle hinter dem Altar die niedrige Eisentür, durch die sie auf ihrem Weg zu dem Leichnam schreiten musste.

Und als sie in der Nacht wach lag, zog sie das Laken über ihr Gesicht, damit sie nicht sehen musste, wie die Schatten an der Wand sie lockten. Das Geräusch ihres eigenen warmen Atems wisperte in ihre Ohren, während sie die Matratze mit beiden Händen festhielt, um sich so davor zu bewahren, aufzustehen und zur Kapelle zu gehen. Es wäre leichter für sie gewesen, wenn es da nicht einen Weg dorthin durch die Bibliothek gegeben hätte, durch eine Tür, die nie abgeschlossen war. Es wäre furchtbar einfach, den Leuchter zu nehmen und durch das schlafende Haus zu gehen. Und der Schlüssel zur Gruft lag unter dem Altar hinter einem Stein, den man drehen konnte. Sie kannte dieses kleine Geheimnis. Sie konnte allein gehen und nachsehen.

Doch als sie daran dachte, fühlte sie, wie ihr die Haare zu Berge standen, und zuerst zitterte sie so, dass das Bett leicht zu schaukeln begann, doch dann ging das Grauen in einem kalten Schauer durch sie, der wieder zum Schmerz wurde, wie von Myriaden eisiger Nadeln, die sich in ihre Nerven bohrten.

IV.

Die alte Uhr in Mrs. Macdonalds Turm schlug Mitternacht. Von ihrem Zimmer aus konnte sie die knarrenden Ketten und Gewichte in ihrem Gehäuse an der Ecke des Treppenhauses hören, und über ihr das Misstönen des rostigen Ankers, der den Hammer hob. Sie hatte es ihr ganzes Leben hindurch gehört. Es schlug zunächst ganz deutlich elfmal, und dann kam der zwölfte mit einem dumpfen halben Schlag, als ob der Hammer zu schwach sei, um weitermachen zu können, und gegen die Glocke in den Schlaf gesunken wäre.

Die alte Katze stand von dem Schemel auf und reckte sich, und Mrs. Macdonald öffnete ihre alten Augen und schaute im schwachen Licht der Nachtlampe langsam in dem Zimmer umher. Sie berührte die Katze mit ihrem Krückstock, und sie legte sich wieder auf die Füße der alten Frau. Diese trank einige Tropfen aus ihrem Becher und fiel erneut in Schlaf.

Doch unten setzte sich Sir Gabriel senkrecht auf, als die Uhr schlug, denn er hatte einen Angst machenden Traum des Grauens geträumt, und sein Herz stand still, bis er durch diesen Stillstand erwachte. Im Einklang mit seinem Atem begann es wieder wie wild zu schlagen, wie ein wildes, freigelassenes Wesen. Kein Ockram hatte je im wachen Zustand Angst gekannt, doch manchmal kam sie zu Sir Gabriel im Schlaf.

Er drückte seine Hände gegen die Schläfen, als er aufrecht im Bett saß, und seine Hände waren eiskalt, doch sein Kopf war heiß. Der Traum verblasste und an seine Stelle trat der alles beherrschende Gedanke, der sein Leben zermarterte. Mit diesem Gedanken kam in der Dunkelheit auch die krankhafte Verzerrung seiner Lippen zurück, die sich in einem Lächeln manifestierte. In der Ferne träumte Evelyn Warburton, das Totenlächeln läge auf ihrem Mund, und sie erwachte und begann leise zu jammern, wobei ihr Gesicht in ihren Händen zitterte.

Sir Gabriel entzündete ein Licht, stand auf und ging in dem großen Raum auf und ab. Es war Mitternacht und er hatte kaum eine Stunde geschlafen. Im Norden Irlands sind die Winternächte lang.

»Ich werde verrückt«, sagte er zu sich selbst und griff sich an die Stirn. Er wusste, dass dies stimmte. Seit Wochen und Monaten war die Besessenheit, die von dem Ding unten in der Gruft ausging, wie eine Krankheit beständig gewachsen, bis er an nichts anderes mehr denken konnte, ohne seine Gedanken zunächst darauf zu richten. Und nun war es über seine Stärke hinausgewachsen, und er wusste, dass er sein Instrument werden oder den Verstand verlieren musste – dass er jene Tat vollbringen musste, die er hasste und fürchtete, wenn er überhaupt etwas fürchtete, oder dass etwas in seinem Gehirn zerreißen und ihn für immer vom Leben trennen würde, obwohl er noch lebendig war. Er nahm den Leuchter in seine Hand, den altmodischen, schweren Kerzenleuchter, der schon seit jeher vom Haupt des Hauses benutzt worden war. Er dachte nicht daran, sich anzukleiden, sondern ging, wie er war, in seinem seidenen Schlafanzug und seinen Pantoffeln, und er öffnete die Tür. Alles war ruhig in dem großen alten Haus. Er schloss die Tür hinter sich und ging geräuschlos über den Teppich des langen Korridors. Ein kühler Lufthauch zog über seine Schulter und blies die Flamme seiner Kerze geradewegs nach vorn. Instinktiv hielt er inne und schaute sich um, doch alles war still, und die stehende Flamme brannte ohne Flackern. Er ging weiter, und sofort erhob sich eine starke Zugluft hinter ihm, die das Licht beinahe auslöschte. Er schien ihn auf seinem Weg vorwärtszublasen; er verschwand, wann immer er sich umdrehte, und kam zurück, wenn er weiterging – unsichtbar, eisig.

Er ging die große Treppe hinunter zu der Echo-Halle und sah nichts außer der flackernden Flamme, die vor ihm über dem tropfenden Wachs stand, während der kalte Wind über seine Schulter und durch sein Haar blies. Er ging durch die offene Tür in die Bibliothek, die dunkel vor alten Büchern und geschnitzten Bücherschränken war, und weiter durch die Tür in den Regalen, die aufgemalte Borde und die imitierten Rücken von Büchern besaß, sodass man genau wissen musste, wo sie zu finden war – und die Büchertür schloss sich hinter Sir Gabriel mit einem sanften Klicken. Er betrat den niedrigen Bogengang, und obwohl die Tür hinter ihm geschlossen war und fest im Rahmen saß, blies der kalte Hauch noch immer die Flamme nach vorn, während er weiterging. Er war nicht ängstlich, doch sein Gesicht war sehr bleich, und seine Augen waren geweitet und hell und starrten voraus. Schon sahen sie in der dunklen Luft das Bild des Leichnams. Doch in der

Kapelle stand Sir Gabriel reglos da; seine Hand lag auf dem kleinen drehbaren Steinblock an der Rückseite des steinernen Altars. In den Block waren die Worte ›*Clavis sepulchri Clarissimorum Dominorum De Ockram*‹ – (›der Schlüssel zur Grablege der höchst berühmten Herren von Ockram‹) eingraviert. Sir Gabriel hielt inne und lauschte. Er glaubte ein Geräusch weit drinnen in dem großen Haus zu hören, wo alles so still gewesen war, doch es verstummte und kehrte nicht wieder. Er wartete noch eine Weile und schaute die niedrige eiserne Tür an. Hinter ihr, hinter dem langen Abstieg, lag sein Vater, nicht eingesargt, seit sechs Monaten tot, verdorben, schrecklich in seinem eng anliegenden Leichentuch. Die seltsam konservierende Luft in der Gruft konnte ihre Arbeit noch nicht vollständig verrichtet haben. Doch auf den grausigen Zügen des Leichnams mit seinen halb vertrockneten, offenen Augen würde noch das entsetzliche Lächeln liegen, mit dem der Mann gestorben war – das Lächeln, das eine Heimsuchung war …

Als der Gedanke daran durch Sir Gabriels Vorstellungen schoss, fühlte er, wie seine Lippen sich kräuselten, und er schlug seinen eigenen Mund im Zorn so heftig mit seinem Handrücken, dass ein Tropfen Blut an seinem Kinn herunterlief, und noch einer, und noch viele; sie fielen in der Düsternis der Kapelle auf das steinerne Pflaster. Doch immer noch verzerrten sich seine geschlagenen Lippen. Er drehte den Block mittels eines einfachen Geheimmechanismus. Es brauchte keinen sichereren Verschluss, denn auch wenn jeder Ockram in reines Gold eingewickelt und die Tür weit offen gewesen wäre, hätte es nicht einen einzigen Mann in Tyrone gegeben, der tapfer genug gewesen wäre, hinunter zu jenem Ort zu gehen, außer Gabriel Ockram selbst, mit seinem Engelsgesicht und seinen dünnen weißen Händen und seinen traurigen entschlossenen Augen. Er nahm den großen goldenen Schlüssel und steckte ihn in das Schloss der eisernen Tür, und der schwere, rasselnde Lärm echote den Abstieg wie Schritte hinunter, als ob ein Wächter hinter dem Eisen gestanden hätte und nun hinunterliefe, mit schweren, toten Füßen. Und obwohl er unbeweglich stand, blies nun der kühle Wind hinter ihm und trieb die Kerzenflamme gegen die Eisenplatte. Er drehte den Schlüssel um.

Sir Gabriel sah, dass die Kerze stark heruntergebrannt war. Es gab neue, lange auf dem Altar, und er entzündete eine und ließ seine eigene brennend auf dem Boden zurück. Als er sie auf dem Pflaster absetzte, begann seine Lippe wieder zu bluten, und ein weiterer Tropfen fiel auf die Steine.

Er zog die Eisentür auf und drückte sie zurück gegen die Wand der Kapelle, sodass sie sich nicht von selbst schließen konnte, während er dort drunten war, und der schreckliche Luftzug der Grablege wehte aus den Tiefen in sein Gesicht, faulig und finster. Er ging hinein, doch obwohl die stinkende Luft ihn traf, wurde doch die Flamme der großen Kerze von ihm fort und gegen den Wind geblasen, während er die nur schwach geneigte Treppe mit festen Schritten hinabging, wobei seine losen Pantoffeln jedes Mal auf die Steinstufen schlugen.

Er beschirmte die Kerze mit seiner Hand, und seine Finger schienen aus Wachs und Blut zu sein, denn das Licht fiel durch sie hindurch. Und dennoch zwang der unirdische Luftzug die Flamme nach vorn, bis sie über dem schwarzen Docht völlig blau war und es schien, als müsse sie ausgehen. Er ging mit glänzenden Augen weiter voran.

Die abwärtsführende Treppe war breit, und er vermochte in dem flackernden Licht nicht immer die Wände zu sehen, doch er wusste, dass er am Ort des Todes angekommen war, als das Echo seiner Schritte in dem größeren Raum lauter und furchtbarer wurde und er in der Ferne eine rohe Mauer bemerkte. Er stand still da und umschloss die Flamme beinahe ganz mit seiner hohlen Hand. Er konnte ein wenig sehen, denn seine Augen begannen sich an die Düsternis zu gewöhnen. Schattenhafte Formen zeichneten sich dort ab, wo die Bahren der Ockrams zusammengedrängt standen, Seite an Seite, jede mit ihrem ausgestreckten, eingetuchten Leichnam, von der trockenen Luft seltsam konserviert – wie die leeren Hüllen, die die Robinien im Sommer abwerfen. Und einige Schritte vor ihm sah er deutlich den dunklen Umriss von Sir Vernons eisernem Sarg, und er wusste, dass nahe daneben das Ding lag, das er suchte.

Er war so tapfer, wie jeder dieser Toten gewesen war, und sie waren seine Väter, und er wusste, dass er früher oder später selbst hier neben Sir Hugh liegen und langsam zu einer Pergamenthülle eintrocknen würde. Aber noch lebte er, und für einen Augenblick schloss er seine Augen. Drei große Schweißtropfen standen auf seiner Stirn.

Dann sah er wieder hin, und er erkannte den Leichnam seines Vaters an der Weiße seines Leichentuchs, denn all die anderen waren vor Alter braun geworden; und überdies wurde die Kerzenflamme zu ihm hingeblasen. Er machte vier Schritte, bevor er ihn erreichte, und plötzlich brannte das Licht hoch und gerade und warf einen blendenden gelben Schein auf das feine Leinen, das völlig weiß war, außer über dem Gesicht und dort, wo die gefalteten Hände über der Brust lagen. An diesen Stellen hatten sich hässliche Flecken ausgebreitet; sie lagen dunkel über den Umrissen des Gesichts und der fest ineinander verkrallten Hände. Darüber dräute ein furchtbarer Gestank trocknenden Todes.

Als Sir Gabriel niederschaute, rührte sich etwas hinter ihm, zuerst sanft, dann polternder, und etwas fiel mit einem dumpfen Plumps auf den Steinboden und rollte zu seinen Füßen hin. Er sprang zurück und sah einen vertrockneten Kopf mit dem Gesicht nach oben auf dem Pflaster liegen und ihn angrinsen. Er fühlte, wie kalter Schweiß auf seiner Stirn stand, und sein Herz schlug schmerzhaft.

Zum ersten Mal in seinem ganzen Leben packte ihn jenes böse Ding, das Furcht genannt wird; es zerrte an seinen innersten Gefühlen, wie ein grausamer Reiter an den Zügeln eines zitternden Pferdes zerrt; es verkrallte sich in sein Rückgrat mit eisigen Klauen, ließ sein Haar in frierendem Hauch zu Berge stehen und sammelte sich in seiner Magengrube wie ein bleiernes Gewicht.

Doch er biss sich auf die Lippe und beugte sich hinunter. Mit einer Hand hielt er die Kerze, mit der anderen machte er sich daran, das Leichentuch vom Kopf des Toten zu ziehen. Langsam hob er es. Es klebte an der halb eingetrockneten Gesichtshaut fest. Gabriels Hand zitterte, als habe ihm jemand auf den Ellbogen geschlagen. Halb in Furcht und halb in Wut auf sich selbst zog er daran, sodass es mit einem reißenden Geräusch freikam. Ihm stockte der Atem, als er das Tuch in der Hand hielt. Weder warf er es zurück über den Leichnam, noch schaute er hin. Das Grauen arbeitete in ihm, und er fühlte, dass der alte Vernon Ockram aufrecht in seinem Sarg stand, kopflos und ihn doch durch den Stumpf seines durchtrennten Halses beobachtend.

Als er seinen Atem anhielt, fühlte er, wie das Totenlächeln seine Lippen verzerrte. In plötzlicher Wut auf sein eigenes Elend schleuderte er das todesbefleckte Leinen fort und schaute schließlich hin. Er knirschte mit den Zähnen, um nicht laut aufzuschreien.

Da lag es, das Ding, das ihn heimsuchte, das Evelyn Warburton heimsuchte, das wie ein Pesthauch für alle war, die ihm nahe kamen.

Das tote Gesicht war von dunklen Flecken verunstaltet, und das dünne graue Haar lag verfilzt über der verfärbten Stirn. Die herabgesunkenen Augenlider waren halb geöffnet, und das Kerzenlicht schien auf etwas Faulendes an der Stelle, wo die Krötenaugen gelebt hatten.

Aber das tote Ding lächelte noch immer so, wie es im Leben gelächelt hatte; die grausigen Lippen waren geteilt und weit und gespannt über die wölfischen Zähne gezogen; sie verfluchten noch immer und trotzten noch immer der Hölle – sie trotzten und fluchten und lächelten für immer und ewig einsam in der Dunkelheit.

Sir Gabriel öffnete das Leichentuch dort, wo die Hände waren. Die geschwärzten, welken Finger hatten sich über etwas Fleckigem und Gesprenkeltem geschlossen. Während er von Kopf bis Fuß zitterte und dagegen ankämpfte wie ein Mann um sein Leben, versuchte er, das Päckchen aus dem Griff des Toten zu befreien. Doch als er an den klauenhaften Fingern zog, schienen sie sich enger zu schließen, und als er stärker zog, hoben sich die abgezehrten Arme und Hände von dem Leichnam in einer schrecklichen Vorspiegelung von Leben und folgten Gabriels Bewegungen – als er dann endlich das Päckchen loszerren konnte, fielen die noch immer gefalteten Hände zurück in ihre ursprüngliche Lage.

Er stellte die Kerze am Rande der Bahre ab, um die Siegel auf dem dicken Papier zu erbrechen. Und auf einem Bein kniend, um besseres Licht zu haben, las er, was darin stand; es war vor langer Zeit in Sir Hughs wunderlicher Handschrift geschrieben worden. Er hatte nicht länger Angst.

Er las, wie Sir Hugh alles niedergeschrieben hatte, sodass es vielleicht ein Zeuge seines Hasses und des Bösen wäre; wie er Evelyn Warburton, die Schwester seiner Frau, geliebt hatte; und wie seine Frau mit gebrochenem Herzen und mit seinem Fluch auf sich gestorben war, und wie Warburton und er Seite an Seite in Afghanistan gekämpft hatten und Warburton gefallen war, doch Ockram hatte sich um die Frau seines Kameraden gekümmert, und ein volles Jahr später wurde Evelyn, ihre Tochter, auf Ockram Hall geboren. Und dann schrieb er, wie er der Mutter müde geworden war, und sie war wie ihre Schwester mit seinem auf ihr lastenden Fluch gestorben. Dann, wie Evelyn als seine Nichte erzogen wurde, und wie er darauf vertraut hatte, dass sein Sohn Gabriel und seine Tochter unschuldig und unwissend sich ineinander verlieben und heiraten würden und so die Seelen der Frauen, die er betrogen hatte, so lange weitere Qualen leiden müssten, bis die Ewigkeit vorbei war. Und schließlich hoffte er, dass eines Tages, wenn nichts mehr ungeschehen gemacht werden konnte, die beiden seinen Bericht finden und weiter als Mann und Frau leben und zum Besten ihrer Kinder und wegen des Geredes der Welt nicht den Mut aufbringen würden, die Wahrheit zu sagen.

Dies las Gabriel im Licht der Altarkerze, während er neben dem Leichnam in der Nordgruft kniete, und nachdem er alles gelesen hatte, dankte er Gott laut, dass er das Geheimnis rechtzeitig entdeckt hatte. Doch als er sich erhob und auf das tote Gesicht niederblickte, hatte es sich verändert. Das Lächeln war für immer von ihm gegangen, der Kiefer war ein wenig heruntergefallen, und die müden, toten Lippen waren entspannt. Dann war da ein Hauch nahe hinter ihm, nicht kalt wie jener, der in die Flamme der Kerze geblasen hatte, als er hergekommen war, sondern warm und menschlich. Er drehte sich rasch um.

Da stand sie, ganz in Weiß, mit ihrem schattenhaften goldenen Haar – denn sie war aus ihrem Bett aufgestanden und ihm geräuschlos gefolgt und hatte ihn lesend vorgefunden und selbst über seine Schulter gebeugt mitgelesen. Er zuckte wild, als er sie sah, denn seine Nerven waren überspannt – dann rief er ihren Namen an jenem stillen Ort des Todes aus: »Evelyn!«

»Mein Bruder!«, antwortete sie sanft und zart und streckte beide Hände aus, um die seinen zu ergreifen.

Irvin S. Cobb

1913 erschien in dem Magazin *All-Story Cavalier,* das Lovecraft sehr gerne las, Irvin S. Cobbs (1876–1944) Erzählung ›Fishhead‹, die in dessen Schaffen wirklich eine Ausnahme bildet, denn Cobb verfasste gewöhnlich humoristische Werke. Geschrieben um die Jahrhundertwende, wurde ›Fishhead‹ jahrelang von den Magazinen abgelehnt, mit der Begründung, die Geschichte sei einfach »zu schrecklich«.

Lovecraft, 22 Jahre alt, schrieb einen Leserbrief an die Zeitschrift (abgedruckt am 8. Februar 1913), in dem er diese Geschichte ausdrücklich lobte. Er erwähnte ›Fishhead‹ 13 Jahre später wieder in *Supernatural Horror in Literature* und bewahrte dieses Stück kraftvoller Prosa so vor dem Vergessen: »›Fishhead‹, ein Frühwerk, porträtiert verderblich effektiv die unnatürliche geistige Verwandtschaft zwischen einem hybriden Idioten und den seltsamen Fischen eines isolierten Gewässers, die schließlich ihren ermordeten Geistesbruder rächen …«

›Fishhead‹ hat auf Lovecraft, den Schriftsteller, einen großen Einfluss ausgeübt, besonders die Schilderungen des gottverlassenen Sumpfes und die einzigartige Einführung, die von den

Naturgewalten der Erde berichtet, von »all diesem Würgen des Landes und des Erbrechens der Wasser«, die an ähnliche Stellen in Lovecrafts Werk erinnert, etwa an das frühe ›Dagon‹ (veröffentlicht 1917).

Und ›Fischkopf‹ selbst, die bedauernswerte Titelgestalt aus Irvin S. Cobbs Story, erscheint wie einer der degenerierten Einwohner des später von Lovecraft erfundenen Innsmouth.

Fischkopf

Es übersteigt die Kräfte meiner Feder, den Versuch zu machen, Reelfoot Lake für Sie derart zu beschreiben, dass Sie, wenn Sie dies lesen, sein Bild so im Kopf haben werden wie ich. Denn Reelfoot Lake ist wie kein anderer See, den ich kenne. Er ist ein Nachgedanke der Schöpfung.

Der übrige Kontinent wurde geschaffen und trocknete Tausende von Jahren – Millionen von Jahren, soweit ich weiß – in der Sonne, bevor Reelfoot ins Dasein trat. Er ist möglicherweise das neueste Naturereignis in dieser Hemisphäre, denn er wurde durch das große Erdbeben von 1811 geschaffen, also vor ein wenig mehr als 100 Jahren. Das Erdbeben von 1811 hat das Gesicht des Geländes am damals anderen Ende dieses Landes ziemlich stark umgestaltet. Es hat den Lauf von Flüssen geändert, es hat Berge zu dem gemacht, was jetzt die versunkenen Länder dreier Staaten sind, und es hat den festen Untergrund zu Gallert werden lassen, das Wellen warf wie das Meer. Und in der Mitte all dieses Würgens des Landes und des Erbrechens der Wasser drückte es einen 100 Kilometer langen Abschnitt der Erdoberfläche unterschiedlich tief hinab, und er nahm alles mit sich – Bäume, Berge, Täler, einfach alles, und ein Spalt brach sich durch den Mississippi, sodass der Strom drei Tage lang flussaufwärts lief und das Loch füllte.

Das Ergebnis war der größte See südlich des Ohio; er liegt hauptsächlich in Tennessee, dehnt sich aber auch jenseits dessen aus, was nun die Kentucky-Linie ist, und seinen Namen erhielt er wegen einer angeblichen Ähnlichkeit seines Umrisses mit dem breiten, wankenden Fuß eines Maisfeldnegers. Der nicht weit entfernte Niggerwool Swamp mag seinen Namen von demselben Mann erhalten haben, der Reelfoot taufte; zumindest hört es sich danach an.

Reelfoot ist und war immer ein See der Geheimnisse. An manchen Stellen ist er bodenlos. An anderen Stellen stehen noch in aufrechter Reihe die Skelette der Zypressen, die mitgezogen wurden, als die Erde versank, sodass man, wenn die Sonne aus der richtigen Ecke scheint und das Wasser weniger schlammig als gewöhnlich ist, hinunter in seine Tiefen spähen und die höchsten, kahlen Baumkronen sich wie die Finger von Ertrunkenen nach oben recken sehen kann – oder zu sehen glaubt; sie alle sind vom Schlamm vieler Jahre umhüllt und mit Wimpeln aus dem grünen Schleim des Sees bandagiert. An noch anderen Stellen ist der See über lange Strecken seicht, er geht einem Mann nur bis zur Brust, doch er ist gefährlich wegen des Wasserpflanzengewirrs und der Strömungen, welche die Glieder eines Schwimmers erfassen. Seine Ufer bestehen zumeist aus Morast, sein Wasser ist im Sommer verschlammt, und die Bäume entlang seines Strandes sind nach den Springfluten lehmfarben bis zu ihren unteren Ästen, wenn der getrocknete Bodensatz ihre Stämme mit einem dicken, skrofulös aussehenden Mantel bedeckt.

Um den See herum gibt es Strecken unberührten Waldlandes und Schneisen, um die sich die Zypressen zahllos wie Kopf- und Fußsteine für die toten Baumstümpfe erheben, die in dem weichen Schlick verrotten. Es gibt Brandrodungen, in denen unten der Flachland-Mais hoch und üppig wächst und die von ihnen umgebenen gebleichten, feuergeschwärzten Bäume sich hoch und ohne Blätter und Äste erheben. Es gibt lange, scheußliche Ebenen, auf denen im Sommer Klumpen von Froschlaich wie Flecken weißen Schleims zwischen den Unkrautstängeln kleben und bei Nacht die Schildkröten hervorkriechen, um Gelege aus perfekt gerundeten weißen Eiern mit robusten gummiartigen Schalen im Sand abzusetzen. Es gibt morastige Wasserarme, die nirgendwohin führen, und Sümpfe, die sich ziellos wie große blinde Würmer winden, um schließlich in den großen Fluss zu münden, der seine halb flüssigen Fluten einige Kilometer weiter westlich entlangwälzt.

So liegt Reelfoot Lake flach in den Niederungen da, leicht zugefroren im Winter, brennend heiß und dampfend im Sommer, angeschwollen im Frühling, wenn die Wälder ein lebendiges Grün angelegt haben und die Stechmücken zu Millionen und Milliarden die überfluteten Täler mit ihrem ekelhaften Summen erfüllen, und im Herbst ist der See prächtig von all den Farben umringt, die der erste Frost bringt – das Gold des Hickorybaums, das Rotgelb der Platane, das Rot des Hartriegels und das purpurne Schwarz des Gummibaums.

Doch das Reelfoot-Land besitzt auch nützliche Seiten. Es ist das beste Jagd- und Fischland – ob natürlich oder künstlich –, das es heute noch im Süden gibt. Zu ihrer festgesetzten Jahreszeit versammeln sich hier die Gänse und Enten, und auch von halb tropischen Vögeln wie dem braunen Pelikan und dem Florida-Schlangenvogel ist bekannt, dass sie hierherkommen, um zu brüten. Verwilderte Schweine streifen auf den Hügelkämmen umher, jede der zackenrückigen Herden wird angeführt von einem hageren, wilden, schwartenflankigen alten Keiler.

In der Nacht brüllen die unvorstellbar großen und ungeheuer stimmgewaltigen Ochsenfrösche unter den Böschungen.

Es ist ein wunderbarer Ort für Fische – für Barsche und Seegrumpfen und die breitschnauzigen Büffelfische. Wie diese essbaren Gattungen überleben können, um zu laichen, und wie ihre Nachkommen wiederum überleben können, um selbst zu laichen, ist ein Wunder, wenn man bedenkt, wie viele Kannibalenfische es im Reelfoot Lake gibt. Hier findet man den Zackenbarsch, größer als sonst irgendwo; er ist nichts als Knochen und Appetit und Hornplatten, mit einem Maul wie ein Alligator; Naturwissenschaftler sagen, er sei das nächste Glied zwischen dem heutigen Tierleben und jenem aus dem Zeitalter der Reptilien. Der schaufelnasige Wels, eigentlich nichts anderes als eine missgebildete Art des Süßwasserstörs, der einen großen, fächerförmigen, hautartigen Schild besitzt, welcher aus seiner Nase wie ein Bugspriet hervorsprießt, springt den ganzen Tag lang an stillen Stellen mit laut platschendem Geräusch, als falle ein Pferd ins Wasser. Auf jedem angeschwemmten Treibholz liegen die großen, schnalzenden Schildkröten in Gruppen zu vieren und sechsen zusammen und lassen ihre Eier in der Sonne schwarz backen, während ihre kleinen schlangenartigen Köpfe wachsam erhoben sind, um sofort lautlos wegzugleiten, wenn sie den ersten Ton von in den Dollen knirschenden Rudern hören.

Doch die größten von allen sind die Welse. Sie sind monströse Geschöpfe, diese Welse im Reelfoot Lake – schuppenlose, glitschige Wesen mit leichenhaften Augen und giftigen Flossen wie Speere und langen Barthaaren, die von den Seiten ihrer tief liegenden Köpfe herabhängen. Sie werden bis zu zwei oder drei Meter lang und wiegen 200 Pfund oder mehr, und sie haben Mäuler, die breit genug sind, um die Faust oder den Fuß eines Mannes zu verschlucken, und sie sind stark genug, um alle Angelhaken außer den stärksten zu zerbrechen, und gierig genug, um alles zu fressen, was die hornigen Kiefer bewältigen können, sei es lebend oder tot oder verwest. O ja, es sind böse Geschöpfe, und dort unten erzählt man sich böse Geschichten über sie. Man nennt sie Menschenfresser und vergleicht sie in gewisser Hinsicht mit Haien.

Fischkopf war eins mit dieser Umgebung. Er passte in sie, wie eine Eichel in ihre Schale passt. Sein ganzes Leben hatte er am See verbracht, immer an ein und demselben Platz, an der Mündung eines bestimmten Sumpfarmes. Er war dort geboren worden; seine Eltern waren ein Negervater und eine Halbblut-Indianermutter gewesen. Beide waren nun schon tot, und es ging die Geschichte, dass seine Mutter vor seiner Geburt von einem der großen Fische erschreckt worden sei, sodass das Kind furchtbar gezeichnet war, als es auf die Welt kam. Wie auch immer, Fischkopf war eine menschliche Ungeheuerlichkeit, eine wahrhafte Verkörperung des Nachtmahrs. Er besaß den Körper eines Mannes – einen kurzen, untersetzten, kräftigen Körper –, doch sein Gesicht kam dem Gesicht eines großen Fisches so nahe, wie irgendein Gesicht kommen konnte, und bewahrte dennoch einige Spuren menschlicher Züge. Sein Schädel wich so plötzlich nach hinten zurück, dass man kaum sagen konnte, er besitze eine Stirn, und sein Kinn kippte schräg ins Nichts. Seine Augen waren klein und rund und besaßen flache, blanke, blassgelbe Pupillen; sie saßen weit auseinander, blinzelten nicht, sondern starrten wie die Augen eines Fisches. Seine Nase war nicht mehr als ein Paar winziger Schlitze in der Mitte der gelben Gesichtsmaske. Sein Mund aber war das Schlimmste von allem. Es war der schreckliche Mund eines Welses; lippenlos und beinahe unbegreiflich weit erstreckte er sich von einer Seite des Gesichts zur anderen. Und als Fischkopf ein erwachsener Mann wurde, nahm die Ähnlichkeit mit einem Fisch noch zu, denn die Haare in seinem Gesicht wuchsen sich zu zwei dicht gekräuselten, schmalen Anhängseln aus, die von beiden Seiten des Mundes wie der Bart eines Welses herabfielen.

Falls er einen anderen Namen als Fischkopf gehabt haben sollte, kannte ihn niemand außer ihm selbst. Als Fischkopf war er bekannt und als Fischkopf gab er Antwort. Weil er die Wasser und die Wälder von Reelfoot besser als jeder andere dort kannte, wurde er von den Stadtmenschen, die jedes Jahr zur Jagd oder zum Fischen herkamen, als Führer geschätzt, doch er ließ sich selten dazu herab. Meistens blieb er mit sich allein, kümmerte sich um sein Fleckchen Getreide, fischte im See, stellte einige Fallen und jagte während der Saison für die Stadtmärkte. Seine Nachbarn – sowohl fiebergeschüttelte Weiße als auch malariagefeite Neger – überließen ihn sich selbst. Tatsächlich hatten die meisten von ihnen eine abergläubische Angst vor Fischkopf. So lebte er allein, ohne Bekannte oder Verwandte oder wenigstens einen Freund; er mied die Leute, und die Leute mieden ihn.

Seine Hütte stand knapp unterhalb der Staatsgrenze, wo der Mud Slough in den See mündet. Es war eine Baracke aus Treibholz, die einzige menschliche Ansiedlung im Umkreis von sieben Kilometern. Hinter ihr drängte sich der dichte Wald bis an den Rand von Fischkopfs kleinem Gemüsegarten und schloss diesen in dicke Schatten ein, außer wenn die Sonne genau senkrecht stand.

Fischkopf kochte seine Speisen in primitiver Weise draußen vor der Hütte über einem Loch in der weichen Erde oder auf der verrosteten roten Ruine eines alten Kochherdes, und er trank das safrangelbe Wasser des Sees aus einem Schöpflöffel, den er aus einem Flaschenkürbis gemacht hatte. So schlug er sich ganz allein durchs Leben, war ein Meister des Ruderboots und des Netzes, tüchtig mit dem Gewehr und dem Speer, und doch ein Geschöpf voller Kummer und Einsamkeit, halb wild, beinahe amphibisch, von seinen Genossen getrennt, schweigsam und verdächtig. Vor seiner Hütte ragte ein vor langer Zeit gefallener Pappelstrunk empor; er lag halb im Wasser, seine Oberseite war von der Sonne verbrannt und durch die Reibung von Fischkopfs bloßen Füßen abgenutzt, bis er zahllose Muster aus winzigen, schnörkeligen Linien zeigte; seine Unterseite war schwarz und verrottet und wurde unablässig von kleinen Wellen wie von winzigen Zungen abgeleckt. Sein anderes Ende reichte in das tiefe Wasser hinein. Und es war Fischkopfs Gewohnheit, wie weit seine Fischerei oder seine Fallenstellerei ihn auch während des Tages fortgeführt haben mochte, bei Sonnenuntergang dort zu sein; sein Boot hatte er dann an das Ufer gezogen, und er selbst saß auf dem äußeren Ende dieses Stammes. Aus der Entfernung hatte man ihn oft dort gesehen, manchmal hingekauert und reglos wie die großen Schildkröten, die während Fischkopfs Abwesenheit auf den halb im Wasser liegenden Teil des Stumpfes krochen; doch manchmal stand er aufrecht und wachsam wie ein Flusskranich da; sein missgestalteter Umriss hob sich ab gegen die gelbe Sonne, das gelbe Wasser, die gelben Ufer – alles war gelb.

Während die Reelfooter Fischkopf bei Tage mieden, so fürchteten sie ihn bei Nacht und wichen ihm aus wie der Pest, ja sie fürchteten sogar die Gefahr einer zufälligen Begegnung mit ihm. Denn es gab hässliche Geschichten über Fischkopf – Geschichten, die all die Schwarzen und einige der Weißen glaubten. Sie sagten, dass ein Schrei, der kurz vor und nach dem Einbruch der Abenddämmerung über das dunkelnde Wasser dahinflog, sein Lockruf nach den großen Welsen war, und auf sein Geheiß hin kamen sie herbeigeströmt, und in ihrer Gesellschaft schwamm er in monderhellten Nächten im See, tollte mit ihnen herum, tauchte mit ihnen, ernährte sich sogar zusammen mit ihnen von all den unsauberen Dingen, die sie bevorzugten. Der Schrei war viele Male gehört worden, so viel war sicher, und es stand auch fest, dass die großen Fische an der Mündung von Fischkopfs Sumpfarm bemerkenswert dick waren. Kein eingeborener Reelfooter, ob weiß oder schwarz, würde dort freiwillig ein Bein oder einen Arm eintauchen.

Hier hatte Fischkopf gelebt, und hier sollte er sterben. Die Baxter-Brüder planten, ihn umzubringen, und jenen Tag mitten im Sommer hatten sie sich dazu ausgesucht. Die beiden Baxters – Jake und Joel – kamen in ihrem Kanu herbei, um es hinter sich zu bringen. Dieser Mord war lange Zeit vorbereitet worden. Die Baxters mussten ihren Hass monatelang über kleiner Flamme kochen, bevor er auf seinem Höhepunkt in die Tat umschlug. Sie waren arme Weiße, arm in allem – im Leumund und in weltlichen Gütern und Ansehen –, ein paar fiebergeschüttelte Siedler, die von Whisky und Tabak lebten, wenn sie welchen bekamen, und wenn nicht, von Fisch und Maisbrot.

Die Fehde selbst war schon Monate alt. Die Baxters hatten Fischkopf eines Tages im Frühling auf dem spindeldünnen Gerüst des Bootslandeplatzes bei Walnut Log getroffen, und da sie vom Whisky benebelt waren und der Mutersatz Alkohol sie prahlerisch gemacht hatte, hatten sie ihn böswillig und ohne Beweise angeklagt, ihre Angelleine eingeholt und den Köder davon entfernt zu haben – eine unverzeihliche Sünde bei den Uferbewohnern und den Bootsleuten im Süden. Als sie sahen, dass er diese Anklage in Schweigen ertrug und sie bloß unverwandt anstarrte, ermutigte sie das, ihm ins Gesicht zu schlagen, worauf er sich ihnen zuwandte und ihnen die Prügel ihres Lebens verabreichte – bis ihre Nasen bluteten und auf ihren Lippen Blutergüsse von den harten Schlägen gegen ihre Zähne waren. Dann ließ sie Fischkopf zurück. Durchgeprügelt lagen sie im Matsch auf dem Bauch. Mehr noch, in den Zuschauern hatte ein Gefühl vollkommener Angemessenheit der Tat über die Rassenvorurteile triumphiert, dem zufolge sie – zwei frei geborene, souveräne Weiße – rechtmäßig von einem Nigger verdroschen wurden.

Deshalb würden sie sich den Nigger holen. Die ganze Aktion war genau geplant. Sie würden ihn auf seinem Stück Treibholz bei Sonnenuntergang töten. Es gäbe keine Zeugen und keine Strafe danach. Die Leichtigkeit des Unternehmens ließ sie sogar ihre angeborene Angst vor dem Ort vergessen, an dem Fischkopfs Hütte stand.

Länger als eine Stunde hatten sie von ihrer Baracke an der anderen Seite eines tief eingeschnittenen Seearmes bis hierher gebraucht. Ihr Kanu, das sie aus dem starken Stamm eines Gummibaums mithilfe von Feuer, einer Krummaxt und eines Messers gebaut hatten, glitt so geräuschlos durch das Wasser wie eine schwimmende Stockente und ließ hinter sich nur eine lange, wellige Spur zurück. Jake, der bessere Ruderer, saß hingestreckt im Heck des Gefährts und paddelte mit schnellen Schlägen, ohne dass ein Plätschern ertönte. Joel, der bessere Schütze, saß nach vorn gekauert. Zwischen seinen Knien war eine schwere, angerostete Entenbüchse.

Obwohl sie ihr Opfer genau ausspioniert hatten und deshalb sicher waren, dass er erst in einigen Stunden hier sein würde, drückten sie sich in einem verdoppelten Gefühl der Vorsicht eng an der unkrautüberwachsenen Böschung entlang. Sie glitten an dem Ufer wie Schatten vorüber und bewegten sich so geschickt und lautlos, dass die wachsamen Schildkröten kaum ihre schlangenartigen Köpfe drehten, als sie an ihnen vorbeikamen. So huschten sie eine Stunde vor der Zeit um die Mündung des Sumpfarmes herum und duckten sich in einen natürlichen Hinterhalt, der zum Unglück des Mischblutes etwa einen Steinwurf von seiner Hütte entfernt war.

Wo die Strömung des Sumpfarms das tiefere Wasser traf, neigte sich ein teilweise entwurzelter Baum vom Ufer herab. Seine Krone war noch dick und grün von Blättern, die ihre Nahrung aus der Erde zogen, in welcher die halb freigelegten Wurzeln noch steckten, und er war zum Überfluss von Efeu und wildem Wein umschlungen. Um ihn herum gab es ein Gewirr von Strömungen, hervorgerufen durch Maisstängel vom letzten Jahr, durch abgeschälte Rindenstreifen, Knäuel verfaulten Unkrauts, von all dem Durcheinander und dem Stauholz eines stillen Wirbels. Das Kanu glitt mitten in diesen grünen Klumpen hinein und schwang mit seiner Breitseite gegen den schützenden Stamm des Baumes. Es wurde vor der anderen Seite von den dazwischenliegenden Vorhängen der üppigen Gewächse verborgen, genauso wie es die Baxters geplant hatten, als sie Tage zuvor bei ihrer Erkundung des Geländes diesen getarnten Warteplatz entdeckt und ihn an Ort und Stelle in ihre Pläne einbezogen hatten.

Es hatte keine Störung oder Panne gegeben. Niemand war am späten Nachmittag unterwegs gewesen und hatte sie bemerkt, und in Kürze würde Fischkopf hier sein. Jakes Waldläuferaugen folgten grüblerisch dem Niedergang der Sonne. Die uferwärts geworfenen Schatten wurden länger und glitten über die kleinen Wellen. Die leisen Geräusche des Tages erstarben; die leisen Geräusche der herannahenden Nacht begannen sich zu vervielfältigen. Die grünen Körper der Fliegen verzogen sich und große Moskitos mit gefleckten, grauen Beinchen nahmen ihren Platz ein. Der schläfrige See saugte am Schlamm der Ufer mit leisen, schmatzenden Geräuschen, als ob ihm der Geschmack des rohen Schlamms angenehm sei. Ein monströser Wels, dick wie ein fetter Hummer, kroch aus dem oberen Ende seines getrockneten Schlammkamins hervor und hockte sich darauf wie ein bewaffneter Wächter auf dem Wachtturm. Fledermäuse flatterten über den Baumkronen. Ein plumper, mit erhobenem Kopf schwimmender Hecht machte sich flink davon, als er auf eine Mokassinschlange traf, die so fett und vom Sommergift so geschwollen war, dass sie beinahe wie eine beinlose Eidechse aussah, als sie sich über die Wasseroberfläche in einer Reihe langsamer, träger S-Linien bewegte. Unmittelbar über den Köpfen der beiden wartenden Meuchelmörder hing ein dichter kleiner Schwarm von Mücken in einem drachenförmigen Verbund.

Es verging wiederum etwas Zeit, und Fischkopf kam aus dem Wald hinter der Mündung hervor. Er ging rasch und trug einen Sack über seiner Schulter. Für einige Augenblicke zeigten sich seine Missbildungen in der Lichtung, dann schluckte ihn das schwarze Innere der Hütte. Nun war die Sonne beinahe versunken. Nur ihr roter Rand erschien über der Linie der Baumwipfel jenseits des Sees und die Schatten lagen weit in das Land hinein. Weit draußen regten sich die großen Welse, und die lauten, knallenden Geräusche, die ihre peitschenden Körper verursachten, wenn sie in die Luft sprangen und zurück in das Wasser fielen, hallten wie in einem Chor bis zum Ufer. Doch die beiden Brüder in ihrem grünen Versteck schenkten nichts anderem Beachtung außer dem einen, das ihr Herz schwer bedrängte und ihre Nerven spannte. Joel schob den Lauf seines Gewehrs über den Stamm, kuschelte den Schaft an seine Schulter und ließ zwei Finger liebkosend am Abzug vor und zurück gleiten. Jake hielt das schmale Kanu mit einem Griff um eine der Traubenranken ruhig.

Nach kurzem Warten kam die Endrunde. Fischkopf tauchte aus der Barackentür auf, kam den engen Fußpfad zum Wasser hinunter und begab sich auf sein Stück Treibholz. Er war barfuß und trug keinen Hut; sein Baumwollhemd war vorn geöffnet und zeigte seinen gelben Hals und seine Brust. Seine Kattunhose wurde um die Taille von zwei Hosenträgern gehalten. Seine breiten, gekrallten Spreizfüße griffen in die glatte Biegung des Holzes, als er sich über dessen schwankende, in das Wasser eintauchende Oberfläche bewegte, bis er an das äußerste Ende kam und dort aufrecht stand, mit geweiteter Brust, sein kinnloses Gesicht erhoben und mit etwas wie Meisterschaft und herrscherlicher Gewalt in seiner Pose. Und dann – sein Auge sah etwas, das ein anderer übersehen hätte: die runden Enden des Doppellaufs und das starre Glänzen in Joels Augen, die durch das grüne Flechtwerk auf ihn gerichtet waren.

In dieser kurzen Zeitspanne, die beinahe zu kurz war, um in Sekunden gemessen werden zu können, durchblitzte ihn die Erkenntnis. Er warf seinen Kopf noch höher und öffnete die formlose Falle seines Mundes, und er schickte seinen dahinjagenden und rollenden Schrei über das Wasser. In seinem Schrei steckten das Lachen eines Wahnsinnigen und das krächzende Quaken eines Froschs und das Bellen eines Hundes und alle Geräusche des nächtlichen Sees zusammen. Und darin waren auch ein Lebewohl und Hohn und Anklage. Das schwere Krachen des Gewehrs ertönte.

Auf eine Entfernung von 20 Metern zerfetzte ihm die doppelte Ladung den Hals. Er fiel mit dem Gesicht nach unten auf das Holz und hing dort; sein Leib zuckte in Verrenkungen, seine Beine schlugen aus wie die Beine eines aufgespießten Frosches, seine Schultern buckelten und hoben sich spasmodisch, als das Leben in einem rasch fließenden Schwall aus ihm herauslief. Sein Kopf neigte sich über die hochgezogenen Schultern, seine Augen blickten direkt in das starrende Gesicht seines Mörders. Dann kam das Blut aus seinem Mund herausgeschossen, und Fischkopf, der im Tod genauso fischhaft war wie im Leben, glitt kopfüber von dem Ende des Treibholzstamms und sank, mit dem Gesicht nach unten, langsam und mit ausgestreckten Gliedern in das Wasser. Eine Kette großer Blasen kam, eine Blase nach der anderen, hoch, und sie platzten inmitten eines sich ausbreitenden roten Flecks auf dem kaffeebraunen Wasser.

Die Brüder beobachteten dies im Grauen darüber, was sie soeben getan hatten, und das wunderliche Kanu, das durch den Rückstoß beinahe umgekippt war, zog Wasser über sein Dollbord. Nun gab es einen plötzlichen Schlag von unten gegen seinen Kiel; es fiel um, und die Brüder lagen im See. Doch das Ufer war nur sechs Meter entfernt und der Stamm des entwurzelten Baumes gar nur anderthalb. Joel, der noch sein heißes Gewehr festhielt, schwamm in die Richtung des Treibholzstammes und erreichte es mit einem Schwimmzug. Er warf seinen freien Arm darüber und hing daran mit tretenden Füßen, als er sich das Wasser aus den Augen schüttelte. Etwas griff nach ihm – etwas Großes, Kräftiges, Unsichtbares hielt ihn am Schenkel fest und zermalmte sein Fleisch. Er stieß keinen Schrei aus, doch seine Augen quollen aus den Höhlen, sein Mund bekam vor Schmerz einen quadratischen Umriss, und seine Finger krallten sich wie ein Enterhaken in die Rinde des Baums. Er wurde ruckweise immer weiter hinuntergezogen, nicht schnell, sondern stetig, so stetig, dass seine Fingernägel vier kleine weiße Streifen in die Rinde gruben. Sein Mund kam unter Wasser, danach seine hervorquellenden Augen, dann seine zu Berge stehenden Haare, und schließlich seine krallende, umklammernde Hand, und das war sein Ende. Jakes Schicksal war noch härter, denn er lebte länger – lange genug, um Joels Ende zu sehen. Er sah es durch das Wasser, das über sein Gesicht lief, und mit einer heftigen Drehung seines ganzen Körpers warf er sich auf das Treibholz und zog seine Beine hoch in die Luft, um sich so zu retten. Aber er hatte zu viel Schwung, denn sein Gesicht und sein Brustkorb schlugen auf der anderen Seite in das Wasser. Und aus diesem Wasser erhob sich der Kopf eines großen Fisches, mit dem Seeschleim vieler Jahre auf seinem flachen schwarzen Haupt, mit gesträubten Barthaaren, mit leuchtenden, leichenartigen Augen. Seine hornigen Kiefer schlossen und klammerten sich in Jakes Flanellhemd. Seine Hand schlug wild aus und wurde von einer vergifteten Flosse aufgespießt, und anders als Joel verschwand er mit einem lauten Schrei aus dem Blickfeld, und mit einem Wirbeln und Aufwühlen des Wassers, das die Maishalme sich an den Rändern eines Strudels drehen ließ. Doch der Strudel lief bald in sich weitende Wellenringe aus, und die Maishalme hörten auf, sich zu drehen, und wurden wieder still, und nur die vielfachen Nachtgeräusche ertönten an der Mündung des Sumpfarmes. Die Körper aller drei wurden am selben Tag und etwa am selben Ort an Land gespült. Außer der klaffenden Schusswunde dort, wo der Hals in die Brust übergeht, war Fischkopfs Körper unverletzt. Doch die Leiber der beiden Baxters waren derart übel zugerichtet, dass die Reelfooter sie zusammen am Ufer begruben, ohne je zu wissen, welcher der Körper Jakes war, und welcher der Joels.

Mary E. Wilkins-Freeman

Mary Eleanor Wilkins (später Wilkins-Freeman) wurde 1852 in Randolph, Massachusetts, geboren und starb 1930 in New Jersey.

Geistergeschichten bilden nur einen kleinen Teil ihres umfangreichen Œuvres, das Kindergeschichten, Gedichte, Romane und Kurzgeschichten umfasst. Bekannt geblieben ist sie vor allem durch ihre ausgeklügelten psychologischen Schilderungen einsamer Frauenleben in Neu-England.

Unter ihren etwa 200 Kurzgeschichten sind nur elf dem fantastischen Genre zuzurechnen. Sie erschienen 1974 gesammelt als *Collected Ghost Stories* im Verlag Arkham House, dessen Gründer August Derleth ein Bewunderer von Mary E. Wilkins-Freeman war.

Leider sind ihre Geschichten heute nahezu vergessen, was mit ihrer stillen Machart leicht erklärt werden kann, für die sich in unseren Tagen offenbar keine Muße finden lässt. Wohl darum ist ›The Shadows on the Wall‹ bisher nicht in deutschen Verlagen erschienen.

Auch Lovecraft preist die Autorin: »Horror-Material von authentischer Kraft findet man auch unter den Werken der realistischen

Erzählerin Mary E. Wilkins aus Neu-England, deren Storyband *The Wind in the Rosebush* eine Reihe erwähnenswerten Materials enthält. In ›The Shadows on the Wall‹ erleben wir einfühlsam geschildert die Reaktion eines Haushalts in Neu-England auf eine unheimliche Tragödie. Und der körperlose Schatten des vergifteten Bruders bereitet uns auf den Augenblick des Höhepunktes vor, wenn der ebenfalls körperlose Schatten des unbekannten Mörders, der sich in der Nachbarstadt das Leben genommen hat, plötzlich neben ihm auftaucht.«

Die Schatten an der Wand

Henry hatte eine Aussprache mit Edward im Arbeitszimmer, in der Nacht vor Edwards Tod«, sagte Caroline Glynn. Sie war ältlich, groß und dürr und besaß ein farbloses Gesicht. Sie sprach nicht mit Bitterkeit, jedoch mit feierlichem Ernst. Rebecca Ann Glynn, jünger, stämmiger und mit einem rosigen Gesicht zwischen den krausen Wolken ihres grauen Haars, keuchte in Zustimmung. Sie saß auf einem breiten Volant aus grauer Seide in der Ecke des Sofas und rollte ihre erschrockenen Augen von ihrer Schwester Caroline zu ihrer Schwester Mrs. Stephen Brigham, die früher Emma Glynn geheißen hatte und die einzige Schönheit in der Familie war. Noch immer war sie schön, besaß eine große, glänzende, voll erblühte Schönheit; sie füllte einen großen Schaukelstuhl mit der prächtigen Masse ihrer Weiblichkeit und schaukelte sanft vor und zurück, wobei ihre schwarze Seide wisperte und ihre schwarzen Rüschen zitterten. Sogar der Schock des Todes (denn ihr Bruder Edward lag tot im Hause) konnte die äußerliche Gelassenheit ihres Verhaltens nicht stören. Sie war betrübt über den Verlust ihres Bruders; er war der Jüngste gewesen, und sie hatte ihn gerngehabt, doch noch nie hatte Emma Brigham ihre eigene Wichtigkeit inmitten allen Leids aus den Augen verloren. Sie war sich fortdauernd ihrer eigenen Standfestigkeit inmitten der Wechselfälle und des Glanzes ihres Lebens bewusst.

Doch auch ihr Ausdruck meisterlicher Gelassenheit wechselte angesichts der Bekanntmachung ihrer Schwester Caroline und des Schreckenskeuchens ihrer Schwester Rebecca Ann als Antwort.

»Ich meine, Henry hätte sein Temperament zügeln müssen, als Edward so nahe vor seinem Ende stand«, sagte sie mit einer Schroffheit, welche die rosenfarbenen Rundungen ihres schönen Mundes leicht durcheinanderbrachte.

»Natürlich *wusste* er es nicht«, murmelte Rebecca Ann mit leiser Stimme, die seltsam unpassend zu ihrer Erscheinung war. Man schaute unwillkürlich ein zweites Mal hin, um sicherzugehen, dass solch ein schwaches Piepsen tatsächlich aus einer so geschwollenen Brust kam.

»Selbstverständlich wusste er es nicht«, sagte Caroline schnell. Sie drehte sich zu ihrer Schwester mit einem scharfen, verdächtigenden Blick. »Wie hätte er es wissen können?«, sagte sie. Dann schauderte ihr vor der möglichen Antwort der anderen. »Natürlich wissen wir beide, dass er es nicht wissen konnte«, sagte sie mit endgültigem Ton, doch ihr bleiches Gesicht war nun noch bleicher als zuvor.

Rebecca keuchte abermals. Die verheiratete Schwester, Mrs. Emma Brigham, saß jetzt aufrecht in ihrem Stuhl; sie hatte aufgehört zu schaukeln und starrte die beiden anderen eindringlich an. Plötzlich brach die Familienähnlichkeit in ihrem Gesicht hervor. Bei einer gemeinsamen Heftigkeit der Gefühle traten gleiche Linien zutage, und es wurde deutlich, dass die drei Schwestern einer Abstammung waren.

»Was meint ihr damit?«, fragte sie unbefangen die beiden anderen. Dann schien auch sie vor der möglichen Antwort zurückzuschrecken. Sie lachte; es klang ausweichend. »Ich nehme an, du meinst überhaupt nichts«, sagte sie, doch ihr Gesicht trug noch den Ausdruck erbebenden Grauens.

»Niemand meint irgendetwas«, sagte Caroline bestimmt. Sie erhob sich und durchquerte den Raum zur Tür hin mit grimmiger Entschlossenheit.

»Wohin gehst du?«, fragte Mrs. Brigham.

»Ich muss nach etwas sehen«, erwiderte Caroline, und die anderen erkannten sofort am Ton ihrer Stimme, dass sie einer stillen und traurigen Pflicht in der Kammer des Todes nachkommen musste.

»Oh«, sagte Mrs. Brigham.

Nachdem sich die Tür hinter Caroline geschlossen hatte, wandte sie sich an Rebecca.

»Hat Henry viel mit ihm geredet?«, fragte sie.

»Sie haben sehr laut gesprochen«, entgegnete Rebecca ausweichend, doch mit einem Glimmen in ihren sanften blauen Augen, das den Willen zu einer Antwort ausdrückte.

Mrs. Brigham sah sie an. Sie hatte nicht wieder zu schaukeln angefangen und saß noch immer aufrecht da; ihre schöne Stirn war zwischen den hübschen Wellen ihres kastanienbraunen Haares vor Anspannung gerunzelt.

»Hast du – etwas gehört?«, fragte sie mit gesenkter Stimme und blickte rasch zur Tür.

»Ich war gerade durch die Halle in das südliche Empfangszimmer gegangen, und dessen Tür war offen und die andere Tür angelehnt«, erwiderte Rebecca unter leichtem Erröten.

»Dann musst du …«

»Ich konnte es nicht verhindern.«

»Alles?«

»Das meiste.«

»Um was ging es?«

»Die alte Geschichte.«

»Ich vermute, Henry war außer sich, wie üblich, weil Edward hier umsonst lebte, da er Vaters Geld verschwendet hat.«

Rebecca nickte und warf einen ängstlichen Blick zur Tür.

Als Emma erneut sprach, war ihre Stimme noch leiser. »Ich weiß, wie Henry sich fühlte«, sagte sie. »Er selbst ist immer so besonnen und arbeitet in seinem Beruf so hart, und Edward hat andererseits nie etwas anderes getan als Geld auszugeben, und für Henry muss es so ausgesehen haben, als lebe Edward auf seine Kosten, aber das hat er nicht getan.«

»Nein, das hat er nicht getan.«

»Es war die Art, wie Vater den Besitz vererbt hat – dass alle Kinder hier ein Zuhause haben sollten –, und er hat genügend Geld hinterlassen, um Nahrungsmittel und all das zu kaufen, wenn wir alle hierher nach Hause zurückkommen sollten.«

»Ja.«

»Und Edward hatte Vaters Testament zufolge ein Recht, hier zu leben, und Henry sollte sich daran erinnert haben.«

»Ja, er sollte.«

»Hat er harte Worte gesagt?«

»Ziemlich harte, soweit ich es gehört habe.«

»Was?«

»Ich habe gehört, wie er zu Edward sagte, er habe hier nichts verloren und solle besser fortgehen.«

»Was hat Edward darauf gesagt?«

»Dass er so lange hierbleibe, bis er sterbe, und auch danach noch, wenn es ihm gefiele, und er wolle sehen, wie Henry ihn hinauswerfe, und dann …«

»Was dann?«

»Dann lachte er.«

»Was hat Henry gesagt?«

»Ich habe ihn gar nichts sagen hören, aber …«

»Aber was?«

»Ich habe ihn gesehen, als er aus dem Zimmer kam.«

»Hat er wieder wie rasend ausgesehen?«

»Du hast ihn in diesem Zustand ja schon gesehen.«

Emma nickte; der Ausdruck des Grauens auf ihrem Gesicht hatte sich vertieft.

»Erinnerst du dich daran, wie er damals die Katze getötet hat, weil sie ihn gekratzt hatte?«

»Ja. Psst!«

Dann kam Caroline zurück in das Zimmer. Sie ging zum Ofen, in dem ein Holzfeuer brannte – es war ein kalter, finsterer Tag im Herbst –, und wärmte ihre Hände, die vom kürzlichen Waschen in kaltem Wasser gerötet waren.

Mrs. Brigham schaute sie an und zögerte. Sie warf einen Blick zur Tür, die noch halb offen stand, da sie nur schwer schloss, weil sie noch vom feuchten Sommerwetter aufgequollen war. Sie erhob sich und drückte sie mit einem scharfen Schlag zu, der das Haus erschütterte. Rebecca stieß in Schmerzen einen unterdrückten

Schrei aus. Caroline schaute sie missbilligend an. »Es ist Zeit, dass du deine Nerven unter Kontrolle bekommst, Rebecca«, sagte sie.

»Ich kann nichts dafür«, erwiderte Rebecca beinahe jammernd. »Ich bin eben nervös. Der Herr weiß, dass es gute Gründe dafür gibt.«

»Was willst du damit sagen?«, fragte Caroline mit ihrem alten Ton scharfen Verdachts, unter den sich etwas zwischen Herausforderung und Furcht mischte.

Rebecca zuckte zusammen.

»Nichts«, sagte sie.

»Dann würde ich nicht in dieser Weise reden.«

Emma kam von der nun geschlossenen Tür zurück und sagte gebieterisch, sie solle repariert werden, sie schließe so schlecht.

»Sie wird sich genug zusammenziehen, wenn wir ein paar Tage geheizt haben werden«, entgegnete Caroline. »Wenn man etwas mit ihr macht, wird sie danach zu klein sein, dann wird ein Schlitz über der Schwelle sein.«

»Ich denke, Henry sollte sich dafür schämen, so mit Edward geredet zu haben«, sagte Mrs. Brigham plötzlich, doch mit einer fast unhörbaren Stimme.

»Sei still!«, sagte Caroline, während sie ihren Blick in wirklicher Furcht auf die geschlossene Tür warf.

»Niemand kann uns hören, wenn die Tür zu ist.«

»Er muss gehört haben, wie sie geschlossen wurde, und …«

»Nun, ich kann sagen, was ich will, bevor er herunterkommt, und ich fürchte mich nicht vor ihm.«

»Ich weiß nicht, ob sich überhaupt jemand vor ihm fürchtet. Was für einen Grund gibt es, sich vor Henry zu fürchten?«, wollte Caroline wissen.

Mrs. Brigham erschauderte unter dem Blick ihrer Schwester. Rebecca keuchte abermals. »Natürlich gibt es da keinen Grund. Warum sollte es einen geben?«

»Dann würde ich nicht so reden. Jemand könnte dich zufällig hören und denken, es sei etwas faul daran. Du weißt, dass Miranda Joy im südlichen Empfangszimmer sitzt und näht.«

»Ich dachte, sie sei nach oben gegangen und nähe an der Maschine.«

»Das hat sie auch getan, aber sie ist wieder heruntergekommen.«

»Wie dem auch sei, sie kann uns nicht hören.«

»Ich sage noch einmal, dass Henry sich schämen sollte. Man sollte kaum glauben, dass er darüber hinwegkommt, eine solche Unterredung mit Edward in der Nacht vor seinem Tod gehabt zu haben. Edward war von besserer Gemütsart als Henry, trotz seiner Fehler. Ich selbst habe immer viel von dem armen Edward gehalten.«

Mrs. Brigham wischte mit einem großen Fetzen von Taschentuch über ihre Augen; Rebecca schluchzte geradewegs heraus.

»Rebecca«, sagte Caroline ermahnend, hielt ihren Mund steif geschlossen und schluckte entschieden.

»Ich habe ihn nie ein Widerwort sagen hören, bis er Henry in jener letzten Nacht widersprach. Ich weiß nicht, aber dem zufolge, was Rebecca gehört hat, war es wohl so«, sagte Emma.

»Es war weniger lauter Widerspruch, sondern eher sanft und leise, und verbittert«, schniefte Rebecca.

»Er hat nie seine Stimme erhoben«, sagte Caroline, »aber er hatte so eine Art.«

»In diesem Fall hatte er ein Recht dazu.«

»Ja, das hatte er.«

»Er hatte genauso ein Recht, hier zu sein, wie Henry«, schluchzte Rebecca, »und nun ist er von uns gegangen, und er wird nie wieder in diesem Heim sein, das unser armer Vater ihm und uns überlassen hat.«

»Was glaubst du, woran ist Edward wirklich erkrankt?«, fragte Emma kaum lauter als wispernd. Sie sah ihre Schwester nicht an.

»Ich habe es dir gesagt«, antwortete diese.

Rebecca hielt ihr Taschentuch vor den Mund und sah sie darüber hinweg mit tränenden, erschrockenen Augen an.

»Ich weiß, dass du gesagt hast, er hatte furchtbare Schmerzen und Krämpfe in seinem Magen, aber was glaubst du, wovon kamen sie?«

»Henry nannte es gastrische Probleme. Wie du weißt, hatte Edward schon immer Verdauungsstörungen.«

Mrs. Brigham zögerte einen Augenblick. »Ist über eine – Autopsie gesprochen worden?«, fragte sie.

Darauf wandte sich ihr Caroline wütend zu.

»Nein«, sagte sie mit schrecklicher Stimme. »Nein.«

Die Seelen der drei Schwestern schienen sich durch ihre Augen auf dem gemeinsamen Grund entsetzten Verstehens zu treffen. Die altmodische Klinke der Tür begann zu klappern und ein Schlag von draußen ließ sie kraftlos erzittern. »Es ist Henry«, sagte Rebecca. Es war eher ein Seufzen als ein Wispern. Mrs. Brigham setzte sich nach einem lautlosen Huschen quer durch den Raum wieder in ihrem Schaukelstuhl zurecht und schaukelte mit bequem zurückgelegtem Kopf vor und zurück, als die Tür schließlich nachgab und Henry Glynn eintrat. Er warf heimlich einen scharfen, verstehenden Blick auf Mrs. Brigham in ihrer sorgfältigen Ruhe; warf einen weiteren auf Rebecca, die still in einer Ecke des Sofas kauerte und ihr Taschentuch vor das Gesicht hielt, sodass nur ein kleines gerötetes Ohr hervorschaute, das so aufmerksam wie das Ohr eines Hundes war und daher ihre Wachsamkeit ihm gegenüber verriet; und schließlich schaute er auf Caroline, die mit angestrengter Gelassenheit in ihrem Armlehnstuhl am Ofen saß. Sie begegnete seinen Augen mit einem Blick unergründlicher Angst und zugleich voller Widerspenstigkeit gegen die Angst und gegen ihn.

Henry Glynn glich dieser Schwester mehr als den anderen.

Beide besaßen dieselbe spröde Zierlichkeit der Gestalt und Gesichtszüge, beide waren groß und beinahe ausgemergelt, bei beiden wuchs das spärliche graublonde Haar hoch über ihren intellektuellen Stirnen, beide hatten beinahe vornehme, adlerhafte Gesichter. Sie begegneten einander mit der erbarmungslosen Unbeweglichkeit zweier Statuen, in deren marmornen Zügen jedes Gefühl für alle Ewigkeit erstarrt war.

Dann lächelte Henry Glynn, und das Lächeln formte sein Gesicht um. Plötzlich sah er um Jahre jünger aus, und eine fast jungenhafte Sorglosigkeit und Unentschlossenheit erschien auf seinem Antlitz. Er warf sich mit einer Geste in einen Sessel, die durch ihre Unvereinbarkeit mit seiner allgemeinen Erscheinung verwirrte. Er lehnte seinen Kopf zurück, warf ein Bein über das andere und schaute Mrs. Brigham lächelnd an.

»Ich stelle hiermit fest, Emma, dass du jedes Jahr jünger wirst«, sagte er.

Sie errötete ein wenig, und ihr sanfter Mund weitete sich an den Winkeln. Sie war Komplimenten gegenüber empfänglich.

»Unsere Gedanken sollten heute demjenigen gelten, der *niemals* mehr älter werden wird«, sagte Caroline mit harter Stimme.

Henry sah sie noch immer lächelnd an. »Selbstverständlich; niemand von uns vergisst das«, sagte er in einem tiefen, liebenswürdigen Tonfall, »aber wir haben mit den Lebenden zu sprechen, Caroline, und ich habe Emma lange Zeit nicht gesehen, und die Lebenden sind so teuer wie die Toten.«

»Nicht für mich«, antwortete Caroline.

Sie stand auf und verließ abrupt den Raum. Rebecca erhob sich ebenfalls und rannte ihr nach, während sie laut schluchzte.

Henry schaute ihnen ruhig nach. »Caroline ist vollkommen überdreht«, sagte er.

Mr. Brigham schaukelte. Ein Vertrauen zu ihm, das durch seine Art erweckt wurde, legte sich über sie. Aus diesem Vertrauen heraus redete sie ziemlich leichthin und natürlich. »Sein Tod kam sehr schnell«, sagte sie.

Henrys Augenlider bebten kurz, doch sein Blick war unerschüttert.

»Ja«, sagte er, »er kam sehr schnell. Edward war nur ein paar Stunden krank.«

»Wie hast du es genannt?«

»Gastrisch.«

»Hast du nicht an eine Autopsie gedacht?«

»Es gab keinen Grund dafür. Ich bin mir über die Ursache seines Todes absolut sicher.«

Plötzlich fühlte Mrs. Brigham, dass sich ein Gruseln wie ein lebendiger Schrecken über ihre Seele legte. Sie bekam eine Gänsehaut vor der Änderung des Tons in seiner Stimme. Sie stand auf und wankte auf schwachen Knien.

»Wohin gehst du?«, fragte Henry mit seltsamer, atemloser Stimme.

Mrs. Brigham sagte etwas Unzusammenhängendes über eine Näharbeit, die sie zu machen habe, irgendetwas Schwarzes für die Beerdigung, und hatte schon den Raum verlassen. Sie ging nach oben zu dem Zimmer an der Vorderseite, das sie bewohnte. Caroline war dort. Sie ging nahe an sie heran und nahm ihre Hände, und die beiden Schwestern schauten einander an.

»Sag jetzt nichts, ich könnte es nicht ertragen«, sagte Caroline schließlich in schrecklichem Flüstern.

»Ich auch nicht«, erwiderte Emma.

Als an jenem Nachmittag die Dämmerung sich verdichtete, befanden sich die drei Schwestern im Arbeitszimmer, dem großen, nach vorn hinaus gelegenen Raum im Erdgeschoss schräg gegenüber dem südlichen Empfangszimmer.

Mrs. Brigham umsäumte einen schwarzen Stoff. Wegen des schwindenden Lichts saß sie nahe am Westfenster. Schließlich legte sie ihre Arbeit in den Schoß.

»Es hat keinen Zweck; ich kann keinen Stich mehr nähen, solange wir nicht Licht machen«, sagte sie.

Caroline, die gerade dabei war, einige Briefe am Tisch zu schreiben, wandte sich an Rebecca, die an ihrem üblichen Platz auf dem Sofa saß. »Rebecca, du solltest besser eine Lampe holen«, meinte sie.

Rebecca sprang auf; sogar in der Dämmerung war die Aufregung in ihrem Gesicht zu sehen. »Es scheint mir nicht so, dass wir jetzt schon eine Lampe brauchen«, sagte sie in einer mitleiderregenden, bittenden Stimme, die wie die eines Kindes klang.

»Doch, wir brauchen eine«, gab Mrs. Brigham entschieden zurück. »Wir müssen eine Lampe haben. Ich muss das hier heute

Abend fertig machen, oder ich kann nicht mit zur Beerdigung gehen, und ich kann nicht mehr genug sehen, um auch nur einen Stich zu nähen.«

»Caroline kann genug sehen, um Briefe zu schreiben, und sie ist weiter vom Fenster entfernt als du«, argumentierte Rebecca.

»Versuchst du, Kerosin zu sparen, oder bist du nur einfach faul, Rebecca Glynn?«, rief Mrs. Brigham. »Ich könnte ja gehen und die Lampe selbst holen, aber ich habe all diese Arbeit in meinem Schoß liegen.«

Carolines Feder hörte auf zu kratzen.

»Rebecca, wir brauchen ein Licht«, sagte sie.

»Brauchen wir es denn wirklich hier drinnen?«, fragte Rebecca schwach.

»Natürlich! Warum denn nicht!«, rief Caroline streng.

»Ich will meine Näharbeit nicht in einen anderen Raum tragen müssen, vor allem wenn er schon für morgen gerichtet ist«, sagte Mrs. Brigham. »Also, so einen Wirbel über das Anbrennen einer Lampe habe ich ja noch nie erlebt.«

Rebecca stand auf und verließ den Raum. Bald darauf kam sie mit einer Lampe zurück – einer großen mit einem weißen Porzellanschirm. Sie setzte sie auf einem Tisch ab, einem altmodischen Kartentisch, der an der dem Fenster gegenüberliegenden Wand stand. Hier gab es keine Bücherschränke wie an den anderen Wänden des Zimmers. Diese gegenüberliegende Wand war von drei Türen unterbrochen, und der einzige kleine Zwischenraum wurde von dem Kartentisch eingenommen. Über dem Tisch hing vor einer altmodischen Tapete in weißem Seidenglanz, der von undeutlichen grünen Verzierungen durchbrochen wurde, in ziemlicher Höhe eine kleine, schwarz und golden eingerahmte Elfenbeinminiatur der Mutter der Familie, gemalt in ihrer Jugend.

Als die Lampe auf den Tisch darunter gestellt wurde, schien das winzige hübsche Gesicht auf dem Elfenbein in einem Blick des Erkennens zu erglänzen.

»Warum hast du die Lampe dort hinten hingestellt?«, fragte Mrs. Brigham mit stärkerer Ungeduld, als ihre Stimme üblicherweise enthüllte. »Warum hast du sie nicht gleich in die Halle gestellt? Weder Caroline noch ich können etwas sehen, wenn sie auf dem Tisch dort steht.«

»Ich dachte, ihr würdet euch vielleicht an ihn setzen wollen«, erwiderte Rebecca krächzend.

»Wenn ich wirklich dorthin gehen sollte, so könnten wir nicht beide an diesem Tisch sitzen. Caroline hat ihr Papier überall ausgebreitet. Warum stellst du die Lampe nicht auf den Arbeitstisch in der Mitte des Zimmers, dann können wir beide etwas sehen.«

Rebecca zögerte. Ihr Gesicht war sehr bleich. Sie sah ihre Schwester Caroline mit einem bittenden Blick an, der wirklich herzzerreißend war.

»Warum stellst du die Lampe nicht auf diesen Tisch, wie sie gesagt hat?«, fragte Caroline beinahe wütend. »Warum benimmst du dich so, Rebecca?«

»Ich habe mir gedacht, dass du das fragen würdest«, sagte Mrs. Brigham. »Sie ist ja gar nicht mehr sie selbst.«

Ohne ein weiteres Wort nahm Rebecca die Lampe und stellte sie auf den Tisch in der Mitte des Raumes. Dann drehte sie ihr rasch den Rücken zu, setzte sich auf das Sofa, hielt ihre Hand vor die Augen, wie um sie zu beschatten, und verharrte so.

»Schmerzt das Licht deinen Augen, und ist das der Grund, warum du die Lampe nicht wolltest?«, fragte Mrs. Brigham freundlich.

»Ich sitze immer gern im Dunkeln«, entgegnete Rebecca gedämpft. Dann zog sie hastig ihr Taschentuch hervor und begann zu weinen. Caroline schrieb weiter und Mrs. Brigham nahm ihre Näharbeit wieder auf.

Während sie nähte, warf Mrs. Brigham plötzlich einen Blick auf die gegenüberliegende Wand. Ihr Blick wurde zu einem festen Starren. Sie schaute angespannt dorthin; ihre Arbeit ruhte in ihren Händen. Dann schaute sie wieder fort und machte ein paar Stiche, dann sah sie wieder hin und wandte sich wieder ihrer Aufgabe zu. Schließlich legte sie ihre Arbeit in den Schoß und starrte konzentriert auf die Wand. Von dort aus schweifte ihr Blick durch den Raum und über die verschiedenen Gegenstände darin. Dann wieder sah sie die Wand lange und eingehend an.

»Was *ist* das?«, fragte sie.

»Was?«, fragte Caroline harsch. Ihre Feder kratzte laut über das Papier.

Rebecca gab einen ihrer konvulsivischen Seufzer von sich.

»Dieser seltsame Schatten an der Wand«, erwiderte Mrs. Brigham.

Rebecca saß da mit verborgenem Gesicht; Caroline tauchte ihre Feder in das Tintenfass.

»Warum drehst du dich nicht um und schaust hin?«, fragte Mrs. Brigham in verwundertem und irgendwie bedrücktem Ton.

»Ich muss mich beeilen, um diesen Brief fertig zu bekommen, wenn Mrs. Wilson Ebbit ihn rechtzeitig für die Beerdigung erhalten soll«, entgegnete Caroline kurz angebunden.

Mrs. Brigham erhob sich. Ihre Arbeit glitt zu Boden und sie begann, im Zimmer umherzugehen und verschiedene Möbelstücke zu verrücken, wobei sie die Augen auf den Schatten geheftet hatte. Dann schrie sie plötzlich: »Seht euch diesen furchtbaren Schatten an! Was ist das? Caroline, sieh, sieh! Rebecca, sieh! *Was ist das?*«

Mrs. Brighams triumphierende Gelassenheit war vollkommen verschwunden. Ihr hübsches Gesicht war aschfahl vor Entsetzen. Sie stand steif da und zeigte auf den Schatten.

»Seht!«, sagte sie und wies mit ihrem Finger darauf. »Seht! Was ist das?«

Dann brach Rebecca in wildes Jammern aus, nachdem sie einen zitternden Blick auf die Wand geworfen hatte: »Oh, Caroline, da ist es wieder! Da ist es wieder!«

»Caroline Glynn, schau doch hin!«, rief Mrs. Brigham. »Sieh doch! Was ist das für ein schrecklicher Schatten?«

Caroline erhob sich, drehte sich um und stand der Wand gegenüber.

»Woher soll ich das wissen?«, sagte sie.

»Er ist jede Nacht da gewesen, seit Edward gestorben ist«, schluchzte Rebecca.

»Jede Nacht?«

»Ja. Er ist am Donnerstag gestorben, und heute haben wir Samstag; das macht drei Nächte«, sagte Caroline streng. Sie stand da, als wolle sie sich in einem Schraubstock aus gebündeltem Willen ruhig halten.

»Es … es sieht aus wie … wie …«, stammelte Mrs. Brigham in einem Tonfall heftigen Grauens.

»Ich weiß sehr wohl, wie es aussieht«, sagte Caroline. »Ich habe schließlich Augen im Kopf.«

»Es sieht aus wie Edward«, brach es aus Rebecca in einer Art von Raserei hervor. »Nur –«

»Ja, das stimmt«, pflichtete ihr Mrs. Brigham bei, deren schreckergriffener Ton sich dem ihrer Schwester angeglichen hatte. »Nur – oh, es ist schrecklich! Was ist das, Caroline?«

»Ich frage jetzt noch einmal: Woher soll ich das wissen?«, erwiderte Caroline. »Ich sehe es genauso wie du. Wieso sollte ich mehr wissen als du?«

»Es *muss* etwas im Zimmer sein«, sagte Mrs. Brigham und starrte wild umher.

»In der ersten Nacht, als es erschien, haben wir alles im Raum umgestellt«, sagte Rebecca. »Es ist nichts, was sich hier im Zimmer befindet.«

Caroline wandte sich ihr in Rage zu. »Natürlich ist es etwas im Zimmer! Wie du dich benimmst! Was willst du damit sagen? Natürlich ist es etwas im Zimmer.«

»Natürlich ist es das«, stimmte Mrs. Brigham zu und schaute Caroline argwöhnisch an. »Natürlich muss es so sein. Es ist nur ein Zufall. Es geschieht halt einfach so. Vielleicht ist es diese Gardinenfalte dort, die den Schatten wirft. Es muss etwas in diesem Zimmer sein.«

»Es ist überhaupt nichts im Zimmer«, wiederholte Rebecca hartnäckig.

Plötzlich öffnete sich die Tür und Henry Glynn trat ein. Er begann zu reden, dann folgten seine Augen den Blicken der anderen. Er stand stocksteif da und starrte auf den Schatten an der Wand. Er war lebensgroß und erstreckte sich über das weiße Geviert einer Tür und halb über jenen Teil der Wand, an dem das Bild hing.

»Was ist denn das?«, verlangte er mit seltsamer Stimme zu wissen.

»Es muss von irgendetwas im Zimmer stammen«, sagte Mrs. Brigham leise.

»Es stammt von nichts in diesem Zimmer«, sagte Rebecca erneut mit dem schrillen Beharren des Schreckens.

»Wie du dich benimmst, Rebecca Glynn«, empörte sich Caroline.

Henry Glynn sah einen Augenblick länger hin. Sein Gesicht zeigte eine ganze Gefühlsskala: Grauen, Ertapptsein, dann rasender Unglauben. Plötzlich begann er im Raum umherzuhasten. Er verstellte die Möbel mit heftigen Stößen und drehte sich dabei jedes Mal um, um die Auswirkungen auf den Schatten an der Wand zu sehen. Doch nicht eine einzige Linie seines schrecklichen Umrisses zitterte.

»Es muss von etwas in diesem Zimmer kommen«, erklärte er mit einer Stimme, die wie eine Peitsche knallte.

Sein Gesicht veränderte sich. Das Innerste, Geheimste seiner Natur wurde so deutlich, dass man fast seine Gesichtszüge aus den Augen verlor. Rebecca stand nahe bei ihrem Sofa und betrachtete ihn mit traurigem, bezaubertem Blick. Mrs. Brigham ergriff Carolines Hand. Sie standen beide in einer Ecke abseits von Henry. Für einige Momente tobte er durch das Zimmer wie ein wildes Tier im Käfig. Er bewegte jedes einzelne Möbelstück; wenn dieses Verrücken des Möbels keine Auswirkung auf den Schatten hatte, warf er es zu Boden, während die Schwestern zuschauten.

Dann hörte er unvermittelt auf. Er lachte und begann die Möbel, die er umhergeworfen hatte, wieder aufzustellen.

»Was für ein Unsinn«, sagte er leichthin. »So ein Getue um einen Schatten.«

»So ist es«, stimmte Mrs. Brigham mit verängstigter Stimme zu, die sie normal klingen zu lassen versuchte. Während sie sprach, hob sie einen Stuhl neben sich auf.

»Ich glaube, du hast den Stuhl zerbrochen, den Edward so gerngehabt hat«, sagte Caroline. Schrecken und Zorn kämpften auf ihrem Gesicht um Ausdruck. Ihr Mund war erstarrt, ihre Augen wurden klein. Henry nahm den Stuhl mit einem Ausdruck der Angst auf.

»Noch genauso gut wie zuvor«, sagte er freundlich. Er lachte wiederum und schaute seine Schwestern an. »Habe ich euch erschreckt?«, fragte er. »Ich sollte doch meinen, dass ihr euch inzwischen an mich gewöhnt habt. Ihr kennt meine Art, jedem Geheimnis auf den Grund gehen zu wollen, und dieser Schatten sieht – merkwürdig aus, wie … und ich dachte, wenn es eine Möglichkeit für eine Erklärung gibt, sollte ich sie ohne Zögern suchen.«

»Du scheinst nicht erfolgreich gewesen zu sein«, bemerkte Caroline trocken und schaute rasch zur Wand.

Henrys Augen folgten den ihren und er erzitterte deutlich.

»Oh, es gibt keine Erklärung für Schatten«, sagte er und lachte wieder. »Der Mann, der einen Grund für einen Schatten sucht, ist ein Narr.«

Dann erklang die Glocke für das Abendessen, und alle verließen das Zimmer, doch Henry drehte dabei seinen Rücken der Wand zu, wie es tatsächlich auch die anderen taten.

Mrs. Brigham drückte sich eng an Caroline, als sie die Halle durchquerten. »Er sah wie ein Dämon aus«, flüsterte sie in ihr Ohr.

Henry führte sie mit achtsamen Bewegungen wie ein Junge; Rebecca bildete die Nachhut. Sie konnte kaum laufen; ihre Knie zitterten so stark.

»Ich kann heute Abend nicht mehr in diesem Raum sitzen«, flüsterte sie Caroline nach dem Essen zu.

»Gut, dann werden wir uns in das südliche Zimmer setzen«, erwiderte Caroline. »Ich denke, wir werden uns in das südliche Empfangszimmer setzen«, sagte sie laut. »Es ist nicht so feucht wie das Arbeitszimmer, und ich habe eine Erkältung.«

So saßen sie bald alle mit ihrem Nähzeug im südlichen Zimmer. Henry las die Zeitung; er hatte seinen Sessel nahe zu der Lampe auf dem Tisch gezogen. Gegen neun Uhr erhob er sich plötzlich und durchquerte die Halle zum Arbeitszimmer hin. Die drei Schwestern schauten einander an. Mrs. Brigham stand auf, packte ihre raschelnden Stofffluten eng um sich und lief auf Zehenspitzen zur Tür.

»Was hast du vor?«, erkundigte sich Rebecca aufgeregt.

»Ich will wissen, was er vorhat«, antwortete Mrs. Brigham vorsichtig.

Während sie sprach, zeigte sie zur halb angelehnten Tür des Arbeitszimmers jenseits der Halle. Henry hatte sich bemüht, sie hinter sich zuzuziehen, doch sie war nun mit seltsamer Geschwindigkeit über den Rahmen hinausgequollen. Ein Lichtstreifen zeigte sich vom oberen Ende bis zum unteren. Die Leuchte in der Halle brannte nicht. »Du solltest besser bleiben, wo du bist«, sagte Caroline mit zurückgenommener Schärfe.

»Ich werde sehen«, erwiderte Mrs. Brigham fest.

Dann raffte sie den Stoff ihrer Bluse so eng um sich, dass die schwellenden Kurven ihres Körpers nur noch vom schwarzen seidenen Futter umgeben waren. Sie ging mit langsamem Watscheln quer durch die Halle zur Tür des Arbeitszimmers. Sie stand da; ihre Augen waren auf den Spalt gerichtet.

Im südlichen Zimmer hörte Rebecca zu nähen auf und saß mit aufgerissenen Augen da. Caroline nähte unbeirrt weiter. Was Mrs. Brigham sah, als sie vor dem Spalt neben der Tür stand, war dies:

Henry Glynn, der vermutete, dass sich die Quelle des seltsamen Schattens zwischen dem Tisch, auf dem die Lampe stand, und der

Wand befinden musste, machte systematisch Pässe und Ausfälle in dem dazwischenliegenden Raum mit einem alten Schwert, das seinem Vater gehört hatte. Nicht ein Zentimeter wurde undurchbohrt gelassen. Er schien den Zwischenraum in mathematische Abschnitte unterteilt zu haben. Er schwang das Schwert in einer Art kalter Wut und Berechnung; die Klinge entsandte Lichtblitze; der Schatten blieb unbewegt. Als Mrs. Brigham das sah, wurde ihr kalt vor Grauen. Schließlich hörte Henry auf und stand da mit dem Schwert in der Hand. Er erhob es, als wolle er zuschlagen, wobei er den Schatten an der Wand drohend musterte. Mrs. Brigham watschelte durch die Halle zurück und schloss die Tür des südlichen Zimmers hinter sich, bevor sie berichtete, was sie gesehen hatte.

»Er sah aus wie ein Dämon«, sagte sie wieder. »Hast du noch etwas von diesem alten Wein im Haus, Caroline? Ich fürchte, ich kann es bald nicht mehr ertragen.« Sie sah tatsächlich überwältigt aus. Ihr hübsches, gelassenes Gesicht war zermürbt und angespannt und bleich.

»Ja, es ist noch viel da«, sagte Caroline. »Du kannst welchen haben, wenn du zu Bett gehst.«

»Ich denke, wir sollten besser alle ein Glas haben«, sagte Mrs. Brigham. »O mein Gott, Caroline, was …«

»Frag nichts und sag nichts«, meinte Caroline.

»Nein, das werde ich nicht«, erwiderte Mrs. Brigham. »Aber …«

Rebecca ächzte laut auf.

»Warum machst du das?«, fragte Caroline barsch.

»Armer Edward«, gab Rebecca zurück.

»Das ist alles, weswegen du stöhnen kannst«, sagte Caroline. »Sonst gibt es nichts.«

»Ich gehe zu Bett«, verkündete Mrs. Brigham. »Ich werde nicht bei der Beerdigung sein können, wenn ich's nicht tue.«

Bald darauf gingen die drei Schwestern auf ihre Zimmer und das südliche Empfangszimmer lag verlassen da. Caroline rief zu Henry, der noch im Arbeitszimmer war, er möge das Licht löschen, bevor er nach oben komme. Sie waren seit etwa einer

Stunde fort, als Henry das südliche Zimmer betrat. Bei sich hatte er die Lampe aus dem Arbeitszimmer. Er stellte sie auf den Tisch und wartete einige Minuten, wobei er auf und ab lief. Sein Gesicht sah schrecklich aus; sein schöner Teint hatte eine aschgraue Farbe angenommen; seine blauen Augen schienen dunkle, leere Flecken zu sein, die in furchtbarem Widerschein spiegelten.

Dann nahm er die Lampe auf und kehrte in das Arbeitszimmer zurück. Er stellte die Lampe auf den Tisch in der Mitte, und der Schatten sprang auf die Wand. Abermals betrachtete er genau die Möbel und rückte sie herum, doch jetzt geschah es überlegt und ohne seine vorherige Raserei. Nichts beeinflusste den Schatten. Dann kehrte er mit der Lampe zum südlichen Zimmer zurück und wartete wiederum. Schließlich begab er sich erneut in das Arbeitszimmer und stellte die Lampe auf den Tisch, und der Schatten sprang an die Wand. Es war bereits Mitternacht, als er nach oben ging. Mrs. Brigham und die anderen Schwestern, die nicht schlafen konnten, hörten ihn.

Am nächsten Tag fand die Beerdigung statt. An jenem Abend saß die Familie in dem südlichen Zimmer. Bei ihnen befanden sich einige Verwandte. Niemand betrat das Arbeitszimmer, bis Henry eine Lampe dort hineinbrachte, nachdem die anderen sich zur Nacht zurückgezogen hatten. Er sah abermals, wie der Schatten vor der Lampe in schrecklichem Leben an die Wand sprang.

Am nächsten Morgen gab Henry Glynn während des Frühstücks bekannt, er müsse für drei Tage in die Stadt fahren. Die Schwestern sahen ihn überrascht an. Er verließ das Haus sehr selten, und gerade im Augenblick hatte er seine Praxis wegen Edwards Tod vernachlässigt. Er war Arzt.

»Wie kannst du deine Patienten ausgerechnet jetzt allein lassen?«, fragte Mrs. Brigham verwundert.

»Es geht eben nicht anders«, erwiderte Henry leichthin. »Ich habe ein Telegramm von Doktor Mitford bekommen.«

»Eine Konsultation?«, wollte Mrs. Brigham wissen.

»Ich habe zu arbeiten«, erwiderte Henry.

Doktor Mitford war ein alter Schulfreund Henrys, der in der benachbarten Stadt lebte und ihn bisweilen zu einer Konsultation beizog.

Nachdem er gegangen war, bemerkte Mrs. Brigham zu Caroline, dass Henry im Grunde nicht gesagt habe, er werde sich mit Doktor Mitford beraten, und das erschien ihr sehr seltsam.

»Alles ist sehr seltsam«, meinte Rebecca mit einem Schaudern.

»Was meinst du damit?«, fragte Caroline scharf. »Nichts«, erwiderte Rebecca. Niemand betrat an jenem Tag das Arbeitszimmer, und auch nicht am nächsten oder übernächsten Tag. Am dritten Tag wurde Henry zurückerwartet, doch er war noch immer nicht da, als bereits der letzte Zug aus der Stadt gekommen war.

»Das nenne ich eine komische Arbeit«, sagte Mrs. Brigham. »Was für eine Idee, seine Patienten für drei Tage allein zu lassen, zu so einer Zeit, und ich weiß, dass sehr kranke Leute darunter sind, das hat er mir gesagt. Und überhaupt: eine Konsultation, die drei volle Tage dauert! Das ergibt keinen Sinn, und *jetzt* ist er nicht nach Hause gekommen. Ich für meinen Teil verstehe das nicht.«

»Ich auch nicht«, meinte Rebecca. Sie befanden sich alle im südlichen Empfangszimmer. Im Arbeitszimmer gegenüber brannte kein Licht und die Tür war angelehnt. Schließlich erhob sich Mrs. Brigham – sie hätte nicht sagen können, warum; etwas schien sie dazu zu zwingen, irgendein Wille außerhalb ihres eigenen. Sie ging aus dem Raum, packte wieder einmal ihre raschelnden Kleider eng um sich, sodass sie geräuschlos laufen konnte, und begann, gegen die gequollene Tür des Arbeitszimmers zu drücken.

»Sie hat keine Lampe dabei«, sagte Rebecca mit zitternder Stimme.

Caroline, die dabei gewesen war, Briefe zu schreiben, stand auf, nahm eine Lampe (es gab zwei in dem Zimmer) und folgte ihrer Schwester. Rebecca hatte sich ebenfalls erhoben, doch sie stand bebend da und wagte nicht, hinterdrein zu gehen. Die Türglocke schellte, aber die anderen hörten es nicht; es war an der Südtür auf der anderen Seite des Hauses, vom Arbeitszimmer aus gesehen.

Rebecca zögerte, bis die Glocke ein zweites Mal anschlug; dann ging sie zur Tür; sie erinnerte sich, dass der Diener nicht da war.

Caroline und ihre Schwester betraten das Arbeitszimmer. Caroline setzte die Lampe auf dem Tisch ab. Sie schauten auf die Wand. »O mein Gott«, keuchte Mrs. Brigham. »Da sind … da sind *zwei* … Schatten.« Die Geschwister standen eng aneinandergeklammert und starrten auf die schrecklichen Dinge an der Wand. Dann kam Rebecca herein. Sie taumelte und hielt ein Telegramm in ihrer Hand. »Hier ist … ein Telegramm«, stöhnte sie. »Henry ist – tot.«

Jean Marie Villiers de l'Isle-Adam

Lovecraft erwähnt den beeindruckenden Franzosen nicht in seinem Briefwechsel und in seinem Essay widmet er ihm nur sehr wenig Raum: »Auch Villiers de l'Isle-Adam folgte der makaberen Schule. ›Die Marter der Hoffnung‹, die Geschichte eines zum Tod auf dem Scheiterhaufen verurteilten Gefangenen, den man wissentlich entkommen lässt, damit er den Schock erleben kann, wieder eingefangen zu werden, wird von manchen als die herzzerreißendste Geschichte der gesamten Literatur angesehen. Dieser Typus jedoch ist weniger Teil der Tradition des Unheimlichen, sondern eine eigenständige Sparte, die der sogenannten *contes cruels,* in welchen das Verzerren der Gefühle durch dramatische Qualen, Frustration und grausame körperliche Schrecken bewerkstelligt wird.«

Es erscheint mir merkwürdig, dass Lovecraft nicht weitere der brillanten Geschichten des Franzosen erwähnt. Villiers de l'Isle-Adams dunkle und melancholische Kurzgeschichten sind denen von Lovecrafts ›God of Fiction‹ Edgar Allan Poe so ähnlich – ohne je zu plagiieren wohlgemerkt –, und hätte Lovecraft das Werk des Franzosen wirklich gekannt, hätte es ihn sicher in Begeisterung versetzt. Da Lovecraft nur ›Die Marter der Hoffnung‹ erwähnt, ist es sehr wahrscheinlich, dass er weitere Texte nicht kannte, obwohl 1883, 1889 und 1925 die Kurzgeschichten von Villiers de l'Isle-Adam in englischer Übersetzung erschienen.

Graf Jean-Marie Mathias Philippe-Auguste Villiers de l'Isle-Adam wurde am 7. November 1838 in St. Brieuc als Spross uralten Adels der Bretagne geboren, doch war die Familie völlig verarmt. Als er 1862 nach Paris kam, erhob er Ansprüche auf den griechischen Thron, hatte darin aber keinen Erfolg. Zeit seines Lebens litt er größte Armut und versuchte, durchs Schreiben zu überleben. Obwohl andere Autoren sein Talent anerkannten und seine symbolischen Texte die Werke der *Décadence* beeinflussten – er war u. a. ein enger Freund von Joris-Karl Huysmans und des Kreises um Mallarmé –, blieb ihm der Erfolg beim Publikum verwehrt. 1886 schrieb er mit *L'Eve future* sogar einen frühen Roman der Science-Fiction. Er starb 1889 bettelarm. Erst jetzt begannen seine *contes cruels* Einfluss auf Schriftsteller anderer Länder auszuüben, insbesondere auf Hanns Heinz Ewers – der das Werk des Franzosen teilweise übersetzte – sowie andere Autoren der deutschen Fantastik der Jahrhundertwende, aber u. a. auch auf den Italiener Giovanni Papini und einige lateinamerikanische Autoren.

Die Marter der Hoffnung

– für Edouard Nieter –

Oh! Eine Stimme,
eine Stimme, um schreien zu können! …
(Edgar Allan Poe: ›Die Grube und das Pendel‹)

Eines Abends stieg der ehrwürdige Pedro Arbuez d'Espila, sechster Prior der Dominikaner von Segovia und dritter Großinquisitor von Spanien, unter den Gewölben des geistlichen Gerichts zu Saragossa in ein tiefes Verlies hinab; hinter ihm schritt ein Fra Redemptor, ein Foltermeister, vor ihm gingen zwei Späher des Heiligen Inquisitionsgerichts, die beide Laternen trugen.

Das Schloss einer schweren Türe knarrte; man betrat ein verpestetes, auf Lebenszeit zugedachtes Klostergefängnis, in dem das Licht, das von oben durch eine Luke gewährt wurde, zwischen zwei ins Mauerwerk eingelassenen Ringen eine blutgeschwärzte Folterbank, ein Kohlenbecken und einen Wasserkrug wahrnehmen ließ. Auf einem stinkigen Lager, in Fesseln geschlagen und mit dem Halseisen, saß verstört ein Mann in Lumpen, dessen Alter nicht mehr zu bestimmen war. Dieser Gefangene war kein anderer als Rabbi Aser Abarbanel, ein aragonischer Jude, der, des Wuchers und erbarmungslosen Hochmuts gegenüber den Armen beschuldigt, seit mehr als einem Jahr tagtäglich der Folter unterzogen worden war. Da jedoch ›seine Verblendung ebenso hartnäckig war wie seine Haut‹, hatte er sich jeder Abschwörung entzogen.

Voller Stolz auf eine mehr als tausend Jahre alte Abstammung und auf seine Vorfahren aus dem Altertum – denn alle Juden, die dieses Namens würdig sind, halten viel auf ihre Herkunft – leitete er sich dem Talmud zufolge von Othoniel her und damit auch von Ipsiboë, der Frau dieses letzten Richters des Volkes Israel, ein Umstand, der ihn auch bei den schwersten der unaufhörlichen Folterqualen beherzt durchhalten ließ.

So geschah es, dass der ehrwürdige Pedro Arbuez d'Espila bei dem Gedanken, dass diese standhafte Seele auf ihr Heil verzichtete, mit Tränen in den Augen auf den zitternden Rabbiner zuging und die folgenden Worte sprach:

»Mein Sohn, freuet Euch: Ich sage Euch, Eure Prüfungen hienieden nehmen ein Ende. Wenn ich auch angesichts so vieler Hartnäckigkeit voller Schauder die Erlaubnis dazu geben musste, dass man so streng mit Euch verfuhr, so hat meine Aufgabe, Euch brüderlich auf den rechten Weg zu bringen, doch ihre Grenzen. Ihr seid der störrische Feigenbaum, der nun, nachdem er soundso oft ohne Frucht befunden worden ist, der Strafe des Eintrocknens verfällt … Gott allein aber bleibt es überlassen, über Eure Seele zu befinden. Vielleicht wird Euch im höchsten Augenblick das Licht der ewigen Gnade leuchten. Wir wollen es hoffen! Es gibt Beispiele dafür … Amen! Schlaft diese Nacht noch in Frieden. Morgen werdet Ihr am Autodafé teilhaben, das heißt, Ihr werdet dem Quemadero überliefert, der Glut, die die ewige Flamme verkündet: Sie brennt, Ihr wisst es, mein Sohn, nur in einiger Entfernung, und der Tod braucht, bis er kommt, mindestens zwei Stunden, oft sogar drei, infolge der feuchten und eiskalten Tücher, mit denen wir Stirn und Herz der Opfer sorgsam und schützend umwickeln. Ihr werdet nur 43 sein. Bedenkt, dass Ihr, als letzter in der Reihe, genügend Zeit habt, um Gott anzurufen und ihm diese Feuertaufe darzubieten, die vom Heiligen Geist kommt. Setzt Eure Hoffnung also auf das Ewige Licht und schlaft.«

Als Dom Arbuez diese Rede beendet hatte und auf ein Zeichen hin dem Unglücklichen die Ketten hatte abnehmen lassen, umarmte er ihn liebevoll. Dann trat der Fra Redemptor vor und bat den Juden ganz leise, ihm zu vergeben, was er ihn, um ihn loszukaufen, alles hatte erdulden lassen; danach umarmten ihn die beiden Späher, und ihr Kuss war durch ihre Kapuzen hindurch nicht vernehmbar. Als die Zeremonie vorbei war, ließ man den Gefangenen allein; bestürzt blieb er in der Dunkelheit zurück.

Rabbi Aser Abarbanel blickte zunächst trockenen Mundes und mit einem Blick, den das Leiden stumpf gemacht hatte, gedankenlos zur geschlossenen Tür. ›Geschlossen‹? Dieses Wort erweckte zunächst in seinem tiefsten Inneren, in seinem verwirrten Sinn so etwas wie einen Traum. Einen Augenblick lang hatte er nämlich durch den Spalt im Mauerwerk dieser Tür den Schein der Laternen bemerkt. Ein Hoffnungsschimmer, den sein entkräftetes Hirn erzeugte, fuhr durch sein Inneres. Mühsam schleppte er sich zu dieser ungewöhnlichen Erscheinung hin. Und indem er ganz leise und mit größter Vorsicht einen Finger in die schmale Öffnung schob, zog er an der Tür. O Schrecken! Durch einen seltenen Zufall hatte der Späher, der sie hinter sich zugeworfen hatte, den großen Schlüssel ein wenig vor dem Anschlag gegen die steinernen Pfosten herumgedreht, sodass der verrostete Riegel nicht in das Schloss eingeschnappt war und die Tür sich wieder ein wenig geöffnet hatte. Der Rabbiner wagte einen Blick nach draußen. Unter dem Schutz eines fahlen Dunkels bemerkte er zunächst ein Halbrund aus irdenem Mauerwerk, in das Stufen spiralförmig eingelassen waren; und oben, ihm gegenüber, fünf oder sechs Steinstufen hoch, eine Art von schwarzem Torbogen, der auf einen weiteren Gang führte, von dem er von unten her nur die ersten Gewölbebögen sehen konnte. Er legte sich auf den Boden und kroch bis an den Rand jener Schwelle – ja, das war tatsächlich ein langer Gang, aber er war unermesslich lang! Ein bleiches Licht, ein traumhafter Schimmer erhellte ihn: Nachtlichter, die an den Gewölben hingen, färbten in Abständen die trübe Luft bläulich – der ferne Hintergrund war dunkler Schatten. Seitwärts gab es auf der ganzen Strecke nicht eine einzige Tür! Allein auf der einen Seite, zu seiner Linken, drang durch die in Mauerlöchern liegenden, kreuzweise vergitterten Zuglöcher ein Dämmerlicht herein – es musste Abend sein, das rote Streifenmuster, das dann und wann das Steinpflaster unterbrach, ließ es vermuten. Und welch fürchterliche Stille! ... Gleichwohl konnte da hinten, in der Tiefe jener Nebel, eine Tür in die Freiheit führen! Die Hoffnung, die in dem Juden aufflackerte, hielt hartnäckig an, war es doch seine letzte.

So wagte er sich ohne Zögern über die Fliesen, immer entlang der Wand mit den Zuglöchern, wobei er versuchte, im dämmrigen Dunkel der langen Mauern unterzutauchen. Ganz langsam bewegte er sich vorwärts, kroch auf der Brust liegend weiter – und verhielt den Schrei, als der Schmerz einer wieder aufgebrochenen Wunde ihn zerriss.

Plötzlich drang das Geräusch sich nähernder Sandalen im Echo dieser steinernen Allee bis zu ihm hin. Er bebte am ganzen Leibe, die Angst erstickte ihn; sein Blick trübte sich. Nun, zweifellos war es um ihn geschehen. Zusammengekauert drückte er sich in sein Loch und wartete, halb tot.

Es war ein Späher, der es eilig hatte. Er ging, ein Folterinstrument in der Faust, mit herabgelassener Kapuze einen schrecklichen Anblick bietend, vorüber und verschwand. Der Rabbiner vermochte sich fast eine Stunde lang nicht zu bewegen, da der Schrecken, den er soeben verspürt hatte, seine Lebensfunktionen geradezu außer Kraft setzte. In der Furcht, die Martern könnten verdoppelt werden, wenn er aufgegriffen würde, kam ihm der Gedanke, doch wieder in sein Gefängnis zurückzukehren. Die alte Hoffnung aber flüsterte seiner Seele jenes göttliche ›Vielleicht‹ ein, das in der höchsten Not immer wieder Kraft verleiht. Ein Wunder hatte sich ereignet! Man durfte nicht mehr zweifeln! So begann er also wieder der möglichen Ausflucht entgegenzukriechen. Von Schmerzen und Hunger völlig aufgerieben und vor Angst zitternd, bewegte er sich vorwärts. Und dieser Gang, der wie ein Grabgewölbe war, schien sich geheimnisvoll in die Länge zu ziehen. Er aber, der darum doch nicht mit Kriechen aufhörte, blickte immer in das Dunkel da vorn, wo sich ein rettender Ausgang befinden musste. O weh! Da ertönten erneut Schritte, aber diesmal waren sie langsamer und düsterer. Die weiße und die schwarze Gestalt zweier Inquisitoren unter den hohen Hüten mit den eingerollten Krempen erschienen vor ihm, weit hinten aus der trüben Luft auftauchend. Sie sprachen leise miteinander und schienen in einer wichtigen Sache uneins, denn ihre Hände bewegten sich aufgeregt.

Bei diesem Anblick schloss Rabbi Aser Abarbanel die Augen: Sein Herz schlug, als sollte er sterben; seine Lumpen durchdrang der kalte Schweiß der Todesangst; den Mund weit offen lag er da, unbeweglich, an die Wand gepresst, im Lichtstrahl einer Nachtlampe, reglos und den Gott Davids anflehend!

Als die beiden Inquisitoren auf seiner Höhe angekommen waren, blieben sie im Schein der Lampe stehen – was sich wohl zweifellos ganz zufällig aus ihrer Unterhaltung ergab. Der eine der beiden, seinem Gesprächspartner lauschend, schien den Rabbiner anzusehen! Und unter diesem Blick, dessen zerstreuten Ausdruck er zunächst nicht erfasste, glaubte der Unglückliche zu spüren, wie sich die heißen Zangen von Neuem in sein armes Fleisch bohrten; wieder also würde er eine einzige Klage, eine einzige Wunde werden. Fast ohnmächtig, nicht mehr in der Lage zu atmen und mit zitternden Augenlidern erschauerte er, als ihn das Gewand streifte. Doch wie seltsam und gleichzeitig natürlich: Die Augen des Inquisitors waren offensichtlich die eines Mannes, der voll und ganz mit dem beschäftigt ist, was es zu antworten gilt, der ganz und gar von dem Gedanken an das eingenommen ist, was sein Ohr trifft, sie waren geradeaus gerichtet – und schienen den Juden anzusehen, ohne ihn wahrzunehmen.

Und wirklich, nach einigen Minuten setzten die beiden Unheil verbreitenden Sprecher langsamen Schrittes und mit leiser Stimme weiterredend ihren Weg in Richtung auf die Stelle fort, von der der Gefangene gekommen war: Er war nicht gesehen worden! … Sodass diesen im schrecklichen Durcheinander seiner Empfindungen der Gedanke durchfuhr: ›Sollte ich schon tot sein, dass man mich nicht sieht?‹ Eine grausige Wahrnehmung riss ihn aus seiner Erstarrung: Als er die Wand ansah, die da dicht vor seinem

Gesicht war, meinte er, genau vor den seinen zwei gierige Augen zu sehen, die ihn beobachteten! … Bestürzt, voller Todesangst und mit gesträubtem Haar warf er ungestüm den Kopf herum! … Aber nein. Seine Hand hatte sich überzeugt, als sie die Steine abtastete: Es war das Nachbild des Inquisitors gewesen, das sich noch auf der Netzhaut hielt und zwei Flecke auf das Mauerwerk zurückgeworfen hatte.

Weiter also! Eile war geboten zu dem Ziel hin, von dem er meinte (und das ohne Zweifel in krankhafter Einbildung), dass es die Freiheit brächte! Hin zu jener dunklen Stelle, von der er nicht mehr als etwa 30 Schritte entfernt war! So nahm er also, schneller als vorher, auf den Knien, auf den Händen, auf dem Bauch kriechend, seinen schmerzhaften Weg wieder auf; und bald gelangte er in den dunklen Teil dieser fürchterlichen Galerie.

Plötzlich spürte der Unglückliche etwas Kühles auf seinen Händen, als er sie gegen die Fliesen presste. Es rührte von einem heftigen Luftzug her, der unter einer Tür durchstrich, zu der die beiden Wände hinführten. O Gott, wenn diese Tür sich doch öffnete! Das Innere des beklagenswerten Mannes, der da ausgebrochen war, wurde von etwas wie einem Taumel der Hoffnung ergriffen. Er untersuchte sie von oben bis unten, ohne sie jedoch genau erkennen zu können, denn um ihn herum war es völlig dunkel. Er tastete sie ab: Da war kein Riegel, kein Schloss. – Ein Drücker! … Er richtete sich auf: Der Drücker gab unter seinem Daumen nach. Leise öffnete sich die Tür vor ihm.

»Halleluja!«, flüsterte in einer Anwandlung von Dankbarkeit tief seufzend der Rabbiner, der nun aufrecht auf der Schwelle stand, als er sah, was ihm da entgegenstrahlte. Die Tür gab den Blick auf Gärten unter einem nächtlichen Sternenhimmel, auf den Frühling, die Freiheit, das Leben frei! Sie führte aufs nahe Land hinaus, das sich bis zu den Bergen hinzog, deren blaue Wellenlinien sich am Horizont abzeichneten; dort lag das Heil! Oh, entfliehen können! Die ganze Nacht über würde er unter den Zitronenbäumen, deren Düfte auf ihn zukamen, dahinlaufen. Wenn er erst einmal im Gebirge sein würde, wäre er gerettet! Er sog die gute, heilige Luft ein; der Wind belebte ihn, seine Lungen weiteten sich wieder! Erhobenen Herzens vernahm er das Veniforas des Lazarus! Und um Gott zu preisen, der ihm solche Barmherzigkeit erwies, breitete er die Arme vor ihm aus und erhob die Augen zum Firmament. Er war voller Ekstase. Da schien es ihm, als sähe er die Schatten seiner Arme auf sich zukommen: Ihm war, als fühlte er, wie diese Schattenarme ihn umschlangen, umwanden, und wie er sanft gegen eine Brust gedrückt wurde. In der Tat, da stand eine hohe Gestalt neben der seinen. Voller Vertrauen senkte er den Blick auf diese Gestalt – stand da, keuchend, wie toll geworden, mit trübem Auge, am ganzen Leibe zitternd, die Wangen gebläht und Schaum vor dem Munde.

O Schrecken! Er lag in den Armen des Großinquisitors selbst, des ehrwürdigen Pedro Arbuez d'Espila, der ihn anschaute, die Augen voller dicker Tränen und mit der Miene eines guten Hirten, der sein verlorenes Schaf wiederfindet!

Der düstere Priester presste den unglücklichen Juden mit einer so heftigen Bewegung der Barmherzigkeit an sein Herz, dass das raue mönchische Büßerhemd unter dem Ordenskleid die Brust des Dominikaners wund rieb. Und während Rabbi Aser Abarbanel, dessen Augen unter den Lidern hervortraten, in den Armen des asketischen Dom Arbuez röchelte und nur wirr begriff, dass alle Phasen dieses schicksalsschweren Abends nur eine vorgesehene Marter, nämlich die der Hoffnung, waren, flüsterte ihm der Großinquisitor im Tone eines stechenden Vorwurfs und betroffenen Blickes mit heißem, vom Fasten verderbtem Atem ins Ohr: »O mein Kind! Am Vorabend des möglichen Heils … wolltet Ihr uns also verlassen!«

Ambrose Bierce

Der ›bittere‹ Bierce muss keinem echten Fan der unheimlichen Literatur vorgestellt werden: Er ist das Verbindungsglied zwischen Edgar Allan Poe und der modernen Horrorliteratur.

Am 24. Juni 1842 als eines von 13 Kindern auf einer Farm in Ohio geboren, wurde Bierce Journalist und kämpfte im Amerikanischen Bürgerkrieg, wo er zweimal verwundet wurde. Seine erste Story verkaufte er 1871. 1913 ging er nach Mexiko, um über den Aufstand des Pancho Villa zu berichten – er kehrte nie wieder zurück. Angeblich, so behauptet Bierce' ehemaliger Mitarbeiter Adolphe de Castro, wurde der Amerikaner von Villa erschossen, aber dieser Quelle ist, wie einigen anderen, zu misstrauen.

Ambrose Bierce' Prosa zeichnet sich aus durch ihre Knappheit, Modernität und einen sarkastischen Humor, der die beklemmende Wirkung seiner meist kurzen Werke noch erhöht. Immer wieder schildert er Träume, Halluzinationen und die Kraft des Geistes, die sich über physische Kräfte hinwegsetzt. Seine grausigen ›Kriegsgeschichten‹ sind einzigartig und unübertroffen in der nüchternen Darstellung des menschlichen Leidens.

Natürlich schätzt Lovecraft das Werk von Ambrose Bierce. Er

lobt es in vielen seiner Briefe und widmet ihm in seinem Essay mehrere Seiten. Dabei analysiert er sehr scharfsinnig: »Bierce wird sich selten so klar wie Poe über die atmosphärischen Möglichkeiten seiner Themen, und in vielen seiner Werke kommen eine Spur Naivität, prosaische Starrheit und frühamerikanischer Provinzialismus zum Ausdruck, die zu den Anstrengungen späterer Meister des Unheimlichen in Kontrast stehen. Dennoch sind Echtheit und Kunstfertigkeit seiner schwarzen Geschichten immer unverkennbar, womit gewährleistet sein dürfte, dass er niemals vergessen wird.«

Über die hier ausgewählte Erzählung schreibt Lovecraft: »(…) viele Storys ragen als dauerhafte Gipfel weit aus der amerikanischen Weird Fiction heraus. ›The Death of Halpin Frayser‹, das Frederic Taber Copper als eines der teuflisch boshaftesten Werke der angelsächsischen Literatur bezeichnete, erzählt von einem Körper, der nachts ohne Seele durch einen unheimlichen und schrecklichen Wald stolpert, sowie von einem von uralten Erinnerungen heimgesuchten Mann, welcher den Tod aus den Händen seiner innig geliebten Mutter empfing.«

Halpin Fraysers Tod

I.

Denn durch den Tod wird ein größerer Wechsel als jener bewirkt, von dem zuvor berichtet wurde. Während üblicherweise der Geist eines Verstorbenen bei Gelegenheit zurückkehrt und bisweilen von jenen, die noch im Fleische stehen, erblickt wird (er erscheint in der Form des Leibes, den er bewohnt hatte), ist es doch auch geschehen, dass der nämliche Körper ohne den Geist umhergewandelt ist. Und es wird von jenen bestätigt, die ihm begegneten und lange genug überlebten, um davon zu sprechen, dass ein derartig wiedergehender Leichnam weder eine natürliche Zuneigung noch eine Erinnerung an diese empfinden kann, sondern nur Hass. Es ist auch bekannt, dass einige Geister, die im Leben gütig waren, durch den Tod vollkommen böse geworden sind.

– *Hali*

In einer dunklen Nacht im Mittsommer erwachte ein Mann in einem Wald aus einem traumlosen Schlummer, hob seinen Kopf von der Erde hoch, starrte einige Augenblicke in die Schwärze und sagte: »Catherine Larue«. Mehr sagte er nicht; er kannte nicht einmal den Grund, warum er so viel gesagt hatte.

Der Mann hieß Halpin Frayser. Er lebte in St. Helena, doch es ist unbekannt, wo er nun lebt, denn er ist tot. Jemand, dessen Gewohnheit es ist, in den Wäldern zu schlafen mit keiner anderen Unterlage als den trockenen Blättern und der feuchten Erde, und keiner anderen Decke als den Zweigen, von denen die Blätter abgefallen sind, und dem Himmel, aus dem die Erde herabgefallen ist, kann nicht auf ein langes Leben hoffen, und Frayser hatte bereits sein 32. Jahr erreicht. Es gibt Menschen auf dieser Welt – Millionen von ihnen –, und zwar die weitaus besten Menschen, die ein solches Alter als sehr fortgeschritten ansehen.

Das sind nämlich die Kinder.

Für diejenigen, welche die Lebensfahrt vom Abreisehafen aus betrachten, erscheint jedes Schiff, das schon eine erhebliche Entfernung gewonnen hat, bereits dem anderen Ufer nahe zu sein.

Dennoch ist es nicht sicher, dass Halpin Frayser sich bei seinen Übernachtungen unter freiem Himmel den Tod holte.

Er war den ganzen Tag in den Bergen westlich des Napa-Tals unterwegs gewesen und hatte Tauben und anderes Kleingetier der Saison gejagt. Spät am Nachmittag waren Wolken aufgezogen, und er hatte sich verirrt. Obwohl er immer nur abwärtsgehen musste – was überall der Weg zur Sicherheit ist, wenn man sich verlaufen hat –, hatte das Fehlen eines jeglichen Pfades ihn derart behindert, dass er von der Nacht überrascht wurde, als er sich noch im Wald befand. Es war ihm in der Dunkelheit unmöglich, das Dickicht aus Bärentrauben und anderem Unterholz zu durchdringen. Da er völlig verwirrt und erschöpft war, legte er sich bei den Wurzeln eines großen Erdbeerbaumes nieder und fiel in einen traumlosen Schlaf. Stunden später, in der tiefsten Mitternacht, schwebte einer von Gottes rätselhaften Boten der unermesslichen Schar seiner Begleiter voraus, die mit der Grenze der Dämmerung westwärts trieben, und sprach das Wort des Erwachens in das Ohr des Schläfers, der sich erhob und nicht wusste, warum er nun einen Namen genannt hatte, dessen Träger er nicht kannte.

Halpin Frayser war weder ein großer Philosoph noch ein Wissenschaftler. Der Umstand, dass er zur Mitternacht aus einem tiefen Schlaf erwachte und laut einen Namen ausgesprochen hatte, der nicht aus seiner Erinnerung kam und den er schon beinahe wieder vergessen hatte, erweckte in ihm keine erhellende Neugier, um dieses Phänomen zu untersuchen. Er empfand es lediglich seltsam, und mit einem leichten, mechanischen Erschauern, wie in Rücksicht auf die der Jahreszeit gemäße Vermutung, dass die Nacht frostig war, legte er sich wieder hin und schlief weiter. Doch sein Schlaf war nicht länger traumlos.

Ihm träumte, er wandere über eine staubige Straße, die in der aufkommenden Dunkelheit einer Sommernacht weiß erschien. Woher sie kam, und wohin sie führte, und warum er auf ihr unterwegs war, wusste er nicht, doch alles schien einfach und selbstverständlich, wie es in Träumen üblich ist; denn im ›Land jenseits des Bettes‹ beunruhigen Überraschungen nicht mehr, und die Urteilskraft ruht sich aus. Bald kam er an eine Weggabelung. Von der Straße führte ein weniger stark benutzter Weg fort, der in der Tat seit langer Zeit aufgegeben schien, und aus diesem Grund vermutete Halpin Frayser, er führe zu etwas Bösem; doch er bog ohne Zögern in diesen Weg ein, wozu ihn eine gebieterische Notwendigkeit zwang.

Als er zügig voranschritt, wurde ihm bewusst, dass dieser Weg von unsichtbaren Wesenheiten heimgesucht war, die er sich nicht deutlich vorstellen konnte. Aus den Bäumen an jeder Seite schnappte er abgerissenes und unzusammenhängendes Geflüster in einer seltsamen Sprache auf, die er allerdings zum Teil verstand. Es schienen ihm fragmentarische Äußerungen einer gewaltigen Verschwörung gegen seinen Körper und seine Seele zu sein.

Nun war es lange nach dem Einbruch der Nacht, doch der unendliche Wald, durch den er wanderte, wurde von einem schwachen Schein erhellt, welcher keine bestimmte Quelle zu haben schien, denn nichts unter dieser seltsamen Erleuchtung warf einen Schatten. Sein Blick fiel auf eine rot glitzernde, wie von kürzlichem Regen gebildete seichte Lache in der ausgefurchten Vertiefung einer alten Wagenspur. Er bückte sich und tauchte seine Hand darein. Seine Finger waren befleckt; es war Blut! Dann erkannte er, dass überall um ihn herum Blut war. Das Unkraut, das üppig am Wegesrand wuchs, zeigte es in Flecken und Spritzern auf seinen großen breiten Blättern. Stellen trockenen Staubes zwischen den Wagenspuren waren wie von einem roten Regen zerfressen und besudelt. Große karmesinrote Flecken sprenkelten die Stämme der Bäume, und aus ihrem Blattwerk tropfte Blut wie Tau herab.

All dies beobachtete er mit einem Grauen, das nicht unvereinbar mit der Erfüllung einer natürlichen Erwartung zu sein schien. Es war ihm so, als geschehe das alles zur Sühne irgendeines Verbrechens, dessen er sich nicht recht erinnern konnte, obwohl ihm seine Schuld bewusst war. Dieses Bewusstsein bildete zu den Gefahren und Rätseln seiner Umgebung einen zusätzlichen Schrecken. Vergeblich versuchte er, sein Leben in der Erinnerung zurückzuverfolgen und den Augenblick seiner Sünde herauszufiltern. Szenen und Ereignisse tauchten wild durcheinandergedrängt vor seinem geistigen Auge auf; ein Bild löschte das andere aus oder vermischte sich mit ihm zu Verwirrung und Undeutlichkeit, doch nirgendwo konnte er einen Blick auf das erhaschen, wonach er suchte. Das rätselhafte Licht brannte mit einer so stillen und schrecklichen Drohung, die schädlichen Pflanzen und die Bäume, die in gewöhnlicher Übereinkunft mit einem melancholischen oder unheilvollen Charakter ausgestattet sind, konspirierten so offen vor seinen Augen gegen seinen Frieden; über ihm und allwegs um ihn herum ertönten so deutlich und erschreckend das Gewisper und Seufzen von Kreaturen, die offensichtlich nicht von dieser Welt waren – all das war derart entsetzlich, dass er es nicht länger ertragen konnte. Um den bösen Bann zu brechen, der seine Fähigkeiten mit Schweigen und Untätigkeit band, strengte er sich gewaltig an und schrie mit aller Kraft seiner Lungen! Es schien, dass seine Stimme zu einer unendlichen Vielzahl unvertrauter Laute zerbrochen wurde, die sich in den Fernen des Waldes in Geplapper und Gestotter verloren und zu Stille erstarben, und alles war wie zuvor. Doch er hatte begonnen, Widerstand zu leisten, und war nun ermutigt. Er sagte: »Ich werde mich nicht ungehört unterwerfen. Vielleicht reisen auf dieser verfluchten Straße auch Mächte, die nicht bösartig sind. Ich will ihnen einen Bericht und eine Mahnung hinterlassen. Ich werde von meinen Missetaten und von den Verfolgungen berichten, die ich erdulde – ich, ein hilfloser Sterblicher, ein Büßer, ein harmloser Dichter.«

Halpin Frayser war nur in seinem Traum ein Dichter und ein Büßer. Er zog aus seiner Kleidung einen kleinen rotledernen Taschenkalender hervor, in dem die eine Hälfte für Notizen freigelassen war; dann entdeckte er, dass er keinen Stift bei sich hatte. Er brach einen Zweig von einem Busch, tunkte ihn in eine Blutlache und schrieb rasch. Kaum hatte er das Papier mit der Spitze seines Zweiges berührt, als aus unermesslicher Ferne ein tiefes, schallendes Gelächter ertönte. Es wurde beständig lauter und schien immer näher zu kommen: ein seelenloses, herzloses und unfrohes Lachen wie das eines Wahnsinnigen, der zur Mitternacht einsam am Seeufer sitzt. Es war ein Lachen, das in einem unirdischen Schrei gipfelte und dann stufenweise erstarb, als ob sich das verfluchte Wesen, das ihn ausgestoßen hatte, über den Rand der Welt zurückgezogen hätte, von wo es gekommen war. Doch der Mann spürte, dass dem nicht so war – dass das Wesen sich in der Nähe befand und nicht von der Stelle bewegt hatte.

Langsam begann ein seltsames Gefühl auf seinen Körper und seinen Geist überzugreifen. Er konnte nicht sagen, auf welchen – oder ob überhaupt auf einen seiner Sinne eingewirkt wurde; er empfand es eher wie ein Bewusstsein – eine seltsame geistige Gewissheit irgendeiner überwältigenden Gegenwart; eine übernatürliche Bosheit, die sich von den unsichtbaren Wesen unterschied, welche um ihn herum schwärmten, und die ihnen an Macht überlegen war. Er wusste, dass sie es gewesen war, die dieses scheußliche Lachen ausgestoßen hatte. Und nun schien sie sich ihm zu nähern; er wusste nicht, aus welcher Richtung, und er wagte es nicht, Vermutungen anzustellen. All seine früheren Ängste waren vergessen oder in dem gigantischen Schrecken versunken, der ihn nun in Banden hielt. Davon abgesehen hatte er nur einen einzigen Gedanken: seine geschriebene Mahnung an die den Spukwald durchziehenden wohlgesinnten Mächte zu vollenden, auf dass sie ihn irgendwann retten mochten, wenn ihm die Gnade der Auslöschung versagt bleiben sollte. Er schrieb mit furchtbarer Geschwindigkeit; aus dem Zweig zwischen seinen Fingern rann

Blut, ohne dass er frisch eingetaucht worden wäre; doch in der Mitte eines Satzes verweigerten ihm die Hände ihren Dienst; seine Arme sanken zu den Seiten herab, und das Buch fiel auf die Erde. Unfähig, sich zu bewegen oder zu schreien, starrte er in das scharf gezeichnete Gesicht und die toten, blanken Augen seiner eigenen Mutter, die weiß und schweigend in den Gewändern des Grabes vor ihm stand!

II.

In seiner Jugend hatte Halpin Frayser mit seinen Eltern in Nashville, Tennessee, gelebt. Die Fraysers waren gut situierte Leute und hatten in jener Gesellschaft, welche die Zerstörungen des Bürgerkrieges überlebt hatte, eine angesehene Stellung inne. Ihre Kinder besaßen die ihrer Zeit und ihrem Ort angemessenen Privilegien der Bildung und der gesellschaftlichen Stellung und hatten auf gute Verbindungen und Unterrichtung mit annehmbaren Manieren und geschultem Verstand geantwortet. Halpin, der Jüngste und nicht gerade sehr robust, war vielleicht ein wenig verzogen. Er litt unter dem doppelten Nachteil der zu starken Aufmerksamkeit seitens der Mutter und der Vernachlässigung durch den Vater. Frayser *père* war, was jeder bemittelte Südstaaten-Mann war: ein Politiker. Sein Land – oder eher sein Bundesstaat und Wahlbezirk – stellte so hohe Anforderungen an seine Zeit und seine Aufmerksamkeit, dass er seiner Familie bloß ein vom Gedonner und Geschrei der politischen Führer – und von seinem eigenen Gelärme – halb taubes Ohr zu leihen vermochte.

Der junge Halpin war von träumerischer, träger und etwas romantischer Art und ergab sich eher der Literatur als der Jurisprudenz, die man ihn erlernen ließ. Unter denjenigen seiner Verwandten, die dem modernen Glauben der Vererbung anhingen, war es ausgemacht, dass in ihm der Charakter des verstorbenen Myron Bayne, eines Urgroßvaters mütterlicherseits, erneut den

Schimmer des Mondes genoss, dessen Auge Bayne zu seinen Lebzeiten so gründlich inspiriert hatte, dass er ein Dichter mit nicht geringer Bedeutung für die Kolonien geworden war. Der Frayser, der nicht der stolze Besitzer eines kostbaren Exemplars der vererbten ›Poetischen Werke‹ war, war wahrlich ein seltener Frayser. Wenn es auch nicht besonders beachtet wurde, so war es doch bemerkenswert, dass es eine unlogische Abneigung dagegen gab, den verstorbenen Frayser in der Person seines geistigen Nachfolgers zu ehren. Halpin wurde üblicherweise als ein intellektuelles schwarzes Schaf gebrandmarkt, das jederzeit die Herde mit seinem metrischen Blöken entehren konnte. Die Fraysers aus Tennessee waren praktisch veranlagte Leute – nicht im landläufigen Sinne praktisch, wonach sie schmutzige Arbeiten verehrt hätten, sondern sie hegten vielmehr eine kräftige Verachtung für jegliche Eigenschaften, die einen Mann für die gesunde Berufung zur Politik untauglich machen.

Zur Verteidigung des jungen Halpin sollte gesagt werden, dass in ihm zwar die meisten der geistigen und moralischen Eigenheiten, die von der Geschichte und der Familientradition dem kolonialen Barden zugeschrieben wurden, wiedererstanden waren, während seine Nachfolge in der Dichtkunst jedoch nur eine unbewiesene Schlussfolgerung war. Es war nicht nur unbekannt, ob er je die Muse gefreit hatte, er hätte auch in Wahrheit nicht eine einzige korrekte Gedichtzeile schreiben können, die vor den Augen eines Kritikers zu bestehen vermochte. Doch man konnte nie wissen, wann die schlummernde Gabe erwachen und er in die Saiten greifen würde.

In der Zwischenzeit aber war der junge Mann ein ziemlich lockerer Vogel gewesen. Zwischen ihm und seiner Mutter herrschte die vollständigste Übereinstimmung, denn insgeheim war die Lady selbst eine eifrige Schülerin des verstorbenen und großen Myron Bayne, auch wenn sie mit einem Taktgefühl, das so allgemein und zurecht an ihrem Geschlecht bewundert wird (den hartnäckigen Verleumdern zum Trotz, die darauf bestehen, dass

Takt dasselbe wie List sei), immer dafür gesorgt hatte, dass ihre Schwäche vor allen Augen außer jenen, die sie mit ihr teilten, verborgen blieb. Ihre gemeinsame Schuld in dieser Hinsicht war ein zusätzliches Band zwischen ihnen. Wenn Halpins Mutter ihn in seiner Jugend verzogen hatte, hatte er selbst sicherlich seinen Teil dazu beigetragen. Als er so weit zum Mann geworden war, wie es ein Südstaatler werden kann, der sich nicht um den Ausgang von Wahlen schert, wurde die Verbindung zwischen ihm und seiner schönen Mutter (die er seit frühester Kindheit Katy genannt hatte) von Jahr zu Jahr stärker und zärtlicher. In diesen beiden romantischen Naturen zeigte sich auf bemerkenswerte Weise ein vernachlässigtes Phänomen, nämlich die Vorherrschaft des sexuellen Elements in allen Beziehungen des Lebens, wodurch sogar jene der Blutsverwandtschaft gestärkt, besänftigt und verschönt werden. Die beiden waren beinahe unzertrennlich, und von Fremden, die ihr Gehabe beobachteten, wurden sie nicht selten fälschlich für Liebende gehalten.

Als er eines Tages das Boudoir seiner Mutter betrat, küsste Halpin Frayser sie auf die Stirn, spielte einen Augenblick mit einer Locke ihres dunklen Haars, die den Haarnadeln entwischt war, und sagte unter offensichtlicher Anstrengung, die Ruhe zu bewahren: »Würde es dir viel ausmachen, Katy, wenn ich ein paar Wochen nach Kalifornien ginge?«

Es war für Katy kaum nötig, mit ihren Lippen eine Frage zu erwidern, auf welche ihre verräterischen Wangen bereits umgehend eine Antwort gegeben hatten.

Offensichtlich würde es ihr etwas ausmachen; Tränen sprangen zum bestätigenden Zeugnis in ihre großen braunen Augen.

»Ach, mein Sohn«, sagte sie und schaute mit unendlicher Zärtlichkeit zu seinem Gesicht auf, »ich hätte wissen sollen, dass es so kommen würde. Habe ich nicht die halbe Nacht wach gelegen und geweint, weil während der anderen Hälfte Großvater Bayne im Traum zu mir gekommen ist? Er stand neben seinem Porträt, war genauso schön und jung wie dieses, und zeigte auf dein Bild an derselben Wand. Und als ich hinsah, konnte ich deine Gesichtszüge nicht erkennen, denn vor dein Gesicht war ein Tuch gemalt, wie man es auf die Toten legt. Dein Vater hat mich ausgelacht, aber du und ich, mein Liebling, wir wissen, dass uns solche Zeichen nicht umsonst geschickt werden. Und ich sah unter dem Rand des Tuchs die Male von Händen auf deinem Hals. Vergib mir, doch wir haben solche Dinge nie voreinander zurückgehalten. Vielleicht hast du eine andere Deutung. Vielleicht bedeutet es nicht, dass du nach Kalifornien gehen wirst. Oder wirst du mich etwa mitnehmen?«

Es muss eingestanden werden, dass sich diese geistreiche Traumdeutung im Lichte der nachträglich entdeckten Tatsachen nicht zwingend dem etwas logischeren Verstand des Sohnes empfahl; er war zumindest augenblicklich der Überzeugung, dass der Traum ein einfacheres und unmittelbareres, wenn auch weniger tragisches Unglück als einen Besuch der Pazifikküste ankündigte. Es war Halpin Fraysers Eindruck, dass er am heimischen Herd erdrosselt werden sollte.

»Gibt es nicht Heilquellen in Kalifornien?«, fuhr Mrs. Frayser fort, bevor er Zeit hatte, ihr die wahre Bedeutung des Traumes zu erklären. »Orte, wo man von Rheuma und Neuralgie geheilt wird? Sieh nur: Meine Finger fühlen sich so steif an, und ich bin mir fast sicher, dass sie mir sehr wehgetan haben, als ich schlief.«

Sie streckte ihre Hände vor, damit er sie untersuchen konnte. Welche Diagnose der junge Mann am besten durch ein Lächeln zu verbergen dachte, vermag der Chronist nicht zu sagen, doch er fühlt sich verpflichtet festzustellen, dass Finger, die weniger steif aussahen und weniger Merkmale von auch nur leisestem Schmerz aufwiesen, nur selten zur medizinischen Untersuchung dargereicht wurden – nicht einmal von der schönsten Patientin, um eine neue Umgebung verschrieben zu bekommen.

Das Ergebnis war, dass von diesen zwei seltsamen Menschen, die beide gleichermaßen merkwürdige Vorstellungen von Pflichterfüllung besaßen, der eine nach Kalifornien ging, wie es das

Interesse seines Klienten erforderte, und die andere mit einem Wunsch zu Hause blieb, von dem ihr Gatte nichts ahnte.

Als Halpin Frayser in San Francisco eines Nachts an der Seeseite der Stadt entlangwanderte, wurde er auf einmal mit einer Plötzlichkeit, die ihn überraschte und aus der Fassung brachte, zum Seemann. Er wurde tatsächlich ›schanghait‹ und an Bord eines prächtigen und stattlichen Schiffes gebracht und segelte fernen Ländern entgegen. Sein Pech endete nicht mit dieser Reise, denn das Schiff strandete an einer Insel im Südpazifik, und erst sechs Jahre später wurden die Überlebenden von einem waghalsigen Handelsschoner an Bord genommen und nach San Francisco zurückgebracht.

Obwohl seine Geldbörse leer war, war Frayser nicht weniger stolz als in jenen Jahren, die eine ganze Ewigkeit zurückzuliegen schienen. Er nahm keine Hilfe von Fremden an, und es war zu jener Zeit gewesen, als er mit einem der anderen Überlebenden in der Nähe der Stadt St. Helena wohnte und Nachrichten sowie Geld von zu Hause erwartete, dass er hinausgegangen war, um zu jagen und zu träumen.

III.

Die Erscheinung, die dem Träumer in dem Spukwald gegenübertrat – ein Ding, das seiner Mutter so gleich und auch wieder so ungleich war –, war entsetzlich! Sie erweckte weder Liebe noch Verlangen in seinem Herzen; keine der angenehmen Erinnerungen einer goldenen Vergangenheit begleiteten sie, und keinerlei Gefühl welcher Art auch immer rief sie hervor; alle edleren Empfindungen wurden von der Angst geschluckt. Er versuchte sich umzudrehen und fortzulaufen, doch seine Beine waren wie Blei; es war ihm unmöglich, die Füße vom Boden zu erheben. Seine Arme hingen hilflos an den Seiten herab. Nur über seine Augen behielt er die Kontrolle, doch er wagte es nicht, den Blick von den glanzlosen

Augen des Geistes abzuwenden. Er wusste, dass es nicht eine Seele ohne Körper, sondern das schrecklichste aller Wesen war, die den Spukwald heimsuchten: ein Körper ohne Seele! In seinem leeren, starren Blick lagen weder Liebe noch Mitleid noch Erkennen – nichts, an das man ein Flehen um Gnade richten konnte. ›Ein Appell wird nicht lügen‹, dachte er in absurder Verdrehung eines Ausdrucks aus der juristischen Fachsprache, was die Situation nur noch schrecklicher machte, ebenso wie die Glut einer Zigarre eine Gruft zu erhellen vermag.

Für einen Augenblick, der lang genug schien, um die Welt in dieser Zeit vor Alter und Sünde grau werden zu lassen, verschwand der Spukwald, der seinen Zweck in dieser ungeheuerlichen Kulmination der Schrecken erfüllt hatte, mit all seinen Bildern und Geräuschen aus Halpin Fraysers Bewusstsein. Das Gespenst stand nur einen Schritt von ihm entfernt und betrachtete ihn mit der geistlosen Feindseligkeit eines wilden Tieres; dann warf es seine Hände nach vorn und sprang ihn mit erschreckender Wildheit an! Diese Tat entfesselte seine physischen Kräfte, ohne hingegen seinen Willen zu befreien; sein Geist war noch immer gebannt, doch sein kraftvoller Körper und seine flinken Glieder, die jetzt ein blindes, gefühlloses Eigenleben führten, wehrten sich tapfer. Für einen Moment schien er diesen unnatürlichen Kampf zwischen einer toten Intelligenz und einem atmenden Mechanismus nur als Zuschauer zu betrachten – solche Vorstellungen sind typisch für Träume. Dann erlangte er seine Identität gleichsam wie durch einen Sprung vorwärts in seinen eigenen Körper hinein zurück, und der kämpfende Körperautomat besaß wieder einen ihn führenden Willen, der so wachsam und heftig wie der seines schrecklichen Gegners war.

Doch welcher Sterbliche kann es mit einem Geschöpf aus seinem eigenen Traum aufnehmen? Die Fantasie, die den Feind erschaffen hat, ist bereits besiegt; das Ergebnis des Kampfes liegt im Grunde desselben. Trotz seiner Anstrengungen, trotz seiner Stärke und Beweglichkeit, die an ein Nichts verschwendet schienen, fühlte er, wie sich die kalten Finger um seinen Hals schlossen. Er wurde auf die Erde zurückgeworfen und sah das tote und verzerrte Gesicht eine Handbreit über seinem eigenen, und dann versank alles in Schwärze. Ein Geräusch wie das Schlagen weit entfernter Trommeln, ein Murmeln ausschwärmender Stimmen, ein scharfer, ferner Schrei, der alles andere zu Stille werden ließ – und Halpin Frayser träumte, er sei tot.

IV.

Einer warmen klaren Nacht folgte ein Morgen im nassen Nebel. Bereits am Spätnachmittag des vergangenen Tages hatte man den Hauch einer leichten Dunstwolke – einer bloßen Verdickung der Atmosphäre, den Geist einer Wolke – über der westlichen Seite des Mount St. Helena hängen sehen, ganz oben zwischen den dürren Matten unterhalb des Gipfels. Sie war so dünn, so durchsichtig und glich so sehr einer sichtbar gemachten Fantasie, dass man gesagt hätte: »Sehen Sie rasch hin! Im nächsten Augenblick wird sie verschwunden sein.«

Doch im nächsten Augenblick war sie deutlich größer und dichter geworden. Während sie mit dem einen Rand am Berg festhing, dehnte sich der andere weiter und weiter in die Luft über den niedrigeren Hängen aus. Zur gleichen Zeit streckte sie sich nach Norden und Süden und vereinte sich mit kleinen Dunstfäden, die auf exakt gleicher Höhe aus der Bergflanke aufzusteigen schienen. Zusammen bildeten sie etwas, das wie ein geplantes Muster aussah. Und so wuchs und wuchs sie, bis der Gipfel vom Tal aus nicht mehr zu sehen war, und über dem Tal selbst lag eine sich immer noch ausbreitende undurchsichtige und graue Dunstglocke. In Calistoga, das am Ende des Tales und unterhalb des Berges lag, gab es eine sternlose Nacht und einen sonnenlosen Morgen. Der Nebel, der in das Tal hineingesunken war, hatte sich südwärts ausgedehnt und schluckte Gehöft nach

Gehöft, bis er auch die 15 Kilometer entfernte Stadt St. Helena verhüllte. Der Staub auf der Straße hatte sich gelegt, die Bäume troffen vor Feuchtigkeit; die Vögel hockten still in ihren Verstecken; das morgendliche Licht war fahl und geisterhaft und besaß weder Farbe noch Feuer.

In der ersten Morgendämmerung verließen zwei Männer St. Helena und nahmen die Straße in nördlicher Richtung talaufwärts nach Calistoga. Sie trugen Gewehre geschultert, doch niemand, der von solchen Dingen etwas verstand, hätte glauben können, sie seien auf der Jagd nach Vögeln oder anderen Tieren. Es handelte sich bei ihnen um einen Hilfssheriff aus Napa und einen Detektiv aus San Francisco – Holker und Jaralson mit Namen. Ihr Beruf war die Menschenjagd.

»Wie weit ist es noch?« fragte Holker, als sie vorangingen und ihre Füße den weißen Staub unter der feuchten Oberfläche der Straße aufwirbelten.

»Die Weiße Kirche? Nur noch 800 Meter«, antwortete der andere. »Übrigens«, fügte er hinzu, »ist sie weder weiß noch eine Kirche. Es handelt sich um ein verlassenes Schulhaus, grau vor Alter und Vernachlässigung. Damals sind darin Gottesdienste gehalten worden – als es noch weiß war, und es gibt da einen Friedhof, der jeden Dichter entzücken würde. Kannst du dir vorstellen, warum ich dich hergebeten habe, und zwar bewaffnet?«

»Oh, ich habe dich doch nie mit solchen Fragen belästigt. Du warst immer sehr mitteilsam, wenn es so weit war. Doch wenn ich eine Vermutung riskieren darf: Du willst, dass ich dir bei der Verhaftung einer der Leichen auf dem Friedhof helfe.«

»Erinnerst du dich an Branscom?«, sagte Jaralson und gab damit dem Witz seines Begleiters die Nichtbeachtung, die er verdiente.

»Der Knabe, der seiner Frau die Kehle durchgeschnitten hat? Das sollte ich wohl; ich habe die Arbeit einer ganzen Woche auf ihn verschwendet und hatte eine Menge Ausgaben. 500 Dollar waren auf ihn ausgesetzt, doch keiner von uns hat ihn je zu Gesicht bekommen. Du willst doch nicht sagen …«

»Doch, das will ich. Er hat sich die ganze Zeit direkt unter euren Augen aufgehalten. Nachts geht er auf den alten Friedhof bei der Weißen Kirche.«

»Zum Teufel! Da liegt doch seine Frau begraben.«

»Nun, ihr Burschen hättet zumindest so viel Einfühlungsvermögen haben sollen, um zu vermuten, dass er dann und wann ihr Grab besucht.«

»Das ist doch der letzte Ort, an dem man ihn vermuten würde.«

»Ihr hattet aber alle anderen Orte überprüft. Ich habe aus eurem Versagen gelernt und mich dort auf die Lauer gelegt.«

»Und du hast ihn gefunden?«

»Verdammt noch mal! Er hat *mich* gefunden. Der Schuft hat's mir gezeigt und mich Fersengeld zahlen lassen. Gott sei Dank hat er sich nicht mit mir abgegeben. Oh, er ist clever, und ich glaube, dass die Hälfte der Belohnung genug für mich ist, falls du gerade abgebrannt sein solltest.«

Holker lachte gutmütig und erklärte, seine Gläubiger seien im Augenblick so lästig wie nie zuvor.

»Ich wollte dir nur die Stelle zeigen und einen Plan mit dir aushecken«, erklärte der Detektiv. »Ich dachte, es wäre gut für uns, sogar bei Tageslicht bewaffnet zu sein.«

»Der Mann muss geisteskrank sein«, sagte der Hilfssheriff. »Die Belohnung ist auf seine Ergreifung und Verurteilung ausgesetzt. Wenn er verrückt ist, wird er aber nicht verurteilt werden.«

Mr. Holker war durch dieses mögliche Versagen der Gerechtigkeit derart betroffen, dass er unwillkürlich in der Mitte der Straße innehielt und dann seinen Weg mit verminderter Begeisterung wieder aufnahm.

»So sieht er tatsächlich aus«, stimmte Jaralson zu. »Ich muss zugeben, dass ich nie einen unrasierteren, ungeschoreneren und ungekämmteren Kerl außerhalb jener alten und ehrwürdigen Gilde der Landstreicher gesehen habe. Aber ich habe mich nun mal hinter ihm hergemacht und will ihn mir jetzt nicht mehr durch die Finger schlüpfen lassen. Auf alle Fälle ist da Ruhm für uns beide drin. Außer uns weiß keine andere Menschenseele, dass er sich auf dieser Seite der Mondberge befindet.«

»In Ordnung«, sagte Holker, »wir werden hingehen und uns die Stelle ansehen.« Und er fügte in Worten hinzu, die gerne als Grabinschrift genommen werden: »›Wo auch Du bald liegen wirst‹ – das heißt, wenn der alte Branscom jemals von dir und deiner unverschämten Zudringlichkeit genug haben sollte. Übrigens habe ich vor Kurzem gehört, Branscom sei gar nicht sein richtiger Name.«

»Wie heißt er denn wirklich?«

»Ich kann mich nicht mehr erinnern. Ich hatte jedes Interesse an dem Schuft verloren, und so ist es mir nicht im Gedächtnis geblieben – es klang so ähnlich wie Pardee. Die Frau, der er geschmackloserweise die Kehle durchgeschnitten hat, war eine Witwe, als sie ihn traf. Sie war nach Kalifornien gekommen, um Verwandte zu suchen – es gibt ja Leute, die so etwas manchmal tun. Doch das weißt du ja alles.«

»Natürlich.«

»Aber wenn du nicht den richtigen Namen kanntest, durch welche glückliche Eingebung hast du dann das richtige Grab gefunden? Der Mann, der mir den Namen sagte, meinte, er sei in das Grabkreuz eingeschnitzt.«

»Ich kenne das richtige Grab gar nicht.« Jaralson sträubte sich deutlich, seine Unwissenheit über einen so wichtigen Punkt seines Plans zuzugeben. »Ich habe halt einfach den ganzen Ort überwacht. Es wird ein Teil unserer Arbeit an diesem Morgen sein, das Grab zu identifizieren. So, da ist die Weiße Kirche.«

Lange war die Straße zu beiden Seiten von Feldern gesäumt gewesen, doch nun befand sich zur Linken ein Wald aus Eichen, Erdbeerbäumen und gewaltigen Fichten, von denen man nur die unteren Zweige undeutlich und geisterhaft im Nebel erkennen konnte. An manchen Stellen war das Unterholz zwar dicht, aber nirgendwo undurchdringlich. Einige Augenblicke lang sah Holker nichts von dem Gebäude, doch als sie sich in den Wald begaben, enthüllte es sich selbst in schwachen grauen Umrissen durch den

Nebel hindurch; es sah riesig aus und schien weit entfernt zu sein. Doch schon nach wenigen weiteren Schritten war es in Reichweite: deutlich, dunkel vor Feuchtigkeit und von unbedeutender Größe. Es besaß die übliche Form eines Schulgebäudes auf dem Lande und gehörte zum Baukastenstandard der Architektur; es besaß einen Sockel aus Stein, ein moosbewachsenes Dach und leere Fensterhöhlen, aus denen das Glas und die Rahmen seit Langem verschwunden waren. Es war verfallen, aber noch keine Ruine – ein typisch kalifornischer Ersatz für das, was die Reiseführer in der Alten Welt als ›Monumente der Vergangenheit‹ bezeichnen. Jaralson warf kaum einen Blick auf dieses uninteressante Gebäude und tauchte in das tropfnasse Dickicht dahinter ein.

»Ich werde dir zeigen, wo er mich drangekriegt hat«, sagte er. »Das hier ist der Friedhof.«

Hier und da befanden sich zwischen dem Gebüsch kleine Umzäunungen, die manchmal mehrere Gräber, manchmal nur eines enthielten. Dass es Grabstellen waren, konnte man nur an den ausgewaschenen Steinen oder verrottenden Kreuzen zu den Kopf- und Fußenden erkennen, die alle möglichen Neigungsgrade aufwiesen; manche waren umgefallen. Auch erkannte man die Gräber an den verfaulten Holzzäunen, die sie umgaben, oder – seltener – an dem Grabhügel selbst, der seine Kieselsteine unter den gefallenen Blättern hervorglänzen ließ. In vielen Fällen bezeichnete nichts außer eingefallenem Erdreich die Stelle, wo die Überreste irgendeines armen Verstorbenen lagen. Diese Vertiefung war womöglich dauerhafter als jene in den Herzen der Trauernden, die der Verstorbene als ›einen großen Kreis betrübter Freunde‹ hinterlassen hatte, der von ihnen im Gegenzug nun in der Einsamkeit zurückgelassen worden war. Wenn es hier jemals Pfade gegeben hatte, so waren sie verschwunden; Bäume von beachtlicher Größe wuchsen aus den Gräbern und drückten die Einzäunungen mit ihren Wurzeln oder Zweigen zur Seite. Über alldem lag eine Stimmung von Verlassenheit und Verwesung, die nirgendwo so passend und bezeichnend wie in einer Stadt der vergessenen Toten ist.

Als sich die beiden Männer unter der Führung von Jaralson einen Weg durch den Bewuchs junger Bäume bahnten, hielt dieser wagemutige Mann plötzlich inne und legte sein Gewehr an. Er murmelte in tiefem Ton ein warnendes Wort und stand bewegungslos da. Seine Augen waren auf irgendetwas vor ihm geheftet. Obwohl sein Begleiter nichts sehen konnte, imitierte er Jaralsons Haltung so gut, wie es in dem dichten Gebüsch ging; er stand ebenfalls reglos da und harrte der Dinge, die da kommen mochten. Einen Augenblick später bewegte sich Jaralson vorsichtig weiter und Holker folgte ihm.

Unter den Ästen einer gewaltigen Fichte lag der tote Körper eines Mannes. Als sie schweigend bei ihm standen, bemerkten sie diejenigen Einzelheiten, welche die Aufmerksamkeit üblicherweise zuerst erregen: das Gesicht, die Haltung, die Kleidung – all das, was am schnellsten und deutlichsten die unausgesprochenen Fragen einer teilnahmsvollen Neugier zu beantworten vermag.

Der Körper lag auf dem Rücken; die Beine waren gespreizt. Den einen Arm hielt er nach oben gereckt, den anderen zur Seite gestreckt, aber dieser war so unnatürlich gebeugt, dass seine Hand nahe an seiner Kehle lag. Die ganze Haltung zeugte von einem verzweifelten, aber erfolglosen Widerstand gegen – was?

In der Nähe lagen ein Gewehr und eine Jagdtasche, durch deren Maschen man das Gefieder erlegter Vögel sehen konnte. Überall gab es Spuren eines wilden Kampfes: Kleine Eichenschößlinge waren geknickt und ihrer Blätter und Rinde beraubt; tote und verwesende Blätter waren von fremden Füßen zu Ballen und Wällen neben dem Leichnam aufgehäuft; in der Höhe seiner Hüften sah man unverkennbar die Abdrücke menschlicher Knie.

Die Art des Kampfes wurde bei einem Blick auf das Gesicht und die Kehle des Toten sofort klar. Während Brust und Hände weiß waren, leuchteten jene purpurrot, ja beinahe schwarz. Die Schultern lagen auf einem niedrigen Erdwall, und der Kopf war in einem unmöglichen Winkel zurückgebogen. Die aufgerissenen Augen starrten leer in die den Füßen entgegengesetzte Richtung.

Aus dem Schaum, der den offen stehenden Mund füllte, hing die Zunge schwarz und geschwollen heraus. Die Kehle wies schreckliche Quetschungen auf; es waren nicht nur Fingermale, sondern Blutergüsse und Fleischwunden, die von zwei starken Händen herrühren mussten, welche sich geradezu in das nachgebende Fleisch eingegraben und ihren entsetzlichen Griff erst lange nach dem Eintritt des Todes gelockert hatten. Brust, Kehle und Gesicht waren feucht; die Kleidung war voll gesogen; Wassertropfen, die sich aus dem Nebel kondensiert hatten, übersäten das Haar und den Bart.

All das erkannten die beiden Männer schweigend und beinahe auf den ersten Blick. Dann sagte Holker: »Armer Teufel! Man hat ihm übel mitgespielt.«

Jaralson suchte mit seinen Augen wachsam die nähere Umgebung des Waldes ab, wobei er sein Gewehr mit gespanntem Hahn fest in beiden Händen hielt, den Finger am Abzug.

»Die Tat eines Wahnsinnigen«, sagte er, ohne seinen Blick von dem Wald ringsum abzuwenden. »Das hat Branscom – Pardee – gemacht.«

Etwas, das von den aufgewirbelten Blättern auf der Erde halb verborgen wurde, zog Holkers Aufmerksamkeit auf sich. Es war ein rotlederner Taschenkalender. Er hob das Buch auf und öffnete es. Es enthielt weiße Blätter für Notizen, und auf dem ersten Blatt prangte der Name ›Halpin Frayser‹. Auf den nächsten Seiten standen in Rot – wie in größter Hast gekritzelt und kaum lesbar – die folgenden Zeilen, die Holker laut vorlas, während sein Gefährte damit fortfuhr, die undeutlichen grauen Grenzen ihrer engen Welt zu beobachten, und aus jedem Fallen eines Wassertropfens von den feuchtigkeitsschweren Zweigen neue Gründe zur Sorge heraushörte:

Gebannt von rätselhaftem Spruche, stand ich
Im Dunkelglimmer eines Zauberwaldes.
Dort verwoben Myrthen mit Zypressen ihr
Gezweig in unheilvoller Bruderschaft.

Zur Eibe wisperte grübelnd die Weide;
Darunter wuchsen Nachtschatten tödlich und
Rauten, verwoben mit Immortellen zu
Trauergestalten, und furchtbare Nesseln.

Nicht der Vögel Sang noch Bienensummen,
Kein Lufthauch ließ die Blätter rascheln; die Luft
Stand still, und Schweigen war ein Lebendes,
Das dort atmend unter alten Bäumen lag.

Verschworne Geister flüsterten im Dämmer,
Halb gehört, von stiller Grabesheimlichkeit.
Die Bäume tropften all' von Blut; die Blätter
Schienen fahl im Hexenlicht mit roter Blüte.

Ich schrie's heraus! Der Bann, noch ungebrochen,
Lag schwer auf meinem Geist und meinem Willen.
Entseelt, entherzt, verloren, hoffnungslos
Rang ich mit grauenvollen Omina!

Als zum Schluss das unsichtbare …

Holker hörte auf zu lesen; es gab nichts mehr zu lesen. Die Handschrift brach mitten in einer Zeile ab.

»Das hört sich wie etwas von Bayne an«, sagte Jaralson, der auf seine Art so etwas wie ein Gelehrter war. Seine Wachsamkeit hatte nachgelassen; nun stand er da und schaute auf den Leichnam hinunter.

»Wer ist Bayne?«, fragte Holker ziemlich uninteressiert.

»Myron Bayne, ein Knabe, der in den Gründerjahren unserer Nation gewirkt hat – vor mehr als einem Jahrhundert. Schrieb mächtig bedrückendes Zeug; ich habe seine gesammelten Werke. Das Gedicht hier ist nicht darunter; bestimmt ist es durch ein Versehen ausgelassen worden.«

»Es ist kalt«, sagte Holker, »lass uns von hier fortgehen; wir müssen den Leichenbeschauer von Napa herschicken.«

Jaralson sagte nichts dazu, machte aber eine Geste der Einwilligung. Als er am Ende des kleinen Erdwalls vorüberging, auf dem der Kopf und die Schultern des Toten lagen, stieß sein Fuß an einen harten Gegenstand unter den verfaulenden Waldblättern, und er machte sich die Mühe, ihn mit einem Tritt ans Tageslicht zu befördern. Es war ein umgestürztes Grabkreuz, auf dem in kaum noch entzifferbaren Worten stand: ›Catherine Larue‹.

»Larue, Larue!«, rief Holker mit plötzlicher Erregung aus. »Ja, das ist Branscoms richtiger Name, und nicht Pardee. Und – du meine Güte! Jetzt erinnere ich mich wieder – der frühere Name der ermordeten Frau war Frayser!«

»Hier gibt es ein hinterhältiges Geheimnis«, sagte Detektiv Jaralson. »Ich hasse so etwas.«

Aus dem Nebel klang zu ihnen – augenscheinlich aus weiter Entfernung – ein Lachen, ein dunkles, bedächtiges, seelenloses Lachen, das nicht mehr Freude ausströmte als das einer Hyäne, welche nachts die Wüste durchstreift. Es war ein Lachen, das langsam anschwoll und lauter und lauter wurde, klarer und deutlicher und schrecklicher, bis es kaum mehr außerhalb des engen Kreises ihres Blickfeldes zu sein schien; es war so unnatürlich, unmenschlich und teuflisch, dass es die beiden abgebrühten Menschenjäger mit unaussprechlichem Grauen erfüllte! Sie nahmen weder ihre Waffen auf, noch dachten sie überhaupt an diese; der Gefahr, die von jenem schrecklichen Laut ausging, konnte man nicht mit Waffengewalt begegnen. Genauso wie es aus der Stille herausgekommen war, erstarb es nun wieder; es gipfelte in einem Schrei, der beinahe in ihren eigenen Ohren zu stecken schien, und zog sich dann zurück in die Ferne, bis seine schwächer werdenden Töne, die zum Schluss freudlos und mechanisch waren, in maßloser Ferne in Schweigen versanken.

Lafcadio Hearn

Über (Patrick) Lafcadio Hearn äußerte sich Lovecraft in *Supernatural Horror in Literature:* »Lafcadio Hearn, seltsam, rastlos und exotisch, entfernt sich noch weiter vom Gebiet des Wirklichen, und er entwirft mit der überragenden Kunstfertigkeit eines einfühlsamen Dichters Fantasiegebilde, die einem Autor von hartgesottenem Schlag unmöglich wären. Sein *Fantastics,* in Amerika geschrieben, enthält mit die eindrucksvollsten Szenen des Ghoulischen der gesamten Literatur, während sein *Kwaidan,* in Japan geschrieben, mit unvergleichlichem Einfühlungsvermögen und Feinheit das unheimliche Erzählgut und die geflüsterten Legenden dieser farbigen Nation kristallisiert. Noch mehr von Hearns Zauberei mit der Sprache zeigt sich in einigen seiner Übersetzungen aus dem Französischen, besonders von Gautier und Flaubert. Seine Version von Flauberts ›Die Versuchung des heiligen Antonius‹ ist ein Klassiker fiebriger und zügelloser Bilder, die in den Zauber singender Worte eingekleidet wurden.«

Lovecraft erwähnt Hearn auch in seiner Erzählung ›Medusas Coil‹ und in einigen seiner Briefe; zum Thema des japanischen Haiku zitiert er sogar ein solches aus einem Essay von Hearn – auf

Japanisch! – und scheint sich überhaupt intensiv mit dieser Form der Lyrik beschäftigt zu haben, zu einer Zeit, als sie im Westen noch kaum bekannt war.

Lafcadio Hearn war irisch-griechischer Abstammung und wurde am 27. Juni 1850 auf einer der griechischen Inseln geboren. Als er zwei Jahre jung war, siedelte die Familie nach Dublin über. Als Vierjähriger erlebte er den Ausbruch der Geisteskrankheit seiner Mutter. Anschließend wohnte er bis zu seinem 13. Lebensjahr bei einer Großtante und erhielt dann in England seine schulische Ausbildung. In diesen Jahren verlor er durch einen Unfall die Sehkraft des linken Auges und lebte fortan mit der Angst, völlig zu erblinden.

1869 reiste er in die USA und schlug sich als Journalist in Cincinnati und New Orleans durch, veröffentlichte erste Übersetzungen und eigene Bücher, lebte zeitweilig auf Martinique, um 1890 nach Japan überzusiedeln, wo er Koizumi Setzu heiratete, Tochter einer traditionellen Samurai-Familie, in die er unter dem Namen Kaizumi Yakumo aufgenommen wurde. Er arbeitete u. a. als Lehrer für Englische Literatur an der Kaiserlichen Universität in Tokio. Die Landessprache meisterte er nie, schrieb aber dennoch eine Reihe von Büchern über die japanische Kultur, übersetzte und versuchte so viel er konnte über Japans Geschichte, seine Legenden und sein Volk zu lernen. Er starb im September 1904.

Seine bekanntesten Werke blieben die von Lovecraft erwähnten Sammlungen makabrer Kurzgeschichten *Kwaidan* (1904) und *Fantastics* (1914).

Aus *Fantastics* habe ich von den insgesamt 33 sehr kurzen Geschichten vier ausgewählt, jene, die Lovecraft wahrscheinlich als die »eindrucksvollsten Szenen des Ghoulischen« erschienen.

Als ich eine Blume war

Einstmals war ich eine Blume, schön und groß. Mein schneeiger Kelch war so reichen Duftes voll, dass die Insekten mit den Regenbogenflügeln, die sich auf mir niederließen, sich berauschten, und dass alle, die mich erblickten, an die Schönheit jener Weihrauchschalen dachten, die bei den Banketten der alten Cäsaren benutzt wurden.

Die Bienen sangen mir den ganzen leuchtenden Sommer lang ihr Lied, die Winde streichelten mich in den Stunden der Kühle, der Geist des Taus füllte bei Nacht meinen weißen Becher. Große Pflanzen, mit Blättern breiter als Elefantenohren, beschatteten mich wie mit einem Baldachin aus lebendem Smaragd. In der Ferne hörte ich den Fluss sein mystisches, ewiges Lied singen und Tausende von Vögeln zwitschern. Zur Nacht lugte ich durch meine seidigen Blütenblätter zu der unendlichen Prozession der Sterne hinauf, und bei Tage wandte ich mein Herz aus gelbem Golde für immer dem Auge der Sonne zu.

Kolibris mit prunkender Brust, die von Sonnenaufgang herkamen, ließen sich bei mir nieder, tranken den duftigen Tau, der in meinem Kelche haftete, und sangen mir von den Wundern unbekannter Länder, von schwarzen Rosen, die nur in den Gärten der Zauberer wachsen, und von gespenstischen Lilien, deren Hauch Tod ist, und die ihre Herzen zu tropischen Monden öffnen.

Man durchschnitt den smaragdenen Faden meines Lebens und steckte mich in ihr Haar. Ich fühlte nicht den langsamen Todesschmerz, wie die gefesselten Leuchtkäfer, die wie Sterne in der Nacht dieser herrlichen Flechten schimmerten. Ich fühlte, wie der Duft meines Lebens sich mit ihrem Blut vermischte und in die geheimen Kammern ihres Herzens eindrang; und ich trauerte, dass ich nur eine Blume war.

In jener Nacht schieden wir beide aus dem Leben. Ich weiß nicht, wie sie starb. Ich hatte gehofft, ihren ewigen Schlaf teilen zu dürfen, aber ein gespenstischer Wind, der zu den Fenstern hereindrang, riss meine toten Blätter auseinander und streute ihre weißen Reste auf das Kissen. Aber mein Geist blieb wie ein schwacher Duft noch in dem stillen Zimmer haften und umschwebte die Flammen der wächsernen Kerzen.

Andere Blumen, nicht von meiner Art, blühen über ihrer Ruhestätte. Ihr Blut lebt in den rosigen Kelchen dieser Blüten, ihr Atem schenkt den Blumen ihren Duft, ihr Leben durchpulst ihre Adern von durchsichtigem Grün. Aber in den Geisterstunden der Nacht hebt der barmherzige Geist des Taues, der über den Tod des Sommertages klagt, mich empor und vergönnt mir, mich mit den kristallenen Tränen zu vereinen, die auf ihr Grab fallen.

El Vómito

Die Mutter war eine kleine und fast groteske Person, mit einem etwas altmodischen Gesicht, eichenfarben, lang und von gotischer Eckigkeit; nur ihre Augen waren jung, temperamentvoll und klug. Die Tochter war schlank, schmächtig und dunkel; eine Haut von dem Ton mexikanischen Goldes; das Haar stumpf, schwarz und üppig mit Locken, die an die Meduse gemahnten; die Augen groß und von fast finsterem Glanz, schwer beschattet und reglos wie Falkenaugen; sie hatte die gleitende Anmut tanzender Figuren auf griechischen Vasen, aber auf ihrem Gesicht lag die reglose Schönheit einer Statue – niemals ein Lächeln oder ein Stirnrunzeln. Die Mutter, eine berufsmäßige Zauberin, die verschleierten Frauen beim Licht einer Lampe, die vor einem Totenschädel brannte, die Zukunft prophezeite, erschien mir nicht halb so geheimnisvoll wie die Tochter. Das Mädchen gemahnte mich an Southeys Hexe, die durch Hexerei jung erhalten ist, um Thalaos zu bezaubern.

Das Haus war eine geheimnisvolle Ruine: die Mauern grün von ungesunder Vegetation irgendwelcher Pilzarten; feuchte Räume, die mit alten, vermodernden, einstmals luxuriösen Gegenständen ausgestattet waren; knarrende Treppen; kreischende Fußböden; ewig feuchte Gänge; Fledermäuse unterm Dach und Ratten unter dem Fußboden, Schnecken, die in einer Spur von phosphoreszierendem Schleim zur Nachtzeit auf und nieder krochen, zerbrochene Fensterläden, zersprungene Scheiben, Türen ohne Schloss, mysteriöser eisiger Zug und spukhafter Lärm. Draußen war ein wilder Garten; Rankgewächse, die gefleckte, merkwürdige Blumen trugen, Fackelbäume, Agaven, Zwergpalmen, Pflanzen, die wie grüne Elefantenohren aussahen, eine ungeheuerliche und übel riechende Lilienart mit einem Phallusstempel, und mancherlei Seltenheiten, die ich sonst nie gesehen habe. In einem kleinen Schuppen am äußersten Ende des Gartens befanden sich dyseptische Küken, heimwehkranke Enten und ein sehr altes, rheumatisches Pferd, dessen Beine immer im Wasser standen und das in der Dunkelheit wie unter einem Albdruck stöhnte. Es waren auch Hunde da, die niemals bellten, und gespenstische Katzen, die niemals Junge bekamen. Aber gerade das Gespenstische dieses Ortes hatte für mich einen fantastischen Reiz und hielt mich dort fest. Der einschläfernde südliche Frühling kam, belebte die Rankgewächse und verlieh dem tropischen Dschungel unter meinem Balkon eine japanische Üppigkeit. Ungewöhnliche und seltsame Düfte stiegen von den gefleckten Blüten auf und die Schnecken krochen seltener als vorher die Treppen hinauf. Dann folgte ein glutheißer Sommer.

Spät in der Nacht wurde ich an das Bett des Kubaners gerufen; es war eine Nacht von einer so regungslosen und erstickenden Hitze, wie sie einem Golfsturm vorangeht. Der Mond, vergrößert durch den Dunst, hatte einen geisterhaften Schein; der Horizont zuckte in fieberhaftem Blitzen. Das weiße Aufleuchten ließ den Schein der Lampe im Krankenzimmer bisweilen verblassen. Ich bat sie, die Fenster zu schließen. »El Vómito?« Schon lag der Kranke im Delirium, in seltsamen Fantasien; das schöne dunkle Gesicht geisterhaft vom Tode beschattet; sonderbare und ungewöhnliche Symptome von Pulsschlag und Temperatur; außergewöhnliche geistige Störung. Konnte das Gelbes Fieber sein? Es war ein seltsamer Geruch in dem Zimmer – geisterhaft, schwach, aber genügend wahrnehmbar, um das Gedächtnis anzuregen: Ich erinnerte mich plötzlich des Balkons, der in die afrikanische Wildnis des Gartens hineinragte, der sonderbaren Rankgewächse, die sich an die verfallene Mauer klammerten, und an den seltsamen, schweren, krankhaften, einschläfernden Geruch der gefleckten Blüten. – Und als ich mich über den Kranken beugte, bemerkte ich noch einen anderen Duft in dem Zimmer, einen Duft, der dem

Kopfkissen anhaftete, den Geruch von Frauenhaar, den Weihrauch von Weibesjugend, der sich mit dem Hauch der Blüten mischte, wie Ambrosia mit Gift, Leben mit Tod, ein Hauch vom Paradiese mit Dünsten der Hölle. Von den blutlosen Lippen des Leidenden kam, wie aus dem Munde eines von furchtbaren Träumen geängstigten Menschen, der Name der Tochter der Zauberin. Und plötzlich erbebte das ganze Haus, wie unter dem Druck unsichtbarer Stöße; Fenster und Wände zitterten. Der Sturm rüttelte an der Tür.

Ich fand mich allein mit ihr; das Klagen des Sterbenden konnten wir nicht ausschließen, und der Sturm rüttelte immer gewaltiger an der Tür und forderte Einlass. »Es ist nicht das Fieber«, sagte ich. »Ich habe in den Ländern des Tropenfiebers gelebt; deine Lippen sind noch jetzt feucht von seinen Küssen und du hast ihn vernichtet. Mein Können vermag nichts gegen diese teuflische Kunst. Aber ich weiß auch, dass du das Gegengift kennen musst, das den Tod abwehren kann; – dieser Mann soll nicht sterben! – Ich habe keine Furcht vor dir! – Er soll nicht sterben!«

Zum ersten Mal sah ich sie lächeln – ein Lächeln voll geheimer Kraft, die jeden Widerstand gering schätzt. Das Lampenlicht schien durch die durchsichtige Weiße ihres losen Kleides und zeichnete die Silhouette der schlangenhaften Anmut ihres Körpers wie die Figur einer ägyptischen Tänzerin in einem Nebel von Schleiern, und ihr herrliches Haar ringelte sich um ihren Nacken wie die Locken des Gorgonenhauptes.

»La voluntad de mi madre!«, erwiderte sie ruhig. »Sie kommen zu spät! Sie werden uns nicht anzeigen! Und wenn Sie es täten, könnten Sie nichts beweisen. Ihr Können ist hier machtlos, wie Sie selber gesagt haben. Bedauern Sie die Fliege, die der Spinne zur Nahrung dient? So töricht werden Sie nicht sein, Señor Doktor, sondern Sie werden bestätigen, dass der Fremde am Gelben Fieber gestorben ist. Sie wissen nichts; und Sie werden nichts wissen. Sie werden Ihre Belohnung bekommen. Wir sind reich!« Während draußen das Rütteln immer stärker wurde, als wolle der Sturm in das Haus eindringen, sah ich ihr ins Gesicht, und es war leidenschaftslos und regungslos wie das Antlitz einer Statue.

Sie hatte nicht gesprochen, aber ich fühlte ihre schlangenhafte Weichheit an meinem Körper, ihr Herz schlug an meiner Brust, ihre Arme umschlangen meinen Nacken, der Duft ihres Haares, ihrer Jugend und ihres Atems umfing mich wie Zauberbann. Ich konnte nicht sprechen; ich konnte nicht widerstehen, verzaubert durch eine Mischung von Betäubung und Lust, Hexerei und Leidenschaft, Schwäche und Furcht. Und draußen heulte der Sturm, als wolle er den Fremden herbeirufen, und das Wimmern des Sterbenden verklang.

Woher die Mutter kam, weiß ich nicht. Sie schien aus der Erde aufzutauchen: »Der Doktor ist so gewissenhaft! – Er sorgt gut für seine Patienten! Der Fremde wird seine Fürsorge nicht mehr brauchen. Der gewissenhafte Doktor hat seine Belohnung bekommen; er wird bestätigen, was wir wünschen, nicht wahr, hija mia?«

Und das Mädchen sah mich mit ihren spöttischen Augen an und lachte …

Die Pest

Es war hier jemand, den ich kannte: – eine Frau … Die Hitze stieg reglos und schwer empor, wie in manchen glutheißen Städten der Kolonien, aus den giftigen Sümpfen der Elfenbeinküste. Die Bläue des Himmels schien vor den feurigen Rändern des Horizontes zu verblassen, jedes Geräusch wurde abgestumpft und verwischt durch die Schwere dieser Luft, undeutlich klang das Geräusch der Schritte, wie das schlafende Gehirn es hört – der Fluss strömte lautlos, dick und träg dahin, wie flüssiges Wachs … So waren die Tage, und jeder Tag raffte eine dreifache Hekatombe von Toten dahin, und die Gesichter aller Toten waren feurig gelb.

Niemals ein Regentropfen: – Die dünnen Wolken, die nur am Abend sichtbar wurden, wenn sie sich um die sterbenden Gluten im Westen zusammendrängten, erschienen den Bewohnern der Stadt wie Scharen von Geistern, die vom Tage Abschied nehmen.

Ich durchschritt das äußere eiserne Tor. Die warmen Seemuscheln, mit denen der Weg besät war, barsten unter meinem Fuß und hauchten einen schwachen Salzgeruch in die heiße Luft: – Ich hörte die eherne Zunge einer Glocke einmal anschlagen, dumpf vibrierend wie eine Totenglocke: – Ein Leben war auf ewig erloschen. 77-mal hatte der eherne Mund seit dem letzten Sonnenuntergang diese eine grausame Silbe ausgesprochen. Der ergraute Wächter des inneren Tores streckte seine bleiche Hand aus, um die Spenden entgegenzunehmen, die von allen Besuchern gefordert wurden, und ich meinte den grauen Fährmann der Schatten selber vor mir zu sehen, der schweigend seinen Obolus von mir, der auch ein Schatten war, erwartete. Und als ich nun in die Welt des Todes hineinschritt, schlug die Totenglocke abermals an … Weite, kahle, schimmernde Korridore, in die viele Türen Arzneigerüche, wimmernde Laute und das Geräusch eiliger, leichter Schritte aushauchten – dann stand ich einen Augenblick ganz allein, einen langen Augenblick, den ich bisweilen im Traum wieder durchlebe.

Dann plötzlich näherte sich ein rascher Schritt, so leicht, so leise, wie von Geisterfüßen, und ich sah eine schlanke Gestalt, vom Kopf bis zu den Fersen schwarz gekleidet, sah die fantastische Flügelhaube einer Schwester und unter der weißen Haube ein dunkles schönes Gesicht mit tiefschwarzen Augen. In diesem Moment schlug die eherne Glocke wieder an! Ich murmelte, nein flüsterte, beängstigt durch das Grausen dieses Ortes – den Namen einer Frau.

»Lieber Freund, was wollen Sie hier?«, murmelte die Schwester, als sie sah, dass der Besucher ein Fremder war. Ihre Stimme war die erste, die ich an diesem Ort des Todes hörte, und sie erschien mir süß und rein – ein musikalischer Rhythmus von Jugend und Liebe! Und ich gab ihr Antwort, diesmal hörbar.

»Haben Sie keine Furcht?«, fragte sie. »Kommen Sie!«

Und indem sie meine Hand fasste, führte sie mich weiter – durch sonnenbeschienene und durch dämmrige Räume, durch breite und schmale Gänge, und zwischen Reihen von Betten hindurch, die wie Gräberreihen aussahen. Ihre Hand war kühl und leicht wie Nebel, wie Frost, ähnlich wohl der Berührung jenes Geistes, der nach dem Glauben vieler Religionen die Toten aus der Finsternis in einen neuen Tag hineinführt … »Sie haben keine Furcht? – Keine Furcht?«, fragte die süße Stimme wieder. Und ich gewahrte plötzlich die Tote, die zwischen uns lag, und die Totenfarbe ihres Gesichts, das wie im Schein des Sonnenuntergangs glänzte …

Da wurde einen Augenblick zwischen mir und der Schwester, die an der andern Seite der Toten stand, alles dunkel, und ich tastete blindlings in dieser Finsternis umher, bis eine kühle Hand die meine ergriff und mich schweigend hinwegführte, irgendwohin, wo es hell war. »Kommen Sie! Wir dürfen hier nicht sein, mein Freund! Sie können sie nicht von Gott zurückrufen! – Wir wollen sie mit Ihm allein lassen!« Und ich gehorchte wortlos. Ich fühlte ihre leichte kühle Hand, die mich wieder zwischen den langen Reihen der weißen Betten hindurchführte, durch die weiten kahlen Korridore, durch die schimmernden Vorhallen, vorbei an den Türen von hundert Sterbezimmern.

Oben auf der Treppe aber sah sie mir direkt in die Augen, mit einer seltsamen, süßen, schweigenden Sympathie, drückte meine Hand einen Augenblick lang und war fort.

Ich hörte das Rascheln ihres davongleitenden Kleides; ich sah das lautlose Schwanken ihrer weißen Haube; – eine große Tür öffnete sich lautlos, schloss sich unhörbar, und ich war ganz allein.

Und als ich nun ganz allein auf der Treppe stand, fühlte ich etwas unaussprechlich Seltsames in meinem Herzen – den Einfluss dieses letzten Blickes, der leise erbebte wie ein erlöschender Sonnenstrahl, ein ersterbender Ton. Irgendetwas in ihren Augen hatte in meinem Herzen tote Asche zu neuer Glut erweckt – die Asche eines Glaubens, der wie in einer Urne eingesargt lag … Doch nur für einen Augenblick; und die gespenstische Flamme verglomm von Neuem und ich stand wieder im Sonnenschein, eisern von Gemüt wie Pharao nach dem Tode seines Erstgeborenen.

Und doch glaube ich, dass, wenn der Glöckner sich anschickt, für mich zu läuten, und die große Dunkelheit um mich her immer tiefer wird, wenn alle Klänge zu einem Raunen werden und auf keine Frage mehr eine Antwort kommt, wenn das Gedächtnis in unendliche Finsternis verschwimmt und jene wirren Träume, die der endlichen Auflösung vorausgehen, ihre Bilder vor mir ausbreiten – ich glaube, dass ich dann wieder das Rauschen eines schwarzen Gewandes hören und eine kühle Hand fühlen werde, die mir mit der süßen Frage hingestreckt wird: »Komm! Hast du keine Furcht?«

Tote Liebe

Er kannte keine Ruhe, denn in all seinen Träumen war sie; und wenn er Liebe suchte, kam sie, wie der Tote zwischen Lebende tritt, sodass er endlich, seines Lebens müde, in dem glutheißen Sommer einer tropischen Stadt, aus diesem Dasein schied und mit ihrem Namen auf den Lippen starb. Und sein Gesicht ward in den palmenbeschatteten Straßen nicht mehr gesehen, aber die Sonne ging auf und unter wie zuvor.

Doch der Wanderer war seines Lebens so müde gewesen, dass er auch im Tode noch nicht rasten konnte. Und während der Leib zu Staub zerfiel, fand der Geist keine Ruhe in der Dunkelheit und dachte bei sich: »Ich bin zu müde, um auszuruhen!«

Es war aber ein Spalt in der Mauer des Grabes, und durch diesen Spalt und durch das Spinngewebe, das eine Spinne davor gewebt hatte, blickte der Tote und sah den Sommerhimmel wie Amethyst leuchten, sah die Palmen im Seewind sich wiegen, sah die Blumen im Schatten der Gräber und die opalenen Farben des Horizontes, sah die singenden Vögel und den Fluss, der sich wispernd zwischen Palmen und großblättrigen Pflanzen zum Smaragd des Meeres hinwindet. Auch Frauenstimmen, Klang silbernen Lachens, Geräusch von Schritten und Musik drang durch den Spalt in der Mauer des Grabes, bisweilen auch der Hufschlag trabender Pferde und von fern her das einschläfernde Gemurmel des pochenden Herzens der Stadt, sodass in dem Toten der Wunsch erwachte, wieder zu leben, denn er sah, dass es im Grabe keine Ruhe gab.

Und die goldgeborenen Tage erstarben in goldenem Feuer; und der Mond färbte zur Nachtzeit das Angesicht der Erde silbern, und der Duft des Sommers zog wie Weihrauch vorüber, aber der Tote im Grabe konnte nicht sterben.

Die Stimme des Lebens drang zu seinem Ruheort; das Gemurmel

der Welt sprach zu ihm in der Dunkelheit; die Winde der See riefen ihn durch die Ritzen des Grabes, sodass er nicht schlafen konnte. Und doch haben die Toten den Trost der Tränen nicht.

Die Sterne in ihrem stillen Lauf sahen durch die Fugen des Grabes hernieder und gingen weiter; die Vögel sangen über ihm und zogen in andere Länder; die Eidechsen huschten lautlos über sein steinernes Bett und verschwanden ebenso lautlos. Die Spinne erneuerte schließlich ihr Netz aus zauberischer Seide nicht mehr; die Jahre kamen und gingen wie bisher, aber für den Toten gab es keine Ruhe!

Und nachdem viele tropische Monde sich gerundet hatten und wieder einmal der Sommer gekommen war, der, holdselig wie eine schöne Frau, die träge Luft um sich her mit Duft erfüllte, geschah es, dass die Frau, deren Namen seine Lippen ausgesprochen hatten, als der Schatten des Todes sich auf ihn neigte, in die Stadt der Palmen und auf den alten Friedhof kam und auch an das Grab trat, das keinen Namen trug.

Und er kannte das Rauschen ihrer Kleider; und aus dem Herzen des toten Mannes erblühte eine Blume, drang durch den Spalt in der Grabesmauer, stand blühend zu Füßen der Frau und hauchte in leidenschaftlicher Süße die Blumenseele aus.

Sie aber bemerkte die Blume nicht und ging vorüber, und das Geräusch ihrer Schritte erstarb für immer!

Robert H. Barlow

Von den vielen Freunden H. P. Lovecrafts war der am 18. Mai 1918 geborene Robert Hayward Barlow der jüngste. Sein tragisches und kurzes Leben, das kaum bekannt ist, möchte ich an dieser Stelle etwas ausführlicher schildern, da es auch ein Licht auf Lovecraft wirft und gegen den falschen Mythos des menschenscheuen ›Einsiedlers von Providence‹ angeht.

Die Karriere von Barlows Vater – er war ein hoher Militäroffizier – machte viele Ortswechsel nötig, wodurch der Junge, ein Einzelkind, nie längeren Kontakt zu seinen Altersgenossen fand und ein isoliertes Dasein führte. Irgendwann entdeckte er die auf billigem Papier gedruckten Magazine (Pulps) mit fantastischen Erzählungen. Natürlich fiel ihm auch *Weird Tales* in die Hände, und unter den vielen *Weird Tales*-Autoren wurde Lovecraft zum liebsten des Jungen. Kurz nach seinem 13. Geburtstag schrieb Barlow einen Brief an das Magazin und erhielt schon wenige Tage später Post von Lovecraft aus Providence. Ein reger Briefwechsel begann. Die beiden besuchten einander auch mehrmals: In den Sommern 1934 und 1935 reiste Lovecraft nach Florida und blieb für einige Wochen bei Barlow und seinen Eltern, 1936 verbrachte

Barlow mehr als einen Monat des Sommers in Providence. Ihre Freundschaft hielt bis zum Tode Lovecrafts an. Dass Barlow homosexuell war, ahnte Lovecraft wahrscheinlich nicht, vielleicht war es dem Jungen damals selbst noch nicht bewusst.

Die beiden verfassten gemeinsam einige Erzählungen, unter denen besonders die zum Klassiker gewordene ›The Night Ocean‹ erwähnt werden muss, bei der Robert H. Barlow den Hauptanteil schrieb. Die folgende Erzählung, ›A Dim-Remembered Story‹, erschien 1936 in der Sommerausgabe des Fanzines *The Californian*. Lovecraft, der die Geschichte jetzt zum ersten Mal las – wahrscheinlich hatte Barlow ihm den Text vorher nicht zeigen wollen, da er ihn seinem Mentor gewidmet hatte –, schrieb an Barlow: »Danke für die Ehre, mir ›A Dim-Remembered Story‹ zu widmen! Habe bisher nur Letzteres gelesen … Heiliger Yuggoth, das ist ein Meisterwerk! Großartiger Stoff – das lässt sich mit den besten von CAS* vergleichen! Herrlich rhythmisch, poetisch fassbar, gefühlvoll geprägt, und atmosphärisch kraftvoll. Tsathoggua! Ganz sicher ist *Literatur* Deine Stärke; sag', was Du willst!«

An das Magazin schrieb Lovecraft einen begeisterten Leserbrief, der in der Winterausgabe publiziert wurde: »Die Sommerausgabe des *Californian* zeigt einen wesentlichen Fortschritt in seiner typografischen Erscheinung und besitzt als sehr willkommene Ergänzung ein rubriziertes Inhaltsverzeichnis. Der Durchschnitt seiner Beiträge ist vergleichbar mit seinem Vorgänger, und mindestens ein höchst bemerkenswertes Stück Amateurliteratur ist darin enthalten. Dieses Stück – es ist kaum notwendig, dies herauszustellen – ist die lange und merkwürdig kraftvolle Fantasie von R. H. Barlow mit dem Titel ›Eine blass erinnerte Geschichte‹. Andere kürzlich veröffentlichte Geschichten von Mr. Barlow in *The Californian* und in seinem eigenen *Dragon-Fly* haben auf einen raschen Fortschritt jenseits der Phase seiner kurzen ›Annals of the Jinns‹ hingedeutet, aber dennoch erscheint das vorliegende

* Clark Ashton Smith, Anm. des Herausgebers.

Werk als eine Überraschung. Nicht nur ist der Fluss fantastischer Einfälle besser moduliert und die bizarre, traumgleiche Bildwelt lebendiger und realistischer gestaltet, sondern auch der Rhythmus und die idiomatische Eleganz des Stils sind unendlich verbessert. Die Geschichte ist die einer abnormalen Übertragung in die Zukunft – zunächst in eine weit entfernte Zukunft dieses Planeten, und dann zu einem schwarzen und unfassbaren Abgrund hinter dem Leben des Kosmos und der Zeit selbst. Bei einem solch kühnen Konzept sind die Möglichkeiten für Unvollkommenes, Absurdes und Unüberzeugendes mannigfaltig, doch Mr. Barlow ist allen Fallgruben entkommen und hat etwas so Fassbares und Kohärentes geschaffen, dass wir geneigt sind, es uns eher als einen tatsächlich erlebten Albtraum denn als eine gelesene Geschichte ins Gedächtnis zurückzurufen. Einige der visuellen Züge sind brillant und unvergesslich – der große Forst mit blinden Augen, verschlungenen schwarzen Gliedern und spähenden Blättern und Moosen –, das gewölbige Schloss von Yrn – und die kugelförmigen, vibrierenden Wesenheiten des Draußen. Besonders gut gelungen ist der erzählerische Übergang von der Gegenwart in eine fremdartige Zukunft – eine Art fiktionalen Handlungselementes, das von den Fantasten beinahe ausnahmslos durch den Mangel an angemessener emotionaler Behandlung verpfuscht wird. Hier sehen wir des Erzählers eigene Erkenntnis des Prozesses allmählich, verwirrt, zunächst ungläubig und zögernd voranschreiten, bewirkt durch die langsame Wahrnehmung der subtilen Seltsamkeit der Fauna und Flora. Eine bessere Methode hätte nicht gewählt werden können. Einige Druckfehler in der Geschichte sind höchst ärgerlich, doch dessen ungeachtet hinterlässt sie einen tiefen Eindruck. Mr. Barlow, der noch sehr jung ist, ist es wert, dass man ihn beachtet.«

Einige Monate später starb Lovecraft so plötzlich; Lovecraft bestimmte in seinem Testament den jungen Barlow zu seinem literarischen Nachlassverwalter, sehr zum Verdruss von August Derleth und Donald Wandrei. Als die beiden den Verlag ARKHAM

HOUSE gründeten, um Lovecrafts Erzählungen vor dem Vergessen zu retten, unterstützte sie Barlow in jeder Beziehung, obwohl die beiden, getrieben von ihrer Eifersucht, hinterlistig gegen Barlow agierten und den naiven C. A. Smith zu einem erbosten Brief an Robert H. Barlow trieben, was deren Freundschaft beendete. Barlow, der zur Zeit von Lovecrafts Tod noch an einigen fantastischen Erzählungen gearbeitet hatte, gab die Prosa auf und begann in den nächsten Jahren zu dichten (1942 *Poems for a Competition* und 1947 *View from a Hill).* Auch in diesen Arbeiten offenbarte er viel Talent. 1939, als er an einem Seminar in mexikanischer Anthropologie am Polytechnischen Institut in San Francisco teilnahm, entdeckte er seine Liebe zur Mesoamerikaforschung. Im Sommer 1940 trug er sich an der Universität von Mexiko City als Student für alte indianische Sprachen ein und wurde der Schüler anerkannter Autoritäten. Ab 1943 lehrte er regelmäßig an verschiedenen Schulen Mexikos und wurde 1948 Präsident der anthropologischen Abteilung des Mexico City College. Barlow verfasste ein voluminöses und bedeutendes Werk zum Studium der alten Nahuatl-Sprachen und der mexikanischen Kultur.

Am ersten oder zweiten Tag des Jahres 1951 setzte er seinem Leben ein Ende – vermutlich aus Kummer über eine unerwiderte Liebe.

Eine blass erinnerte Geschichte

Ich habe das Schloss von Yrn gesehen, das sich in unmöglich zu erträumenden Zeiten erheben wird, und ich war zur Nacht in dem Wald, der sich einer wunderlichen Ruine bemächtigt hat. Ich habe die Meister-Wesen bei ihrem gigantischen Spiel beobachtet, und ich habe den letzten Abgrund kennengelernt, worin mein taumelnder Körper niemals wird leben können. Nun werde ich darüber schreiben, was geschah, und wie diese Dinge mir zustießen.

Die Zeit ist von allem, was existiert, am schwersten zu definieren; denn niemand kann sagen, was sie wirklich ist. Vielleicht ist die Zeit eine Schöpfung des Menschen – und der Mensch ist nichts als ein kurzatmiges Ding auf einer zerbrechlichen Himmelskugel. Seine Welt ist nur eine einzige Blüte im Garten des Firmaments. Es wäre möglich, dass es keine Zeit gäbe, wenn das Leben nicht existierte. Dann verharrten die kristallnen Sterne in ihrem gleichgültigen Muster; der Nachthimmel wäre zwar genauso großartig und juwelenbesetzt, doch womit sollte die Zeit gemessen werden, wenn es da nichts gäbe, was beobachtet, kein Herz, das bewegt wird in Ewigkeit? Ein Wissenschaftler hat geschrieben: »Stellen Sie sich vor, dass alles im Universum zu einem Stillstand kommt – alles Leben ist beendet, die Planeten halten in ihren Umlaufbahnen inne, die Atome und Elektronen beenden ihren Fluss: Für uns erschiene dies nur wie der nächste Augenblick; wir würden dieses Ereignisses nicht gewahr.« Er behauptet ebenfalls, dass die Zeit möglicherweise nicht in einem gleichmäßigen Fluss verlaufe, sondern dass sie abebben und ansteigen könne wie jedweder Strom. In jeder derartigen Schwankung mögen Ewigkeiten verborgen liegen.

Mit diesen Überlegungen ist meine Geschichte verbunden. Es ist möglich, dass das, was ich sagen möchte, sich nicht exakt definieren lässt, denn es ist schwierig, solche Dinge in Worte zu kleiden, doch ich lege diese Geschichte in der Hoffnung nieder, dass jemand sie verstehen oder wenigstens glauben wird.

Wenn wir auf die vergangenen Jahrhunderte unserer Erde zurückblicken, kann unser Geist all die verschwundenen Dinge heraufbeschwören – den Schmutz von Villons Paris, oder den Aufruhr des toten Karthago, oder ungeheuer verseuchte Sümpfe im verborgenen Asien, die kein menschliches Auge je gesehen hat. Festzüge werden für uns wieder lebendig, der Lärm und die Farben vergessener Welten sind in Ewigkeit festgehalten. Doch weil wir sie nicht erreichen können, scheinen sie jenseits jeder Rückgewinnung zu liegen; ihre Verzückungen sind völlig untergegangen. Ihnen, der Sie diese Seiten überfliegen, sage ich: Sie sind nicht vergangen, und damit will ich kein Paradox vortäuschen. Augustus herrscht noch im unzerfallenen Rom, und Christenkrieger bestürmen noch den bärtigen Feind Acre an jenem hellen, stauberfüllten Tag vor neun Jahrhunderten. In Poseidonis finden lunare Riten statt, und Russlands Iwan hält ein blutiges Zepter. Diese Welten befinden sich nur hinter irgendeiner Krümmung auf der Straße der Ewigkeit, sie sind durch eine Kurve in jenem Pfad verborgen, den unsere vergängliche Welt entlangwandelt.

Unser Zeitalter ist ein vorgegebener Punkt auf der unerbittlichen Reise – wenn wir nach vorn schauten, sähen wir, wie er durch eine folgende Epoche verdunkelt wird. Dann werden unsere Städte und Kontinente eins sein mit jenen verlorenen Welten.

Doch unsere Kriege und Begierden und Leidenschaften, die Umrisse und Färbungen unserer Existenz sind niedergelegt, festgehalten auf unbekannte Weise. Alle Dinge, die gewesen sind, alle, die sein werden, sind zusammen aufgezeichnet. Es ist, als ob in der Geschichte der Erde jede Phase und jeder Aspekt des Lebens schon bei dem großen Beginn vorherbestimmt wurde; als ob sie sich vielleicht in einem einzigen gewaltigen Augenblick ereignet hätten, sodass Anfang und Ende miteinander verschmolzen. Oder als ob jedes Jahrhundert eine von den anderen durch Raum und

Zeit und Materie getrennte Erde wäre. Eintausend Erden – eine Welt, die sich selbst unzählige Male wiederholt, sodass dieselben Dinge in vielen Inkarnationen zu vielen Zeitaltern existieren. Welten, die neben uns sind, die wir doch nicht erreichen können.

Und so werden wir hinsichtlich jener späteren Ereignisse in der Laufbahn der Erde in dem Land, das vor uns liegt, in einer vorausbestimmten Zeitspanne auf sie stoßen, quer durch das Erheben und den Triumph und das Vergehen der Kulturen, durch den großen Sumpf der Geschichte, wie der Herbst dem erfüllten Sommer folgt und müde Blätter dort niederfallen, wo einst die Blüten fielen. Doch wenn der Weg geöffnet würde und die Tür entsiegelt, könnten wir in andere Regionen gehen und verbotene Dinge sehen und begreifen. Jene zukünftigen Jahre sind so wirklich wie jedes von denen, die unsere weite Reise bisher hinter sich gelassen hat. Diese Tatsache erkenne ich mit einer Schmerzlichkeit, die niemand mit mir teilen kann. Sagen Sie nicht, dass das Land vor uns nicht existiert, nur weil Sie es nicht sehen können.

Schauen Sie heute Nacht zu den Sternen hinauf. Lassen Sie sich von den Posen ihres sprinkelnden Tanzes überwältigen. Stehen Sie der schwarzen Unermesslichkeit gegenüber, die sie wie silbrige Bienen sprenkeln, und erkunden Sie mit Ihrem eigenen Geist das Geheimnis, indem Sie sich dem unerforschlichen Plan der Dinge aussetzen. Dann werden Sie meine Erzählung verstehen.

I.

»Das ist nicht tot ...«

Jeder Muskel meines Körpers zuckte schwach, als ich das Bewusstsein wiedererlangte. Als ich in der Leere zwischen Schlaf und Leben verweilte, hatte ich für einen Augenblick das Gefühl des Fließens; das Gefühl einer Entkörperlichung, das sich verstärkte, als ich mich der Realität und dem Erwachen näherte. Es war, als triebe ich müßig zwischen Wolken in Rot und Purpur, in Grün und Orange und Gelb, vermischt noch mit anderen prismatischen Färbungen, für die ich keinen Namen finden kann. Ich bewegte mich in angenehmer Mattigkeit durch einen tausendfarbigen Bereich, den ich halb als einen Traum erkannte und mich als einen Traum in ihm. Um mich herum und über mir waren Formen wie jene, die in unseren Augen entstehen, wenn wir zu lange in die Sonne blinzeln. Ich war mir unklar bewusst, dass all diese Formen einen solchen Ursprung besaßen, dass sie nur eine visuelle Wiedergabe von Dingen waren, deren wahre Natur mein Sehvermögen und mein Verständnis überstiegen. Dann verbleichte der Horizont der wallenden Farben flink, fiel in feste Muster und versank um mich herum. Alles lag klar in einem plötzlichen Lichtstich.

Heiße Bänder hatten sich um meinen hämmernden Kopf gelegt, und ich konnte mich nicht von dem Mooswall erheben, auf dem ich lag. Frisches Grün schlug an meine Netzhaut und schoss durch meine zitternden Augenlider. Das Grün eines Waldes voll üppiger Pflanzen und Bäume. Dieser Reichtum von Farnen und verfilztem Wein und dicken olivenfarbigen Strünken war durchbrochen von goldenem Sonnenlicht. Ich zwinkerte verschmerzt, und der gesamte Urwald taumelte in die Helligkeit. Überall türmte sich dieser monströse Wald auf und ließ nur bleiches Sonnenlicht in blättrige Festen tropfen. Meine Schwäche versickerte, als ich mich der Länge nach auf dem Rasen ausstreckte.

Wie kann ich Ihnen die rätselhafte Schönheit dieses Nachmittagswaldes verdeutlichen? Keats hätte ihn verehrt wie ein Druidenpriester. Es war eine mit grünem Teppich belegte Galerie, die von Reihen dunkler polierter Säulen oder einem Wandbehang von Gold auf Seide begrenzt wurde. Von irgendwo erklangen Vogelstimmen in glühendem Gesang, und ich hörte den lieblichstrengen Ruf eines Raben. Doch ich sah nicht seine flatternden Schwingen, noch konnte ich anderes Leben entdecken. Nach einer Weile versuchte ich mich zu erheben, doch der in Liliput gefesselte Gulliver konnte keine größeren Schwierigkeiten dabei gehabt haben. Ein Schmerzensschwert wurde in meinen hämmernden Kopf geschleudert, als ob mich ein Schlag gefällt hätte. Meine Gedanken verschwammen, und als ich endlich stand, fürchtete ich mich davor, mich umzuschauen. Wie war ich in diesen uralten Wald gelangt? Mit seinen Gruppen großer Büsche zwischen starken Eichenstämmen erschien er in jenem glänzenden Licht beinahe tropisch. Bäume, die von der erschwachenden Sonne in Flammen gesetzt waren, neigten sich mir zu, als wollten sie mir ein Waldgeheimnis mitteilen. Es war, als erwache man in einen Traum von Arden oder einen seltsamen vergessenen Wald aus Arthurs Zeiten. Er war so wunderbar und reich bewachsen, wie es das verlorene Eden gewesen sein mag. An allen Seiten erhoben sich die großen Bäume, und ihre Spitzen waren so miteinander verwoben, als wollten sie den kobaltnen Himmel verbergen. Wartend und still säumten sie mich: große Kobolde, die mich mit ausgestreckten Armen umgaben. Dieser Wald war seltsam und mystisch. In den verwehenden Nachmittag spreizten sich dunkle Schatten und versuchten, die überall eingestreuten Lichtpfühle zu verschlucken.

Wie war ich dazu gekommen, hier zu verweilen? Meine Umgebung war fremdartig und unergründlich und gab keinen Hinweis. Ich empfand es als schmerzhaft und beunruhigend, so verwirrt und machtlos an einem fremden Ort zu stehen. Wie konnte ich, der ich meiner Erinnerungen beraubt und schwach und zerschunden war, diesen Ort verlassen und die Stadt erreichen? Wenn die Visionen eines schlafenden Geistes zur Wirklichkeit gemacht würden – und dies war die Wirklichkeit –, verstünde man meine verwirrten Gefühle. Ich hatte nie zuvor jenen Ort gesehen, doch nun stand ich auf dem Gras inmitten eines fremden, vage finsteren Waldes und suchte mit verwirrten Augen nach einem vertrauten Anblick.

Die blinden Augen des Waldes starrten zurück. Blätter und Moose schienen mich zu beobachten und gewundene schwarze Glieder meine Handlungen zu erwarten. Ich war schon oft über halb vergessene Straßen und durch dunkle, undurchdrungene

Regionen im Bergland von Kansas gewandert. Vielleicht war ich im Zustand teilweiser Amnesie in einen abgeschlossenen Teil von Waldland geraten. Ich konnte mir die merkwürdige Umgebung, in der ich mich befand, nicht anders erklären. Und wenn dem so wäre, würde mich ein mehrstündiger Marsch zu irgendeinem Haus oder einer Straße bringen. Beides wäre meine Rettung. Auf der Straße konnte ich ein Auto anhalten und in einem Haus in aller Ruhe etwas über meine Position erfahren; ich würde angeben, dass ich eine Gruppe von Zeltenden, zu denen ich gehörte, verloren habe. So mochte ich wenig Aufmerksamkeit auf mich ziehen, falls mich meine Erinnerung tatsächlich verlassen hatte. Schon begann sich die Dunkelheit in der großen Waldwelt niederzulassen, und jenes verzauberte Sonnenlicht versank in der Dämmerung, bevor noch eine Stunde vergangen war.

So wanderte ich bestürzt, irritiert und ein wenig ängstlich auf eine andere Lichtung, die mit dunklen Büschen umstanden war. Von jenem Platz aus, der so unvertraut war wie der erste, schlug ich meinen Weg durch schlingende Dornsträucher, bis ich zu einer dritten Lichtung kam. Jede von ihnen war für mich eine Straße in einer unbekannten Stadt, und ich fügte meinen Kratzern die Hiebe scharfer Weinranken hinzu. Bald zwang sich mir die Sinnlosigkeit dieses ziellosen Wanderns auf, und obwohl ich keinen Rauch sehen konnte, noch eine sonstige Spur von Zivilisation hinter der Straße der Bäume im Sonnenuntergang, entschied ich mich, eine bestimmte Richtung beizubehalten. Wenn ich lange genug ginge, müsste ich sicherlich an das Ende des undurchdrungenen Waldes kommen.

Mit diesem Gedanken wählte ich eine beliebige Richtung, zur Linken der dunstigen, baumverborgenen Sonne, und lief in die Helle hinein. Die Vegetation, die mich umgab, war sehr reich, und ich wunderte mich, dass sie von Menschenhand unberührt geblieben sein sollte. In diesen modernen Zeiten erschienen solche Orte märchenhaft – ein Reichtum an Holz, das keine Axt kannte. Hier war alles uralt und undurchtreten, war von Menschen weder gestutzt noch gar berührt, wie gefallene, verwesende Bäume bewiesen.

Ich lief eine kleine Weile, bevor ich der Gefahren gewahr wurde, die jene unergründlichen Dickichte verbergen mochten. Ich hatte nichts gesehen, nicht einmal das Geflatter jener überschwenglichen Sänger, doch eine leise Stimme in meinem inneren Bewusstsein wisperte: »Geh vorsichtig«; und eine sanfte Brise wehte vorüber; sie war beladen mit dem rätselhaften Duft des Waldes.

Der reiche Überfluss der Bäume begann sich auszudünnen, und ich sah den abendlichen Himmel hinter getüpfeltem Grün. Das Schweigen dieser weiten, klaren Welt wurde noch deutlicher durch den Lärm der Vögel, doch für eine Weile blieben sie noch außer Sicht. Dann, als ich einen Augenblick pausierte, ließ sich ein feister Eichelhäher mit unerwarteter Schnelligkeit auf einem dunklen Zweig vor mir nieder und neigte seinen forschenden Kopf. Da war etwas Ungewöhnliches an dem kurzen Körper – etwas, das mich beunruhigte, doch ich wusste nicht, was es war. Ich grinste darüber, dass diese kleine Kreatur mich aufgestört und mir Angst bereitet hatte, doch als sie wieder verschwunden war, war meine Vorsicht erhöht.

Dann war kein anderes Geräusch mehr zu vernehmen als das Beben der Zweige, bis ich darüber das schwere Rascheln eines großen Tieres hörte; es war sehr nah. Der Wald verwandelte sich für mich in einen Ort des Schreckens, und der helle Sonnenuntergang vermochte nicht, meine nachtschwarze Furcht zu lindern. Ich hatte nichts gesehen, doch ich fühlte nun eine unvernünftige Besorgnis und floh zwischen die Eichen und Kiefern. Wenn da eine wirkliche Gefahr gewesen wäre, wenn eine Kreatur meine Fährte aufgenommen hätte, so hätte mich diese laute Flucht in große Gefahr gebracht. Es war nur eine außerordentliche Nervosität gewesen, die meinen dunklen Schrecken verursacht hatte, denn nichts folgte. Nach einem Kampf mit den Gebüschen verlangsamte ich meinen Lauf und zwang mich zu einem normalen Gang. Als ich einen stämmigen Ast unter den Bäumen fand, nahm ich ihn als Keule mit mir.

Das Zittern der Dämmerung überschattete bereits den Wald, als ich auf das zweite lebende Geschöpf traf, das sich während meines langen Weges zeigte. Ich bin sicher, dass es ein Hase war, doch ich zögere, die Rasse zu bestimmen. Ich konnte nur einen flüchtigen Blick auf den rundlichen grauen Körper erhaschen, bevor er sich in das Unterholz stürzte, doch ich war von diesem Anblick höchst verwirrt. Ich kann leider auf keine vergleichbare Erfahrung zurückgreifen, aufgrund derer ich urteilen könnte. Das kleine Tier war nicht sichtbar deformiert: Es bewegte sich mit beruhigender Natürlichkeit, und doch war da etwas entschieden falsch an diesen kurzen dicken Läufen und dem flachen Schwanz. Es war ein Hase, doch von solch einer Art, wie sie in den Jahren gelebt haben mochte, bevor die Menschheit zu existieren begann, oder als das Ergebnis eines vorsichtigen Versuches in einem schimmernden Laboratorium. Es war nicht die Sorte von Tier, die sich auf einem Feld in Kansas herumtreiben sollte.

Doch erst als ich jene anderen Objekte sah, überfiel mich der volle Schock meiner Folgerungen. Als ich in dem schwachen Licht jenes Waldes einherging, gelangte ich zu einer verschwenderischen Anzahl wilder gelber Rosen, die unter der geringsten Berührung zerstäubten. Und als die rotgoldene Sonne in einem letzten Gruß niederschwebte, fand ich unter den Blüten etwas Einzigartiges.

Auf den ersten Blick war es nichts weiter als ein Stein, wenn auch ein Stein von seltsamer Gleichmäßigkeit und Ebenheit. Doch als ich ihn untersuchte, wurde die Tatsache deutlich, dass dieser moosverborgene Klotz, der unter schützendem Dornengestrüpp lag, von besonnenen Händen geformt worden war. Es gab Spuren von einer reichen und tief eingeritzten Gravierung. Trotz des fliehenden Tageslichtes, trotz der grünen Patina vergangener Jahrhunderte entdeckte ich ein Muster, das nicht von launischer Verwitterung herstammte. Dieser Stein war bearbeitet und hatte einstmals einen Teil einer massiven Mauer gebildet. Ich wusste dies aufgrund der anderen Steine, die ich nahebei fand. Manche waren überwuchert von verwesenden Blättern und insektenverseuchter

Erde, oder von überwältigenden Wurzeln gesprengt. Auch diese stammten von einer verlorenen Ruine, deren Größe verwirrend gewesen sein musste. Nicht weil die Blöcke so groß waren, sondern wegen der Anzahl und Lage jener, welche unbedeckt waren, und der noch größeren Anzahl derer, die durch eine aufgedeckte Ecke oder einen bloßgelegten Rand verraten wurden, erkannte ich, dass an dieser Stelle vor sehr langer Zeit ein mächtiger Turm gefallen sein musste. Vor sehr langer Zeit – doch Kansas ist ein neues Land. Es ist erst ein Jahrhundert vergangen, seit die Weißen hier zu siedeln begannen, und die Indianer besaßen kein solches Mauerwerk.

Der Turm war nicht wegen seines Alters oder einer Mangelhaftigkeit zusammengebrochen – dies war aufgrund der Lage der Ruinen deutlich. Irgendeine Kraft hatte jene Blöcke in den Waldboden geschmettert und sie wie verstreute Spielzeuge über eine weite Fläche verteilt.

Ich stand entsetzt vor diesem Beweis einer alten, nicht aufgezeichneten Katastrophe, und die Ängste, die mich später umkrallen sollten, begannen in meinem Hirn zu glimmen. Zerbrechliche Blüten türmten ihre zarten Blätter über die alten Ruinen, und große Bäume waren überall zwischen ihnen hervorgewachsen. Doch sogar die altersgrauen Finger der Zeit vermochten nicht zu verbergen, was sich an jenem Platz ereignet hatte, als der Wald noch jung gewesen war.

Hier beschädigte eine tiefe Aushöhlung wie von einem unbeholfenen Titan geschaffen den blumenübersäten Boden, an einer anderen Stelle lag eine ganz zerstückelte Mauer, deren Steine mittendurch gebrochen waren, unter darüberstrebenden Büschen. Was immer geschehen war – eine Explosion, ein Erdbeben –, die Erinnerung an jenen flammenden Tag hatte während dunkler Jahrhunderte hier verweilt, während Weinreben und Blumen über die Trümmer eines kryptischen Schicksals gekrochen waren und auf ihnen blühten.

Wie ich schon sagte, begann mich das Alter dieser Ruine zu

beunruhigen. Allein die Tatsache, dass ich mich so weit von jeder Straße entfernt befand, schien besorgniserregend. Wahrscheinlich ist nun die beste Gelegenheit, von jenen blassen, ungeformten Ängsten zu reden, die meinen benommenen Geist bestürmten. Können Sie die Grausamkeit meiner Lage begreifen? Dies war keine Amnesie, denn ich kannte meine Identität und all die zahllosen Details meines gewöhnlichen Lebens. Da war kein Stolpern in meiner Vernunft – ich hätte sogar das Muster der Metallverkleidung in jenem Aufzug beschreiben können, den ich so oft betrat, oder die abblätternde Tür meines kleinen Büros. Dennoch war da eine schwache Barriere ... ein Schleier, der all das verdeckte, was kurz vor meinem Erwachen lag.

Wie Sie wissen, war es ein sonderbarer Ort, an dem ich mich wiederfand. Ein Ort, dessen Existenz mir unvertraut war – und die Nacht war nah. Dann hatte ich weiterhin Dinge entdeckt, die auf einen Abgrund zwischen diesem Ort und meinem bisherigen Leben deuteten. Ich will damit nicht ausdrücken, dass ich darüber zu diesem Zeitpunkt Sicherheit erlangt hatte, doch irgendwie erschien in der Dämmerung alles sehr ungewöhnlich.

Obwohl ich verwirrt und verblüfft war, lag doch in meiner Bestürzung zunächst keine Panik. Im Gegenteil: Ich verspürte eine intensive und halb argwöhnische Neugier hinsichtlich eines Ortes, der solche Dinge beherbergte, wie ich sie gesehen hatte – und auch war es ein seltsamer Ort in anderer, weniger deutlicher Hinsicht. Nicht einmal die zahllosen Bäume schienen normal, obwohl ich nicht entscheiden konnte, was an ihnen unnormal war.

Nun werde ich Ihnen die Dinge so berichten, wie sie geschahen. Daran werde ich anschließen, was ich seitdem erraten oder gelernt habe. Nur auf diese Weise können Sie etwas von meinen Reaktionen und Gefühlen verstehen. Langsam wurde mir die Erkenntnis aufgezwungen, dass ich etwas durchgemacht hatte, das ungeheuerlich weit von der menschlichen Erfahrung entfernt war. In all den Jahren der Existenz unserer Rasse gibt es niemanden sonst, der eine solche Geschichte erzählen kann. Gemessen an der

Perspektive dessen, was wir Normalität nennen, war es so fremdartig und katastrophal wie das Herannahen einer himmlischen Herrenlosen, beladen mit feurigem Tod. Es beinhaltete Tiefgründigkeiten, die Jeans oder Eddington verblüfft und die größten unserer Wissenschaftler bestürzt hätten. Denn es war eine Schleife von der realen Welt in eine nicht minder reale, aber stärker entfernte, als der Geist begreifen kann. Entfernt nicht in Kilometern und Lichtjahren, sondern in einer anderen, weniger greifbaren, weniger verständlichen Art.

Ich will mich nicht der Beschreibung entziehen, doch meine Finger sträuben sich, die unglaublichen Worte niederzuschreiben, obwohl ich die Erfahrungen durchmachte, für die diese Worte stehen. Ich zitterte im Griff eines kosmischen Heimwehs; meine ganze Gestalt wurde von einem schockierenden, fürchterlichen Gefühl verzerrt. Nun vermutete ich, dass ich tatsächlich verirrt war; verirrt für immer in einer fremdartigen Ewigkeit. Ein finsteres Flüstern von ›Falschheit‹ hing in der dunkelnden Lichtung und in jenem Land, das mich umgab … etwas, auf das der Anblick jener alten Trümmer und der Ruine hinwies, deren Existenz in der Stadt, in der ich aufgewachsen war, niemals erwähnt worden war; sie war jedem aus meiner Zeit unbekannt. Etwas, auf das wiederum die Art des Vogels hinwies, den ich gesehen hatte, und der wunderlich entwickelte Hase.

Obwohl mir zunächst der Beweis meiner Überzeugung erspart blieb, wurden meine ganze Weltanschauung, meine Reaktionen und dumpfen Gefühle durch die Verwüstung aufgrund dieser furchtbaren Kenntnis schrecklich erschüttert, wie bei einem Mann, der einem grässlichen Tod entronnen ist, nur um dann festzustellen, dass er für den Rest seines Lebens zum Krüppel geworden ist. Es war so überwältigend, so unglaublich, dass es mir zunächst unmöglich war, den schädlichen Einfluss zu erkennen, der durch diesen Wechsel hervorgerufen worden war. Eine solche Erkenntnis hätte nur dann kommen können, wenn ich die Angelegenheit abgewägt und in jedem Aspekt des Lebens erkannt hätte, wie groß und schrecklich der Übergang war, dem ich unterworfen war. Als ich dann von Leid und Grauen und dumpfer Ergebung hin- und hergerissen wurde, hörte ich das Gerassel von Metall auf Stein. Das Gefühl, das bei mir durch dieses Geräusch hervorgerufen wurde – normalerweise ein gewöhnliches und der Erwähnung unwürdiges –, ist unbeschreiblich. Für einen kurzen Augenblick hoffte ich wild und doch skeptisch, dass alle meine Ängste das Ergebnis eines ermüdeten Körpers und eines Geistes wären, der von der unbekannten Umgebung bedrückt war. Ich wünschte schrecklich, das zu glauben, doch letztlich wusste ich, dass ich dies nicht vermochte. In meinem vergewaltigten Hirn lauerte eine Wahrheit, so wirklich wie jede Erinnerung oder jegliches Wissen. Solch ein Wechsel in meiner Umgebung, in der Struktur und Erscheinung gewöhnlicher Pflanzen und Tiere konnte nur eines bedeuten, und dieses eine fürchtete ich zu glauben, während ich doch wusste, dass ich es schließlich würde glauben müssen.

Solche Dinge akzeptiert man nicht schnell. Mir blieben lange Zeiträume von Spannung und Qual – Augenblicke, die, wie ich glaube, schrecklicher waren, als Gewissheit es hätte sein können. Diese hatte ich nicht, bevor ich das Schloss von Yrn sah und vor dem dämonischen Wissen und der begleitenden Pein niederkniete.

Wie ich sagte, hörte ich irgendein metallisches Objekt durch den Wald klingen. Und als ich es hörte, wusste ich in einem Blitz aus Freude und Überraschung, die keine Angst ersticken konnte, dass jemand – irgendein lebendes Wesen – dieses Geräusch in dem einsamen und krankhaften Wald verursacht hatte. Dies wurde von der klaren Stimme einer Frau bestätigt, die zwischen unidentifizierbaren Lauten hindurchklang.

In einem kurzen Moment hastete ich durch die Schatten und gelangte zu einem offenen Platz, der nicht weiter als 20 Meter von dort entfernt war, wo ich gestanden und mich einsam gewähnt hatte. Der Wald glich der reichen Aquarellzeichnung eines niederländischen Meisters, und einige wollene Blüten zitterten über mir und verteilten ihren Duft auf der verzauberten Lichtung.

Neben der Einfassung eines steinernen Brunnens stand eine Gestalt, die von der Dunkelheit beinahe verschluckt wurde. Ich wusste, dass es eine Frau war – die Frau, deren lachende Stimme zu mir herübergeklungen war. Sie schöpfte Wasser mit einer Schale und schüttete sie in ein flaches rotes Gefäß, das neben ihr stand.

Wenn ich in der Stadt gewesen wäre, so wäre dies die Stunde gewesen, zu der die Straßenlampen mit ihrem weichen, unsicheren Glimmen aufleuchteten und die blauen und durchscheinenden Schatten des Abends von den Straßen trieben, die plötzlich geheimnisvoll wurden. Ich erinnere mich, dass es dort im Wald sehr dunkel war, und die Dinge verschmolzen zu einer verschwommenen Einheit. Ich wollte die Frau nicht erschrecken, und so rief ich hinter dem Schutz einer Eiche nach ihr. Meine Stimme unterbrach das Rascheln des Abends in einer barschen, unerwarteten Art; mir war, als hörte ich einem Fremden zu und nicht meiner eigenen Stimme.

»Seien Sie nicht beunruhigt«, wiederholte ich und zeigte mich offen. Doch sie hatte das Tongefäß in einem Anflug von Angst fallen gelassen, und es zersplitterte auf der Brunneneinfassung. Sie schaute auf und beobachtete mein zögerliches Vorwärtsschreiten. Meine Kleidung war bedauernswert zerrissen und befleckt, und auf meinem Gesicht waren viele dünne Kratzer, sodass ich mich über ihr Misstrauen nicht wunderte. Als ich mich ihr näherte, zog sie sich mit einem Ausdruck von Trotz in ihrem breiten, starken Gesicht zurück. Ihre Gesichtszüge waren nicht zierlich oder lieblich, doch sie besaßen eine ehrliche, tüchtige Tönung wie das Gesicht einer jungen Bäuerin.

»Na troiten«, rief sie ängstlich, und ihre Stimme zitterte. »Na troiten.« Und ihre dunklen Augen suchten mein Gesicht, als sie reglos dastand.

Dann, nach einem Blick, der auch eine Prüfung war, sprach sie wieder, und obwohl verdrossener Unmut ihre Stimme verdunkelte, lag nun weniger Furcht in ihr.

»Td'lo«, bemerkte sie plötzlich in einer Silbe, die ich nicht aussprechen kann. »Na troiten!« Und sie lachte beruhigt, wie eine Krähe.

Mein Kopf war krank von dieser schwelenden Angst, und vielleicht bemerkte sie etwas von meiner misslichen Lage, denn sie sprach nicht unfreundlich und rief nach einem unsichtbaren Begleiter.

Als sie mit forschendem Respekt vor mir stand, betrat ein jüngeres Mädchen, das auch schwergraue Kleider trug, die Lichtung. Die beiden betrachteten mich und sprachen miteinander. Dann redete mich die Jüngere an, doch ich konnte nur verzweifelt meinen Kopf schütteln. Fette Äste wiegten sich über uns und wisperten von der herankommenden Nacht.

Diese kam über uns, und die Frauen waren nun in schmieriges Blau gehüllt. Die ältere Frau berührte meinen Arm – ihr Gesicht war breit und besaß einen schwerfälligen Ausdruck, doch es war nicht tatsächlich hässlich – und ging fort. Ich konnte nichts anderes tun als ihr folgen.

Ich kann nur hoffen, lediglich ein wenig von meinem Zustand geistiger Verwirrung mitzuteilen.

Die plötzliche, unangekündigte Lösung von der Realität – oder von dem, was ich als Realität gekannt hatte, denn wenn so etwas geschehen konnte, was war dann noch Realität? – veranlasste mich, Gefühle zu erfahren, die nur wenige je gekannt haben können. Vielleicht wäre es das Beste, nur den oberflächlichen Eindrücken jener furchterregend fremdartigen Ereignisse zu folgen. Ich kann einfach nicht von dem Taumel der Verzweiflung berichten, der meine getrübten Gedanken bedrängte.

So folgte ich den beiden grau gekleideten Gestalten, die im jungen Mondlicht rätselhaft erschienen. Als sie sich so aufrecht und still wie blasse Geister durch den lauschenden Forst stahlen, hätten sie die Schwestern Klothos sein können. Bisweilen verbarg die frisch gewachsene Dunkelheit sie vor mir, sodass es schwierig war, den Pfad zu erkennen, den sie nahmen.

In jedem neuen Abend liegt ein schwacher, schwer fassbarer Geist, wenn die nackten Wahrheiten des Tages verschleiert werden und sich verborgene Dinge hervorstehlen, um mit den Fledermäusen in den perlgrauen Schatten herumzutollen. Der sonnenerhellte, gewohnte Anblick der Natur ist versteckt, und das Geheimnis atmet in jedem fühlenden Baum. Die Erregung der Dämmerung wird untermalt von jedem übermütigen Frosch und jedem schrillen, geheimelnden Insekt. Doch schnell ward der dunkle Triumph der Nacht von einem blumenweißen Mond gebannt, der sich hoch oben in den Stahlkammern der Himmel drehte. Das kalte Gestirn dient uns als durchdringende Fackel, und unter diesem Licht schritt ich über die blätterübersäte Erde. Welche Jahreszeit auch immer in diesem Lande herrschte, sie verwob den reichen Tod des Herbstes mit dem blühenden Frühling. Die Kühle, die mich liebkoste, war kein Vorbote des Frostes, sondern ein Furchthauch aus meinem eigenen Herzen. Meine Haut prickelte in den tropfenden Mondstrahlen, denn es ist seltsam, verborgenen Gestalten in die Dunkelheit zu folgen.

II.

»… was ewig liegt,«

Aufgrund ihrer Kräftigkeit wusste ich, dass diese Frauen ein hartes Leben führten. Ihre Schritte waren sicherer als meine, wie von üblichen Wanderungen in den Feldern. Sie kannten nur eine einfache Existenz, wie die Wikingerfrauen oder die Frauen einer Pionierrasse. Vage und beinahe unbewusst verglich ich sie mit mittelalterlichem Volk – nicht jenem der Palastgärten, sondern der robusten Bauernklasse, die Bier und Brote für die Krieger herstellte.

Plötzlich verschwand der Wald, und wir standen inmitten der Blumen einer sanften Grasebene. Überall um uns herum nickten uns Blumen in dem bleichen Licht zu. Weiße Iris unter dem

Monde. Dies schlug eine laute Saite des Heimwehs in mir an, denn jener Glanz war fesselnd unheimlich. Eine Sintflut todesweißer Blässe schimmerte in der Luft und umhüllte meine Führer wie ein Haufen ineinander verschmelzender Geister. Wie kann ich von der lunaren Magie reden, die sich vor mir erstreckte? Wie Bündel von Motten schmolz die zerbrechliche Iris in einen juwelenbesetzten Himmel hinüber. Der Mond hatte alle Sterne in Furcht versetzt, bis sie in schweifigen Funken flohen; das Firmament war erhellt von ihnen – jeder eine tote Welt voll juwelner Städte, die in die Vergessenheit rasten.

Die Frauen zeigten nach vorn, und ich machte einen Umriss aus, der den Himmel verdeckte: die dunklen Zinnen eines an einem Felsen hängenden Schlosses. Es erhob sich berghoch aus dem schimmernden Feld und durchbrach den Himmel mit Mauern und Türmen, die sich gewaltig gegen das seidige Universum duckten.

Welche Hände diese dunkle Masse errichtet hatten, konnte ich unmöglich erraten. In der Finsternis erschien diese Zitadelle größer als jedes Gebäude auf Erden. Nur Götter mochten an einem solchen Ort des Wunders leben und die sterbliche Welt überblicken. Doch diese kryptischen Führer waren nur Frauen, und sie führten mich durch silberne Felder zu einer Straße in den Himmel. Denn so erschien es mir. Steil wie die vom Wind heimgesuchten Pfade, die sich zu tibetischen Klöstern hochwinden, ringelte sich das Band des Weges durch die Sterne.

Mühsam erklommen wir jenen Pfad; die Frauen waren stille Geister auf dem steinigen Abhang.

Die Schlossmauern hoch über mir vor dem gleißenden Mond waren durch eine natürliche Festung steiler Klippen geschützt, ausgenommen jene eine Stelle, durch die der Pfad geschlagen war. Es müsste ein starker Gegner sein, dessen Armee die grauen Türme erobern könnte. Lassen Sie mich von dem berichten, woran ich mich hinsichtlich des auf der Klippe aufgetürmten Schlosses erinnere, als ich es zum ersten Mal in der warmen Nacht gewahrte. Es gab viele kleine und einen einzigen großen Turm, der sich mit herausspringenden Türmchen wie eine Feenfeste auf dem mondverdeckenden Berg erhob. Das Gebäude war aus sturmgedunkelten Blöcken errichtet und mit äonenaltem Moos geschmückt. Wir schritten auf einer engen Straße zwischen Wache stehenden Felsblöcken hindurch, und an beiden Seiten fiel die stützende Klippe hinter diesen Blöcken in bodenlose Dunkelheit. Mich verlangte es nicht danach, in diesen schauerlichen Abgrund zu blicken, und so hielt ich meine Augen nach oben gerichtet. Die Felsspitze, auf der sich das Schloss erhob, war ein abgeflachter Kegel, steiler als die Pyramiden des sonnengebackenen Ägyptens, und an allen Seiten von der Ebene umgeben. Ich war geradezu krank vor Müdigkeit, als wir schließlich vor der Tormauer standen. Die Nacht war wie die Farbe verlorener Träume gewesen, und ich erwartete beinahe, einen gepanzerten Krieger uns in dem wunderlich mittelalterlich geschwungenen Torbogen entgegentreten zu sehen, doch stattdessen öffnete die ältere Frau selbst ein nagelbeschlagenes Tor.

Ein langes, grau behangenes Zimmer, das durch die orangefarbene Flamme von Kerzen erhellt war, wurde sichtbar, als das Tor ganz aufschwang. Die Frauen traten vor mir ein und verschluckten so das reiche Licht.

Für einen Augenblick waren ihre Gesichter vor mir verborgen, und ich wunderte mich über das allgegenwärtige Grau. Von einem nachtblassen Wald zu einem dunklen Schloss, das mit rauchgetönten Wandteppichen behangen war, war ich von Gestalten in der Gewandung von Leichen geführt worden. Diese Farbe war bedrückend, und mein Herz war froh über das stäubchenwirbelnde Licht. Um mich herum standen viele Kerzen auf schweren Tischen aus geschnitztem Holz und auf gemusterten Truhen, die sich gegen die Wand lehnten. Die sich schließende Tür störte ihre ruhigen Flammen leicht, und als sie wieder zur Ruhe kamen, sah ich hinter meinen Führerinnen einen Mann in reichen Kleidern.

Als er mich anschaute, zogen sich die Frauen zurück, und ich schritt aus dem Zwielicht. Er war ein Mann, der erst kürzlich seine Jugend verlassen hatte, und das rundliche Gesicht hatte eine gewisse Schönheit noch nicht verloren. Dieser gewaltige Mann war in einer seltsam extravaganten Mode gekleidet, die in Kontrast zu dem stillen Grau der Frauen stand, und an seinen kurzen dicken Fingern steckten große Siegelringe. Etwas in seiner Gewandung erinnerte mich an die überladenen Kostüme des 15. Jahrhunderts. Seine Kleidung war zwar sehr farbenfroh in ihrer orangefarbenen und karmesinroten Seide, doch sie war weniger grotesk als jene mittelalterliche. Über eng anliegenden Hosen, die mit einem Farnmuster bestickt waren, trug er eine Weste mit Puffärmeln und steifen Manschetten aus kunstvoller Spitze wie der seines Kragens. Eine massive Kette aus platten Goldgliedern hing über seinen breiten Schultern und lag auf seiner Brust. Jedes Glied dieser Kette trug ein seltsames Zeichen.

Das Haar des Mannes war schwer und flachsig wie das der Frauen, hing lose über seinen Kragen und war roh beschnitten, sodass es nicht den Brand seiner Augen verdeckte. In diesem Anblick lag eine zweifelhafte Höfischkeit, und sein dicker Mund schien einen Anstrich verborgener Brutalität zu besitzen. Er sprach mich mit einer Stimme an, in der ein großer Argwohn schwang.

Da ich keines seiner Worte verstand, schüttelte ich müde mein Haupt, und die zwei Frauen brachen in schrilles Geschnatter aus. Aus ihren Gesten schloss ich, dass sie berichteten, wie sie mich in dem verschatteten Wald gefunden hatten, und dass ich ihrer Sprache unkundig sei. Zumindest machte der Mann keinen Versuch mehr, mit mir zu reden. Stattdessen warf er mir einen seltsamen Blick zu und bedeutete mir, in diesem Raum zu bleiben. Dann, als ich mich auf eine dicke Truhe aus rötlichem Holz gesetzt hatte, zog er einen schweren Vorhang beiseite und ließ mich allein. Die Frauen folgten ihm und schauten in einem geheimen Triumph zu mir zurück, den ich mir nicht erklären konnte. Es war, als seien sie zufrieden, ein bösartiges und doch wertvolles Tier gefangen zu haben.

Ich blieb dort einige Zeit und untersuchte den Raum mit großer Neugier. Es war undenkbar, dass ein solch mittelalterlicher Ort in irgendeinem modernen Wald existierte – ich war so vollständig von der Welt, die ich kannte, getrennt, als ob ich mich auf einem anderen Planeten wiedergefunden hätte. Jenes Schwindelgefühl, die Empfindung einer sich zurückziehenden Tide, die von mir abfiel, als ich wachte, hatte all meine Gedanken durcheinandergebracht, und ich wusste nur, dass, wenn ich wirklich ein Opfer von Amnesie war, meine Wanderungen sehr weit und seltsam gewesen sein mussten, um mich an einen solchen Ort geführt zu haben.

Der Raum war lang und schmal, und dort, wo keine schattenhaften Gobelins hingen, wurden rohe Steine derselben grauen Färbung enthüllt. Die Decke war gewölbt wie die von Kathedralen, die ich in alten Städten besichtigt hatte, und nirgendwo gab es ein Fenster. Dieser Ort war alt; die Echos seines Alters webten in den dunklen Hallen und Zimmern. Große Truhen aus rotem und braunem Holz stellten die gesamte Einrichtung dar, mit Ausnahme eines sehr stabilen Tisches in der Mitte des Raumes, und große Häute, welche die Beschaffenheit von Affenfellen besaßen, lagen auf dem Boden.

Ich hatte keine Vorstellung davon, was diese Leute beabsichtigten, aber trotz ihres seltsamen Gebarens hoffte ich, dass ich wenigstens für diese Nacht als ein Gast anerkannt worden war. Während ich ihre Rückkehr erwartete, schrumpften zahllose Kerzen zu kleinen Wachsrinnsalen, und meine Müdigkeit verstärkte sich.

Als ich mich schließlich wieder erhob, schaute ich mir jene blassen Gobelins an und sah, dass die bleichen Bilder in Fäden gewirkt waren, die winzige Spinnen gewebt haben mochten. Die dargestellten Szenen waren von großer Sonderbarkeit und schienen eine fortlaufende Reihe zu bilden, die bei der verhangenen Tür begann. Doch als ich ihr Thema zu begreifen trachtete, war es mir unmöglich, der ausgebreiteten Erzählung zu folgen. Auf dem ersten von ihnen kniete eine Gestalt vor einem schwingenden Leuchten, dessen Strahlen sein erhobenes Haupt und seine hochgeworfenen Hände umgab. Der Gobelin war mit großer Kunstfertigkeit gewebt und verzaubert von seiner eigenen Schönheit. Auf einem anderen war eine Waldszene dargestellt, mit großen, blassen, herumliegenden Steinen, die vielleicht einmal das Fundament eines zerstörten Turmes gebildet hatten, wohingegen andere Wandteppiche von verschiedenen Gegenständen handelten, deren Beziehung zueinander vage war, so als ob einige bildliche Verbindungsglieder verloren gegangen wären. Und das letzte der Gewebe war ein verrücktes Potpourri brodelnder Farben, wie das Gebräu eines Zauberers. Ich glaube, sie waren sehr alt, denn einige waren fleckig und fühlten sich halb vermodert an.

Ich wandte mich wieder dem massiven Tisch zu. Er war mit Wachs von einem Kerzenhalter überzogen, und eine mit Nahrungsmitteln beladene Platte war von einem stillen Diener darauf abgestellt worden. Fleisch gab es keines, doch viele Gemüse waren zusammengekocht worden (manche von ihnen glichen nichts, was ich je gesehen hatte), und ich fiel hungrig darüber her. Bevor ich mein Mahl beendet hatte, kehrte der Mann, der mein Gastgeber geworden war, zurück, und ich sah seinen karmesinroten Mantel neben mir, als ich aufschaute.

Er ergriff meinen Ärmel. Nachdem wir das grau verhangene Zimmer verlassen hatten, führte er mich durch einen dunklen Korridor. Die niedergebrannte Wachskerze in seiner Hand flackerte nicht, denn auch hier gab es – wie in dem Raum, den ich verlassen hatte – keine Fenster. Doch von der Ebene aus hatte ich eine Vielzahl von Lichtern gesehen, also musste es anderswo in diesem schattenverklebten Steinhaufen Fenster geben – vielleicht an den Stellen, wo Wächter und Krieger ihre Quartiere hatten. Dünne Pfeile vermochten diesen festen Mauern nichts anzuhaben. Ich dachte an die Türme über mir, grau in der Dunkelheit, außer wenn das Mondlicht die Schatten in flatternde Klumpen zusammentrieb. Das Gebäude war errichtet worden, um ungeheuerliche Angriffe abzuwehren – doch hatte ich bisher keine Besatzung gesehen, noch irgendeinen Mann außer dieser scharlachmanteligen Gestalt. In welchen lärmenden Hallen befanden sich die

Kämpfer, und wer bediente den kryptischen Herrn? Gehörten die Frauen zum Gesinde, oder teilten sie seinen Rang und seine Würde? Diese Fragen quälten mich, als wir uns einer schweren Tür näherten, die durch ein ausgefeiltes System von eisernen Bolzen und Ketten gesichert war.

Mein Gastgeber beugte sich über die Sicherungen und ließ diese von der Zeit misshandelte Tür aufschwingen – ich sah nicht, wie dies geschah. Dann überreichte er mir die Kerze und verschwand im Zwielicht. Ich erwartete seine Rückkehr, doch nach einer Weile, als er noch immer nicht zurückgekommen war, überschritt ich die Schwelle und fand mich in einem kleinen Raum wieder, dessen Decke von Spitzbögen gehalten war. An der mir gegenüberliegenden Wand stand ein niedriges Kanapee mit gewebten Decken darauf, und dahinter befand sich ein Fenster. Winzige Sterne hingen in der unverglasten Öffnung, und weit hinten gab es Anzeichen menschlichen Feuers. Ich stellte meine Kerze auf eine hölzerne Bank und schaute durch den schmalen Fensterschlitz.

Er öffnete sich über einem ummauerten Hof, der leer und still in dem schneeigen Mondlicht dalag. Hinter diesen Mauern sah ich die Ebene, schweigend wie in zauberhaftem Tod, außer dort, wo Iris in der Brise sich kräuselte, wie das Glitzern von Wellen auf einem dunklen See. Eine singende weibliche Stimme störte die Stille. Was sie sang, werde ich nie erfahren, doch es klang einsam und dünn und durchbohrte meine Seele mit Verzückung. Der runde Mond mit seiner Last uralter Tode war nicht so tragisch wie diese Melodie, die das unausweichliche Schicksal jeder Lieblichkeit beweinte wie ein trauernder Pierrot im Garten des Herbstes. Es erinnerte schwach an die Gerüche und Farben und Verzückung des Paradieses. Es war die Totenklage des versunkenen Atlantis oder der Schrei eines geschundenen Liebhabers in der Nacht. Lange nachdem die Stimme voller leidenschaftlicher Verzweiflung in die Vergessenheit gesunken war, kräuselte sich die Stille noch in ihrer Erinnerung, und ich suchte den schwarzen Horizont ab, um einen Schlüssel zu der Sängerin und ihrer Melodie zu finden.

Als ich schließlich auf den Kissen der Couch lag, kam der Schlaf über mich, doch er war beladen mit beunruhigenden Träumen.

III.

»... *bis dass die Zeit* ...«

Nun, in der Rücksicht, scheint es sehr schwierig zu sein, die Feststellung zu treffen, dass ich drei Tage in jenem entlegenen Schloss verlebte, verloren in einem Jahrhundert, für das es kaum einen Namen gibt. Ich hege beinahe keinen Zweifel, dass ich mit meinem Versuch scheitern werde, den einzigartigen Schock zu übermitteln, der mir das Bewusstsein gab, dass all dies Realität war; dennoch war alles so tatsächlich, so unbestreitbar real wie die Existenz jener sonnengewärmten staubigen Straße, auf der Sie heute unterwegs gewesen sein mögen – so gewiss wie der vor Leben stampfende Ozean an einem wunderbaren Tag.

Ich erblickte den Morgen mit jener sonderbaren Losgelöstheit, die einen ereilt, wenn man in einem fremden Zimmer aufwacht. Meine Müdigkeit hatte nachgelassen, doch eine Vorahnung der Seltsamkeit hing mir bedrückend nach. Es kam die Erinnerung an meine Isolation. Meine Welt war verloren wie das in den Äonen begrabene Ur, wie die ausgelöschten Schlösser, die schon vor Cortez' Ankunft zugrunde gegangen waren. Diese Morgenerinnerungen klärten sich auf, und der Schmerz meines verwirrenden Überganges hämmerte in meinem überhitzten Hirn. Ich erkannte meine Lage gänzlich, und indem ich sie erkannte, akzeptierte ich die Tatsache, dass irgendetwas – Gott weiß, was, denn selbst jetzt bin ich noch darüber unsicher – mich in Bereiche gestürzt hatte, deren Existenz nur der Wahnsinn selbst anerkennen kann.

Die heimwehschmerzende Erinnerung an alte Jahrhunderte schwebte über mir, und augenblicklich fürchtete ich eine

Bestätigung jenes drohenden Grauens; ich fürchtete, dass ich absolut und vollständig wusste, dass mir mein altes Leben und meine Umgebungen verloren waren – dass es mir bestimmt war, in dieser unglaublichen Umfremdung zu leben und zu vergehen.

Doch nach einer Weile war ich dazu in der Lage, mich von diesen Überlegungen fortzureißen, und ich erhob mich und schaute aus dem schmalen Fenster. Auch die schwerste Sorge dauert nicht ewig. Die menschlichen Empfindungen sind so kurz, dass, wenn die Höhe der Angst oder Leidenschaft erreicht ist, diese Emotion wie eine seewärts schwindende Tide verebbt.

Der Himmel war wieder einmal farbenprächtig, und überall drangen Blätter mit lebhaften Färbungen in die grünen Rankenheere ein. Die Armee der Bäume war blutgesprenkelt. Der Sommer hatte sein Gewand abgeworfen, und selbst die Gräser waren in der Aufregung einer unbeschreiblichen Erwartung. Über einen Himmel, der wie die farbenreiche Glasur einer umgedrehten Tasse anmutete, zog eine Karawane übereinandergetürmter Wolken – langsam und unendlich majestätisch.

In dem Hof, aus welchem jenes Lied sich erhoben hatte, ging nun ein junger Mann langsam unter mir umher; er trug einen dünnen Speer. Die frische Sonne wirkte beruhigend, und meine von der Dunkelheit genährten Ängste zerfielen wie Pilze, die aus einem unsauberen Loch an das Licht gebracht wurden. Es war ein neuer Morgen geworden, und ich war gestärkt von der Beruhigung des Tages. Lange starrte ich in die blassen Berge, die von den Umrissen der Blätter des näheren Forsts durchbrochen waren. Ich muss eine Weile so dagestanden haben, denn der Himmel wurde zu einem Puderblau, und die verstreuten Wolken wandelten sich zu Schlachtrossen, deren seidige Mähnen die Himmel überdeckten.

Meine Aufmerksamkeit wurde wieder zu dem jungen Mann unter mir gelenkt. Auch er starrte in die ihn umgebende Welt, doch mit einem schärfer prüfenden Blick als ich – einem Blick, der Wachsamkeit verriet, als ob er ein Wächter des Schlosses sei. Unter den perspektivisch verkürzten Locken braunen Haares war sein junger Körper in eine grüne und gelbe Tunika gehüllt, und an seinem metallnen Gürtel hing eine breite Klinge, deren Griff mit bunten Steinen besetzt war. Er legte den Speer auf eine niedrige Mauer und spielte mit der scharfen Schneide seiner kleineren Waffe. Ich hatte sie beide als primitiv erachtet, bis ich begriff, dass jeder Kampf an diesem seltsamen Ort zu Fuß stattfinden musste, und von den Mauern eines solchen Schlosses herab mochte ein Schwert mächtig zerstörerisch sein.

In dem weiten Himmel war kein Schimmern eines Flugzeuges zu erkennen, und nur jagende Vögel glitten über dem Forst dahin. Ansonsten waren die geschwollenen Wolken weiß. Gab es in diesem Land niemanden, der den Luftraum erobert hatte? Waren alle Menschen, alle Festungen so nahe der Barbarei?

Der Mann drunten im Schlosshof verschwand, und die Dämmerung ward von der geschmolzenen Sonne vergessen. Ohne Antwort und in Dunkel gehüllt verließ ich mein Zimmer auf der Suche nach dem Herrn des Schlosses.

Und so verweilte ich drei Tage in dem Schloss und schlief in jenem spitzbogigen Raum, dessen Schatten noch auf mir liegt. In jener Zeit fand ich nur schwache Erklärungen für meinen verwirrenden Wandel. Ich schlenderte durch dunkle Hallen und fand Räume, so alt wie die Erinnerung selbst, überhangen wie das ganze Schloss und das Land von einem Geist oder einem gewaltigen Wandel. Diese Räume waren unaufhörlich mit Truhen bestückt, die doch nur Staub enthielten. Einige wurden als Tische benutzt, einige als Stühle, doch die meisten waren schon lange nicht mehr in Gebrauch. Affenähnliche Felle bedeckten die Böden, und es gab einige schmückende Gobelins von äußerst hohem Alter. Der Ort war augenscheinlich geschaffen worden, um eine große Menschenmenge zu beherbergen, doch nun waren die fensterlosen Räume in die Obhut der Spinnen gegeben.

Ich sah keine Bücher, doch in einem hohen Raum fand ich im Fackelschein die Fragmente eines beschädigten Manuskriptes, das in unlesbaren Zeichen verfasst war. Es enthielt keine Bilder, und ich war nicht in der Lage, etwas Begreifbares in dem Text zu entdecken. Ich sah viele der fremdzüngigen Wächter, doch die beiden Frauen erschienen nicht wieder. So spähte ich allein gelassen aus Fenstern in schwindelerregender Höhe auf das hügelige Waldland, das in opaleszierende Dünste überging, und ich stieg vergessene Treppen hinab, auf denen Unrat meine Schritte hemmte. Es gab vieles, was ich nie verstand. Die Widersinnigkeiten dieses Berichtes ergeben sich nur aus meinem mangelnden Verständnis, aus einer Situation, die so unendlich verschieden von allem war, was ich gekannt hatte. Ich war sprachlos und verloren wie jeglicher Wilde, der aus seinem verschlungenen Dschungel in eine verwirrende Sklavenstadt gebracht wird.

Als der dritte Tag kam, hatte ich mich ein wenig an den seltsamen Ort gewöhnt und kannte den Namen des Schlossherrn und seiner großen Festung; er lautete Yrn. Doch es gab nichts, was mir eindeutig gezeigt hätte, in welche Zeit ich gekommen war, oder was jenes Land eigentlich war. Und nun werde ich es nie erfahren. Der Wald, das Schloss – und jenes Größere, was danach kam –, sie sind nur Bruchstücke in einem großen Mosaik, dessen vollständiges Bild verborgen ist. So viel weiß ich oder habe ich vermutet. Aufgrund des natürlichen Sternenkalenders und des Waldwachstums und anderer wechselnder Anhaltspunkte habe ich versucht, das Jahrhundert und das Jahr zu bestimmen, das in jenem Orte des Morgen herrschte. Und ich zögere, das Herausgefundene anzuerkennen, trotz des Gewichtes der Beweise. Es ist dreimal weiter von uns entfernt, als wir es von den Königen der Ägypter sind; es liegt tiefer in den kommenden Jahren als alles in den vergangenen Jahren, von dem wir Berichte haben.

Nicht Jahrhunderte, sondern Dutzende von Jahrhunderten trennten mich von meiner eigenen Welt. Ich kenne sehr wundersame Gegebenheiten, doch keine ist so schrecklich wie diese. Ich vermute, dass die Zivilisation in jener unbekannten Spanne der Jahre zu einem Tiefpunkt abebbte. Durch unaufgezeichnete Kriege, durch ein nebelhaftes Armageddon aus Feuer und Krieg und große, schwerfällige Maschinen waren die Länder und Regierungen in chaotische Fragmente zerbrochen, von denen dieses Schloss ein Teil war. Es muss noch andere wie dieses gegeben haben, doch von ihnen weiß ich beinahe nichts. Zahllose Dinge verblüffen mich – es gibt so vieles, das ich über diesen rätselhaften Ort, der nun auf ewig für mich verloren ist, zu lernen begehre.

Ob auch nur eine Schätzung von 100 Jahrhunderten richtig ist, weiß ich nicht. Vielleicht greife ich zu kurz – es mag 1000 Jahrhunderte entfernt gewesen sein. Zwischen jener Zeit und meiner eigenen breiteten sich die Feuer des Krieges über einer klagenden Erde aus, und es gab Schlachten, die so groß und so schrecklich waren, dass ein neues Mittelalter einsetzte. Die Menschheit sank tief in jenen Jahren ... vielleicht würde sie nie wieder ihre alte Hoheit wiedererlangen. Auch das ist in den ungesehenen und unerahnten Büchern der kommenden Zeiten niedergelegt.

Alle Spuren jener Stadt, die ich einst gekannt hatte, waren verwischt. Es gab keine Ruinen. Keine rostigen Träger oder Asphaltfragmente waren übrig geblieben, um die Stadt anzuzeigen, die nun unter einem beständigen Wald begraben lag. Die Kenntnis der Anzahl der dazwischengetretenen Jahre hängt von der Länge der Zeit ab, in der sich eine Mutation entwickeln kann. Der Vogel und der Hase, die ich gesehen hatte (und deren Anblick das Gespinst meiner Angst zuerst freigesetzt hatte), hatten sich wenig und doch erheblich verändert. Natürlich habe ich keinen Beweis dafür, dass es nicht nur eine räumlich begrenzte Veränderung war. Unter den neuen Bedingungen in diesem ausgedehnten, vorankriechenden Wald mag sich die Evolution beschleunigt haben, sodass jene Abweichungen schon in einer relativ kurzen Zeit aufgetreten sein mögen. Wie auch immer die Antwort darauf sein mag, so wäre sie doch ein Hinweis auf die Bestimmung des Zeitalters, in welches ich geschleudert worden war.

Vor einiger Zeit machte ich einen Plan des Schlosses, so wie es mir in Erinnerung geblieben war. Es gab annähernd 60 Räume in ihm, die lange hohe Korridore flankierten, und sie lagen in drei und manchmal sogar fünf Stockwerken übereinander; ganz oben gab es kleine Turmzimmer. Die meisten waren leer, doch zu einer Zeit musste dort eine große Menschenmenge einquartiert gewesen sein. Ich fand über gewissen Türen Zeichen in das zeitgeschwärzte Holz eingeritzt, die für mich wunderbar waren, denn sie waren mir wie die Worte dieses Volkes unbekannt. Keine Spur der englischen Sprache war auf es gekommen, das von uns abstammt und der Erbe der Erde ist.

An diesem dritten Tag war der Herr von Yrn abwesend, als ich mich morgens erhob, und ich sah ihn auch später nicht. Für ihn kam ich vom Draußen und wurde als seltsam erachtet. Das Geheimnis meines Kommens und Verschwindens muss ein großes für ihn gewesen sein. Denn beide Male wurde ich nicht vorgewarnt – der Wandel kam abrupt und plötzlich, und ich wurde durch Raum und Zeit und Universen in den großen Übergang geschleudert.

Stufen führten zu einem nördlichen Turm, und auf diesem stand ich gerade, als es mich ein zweites Mal überfiel.

Zuerst schien ich zu fallen, als ob die Stufen unter mir fortgeglitten wären, und ein Geräusch wie von brechender Brandung war in meinen Ohren. Die Sterne vor mir wanden sich, wurden blass in einem verschwommenen Fleck fließender Farben. Dann kamen eine Welle der Dunkelheit und ein Schock, der meine Organe und jede Zelle meines Fleisches zerriss. Ich fühlte zugleich Schmerz und Ekstase und Schrecken. Als es wiederkehrte, verschmolzen alle Dinge in meinem Blick, und eine große strahlende Helligkeit ersetzte die Halle und die vielen dunklen Stufen. Ich sah einen Lichtflecken, als ob ein Gott sich vor mir duckte; er war so glorreich, dass meine Augen getrübt wurden. Dieser Glanz, der zitterte und pochte, erschuf einen seltsamen Rhythmus, der in mein Innerstes eindrang und dort widerhallte. Ich war von der reinen und glühenden Energie des farblosen Lichts gefesselt. Es war gewaltiger als die Kraft, welche die Erde in das vergängliche

Universum geworfen hatte. Mein Herz wummerte benommen, und ich fühlte eine erwartungsvolle Leichtigkeit.

Dann wurde ich von dem lebendigen, hungrigen Glanz verschlungen, sodass im letzten Schwindelgefühl des Bewusstseins mein Körper weit fort und mein Fleisch betäubt war.

IV.

»… den Tod besiegt.«

Ich war im Kielwasser dieses unglaublichen Wandels gefangen. Wie ein Schwimmer in unbekannten Gewässern wurde ich von einer schlagenden Welle umarmt. Und ich wurde auf den Scheitelpunkt dieser Welle getragen … in das Herz eines schwarzen, undurchsegelten Ozeans. Schnell wurde ich in jene See gespült, während das Bild des Schlosses in meiner Erinnerung wie ein Vorhang in einem Luftzug schwankte. Und dann rollten in einem Crescendo, das weder sichtbar noch hörbar war, die Vorhänge des Universums zurück, und vor mir lag die Bühne, auf der das Universum ein kurzes, tragisches Drama aufführt.

Hier waren alle Sterne verändert. Ich befand mich in einem verwandelten Kosmos – dem Kosmos zukünftiger Äonen, wenn nicht ein Stern so geblieben sein wird, wie wir ihn kennen. Es war unheimlich und bestürzend, keinen bekannten Himmelskörper in jenen Bereichen entdecken zu können. Der Nachthimmel war großartig, größer als mein Gesichtsfeld ihn umfassen konnte, und überall um mich herum war sterngefleckte Finsternis, und zu meinen Füßen ein Abgrund von Nacht.

Ich sage oben und unten, denn dies sind Begriffe, die mir in den Sinn kamen, doch es gab keine wirklichen Richtungen. Mein Geist schwebte wie der Angelpunkt eines strahlenden Universums.

Ich war von der Materie befreit und zu nacktem Bewusstsein geworden, und dies war wunderbar. Mein Körper war zu seinem eigenen Land hinübergegangen, während mein Geist, mein Intellekt, mein Verstehen vor seiner Rückkehr und Wiedervereinigung mit dem Fleische in jene weiten Abgründe niedergesunken war. Sicher verstehen Sie, dass ich nur auf diese Weise die Reise in jenes wartende Letzte antreten konnte.

Allmählich schien ich mich zu bewegen – vor einem Wind aus dem Nichts … und mich den zusammengeballten, sterngeschüttelten Universen zu nähern. Zu meinen Seiten erstreckten sie sich gefroren und still in der ewigen Nacht. Und nachdem ich unablässig dahingetrieben war, fand ich etwas, das ich einst gekannt hatte: einen lieben und wohl erinnerten Fleck aus den unwichtig gewordenen, halb vergessenen Erdenjahren. Wie eine Blase erhitzten Glases glühte unsere Sonne klein und rot. Und als ich schließlich inmitten der unbekannten Tiefen diesen solaren Nadelkopf sah, bemerkte ich, dass ihn keine Erde mehr umrundete. Die Welten waren vergangen und unsere Sonne erfroren an der Kälte der Nacht. Abgründe erstreckten sich dort, wo vor Urzeiten grüne Felder und wolkenbezogene Himmel die gierige Schwärze ausgeschlossen hatten. Die Menschheit war nur mehr ein Traum, und die Erde eine helle, nostalgische Erinnerung. Es gab kein Zeugnis darüber, wie unsere Erde untergegangen war. Irgendwo in dem großen Labyrinth war ein Stern erloschen. Nur dies, und die ganze Menschheit war daran vergangen – die wunderbaren Träume, die Tapferkeit jener Rasse, die ich (vor langer Zeit) gekannt hatte, als sie noch jung gewesen war. Der große, sichere, unbesiegbare Mensch war nun ausgelöscht. Für ihn hatte ein letzter Sonnenaufgang den orangefarbenen Himmel gesprenkelt, war in einer falschen Dämmerung aufgeflackert und schließlich in letzten Funken versunken, kalten Funken, die kein Atem wiederbeleben konnte. Das Grauen der lange verdrängten Nacht hatte seine Schatten über die Erde geworfen, und sie war nun vergangen.

Ihre zerbrechliche Vision von Überlegenheit war zunichtegemacht, ihre Götter und Zitadellen waren zusammen mit allen anderen liebenswürdigen Dingen vergangen. Vielleicht waren für einige Zeit nach dem Tode des Menschen solche Bauwerke wie die Pyramiden Ägyptens als Cenotaphen für die verlorene Rasse übrig geblieben. Vielleicht hatten hier und dort in der toten Welt (nun, im Ende der Dinge, ewig kalt) wenige Spuren der Menschheit kurz überlebt.

Doch sie alle zerfielen im Angesicht des Todes der Sonne, und jener große Funke schoss seine letzten Strahlen auf ein leeres Land. Vielleicht hatten ein paar grüne Dinge überdauert, einige abgehärtete Formen früherer Vegetation, Pflanzen und Weinranken, die wie Reptilien kämpften, um in dem blassen Sonnenlicht verbleiben zu können. Diese Dinge mögen übrig geblieben sein – doch der Mensch war vergangen. Der Glanz seiner Rasse war vergessen, und die herrschaftlichen Trompeten verstummt. Dann, nachdem ungemessene Jahrhunderte verflossen waren, hatte die Erde aufgehört zu existieren, und ihre Sonne verweilte noch kurz und unbemerkt wie Schlacke in der Schwärze.

Meine Lage war fremdartig und schreckenerregend. Für immer verloren und fern in der Halle der Götter, von nichts geleitet, was der Mensch je gesehen hatte, und im Angesicht des Schreckens der Unvermeidlichkeit, kannte ich kein anderes Gefühl mehr als eine Mischung aus Ekstase und Schrecken und anderen Empfindungen, für die es keine Worte gibt. Wie ich diesen Ort verließ und für wie viele Jahrhunderte mein Hirn taub blieb, weiß ich nicht, doch nach einiger Zeit sah ich wieder die unbekannten und verhassten Sterne über mir; sie glitzerten wie der Frost auf einem steingeformten Grab in dem stillen Land des Schnees und der Nacht.

Überall war der schwarze Abgrund; eine Ungeheuerlichkeit, die durch den Kosmos wuchs und kroch und matte Welten und brüchige Sonnen einhüllte, sie voneinander trennte und zerstörte. Eine vernachtete Region, wo das Nichts seine Kraft aus der eingesogenen Substanz zog.

Ewig lang wuchs es vor mir an, bis ich sah, dass jede der seltsamen neuen Galaxien verschwand. Eine letzte Handvoll Sterne schmolz äonenlangsam dahin. Sie gingen widerwillig wie Gäste am Ende eines Banketts, bis ich allein war. Nun trieb ich unbegleitet auf jenem unbekannten Ozean, durch den es keinen bezeichneten Weg gab, und wo die Weltenschiffe an den Riffen der Finsternis zerschellt waren. Tapfere kleine Reisende, mit keinem Kapitän und keinem lockenden Ziel! Winzige wurmige Lichter, die eine Zeit lang auf den Feldern umhergekrochen waren – Lichter, die nun auf immer ausgelöscht waren.

So war ich nun in Zeitaltern einer Schwärze zurückgelassen, die so dicht war, dass nur die Blindheit eine Vorstellung davon haben könnte. Es war keine Abwesenheit von Licht, es war eine spürbare Negation, eine endlose Färbung wie die Schatten eines Dämonenflügels. Oder es war eine Gruft – der Friedhof vergessener Himmelskörper, mit deren kurzem Leben sich der Rachen jenes siegreichen Abgrundes sättigte.

Nie mehr würde es irgendwo Welten geben. Ich beobachtete jahrhundertelang und war mir dieser Tatsache bewusst. Mir gegenüber standen die Summe, der Zweck und die Bestimmung der Galaxien, die diese Leere gesprenkelt hatten. Meine Seele schreckte vor der Katastrophe vor mir zurück, und mein Bewusstsein wartete zitternd, als ob ich vor einer verdunkelten Bühne säße und das Heben des Vorhanges erwartete. Doch die Komödie war vorüber und alle Schauspieler nach Hause gegangen. Das ewige Nichts blieb zurück, leer, schrecklich, überwältigend, niederschmetternd.

Ich wartete, bedrängt von furchtbaren Gedanken. Dann fanden meine suchenden Augen ein blasses Licht, das jenseits der Begrenzung meines Blicks anschwoll. Was es sein mochte, oder wie weit es entfernt war, konnte ich nicht sagen. Es gab keine Welten, keine Skalen als Maßstäbe. Doch das Licht wuchs, und ich sah, dass es aus vielen einzelnen glühenden Objekten zusammengesetzt war. In jenem weiten Abgrund war ihr Wachsen schmerzlich langsam, und doch vermochte kein Komet je eine solche Geschwindigkeit zu erreichen. Nur war ihre Straße die Straße der Ewigkeit.

Ich konnte noch nicht erkennen, welche Form diese Lichter annahmen. War es ein Band himmlischer Streuner? Eine verlorene

Gruppe wandernder Sterne? Es gab keine Antwort außer jener, welche die Geduld bringen würde. Dann befürchtete ich kurz, dass ich nicht auf dem Weg der nahenden Formen lag, und dass sie einen anderen Kurs einschlagen mochten. Allmählich aber wurden sie deutlicher. Ein Band rasender Lichter, ihrer vielleicht ein halbes Hundert. Nur Lichter: getönt in Grün und Rot und Purpur. Kugelige Formen in beständiger Vibration, Urgewalten. Vor mir waren nur die einfachen Kugeln und das Nichts, in dem sie sich bewegten. Ursprüngliche Materie in einem ursprünglichen Kosmos. Sie besaßen eine Form – die einfachste – und Substanz. Woraus sie bestand, liegt jenseits des Wissens. Und sie waren farbig. Doch sie waren nicht komplex, ihre Formen besaßen keine Gemeinsamkeiten mit den Formen der Erde.

Die Kugeln lebten. Als ich sie beobachtete, wuchsen sie gewaltig und erhoben sich wie phantasmagorische Seewesen. Wie viel Bewusstsein sie besaßen, kann ich nicht erraten. Sie lebten und bewegten sich, und ihr Empfindungsvermögen war zu verschieden von meinem, um einander verstehen zu können.

Jede Kugel gab ein schwaches Glimmen von sich, sodass sie einen farbigen See bildeten, als sie vor mir hingen – eine tanzende, schleudernde Masse perlenfarbiger Strahlen. Es ist schwer, passende Worte für solch fremdartige Dinge und für einen solchen Anblick zu finden. Ich war ein Stäubchen in der großen Öde. Meine Welt war vergangen, und mit ihr alle Welten. Doch hier vor mir, in dem ultimativen Frost einer nackten Leere, häufte sich eine Gruppe lebender Lichter. Dinge, unendlich weit von hinter dem Raum kommend, Kreaturen von einem Ort, den kein zögerndes Wort zur Wirklichkeit werden lassen kann. Ich fürchtete sie, nicht weil sie übelgestaltig waren, oder wegen ihrer Handlungen, sondern weil sie so groß waren, denn eine solche Größe ist schrecklich. Mehr als Furcht lag auf mir, als ich diese Kugeln spielen sah. Sie türmten sich zu Pyramiden übereinander, dann reihten sie sich flink aneinander, wie ein gewaltiges Halsband quer durch die Ewigkeit. Sie schufen eine Myriade von Formen unirdischer

Geometrie, als sie in kaleidoskopischer Anordnung umherrollten und sich zusammensetzten, sich trennten und davonflogen.

Mit diesem unheimlichen Tableau fühlte ich eine traumhafte Vertrautheit, als ob ich die wahnsinnigen Drehungen dieser lebenden Farben schon vorher gekannt hätte. Es öffnete sich mir in der Dunkelheit eine schmerzhafte Erinnerung, sie stürzte zurück in einen verängstigten Geist, bis der Eindruck vielfarbiger Blasen zurückkehrte, durch die mein erwachendes Bewusstsein gefallen zu sein schien, bevor es zuerst den irdischen Forst gewahrt hatte, der so lange vergangen war. Hier, am Ende der Zeiten, da alle himmlischen Orientierungszeichen ausgelöscht waren, da das Firmament selbst sich geändert hatte, war dieselbe Gruppe schleudernder Farben, millionenfach vergrößert. Diese spielerischen Monstrositäten, deren Anlage pervers war, die in deformierten Symmetrien herumtanzten, glichen dem, was ich im Lande des Unbewusstseins gesehen hatte.

Bevor ich noch wissen konnte, welches letzte Ziel die Kreaturen haben mochten, bevor ich jene Suche verstehen konnte, die sie durch die Felder der Unendlichkeit geführt hatte, kam eine Gefühlskrankheit über mich, und ich war krank auf eine dumpfe, unbeschreibliche Art und lehnte mich gegen die Falschheit dieses lauernden Universums auf. So bitter und elend ist jene Verzweiflung, die uns erwartet.

Als mein Geist sich abwandte – denn da ich keinen Körper besaß, konnte ich nicht ohnmächtig werden –, war mir, als sähe ich schwarze Klippen sich über mir erheben und biegen. Ich verlor jedes Gefühl für Visionen und schien auf allen Seiten von einer summenden Dunkelheit berückt. Dann drehte sich alles langsam und bedächtig um mich herum, sodass ich schließlich wie ein zugrunde gehender Wicht am Rande einer tiefen Kluft hing. Wieder drehte sich meine Umgebung, schneller diesmal, und dann wurde mein Leben zu einer Reihe schrecklicher Umwälzungen zurück durch Zeit und Raum. Ich schien aufs Neue jede Freude und jeden Schmerz zu erfahren, den ich je gekannt hatte; wieder und wieder lebte ich ein verschlungenes Leben, und die dunklen Jahre rasten dahin im Rhythmus des torkelnden Kosmos.

Epilog

Ich habe schließlich begonnen, mir ein vages Urteil über die Kraft zu bilden, die meinen Übergang verursachte, und tastend die Natur jener … Objekte zu begreifen, die jene verlorene Leere bewohnten, zu der mein Traum mich getragen hatte. Ihr kosmischer Auftrag ist unbegreiflich, so wie es die unvorstellbare Dimension ist, in der ihr wirbelnder und prismatischer Ursprung sich befindet. Ich glaube, sie sind die dominierende Lebensform, die ultimativen Erben unseres Universums. *Vielleicht erschufen sie es sogar;* an einer verlorenen Stelle jenseits der Reichweite der Lichtjahre, an einem Ort, zu dem sich nicht einmal der weiteste Komet hinschwingt, liegt die Welt dieser Kreaturen. Eine nächtige Welt, in keiner Hinsicht wie unsere erdgewirkten Planeten … eine Welt am Schwarzen Rande – eine Welt, an die kein Gehirn glauben oder sie auch nur schwach sich ausmalen kann. Es muss ein Ort falscher Dimensionen sein, der in irgendeiner fremden Ewigkeit existiert. Ich kann es nicht wagen, mir die Art eines solchen Ortes auszudenken, noch kann ich wissen, ob er in einer äonischen Vergangenheit oder einer vagen Zukunft liegt. Nur in unserem kleinen Teil der Unendlichkeit habe ich die flüchtigen Formen der Meister-Wesen gesehen, wie sie durch die Galaxien reisten, so wie ich einen kieseligen Strand entlangwandern mochte. Aber dieses eine weiß ich: dass all die Gesetze und Barrieren unseres Kosmos ihnen nichts sind, die sie in einem versteckten Bereich hinter der Ewigkeit wohnen. Irgendwie lenkten die Meister-Wesen den Strom der Jahre für ihre Zwecke ab, schufen einen Zwischenraum, indem sie die Abfolge der Zeitalter aus dem rostigen Kanal umleiteten, in dem sie fließen. Und in diesen himmlischen Mahlstrom war ich hineingesogen und umhergedreht worden, sodass ich, als ihr gargantueskes Spiel vorüber war, von den unbekannten Zeitenwassern an die felsumschlungene Küste fremder Jahre geschwemmt wurde. Von meinem eigenen Leben wurde ich durch ein vergewaltigendes Gesetz herausgegriffen, dessen Vollzug mich für eine kurze Zeit in der zukünftigen Welt beließ, um mich dann zu den fernen schwarzen Bereichen von Gottes Unendlichkeit fortzureißen. Einsam und schrecklich war meine Reise. Sie führte mich hinter das Chaos der Sonnen und Sterne, hinter die tiefsten Grenzen eines vergehenden Universums. Und am Ende sah ich jene höchsten Wesenheiten, deren Diener die Götter sind. Sie verbanden den Ausgang und das Ende der Dinge miteinander, sie bildeten ein millionenregeliges Universum als ihren Spielplatz und setzten dann die Regeln außer Kraft.

Mein erster Übergang war einer des Fleisches gewesen, doch der nächste übertraf einen solchen materiellen Wandel. Als ich in das nackte und einsame Letzte gezerrt wurde, war ich nichts als ein Ego, eine Intelligenz, ein Bewusstsein. Mein Fleisch konnte die Anstrengung eines Wandels von dreimal 5000 Jahren ertragen, doch ich schwebte in der bodenlosen Leere jahrhundertelang. Jahre oder Jahrhunderte oder Äonen – ich weiß es nicht. Doch ich beobachtete die Sinfonie, die Ekstase und die Harmonie der Dinge des Abgrundes sehr, sehr lange. Vielleicht war ich überhaupt nicht sichtbar abwesend von meiner eigenen Welt. Vielleicht flimmerte meine Existenz nur, doch in jener Zeit sah ich ein neues Land und ein neues Universum. Ich verbrachte eine Million Jahre im Weltraum, oder, wenn Sie so wollen, drei Tage in dem alten Schloss.

Es wurde mir gesagt, dass ich an jenem Morgen auf der Straße ohnmächtig wurde und für einige Zeit bewusstlos blieb. Ich wurde zum Haus meines Bruders geschafft und verblieb mehrere Stunden lang in einem Koma. Während dieser Zeit vermochte mein Körper kaum das Leben festzuhalten; der Puls war schwach und matt, die Muskeln schlaff, als sei ich gerade gestorben. Bevor ich erwachte, stöhnte ich auf wie in Pein und drosch meine Arme umher in einem rätselhaften Kampf.

Ich weiß, was zu jenem Zeitpunkt geschah, und ich werde davon berichten, wenn ich dazu in der Lage sein werde. Als ich auf den Bürgersteig fiel, hatte ich den Flug in eine zukünftige Welt schon unternommen. Ich hatte die unwahrnehmbar kurze Abwesenheit von dem Jahr und der Welt meiner Mitmenschen bereits erfahren. Doch mein erster Übergang war, wie ich gesagt habe, körperlich, und der zweite einer der Seele, des Geistes, des Intellekts – nennen Sie es, wie Sie wollen. Ich möchte mich nicht einem Scheinmystizismus hingeben, denn ich begehre nichts anderes, als eine Wahrheit zu berichten. Als so – wie Sie verstehen werden – meine äußere Gestalt in das Jahr 1936 zurückkehrte, zu dem Monat und Tag, vielleicht zu der Sekunde, von der sie gekommen war, war die andere Komponente meines Seins wesentlich weiter fortgezerrt worden, trennte sich völlig von meinem Körper und fiel in den saugenden Strudel der Zeit, dessen Treibgut die Sterne sind. Ich ging in die großen Fernen, hin zur Unendlichkeit und ihrem bloßen Ende. Es war verfügt, dass mein Geist wie ein Pendel den weiten Schwung dorthin vervollständigen musste, wohin die Materie nicht gehen konnte. Und so war mein Körper für eine Weile unbewohnt zur Erde zurückgekehrt, während ich die Schrecken des Abgrundes erfuhr und all seine Schmerzen.

Doch irgendwie kehren meine Gedanken mehr als zu jedem anderen Teil jenes Abenteuers zu dem alten Schloss jenseits des unbekannten Waldes zurück. Der Gedanke ist erschreckend, dass es erst in mehr als 15.000 Jahren errichtet werden wird, denn ich kann mich an das Sonnenlicht auf dem offenen Hof und an die grünen Tiefen jenes es umgebenden Waldes klarer entsinnen als an die Einzelheiten dieses Raumes, in dem ich schreibe. Ich lebte in jenem Schloss, als es zu zerfallen begonnen hatte, und ich fühlte die Brise, die über schwankende Weinranken und alte Bäume herüberkam, als ich vor dem schmalen Fenster in meinem spitzbogengewölbten Zimmer stand. Doch mein Gebein wird windverwehter Staub sein, und ich werde die Wiedergeburt in Gras und Blumen und dunklen Wurzeln erfahren haben, bevor viele Jahrhunderte danach die Maurer ihre Kelle an den ersten Stein jenes Bauwerkes legen werden. Der Ort, an dem es sich in mehr als einem Dutzend Jahrtausenden erheben wird, ist nun eine lebendige Stadt, aus Stahl und Glas und Betonmauern, die sehr beständig zu sein scheinen. Doch ich kenne sie als Ephemera, denn meine Augen werden heimgesucht von dem nächtlichen Wald, von dem dunklen Sonnenuntergang in jenem Land, in dem ich nie wieder weilen werde. Es macht mich traurig, an den hellen Sonnenschein und den frischen Wind zu denken, der kommen wird, lange nachdem ich von Würmern wimmele. Da ich es gesehen habe, weiß ich, dass ich in der gegenwärtigen Welt niemals mehr Freude, Verlangen oder Trost erfahren kann.

Doch im Zimmer wird es kalt, und ich glaube nicht, dass ich noch mehr schreiben sollte.

Ralph Adams Cram

Ein nahezu vergessenes Meisterwerk der unheimlich-fantastischen Literatur ist Ralph Adams Crams Kurzgeschichtensammlung *Black Spirits and White,* die 1895 in den USA veröffentlicht wurde; sechs ausgeklügelte und wirklich exzellente Varianten der Geistergeschichte.

Ralph Adams Cram (1863–1942) war Architekt und Spezialist für gotische Baukunst und schrieb auch einige Arbeiten zu diesem Thema. Neben dem langen Fantasy-Gedicht *Excalibur* ist *Black Spirits and White* seine einzige Publikation im fantastischen Bereich.

Lovecraft kannte von Cram nur die Geschichte ›The Dead Valley‹, die er in einer Anthologie gelesen hatte, und hätte er sie nicht in *Supernatural Horror in Literature* lobend erwähnt, wären Crams Geschichten wahrscheinlich für immer vergessen: »In ›The Dead Valley‹ gelingt dem bedeutenden Architekten und Kenner des Mittelalters Ralph Adams Cram eine eindrucksvolle Schilderung des Schreckens und Entsetzens durch subtile Beschreibungen und Atmosphäre.«

Das Tote Tal

Ich habe einen Freund – Olof Ehrensvärd, ein Schwede von Geburt –, der sich wegen eines seltsamen und traurigen Unglücks in seiner frühen Jugend auf Gedeih und Verderb mit der Neuen Welt verbunden hat. Es ist eine merkwürdige Geschichte von einem eigensinnigen Jungen und einer stolzen und unbarmherzigen Familie. Die Einzelheiten interessieren hier nicht, doch sie genügen, um ein romantisches Netz um den hochgewachsenen, gelbbärtigen Mann mit den traurigen Augen zu weben, dessen Stimme kurze wehleidige schwedische Lieder von sich geben kann, an die er sich aus der Kindheit erinnert. An Winterabenden spielen wir Schach zusammen, er und ich, und nachdem ein heftiger, hitziger Kampf sein Ende genommen hat – üblicherweise mit meiner Niederlage –, stopfen wir wieder unsere Pfeifen, und Ehrensvärd erzählt mir Geschichten aus den weit entfernten, halb erinnerten Tagen in seiner Heimat, bevor er zur See gegangen war: Geschichten, die umso seltsamer und unglaublicher werden, je tiefer die Nacht wird und je mehr das Feuer in sich zusammenfällt, aber dennoch Geschichten, die ich vollkommen glaube.

Eine von ihnen hat einen starken Eindruck in mir hinterlassen, sodass ich sie hier aufschreibe. Ich bedauere nur, dass ich nicht das wundersam perfekte Englisch und den feinen Akzent wiedergeben kann, der für mich die Faszination der Geschichte noch erhöhte. Dennoch, so gut wie ich mich daran erinnern kann: Hier ist sie.

»Ich habe dir nie erzählt, wie Nils und ich über die Berge nach Hallsberg gegangen sind, oder? Nun, das war so. Ich muss damals etwa zwölf Jahre alt gewesen sein, und Nils Sjöberg, dessen Vaters Grundbesitz an den unseren grenzte, war wenige Monate jünger.

Gerade zu jener Zeit waren wir unzertrennlich, und was wir auch taten, taten wir zusammen.

Einmal in der Woche war Markttag in Engelholm, und Nils und ich gingen regelmäßig dorthin, um all die seltsamen Dinge zu sehen, die der Markt aus dem umliegenden Land in sich vereinigte. Eines Tages verloren wir unsere Herzen, denn ein alter Mann von jenseits des Elfborg hatte einen kleinen Hund zum Verkauf mitgebracht, der uns der schönste Hund auf der ganzen Welt zu sein schien. Er war ein runder, wollener Welpe und so drollig, dass Nils und ich uns auf den Boden setzten und über ihn lachten, bis er kam und mit uns in einer so lustigen Weise spielte, dass wir meinten, es gebe nur noch ein einziges wünschenswertes Ding in unserem Leben, und das war der kleine Hund des Mannes von jenseits der Berge. Doch oje!, wir hatten nicht einmal halb so viel Geld dabei, wie nötig gewesen wäre, um den Hund zu kaufen, und so bettelten wir bei dem alten Mann darum, dass er den Hund nicht vor dem nächsten Markttag verkaufe; wir versprachen, ihm dann das Geld zu geben. Er gab uns sein Wort, und wir rannten sehr schnell heim und flehten unsere Mütter an, uns Geld für den kleinen Hund zu geben.

Wir erhielten das Geld, aber wir konnten nicht bis zum nächsten Markttag warten. Man stelle sich vor, der Welpe wäre schon verkauft! Dieser Gedanke ängstigte uns so sehr, dass wir baten und bettelten, man möge uns erlauben, über die Berge nach Hallsberg zu gehen, wo der alte Mann lebte, und den Hund selbst zu holen. Schließlich erhielten wir die Erlaubnis. Wenn wir früh am Morgen losgingen, konnten wir Hallsberg gegen drei Uhr erreichen, und es war vereinbart worden, dass wir die Nacht bei Nils' Tante verbringen sollten, und wenn wir sie am Mittag des nächsten Tages wieder verließen, konnten wir beim Einsetzen der Dämmerung zu Hause sein.

Bald nach Sonnenaufgang waren wir unterwegs, nachdem wir genaue Anweisungen erhalten hatten, was wir in allen möglichen und unmöglichen Situationen tun sollten, und nachdem uns wiederholt und ausdrücklich befohlen worden war, dass wir am nächsten Tag zur gleichen Stunde den Heimweg anzutreten hatten, sodass wir sicher vor dem Einbruch der Nacht zurück wären.

Für uns war es ein großartiges Vergnügen, und wir gingen mit unseren Gewehren los, voll des Bewusstseins unserer sehr großen Wichtigkeit. Dennoch, die Reise war einfach genug: Wir folgten einer guten Straße durch die großen Berge, die wir genau kannten, denn Nils und ich waren schon mindestens durch das halbe Gebiet diesseits des trennenden Gebirgskamms des Elfborg gestreunt. Hinter Engelholm lag ein langes Tal, von dem aus sich die niedrigen Berge erhoben; dieses hatten wir zu durchqueren, und danach folgte die Straße drei oder vier Meilen lang den Bergflanken, bevor ein schmaler Pfad zur Linken abzweigte und über den Pass führte.

Nichts von Bedeutung geschah während unseres Weges, und wir erreichten Hallsberg rechtzeitig, fanden zu unserer unaussprechlichen Freude den kleinen Hund noch unverkauft, sicherten ihn uns und gingen so zum Haus von Nils' Tante, um dort die Nacht zu verbringen.

Ich kann mich nicht mehr daran erinnern, warum wir sie nicht früh am nächsten Morgen verließen; jedenfalls weiß ich noch, dass wir an einem Schießstand kurz außerhalb des Städtchens anhielten, an dem höchst anziehende Pappschweine langsam durch gemaltes Dickicht glitten und so als wunderbare Ziele herhielten. Das Ergebnis war, dass wir uns erst am Nachmittag auf den Heimweg machten, und als wir schließlich den Berg hochstiegen und die Sonne schon gefährlich dicht über seiner Spitze stand, hatten wir doch ein wenig Angst vor der Aussicht eines Verhörs und einer möglichen Bestrafung, die uns erwarten würde, wenn wir erst um Mitternacht nach Hause kämen.

Deshalb liefen wir so schnell wie möglich die Bergflanke hoch, während die blaue Dämmerung über uns hereinbrach und das Licht in dem purpurnen Himmel erstarb. Zuerst hatten wir uns noch ausgelassen unterhalten, und der kleine Hund war mit größter Freude vor uns hergesprungen. Später dann überfiel uns eine seltsame Bedrückung. Wir sprachen nicht, ja, pfiffen nicht einmal mehr, während der Hund hinter uns zurückfiel und uns mit einem Zögern in jedem Muskel folgte.

Wir hatten die Ausläufer des Gebirges und die niedrigen Vorsprünge der Berge passiert und befanden uns beinahe schon auf der Spitze der Hauptkette, als das Leben aus allem um uns herum zu weichen und die Welt tot zurückzulassen schien, so plötzlich wurde der Wald still, so abgestanden wurde die Luft. Instinktiv hielten wir an und lauschten.

Vollkommene Stille – die überwältigende Stille tiefer Wälder in der Nacht – und noch mehr, denn sogar in den unzugänglichsten Schlupfwinkeln der bewaldeten Gebirge gibt es das vielzählige Murmeln kleiner Lebewesen, das von der Dunkelheit geweckt und von der Stille der Luft und der großen Dunkelheit verstärkt und intensiviert wird. Doch hier und jetzt schien die Stille ungebrochen sogar von dem Herabfallen eines Blattes, von der Bewegung eines Zweiges, von dem Klang eines Nachtvogels oder nur eines Insekts. Ich konnte das Blut durch meine Adern pochen hören, und als wir mit zögernden Schritten weitergingen, klang sogar das Knicken des Grases unter unseren Füßen wie das Fallen von Bäumen.

Und die Luft war abgestanden – tot. Die Atmosphäre schien auf dem Körper zu liegen wie das Gewicht des Meeres auf dem Taucher, der sich zu weit in die schrecklichen Tiefen gewagt hat. Was wir üblicherweise als Stille bezeichnen, erscheint nur so im Vergleich zum Getöse der normalen Geschehnisse. Das hier war die absolute Stille, und sie zerschmetterte das Denken, wohingegen sie die Sinne schärfte und das furchtbare Gewicht unauslöschlicher Angst herabsenkte.

Ich weiß noch, wie Nils und ich einander in höchstem Entsetzen anstarrten und unserem schnellen, schweren Atmen lauschten, das sich für unser geschärftes Gehör wie das unregelmäßige Rauschen von Wasser anhörte. Und der arme kleine Hund, den wir führten, rechtfertigte unser Entsetzen. Die schwarze Beklemmung schien ihn genauso wie uns selbst niederzudrücken. Er lag flach am Boden, jammerte schwach und zog sich qualvoll und langsam näher an Nils' Füße heran. Ich glaube, diese Zurschaustellung äußerster tierischer Angst war der Zündfunke, der unsere Vernunft unweigerlich versengen musste – meine zumindest; doch als wir gerade zitternd an den Grenzen des Wahnsinns standen, ertönte ein Laut, so furchtbar, so grauslich, so schreckenerregend, dass er uns von dem tödlichen Bann befreite, der auf uns gelegen hatte.

In der Tiefe der Stille erscholl ein Ruf, der als tiefes, leidvolles Jammern begann, sich zu einem bebenden Kreischen erhob und in einem Schrei gipfelte, der die Nacht auseinanderzureißen und die Welt wie ein Erdbeben zu spalten schien. So furchtbar war er, dass ich nicht glauben konnte, dass er wirklich existierte; er überstieg all meine Erfahrung, alle Kräfte des Glaubens, und für einen Augenblick dachte ich, er sei das Ergebnis meines eigenen animalischen Schreckens, eine Halluzination, geboren aus der zusammenbrechenden Vernunft.

Ein kurzer Blick auf Nils vertrieb diesen Gedanken blitzschnell. Im bleichen Licht der hohen Sterne sah er aus wie die Verkörperung aller vorstellbaren menschlichen Angst; er bebte wie im Fieber, seine Kinnlade war nach unten gefallen, seine Zunge hing heraus, seine Augen quollen hervor wie die eines Gehängten. Wortlos flohen wir; die Panik der Angst gab uns Kraft. Nils hielt den kleinen Hund fest in seinen Armen, und zusammen rannten wir den Abhang der verfluchten Berge hinunter – irgendwohin; das Ziel war egal: Wir hatten nur einen Antrieb – fortzukommen von jenem Ort.

So sprangen wir unter den schwarzen Bäumen und den weit entfernten weißen Sternen, die durch die reglosen Blätter blitzten, die Bergflanke hinab und achteten weder auf einen Pfad noch auf Orientierungszeichen; wir brachen geradewegs durch das verfilzte Unterholz, durchquerten Bergbäche, liefen durch Moore und durch Gestrüpp, irgendwohin; die Hauptsache war, dass es abwärtsging.

Ich habe keine Vorstellung davon, wie lange wir so dahinrannten, doch nach und nach blieb der Wald zurück, und wir fanden uns an den Ausläufern der Berge wieder und fielen erschöpft in das kurze, trockene Gras. Wir japsten wie müde Hunde.

Es war heller hier im offenen Gelände, und unverzüglich schauten wir uns um, um zu sehen, wo wir waren und welchen Weg wir uns bahnen mussten, um den Pfad wiederzufinden, der uns heimwärts führen würde. Umsonst suchten wir nach einem vertrauten Zeichen. Hinter uns erhob sich die große Mauer des schwarzen Waldes an der Flanke des Berges, vor uns die wellenförmigen, von keinem Baum oder Fels unterbrochenen Erhebungen niedriger Hügelausläufer, und dahinter war nur der schwarze sich herabsenkende Himmel, erhellt von unzähligen Sternen, die seine samtene Tiefe in leuchtendes Grau verwandelten.

Soweit ich mich erinnere, haben wir kein einziges Mal miteinander gesprochen, das Grauen lag zu schwer auf uns, doch wir erhoben uns langsam und gleichzeitig und machten uns auf den Weg durch die Hügel.

Noch immer die gleiche Stille, die gleiche tote, reglose Luft – Luft, die zugleich schwül und frostig war: eine schwere Hitze, von einer eisigen Kälte durchschossen, die sich beinahe wie das Brennen gefrorenen Stahls anfühlte. Nils hielt immer noch den hilflosen Hund und drängte voran, und ich folgte dicht hinter ihm. Schließlich erhob sich vor uns ein Hang aus Moor, der die weißen Sterne zu berühren schien. Wir erkletterten ihn müde, erreichten die Spitze und starrten hinunter in ein großes sanftes Tal, das halb bis zum Rand gefüllt war mit – mit was?

So weit das Auge blicken konnte, erstreckte sich eine glatte Fläche aus gewaschenem Weiß; sie phosphoreszierte schwach: ein See samtenen Nebels, der dalag wie bewegungsloses Wasser, oder eher wie ein Boden aus Alabaster, so dicht erschien er, so scheinbar fähig, ein Gewicht zu tragen. Wenn es denn möglich war, denke ich, dass dieser See aus totem weißem Dunst sogar einen größeren Schrecken in meine Seele senkte als die schwere Stille oder der Tod verkündende Schrei – so unheilvoll, so vollkommen unwirklich, so geisterhaft, so unmöglich war er, wie er da wie ein gestorbener Ozean unter den unveränderlichen Sternen lag.

Doch durch diesen Nebel *mussten wir gehen!* Es schien, dass es keinen anderen Weg nach Hause gab, und zerschmettert von höchster Furcht, verrückt von dem einen Verlangen, zurückzukehren, begannen wir den Abhang bis zu der Stelle hinunterzugehen, wo der See aus milchigem Dunst scharf und deutlich zwischen den rauen Grashalmen endete.

Ich tauchte einen Fuß in den geisterhaften Nebel. Eine Kälte wie die des Todes durchfuhr mich, ließ mein Herz aussetzen, und ich warf mich zurück auf den Abhang. In jenem Augenblick ertönte wieder der Schrei, nahe, so nahe, in unseren Ohren, in uns selbst, und weit draußen in diesem abscheulichen See sah ich, wie der Nebel sich zu einer Art von Wasserhose erhob und sich in windenden Zuckungen gegen den Himmel hochwarf. Die Sterne begannen zu verschwimmen, als der dicke Dunst über sie hinwegfegte, und in der wachsenden Dunkelheit sah ich einen großen wässerigen Mond sich langsam über den erzitternden See erheben; er war riesig und undeutlich in dem zusammenströmenden Nebel.

Das war genug für uns. Wir drehten um und flohen am Rand des weißen Sees entlang, der nun in unregelmäßigen Bewegungen unter uns zu pulsieren begann und stieg und stieg, langsam und stetig, und uns höher und höher auf die Flanke des Berges trieb.

Es war ein Rennen um unser Leben, das wussten wir. Wie wir es schafften, kann ich noch immer nicht begreifen, aber wir schafften es, und schließlich sahen wir den See hinter uns zurückbleiben, als wir das Ende des Tals hochstolperten und dahinter in eine Region hinabhasteten, die wir kannten, und so kamen wir zu dem alten Pfad zurück. Das Letzte, an das ich mich erinnere, ist, dass ich eine seltsame Stimme hörte. Es war jene von Nils, doch sie war schrecklich verändert, und sie stammelte: ›Der Hund ist tot!‹ Dann drehte sich die ganze Welt zweimal langsam und unwiderstehlich um mich herum, und mit einem Schlag verließ mich das Bewusstsein.

Es war etwa drei Wochen später, soweit ich mich entsinne, dass ich in meinem eigenen Zimmer erwachte und meine Mutter neben meinem Bett sitzen sah. Zuerst konnte ich nicht klar denken, doch als ich langsam wieder stärker wurde, erlebte ich undeutliche Erinnerungsblitze, und nach und nach kam die ganze Folge der Ereignisse jener schrecklichen Nacht in dem Toten Tal zurück. Aus dem, was mir berichtet wurde, konnte ich lediglich schließen, dass man mich vor drei Wochen in meinem eigenen Bett gefunden hatte, rasend krank, und dass sich meine Krankheit zu einem Gehirnfieber auswuchs. Ich versuchte, über die furchtbaren Dinge zu sprechen, die mit mir geschehen waren, aber ich bemerkte sofort, dass niemand sie als etwas anderes als die Heimsuchungen eines absterbenden Wahnsinns ansah, und so schloss ich meinen Mund und behielt meine Meinungen für mich.

Trotzdem musste ich Nils sehen, und so fragte ich nach ihm. Meine Mutter erzählte mir, dass auch er an einem seltsamen Fieber erkrankt gewesen war, doch es gehe ihm nun wieder ziemlich gut. Unverzüglich brachten sie ihn herein, und als wir allein waren, fing ich an, über die Nacht auf dem Berg zu reden. Ich werde nie den Schock vergessen, der mich auf mein Kissen zurückwarf, als der Junge alles leugnete: Er leugnete, mit mir gegangen zu sein, jemals den Schrei gehört oder das Tal gesehen oder die tödliche Kälte des geisterhaften Nebels gespürt zu haben. Nichts konnte seine entschlossene Unwissenheit erschüttern, und trotz meiner gegenteiligen Überzeugung wurde ich dazu gezwungen, zuzugeben, dass seine Leugnungen von keiner Politik der Geheimhaltung, sondern von reinem Vergessen herrührten.

Mein geschwächtes Hirn befand sich in Aufruhr. Waren das alles nichts als schwebende Trugbilder des Deliriums? Oder hatte das Grauen der Wirklichkeit Nils' Erinnerungen ausgelöscht, soweit sie die Ereignisse der Nacht im Toten Tal betrafen? Die letztere Erklärung schien mir die einzig mögliche, denn wie war sonst die plötzliche Krankheit zu erklären, die uns beide in derselben Nacht niedergestreckt hatte? Ich sagte nichts weiter, weder zu Nils noch zu meiner Familie, sondern wartete meine Genesung in der wachsenden Entschlossenheit ab, das Tal zu finden, wenn es denn wirklich existierte.

Es dauerte einige Wochen, bis es mir gut genug ging, um mich auf den Weg machen zu können, doch schließlich wählte ich im späten September einen klaren, warmen, ruhigen Tag, der wie das letzte Lächeln des sterbenden Sommers war, und lief früh am Morgen die Straße entlang, die nach Hallsberg führte. Ich war mir sicher, zu wissen, wo der Pfad zur Rechten abzweigte, den wir von dem Tal des toten Wassers heruntergekommen waren, denn an dem Weg nach Hallsberg wuchs ein großer Baum an der Stelle, wo wir mit dem Gefühl der Errettung die heimwärts führende Straße gefunden hatten. Bald sah ich ihn an der rechten Seite in geringer Entfernung vor mir.

Ich vermute, dass das helle Sonnenlicht und die klare Luft in mir wie ein Stärkungsmittel wirkten, denn als ich am Stamm der großen Kiefer angekommen war, hatte ich den Glauben an die Wirklichkeit der Vision, die mich heimgesucht hatte, beinahe verloren und meinte, dass sie tatsächlich nichts anderes als der Nachtmahr des Wahnsinns gewesen war. Dennoch bog ich an dem Baum scharf rechts ab in einen engen Pfad, der durch ein dichtes Dickicht führte. Dabei stolperte ich über etwas. Ein Fliegenschwarm erhob sich um mich herum in die Luft, und als ich niederschaute, sah ich das verfilzte Fell und die kleinen Knochen des armen Hundes, den wir in Hallsberg gekauft hatten.

Mein Mut verflog mit einem Schlag, und ich wusste, dass alles der Wahrheit entsprach, und nun hatte ich Angst. Stolz und das Verlangen nach einem Abenteuer trieben mich jedoch weiter, und ich drückte mich in das enge Dickicht, das meinen Weg hemmte. Der Pfad war kaum sichtbar; er war nicht mehr als die häufig benutzte Laufstraße einiger kleiner Tiere, denn obwohl er sich deutlich in dem frischen Gras zeigte, wuchsen doch die Büsche dicht über ihm zusammen und waren kaum durchdringlich. Das Land hob sich langsam, dann immer deutlicher, bis ich schließlich an einen großen Berghang kam, der weder von Bäumen noch von Sträuchern durchbrochen wurde und stark meiner Erinnerung an jenes ansteigende Land entsprach, das wir erklommen hatten, bevor wir zu dem Toten Tal und dem eisigen Nebel gelangt waren. Ich sah nach der Sonne; sie war hell und klar, und überall um mich herum summten Insekten in der Herbstluft, und Vögel schossen hierhin und dorthin. Sicherlich gab es hier keine Gefahr, zumindest nicht vor dem Einbruch der Nacht, und so begann ich zu pfeifen und erstieg rasch den letzten Kamm des braunen Hügels. Dort lag das Tote Tal! Ein großes ovales Becken, beinahe so sanft und regelmäßig, als ob es von Menschenhand geschaffen sei. An allen Seiten kroch das Gras über den Rand der umliegenden Berge; es war staubig grün auf den Kämmen und verblasste zu einem aschenen Braun und schließlich zu einem Tod verkündenden Weiß. Diese letzte Farbe bildete einen Ring, der in einer langen Linie um den Abhang lief. Und darunter? Nichts. Nackte, braune, harte Erde, die vor alkalischen Körnern erglitzerte, aber ansonsten tot und unfruchtbar war. Nicht ein einziges Grasbüschel, nicht ein einziger Reisigstecken, nicht einmal ein Stein, sondern nur die weite Fläche festgeklopften Lehms.

In der Mitte des Beckens, vielleicht anderthalb Meilen entfernt, wurde die Ebene von einem großen abgestorbenen Baum unterbrochen, der sich blattlos und hager in den Himmel reckte. Ohne einen Augenblick zu zögern, stieg ich in das Tal hinab und lief diesem Ziel entgegen. Jede Spur von Angst schien von mir gewichen, und sogar das Tal selbst sah nicht mehr so furchtbar aus. Jedenfalls wurde ich von einer überwältigenden Neugier getrieben, und es schien nur noch das eine auf der Welt zu geben – zu jenem Baum zu kommen! Als ich mühsam über die harte Erde wanderte, bemerkte ich, dass die Fülle der Vogel- und Insektenstimmen erstorben war. Weder eine Biene noch ein Schmetterling schwebten durch die Luft, keine Insekten hüpften oder krochen über die leblose Erde. Die Luft selbst war abgestanden.

Als ich dem Baumskelett entgegenging, bemerkte ich einen

Schimmer von Sonnenlicht auf einer Art von weißem Hügel um seine Wurzeln, und neugierig fragte ich mich, was das sein mochte. Erst als ich noch näher herangekommen war, erkannte ich seine Beschaffenheit.

Überall um die Wurzeln und den rindenlosen Stamm war ein Gewirr von kleinen Knochen aufgeschichtet. Winzige Schädel von Nagetieren und Vögeln, Tausende von ihnen, erhoben sich um den abgestorbenen Baum und ergossen sich einige Meter weit in alle Richtungen, bis der schreckliche Haufen in vereinzelten Schädeln und verstreuten Skeletten auslief. Hier und da erschien ein größerer Knochen – der Schenkel eines Schafes, die Hufe eines Pferdes und an einer Seite der breit grinsende Schädel eines Menschen.

Ich stand reglos da, starrte mit der ganzen Kraft meiner Augen, als plötzlich die dichte Stille durch einen schwachen, verlorenen Schrei hoch über meinem Kopf durchbrochen wurde. Ich schaute auf und sah einen großen Falken, der über dem Baum seine Runden drehte und nun heruntersegelte. Nach einem weiteren Augenblick fiel er bewegungslos auf die bleichenden Knochen.

Entsetzen packte mich, und ich rannte in die Richtung meines Zuhauses; meine Gedanken wirbelten, und eine seltsame Taubheit wuchs in mir. Ich rannte weiter und weiter. Schließlich warf ich einen kurzen Blick nach vorn. Wo war der Berghang? Ich schaute mich wild um. Dicht vor mir erhob sich der abgestorbene Baum mit seinen Knochenhaufen. Ich war lediglich um ihn herumgelaufen, und das Ende des Tales war noch immer anderthalb Meilen entfernt.

Ich stand verwirrt und wie erfroren da. Die Sonne sank rot und matt gegen den Kamm der Berge. Im Osten wuchs die Dunkelheit schnell. War da noch Zeit genug? *Zeit!* Es war nicht *das,* was ich wollte, es war *Willenskraft!* Meine Füße schienen gelähmt wie in einem Albtraum. Ich konnte sie kaum über die kahle Erde ziehen. Und dann fühlte ich, wie eine tiefe Kälte durch mich kroch. Ich schaute hinunter. Aus der Erde stieg ein dünner Nebel auf, sammelte sich in kleinen Pfützen, die immer ausgedehnter wurden, bis sie sich hier und da miteinander verbanden; ihre Strömungen flossen langsam wie dünner blauer Rauch. Die westlichen Berge halbierten die kupferne Sonne. Wenn es dunkel sein würde, würde ich den Schrei wieder hören, und dann musste ich sterben. Das wusste ich, und mit jedem verbleibenden Willensatom taumelte ich dem roten Westen durch den sich windenden Nebel entgegen, der klamm um meine Knöchel kroch und meine Schritte verlangsamte.

Und als ich mich von dem Baum loskämpfte, wuchs der Schrecken in mir, bis ich schließlich dachte, ich müsse sterben. Das Schweigen verfolgte mich wie ein stummes Gespenst, die stille Luft nahm mir den Atem, der höllische Nebel packte meine Füße wie kalte Hände.

Aber ich habe gewonnen! Jedoch keinen Augenblick zu früh. Als ich mich auf Händen und Füßen den braunen Abhang hochschleppte, hörte ich von fern und hoch in der Luft den Schrei, der mich beinahe meines Verstandes beraubte. Er war schwach und undeutlich, doch unmissverständlich in seiner schrecklichen Intensität. Ich warf einen Blick zurück. Der Nebel war dicht und bleich und warf sich wellenartig den braunen Abhang hoch. Der Himmel war pures Gold unter der sinkenden Sonne, doch darunter war das aschene Grau des Todes. Einen Augenblick lang stand ich am Rande dieses Höllensees, und dann sprang ich auf der anderen Seite den Hang hinunter. Der Sonnenuntergang öffnete sich vor mir, die Nacht rückte von hinten heran, und als ich mich schwach und müde heimschleppte, schloss sich die Finsternis über dem Toten Tal.«

Band II

Das rote Zimmer

Vorwort

H. P. Lovecraft lobte in Briefen und Aufsätzen gerne Geschichten, die »das kosmische Grauen und das Schauerliche am überzeugendsten erwecken« – literarische Raritäten sowie viele zeitlose Meisterwerke der besten Horrorautoren. 15 dieser Erzählungen sind in diesem Buch vereint – eine Sammlung mit den Lieblingsgeschichten des Vaters der modernen Horrorliteratur, gewissermaßen von ihm selbst zusammengestellt.

Das rote Zimmer ist der Nachfolgeband von *Lovecrafts dunkle Idole,* der 1999 als erster Titel der Reihe ›H. P. Lovecrafts Bibliothek des Schreckens‹ erschien. Erneut habe ich Erzählungen ausgewählt, die Lovecraft in Briefen und Aufsätzen besonders lobte – vor allem in dem 1926 und 1927 geschriebenen Essay *Supernatural Horror in Literature,* seinem Hauptwerk zu diesem Thema. Neben einigen bekannten Geschichten bilden seltene, fast vergessene Werke in deutscher Erstveröffentlichung die Mehrheit dieser Auswahl. Den Leser erwartet eine literarische Reise zu den Ursprüngen des modernen Horrors.

Fantastische Grüße
Frank Festa

H. P. Lovecraft an Fritz Leiber jun.

9. November 1936

Mein lieber Herr Leiber!

(…) Überflüssig zu sagen, dass Ihre sorgfältigen, analytischen Anmerkungen zu meinem Werk mich ungeheuer erfreuen, umso mehr, als Ihre Hervorhebung bestimmter Punkte mir bestätigt, dass es mir in gewissen Fällen mehr oder weniger gelungen ist, das zum Ausdruck zu bringen, was auszudrücken ich mich bemüht habe. Es ist sehr ermutigend, wenn jemand so klar wie Sie die *besondere Richtung* meiner Anstrengungen erkennt – den Wunsch, eine bestimmte Phase des Geheimnisses und des Grauens zu erfassen, die sich um das ewig gegenwärtige und uns bedrängende *Außerirdische* ranken … um die geistig und physisch unzugänglichen Weiten des endlosen Raumes, dessen fremde Welten und fremde Gesetze und Werte wir niemals kennen können und in dessen Mitte unsere Erde, unser Sonnensystem, unsere Galaxie und der für uns wahrnehmbare Kosmos vielleicht nur ein winziger, untypischer, kurzlebiger und verseuchter Punkt sind. Ich bin versucht, einen meiner alten Artikel über den übernatürlichen Horror in der Literatur zu zitieren – in dem ich definiere, wie eine unheimliche Erzählung meiner Vorstellung nach beschaffen sein muss, um als ernst zu nehmender ästhetischer Versuch gelten zu können:

»Eine wahre Horrorgeschichte hat mehr zu bieten als heimlichen Mord, blutige Knochen oder eine in ein Laken gehüllte Gestalt, die mit den obligatorischen Ketten rasselt. Eine gewisse Atmosphäre der Atemlosigkeit und des unerklärlichen Grauens vor außerirdischen, unbekannten Kräften muss vorhanden sein. Und es muss eine Andeutung jener erschreckendsten Vorstellung des menschlichen Gehirns vorhanden sein – die bösartige Aufhebung oder das Außerkraftsetzen der feststehenden Naturgesetze, die unser einziger Schutz vor den Angriffen des Chaos und der Dämonen des unerforschten Weltraums sind – und dies alles muss mit aller Ernsthaftigkeit und als solche Ungeheuerlichkeit dargestellt werden, wie es dem Thema entspricht.«

Ich wünschte, es gäbe einen wahrhaft erstklassigen Autor, der willens und in der Lage wäre, das zu tun, was ich so stümperhaft versuche – und ich höre nicht auf, auf das Auftreten eines solchen zu hoffen. Was ich bei Machen, James, Dunsany, de la Mare, Shiel und sogar bei Blackwood und Poe vermisse, ist ein Sinn für das *Kosmische.* Dunsany – obwohl er sich nur selten für den dunkleren und ernsthafteren Ansatz entscheidet – ist der kosmischste von allen, aber er geht dabei nicht allzu weit. Ein weiterer Mangel, den ich ständig beklage, ist das Fehlen von *Realismus und überzeugender Ernsthaftigkeit.* Damit meine ich, dass der durchschnittliche Autor von Horrorgeschichten in seiner Grundeinstellung oberflächlich und unseriös ist. Er möchte nur unterhalten, statt wirkungsvoll und künstlerisch jene tief sitzenden menschlichen Instinkte und Stimmungen zu untersuchen, die sich um die ewige Zwangsvorstellung einer Verletzung der Naturgesetze ranken. Gestatten Sie mir, noch einmal einen meiner Artikel zu zitieren, diesmal einen etwas neueren.

»Die Atmosphäre, nicht die Handlung ist es, die in der übernatürlichen Geschichte mit besonderer Sorgfalt gestaltet werden muss. Wir können nicht die reinen *Ereignisse* in den Vordergrund stellen, da die Unnatürlichkeit und Außergewöhnlichkeit dieser Ereignisse sie hohl und absurd erscheinen lässt, wenn zu viel Gewicht auf sie gelegt wird. Solche Ereignisse haben, selbst wenn sie theoretisch möglich oder in der Zukunft vorstellbar sind (wie in der Science-Fiction-Literatur), keine Entsprechung oder Basis im wirklichen Leben und der menschlichen Erfahrung und können daher nicht als Grundlage für Erzählungen für Erwachsene dienen. Eine übernatürliche Geschichte kann ernsthaft nichts anderes sein als *ein lebhaftes Bild einer bestimmten Art menschlicher Gefühle.* Sobald versucht wird, etwas anderes daraus zu machen, ist das Ergebnis eine billige, kindische und wenig überzeugende Handlung. Darum sollte der Autor fantastischer Geschichten sich in erster Linie um subtile Suggestion bemühen – um fast unmerkliche Andeutungen und Hinweise auf selektive und assoziative Details, mit deren Hilfe unterschiedliche Nuancen von Stimmungen ausgedrückt und eine vage Illusion einer seltsamen Realität des Irrealen aufgebaut wird – statt um nackte Aufzählungen unglaubwürdiger Ereignisse, die weder Substanz noch Bedeutung haben können und bestenfalls einen Brodem von Farben und Stimmungssymbolismus erzeugen. Eine ernst zu nehmende Erzählung für Erwachsene muss irgendetwas im Leben wahrheitsgemäß darstellen. Und da fantastische Geschichten die Ereignisse des Lebens nicht wahrheitsgemäß darstellen können, müssen sie stattdessen etwas betonen, dass sie wahrheitsgemäß darstellen können, nämlich bestimmte sehnsüchtige oder ruhelose *Stimmungen* des menschlichen Geistes, in die sie spinnenwebfeine Strickleitern zur Flucht aus der erbitternden Tyrannei von Zeit, Raum und Naturgesetzen hineinweben.«

Der Autor, der dieser (meiner Ansicht nach) vernünftigen Forderung am nächsten kommt, ist Algernon Blackwood *in seinen besten Augenblicken.* Er analysiert die ewige menschliche Illusion und das Streben nach einer nebelhaften Welt bunter Wunder, außer Kraft gesetzter Naturgesetze, grenzenloser Möglichkeiten, beglückender Entdeckungen und unaufhörlicher, abenteuerlustiger Erwartung und gibt sie treulich wieder. Aber er leidet unter drei schwerwiegenden Handicaps – einem einheitlich journalistischen Stil, einer immer wiederkehrenden Tendenz, in weichliche Sentimentalität und infantile Zimperlichkeit der peinlichsten Art abzugleiten, und einer Leichtgläubigkeit gegenüber dem Okkultismus, der ihn immer wieder dazu verleitet, in den Jargon professioneller Medien zu verfallen, was die Wirkung seines Werks in beklagenswerter Weise abschwächt. Nur ein goldenes Minimum von Blackwoods umfangreichem Schaffen repräsentiert ihn in seiner besten Form – dann jedoch so hervorragend, dass man ihm sein weichliches Gewäsch durchaus verzeihen kann. Ich bin fest davon überzeugt, dass seine lange Kurzgeschichte ›The Willows‹ die beste Horrorgeschichte ist, die je geschrieben wurde (wobei Machens ›The White People‹ einen wohlverdienten zweiten Platz einnimmt). Wenig wird ausgesprochen – alles wird angedeutet! Von seinen Büchern sind *Incredible Adventures, John Silence* und *The Centaur* die besten, obwohl *Julius LeVallon* und das Jugendwerk *Jimbo* auch nicht zu verachten sind. Aber der Himmel bewahre uns vor solchem Schrott wie *The Extra Day, The Wave* und (mein Gott!) *The Garden of Survival!*

Was Ernsthaftigkeit und Überzeugungskraft betrifft, so nimmt Poe neben Blackwood die erste Stelle ein – obwohl seine Themen in erster Linie irdische Manifestationen des Grauenhaften und düstere Auswirkungen einer morbiden menschlichen Psyche sind. Was die *Gesamtwirkung* betrifft, so *übertrifft* er vermutlich nicht nur Blackwood, sondern auch alle anderen Konkurrenten. Denn das, was er tatsächlich ausspricht, schildert er mit wirkungsvoller Kunst und dämonischer Kraft, der kein anderer auch nur nahekommt. Einer meiner Favoriten ist M. P. Shiel, dessen ›House of Sounds‹ eine fantastische Tour de Force ist und mit Poes ›The Fall of The House of Usher‹ verglichen werden kann, das ihm offensichtlich als Vorbild gedient hat. Auch die erste Hälfte von Shiels Roman *The Purple Cloud* ist eine wahrhaft erstaunliche Arbeit.

Und nun zu Stil und Realismus – es freut mich, dass Sie in dieser Hinsicht positiv über meine Texte denken. Was die Horrorliteratur betrifft, so habe ich mich immer an zwei grundlegende Prinzipien gehalten: Die Struktur und der Rhythmus der Sprache müssen die Spannung, die Bedrohlichkeit, die Düsterkeit, den traumartigen Charakter, die sich steigernden Gemütszustände und die einem Höhepunkt zustrebende Spannung der Geschichte widerspiegeln und verstärken; der Eindruck von absolutem

Realismus muss erhalten bleiben (als wollte man den Leuten etwas vormachen, statt eine Geschichte zu erzählen), mit *Ausnahme* des einen begrenzten Gebiets, auf dem der Autor bewusst von der objektiven Realität abweicht (was gewissermaßen der tatsächlichen menschlichen Psyche und Illusion entspricht und durch Erfahrung und Folklore bestätigt wird). Es ist mir nicht immer gelungen, mich in dem Ausmaß an diese Prinzipien zu halten, wie ich es mir gewünscht hätte, aber ich habe es wenigstens versucht. Die Autoren kommerzieller Schundliteratur lehnen sie rundweg ab. Sie bieten zungenfertig eine Anhäufung möglichst exotischer Wunder an, ohne jede Beziehung zur natürlichen Neigung der Menschen, Mythen zu schaffen, und sie formulieren alles in einem flotten, lässigen und fröhlichen Stil, der selbst gute Ideen und Handlungen zunichtemacht. Es ist bedauerlich, dass auf dem Markt keine Zeitschriften für ernst zu nehmende Horrorliteratur existieren. Man muss entweder ein ganzes, wirklich gutes Buch schreiben (was ich nicht kann), oder man muss sich damit zufriedengeben, seine Arbeiten in den Schundblättern zu veröffentlichen, deren Herausgeber eine ernst zu nehmende Geschichte nicht wegen, sondern trotz ihrer Qualität akzeptieren. Ich sehe jedes Mal rot, wenn ich an die Vielzahl talentierter, fantasiebegabter Autoren denke, die sich von den finanziellen Verlockungen der kommerziellen Zeitschriften dazu verleiten ließen, sich von der ehrlichen Schriftstellerei zu verabschieden. Die meisten von ihnen gewöhnen sich so sehr an die billigen Methoden, die kindische Psychologie, die kitschigen Werte und die Einheitscharaktere und Ereignisse der populären Thriller, dass es ihnen unmöglich wäre, zur ernsthaften literarischen Kunst zurückzukehren, selbst wenn sie es wollten. Das hervorstechendste Beispiel dieser Art ist natürlich A. Merritt, berühmt für seinen *Moon Pool*. Azathoth – was für ein Genie ist da in die Irre gegangen! Heute produziert er den üblichen Schund, aber hin und wieder entfaltet er eine Kunst der Darstellung oder eine beschwörende Kraft, die zeigt, was für ein Titan er hätte sein können, wenn er sich entschlossen hätte, dem

Beispiel Machens oder de la Mares zu folgen und nicht dem der *Argosy*-Schreiberlinge.

(…) Es freut mich, dass die Schilderung des geografischen Umfelds einiger meiner Geschichten offenbar überzeugend wirkt – und das sollte auch der Fall sein, da ich nicht einmal eine Meile weit von diesem Ort entfernt geboren bin und mein ganzes Leben in dieser Gegend zugebracht habe, mit Ausnahme eines unbedeutenden zweijährigen Aufenthalts in New York City. Die realistische Seite meines Charakters hat mich immer danach streben lassen, die lokale Atmosphäre in mich aufzunehmen, und ich glaube, dass man gut daran tut, die Charakteristika einer Region wahrheitsgemäß darzustellen, selbst wenn die Namen der Orte erfunden sind. Es gefällt mir, wenn bestimmte Arten von Horrorgeschichten einen soliden, bestimmten, vorstellbaren und sogar identifizierbaren Hintergrund haben. In ›The Haunter of the Dark‹ habe ich mein eigenes Heim vollkommen zutreffend beschrieben (das alte georgianische Haus auf dem Hügel), dazu den Blick nach Westen aus dem Fenster an meinem Schreibtisch (gerade jetzt schaue ich hinaus auf jene dunkel drohende Kirche, obwohl ich zu meinem Bedauern berichten muss, dass sie im vergangenen Sommer durch einen Blitzschlag ihren Turm verlor), ebenso wie die allgemeine Lage des Federal Hill und verschiedene weniger bedeutende Orte in Providence. Hingegen gehören Arkham, die Universität von Miskatonic, Kingsport, Innsmouth, Dunwich und mehrere andere oft genannte Örtlichkeiten (ebenso wie der arme alte Abdul und sein abscheuliches *Al Azif,* welches der byzantinische Mönch Theodorus Philates um 900 nach Christus unter dem Namen To Νεκρονομικον ins Griechische übersetzt hat) zu den Fiktionen, wie man sie nur im Traum sieht, und weisen nur geringfügige und harmlose Merkmale der Geografie von Massachusetts auf. Grob gesagt soll »Innsmouth« (eine übertriebene Beschreibung des wunderlichen, im Niedergang begriffenen *Newburyport*) an der sumpfigen Küste ein Stück südwärts des wirklichen Newburyport liegen. »Arkham« (ein idealisiertes *Salem* mit einem vollkommen überflüssigen College) liegt ein gutes Stück südlich davon und weiter landeinwärts an einem imaginären Fluss namens »Miskatonic«, aber nicht so weit landeinwärts wie Ipswich und Essex. »Kingsport« (ein geschöntes Abbild des alten und faszinierenden *Marblehead*) liegt an der Mündung dieses imaginären Flusses, und seine Lage steht im gleichen Verhältnis zu »Arkham« wie die Lage Marbleheads zum wirklichen Salem. »Dunwich« liegt weit im Landesinneren – in der Nähe der Quelle des mythischen »Miskatonic«. Es ist eine Synthese des malerisch altmodischen Umlands von Wilbraham (in der Nähe von Springfield) mit bestimmten Charakteristika des südlichen Vermont. Ich habe mich immer für Karten und geografische Details interessiert (ich habe mir einen Stadtplan von »Arkham« angefertigt, um korrekte Ortsangaben machen zu können) und mein lebenslanges Interesse für alte Bücher hat zur Folge, dass ich größten Wert auf historische Hintergründe und traditionelle architektonische Details lege. Meine einzige wahre Leidenschaft gilt der kreativen Erforschung der Vergangenheit – insbesondere des 18. Jahrhunderts, dem ich mich auf seltsame Weise untrennbar verbunden fühle – und die Architektur ist für mich die wichtigste Brücke, die die Jahrhunderte überspannt. Meine größte Freude sind Reisen in alte Städte, in denen ein reiches Erbe an früher Architektur erhalten ist. Ich bin niemals in Europa gewesen. (In meiner Jugend hat meine schwache Gesundheit und im späteren Leben der Geldmangel meinen Reisewünschen enge Grenzen gesetzt.) Aber es ist mir gelungen, die meisten alten Städte dieses Kontinents von Quebec im Norden bis St. Augustine und Key West im Süden und New Orleans und Natchez im Westen zu sehen und sie meinem Gedächtnis einzuprägen, wobei es mir vor allem um die vergleichende Architektur und die Antiquitäten ging. Von allen diesen Städten ist mir *Charleston* vielleicht die liebste.

Sie erwähnen den verstorbenen Charles Fort – einige seiner Bücher habe ich mit dem größten Interesse gelesen. Ich glaube nicht, dass seine bizarren Berichte ernst zu nehmende Argumente gegen die allgemein akzeptierte Wissenschaft darstellen, aber ich hege uneingeschränkte Bewunderung für die Inbrunst und Folgerichtigkeit seiner Forschungen. Er produziert grandioses Quellenmaterial für Horrorgeschichten. Was *Melancholy* betrifft, so ist es in der Tat, wie der alte Burton bemerkte, ein fruchtbares Feld für Erkundungen. Meinem eigenen Temperament entspricht, wie ich sagen würde, eher eine absolute Gleichgültigkeit gegenüber den Wissenschaften (das Sonnensystem ist ein bedeutungsloser Tropfen in einem unbekannten und sinnlosen Kosmos, aber was kümmert uns das?) als Melancholie – obwohl ich annehme, dass mein gleichbleibendes Interesse an fantastischen Geschichten Ausdruck einer unbewussten Unzufriedenheit mit der objektiven Realität sein könnte, die von gewissen Stellen des betreffenden Artikels nicht weit entfernt ist. Übrigens hat mich Dürers Kupferstich schon immer fasziniert.

Nun gut – ich muss mich für diesen vermutlich langweiligen Ausbruch von wortreicher Geschwätzigkeit entschuldigen. Aber wahre Anhänger des Unheimlichen sind selten. Ich bedaure die geografischen Gegebenheiten, die eine mündliche Konversation in weite Ferne rücken.

(…)

[Ihr ergebener
H. P. Lovecraft]

Herbert George Wells

Herbert George Wells (1866–1946) war ein englischer Schriftsteller, Historiker und Soziologe. 1895 erschien sein erster Roman, *The Time Machine*, der sofort zu einem großen Erfolg wurde. Mit *The Island of Dr. Moreau* (1896), *The Invisible Man* (1897) und *The War of the Worlds* (1898) schrieb er die ersten modernen Science-Fiction-Romane in englischer Sprache. Sie sind zwar seine bekanntesten Publikationen, bilden aber nur einen Bruchteil seines Werkes. Wells hat auch zahlreiche realistische Werke verfasst, die im englischen Sprachraum bis heute beliebt geblieben sind.

Obwohl Wells' literarische Ausflüge in den Bereich des Unheimlichen rar sind, lobte Lovecraft sie in vielen Briefen. Ihm gefielen auch Wells' Science-Fiction-Werke – in Gegensatz zu den Arbeiten von Jules Verne, die Lovecraft gar nicht schätzte. Lovecraft bescheinigt den Erzählungen des Engländers auch in seinem Essay *Supernatural Horror in Literature* hohes Niveau.

In Wells' 1896 veröffentlichter Geschichte ›The Red Room‹ ereignet sich wenig, und doch gelingt es dem Autor tatsächlich, den Hauch eines kosmischen Horrors zu erwecken.

Das rote Zimmer

»Ich versichere Ihnen, dass es eines äußerst fassbaren Geistes bedürfen wird, um mich zu ängstigen«, sagte ich und stand mit meinem Glas in der Hand vor dem Feuer auf.

»Es ist ganz Ihre Entscheidung«, erwiderte der Mann mit dem verkrüppelten Arm und blickte mich skeptisch an.

»28 Jahre bin ich schon alt«, sagte ich, »und ich habe bislang noch keinen Geist gesehen.«

Die alte Frau saß regungslos vor dem Feuer und starrte in die Flammen, ihre farblosen Augen waren weit geöffnet. »Ja«, unterbrach sie mich, »28 Jahre haben Sie gelebt und bisher auch noch nie etwas wie dieses Haus gesehen, vermute ich. Wenn man noch nicht älter als 28 ist, gibt es noch vieles zu entdecken.« Sie schwankte mit dem Kopf von einer Seite zur anderen. »Gar viele Dinge zu entdecken und zu bedauern.«

Ich hatte beinahe den Verdacht, dass die alten Leute den gespenstischen Schrecken ihres Hauses erhöhen wollten, indem sie grummelnd auf dessen Vorhandensein beharrten. Ich stellte das leere Glas auf dem Tisch ab, schaute mich in dem Raum um und erhaschte in dem seltsamen alten Spiegel am Ende des Raumes einen Blick auf mich selbst, zu unmöglicher Stämmigkeit verkürzt und in die Breite gezogen.

»Nun«, sagte ich, »falls ich heute Nacht etwas sehen sollte, werde ich etwas dazugelernt haben. Denn ich gehe die Angelegenheit unvoreingenommen an.«

»Es ist ganz Ihre Entscheidung«, betonte der Mann mit dem verkrüppelten Arm noch einmal.

Ich hörte das Geräusch eines Gehstockes und schlurfende Schritte auf den Fliesen des Ganges hinter der Tür, deren Angeln quietschten, als ein zweiter alter Mann eintrat. Er ging sogar noch gebeugter als der erste, war noch faltiger und noch älter. Er stützte sich auf eine Krücke, seine Augen wurden von einer getönten Brille bedeckt, und seine Unterlippe hing blass und rosa von seinen verfaulenden, gelben Zähnen. Er ging direkt auf einen Sessel auf der gegenüberliegenden Seite des Tisches zu, setzte sich ungeschickt und hustete. Der Mann mit dem verkrüppelten Arm warf dem Neuankömmling einen kurzen Blick zu, der eindeutig Abneigung ausdrückte. Die alte Frau beachtete dessen Ankunft gar nicht, sondern hielt ihre Augen weiterhin starr auf das Feuer gerichtet.

»Ich sagte … es ist ganz Ihre Entscheidung«, wiederholte der Mann mit dem verkrüppelten Arm, als das Husten für eine Weile nachließ.

»Es ist ganz meine Entscheidung«, bekräftigte ich.

Dem Mann mit der dunklen Brille wurde erst jetzt meine Anwesenheit bewusst. Er warf seinen Kopf für einen Moment zurück und zur Seite, um mich anzusehen. Ich erhaschte einen kurzen Blick auf seine Augen, die klein, hell und entzündet waren. Dann begann er, wieder zu husten und zu spucken.

»Trinken Sie etwas!«, empfahl der Mann mit dem welken Arm und schob ihm eine Flasche Bier zu. Der Mann mit der dunklen Brille schenkte sich mit zittrigem Arm ein Glas ein, wobei er die Hälfte davon auf dem Tisch verschüttete. Sein monströser Schatten kroch über die Wand und verspottete seine Bewegungen, während er eingoss und trank.

Ich muss zugeben, dass ich solch groteske Hausverwalter nie im Leben erwartet hätte. Ich bin der Meinung, dass das Greisenalter etwas Unmenschliches hat, etwas Unwürdiges und Primitives; Tag für Tag scheinen die menschlichen Eigenschaften alte Leute achtlos zu verlassen. Ich fühlte mich unbehaglich in Anwesenheit der drei mit ihrem düsteren Schweigen, ihrer gekrümmten Haltung und der unverhohlenen Unfreundlichkeit, die sie sowohl einander als auch mir entgegenbrachten.

»Falls Sie«, sagte ich, »mir jenes Geisterzimmer zeigen mögen, werde ich mich dort gerne einrichten.«

Der alte Mann mit dem Husten riss seinen Kopf so plötzlich zurück, dass ich überrascht wurde. Er musterte mich hinter den Brillengläsern ein weiteres Mal mit seinen roten Augen, doch niemand gab mir eine Antwort. Ich wartete eine Minute lang und blickte von einem zum anderen.

»Wenn Sie«, sagte ich ein wenig lauter, »mir jenes Geisterzimmer zeigen mögen, werden Sie von der Aufgabe befreit sein, mich zu unterhalten.«

»Auf der Fliese vor der Tür steht eine Kerze«, sagte der Mann mit dem verkrüppelten Arm und sah währenddessen auf meine Füße. »Aber falls Sie heute Nacht in das rote Zimmer gehen –«

»Ausgerechnet heute Nacht!«, rief die alte Frau.

»Dann gehen Sie alleine dorthin.«

»Sehr gerne. Und in welche Richtung muss ich mich wenden?«

»Laufen Sie ein Stück weit den Flur entlang«, sagte er, »bis Sie zu einer Tür kommen, hinter der sich eine Wendeltreppe befindet. Auf halbem Weg nach oben stoßen Sie auf einen Absatz und eine weitere Tür, die mit einem grünen Tuch verhangen ist. Gehen Sie durch diese Tür und den langen Gang bis zum Ende, und das rote Zimmer befindet sich zu Ihrer Linken am Ende der Stufen.«

»Habe ich das richtig verstanden?«, fragte ich und wiederholte die Wegbeschreibung. Der Mann korrigierte mich in einer Einzelheit.

»Und Sie gehen wirklich dorthin?«, wollte der Mann mit der dunklen Brille wissen und sah mich erneut, zum dritten Mal, mit jener seltsamen, unnatürlichen Kopfhaltung an.

»Ausgerechnet heute Nacht!«, rief die alte Frau.

»Deswegen bin ich hierhergekommen«, erwiderte ich und bewegte mich auf die Tür zu. Als ich dies tat, stand der Mann mit der dunklen Brille auf und schlurfte um den Tisch herum, damit er näher bei den anderen und bei dem Feuer war. An der Tür drehte ich mich um und schaute die alten Leute an, sah, dass sie alle dicht beieinander saßen, dunkle Gestalten vor dem Licht des Feuers, die mich über ihre Schultern mit angespanntem Ausdruck in ihren uralten Gesichtern anstarrten.

»Gute Nacht«, sagte ich und schob die Tür auf.

»Es ist ganz Ihre Entscheidung«, sagte der Mann mit dem verkrüppelten Arm.

Ich ließ die Tür weit offen stehen, bis die Kerze hell brannte, und dann schloss ich sie hinter den alten Leuten und ging durch den kühlen, von Echos erfüllten Flur.

Ich muss zugeben, dass die Merkwürdigkeit der drei Pensionäre, in deren Obhut ihre Ladyschaft das Schloss übergeben hatte, und die in dunklen Farben gehaltenen, altmodischen Möbel im Zimmer der Haushälterin, in dem sie sich versammelt hatten, mich trotz meiner Bemühung, die Fassung zu bewahren, angegriffen hatten. Sie schienen einem anderen Zeitalter anzugehören, einem älteren Zeitalter, einem Zeitalter, in dem übersinnliche Dinge anders als in dem unsrigen betrachtet wurden und nicht so viel Gewissheit herrschte – ein Zeitalter, in dem man an Omen und Hexen glaubte und niemand bestritt, dass es Geister gab. Ihr ganzes Dasein war gespenstisch, so wie der Schnitt ihrer Kleidung, eine Mode, die von längst toten Hirnen ersonnen worden war. Ausstattung und Verzierung des Raums, der sie umgab, waren gespenstisch. Ihre Gedanken schienen von vergangenen Menschen zu stammen, die in der Welt von heute eher herumspukten, anstatt an ihr teilzuhaben. Aber ich gab mir Mühe, diese Gedanken zu verscheuchen.

Durch den langen, unterirdischen Gang wehte ein Luftzug. Es war kalt und auch staubig. Meine Kerze flackerte und warf sich windende und zitternde Schatten an die Wand. Die Echos hallten die Wendeltreppe hinauf und hinunter, und ein Schatten schweifte hinter mir her, während über mir ein anderer in die Dunkelheit flüchtete. Ich erreichte den Absatz und hielt dort einen Moment inne, um einem Rascheln zu lauschen, das ich gehört zu haben glaubte. Dann beruhigte mich die absolute Stille, ich öffnete die mit dem grünen Tuch verhangene Tür und stand in dem Korridor.

Diesen Anblick hatte ich kaum erwartet. Das Mondlicht, das durch das große Fenster neben der hohen Treppe fiel, hüllte alles in tiefschwarze Schatten oder in ein silbernes Leuchten. Alles stand ordentlich an seinem Platz – als sei das Haus erst gestern anstatt vor 18 Monaten verlassen worden. In den Wandleuchtern steckten Kerzen, und falls sich etwas Staub auf den Teppichen oder dem polierten Boden angesammelt haben sollte, war er so gleichmäßig verteilt, dass man ihn im Mondlicht nicht erkannte.

Ich wollte gerade weitergehen, blieb aber plötzlich stehen. Am Ende der Treppe stand eine Bronzegruppe, die durch die Mauerecke vor mir verborgen wurde. Doch ihr Schatten fiel mit unwahrscheinlicher Deutlichkeit auf die weiße Wandverkleidung und wirkte auf mich, als hockte dort jemand, um mir aufzulauern. Für vielleicht eine halbe Minute stand ich stocksteif da. Dann näherte ich mich mit der Hand in der Jackentasche, in der sich auch mein Revolver befand, nur um einen Ganymed samt Adler zu entdecken. Daraufhin beruhigten sich vorübergehend meine Nerven, sodass mich eine chinesische Porzellanfigur mit lautlos wackelndem Kopf, die auf einem Mahagonitisch stand, beim Vorübergehen kaum erschreckte.

Die Tür zu dem roten Zimmer und die Treppe, die zu ihm führte, lagen in einer dunklen Ecke. Ich leuchtete die Nische, in der ich stand, mit der Kerze aus, um alles erkennen zu können, bevor ich die Tür öffnete. Genau hier, dachte ich, war mein Vorgänger also gefunden worden, und bei der Erinnerung an diese Geschichte erfasste mich plötzlich eine dunkle Vorahnung. Ich blickte über meine Schulter zu dem Ganymed im Mondlicht und öffnete die Tür des roten Zimmers recht hastig, wobei mein Gesicht halb der bleichen Stille des Treppenabsatzes zugewandt war.

Ich trat ein, schloss sofort die Tür hinter mir, drehte den Schlüssel, der in dem Schloss steckte, und blieb mit in die Höhe gehaltener Kerze stehen. Ich überblickte den Ort meiner Nachtwache, das große rote Zimmer von Schloss Lorraine, in dem der junge Herzog gestorben war. Oder vielmehr: in dem sein Sterben begonnen hatte – denn er hatte die Tür geöffnet und war kopfüber die Stufen hinabgefallen, die ich gerade erklommen hatte. So endete seine Nachtwache, sein tapferer Versuch, die Geisterlegenden über diesen Ort zu widerlegen. Nie hatte ein Schlaganfall dem Aberglauben einen größeren Gefallen erwiesen, dachte ich.

Es existierten jedoch noch andere und ältere Geschichten in Bezug auf das Zimmer, bis hin zu dem halbwegs glaubhaften Ursprung des Ganzen, dass eine furchtsame Frau durch den scherzhaften Versuch ihres Mannes, sie zu erschrecken, tragisch zu Tode gekommen sei. Die Erzählungen über den weitläufigen, abgedunkelten Raum waren durchaus nachvollziehbar, wenn man ihn sich ansah mit den im Schatten verborgenen Erkerfenstern und den vielen Nischen. Aus diesen schwarzen Winkeln und der für solche Geschichten nahrhaften Dunkelheit waren sie entsprungen. Angesichts der Größe des Zimmers war meine Kerze nur eine kleine Flammenzunge, die nicht einmal sein gegenüberliegendes Ende erreichte, und jenseits der kleinen Insel aus Licht ließ sie ein Meer von Geheimnissen und finsteren Andeutungen zurück.

Ich entschied, sofort eine systematische Untersuchung des Raumes vorzunehmen und alle verrückten Vorstellungen über seine Geheimnisse zu verjagen, bevor sie von mir Besitz ergreifen mochten. Nachdem ich mich vergewissert hatte, die Tür geschlossen zu haben, ging ich durch das Zimmer, sah hinter jedes Möbelstück, schlug die Bettdecke zurück und zog die Vorhänge weit auf. Ich öffnete die Fensterläden und überprüfte, ob alle Fenster auch verriegelt waren, bevor ich die Läden wieder schloss. Ich beugte mich vor, um in die Schwärze des weiten Kamins hinaufzuschauen, und klopfte gegen die dunkle Verkleidung aus Eiche, um nach geheimen Räumen zu suchen. Zwei große Spiegel standen in dem Raum, neben denen sich jeweils zwei Kerzenständer befanden, und auch auf dem Kaminsims standen in chinesischen Porzellanhaltern Kerzen aufgereiht. Ich zündete eine nach der anderen an.

Im Kamin lag Holz für ein Feuer – eine unerwartete Gefälligkeit der alten Haushälterin. Ich entzündete es, um jeglichem Frösteln vorzubeugen, und als es gut brannte, stand ich mit dem Rücken zum Feuer und betrachtete den Raum erneut. Ich hatte einen mit Chintz bezogenen Sessel und einen Tisch herbeigezogen, um vor mir eine Art Barrikade aufzubauen, und darauf hatte ich meinen Revolver griffbereit gelegt. Meine genaue Untersuchung hatte mir gutgetan, aber ich empfand die Dunkelheit in den entfernteren Ecken des Raumes und die völlige Stille immer noch als zu anregend für die Vorstellungskraft. Das Nachhallen des knisternden Feuers trug ebenfalls nicht zu meiner Beruhigung bei. Vor allem der Schatten in dem gegenüberliegenden Alkoven war wie ein schwer zu beschreibendes Wesen, wie ein dort lauerndes, lebendiges Ding. Solche Ideen steigen bei Einsamkeit und Stille leicht auf. Schließlich ging ich mit einer Kerze zu der Stelle und vergewisserte mich, dass dort nichts Stoffliches lauerte. Ich stellte die Kerze in dem Alkoven auf den Fußboden und beließ sie dort.

Mittlerweile war ich äußerst nervös und angespannt, obwohl mir bewusst war, dass es für diesen Zustand keinen erklärbaren Grund gab. Mein Verstand war jedenfalls gänzlich klar. Ich sagte mir, dass nichts Übernatürliches geschehen würde, und zum Zeitvertreib begann ich ein paar Reime über die Ursprungslegende dieses Ortes zu spinnen, ganz im Stil von Thomas Ingoldsby. Ein paar davon sprach ich laut aus, aber die Echos waren unangenehm. Aus demselben Grund gab ich nach einer Weile auch ein Selbstgespräch auf, in dem ich mir versicherte, dass es keine Geister und Spukhäuser gebe. Meine Gedanken wanderten zu den merkwürdigen drei alten Menschen im Erdgeschoss zurück, und ich versuchte, mich auf dieses Thema zu konzentrieren.

Das düstere Rot und Schwarz des Raumes beunruhigte mich, und trotz der sieben Kerzen breitete sich kaum Helligkeit aus. Diejenige in dem Alkoven flackerte in einem Windzug. Im Schein des Feuers tanzten Schatten und Halbschatten ohne Unterlass. Ich überlegte, wie sich dieser Umstand bessern ließ, und erinnerte mich an die Kerzen, die ich in dem Gang gesehen hatte. Etwas zögerlich trat ich mit einer Kerze in der Hand in das Mondlicht, ließ die Tür hinter mir offen stehen und kehrte rasch mit etwa zehn Kerzen zurück. Ich verteilte sie auf den Nippes aus Porzellan, mit dem das Zimmer spärlich dekoriert war, zündete sie an und stellte sie dorthin, wo die Schatten am dunkelsten waren – ein paar auf den Boden, einige in die Fensternischen, und zum Schluss hatte ich meine 17 Kerzen so verteilt, dass auf jeden Zentimeter des Zimmers das Licht mindestens einer Kerze fiel. Wenn der Geist erschien, dachte ich, müsste ich ihn warnen, nicht über die Kerzen zu stolpern.

Der Raum war jetzt vollständig hell erleuchtet. Die kleinen strahlenden Flammen hatten etwas Fröhliches und Beruhigendes an sich, und die Dochte zu kürzen gab mir eine Aufgabe, die mir dabei half, mir die Zeit zu vertreiben. Dennoch lastete die drückende Erwartung, was die Nachtwache mit sich bringen würde, schwer auf mir.

Nach Mitternacht erlosch die Kerze in dem Alkoven plötzlich, und der schwarze Schatten eroberte die Stelle zurück. Ich hatte nicht beobachtet, wie die Kerze ausging, ich drehte mich einfach um und sah, dass dort wieder die Dunkelheit war, so wie jemand erschrickt, der unerwartet einen Fremden antrifft.

»Meine Güte!«, sagte ich laut. »Was für ein starker Windzug.«

Ich nahm die Streichhölzer vom Tisch und durchquerte den Raum ganz entspannt, um wieder Licht in die Nische zu bringen. Das erste Streichholz entzündete sich nicht, und als ich mit dem zweiten Erfolg hatte und mich hinabbeugte und die Kerze anzündete, schien etwas vor mir an der Wand zu flimmern. Unwillkürlich drehte ich den Kopf herum und sah, dass die zwei Kerzen auf dem kleinen Tisch neben dem Kamin nicht mehr brannten. Ich erhob mich sofort.

»Seltsam!«, sagte ich. »Habe ich das in einem Anflug von Verwirrtheit selbst getan?«

Ich ging zurück und zündete eine der Kerzen wieder an. Während ich dies tat, sah ich die Kerze in der rechten Halterung neben einem der Spiegel flackern und verlöschen. Gleich darauf folgte die nächste. Es bestand kein Zweifel – die Flamme verschwand, als ob der Docht plötzlich zwischen Finger und Daumen zerdrückt worden sei, sodass er weder rauchte noch glühte, sondern einfach schwarz wurde. Während ich sprachlos dastand, ging die Kerze am Fuße des Bettes aus, und die Schatten machten einen weiteren Schritt auf mich zu.

»Das kann doch nicht sein!«, rief ich, und eine Kerze nach der anderen auf dem Kaminsims erlosch vor meinen Augen. »Was geschieht hier?« Meine Stimme klang seltsam hoch. In diesem Moment ging die Kerze auf dem Schrank aus, gefolgt von jener, die ich in dem Alkoven wieder entflammt hatte.

»Moment! Ich brauche diese Kerzen doch noch«, sagte ich in halb hysterischer Possenhaftigkeit und entzündete ein Streichholz für die Kerzen auf dem Sims. Meine Hände zitterten so stark, dass ich die raue Seite der Streichholzschachtel zweimal verfehlte. Als der Kamin wieder aus der Dunkelheit auftauchte, waren schon zwei Kerzen an einem weiter entfernten Fenster verhaucht. Ich zündete die großen Spiegelkerzen und die auf dem Boden, nahe der Tür, noch mit demselben Zündholz an, womit ich kurz die Kontrolle über das Licht zurückgewann. Aber dann gingen in einem Schwung vier Lichter in unterschiedlichen Ecken des Zimmers gleichzeitig aus. Ich zündete hastig ein weiteres Streichholz an und überlegte zögerlich, wohin ich damit gehen sollte.

Während ich noch ratlos stehen blieb, schien eine unsichtbare Hand die zwei Kerzen auf dem Tisch zum Erlöschen zu bringen. Mit einem Schreckensschrei sprang ich zu dem Alkoven, dann in die Ecke, dann zum Fenster, zündete drei Kerzen an, zwei weitere gingen am Kamin aus.

Dann fiel mir etwas Besseres ein. Ich legte die Streichhölzer auf die eiserne Kassette in der Ecke und nahm den Kerzenleuchter neben dem Bett in die Hand. Auf diese Weise musste ich nicht erst Streichhölzer anzünden. Doch das Erlöschen der Lichter ging beständig weiter, und die Schatten, gegen die ich kämpfte und die mir Angst machten, kehrten zurück und näherten sich mir, zunächst aus der einen Richtung, dann aus der anderen. Es kam mir vor wie eine Sturmwolke, die die Sterne auslöscht. Manchmal leuchtete eine Kerze kurz auf, dann war es wieder vorbei.

Das Grauen angesichts der sich ausbreitenden Dunkelheit machte mich regelrecht wahnsinnig, und ich verlor meine Selbstbeherrschung. Keuchend sprang ich von Kerze zu Kerze und versuchte vergeblich, mich gegen die gnadenlos näher kommende Dunkelheit zu wehren. Ich stieß mit dem Schenkel gegen den Tisch, warf einen Stuhl um, stolperte und fiel und riss dabei das Tischtuch herunter. Meine Kerze rollte von mir fort, und beim Aufstehen schnappte ich mir eine andere. Als ich sie vom Tisch nahm, wurde sie durch den Schwung meiner plötzlichen Bewegung ausgeweht. Jetzt folgten auch die letzten beiden Kerzen. Aber noch gab es ein Licht in dem Zimmer, ein rotes Licht, das die Schatten von mir fernhielt. Das Kaminfeuer! Ich konnte meine Kerze immer noch zwischen die Eisenstäbe stecken und sie so anzünden.

Ich drehte mich zu den nach wie vor zwischen den glühenden Kohlen tanzenden Flammen um, die rote Strahlen auf die Möbel warfen. Ich ging zwei Schritte auf das Gitter zu. Die schwächlichen Flammen wurden kleiner und verschwanden. Als ich die Kerze durch die Stäbe schob, umfing mich die Dunkelheit, als hätte ich die Augen geschlossen, hüllte mich in ihre erstickende Umarmung ein, nahm mir die Sicht und raubte mir, was in meinem Gehirn an Vernunft noch übrig war. Ich ließ die Kerze fallen. Ich wedelte hilflos mit den Armen, um die erdrückende Dunkelheit zu vertreiben, und schrie mit hoher Stimme, so laut ich konnte – einmal, zweimal, dreimal. Dann muss ich wohl aufgestanden sein. Ich weiß noch, dass ich plötzlich an den mondbeschienenen Flur dachte, und mit gebeugtem Kopf und vor dem Gesicht verschränkten Händen rannte ich auf die Tür zu.

Aber ich hatte vergessen, wo genau sich die Tür befand, und stieß mich heftig an einer Kante des Bettes. Ich taumelte zurück, wandte mich um und wurde getroffen oder lief gegen ein weiteres klobiges Möbelstück. Ich erinnere mich vage, wie ich mich mehrfach in der

Dunkelheit verletzte, mich hilflos bemühte, aus dem Raum zu entkommen, lauthals bei meinem Umherirren schrie. Es folgten ein kräftiger Schlag gegen die Stirn und das schreckliche Gefühl zu fallen, das eine Ewigkeit andauerte. Ich bemühte mich ein letztes Mal verzweifelt, auf den Beinen zu bleiben. Anschließend kann ich mich an nichts erinnern.

Bei Tageslicht öffnete ich die Augen. Mein Kopf war notdürftig verbunden, und der Mann mit dem verkrüppelten Arm betrachtete mein Gesicht. Ich sah mich um und versuchte mich zu erinnern, was geschehen war, was mir zunächst jedoch nicht gelang. Ich ließ meinen Blick wandern und bemerkte die alte Frau, die nun nicht mehr geistesabwesend wirkte und ein paar Tropfen Medizin aus einem kleinen blauen Fläschchen in ein Glas tropfen ließ.

»Wo bin ich?«, fragte ich. »Sie kommen mir bekannt vor, aber ich kann mich nicht daran erinnern, wer Sie sind.«

Dann erzählten sie es mir, und ich hörte von dem gespenstischen roten Zimmer wie jemand, dem eine Geschichte erzählt wird.

»Wir haben Sie im Morgengrauen gefunden«, sagte der Mann, »und auf Ihrer Stirn und den Lippen klebte Blut.«

Nur ganz langsam kehrte meine Erinnerung an das Geschehene zurück.

»Glauben Sie nun«, fragte der alte Mann, »dass es in dem Zimmer spukt?« Er sprach nicht mehr wie jemand, der mit einem Eindringling redet, sondern wie jemand, der einen gebrochenen Freund bedauert.

»Ja«, antwortete ich, »in dem Zimmer spukt es.«

»Und Sie haben es gesehen. Wir, die wir hier schon unser ganzes Leben lang wohnen, haben niemals hineingeschaut. Wir haben uns nie getraut … Sagen Sie, ist es wirklich der alte Graf, der …«

»Nein, der ist es nicht.«

»Ich habe es euch doch gesagt«, meinte die alte Dame und hob das Glas in ihrer Hand. »Es ist die arme junge Komtesse, die sich fürchtete und …«

»Auch sie nicht. In dem Zimmer haust weder der Geist des Grafen noch der Komtesse, nein, gar kein Geist. Vielmehr ist es etwas Schlimmeres, weitaus Schlimmeres!«

»Nun?«, fragten die Alten.

»Das schlimmste aller Dinge, die uns arme Sterbliche heimsuchen können!«, sagte ich. »Und das ist, in all ihrer Nacktheit – die Angst. Angst ohne Antlitz oder Geräusch. Angst, die sich ohne Vernunft ausbreitet, die uns betäubt, verdunkelt und überwältigt. Sie folgte mir durch den Gang, kämpfte mit mir in dem Zimmer ...«

Ich verstummte abrupt. Eine Zeit lang schwiegen wir alle. Ich fühlte nach dem Verband.

Jetzt seufzte der Mann mit der dunklen Brille und sprach: »Das ist es. Ich wusste es. Eine dunkle Macht. Einer Frau einen solchen Fluch aufzuerlegen! Die Angst lauert beständig in dem Zimmer. Man kann sie tagsüber spüren, sogar an einem hellen Sommertag, in den Wandbehängen, den Gardinen. Egal wohin man sieht, sie lauert stets hinter einem. In der Abenddämmerung kriecht sie durch den Flur und folgt einem, sodass man sich nicht traut, sich umzudrehen. In ihrem Zimmer ist die Angst – schwarze Angst, die so lange bestehen wird, wie dieses Haus der Sünde steht.«

Clemence Housman

Die Engländerin Clemence Annie Housman (1861–1955) veröffentlichte nur drei Bücher. Ihre beeindruckendste Arbeit leistete sie als Grafikerin. Sie lebte bis zu ihrem Tod – sie starb im hohen Alter von 94 Jahren – mit ihrem jüngeren Bruder Laurence (1865–1959) zusammen, ebenfalls ein Schriftsteller und Maler. Lovecraft kannte und schätzte besonders die Gedichte ihres zweiten Bruders Alfred Edward Housman (1859–1936), denn er erwähnt dessen Werk mehrmals in Briefen.

The Were-Wolf, 1896 veröffentlicht, wurde von Housman eigentlich nur zum Amüsement ihrer Mitstudenten geschrieben – dennoch ist es nicht einfach eine schnell hingeschriebene Geschichte, sie offenbart literarisches Können und behandelt den ewigen Kampf zwischen Gut und Böse. Lovecraft hat dies als einer der ersten erkannt: »Clemence Housman baut in der kurzen Novelle *The Were-Wolf* eine beträchtlich grausige Spannung auf und erweckt bis zu einem gewissen Grad sogar die Atmosphäre authentischer Folklore.«

Die Werwölfin

Der lodernde Feuerschein erleuchtete die große Stube des Farmhauses. Sie war erfüllt vom Lachen und den regen Unterhaltungen der Menschen, die ihren verschiedenen Beschäftigungen nachgingen. Niemand saß untätig herum – niemand außer den ganz Jungen und den ganz Alten: Der kleine Rol drückte einen Welpen an sich, während die alte Trella sich mit lahmen Händen ihrer mühsamen Strickarbeit widmete.

Es war bereits früher Abend. Die Knechte hatten ihre Arbeiten im Freien abgebrochen und sich in der geräumigen Farmstube versammelt, in der zahlreiche Arbeiter Platz fanden. Einige der Männer befassten sich mit Schnitzereien – sie saßen auf den Plätzen mit der besten Beleuchtung. Andere reparierten gebrauchte Angelausrüstungen oder stellten neue her. Im Moment fertigten drei Paar Hände ein großes Schleppnetz.

Die meisten Frauen verlasen und sortierten Entenfedern und schnitten die Kiele ab. Auch Webstühle standen im Raum, im Augenblick arbeitete jedoch niemand daran. Drei Spinnräder surrten hingegen eifrig und der feinste und schnellste Zwirn rann durch die Finger der Hausherrin. Neben ihr saßen drei Kinder, die, ebenfalls sehr geschäftig, Dochte für Kerzen und Lampen fertigten. In der Mitte jeder Arbeitergruppe stand eine Lampe, und diejenigen, die am weitesten entfernt vom Feuer saßen, wurden zusätzlich von zwei Kohlenpfannen gewärmt, die immer wieder mit glühender Holzkohle aus der ergiebigen Feuerstelle aufgefüllt wurden. Der Schein des großen Feuers reichte bis in die hintersten Ecken des Raumes und erhellte auch jene Winkel, die die kleineren Lichtquellen nicht auszuleuchten vermochten.

Inzwischen langweilte der Welpe den kleinen Rol. Deshalb ließ er ihn unsanft fallen und wandte sich Tyr zu. Der alte Wolfshund lag dösend neben ihm und wimmerte und zuckte in einem unruhigen Traum. Rol beugte sich über Tyr und schlang seine Kinderärmchen um dessen zotteligen Hals, sodass seine Locken auf die schwarzen Wangen des Tieres fielen. Tyr leckte sich verschlafen über die Lefzen und streckte sich mit einem müden Seufzen. Rol knurrte zurück, wälzte sich und schubste Tyr einladend. Der alte Hund duldete es gelassen, schenkte dem Jungen jedoch nur ein halb waches Blinzeln.

»Dann nimm doch den!«, rief Rol empört, weil seine Annäherungsversuche ignoriert wurden, und warf den Welpen auf den würdevollen, geduldigen Hund, der ihn als Spielkameraden verschmäht hatte. Tyr kümmerte dies jedoch nicht, und so zog das Kind weiter, um sich anderweitig zu beschäftigen.

Sein Blick fiel auf die Körbe mit den weißen Entenfedern. Sie standen in einer Ecke am anderen Ende des Raumes. Rol rutschte unter den Tisch und kroch auf allen vieren weiter – die allgemein gängige Methode des aufrechten Ganges sagte ihm weniger zu.

Als er ganz nahe bei den Frauen war, hielt er für einen Augenblick an, stützte sich mit den Ellenbogen auf dem Boden ab, legte das Kinn in seine Hände und sah ihnen zu. Als eine der Frauen ihn entdeckte, nickte und lächelte sie ihm zu, und er krabbelte unter ihrem Rock hervor und schlich sich, beinahe unbemerkt, von einer zur anderen, bis sich ihm die Gelegenheit bot, sich eine große Handvoll Federn zu schnappen. Damit kroch er wieder durch den langen Raum zurück, krabbelte erneut unter den Tisch und kam neben den Spinnerinnen wieder zum Vorschein.

Er kauerte sich an den Füßen der Jüngsten zusammen, sodass er von ihren Knien vor Blicken geschützt war. Damit sie ihn nicht ermahnte, zeigte er ihr mit einem vertrauensvollen Lächeln heimlich, was er in seinen Händen hielt. Ihr zweifelndes Nicken genügte ihm, und er begann sein neues Spiel. Er nahm eine weiße Feder und ließ sie vorsichtig vor dem surrenden Spinnrad fallen. Der schnelle Fahrtwind des Rades erfasste sie und wirbelte sie wild herum, immer höher und höher, bis sie wie ein weißer Falter langsam über ihm schwebte. Die Augen des kleinen Rol tanzten mit, und mit einem entzückten Lächeln zeigte er eine Reihe glänzend weißer Zähnchen. Er schickte eine weiße Feder nach der anderen auf die Reise; anfangs flatterten sie wie Falter in einem Spinnennetz wild umher, doch schließlich schwebten sie ganz ruhig durch die Luft. Bald war seine Hand leer.

Rol beugte sich nach vorn, um den Raum zu überblicken und abzuwägen, ob er erneut aufbrechen und unter den Tisch krabbeln sollte. Seine vorgeschobene Schulter berührte kurz das Spinnrad, sodass es gebremst wurde. Er lehnte sich schnell wieder zurück. Das Rad drehte sich mit einem Zucken weiter, und der Faden riss.

»Böser Rol!«, ermahnte ihn das Mädchen. Das schnellste Rad stoppte nun ebenfalls und die Hausherrin, Rols Tante, beugte sich nach vorne. Als sie den Lockenschopf sah, ermahnte sie ihn, von jetzt an lieber brav zu sein, und schickte ihn in die Ecke zur alten Trella zurück.

Rol gehorchte, doch die Phase des Gehorsams dauerte nicht lange, schon bald krabbelte er, so weit wie möglich von den Blicken seiner Tante entfernt, wieder durch die Stube. Als er sich zwischen die Männer geschlichen hatte, vergewisserten sie sich, dass ihre Werkzeuge zwar möglichst außerhalb von Rols Reichweite lagen, dass sie selbst sie jedoch jederzeit schnell zur Hand hatten. Dennoch gelang es ihm, sich einen der feinen Meißel zu schnappen und dessen Spitze an einem Tischbein abzubrechen. Die harsche Rüge des schnitzenden Arbeiters verwirrte Rol, der sich für die nächsten fünf Minuten unter dem Tisch versteckte.

Während er dort versteckt saß, betrachtete er die vielen Beinpaare rundherum, die fast keinen Feuerschein zu ihm hindurchließen. Wie unglaublich seltsam doch manche dieser Beine aussahen! Einige waren an Stellen krumm, an denen sie gerade hätten sein müssen, und Rol sagte leise zu sich selbst: »Sie sind alle anders angeschraubt.« Einige zogen sich ganz bescheiden unter die Bänke zurück, andere streckten sich weit unter den Tisch und drangen in Rols kleines persönliches Reich ein. Er streckte seine eigenen Beine aus und betrachtete sie kritisch, war aber letztlich recht angetan. Wieso wurden nicht alle Beine so angeschraubt wie seine oder sahen genauso aus?

Die Beine, die Rol am meisten bewunderte, saßen ein Stück von den anderen entfernt. Er krabbelte hinüber und verglich sie mit seinen. Sein Gesichtsausdruck wurde sehr ernst, als er daran dachte, dass es noch unzählige Tage dauern würde, bis seine Beine genauso lang und stark waren. Er hoffte, dass sie einmal so aussehen würden wie diese, mit ebenso gerade gewachsenen Knochen und ebenso kräftig gewölbten Muskeln.

Wenige Augenblicke später spürte Sweyn, dem die langen Beine gehörten, wie eine kleine Hand über seinen Fuß strich, und als er nach unten sah, blickte er in die Augen seines kleinen Vetters Rol. Er lag auf dem Rücken, tätschelte und streichelte noch immer den Fuß des jungen Mannes und schien für den Augenblick sehr zufrieden zu sein. Rol beobachtete die Bewegungen der starken, groben Hände, die mit den verschiedensten glänzenden Werkzeugen arbeiteten. Hin und wieder fielen winzige Holzspäne, die Sweyn wegpustete, auf sein Gesicht.

Schließlich richtete Rol sich vorsichtig wieder auf, um Sweyn nicht durch einen Stoß beim Schnitzen zu stören, schlang seine kurzen Beine um dessen Knöchel, umklammerte seine langen Beine mit beiden Armen und legte seinen Kopf auf Sweyns Knie – so drückte das Kind die unendliche Bewunderung aus, die es für seinen Helden empfand. Hier war Rol glücklich und zufrieden, und es machte ihn noch glücklicher, dass Sweyn eine kleine Pause machte, mit ihm scherzte, ihm den Kopf tätschelte und an seinen Locken zog. Er blieb still sitzen, solange seine kleinen Arme und Beine es aushielten. Sweyn vergaß irgendwann, dass Rol da war, spürte kaum, dass er seine Beine langsam wieder freigab, und bemerkte auch nicht, dass der Junge heimlich eines seiner Werkzeuge wegnahm.

Zehn Minuten später erklang ein beklagenswertes Heulen vom Fußboden herauf, das zu einem lauten Brüllen aus Rols kräftigen

Lungen anwuchs – auf seiner Hand war ein tiefer Schnitt zu sehen, und das in Strömen fließende Blut machte ihm schreckliche Angst. Man beruhigte und tröstete ihn, reinigte und verband seine Wunde und schimpfte ihn ein bisschen aus, bis sich das laute Geschrei in gelegentliche Schluchzer verwandelte und das tränenüberströmte Kind, für den Moment geläutert, in die Kaminecke zurückgebracht wurde, in der Trella schlief.

Nach der übergroßen Aufregung und den schlimmen Schmerzen fühlte sich Rol im Feuerschein in der ruhigen Ecke sehr wohl. Auch Tyr, der durch das Schluchzen aufgewacht war, verschmähte ihn nicht länger, sondern leckte ihn ab, sah ihn mit besorgtem Blick an und schenkte ihm seine ganze Aufmerksamkeit und all sein Mitgefühl.

Rol schämte sich ein bisschen. Er wünschte sich, er hätte nicht so viel geweint. Er erinnerte sich an den Tag, an dem Sweyn mit halb abgerissenem Arm und einem toten Bären nach Hause gekommen war, aber kein Wimmern und kein einziges Wort von sich gegeben hatte, obwohl seine Lippen vor Schmerzen ganz weiß waren. Angesichts seiner eigenen Schwäche und Mutlosigkeit entfuhr dem armen kleinen Rol ein besonders heftiges Schluchzen.

Das flackernde Licht des großen Feuers begann, dem Kind seltsame Geschichten zu erzählen, und der Wind, der durch den Kamin fuhr, heulte immer wieder bekräftigend dazu. Das große schwarze Maul des Kamins, das sich drohend über der Feuerstelle auftat, verschluckte die dunklen Rauchwolken und die glühend nach oben steigenden Funken wie eine geheimnisvolle Kluft. Dahinter, aus der Dunkelheit weiter oben, waren ein Murmeln, ein Jammern und andere eigenartige Geräusche zu vernehmen, und manchmal zog sich der Rauch sehr schnell, fast panisch, wieder zurück, schlängelte sich aus dem Kamin und schwebte unter das Dach, wo er sich schließlich zwischen den Balken auflöste. Dann tobte der Wind lautstark, zornig aufgrund der verlorenen Beute rüttelte er an den Fenstern, und ließ ein Kreischen vor der Tür ertönen.

Als nach einer dieser lauten Sturmböen wieder Stille einkehrte, hob Rol überrascht den Kopf und lauschte. Auch das Raunen der einzelnen Unterhaltungen verstummte. Das Geräusch vor der Tür war nun ungewöhnlich deutlich zu hören – es war die Stimme eines Kindes und das Trommeln von Kinderhändchen.

»Aufmachen, aufmachen! Lasst mich ein!«, piepste das Stimmchen, und die Türklinke klapperte jetzt leise, als versuche ein Kind, sie auf Zehenspitzen zu erreichen. Dann war ein sanftes, schwaches Klopfen zu hören.

Ein Mann, der neben der Tür saß, sprang auf und öffnete sie. »Es ist niemand da«, sagte er. Tyr hob den Kopf und stieß ein lautes, lang gezogenes Heulen aus, das furchtbar trostlos klang.

Sweyn, der nicht glauben wollte, dass seine Ohren ihn so getäuscht hatten, stand auf und ging zur Tür. Es war finstere Nacht, die Wolken schwer vor Schnee, der immer dann besonders heftig fiel, wenn der Sturm sich etwas legte. Die unberührte Schneedecke reichte bis an die Haustür heran. Es war keine Menschenseele zu sehen oder zu hören. Sweyn schaute sich um, aber er bemerkte nichts weiter als den düsteren Himmel, den reinen Schnee und eine Reihe schwarzer Tannen, die auf einem Hügel standen und sich im Wind bogen. »Es muss wohl der Wind gewesen sein«, bemerkte er, als er die Tür wieder schloss.

Viele Gesichter in der Stube sahen verängstigt aus. Die Stimme des Kindes war doch so deutlich zu hören gewesen, und auch seine Worte: »Aufmachen, aufmachen! Lasst mich ein!« Der Wind konnte die Bäume zum Knarren bringen oder an der Pforte rütteln, aber er vermochte weder die Stimme eines Kindes nachzuahmen noch mit plumpen kleinen Fäusten hartnäckig an Türen zu klopfen. Was auch immer man von all dem halten mochte, das fremdartige, ungewöhnliche Heulen des Wolfshundes war gewiss ein schlechtes Omen, vor dem man sich fürchten sollte. Die Anwesenden tauschten die seltsamsten Vermutungen aus, bis die Herrin des Hauses sie schließlich tadelte und sie nur noch zu flüstern wagten, wenn sie sich in sicherer Entfernung von ihr befanden. Für einige Zeit herrschten Unbehagen, Verlegenheit und Stille, aber schließlich schmolz die eiskalte Angst im Raum nach und nach, und die Menschen nahmen ihre munteren Plaudereien wieder auf.

Nur eine halbe Stunde später genügte jedoch ein sehr leises Geräusch vor der Tür, um jede Hand und jede Zunge innehalten zu lassen. Alle Köpfe hoben sich und alle Augen blickten in dieselbe Richtung.

»Das ist gewiss Christian, der sich verspätet«, sagte Sweyn.

Aber nein, sie hörten nur ein schwaches Schlurfen, nicht die festen Schritte eines jungen Mannes. Auf das Geräusch der unsicheren Schritte folgte das entschlossene *Tock-Tock* eines Stocks, der an die Tür klopfte. Dann die Worte »Aufmachen, aufmachen! Lasst mich ein!« Es war die hohe Stimme eines Erwachsenen.

Wieder riss Tyr seinen Kopf mit einem langen, klagenden Heulen in die Höhe.

Noch bevor das Echo des hämmernden Stockes und der hohen Stimme vollständig verklungen war, war Sweyn schon zur Tür geeilt und hatte sie weit aufgerissen.

»Es ist wieder niemand da«, sagte er mit ruhiger Stimme, aber er schaute erschrocken nach draußen. Er sah nur die einsame Schneelandschaft, die tief hängenden Wolken und die Reihe schwarzer Tannen dazwischen, die sich im Wind bogen. Er schloss wortlos die Tür und ging an seinen Platz zurück.

Eine Reihe bleicher Gesichter richtete sich erwartungsvoll auf ihn, so als könne allein er dieses Rätsel lösen. Die stumm fragenden Blicke waren ihm nicht entgangen, und sie ließen seine entschlossene Gelassenheit ins Wanken geraten. Er zögerte, blickte zu seiner Mutter, der Hausherrin, hinüber, sah dann wieder die verängstigten Menschen um ihn herum an und bekreuzigte sich ernst, damit alle es sehen konnten. Zahlreiche Hände flatterten auf, als alle Anwesenden es ihm nachtaten, und ein kollektives Seufzen durchbrach die Stille – wie durch Zauberei schien das Kreuzzeichen allen eine gewisse Erleichterung verschafft zu haben.

Selbst die Herrin des Hauses wirkte verstört. Sie verließ ihr Rad, ging zu ihrem Sohn hinüber und sprach eine Weile so leise mit ihm, dass niemand mit anhören konnte, was sie sagten. Nur einen Augenblick später erklang ihre Stimme jedoch laut und deutlich, und alle konnten den Tadel hören, den sie wegen des »heidnischen Geplappers« an eines der Mädchen richtete. Vielleicht versuchte sie, ihre eigene Unsicherheit auf diese Weise zu verstecken und ihre Vorahnungen zu vertreiben.

Niemand wagte nun noch, in normaler Lautstärke zu sprechen. Leise Stimmen und sporadisches Gemurmel erfüllten den Raum, und hin und wieder wurde es völlig still. Die Handwerker arbeiteten so leise wie möglich und hielten sofort inne, wenn der Wind wieder an der Tür rüttelte.

Draußen auf der Veranda waren jetzt die schweren Tritte eines Mannes zu hören. »Christian!«, riefen Sweyn und seine Mutter gleichzeitig aus, er freudig, sie sehr bestimmt, sodass sich die stillstehenden Spinnräder hastig wieder in Bewegung setzten. Tyr warf jedoch den Kopf zurück und heulte haarsträubend.

»Aufmachen, aufmachen! Lasst mich ein!«

Es war die Stimme eines Mannes, und an der Tür wurde so heftig geschüttelt und gerüttelt, als donnere ein kräftiger Mann dagegen.

Sweyn spürte, wie die Dielen bebten, als seine Hand die Klinke ergriff und er die Tür aufriss – um auf die leere Veranda zu blicken. Auch dahinter sah er nichts als den Schnee, den Himmel und die Tannen, die sich im Wind bogen.

Er blieb eine volle Minute so stehen, die Klinke der offenen Tür in der Hand. Der bitterkalte Wind wehte in eisigen Böen in die Stube, doch die tödliche Kälte der Angst, die sich noch schneller im Raum ausbreitete, schien den Herzschlag aller zum Erfrieren zu bringen. Sweyn griff nach einem dicken Umhang aus Bärenfell.

»Sweyn, wo willst du denn hin?«

»Nur auf die Veranda, Mutter«, antwortete er, trat hinaus und schloss die Tür.

Er wickelte sich in das schwere Bärenfell ein, lehnte sich gegen die am besten geschützte Wand der Veranda und wappnete sich dafür, dem Teufel samt all seinen schändlichen Absichten entgegentreten zu müssen. Aus der Stube drangen keine Stimmen zu ihm heraus, aber er konnte das Knistern und Knacken des Feuers hören.

Es war eiskalt. Seine Füße wurden taub, aber er unterließ es, aufzustampfen, um sie aufzuwärmen, da er niemanden im Haus in Panik versetzen wollte. Sweyn blieb auf der Veranda stehen, da er keine Fußspuren in der unberührten Schneedecke hinterlassen wollte. Dies zeugte eindeutig davon, dass in den letzten zwei, drei Stunden, seit es zu schneien begonnen hatte, kein Mensch bis an die Tür gekommen sein konnte.

Wenn der Wind nachlässt, wird es noch mehr schneien, dachte Sweyn.

Er hielt fast eine Stunde Wache, und dabei sah er kein einziges lebendiges Wesen und er hörte auch kein einziges ungewohntes Geräusch.

»Ich friere hier nicht länger«, murmelte er schließlich und trat wieder ins Haus.

Einer der Frauen entwich ein halb unterdrückter Schrei, als seine Hand sich auf die Klinke legte, und sie atmete erleichtert aus, als er eintrat. Niemand stellte ihm Fragen, nur seine Mutter wandte sich in gezwungen gelassenem Ton an ihn: »Hast du Christian nicht kommen sehen?« Sie klang, als sei sie ausschließlich darüber besorgt, dass ihr jüngerer Sohn noch immer nicht zurückgekehrt war.

Sweyn hatte sich eben erst ans Feuer gestellt, als ein lautes Klopfen an der Tür zu hören war. Tyr sprang vom Rand der Feuerstelle herab – seine Augen leuchteten so rot wie das Feuer selbst, seine scharfen Zähne stießen weiß glänzend unter seinem schwarzen Fell hervor. In seinem angespannten Nacken sträubten sich seine dicken Haarborsten. Er sprang über Rol hinweg zur Tür, stellte sich auf die Hinterbeine und bellte wütend.

Vor der Tür rief eine klare, weiche Stimme, aber durch Tyrs Gebell waren ihre Worte nicht zu verstehen.

Niemand außer Sweyn schien bereit zu sein, sich der Tür zu nähern. Er durchquerte entschlossen den Raum, drückte die Klinke und öffnete die Tür. Eine Frau in einem weißen Gewand schwebte herein.

Aber nein, sie war kein Gespenst! Sie war lebendig – sehr schön – und jung.

Tyr sprang auf sie zu.

Geschmeidig wich sie seinen scharfen Zähnen aus, die Falten ihres langen Fellgewandes schützten sie. Schnell zog sie eine kleine, zweischneidige Axt aus ihrem Gürtel. Sie riss die Waffe hoch, um sich zu verteidigen.

Sweyn ergriff den Hund, der sich lautstark wehrte, am Halsband und zog ihn fort. Die Fremde stand bewegungslos in der Tür – einen Fuß nach vorne gestellt, einen Arm nach oben ausgestreckt –, bis die Herrin des Hauses durch den Raum zu ihr eilte und Sweyn den wütenden Tyr an die anderen übergab, bevor er die Tür wieder schloss und sich für die stürmische Begrüßung entschuldigte. Dann erst senkte sie ihren Arm, steckte die Axt wieder in ihren Gürtel, nahm die Fellkapuze ab, die ihr Gesicht verhüllte, und schüttelte das lange weiße Gewand von ihren Schultern – all dies gelang ihr scheinbar mit einer einzigen schwungvollen Bewegung.

Vor ihnen stand eine hochgewachsene, schöne junge Frau. Ihre Kleidung war etwas eigentümlich – sie wirkte teilweise wie Männerkleidung, war aber dennoch nicht unweiblich. Sie trug keinen richtigen Rock, nur eine Tunika, die ihre Knie knapp bedeckte, und darunter Strumpfhosen und über Kreuz geschnürte Schuhe, wie sie für Jäger typisch waren. Ihre weiße Fellmütze reichte bis zu den Augenbrauen, und rund um den Kopf der Frau fielen Fellstreifen wie große Ohrläppchen bis auf ihre Schultern herunter. Zwei der Streifen waren bei ihrem Eintreten noch unter ihrem Kinn zusammengebunden gewesen, aber nun hingen sie ebenso locker herab wie die langen Zöpfe, die über ihre Schultern und Brüste fielen und bis zu dem mit Elfenbein verzierten Gürtel reichten, in dem die glänzende Axt steckte.

Sweyn und seine Mutter führten die Fremde zur Feuerstelle, ohne ihr Fragen zu stellen – sie schienen nicht neugierig zu sein. Schließlich erzählte sie freiwillig von ihrer langen Reise, die sie zu entfernten Verwandten hatte führen sollen, von dem versprochenen Führer, den sie nicht angetroffen hatte, und von Wegweisern und besonderen Merkmalen in der Landschaft, die sie nicht richtig erkannt hatte.

»Ganz alleine!«, rief Sweyn erstaunt aus. »Sind Sie die ganze Strecke – 100 Meilen – wirklich ganz alleine gereist?«

»Ja«, antwortete sie mit einem schwachen Lächeln.

»Über die Hügel und durch das Ödland! Die Menschen dort sind wirklich schrecklich – wie wilde Tiere.«

Sie legte mit einem verächtlichen Lachen ihre Hand auf die Axt.

»Ich fürchte weder Mensch noch Tier, aber einige fürchten sich vor mir.« Sie erzählte eine eigenartige Geschichte von heftigen Angriffen, davon, dass sie sich hatte verteidigen müssen, und von dem kühnen, freien Leben einer Jägerin, das sie führte.

Sie erzählte langsam und wählte ihre Worte mit Bedacht, fast so, als sei ihr die Sprache nicht völlig vertraut. Hin und wieder zögerte sie kurz und brach einen Satz ab, um nach einem bestimmten Wort zu suchen.

Bald hatten sich eine Menge Zuhörer um sie geschart. Das Interesse, das die Frau bei den Anwesenden weckte, ließ sie die Furcht, die die mysteriösen Stimmen zuvor ausgelöst hatten, wenigstens teilweise vergessen. An dieser freundlichen, wunderschönen Dame war alles real, sie hatte nichts Geheimnisvolles an sich, auch wenn ihre Erscheinung vielleicht etwas seltsam war.

Klein Rol krabbelte heran und betrachtete die Fremde sehr genau. Unbemerkt streichelte und tätschelte er einen Zipfel ihres weichen weißen Gewandes, das in unzähligen Falten bis auf den Boden fiel. Er strich sich damit zärtlich über seine Wange und zog sich fast bis zu den Knien der Frau hoch.

»Wie heißt du?«, fragte er.

Da die Fremde Rol ein Lächeln schenkte, als sie zu ihm hinab blickte, und ihm sofort antwortete, bewahrte sie ihn vor der Rüge, die er für diese Frage eigentlich verdiente.

»Mein richtiger Name«, entgegnete sie, »ist für deine Ohren und deine Zunge nicht geeignet. Die Menschen dieses Landes haben mir jedoch einen anderen Namen gegeben. Deswegen«, und sie strich mit der Hand über das weiße Fell, »nennen sie mich Weißfell.«

Der kleine Rol sprach sich die Worte noch einmal vor und streichelte und tätschelte erneut ihr Gewand. »Weißfell ... Weißfell.«

Ihr hübsches Gesicht und ihre schöne Kleidung gefielen Rol sehr. Er kniete vor ihr und schien den Blick nicht von ihr abwenden zu können. Plötzlich wurde er von einer eigenartigen Entschlossenheit erfasst und warf sich – wie ein vorwitziges Rotkehlchen – mit den Ellenbogen voraus in ihren Schoß, wobei er angesichts seiner eigenen Kühnheit leicht erschrocken nach Luft schnappen musste.

»Rol!«, rief seine Tante aus, aber Weißfell entgegnete: »Oh, lassen Sie ihn doch!«, und dann strich sie ihm lächelnd über den Kopf und Rol blieb, wo er war.

Er wagte sich – unter den kritischen Augen seiner Tante – noch weiter, und wieder blieb ihm angesichts seiner Abenteuerlust beinahe die Luft weg, als er auf ihre Knie kletterte. Sie schloss ihn herzlich in die Arme und erstickte so jeden möglichen Protest im Keim. Er kuschelte sich glücklich an sie und berührte den Griff der Axt, die Elfenbeinknöpfe an ihrem Gürtel, die Elfenbeinklammer an ihrem Hals und ihre blonden Zöpfe. Mit dem Urvertrauen, das Kinder in die Schönheiten der Welt haben, drückte er seinen Kopf sanft gegen ihre weiche, mit Fell bedeckte Schulter.

Weißfell hatte ihre Mütze noch nicht vom Kopf genommen, sondern die losen Felllappen nur locker im Nacken zusammengebunden. Rol streckte seine Hand danach aus und flüsterte ihren Namen, »Weißfell, Weißfell«, und dann schlang er seine Arme um ihren Hals und küsste sie – einmal, ein zweites Mal. Sie lachte herzlich und küsste ihn ebenfalls.

»Stört Sie das Kind?«, fragte Sweyn.

»Ganz und gar nicht«, antwortete sie nachdrücklich und wirkte dabei ernsthafter, als die Situation es erforderte.

Rol machte es sich wieder auf ihrem Schoß bequem und begann, den Verband an seiner Hand abzuwickeln. Er machte eine kurze Pause, als er die von Blut durchnässte Stelle sah, wickelte dann aber weiter, bis seine Hand vom Verband befreit war und man den langen, wenn auch nicht sehr tiefen, Schnitt sehen konnte. Er hielt ihn Weißfell vors Gesicht und wünschte sich inständig, ihr Mitleid und ihre Anteilnahme zu wecken.

Als sie den Schnitt und den blutdurchtränkten Verband sah, hielt sie plötzlich den Atem an und drückte Rol an sich, ganz fest. So fest, dass er schließlich sogar versuchte, sich frei zu strampeln. Ihr Gesicht war hinter dem Jungen verborgen, sodass niemand dessen Ausdruck bemerkte. Es wurde von einem unheimlichen Glanz erhellt.

Weit entfernt, hinter dem Tannenwäldchen und dem niedrigen Hügel dahinter, eilte der seit Langem erwartete Christian nach Hause. Seit Tagesanbruch war er auf den Beinen, um sich mit den besten Jägern der Farmen und Weiler im Umkreis von zwölf Meilen für die anstehende Bärenjagd zu besprechen. Er war bis zum späten Abend aufgehalten worden und begann nun zu rennen, und dank seiner langen, gleichmäßigen Schritte legte er die verbleibenden Meilen rasch zurück.

Auch als er das Tannenwäldchen erreichte, in dem es so dunkel war, als sei bereits Mitternacht, verlangsamten sich seine Schritte kaum, obwohl der Pfad nicht mehr zu erkennen war, und als er aus dem Saum des Wäldchens herauslief, konnte er das einige Hundert Meter hügelabwärts gelegene Farmhaus bereits sehen. Freudig trat er aus den Tannen hervor – doch beinahe im selben Augenblick sprang er hastig in Deckung und blieb ruhig stehen. Im Schnee erkannte er die Spur eines großen Wolfes.

Seine Hände suchten nach dem Messer, seiner einzigen Waffe. Er beugte sich vor, kniete nieder, um sich auf die Augenhöhe des

Tieres zu begeben, und schaute sich um. Angespannt biss er die Zähne zusammen. Sein Herz pochte wie wild, was jedoch nicht allein daran lag, dass er bis hierher gerannt war. Ein einsamer Wolf – er wusste, dass diese Tiere fast immer besonders wild und groß wurden – war eine außergewöhnliche Bestie, die nicht zögern würde, einen einzelnen Mann anzugreifen.

Diese Wolfsspuren waren die größten, die Christian je gesehen hatte, und sofern er es beurteilen konnte, waren sie noch ganz frisch. Sie führten vom Tannenhain den Hügel hinunter. Die Verspätung, die ihn so verärgert hatte, war vielleicht sein Glück gewesen, dachte er. Sein Glück, dass er nicht durch das finstere Wäldchen gelaufen war, als im Dunkeln möglicherweise gefährliche Reißzähne lauerten. Wachsam folgte er der Spur.

Sie führte den Hügel hinunter und über den zugefrorenen Fluss, dem sie anschließend bis zur Farm folgte. Ein weniger geschultes Auge als Christians hätte die Spuren vielleicht nicht als Wolfsspuren erkannt und sie für die Fährte von Tyr oder einem anderen großen Hund gehalten. Er war sich jedoch sicher – er würde die Spuren eines Wolfes niemals mit denen eines Hundes verwechseln.

Sie führten weiter geradeaus – geradewegs zur Farm.

Die Tatsache, dass ein umherstreifender Wolf sich so nahe heranwagte, überraschte und ängstigte Christian gleichermaßen. Er zog sein Messer und ging weiter, etwas schneller und noch wachsamer als zuvor. Oh, wäre doch nur Tyr bei ihm!

Immer weiter geradeaus – unmittelbar bis zur Tür, vor der kein Schnee lag. Das Herz schien ihm aus der Brust zu springen und stehen zu bleiben. Die Spur endete hier.

Nichts, niemand lauerte auf der Veranda, und es führten auch keine Spuren vom Haus fort. Die Tannen ragten aufrecht in den Himmel und die Wolken hingen tief. Der Wind hatte sich gelegt, und vereinzelt fielen Schneeflocken. Verwirrt und erschrocken blieb Christian einen Augenblick wie erstarrt stehen. Dann drückte er die Klinke und trat ein. Er erkannte all die alten, vertrauten

Gestalten und Gesichter, und unter ihnen das einer Fremden; sie war sehr schön und in Fell gekleidet. Die grausame Wahrheit traf ihn wie ein Blitz. Er wusste sofort, was sie war.

Nur wenige blickten auf, als er durch die klappernde Tür trat. Im Raum herrschte ein lautes, geschäftiges Treiben, denn es war Abendessenszeit. Sämtliche Werkzeuge wurden zur Seite geräumt und Tische und alles Weitere bereitgestellt. Christian wusste selbst nicht, was er sagte oder tat, er bewegte und unterhielt sich nur mechanisch und hoffte, bald aus diesem fürchterlichen Traum zu erwachen.

Sweyn und seine Mutter glaubten offenbar, er sei einfach todmüde, und stellten daher keine unnötigen Fragen. Schließlich saß er an der Feuerstelle, direkt neben dem schrecklichen Wesen, das aussah wie ein hübsches Mädchen. Er beobachtete jede ihrer Bewegungen und ihm gefror das Blut in den Adern, als er sah, wie sie mit Rol kuschelte.

Sweyn stand neben ihnen und betrachtete Weißfell ebenfalls genau, wenn auch mit ganz anderen Augen! Sie schien die Blicke der beiden nicht zu bemerken und nahm weder die kalte Angst in Christians noch die warme Bewunderung in Sweyns Augen wahr.

Die beiden Brüder waren Zwillinge, aber sie konnten nicht unterschiedlicher sein, auch wenn sie sich sehr ähnlich sahen. Ihre Gesichtszüge glichen einander sehr, beide hatten hellbraunes Haar und tiefblaue Augen, aber Sweyns Züge waren so perfekt wie die eines jungen Gottes, während Christians kleine Makel aufwiesen. Sein Mund verlief zu gerade, die Augen lagen zu tief in den Höhlen und seine Gesichtsform war weniger ebenmäßig als Sweyns. Beide waren zwar hochgewachsen, aber Christian war für seine Größe zu schmal, wohingegen Sweyns wohlgeformter Körper, seine breiten Schultern und seine muskulösen Arme ihn zu einem außergewöhnlichen Abbild männlicher Schönheit und Stärke machten. Beim Jagen und Fischen konnte es niemand mit Sweyn aufnehmen. Überall in der Gegend war er als der beste Ringer, Reiter, Tänzer und Sänger anerkannt. Nur beim Laufen wurde er übertroffen, wenn auch einzig und allein von seinem jüngeren Bruder. Sweyn vermochte jedermann sonst mühelos abzuhängen, aber Christian ließ ihn mit Leichtigkeit hinter sich. Wenn Sweyn vor Anstrengung bereits keuchte, lief Christian noch locker neben ihm her und lachte und redete.

Christian bildete sich nicht viel auf seine Schnelligkeit ein, da er die Beine eines Mannes für dessen unwichtigste Körperteile hielt. Er beneidete seinen Bruder wegen dessen athletischer Überlegenheit nicht, auch wenn ihm in fast allen Dingen nur der bescheidene zweite Platz hinter seinem Bruder blieb. Er liebte ihn, wie nur ein Zwilling lieben kann – er war stolz auf alles, was Sweyn tat, zufrieden mit allem, was Sweyn erreichte, und dabei so bescheiden, dass es ihm nichts ausmachte, dass seine bedingungslose Liebe nicht in gleichem Maße erwidert wurde. Er wusste ja, dass er selbst einer solchen Liebe weit weniger wert war.

Christian wagte nicht, den Schrecken, der sich unter ihnen befand, vor den Kindern und Frauen in Worte zu fassen. Er wollte zuerst mit seinem Bruder sprechen, aber Sweyn schien seine Zeichen nicht zu sehen oder nicht sehen zu wollen und richtete seinen Blick die ganze Zeit über auf Weißfell.

Christian zog sich von der Feuerstelle zurück – er konnte angesichts des entsetzlichen Grauens nun nicht länger untätig bleiben. »Wo ist Tyr?«, fragte er plötzlich, sah den Hund dann aber in einer entfernten Ecke sitzen. »Weshalb ist er dort angekettet?«

»Er hat sich auf die Fremde gestürzt«, antwortete jemand.

Christians Augen leuchteten auf. »Ach ja?«, sagte er forschend, erhob sich und ging ohne ein weiteres Wort zu der Ecke hinüber, in der Tyr an der Kette lag. Der Hund sprang auf und begrüßte ihn mit einem herzzerreißenden Winseln, das so viel Empörung ausdrückte, wie es dem einfachen Tier nur möglich war. Er streichelte den schwarzen Kopf. »Braver Tyr! Tapferer Hund!«

Sie wussten es – nur sie allein – und so spendeten der Mann und der einfache Hund sich gegenseitig Trost.

Christian blickte wieder zu Weißfell hinüber, und auch Tyr

wandte sich ihr zu, sodass seine Kette bis zum Äußersten gespannt war. Christians Hand lag auf dem Nacken des Hundes, und er spürte, wie er sich vor unbändiger Wut anspannte und erzitterte und wie sich sein Fell sträubte.

Auch Christian erzitterte, doch sein Zorn war aus einer Erkenntnis entstanden, nicht aus einem Instinkt – er konnte nicht beweisen, was sie war, und war ihr dadurch ebenso unterlegen, wie Tyr es in körperlicher Hinsicht war. Nein, er wagte nicht, am Wesen der Frau zu rühren! Er konnte es nicht, wenn er nicht riskieren wollte, dass er selbst oder Tyr töten musste oder getötet wurde.

Dann ging er wieder zurück, um noch einige Fragen zu stellen.

»Seit wann ist die Fremde hier?«

»Sie ist etwa eine halbe Stunde vor dir gekommen.«

»Wer hat ihr die Tür geöffnet?«

»Sweyn. Sonst hat sich niemand getraut.«

Die Antwort klang irgendwie geheimnisvoll.

»Weshalb?«, fragte Christian. »Ist denn etwas Seltsames passiert? Willst du es mir nicht sagen?«

Als Antwort erzählte man ihm mit leiser Stimme vom eigenartigen Rufen und Klopfen an der Tür, das sich dreimal wiederholt hatte, obwohl keine Menschenseele zu sehen gewesen war, von Tyrs erschütterndem Geheul und davon, dass Sweyn draußen Wache gehalten, aber nichts gesehen hatte.

Christian drehte sich voller Ungeduld zu seinem Bruder um, da er verzweifelt ein paar Worte unter vier Augen mit ihm wechseln wollte. Die Tafel war gedeckt, und Sweyn führte Weißfell zu dem Platz, den sie stets für Gäste reservierten. Alles wurde nun noch schlimmer! Sie würde unter dem Dach seiner Familie das Brot mit ihnen brechen.

Christian trat nach vorne, fasste Sweyn am Arm und flehte ihn flüsternd um Gehör an. Sein Bruder starrte ihn verärgert an und schüttelte ungeduldig den Kopf.

Christian brachte nun keinen Bissen mehr hinunter.

Schließlich bot sich ihm doch noch eine Gelegenheit. Weißfell fragte nach den besonderen landschaftlichen Merkmalen in der Umgebung, auch nach Cairn Hill, an dem sie sich um Mitternacht mit jemandem treffen wollte.

Die Hausherrin und Sweyn stießen gemeinsam einen leichten Entsetzensschrei aus. »Der Hügel ist ganze drei Meilen entfernt«, sagte Sweyn, »und unterwegs findet man nirgendwo Schutz, nur in einer heruntergekommenen Hütte. Bleib heute Nacht bei uns, dann werde ich dir morgen den Weg zeigen.«

Weißfell schien zu zögern. »Drei Meilen«, entgegnete sie. »Dann sollte ein Zeichen von hier aus zu sehen oder zu hören sein.«

»Ich werde nachsehen«, bot Sweyn an. »Wenn es kein Zeichen gibt, musst du uns auch nicht verlassen.«

Er ging zur Tür. Christian folgte ihm leise hinaus.

»Sweyn, hast du nicht bemerkt, was sie ist?«

Sweyn, den Christians fester Griff und seine leise, aber barsche Stimme überraschten, antwortete: »Sie? Wer? Weißfell?«

»Ja.«

»Sie ist das schönste Mädchen, das ich je gesehen habe.«

»Sie ist ein Werwolf.«

Sweyn brach in schallendes Gelächter aus. »Bist du verrückt?«

»Nein. Hier, sieh selbst.«

Christian zog ihn von der Veranda und deutete auf den Schnee, in dem er die Fußspuren gesehen hatte – doch sie waren verschwunden. In der Zwischenzeit war eine Menge Schnee gefallen, der sämtliche Abdrücke bedeckt hatte.

»Nun?«, sagte Sweyn.

»Wärst du gleich mitgekommen, als ich dir Zeichen gegeben habe, dann hättest du es mit eigenen Augen gesehen.«

»Was gesehen?«

»Dass die Spuren eines Wolfes zur Tür hin führten, aber keine von der Tür weg.«

Es war unmöglich, nicht schon allein durch Christians Tonfall beunruhigt zu sein, auch wenn er beinahe flüsterte. Sweyn sah seinen Bruder besorgt an, aber in der Dunkelheit erkannte er in seinem Gesicht keine Regung. Dann legte er seine Hände sanft und verständnisvoll auf Christians Schultern und spürte, wie jener vor Aufregung und Entsetzen zitterte.

»Man sieht seltsame Dinge«, begann er, »wenn die Kälte das Gehirn angreift und sich bis hinter die Augen schleicht. Du warst völlig durchgefroren und erschöpft, als du hier ankamst.«

»Nein. Ich habe die Spur zuerst oben auf dem Hügel gesehen und bin ihr bis zur Tür gefolgt. Das war keine Einbildung.«

Sweyn glaubte jedoch sicher, dass es genau das gewesen war. Christian hing oft Tagträumen und eigenartigen Fantasien nach, aber er hatte sich noch nie zuvor etwas so Seltsames eingebildet.

»Glaubst du mir denn nicht?«, fragte Christian verzweifelt. »Du musst mir glauben. Ich schwöre, es ist die reine Wahrheit. Bist du denn blind? Selbst Tyr hat es bemerkt.«

»Morgen, wenn du dich die ganze Nacht erholt hast, wirst du nicht mehr so verwirrt sein. Dann kannst du, wenn du möchtest, mitkommen, wenn ich Weißfell zum Cairn Hill führe. Und wenn du noch immer Zweifel hast, kannst du dich selbst davon überzeugen, welche Fußspuren sie hinterlässt.«

Verärgert über Sweyns offensichtliche Missachtung, drehte Christian sich sehr abrupt wieder zur Tür um. Sweyn hielt ihn zurück.

»Was nun, Christian? Was willst du jetzt tun?«

»Du willst mir nicht glauben, aber Mutter wird es tun.«

Sweyns Griff wurde fester. »Du wirst ihr nichts erzählen«, herrschte er ihn an.

Normalerweise fügte sich Christian so bedingungslos den Anweisungen seines Bruders, dass es diesen nun sehr überraschte, als er sich entschlossen losriss und bestimmt entgegnete: »Sie muss es wissen.«

Sweyn stand jedoch näher an der Tür und ließ ihn nicht vorbei. »Sie musste heute Abend schon so viel Furchteinflößendes überstehen. Erzähle es ihr morgen, wenn du dann immer noch so denkst.«

Christian wich noch immer nicht zurück.

»Frauen ängstigen sich leicht«, fuhr Sweyn fort, »und schenken jeder irrsinnigen Vorstellung schnell Glauben, auch wenn sie sich nicht beweisen lässt. Sei ein Mann, Christian, und vergiss diese Werwolf-Fantasie.«

»Wenn du mir nur glauben würdest.«

»Ich glaube, dass du ein Narr bist«, erwiderte Sweyn, der langsam die Geduld verlor. »Jeder andere, der nicht zufällig dein Bruder ist, würde dir böse Absichten unterstellen, weil Weißfell mich viel offenherziger angelächelt hat als dich.«

Diese Feststellung entbehrte nicht einer gewissen Grundlage, denn die Blicke der bezaubernden Weißfell suchten Sweyn tatsächlich immer wieder – Christian würdigte sie hingegen keines Blickes. Sweyns Scherze waren häufig sehr entlarvend, aber auch leicht zu verzeihen.

»Wenn du einen Verbündeten suchst«, fuhr Sweyn fort, »vertrau dich der alten Trella an. In ihrem umfangreichen Wissensschatz findet sie – sofern ihr Gedächtnis sie nicht im Stich lässt – bestimmt einige hilfreiche Ratschläge, wie man gemeinhin gegen Werwölfe vorgeht. Wenn ich mich recht erinnere, sollte man die verdächtige Person bis Mitternacht genau beobachten, denn dann muss sie wieder die Gestalt eines Tieres annehmen. Wenn ein Mensch ihre Verwandlung beobachtet, kann sie diese Gestalt auf ewig nicht mehr ablegen. Oder, noch besser, man benetzt Hände und Füße mit Weihwasser – das bedeutet ihren sicheren Tod! Oh, hab keine Angst, die alte Trella wird dem Grauen gewiss gewachsen sein.«

Sweyn äußerte seine Verachtung nun nicht mehr im Scherz, denn der ungeheuerliche Verdacht, den Christian gegen Weißfell hegte, machte ihn mit jeder Minute wütender.

Christian war jedoch viel zu erschüttert, um sich getroffen zu fühlen: »Du sprichst, als seien das alles nur Ammenmärchen. Aber wenn du gesehen hättest, was ich gesehen habe, den Beweis, dann würdest du dir zumindest wünschen, dass sie wahr wären. Und wahrscheinlich würdest du sogar selbst beweisen wollen, dass sie es sind.«

»Also gut«, entgegnete Sweyn mit einem Lachen, das leicht verächtlich klang, »dann beweise es – ich habe nichts dagegen, solange du deine Fantasien für dich behältst. Nun komm, Christian, gib mir dein Wort, dass du schweigen wirst, dann müssen wir hier nicht länger frieren.«

Christian schwieg.

Sweyn legte ihm erneut die Hände auf die Schultern und versuchte vergeblich, sein Gesicht in der Dunkelheit zu erkennen.

»Wir haben uns noch nie gestritten, Christian.«

»Ich habe mich noch nie gestritten«, erwiderte Christian. Er wurde sich zum ersten Mal der Tatsache bewusst, dass sein diktatorischer Bruder schon oft Bemerkungen gemacht hatte, die schnell zu einem Streit geführt hätten, wenn Christian den Köder geschluckt hätte.

»Nun«, sagte Sweyn eindringlich, »wenn du mit irgendjemand sonst so über Weißfell sprichst wie heute Abend mit mir, dann werden wir uns streiten.«

Er sprach die Worte wie ein Ultimatum aus, drehte sich abrupt um und ging zurück ins Haus. Christian, der sich nun noch verängstigter und elender fühlte als zuvor, folgte ihm.

»Es schneit sehr stark – es ist kein einziges Lichtzeichen zu sehen.«

Weißfells Blick streifte Christian scheinbar, ohne ihn wahrzunehmen, und fiel dann freudig strahlend auf Sweyn.

»Und es ist auch kein Signal zu hören?«, fragte sie. »Hast du nicht vielleicht das Tönen eines Horns gehört?«

»Ich habe weder etwas gesehen noch gehört, und – Signal oder nicht – das heftige Schneetreiben fesselt dich ohnehin an dieses Haus.«

Sie schenkte ihm zum Dank ein herrlich strahlendes Lächeln. Christian überkam jedoch eine tödliche Vorahnung und sein Herz wurde schwer wie Blei, als er sah, welchen Glanz dieses Lächeln in Sweyns Augen zauberte.

In dieser Nacht hielt Christian, obwohl er erschöpfter war als alle anderen, bis nach Mitternacht Wache vor dem Gästezimmer. Er vernahm kein einziges, noch so winziges Geräusch. Stimmte die alte Geschichte von der mitternächtlichen Verwandlung? Was befand sich auf der anderen Seite der Tür – eine Frau oder eine Bestie? Er hätte seine rechte Hand gegeben, um es zu erfahren.

Instinktiv legte er die Hand auf die Klinke und drückte sie sanft hinunter, obwohl er annahm, dass sie von innen verriegelt war. Die Tür öffnete sich jedoch. Er stand auf der Schwelle und wurde von einem heftigen Luftzug erfasst. Das Fenster stand offen – das Zimmer war leer.

Christian schlief mit etwas leichterem Herzen ein.

Am Morgen waren alle sehr überrascht und stellten die unterschiedlichsten Vermutungen zu Weißfells Verschwinden an. Christian verhielt sich ruhig, er vertraute nicht einmal seinem Bruder an, dass sie bereits vor Mitternacht geflohen war. Sweyn, der offensichtlich sehr verärgert darüber war, schien ihr Verschwinden nicht mit Christians Befürchtungen in Zusammenhang zu bringen.

Später nahm nur der ältere Bruder an der Bärenjagd teil, Christian erfand eine Ausrede und blieb zu Hause. Sweyns Missstimmung führte dazu, dass er die ganze Zeit schwieg und seinem Bruder auch keinerlei Vorhaltungen machte.

Den ganzen Tag über und für viele Tage danach entfernte Christian sich nie außer Sichtweite des Hauses. Nur Sweyn fiel sein seltsames Verhalten auf, und er reagierte sehr gereizt darauf. Keiner der beiden sprach je Weißfells Namen aus, doch in den Unterhaltungen der anderen fiel er recht häufig. Es verging beinahe kein Tag, an dem Klein Rol nicht fragte, wann Weißfell wiederkomme, die wunderschöne Weißfell, deren Küsse wie weiche Schneeflocken waren. Und wenn Sweyn ihm antwortete, war Christian sich sicher, dass der Glanz in dessen Augen, den ihr Lächeln dorthin gezaubert hatte, noch immer nicht völlig erloschen war.

Der kleine Rol! Ungezogener, aufgeweckter, blonder Rol! Schon bald kam der Tag, an dem er mit seinen Füßen über die Türschwelle sprang und nie mehr zurückkehrte, an dem sein Plappern und Lachen zum letzten Mal zu hören waren, an dem Tränen der Herzen brechenden Trauer und Pein über die Wangen aller rinnen sollten, da sie sein fröhliches Gesicht nie wieder – niemals wieder – sehen würden, weder lebendig noch tot.

Zum letzten Mal sah man ihn in der Abenddämmerung, als er mit seinem Welpen aus dem Haus stürzte, um in einer seiner Launen gegen die alte Trella zu rebellieren. Später, als seine lange Abwesenheit bereits Anlass zur Sorge gab, kam sein Welpe allein zur Farm zurückgekrochen – er war völlig verschüchtert, winselte und kläffte –, ein mitleiderregendes, dummes, erschrockenes Häuflein Hund, dem es an Mut fehlte, um die verängstigten Suchenden in die richtige Richtung zu führen.

Rol wurde nie gefunden, es gab keine Spur von ihm. Wie er gestorben war, konnte man nur erahnen – man ging davon aus, dass ein wildes Tier ihn zerfleischt hatte.

Christian hörte, wie jemand die Vermutung »ein Wolf« äußerte, und eine schreckliche Gewissheit durchfuhr ihn. Er wusste nur zu gut, um welchen Wolf es sich handelte. Er versuchte, den anderen zu berichten, was er wusste, aber als Sweyn seine weißen Lippen sah und sein aufgeregtes Stottern hörte, ahnte er, was Christian sagen wollte. Er zerrte ihn zurück und zwang ihn mit festem Griff, zornigem Blick und einem leisen Flüstern, still zu sein. Wieder fügte Christian sich den heftigen Worten und dem Willen seines Bruders und hielt sich, wider besseres Wissen, zurück.

Er bereute seine Entscheidung, noch bevor der Neumond – der erste des Jahres – vorbei war. Weißfell kam zurück, und als sie eintrat, hatte sie ein arrogantes Lächeln auf den Lippen, da sie sich offensichtlich sicher war, aufs Herzlichste willkommen geheißen zu werden. Und tatsächlich gab es nur einen, der ihre Schönheit und ihre seltsame weiße Kleidung nicht freudestrahlend betrachtete. Auch Sweyns Gesicht leuchtete entzückt auf, während Christian so blass und starr aussah wie der Tod persönlich. Er hatte versprochen, sich ruhig zu verhalten, aber er hätte nie gedacht, dass sie es wagen würde, zurückzukehren. Es war ihm unmöglich, noch länger zu schweigen – von Angesicht zu Angesicht mit diesem Ding –, einfach unmöglich! Er konnte sich nicht zurückhalten und rief: »Wo ist Rol?«

Auf Weißfells Gesicht war keine Regung zu erkennen. Sie hörte ihn, aber sie lächelte nur weiter und erwiderte nichts – Sweyns Augen funkelten seinen Bruder jedoch gefährlich an. Einigen Frauen stiegen die Tränen in die Augen, als sie den Namen des armen Kindes hörten, aber keine schien die plötzliche Frage merkwürdig zu finden, denn der Gedanke an Rol war stets präsent. Wo war Rol, der sich in die Arme der Fremden gekuschelt, sie geküsst, die ganze Zeit sehnsüchtig auf sie gewartet und jeden Tag nach ihr gefragt hatte?

Christian ging ohne ein weiteres Wort nach draußen. Er konnte nur noch eines tun und durfte jetzt keine Zeit verlieren. Seine entsetzliche Angst überschattete selbst die Neugier, sich Weißfells Erklärung für ihr seltsames, unhöfliches Verschwinden anzuhören, ihrer sicherlich überzeugenden Erzählung zu lauschen, zu erfahren, weshalb sie zurückgekehrt war, oder ihr dabei zuzusehen, wie sie Entsetzen vortäuschte, wenn sie vom traurigen Schicksal des kleinen Rol erfuhr.

Der schnellste Läufer der Umgebung brach zu seinem härtesten Rennen auf – es führte ihn über etwas weniger als drei Meilen, und er nahm an, die Strecke in zwei Stunden zurücklegen zu können, obwohl die Nacht mondlos und der Untergrund uneben war.

Christian rannte durch die stille Dunkelheit, bis die klirrend kalte Luft sich wie eisiger Wind auf seinem Gesicht anfühlte. Das schwach beleuchtete Farmhaus versank hinter der Hügelkuppe. Vor ihm ragten neue schneebedeckte Hügel vor dem dunklen Horizont auf, die wie die klare ruhige Luft an ihm vorbeizogen und schließlich wieder in der Finsternis versanken. Er nahm die Besonderheiten der Landschaft nicht bewusst zur Orientierung wahr, auch dann nicht, als er den Pfad unter der tiefen Schneedecke nicht mehr erkennen konnte. Er war fest entschlossen, sein Ziel so schnell wie nur irgend möglich zu erreichen, und seine kräftigen Beine trugen ihn eher instinktiv dorthin, als dass er sich von einer konkreten Vorstellung leiten ließ.

Sein müder Verstand rührte sich kaum, er war träge, aber in diese Leere drangen vereinzelt rastlose Erinnerungen an Dinge, die er in der Vergangenheit gesehen oder gehört hatte: der weinende, lachende, spielende Rol, der sich in den Armen der schrecklichen Kreatur so geborgen gefühlt hatte. Tyr – o Tyr! Die weißen Reißzähne, die unter schwarzen Lefzen hervorragten. Die Frauen, deren Tränen auf den dummen Welpen fielen, der ihnen so viel bedeutete, weil er doch das Letzte war, was die Händchen des Kindes berührt hatten. Die Fußspuren, die von den Tannen bis zur Haustür führten. Ein lächelndes Gesicht unter einem weißen Fell, das einer wunderschönen Frau gehörte, die stets lächelte, immer nur lächelte – und Sweyns Gesicht.

»Sweyn, Sweyn, o Sweyn, mein Bruder!«

Sweyns verärgertes Lachen rauschte wie der Wind, den seine schnellen Schritte erzeugten, in seinen Ohren. Die Verachtung seines Bruders traf ihn heftiger als die beißende Kälte in seinen Lungen. Und dennoch ließ er sich nicht von dem Gedanken daran beirren, wie groß Sweyns Zorn und Verachtung erst sein würden, wenn er erfuhr, was er vorhatte.

Für den jüngeren Christian war alles Leben ein spirituelles Mysterium, das sich einem niemals völlig offenbarte, solange man ihm durch den Schleier der fleischlichen Hülle begegnete. Da er wusste, dass auch sein eigener Körper mit den komplexen, antagonistischen Kräften verbunden war, aus denen die Seele besteht, schien es ihm keineswegs abwegig, dass einzelne dieser Kräfte unterschiedliche Formen annehmen und sich immer wieder völlig neu gestalten konnten. Es fiel ihm auch nicht schwer, daran zu glauben, dass Wasser durch Segnung zu Weihwasser werden und Gottes schöne Welt so von diesem übernatürlichen, bösen Wesen befreien konnte – genauso wie reines Wasser irdischen Schmutz wegzuwaschen vermag. Deshalb rannte er die meilenweite Strecke schneller, als sie je ein Mensch zuvor gerannt war. Er hetzte durch die dunkle, stille Nacht, über die kargen, unberührten, schneebedeckten Hügel zu der weit entfernten Kirche, in der im Weihwasserbecken neben der Tür die Rettung wartete. Sein Glaube war so fest, als sei er bereits in der Vergangenheit Zeuge von Wundern gewesen, und dabei so einfach wie der Wunsch eines Kindes und so stark wie der Wille eines Mannes.

In all den Stunden, in denen er sich so ungeheuer anstrengte, wie er nur konnte, vermisste man ihn kaum. Im Farmhaus verbrachte man in der Zwischenzeit fröhliche Stunden, man unterhielt sich angeregt und war ungewöhnlich heiter, denn die Anmut der endlich zurückgekehrten schönen Fremden weckte in den Farmbewohnern großes Interesse, und sie hießen sie mit überschwenglicher Herzlichkeit willkommen.

Sweyn war besonders bemüht und ernsthaft, und er begegnete Weißfell mit weit mehr als der Warmherzigkeit eines Gastgebers. Ihre Ausstrahlung, die ihn bei ihrem ersten Erscheinen so verzaubert hatte und die er seither in seiner Erinnerung trug, beeindruckte ihn nun umso mehr, da sie tatsächlich wieder bei ihm war.

Sweyn, der seinesgleichen unter den Menschen suchte, fand in Weißfell einen Charakter, der genauso fähig und mutig war wie er selbst. Darüber hinaus fehlte es ihrem festen, starken Körper einzig an Masse, sonst wäre sie ebenso kräftig gewesen wie er. Dennoch war ihre weiße Haut wunderbar glatt und es waren bei ihr keine Muskelerhebungen zu erkennen, die seine körperliche Stärke so offensichtlich machten. Dass ein so selbstverliebter Mensch wie Sweyn überhaupt zu solchen Gefühlen fähig war, lag an der leidenschaftlichen Bewunderung, die er für die erhabene Fremde empfand. Seine Leidenschaft glich jedoch eher Verehrung als Liebe, und daher war er völlig frei von der Unsicherheit, von der bescheidenen Zurückhaltung und von den vielen Zweifeln eines

Liebenden. Offen und kühn warb er mit Blicken und Worten um sie und ließ seinen Charme spielen, den er mit natürlicher Leichtigkeit ausstrahlte.

Sie war offensichtlich auch keine Frau, der man leicht schmeicheln konnte. Zärtliches Geflüster schien ihr Ohr fast nie zu erreichen, aber ihre Augen leuchteten auf und glänzten förmlich, wenn sie von mutigen Heldentaten hörte, dann umschloss ihre Hand augenblicklich fest die Axt in ihrem Gürtel, so als durchlebe sie die Geschichte selbst. Sweyns Bewunderung entflammte bei dieser Bewegung ihrer Hand jedes Mal aufs Neue. Er wartete förmlich darauf, versuchte, sie dazu zu verleiten, und strahlte, wenn er sie sah. Ihr Handgelenk war wundervoll, schlank, stark und fest wie Stahl, ihre Hand war zart und wohlgeformt und doch so schnell und eisern, dass sie jederzeit den sofortigen Tod bringen konnte.

Er wünschte sich nichts sehnlicher, als die kräftige Berührung dieser Hände zu spüren, und er ließ seinen Wunsch mit unverschämter Direktheit wahr werden, indem er vorschlug, Weißfell solle nun ihren Jagdliedern lauschen, da sich beim Singen des Refrains alle an den Händen fassen mussten. Mit seiner herrlichen Stimme sang er die Strophen, und als er zum Refrain kam, ergriff er ihre Hände. Wie er es sich gewünscht hatte, spürte er selbst bei diesem leichten Druck ihre eigentliche Stärke und Kraft, die sogar bis in ihre Fingerspitzen reichte. Als es zu voller Lautstärke anschwoll, wurde sie von dem Lied mitgerissen, und bei den letzten Zeilen war ihre klare Stimme laut und deutlich zu vernehmen.

Dann sang sie selbst ein Lied. Als Kontrast oder weil sie schlicht stolz darauf war, dass sie mit ihrer Stimme die unterschiedlichsten Stimmungen zu erzeugen vermochte, wählte sie ein tieftrauriges Lied in Moll, das so tragisch klang, als sänge der Wind ein Klagelied:

Oh, lasst mich ziehen!
Durch Kränze aus wirbelndem Schnee,
Über die dunkle, schlafende Erde ich geh'.

Über die weite Ebene schallt
Eine Stimme, vor Schmerz so kalt
»Wo findet mein Schatz nur Halt?

In meinem weißen Schoß
Findet das süße Leben Trost
Und Wärme vor dem Frost.«

Sie ruft: »Sei still, sei still!«
Weil die finstere Nacht es will –
Zwei Sterne in Deinen Augen – »Nur still!«

Mein Schatz, so komm mit mir!
Bis der Morgen graut, lieg' hier,
Kommt der Tag, entgleitest Du mir.

Nichts ist von Dauer, mein Kind
Doch mit dem schrecklichen Wind
Verwehen die Sorgen geschwind.

Alle Könige sind geheißen,
Dir kniend Ehr' zu erweisen,
Und Dich für ihr Leben zu preisen.

Die Menschen leiden seit langer Zeit,
Sind voll Hoffnung für morgen bereit,
Und schieben das Gestern beiseit'.

Sie sind mein und nicht Deine,
Juwelen von edelstem Scheine!
Friede umgibt Dein Haupt, doch nicht das meine!«

Die alte Trella kam aus ihrer Ecke gewankt, so als sei eine Erinnerung in ihr wiedererweckt worden und habe sie zusätzlich gelähmt. Sie blickte mit ihren trüben Augen zu der Sängerin hinüber und neigte dabei ihren Kopf, um mit dem einen Ohr, das die Klänge überhaupt noch wahrnehmen konnte, auch wirklich jeden Ton zu hören. Als das Lied zu Ende war, tastete sie sich noch weiter nach vorne und murmelte mit ihrer hohen Stimme, die vielen alten Menschen zu eigen ist: »So hat sie gesungen, meine Thora, meine Jüngste und Schönste. Wie sieht sie aus, die Frau, die die Stimme meiner toten Thora hat? Sind ihre Augen blau?«

»So blau wie der Himmel.«

»Wie die meiner Thora! Hat sie blondes Haar, und ist es zu Zöpfen gebunden, die bis zu ihrer Taille reichen?«

»So ist es«, antwortete Weißfell selbst, und sie ergriff die ausgestreckten Arme der Alten und hielt sie, sodass sie sich durch eine Berührung von Weißfells Worten überzeugen konnte.

»Wie bei meiner toten Thora«, wiederholte die alte Frau, und dann legte sie ihre zitternden Hände auf die mit Fell besetzte Schulter, beugte sich vor und küsste Weißfells zartes, hübsches Gesicht, das ihr zugewandt war. Weißfell schien die Zärtlichkeit mit Freuden zu empfangen und zu erwidern.

So sah Christian sie, als er eintrat.

Einen Moment lang blieb er stehen. Nach dem anstrengenden zweistündigen Lauf durch die sternenlose Dunkelheit und die eiskalte Nachtluft drehte sich alles bei ihm, als er die Wärme, das Licht und das fröhliche Stimmengewirr um sich herum wahrnahm.

Plötzlich wurde er von einer unerwarteten Angst erfasst. Zum ersten Mal fürchtete er, von Weißfells Listen und von ihrer Kühnheit übermannt zu werden. Er war sich sicher, dass sie sich bei einer Begegnung mit dem leibhaftigen Tod in eine grauenhafte, brüllende Bestie verwandeln und dass sie aus diesem schrecklichen Kampf am Ende als Siegerin hervorgehen würde. Voller Schrecken und Mitleid betrachtete er die ahnungslosen, hilflosen Menschen, die sich hier wohl und sicher fühlten und keinen Grund hatten, seine Wut zu teilen. Das entsetzliche Wesen in ihrer Mitte, das sein wahres Gesicht durch einen Schleier weiblicher Schönheit vor ihnen verbarg, war der Mittelpunkt des allgemeinen, freundlichen Interesses. Mit Entsetzen sah er, wie sie selbst Trella, die schwache Greisin, dazu gebracht hatte, glückselig ihre Nähe zu suchen. Schon im nächsten Moment konnte die Kreatur ihren ungeheuren Schrecken enthüllen und die fürchterliche, tödliche Gefahr erkennen lassen, in die die losgelassene, tobende Bestie sie alle versetzen würde – Mädchen, Frauen und sorglose, schutzlose Männer.

Und er allein war darauf vorbereitet!

Für einen erschrockenen Augenblick, nicht länger, zögerte er, als ihn schmerzliche Bedenken überkamen, die ihn jedoch nicht von seinem Vorhaben abbringen konnten.

Er allein? Nein, Tyr war bei ihm, und er ging zum einzigen, wenn auch stummen, Mitwisser seines Geheimnisses hinüber.

Seine Gedanken flogen so schnell, dass zwischen seiner Rückkehr und dem Moment, da er Tyrs Halsband löste, nur wenige Sekunden lagen, aber in diesen wenigen Sekunden warf er einen gründlichen Blick durch den Raum und erkannte, dass die anderen blitzschnell reagierten und dass ihre Bewegungen ebenso rasch waren wie seine.

Sweyns wachsamer Blick durchbohrte Christian förmlich, und jede Faser seines Körpers spannte sich sofort an, als er dessen Feindseligkeit spürte. Sweyn sah ihn ungläubig an, schien Christians Vorhaben jedoch zu erahnen, als dieser sich über Tyr beugte. Er machte sich hastig, wachsam, wütend und entschlossen bereit, seinem Bruder, der ihn mit scheinbar wahnsinnigen Augen anblickte, entgegenzutreten.

Dann richtete sich Weißfell hinter Sweyn auf. Sie war ebenso blendend bleich wie ihre Fellumhänge und blitzte ihn mit aufgerissenen, wild funkelnden Augen an. Sie sprang durch den Raum auf die Tür zu. Ihr langes Gewand umwehte ihren Körper.

»Hört doch!«, rief sie atemlos. »Das Signalhorn! Hört ihr es? Ich muss gehen!«

Schon hatte sie die Tür geöffnet und war verschwunden.

Für einen kostbaren Moment zögerte Christian, als er das Halsband lockerte, denn solange die weibliche Gestalt sich nicht in eine Bestie verwandelte, würden Tyrs Reißzähne nicht nur ihr Gewand, sondern mit ihm auch Christians männliche Ehre in Stücke reißen. Er drehte sich sofort um, als er ihre Stimme hörte – aber es war zu spät.

Als sie die Tür aufriss, stürzte er, das Fläschchen mit dem Weihwasser in der Hand, auf sie zu – doch Sweyn warf sich dazwischen. Er zog Christian mit aller Kraft zurück. Nur mit äußerster Anstrengung gelang es ihm, einen Arm zu befreien. In all seiner Verzweiflung warf er das Fläschchen mit voller Wucht nach Weißfell, doch die Tür schloss sich bereits hinter ihr, und es zerbrach in zahllose Scherben.

Als Sweyns Griff sich langsam löste und er die erstaunten Gesichter rundum sah, rief er heiser und undeutlich aus: »Gott stehe uns bei! Sie ist ein Werwolf!«

Sweyn warf sich auf ihn. »Lügner! Feigling!«, brüllte er. Seine Hände schlossen sich mit tödlicher Kraft um die Kehle seines Bruders, als könne er so dessen Worte wieder auslöschen.

Als Christian sich wehrte, hob er ihn mühelos in die Höhe und warf ihn mit voller Wucht zu Boden. Er war so wütend, dass er, auch als sein Bruder bewegungslos liegen blieb, noch nach ihm trat, bis ihre Mutter dazwischenging.

»Welche Schande!«, rief sie.

Erst jetzt hielt Sweyn inne und stand mit angespanntem Kiefer, grimmigen Augenbrauen und geballten Fäusten neben ihr, jederzeit bereit, Christian wieder mit Gewalt zum Schweigen zu bringen.

Christian erhob sich schwankend und verwirrt. Sweyn hatte nicht erwartet, dass sein Bruder so schnell schweigen und sich ihm fügen würde. Sein Zorn verwandelte sich in Verachtung, weil er Christian so leicht durch ein paar Schläge hatte einschüchtern und bezwingen können. »Er ist verrückt!«, sagte er und drehte sich weg, um den quälenden, vorwurfsvollen Ausdruck in den Augen seiner Mutter nicht sehen zu müssen, als er aussprach, was sie insgeheim schon längst befürchtete.

Christian war zu erschöpft, um etwas entgegnen zu können. Er atmete schwer, und seine müden Glieder waren nach all der Anstrengung völlig schlaff und kraftlos. Er wurde sich mit schmerzlicher, verzweifelter Benommenheit seines Versagens bewusst. Hinzu kamen die schreckliche Demütigung durch den offenen, gewalttätigen Streit mit seinem Bruder sowie die Tatsache, dass Sweyn seine tiefe Verachtung ohne den geringsten Zweifel zum Ausdruck gebracht hatte. Er wusste, dass Sweyn sich zum Teil deshalb gegen ihn stellte, weil er unter einem mächtigen Zauber stand.

Sweyn beobachtete seinen Bruder genau. Obwohl er ihn eben erst in die Schranken verwiesen hatte, wagte Christian es tatsächlich, ihn nicht aus den Augen zu lassen, jedem seiner Blicke und seiner Schritte zu folgen und ihn dabei mit einem seltsamen Ausdruck hilfloser Verwirrung anzusehen, der ausreichte, um seinen wütenden Angreifer erneut aus der Fassung zu bringen.

»Wie ein geprügelter Hund«, sagte Sweyn mit so viel Verachtung zu sich selbst, dass sie die Gewissensbisse überdeckte. Er konnte jedoch nicht Christians Erschöpfung übersehen: Der schwere, angestrengte Atem und die schlaff herabhängenden Arme zeugten von einer außergewöhnlichen Anstrengung. Und weshalb war er nach zweistündiger Abwesenheit so entschlossen und feindselig gegenüber Weißfell zurückgekehrt? Als sein Blick auf die Scherben des Fläschchens fiel, wusste er plötzlich alles. Er starrte seinen Bruder entgeistert an. Für einen Moment vergaß er, dass Christian Weißfell angegriffen hatte. Die große Leistung, die sein Bruder vollbracht hatte, seine Geschwindigkeit und Ausdauer, versetzten ihn in Erstaunen und weckten seine Bewunderung.

In dieser Nacht sprachen Sweyn und seine Mutter sehr lange miteinander. Sie waren sicher, dass Christian den Verstand verloren hatte, und berieten, was sie nun unternehmen wollten. Sweyn, der seine Liebe zu Weißfell gestand, vermutete, sein unglückseliger Bruder hege dieselben leidenschaftlichen Gefühle – möglicherweise waren sie ja nicht nur durch Geburt Zwillinge, sondern auch in Liebesdingen. Möglicherweise hatten sich diese Gefühle durch Eifersucht und Verzweiflung von Liebe in Hass verwandelt, bis Christian schließlich nicht mehr vernünftig denken konnte und dem Wahnsinn verfallen war, der sich nun durch seine Boshaftigkeit als mächtige, gefährliche Waffe erwies.

So spann Sweyn seine Theorie immer weiter. Während er sprach, überzeugte er sich selbst davon, dass sie stimmte, und schon bald überzeugte er auch alle anderen, die Zweifel gegenüber Weißfell äußerten.

Doch schon nach wenigen Tagen verlor Sweyn einen Teil seiner Überzeugungskraft, als das Haus erneut von Entsetzen erfasst wurde. Trella war von ihnen gegangen, und ihr Tod war unerklärlich. Die arme alte Frau hatte sich bei den ersten Sonnenstrahlen aus dem Haus geschleppt, um ein bettlägeriges Tratschweib zu besuchen, das hinter dem Tannenwäldchen lebte. Trella war zuletzt unter den Bäumen gesehen worden, als sie ihren Begleiter zurückschickte, damit der ein vergessenes Geschenk holte. Ihr Verschwinden versetzte alle in Aufregung. Sämtliche Männer wurden auf die Suche nach ihr geschickt. Man fand ihren Gehstock im Unterholz neben dem Pfad, aber sonst waren keinerlei Spuren zu sehen, da ein böiger Wind den Schnee von den Ästen geweht und so sämtliche Hinweise auf ihr Verschwinden oder ihr tödliches Ende begraben hatte.

Die Farmbewohner waren so von Angst erfüllt, dass sie nicht wagten, alleine auf die Suche zu gehen. Bekannten Gefahren konnten sie sich stellen, aber nicht diesem heimlichen Tod, der tagsüber unsichtbar durch die Gegend strich und kleine Kinder ebenso aus ihrem Spiel riss, wie er alte Frauen mit sich nahm, die ihrem Grab bereits nahe waren.

»Sie hat Rol geküsst und sie hat Trella geküsst!«, rief Christian immer wieder mit wilder Verzweiflung aus, bis Sweyn ihn schließlich beiseitenahm, um ihn von den anderen fernzuhalten.

Aber von nun an konnte auch Sweyns herrische Autorität die anderen nicht mehr beruhigen, wenn sie ihre Verdächtigungen gegenüber Weißfell äußerten, wenn auch nur untereinander, sodass Sweyn nicht gezwungen war, sie wieder und wieder zu verteidigen. Dennoch war er sich der Bedeutung der Tatsache bewusst, dass er ihren Namen, der zuvor so frei und so oft ausgesprochen worden war, nun nicht mehr laut hörte – er wurde nur noch geflüstert, und dagegen konnte er nichts unternehmen.

Für eine Weile drückte sich der Streit der Brüder bei Sweyn durch unerschütterliche Gleichgültigkeit aus, während Christian stets niedergeschlagen schwieg und seinen Bruder nervös und besorgt beobachtete. Zusätzlich zu seiner Reue und seinen Vorahnungen lastete Sweyns schier unerträgliches Missfallen auf Christian, und jeder Gedanke an den gewaltigen Riss, der zwischen ihnen klaffte, schmerzte ihn zutiefst.

Der ältere Bruder ahnte in seiner Selbstgefälligkeit und Gefühllosigkeit nicht, wie schwer seine Hartherzigkeit Christian zu schaffen machte. Die tiefe Zuneigung, die Christian für ihn empfand, hatte er selbst noch nie gespürt, und die ständige Beobachtung durch seinen Bruder versetzte ihn in ungeheure Wut.

Um Christian zumindest teilweise von dessen Verdacht abzulenken, hielt Sweyn es für eine gute Idee, ihm ein Friedensangebot zu unterbreiten. Dieses Vorhaben fiel ihm leicht: ein bisschen Freundlichkeit, ein paar Zusicherungen, noch einmal über die Anschuldigungen nachdenken zu wollen, und ein wenig sanfter, brüderlicher, wenn auch etwas herrischer Druck, und Christian war ihm so dankbar und so erleichtert, dass Sweyn gewiss gerührt gewesen wäre, hätte er voll und ganz erfasst, was diese Versöhnung für seinen Bruder bedeutete, aber stattdessen wuchs seine Verachtung nur noch mehr, weil er ihn so leicht hatte täuschen können.

Seine List war so erfolgreich, dass Christian keinerlei Verdacht schöpfte, als Sweyn ihm eines späten Nachmittags eine Nachricht übergab, in der er gebeten wurde, sich an einem weit entfernten Ort einzufinden. Als er dort ankam und feststellte, dass man nicht nach ihm geschickt hatte, vermutete er nichts weiter als einen Irrtum oder ein Missverständnis. Erst als er bei der Heimkehr das Farmhaus sah, das sich vor der weißen Schneefläche im grauen Licht der Nacht abzeichnete, erinnerte er sich lebhaft an den Tag zurück, an dem er den Spuren des Schreckens bis an die Haustür gefolgt war. Jetzt erwachte in ihm eine furchtbare Angst, die sich in einen entsetzlich klaren Verdacht verwandelte.

Er umfasste den Bärenspeer, den er als Wanderstab bei sich trug, noch fester. All seine Sinne waren hellwach, sämtliche Muskeln angespannt. Die Erregung trieb ihn an, doch er war äußerst wachsam, als er sich mit langen Schritten schnell und lautlos der Gefahr näherte, die er nun deutlich spürte.

Als er sich dem äußeren Tor näherte, sah er einen hellen Schatten aufsteigen und wieder verschwinden, so als habe sich das nächtliche Grau aus dem Schnee erhoben. Dann erschien ein weiterer, dunklerer Schatten, der sich Christian in den Weg stellte.

Sweyn stand vor ihm – der fliehende Schatten konnte also nur Weißfell sein. Die beiden waren zusammen gewesen – sehr eng und vertraut. Hatte sie nicht in seinen Armen gelegen, so nahe, dass ihre Lippen sich berührten?

Der Mond war nicht zu sehen, doch das Licht der Sterne schien hell genug, um zu erkennen, dass Sweyns Gesicht vor Freude rot leuchtete. Das Rot blieb, doch sein Ausdruck änderte sich sofort, als er seinen Bruder erblickte.

Da Christian alles gesehen hatte, wie sollte er jetzt reagieren – mit Entschlossenheit? Oder Gleichgültigkeit? Er schwankte zwischen diesen beiden und reagierte schließlich mit Arroganz.

»Weißfell?«, fragte Christian atemlos.

»Ja?« Sweyns Antwort klang wie eine Frage und sie hatte einen herausfordernden Unterton.

Christian entgegnete: »Hast du sie geküsst?«

Diese Frage traf Sweyn in ihrer unerwarteten, dreisten Kühnheit wie ein Pfeil. Er blickte Christian noch finsterer an, konnte sich ein Grinsen über seinen Erfolg jedoch nicht verkneifen. Hätte die Rivalität um Weißfell zwischen ihm und seinem Bruder, die Sweyn sich nach wie vor einbildete, tatsächlich bestanden, so hätte sein anmaßender, überheblicher Ausdruck ausgereicht, um Christian in eifersüchtige Rage zu versetzen.

»Du wagst es, mich das zu fragen!«

»Sweyn, oh Sweyn! Ich muss es wissen. Hast du?«

Der verzweifelte, schmerzliche Klang in Christians Stimme verärgerte Sweyn, da er ihn missdeutete. Er empfand diese vermeintlich krankhafte Eifersucht als unerträglich.

»Verrückter Narr!«, sagte er und hielt sich nicht länger zurück. »Suche dir selbst eine Frau, die du küssen kannst, und frage nicht nach meiner. Kein Mädchen, das ich küssen möchte, wird sich jemals dazu herablassen, dich zu küssen.«

Dann endlich verstand Christian, was Sweyn dachte.

»Ich … ich … ich …«, rief er aus. »Weißfell – dieses tödliche Ding! Sweyn, bist du denn blind? Oder wahnsinnig? Ich will dich doch nur vor ihr retten – sie ist ein Werwolf!«

Diese Anschuldigung entrüstete Sweyn erneut – er hielt sie für einen heimtückischen Racheversuch – und im nächsten Augenblick waren die Brüder zum zweiten Mal in eine heftige Auseinandersetzung verwickelt. Aber Christian war nun zu verzweifelt, um seinen Skrupeln nachzugeben. Eine winzige Möglichkeit hatte sich wie ein schwaches Leuchten offenbart, und um sie zu verfolgen, musste er seinen Bruder niederstrecken. Gott sei Dank war er bewaffnet und Sweyn somit ebenbürtig.

Er bedrohte sein Gegenüber mit dem Bärenspeer, riss seine Arme nach oben und schlug mit solcher Wucht mit dem Speerstab zu, dass Sweyn zu Boden ging. Dann rannte der schnellste aller Läufer davon, um einer aussichtslosen Hoffnung zu folgen.

Als Sweyn wieder auf den Beinen stand, war er ebenso erstaunt wie verärgert über die unerklärliche Flucht seines Bruders. Er wusste in der Tiefe seines Herzens, dass sein Bruder kein Feigling war. Es sah ihm gar nicht ähnlich, sich vor einem Kampf zu drücken, auch wenn es keinen Zweifel gab, dass er ihn nicht gewinnen konnte. Sweyn war sich der Sinnlosigkeit einer Verfolgung bewusst – er musste seinen Ärger so lange mit sich tragen, bis sich ihm erneut eine Gelegenheit bot. Da Weißfell nach rechts, Christian jedoch nach links gelaufen war, nahm er nicht an, dass sie sich begegnen würden.

Und Christian, der nun dem schwachen Schimmer einer Möglichkeit nacheilte, die sich ihm offenbarte, als er über den Bergen hinter dem Farmhaus die Bewegung einer Gestalt sah, die sich vor dem grauen Nachthimmel abzeichnete, setzte all seine Hoffnung auf einen glücklichen Zufall und seine eigene außergewöhnliche Schnelligkeit. Wenn das, was er dort sah, wirklich Weißfell war, dann nahm er an, dass sie in Richtung des weiten Ödlandes floh. Dadurch bestand die winzige Möglichkeit, dass er sie durch einen schnellen Sprint oder den verzweifelten, gefährlichen Sprung von einem der kahlen Felsen einholen konnte. Er hatte noch nicht darüber nachgedacht, was er anschließend tun wollte.

Dann war die erste kurze, schnelle Etappe des Rennens vorbei, an dessen Ende sein Tod stehen konnte. Er hielt in einer kleinen Talsenke an und sah sich um. Kam sie dort auf ihn zu? Oder war sie bereits hier vorbeigekommen?

Plötzlich sah er sie. Sie näherte sich ihm mit geschmeidigen, lautlosen, aber schnellen Schritten – sie ging nicht, sie rannte nicht. Sie hatte ihre Arme in den Fellen versteckt, die eng um ihren Körper gebunden waren, und die weißen Felllappen ihrer Mütze zusammengewickelt und dicht unter ihrem Kinn verknotet. Ihr Blick war auf ein Ziel in weiter Ferne gerichtet. Dann musste sie ihre zügigen Schritte durch Christians Erscheinen unterbrechen.

»Fell!«

Als sie den Ruf vernahm, blieb ihr vor Schreck die Luft weg. Plötzlich sah sie sich Sweyns Bruder gegenüber. Ihre Augen funkelten. Sie zog ihre Oberlippe hoch, sodass man die Zähne sehen konnte. Die Hälfte ihres Namens, die er mit solch finsterer Entschlossenheit ausgesprochen hatte, war ihr eine Warnung – sie hatte es mit einem tödlichen Feind zu tun. Dennoch öffnete sie ihr Gewand, sodass die Felle sie wie ein weiter Umhang umgaben, und sprach mit der weichen Stimme einer sanften Frau.

»Was willst du?«

Christian antwortete ihr mit einer ernsten, schrecklichen Anschuldigung: »Du hast Rol geküsst – und Rol ist tot! Du hast Trella geküsst – auch sie ist tot! Du hast Sweyn, meinen Bruder, geküsst, aber ich werde nicht zulassen, dass er stirbt!«

Dann fügte er hinzu: »Du wirst noch bis Mitternacht am Leben bleiben.«

Für einen Augenblick waren ihre gefletschten Zähne und das Funkeln in ihren Augen noch zu sehen, als sie ihre Hand auf den Axtgriff legte. Dann wandte sie sich blitzschnell von ihm ab, sprang vom Felsen und eilte über die Schneedecke davon.

Auch Christian sprang hinunter und folgte ihr rennend durch den Schnee. Er hielt sich dicht hinter und etwa einen halben Schritt neben ihr. So rannten sie gemeinsam und schweigend über die weite, schneebedeckte Ödnis. Außer ihnen beiden bewegte sich kein einziges lebendes Wesen unter dem nächtlichen Sternenhimmel.

Niemals zuvor hatte sich Christian so über seine läuferischen Kräfte gefreut. Sein jahrelanges Training und seine Ausdauer waren nun unermesslich wertvoll für ihn. Obwohl Mitternacht noch viele Stunden entfernt war, war er zuversichtlich, dass er sich, wohin dieses Wesen aus Fell auch eilen würde, nicht abhängen lassen würde und dass sie ihm nicht würde entfliehen können. Dann, wenn die Zeit für ihre Verwandlung gekommen war und die Gestalt der Frau die Bestie nicht länger vor dem tödlichen Schlag eines Mannes schützen würde, würde er sie töten – oder getötet werden, um Sweyn zu retten. In Not hatte er zwar seinen Bruder niedergeschlagen, aber eine Frau konnte er, auch wenn die Vernunft es vielleicht verlangte, niemals schlagen.

Sie rannten eine Meile, zwei Meilen. Christian folgte Weißfell stets in gleichbleibendem Abstand. Er kam ihr dabei so nahe, dass er hin und wieder ihr wehendes Fellgewand berührte. Sie sprach kein Wort, und auch er schwieg. Sie schaute sich nie um und versuchte auch nie, sich weiter von ihm zu entfernen. Die ganze Zeit blickte sie starr nach vorne, rannte immer weiter geradeaus, über unwegsames Gelände und flachen Untergrund, und war sich dabei durch das regelmäßige Geräusch seiner Schritte und seines Atems stets seiner Anwesenheit bewusst.

Nach einer Weile beschleunigte sie das Tempo. Anfangs hatte Christian ihre Schnelligkeit zwar bewundert, war sich mit der Zeit jedoch immer sicherer geworden, dass sie seine eigene Schnelligkeit und Ausdauer nicht würde übertreffen können, sosehr sie sich auch anstrengen mochte. Aber als sie ihre Schritte nun beschleunigte, sah er sich wie in keinem Rennen zuvor auf die Probe gestellt. Ihre Füße flogen in der Tat noch schneller als seine, und einzig dank der größeren Schrittlänge konnte er den Platz an ihrer Seite halten. Dank der tiefen Entschlossenheit in seinem Herzen hatte er keine Angst, dass sie ihn abhängen würde.

So zog sich das Rennen der Verzweiflung durch die Nacht. Die Füße der beiden wirbelten den pulverigen Schnee auf und sie stießen kleine Atemwolken in die klirrend kalte Luft. Doch noch bevor der Schnee sich wieder legte und die Wolken sich wieder auflösten, waren die Läufer schon verschwunden. Hin und wieder blickte Christian zum Sternenhimmel hinauf, um abzuschätzen, wie lange es noch bis Mitternacht dauern würde. Sehr lange noch! Sehr lange!

Weißfell rannte unbeirrt weiter. Es war offensichtlich, dass sie sich sicher war, dass auf Dauer niemand mit ihr Schritt halten konnte. Ebenso zuversichtlich nahm sie an, dass sie ihren Verfolger würde abhängen können, wie Christian annahm, bis Mitternacht durchhalten und sein Vorhaben in die Tat umsetzen zu können. Er hielt mit ungebrochener Selbstsicherheit durch. Er konnte nicht versagen – er durfte nicht versagen. Die Rache für Rol und Trella war ihm Grund genug, zu tun, was er tun musste, aber für Sweyn würde er noch sehr viel mehr tun. Sie hatte Sweyn geküsst – er durfte nicht auch noch sterben. Da er Sweyn retten musste, konnte er unmöglich versagen.

Niemals zuvor hatte es ein solches Rennen gegeben, nicht einmal im antiken Griechenland, als Männer und Jungfrauen um ihr Leben liefen, denn diese beiden rannten mit unverminderter Geschwindigkeit weiter, während Stern um Stern am Himmel aufging und Mitternacht immer näher rückte – sie rannten eine Stunde, zwei Stunden.

Dann sah und hörte Christian etwas, das ihn wie ein Pfeil der Angst durchfuhr. Auf einer von Bäumen umgebenen Anhöhe sah er, wie sich etwas Dunkles bewegte. Dann hörte er einen gellenden Schrei, dem ein noch lauterer, noch entsetzlicherer folgte. Ein dunkles Etwas breitete sich über der Schneedecke aus – es war ein Rudel Wölfe, das sich auf der Jagd befand.

Er hatte keinen Grund, sich vor den Tieren zu fürchten – er würde sie leicht auf Distanz halten können, auch wenn sie vier Beine hatten. Weißfells listige Fähigkeiten machten ihm jedoch furchtbare Angst. Sie würde sich die schrecklichen Reißzähne dieser Wölfe gewiss zunutze zu machen wissen, schließlich war sie zur Hälfte mit ihnen verwandt. Sie sah die Wölfe weder an noch gab sie ihnen ein Zeichen, aber Christian packte instinktiv den hintersten Zipfel ihres Fellumhangs, damit sie ihm keinesfalls entkam.

Sie drehte sich mit einem bestialischen Fauchen zu ihm um: Ihre Zähne und Augen blitzten böse auf. Ihre Axt glänzte bedrohlich, als Weißfell sie plötzlich nach oben riss, und schimmerte ebenso gefährlich auf, als sie auf seine Hand niederfuhr. Sie hätte seine Hand direkt am Handgelenk abgehackt, wenn Christian den Schlag nicht mit seinem Bärenspeer pariert hätte. Dennoch durchtrennte sie den Stab und zertrümmerte die Knochen seiner Hand. Notgedrungen musste er den Zipfel ihres Umhangs loslassen.

Dann hetzte sie weiter, und obwohl seine linke Hand blutend und gebrochen herabhing, fiel Christian keinen Meter zurück.

Das Fauchen war unverkennbar gewesen, auch wenn es durch die Organe einer Frau verzerrt worden war. Die rasende Wut, die aus ihren blitzenden Zähnen und Augen sprach, und der entsetzliche, zerstörerische Schmerz, den sie ihm mit ihrem unbarmherzigen Schlag zugefügt hatte – all dies ließ Christian die wilden Tiere vergessen, die ihn verfolgten, und machte ihm schlagartig und sehr anschaulich wieder bewusst, dass von der tödlichen Kreatur, die vor ihm rannte, eine sehr viel größere Gefahr ausging.

Als er etwas später zurückblickte – dort! –, erreichte das Rudel gerade die Spuren der Läufer, schlich jedoch sofort verängstigt davon. Die wilden Schreie der Verfolger verwandelten sich in klägliches Geheul. Tiere verabscheuten diese Fellbestie ebenso, wie die Menschen es taten.

Sie wickelte ihre Felle wieder enger um sich, dass sie nicht mehr um ihre Knöchel wehten, sondern nur noch bis zu ihren Knien reichten. So verminderten sie ihre Geschwindigkeit nicht, und die Falten behinderten sie auch nicht beim Rennen. Sie hielt ihren Kopf nach wie vor nach oben gerichtet, ihre Lippen fest verschlossen, und atmete nur durch die Nase. Es gab keinerlei Anzeichen dafür, dass die dauerhaft hohe Geschwindigkeit ihr zu schaffen machte.

Christian war die Belastung mittlerweile jedoch anzusehen. Sein Kopf wog schwer auf seinen Schultern. Er keuchte vor Anstrengung. Zu diesem Zeitpunkt wäre der Bärenspeer eine Belastung gewesen. Sein Herz trommelte wie wild und sein Verstand war so verschleiert, dass er sich seiner hoffnungslosen Lage erst nach und nach bewusst wurde: Verwundet und unbewaffnet verfolgte er dieses Wesen, das zwar noch die Gestalt einer bösartigen, verzweifelten Frau hatte, die mit einer Axt bewaffnet war, doch schon bald würde es sich in eine Bestie mit tödlichen Reißzähnen verwandeln.

Die Sterne, die in weiter Ferne am Himmel hingen, zeigten ihm, dass Mitternacht noch immer fast eine Stunde entfernt war. Seine fantastischen Vorstellungen gingen so weit, dass er sich einbildete, Weißfell fliehe vor den Mitternachtssternen, die sie nur sehr langsam einholten, und er hatte das Gefühl, dieses Rennen über den nördlichen Erdkreis dauere nun schon drei Tage an – und es würde noch viele Tage dauern, es sei denn, sie wurde irgendwann langsamer oder ihm versagten die Kräfte.

Aber noch versagten seine Kräfte nicht.

Wie lange betete er nun schon so inständig? Er hatte das Rennen mit so großer Zuversicht begonnen, war sich so sicher gewesen, dass er diese Art des Beistands nicht benötigen würde. Aber nun schien es ihm, als sei dies die einzige Möglichkeit, sicherzustellen, dass sein immer stärker anschwellendes Herz nicht aus seinem Brustkorb platzte und dass sein immer weiter schrumpfender Verstand sich nicht völlig in Luft auflöste. Irgendein Biest biss und zog wieder und wieder an seiner verstümmelten linken Hand. Er konnte es weder sehen noch abschütteln, aber irgendwann verschwand es, nachdem er ein Gebet gesprochen hatte.

Als die hellen Sterne vor ihm erzitterten, wusste er, weshalb. Sie erkannten, was sich hinter ihm befand. Niemals hätte er für möglich gehalten, dass es solch seltsame Dinge gab. Dinge, die sich vor den Menschen verbargen, indem sie sich als schneebedeckte Hügel tarnten, auf denen die Bäume im Wind wogten. Aber nun lüfteten sie ihre harmlos wirkende Tarnung, um ihn zu verfolgen, und dabei machten sie sich über seine Unfähigkeit lustig, ein ihnen verwandtes Wesen dazu zu bewegen, seine wahre Gestalt anzunehmen.

Er spürte, wie sich die Luft hinter ihm immer stärker zusammenzog, hörte das Murmeln unzähliger Stimmen, konnte aber nicht erkennen, zu wem sie gehörten – sie waren zu flink und zu geschickt. Er wusste jedoch, dass sie da waren, denn als er sich umschaute, sah er, wie die Schneehügel sich erhoben, sich dann ganz flach ausbreiteten und aus seinem Blickfeld krochen. Er sah die Bäume schwanken, als sie ihre Äste bis zur Unkenntlichkeit miteinander verknoteten.

Dann schienen die Sterne eine Zeit lang wieder unerschütterlich. Ein endlos langes Band eisiger Stille legte sich auf die kalte, graue Welt, und dieses Band wurde nur durch das gleichmäßige Rauschen ihrer fliegenden Füße, durch das Geräusch seiner eigenen Schritte und durch seinen keuchenden Atem unterbrochen. In einem klaren Moment wurde ihm wieder bewusst, dass er, ohne Rücksicht auf seine Schmerzen und seine Verstörung, die Geschwindigkeit beibehalten musste. Er durfte sich nicht eingestehen, dass Weißfell die Kraft hatte, ihm zu entfliehen oder zumindest den Abstand zwischen ihnen zu vergrößern, bevor die Mitternachtssterne erstrahlten.

Dann wurde das Rennen plötzlich auf grausame Weise unterbrochen.

Weißfell wirbelte herum und sprang zur Seite. Christian, den dieser überraschende Sprung völlig unvorbereitet traf, sah sich einer tiefen Grube gegenüber, die sich gähnend zu seinen Füßen auftat. Aufgrund seines großen Schwunges verlor er das Gleichgewicht. Im Fallen packte er jedoch noch mit seiner gesunden Hand Weißfells rechten Arm.

So standen beide schwankend am Rand des Abgrunds. Weißfells mächtiger Selbsterhaltungstrieb reichte aus, um sie beide vor Christians Impuls zu schützen, sich kopfüber in die Grube zu stürzen. So rettete Weißfell sie beide vor dem sicheren Absturz, indem sie ihn mit sich zur Seite riss.

Dann, als Christian sich bewusst wurde, dass sie noch nicht tot waren, obwohl sie eben krachend zu Boden gegangen waren, sah er, wie Weißfell in blinder Wut die Zähne fletschte. Sie versuchte, sich zu befreien, aber da er ihren rechten Arm noch immer fest umfasste, schlug sie, mit der Axt in der linken Hand, auf ihn ein.

Der Schlag traf ihn mit ungeheurer Härte. Sein rechter Arm fiel kraftlos herunter. Sie hatte den Arm aufgeschlitzt, sein Unterarm war gebrochen. Der Schmerz war so entsetzlich, dass er laut kreischte, als er versuchte, ihn zu bewegen. Dann sprang er wieder auf und versuchte, die wenigen Meter aufzuholen, die sie aufgrund seines Schocks schon gutgemacht hatte.

Ihre fast geglückte Flucht und die neuen, rasenden Schmerzen machten Christian ihre grausamen Fähigkeiten auf schreckliche Weise noch deutlicher. Er verspürte die Gewissheit, dass er den leibhaftigen Tod verfolgte. Seinen Tod. Verwundet und hilflos war er ihrer Gnade vollkommen ausgeliefert, falls sie diese Tatsache erkannte und es zu Ende bringen wollte. Er konnte nicht mehr auf Rache hoffen, auch nicht auf Rettung, aber seine Verzweiflung wegen Sweyn trieb ihn unbeirrt hinter ihr her. Er wollte wenigstens den Geküssten vor dem tödlichen Schicksal bewahren. Vielleicht gelang es ihm doch, das Wesen bis nach Mitternacht zu verfolgen, es aus seiner weiblichen Form zu zwingen, die so verführerisch und trügerisch war, und es für immer an die Gestalt der Bestie zu binden – nur dieser letzte Funken Hoffnung war ihm von seiner ursprünglichen Zuversicht geblieben.

Die letzte Stunde vor Mitternacht war zur Hälfte vorbei, doch mit jedem aufgehenden Stern erstrahlte eine weitere schwere Minute am Himmel. Wieder verschworen sich sein anschwellendes Herz, sein schrumpfender Verstand und die quälenden Schmerzen dazu, seinen Willen zu brechen, der nur noch scheinbar die Macht über seine Füße hatte.

Weißfells Körper war nun so eng vom Fell umwickelt, dass kein einziger Fetzen oder Zipfel mehr herabhing. Sie beugte sich eigenartig gekrümmt nach vorne und gab die aufrechte Haltung eines Läufers auf. Zeitweise flog sie mit langen Sprüngen vorwärts und wurde dabei so schnell, dass Christian nur unter Qualen und mit äußerster Anstrengung mithalten konnte.

Er wurde zunehmend verwirrter, war sich bald nicht mehr sicher, wer er war, und begann, an seiner eigenen wahren Gestalt zu zweifeln. Er konnte nicht wirklich ein Mann sein, ebenso wenig, wie dieses rennende Ding wirklich eine Frau war. Seine wahre Gestalt war unter der Erscheinung eines Mannes verborgen, aber wie sie tatsächlich aussah, wusste er nicht. Auch Sweyns wahre

Gestalt kannte er nicht. Sweyn lag zu seinen Füßen, an der Stelle, an der er ihn niedergeschlagen hatte – seinen eigenen Bruder – er! Er stolperte über ihn hinweg, er musste ihn zurücklassen, musste noch schneller laufen, denn sie, sie hatte Sweyn geküsst, und sie flog nun förmlich davon. »Sweyn – Sweyn – oh, Sweyn!«

Wieso erschauderten keine neuen Sterne mehr am Himmel? Es musste Mitternacht sein!

Das gekrümmte, springende Tier sah sich mit einem bösartigen Blick nach ihm um. Es lachte wild und triumphierend auf. Jetzt erkannte er, weshalb, denn schon in wenigen Sekunden würde sie ihm für immer entkommen sein. Zur einen Seite erkannte er einen mit Eis bedeckten Abhang, auf der anderen ragte ein steiler Felsen schräg in die Höhe. Zwischen beiden war gerade genug Platz für einen Fuß – ein Mensch passte nicht hindurch. Indem man den herabhängenden Ast eines Wacholderbusches ergriff, konnte man jedoch sicher über die unwegsame Stelle hinwegschwingen und seinen Weg auf der anderen Seite gefahrlos fortsetzen.

Wenige Augenblicke, nachdem Weißfell die Kluft überwunden hatte, wagte sie, sich umzusehen und ihm einen bösen Blick zuzuwerfen. Als sie erkannte, dass er nicht in der Lage war, den Ast zu ergreifen, ertönte erneut ihr gehässiges Lachen.

In dieser hoffnungslosen Situation bündelte Christian all seine Kräfte für einen letzten Versuch. Sein Wille war unbezwingbar, und er wusste, dass er auch seine unerreichte Schnelligkeit noch nicht verloren hatte. Er sprang mit einem mächtigen Satz hoch und holte sie ein, noch bevor ihr Lachen verklungen war. Er blieb stehen, um ihr den Weg abzuschneiden, und baute sich kampfbereit vor ihr auf.

Sie stürzte verzweifelt auf ihn zu, täuschte einen Ausbruch nach rechts an und warf sich dann mit tödlicher Macht wie eine wilde Furie auf ihre Beute. Er packte sie und hielt sie fest, umklammerte sie mit dem einen starken Arm, in dessen Hand keine Kraft mehr lag, und packte sie mit der einen starken Hand, die an einem schwachen, nutzlosen Arm hing.

Gemeinsam fielen sie zu Boden. Als er spürte, dass sein gesunder Arm an Kraft verlor und sich der Griff seiner gesunden Hand immer weiter löste, biss er sich mit den Zähnen in der Tunika über Weißfells Knie fest, um seine schmerzenden, geschundenen Knochen zu entlasten, während sie sich aus seiner Umklammerung riss und siegessicher über ihn hinwegsprang.

Blitzschnell hatte sie ihre Axt ergriffen und sie mit aller Kraft in seinen Hals geschlagen – tief – einmal – zweimal –, und das Leben schoss in roten Strömen aus ihm heraus und floss über ihre Füße.

Die Sterne zeigten Mitternacht an.

Der Todesschrei, den Christian hörte, war nicht sein eigener, denn er biss die Zähne noch immer fest zusammen, als das Geheul die Nacht erfüllte. Der grauenhafte Schrei begann mit dem Kreischen einer Frau und verwandelte sich schließlich in das Brüllen einer wilden Bestie. Bevor sich der letzte dunkle Schleier auf seine Augen legte, sah er, wie *Sie* sich in *Es* verwandelte – und dann, unerklärlicherweise, verwandelte sich Leben in Tod.

Er hätte sich niemals träumen lassen, dass nicht einmal Weihwasser so heilig war wie das Blut einer reinen Seele – bereitwillig in Liebe vergossen, um eine andere zu retten. Er hätte niemals geglaubt, dass nichts sonst gegen das Böse so viel Macht hatte und es so leicht zerstören konnte.

Seine eigene, wahre Gestalt, die zu kennen er sich so sehnsüchtig gewünscht hatte, wurde langsam für ihn spürbar, sichtbar. Es schien ihm, als bestehe er aus einer einzigen, riesigen, freudigen Hoffnung, weil er seinen Bruder gerettet hatte. Diese überbordende Hoffnung war zu groß, als dass der Körper eines einzelnen Mannes sie hätte fassen können, und so sehnte sie sich nach einer neuen Hülle, die so endlos war wie die Sterne am Himmel.

Angesichts dieser umfassenden Wahrheit kümmerte es ihn nicht mehr, dass sein Verstand immer kleiner und kleiner wurde, bis er sich völlig auflöste, dass sein Körper die furchtbaren Schmerzen in seinem Herzen nicht mehr ertragen konnte und sie durch den blutroten Riss an seinem Hals hinausströmten. Was kümmerte es ihn, dass die hereinbrechende Finsternis seine Augen, Ohren, all seine Sinne, für immer verdunkelte?

In den grauen Stunden des frühen Morgens traf Sweyn zufällig auf die Fußspuren eines Menschen – eines Läufers, wie er an den verwehten Abdrücken erkannte. Die Richtung, in die sie führten, weckte seine Aufmerksamkeit, denn etwas weiter entfernt würden sie auf den Rand eines steilen Abgrunds treffen. Er drehte sich um und folgte ihnen, und dabei bemerkte er die außergewöhnliche Schrittlänge – die Schritte waren so lang wie seine eigenen, wenn er rannte. Nun wusste er, dass er Christian verfolgte.

In seinem Zorn hatte ihn die nächtliche Abwesenheit seines Bruders unberührt gelassen, aber als er nun sah, wohin die Spuren führten, wurde er von Gewissensbissen und Angst erfasst. Er hatte sich nicht um seinen armen, irregeführten Zwilling gekümmert, und nun hatte Christian sich – war es wirklich möglich? – in seinem Wahnsinn vielleicht in den Tod gestürzt.

Sweyn blieb das Herz stehen, als er an die Stelle kam, von der er gesprungen sein musste. In der Tiefe sah er einen Schneehaufen, konnte jedoch ansonsten nichts erkennen. Er rannte einige Hundert Meter am Abgrund entlang, bis er eine Stelle fand, an der er sicher hinabklettern konnte, und lief dann zu dem Schneehaufen zurück. Nun erkannte er an den Spuren, dass das schnelle Rennen an dieser Stelle erneut begonnen hatte.

Nachdenklich blieb er stehen. Er war gereizt, weil offensichtlich jemand hier hinuntergesprungen war, er selbst es jedoch nicht gewagt hatte, und verärgert, weil er sich zu diesen schmerzlichen Gefühlen hatte verleiten lassen und keine Erklärung dafür fand, weshalb Christian offensichtlich wie ein Verrückter durch die Gegend rannte.

Langsam folgte er, in Gedanken versunken, den Spuren seines Bruders. Nach einiger Zeit erreichte er die Stelle, an der sie auf eine zweite Fußspur trafen. Die anderen Abdrücke waren kleiner, wie die einer Frau, aber die einzelnen Schritte lagen weiter auseinander, als der Rock einer Frau es zugelassen hätte.

Sahen Weißfells Spuren nicht so aus?

Ein schrecklicher Verdacht kam ihm – so schrecklich, dass er nicht daran glauben wollte. Sein Gesicht wurde aschfahl. Er musste tief Luft holen, um sein stillstehendes Herz wieder in Gang zu bringen. Unglaublich? Bei genauerer Betrachtung der Spuren sah er, dass die kleineren Füße ihre Geschwindigkeit erhöht hatten – die Fußspitzen hatten sich tiefer in den Schnee gedrückt, aber der Druck im Bereich der Fersen hatte sich verringert. Unglaublich? Konnte denn irgendeine Frau außer Weißfell so schnell laufen? Oder irgendein Mann außer Christian? Sein Verdacht wurde zur Gewissheit. Weißfell war ganz allein in dunkler Nacht vor Christian geflohen, und Sweyn folgte nun ihren Spuren.

Diese Niederträchtigkeit ließ sein Herz und seinen Verstand vor Wut entflammen – die Niederträchtigkeit seines eigenen Bruders, der bis vor Kurzem so liebenswert, so lobenswert gewesen war, ein harmloser, sanfter Narr.

Er würde Christian töten. Selbst wenn er so viele Leben gehabt hätte, wie er Abdrücke im Schnee hinterlassen hatte – aus Rache hätte Sweyn ihm alle genommen. In einem Sturm des mörderischen Hasses eilte er weiter und folgte den gut zu erkennenden Spuren. Er stürzte mit einer Geschwindigkeit vorwärts, die er nicht lange halten konnte, und bald fiel er in einen langsameren Trott zurück, sodass sein keuchender Atem wieder gleichmäßiger ging.

Meile um Meile rannte er mit brennendem Herzen, und alles schien ihm so ergreifend, so tragisch. Die Spuren im Schnee zeugten von Weißfells unvergleichlichen Fähigkeiten, die es ihr ermöglichten, so lange mit Christians berühmter Schnelligkeit mitzuhalten. So lange, so lange – seine Liebe und Bewunderung wuchsen ins Unermessliche, seine Trauer und Empörung jedoch ebenso. Wann immer die Spuren deutlich zu erkennen waren, rannte er mit solch rücksichtsloser, verschwenderischer Kraft weiter, dass er sie schon bald darauf verbraucht hatte und er sich nur noch sehr schwerfällig vorwärtsschleppen konnte. Manchmal verloren sich die Spuren auf der Eisdecke eines kleinen Sees, teilweise hatte der Wind sie verweht, doch sie verliefen die ganze Zeit in einer so geraden Linie, dass er nie Schwierigkeiten hatte, sie nach kurzer Suche wiederzufinden.

Stunde um Stunde verging. Der halbe Wintertag war bereits vorbei, als er eine Stelle erreichte, an der der Schnee von zahlreichen durcheinanderrennenden Füßen niedergetrampelt worden war! Wölfe – aber allem Anschein nach hatten sie sich, unerklärlicherweise, wieder zurückgezogen! Etwas weiter entfernt fand er die abgebrochene Spitze von Christians Bärenspeer – und noch etwas weiter sah er, dass er auch den nutzlosen Stab zurückgelassen hatte. Hier war der Schnee mit Blut bedeckt, und die beiden Fußspuren lagen dichter beieinander.

Ein heiserer Laut der Freude entfuhr ihm, der beinahe wie ein Lachen klang, doch dafür fehlte ihm die Luft. »O Weißfell, meine arme, tapfere Geliebte! Was für ein Schlag!«, stöhnte er. Wieder durchströmten ihn Mitgefühl und Bewunderung, als er sich ausmalte, dass sie sich umgedreht und Christian einen heftigen Schlag versetzt hatte.

Der Anblick des Blutes versetzte ihn – wie ein mörderisches Biest – in Rage. Er verspürte nur noch den rasenden Wunsch, Christian die Kehle zuzudrücken und ihn nicht mehr loszulassen, bis alles Leben aus ihm gewichen war – oder bis er das Leben aus ihm herausgeprügelt oder es mit seiner Klinge abgestochen hatte. Vielleicht würde er auch alles auf einmal tun, und dann würde er Christian in Stücke hacken, und oh!, erst dann würde sein eigenes Herz bluten, weinen – wie ein Kind oder ein kleines Mädchen –, und er würde das schreckliche Schicksal seiner armen, verlorenen Geliebten betrauern.

Weiter, weiter, immer weiter quälte und zerrte er sich viele schmerzvolle Stunden lang auf den Spuren der beiden außergewöhnlichen Läufer, und dabei war er sich ihrer bewundernswerten Ausdauer bewusst. Er wusste jedoch nicht, dass sie die weite Strecke, die er zwischen dem Morgengrauen und der Abenddämmerung zurücklegte, in den drei Stunden vor Mitternacht bewältigt hatten. Das helle Tageslicht verabschiedete sich bereits, als er den Rand einer alten Mergelgrube erreichte. Aus den Fußabdrücken las er, dass die beiden anscheinend an dem gefährlichen Abgrund gerungen und dabei den Schnee stark zertrampelt hatten. Neue Blutspuren erzählten ihm, dass Weißfell sich weiterhin tapfer gegen seinen schändlichen Bruder zur Wehr gesetzt hatte.

Er folgte den Blutspuren, bis sie ausliefen, weil die Kälte die Blutung vermutlich eingefroren hatte, und das Wissen, dass Christian eine tiefe Wunde davongetragen haben musste, erfüllte ihn mit tiefer Genugtuung. Das tobende Feuer in ihm erwachte erneut. Er war beseelt von dem Wunsch, seinen Bruder mit gnadenlosen Schlägen niederzustrecken und seinem mörderischen Hass dadurch Genüge zu tun. Ihm wurde bewusst, dass in all seiner Verzweiflung stets ein kleiner Funken Hoffnung geglüht hatte, der nun, da er das Blut seines Bruders sah, immer heller strahlte.

Er rannte weiter, so schnell er konnte – im einen Moment geleitet von Hoffnung, im nächsten von Verzweiflung. Er wünschte sich schmerzlich, endlich das Ende der Fußspuren zu finden, so schrecklich es auch sein möge und sosehr die langen Meilen, die ihn noch davon trennten, ihn auch quälen mochten.

Das Licht verließ den weiten Himmel und gab ihn für die unsicheren Sterne frei.

Dann erreichte er sein Ziel.

Zwei Körper lagen dicht beieinander. Der eine war Christian, aber der andere war nicht Weißfell. Am Ende der Fußspuren lag ein großer weißer Wolf. Bei diesem Anblick verließ Sweyn mit einem Mal all seine Kraft, sein Körper und seine Seele schienen in sich zusammenzubrechen. Er fiel auf die Knie.

Als er die Kraft fand, sich wieder zu bewegen, leuchteten die Sterne viel heller und entschlossener. Schwach kroch er zu seinem toten Bruder hinüber, legte seine Hände auf den leblosen Körper und blieb reglos neben ihm sitzen, denn er wagte nicht, ihn genauer anzusehen oder sich ihm noch weiter zu nähern.

Kalt – steif –, seit Stunden tot. Und doch war dieser tote Körper sein einziger Zufluchtsort in dieser schrecklichen Stunde. Seine Seele war nackt, er kauerte trostlos, zitternd, elend und hoffnungslos im Schnee. Der Lebende umklammerte den Toten mit kläglicher Sehnsucht nach Gnade, die ihm jedoch nur diese verblichene Menschenseele schenken konnte.

Sweyn kniete sich hin und nahm Christian in seine Arme. Sein Bruder lag mit dem Gesicht im Schnee, die Arme weit ausgestreckt, und sein Körper war durch die eisige Kälte eingefroren. Christian sah seltsam aus, geisterhaft. Er blieb völlig steif, als Sweyn ihn hochheben wollte, sodass er ihn wieder hinlegen musste. Verzweifelt umklammerte er sich selbst ganz fest und beugte sich über seinen Bruder. Ihm entwich ein leises, herzzerreißendes Heulen.

Als er endlich die Kraft fand, Christian hochzuheben und in seine Arme zu nehmen, drückte er ihn eng an seine Brust und versuchte, die Kreatur anzusehen, die hinter ihm lag. Der Anblick versetzte ihn in Angst und Schrecken und lähmte seinen ganzen Körper. Durch seine schreckliche Feigheit versagten ihm die Sinne, alles schien vernebelt. Aber als er den toten Christian in seinen Armen hielt, fand er zu neuer Stärke. So vermochte er den Anblick zu ertragen und nahm die ganze Grausamkeit des schrecklichen Wesens in sich auf.

Sweyn konnte keine Wunde erkennen. Einzig die Füße der Kreatur waren mit Blut befleckt. Auf den großen, dunklen Wangen lag ein eingefrorenes, boshaftes Grinsen. Und ihr Kuss – er konnte es nicht länger ertragen und wandte sich ab. Er würde nie wieder hinsehen.

Der tote Mann in seinen Armen hatte diesen Schrecken erkannt. Er war ihm um Sweyns willen gefolgt, hatte um Sweyns willen furchtbare Qualen erlitten und den Tod auf sich genommen. Im Hals seines Bruders klaffte der tödliche Spalt, ein Arm und beide Hände waren schwarz vor Blut – um seinetwillen!

Nun, da Christian tot war, wollte er ihm den Lohn für seine Liebe und seine Bewunderung geben, den er ihm im Leben verweigert hatte. Er wünschte sich, sein Leben möge ebenfalls erlöschen, denn jetzt, da er wusste, wie unwürdig er einer solch edlen Liebe gewesen war, konnte er die Qualen kaum ertragen. Die eiskalte Ruhe des Todes auf Christians Gesicht empfand er als abstoßend. Er wagte nicht, es mit seinen Lippen zu berühren, jenen Lippen, die seit kurzer Zeit verflucht waren, beschmutzt durch den Kuss mit einem furchtbaren Schrecken, der der leibhaftige Tod gewesen war.

Als er sich aufrappelte, hielt er Christian noch immer fest umklammert. Der tote Mann hing aufrecht, steif gefroren, in seinen Armen. Die Augen hatten sich nicht völlig geschlossen, der Kopf war leicht zur Seite geneigt, und die Arme waren noch immer weit ausgestreckt. Es war die Pose eines Gekreuzigten. Die blutbefleckten Hände vervollständigten das Bild.

So kehrten Leben und Tod auf demselben Weg zurück, den der eine aus tiefster Liebe, der andere aus tiefstem, leidenschaftlichem Hass bis hierher gegangen war. Die ganze Nacht kämpfte Sweyn sich unter der Last des toten Christian durch den Schnee. Er folgte den Spuren, die er selbst hinterlassen hatte, als er mit mörderischem Hass und voller Abscheu seinen Bruder verfluchte, der doch längst den Tod gefunden hatte – um seinetwillen.

John Buchan

John Buchan (1875–1940) wurde als Sohn eines Pfarrers in Schottland geboren. Die Familie siedelte wahrend seiner Kindheit nach Glasgow um, wo er heranwuchs und studierte. Er arbeitete zunächst als Schriftsteller, Journalist und Buchverleger, startete um die Jahrhundertwende aber auch eine Karriere als Politiker. Ab 1910 schrieb Buchan erste Abenteuerromane.

Während des Ersten Weltkrieges arbeitete Buchan in Frankreich als Kriegsberichtserstatter für sein Land und für die *Times*. Später war er auch beim militärischen Geheimdienst tätig, ab 1917 beim Informationsministerium. 1918 wurde er Chef des britischen Geheimdienstes.

Nach dem Krieg arbeitete er für die Nachrichtenagentur Reuters und schrieb die ersten seiner Spionagethriller. Buchan verfasste mehr als 100 Bücher, darunter etwa 40 Romane. Sein bekanntestes Werk wurde *The 39 Steps*, das bisher schon dreimal verfilmt wurde. Am bekanntesten wurde die Verfilmung von 1935 durch Alfred Hitchcock.

1927 wurde er Parlamentsabgeordneter der schottischen Konservativen. 1935 wurde er zum Generalgouverneur von Kanada ernannt und deshalb (und auf ausdrücklichen Wunsch von König Georg V.) als Baron Tweedsmuir in den Adelsstand erhoben.

Neben einigen übernatürlich angehauchten Romanen (etwa *The Dancing Floor,* der sich der Science-Fiction nähernde *The Gap in the Curtain* oder der von Lovecraft geschätzte Roman *Witch Wood,* der vom Hexenkult im 17. Jahrhundert berichtet) erschienen die meisten von Buchans unheimlichen und fantastischen Arbeiten in Form von Erzählungen zuerst in Zeitschriften. In ihnen griff er oft auf Erfahrungen seiner vielen Reisen zurück, besonders Südafrika hatte ihn fasziniert. ›The Green Wildebeest‹ ist eine dieser Afrika-Geschichten, die Lovecraft sehr gefiel.

Das grüne Gnu

Sir Richard Hannays Geschichte

Wir tragen die Wunder in uns, die wir außerhalb unserer selbst suchen; ganz Afrika und seine Wunder sind in uns.

Sir Thomas Browne: *Religio Medici*

Wir sprachen über die Durchschlagskraft rassischer Merkmale – dass die Abstammung zwar generationenlang unter frisch aufgepfropften Erbanlagen vergraben sein konnte, aber eines Tages würde sich das Eingeborenenblut doch wieder bemerkbar machen. Pugh hatte einiges über die Überraschungen zu sagen, die auf das Blut der Bergstämme in den Beharis zurückzuführen waren.

Peckwether, der Historiker, meldete Zweifel an. Der alte Stamm, behauptete er, konnte vollständig verschwinden, wie durch eine chemische Reaktion, und das Ende konnte vom Anfang so verschieden sein – um es mit seinen eigenen Worten auszudrücken – wie ein ausgereifter Gorgonzola von einem Eimer frischer Milch.

»Ich glaube nicht, dass man da jemals ganz sicher sein kann«, hielt Sandy Arbuthnot dagegen.

»Sie meinen, dass ein hervorragender Banker eines Morgens mit dem unwiderstehlichen Bedürfnis aufwachen kann, sich beim Rasieren zu Ehren von Baal zu schneiden?«

»Vielleicht. Aber es ist sehr viel wahrscheinlicher, dass die Tradition negativ ist. Dass es Dinge gibt, die er ohne besonderen Grund nicht leiden kann, Dinge, die ihm in besonderem Maß Angst einjagen. Nehmen Sie meinen eigenen Fall. Ich bin kein bisschen abergläubisch, aber ich hasse es, nachts einen Fluss zu überqueren. Ich stelle mir vor, dass viele meiner lumpigen Ahnen beim Durchwaten von Flüssen im Mondschein umgebracht wurden. Ich bin überzeugt, dass wir alle vollgestopft sind mit atavistischen Ängsten, und man kann niemals vorhersagen, wann ein Mann zusammenbrechen wird, wenn man nicht weiß, was für Vorfahren er hat.«

»Ich glaube, das dürfte der Wahrheit entsprechen«, pflichtete Hannay ihm bei, und nachdem wir noch eine Weile hin und her diskutiert hatten, erzählte er uns seine Geschichte.

Kurz nach dem Buren-Krieg (begann er) suchte ich im nordöstlichen Transvaal nach Bodenschätzen. Ich war Bergbauingenieur, spezialisiert auf Kupfer. Ich hatte schon immer vermutet, dass in den Vorgebirgen der Zoutpansberge ergiebige Kupfervorkommen verborgen sein könnten. Natürlich lag da Messina im Westen, aber ich dachte mehr an die nordöstliche Ecke, wo der Berg zur Biegung des Limpopo abfällt. Ich war damals ein junger Mann, hatte zwei Jahre lang beim Imperial Light Horse Regiment gedient und brannte darauf, etwas Besseres zu tun, als zu versuchen, flüchtende Bürger in Blockhäuser hinter Stacheldraht zu verfrachten. Als ich mit meinen Mulis von Pietersburg aufbrach und auf der staubigen Straße den Hügeln entgegenzog, war ich glücklicher als je zuvor in meinem Leben.

Ich hatte nur einen weißen Gefährten bei mir, einen Burschen von 22 Jahren namens Andrew Du Preez – Andrew, nicht Andries, weil er nach dem Reverend Andrew Murray getauft war, der von gläubigen weißen Südafrikanern wie ein Papst verehrt wurde. Er stammte aus einer reichen Farmerfamilie aus dem Oranje-Freistaat, aber sein Zweig der Familie hatte sich seit zwei Generationen in der Wakkerstroom-Region entlang des oberen Pongola angesiedelt. Sein Vater war ein großartiger alter Haudegen mit einem Kopf wie Moses. Er und alle Onkel des Jungen waren Offiziere gewesen und die meisten von ihnen hatten eine Zeit in Bermuda oder Ceylon hinter sich.

Der Junge fiel in dieser Umgebung nicht nur ein bisschen aus dem Rahmen. Er hatte schon sehr früh eine erhebliche Intelligenz entwickelt, hatte eine gute Schule am Kap und anschließend eine technische Hochschule in Johannesburg besucht. Er war ein Produkt der modernen Zeit, während die anderen Überbleibsel aus der Vergangenheit waren. Außerdem hatte er nichts für die Religion und die politischen Ansichten seiner Familie übrig. Er zeigte ein lebhaftes Interesse an den Naturwissenschaften und war entschlossen, seinen Weg im Randgebiet zu machen – damals das Mekka aller Südafrikaner mit unternehmerischen Ambitionen. Also war er nicht besonders unglücklich darüber, dass er sich bei Ausbruch des Krieges an einem Ort befand, von dem aus es nachweislich unmöglich war, sich der Fahne seiner Familie anzuschließen. Im Oktober 1899 erhielt er gerade seine erste Anstellung in einem neuen Bergbaugebiet in Rhodesien, und weil seine Gesundheit nicht besonders stabil war, war er klug genug, dort zu bleiben, bis wieder Frieden herrschte.

Ich kannte ihn schon von früher, und als er mir im Randgebiet über den Weg lief, forderte ich ihn auf, mich zu begleiten. Er nahm das Angebot begeistert an. Er war gerade von der Farm in Wakkerstroom zurückgekehrt, wohin der Rest seines Clans repatriiert worden war, und er war wenig erfreut über die Aussicht, in einer Hütte mit Wellblechdach mit einem Vater zusammenzuleben, der den größten Teil des Tages damit verbrachte, in der Bibel zu lesen, um herauszufinden, womit ausgerechnet er ein derartiges Missgeschick verdient hatte.

Andrew war ein hartgesottener junger Skeptiker, in dem die Frömmigkeit seiner Familie akute Verzweiflungszustände auslöste … Er sah gut aus, kleidete sich immer sehr modisch, und auf den ersten Blick hätte man ihn wegen seines schweren, haarlosen Kinns, seines dunklen Teints und der Art und Weise, wie er seine gewöhnliche Rede mit technischen und geschäftlichen Ausdrücken würzte, für einen jungen Amerikaner halten können. Er hatte ein breites Gesicht mit hohen Wangenknochen, leicht schräg gestellten Augen, einer kurzen, dicken Nase und ziemlich vollen Lippen, was ihm ein leicht mongolisches Aussehen verlieh. Ich erinnerte mich, so etwas mehrfach bei jungen Buren beobachtet zu haben, und ich glaubte auch zu wissen, woher das kam. Die Familie Du Preez hatte generationenlang nahe an der Grenze zum Kafferngebiet gelebt und irgendwie eine Spur von schwarzem Blut abbekommen.

Wir besaßen einen leichten Planwagen mit einem Team von acht Mulis und einen Kap-Karren, einen zweirädrigen Viersitzer, der von vier weiteren Mulis gezogen wurde. Fünf Burschen gingen mit uns, von denen zwei Shangaans und drei Basutos von der Malietsie-Farm nördlich von Pietersburg waren. Unser Weg führte durch bewaldeten Busch und dann nach Nordosten durch die beiden Letabas zum Pufuri-Fluss. Das Land war erstaunlich leer. Beyers Kommandos hatten zwischen den Hügeln gewütet, aber bis auf die Ebenen war der Krieg nie vorgedrungen. Gleichzeitig hatte er die Jagd und jede Suche nach Bodenschätzen unterbunden und die meisten eingeborenen Stämme zerstreut. Die Gegend war praktisch eine Naturschutzzone geworden, und ich sah mehr Arten von Wild, als ich jemals südlich des Sambesi zu Gesicht bekommen hatte. Ich wünschte, ich wäre auf einer Jagdexpedition und nicht beruflich unterwegs gewesen. Es gab zahlreiche Löwen, und jede Nacht mussten wir einen Pferch für unsere Mulis bauen und große Lagerfeuer entzünden, neben denen wir den unheimlichen Serenaden der Raubkatzen lauschten.

Es war Anfang Dezember, und im waldigen Buschland unterschied sich das Wetter nicht von einem englischen Juni. Selbst in den Vorbergen, zwischen Wermut und wilden Bananen, war die Temperatur angenehm, aber als wir in die Ebene hinauskamen, war es heiß wie in der Hölle. So weit das Auge reichte, erstreckte sich das Gestrüpp des Buschvelds, sperrig wie von einem Kind auf eine Schiefertafel gekritzelt. Hin und wieder flimmerte ein Affenbrotbaum im gleißenden Licht. Auf weiten Strecken waren wir weit von jeder Wasserstelle entfernt und bekamen kein großes

Wild mehr zu Gesicht – nur noch Kaffernhornraben, Madenhacker und hin und wieder einen wilden Strauß.

Am sechsten Tag nach unserem Aufbruch von Pietersburg wurde im Norden die blaue Silhouette eines Gebirges sichtbar, von dem ich wusste, dass es der östliche Teil des Zoutpansberges war. Ich war noch nie in diese Gegend gekommen und kannte auch niemanden, der sie schon durchreist hatte. Deshalb richteten wir uns nach dem Kompass und einer der schlechten alten Karten der Regierung von Transvaal. Am Abend überquerten wir den Pufuri, und am nächsten Tag begann die Landschaft sich zu verändern. Wir kamen in höher gelegenes Land, sodass wir im Osten die fernen Lebombo-Berge erkennen konnten. Die ersten Eisenholzbäume tauchten auf – ein sicheres Kennzeichen eines gesünderen Landes.

An diesem Nachmittag waren wir nur noch eine oder zwei Meilen von den Hügeln entfernt. Es war der übliche Typ von Bergen, die man überall von Natal bis zum Sambesi findet – senkrechte Wände, an vielen Stellen mit einem Überhang, aber vielfach von tiefen Schluchten und Spalten durchbrochen. Was mir rätselhaft erschien, war das Nichtvorhandensein von Bächen. Der Boden war so hart gebacken wie in der Ebene, ganz mit Aloe, Kakteen und Dornengestrüpp bedeckt, ohne das geringste Anzeichen von Wasser. Aber für meine Zwecke sah die Gegend vielversprechend aus. Sie hatte das unschöne, metallische Grün, das man im Kupferland findet, sodass alles in mineralische Farbe getaucht zu sein schien – sogar das Taubenpaar, das ich uns zum Mittagessen schoss.

Wir wanden uns am Fuß der Felsen entlang nach Osten und stießen augenblicklich auf eine seltsame Formation. Ein Überhang ragte vor dem Berg auf, der durch einen schmalen Isthmus mit dem Hauptmassiv verbunden war. Ich schätzte die Fläche oben auf dem Vorsprung auf etwa eine Quadratmeile. Die kleine Halbinsel war von tiefen Schluchten durchschnitten, und in den Schluchten wuchsen hohe Bäume. Wir passierten dicht mit Gras bewachsene

Abhänge, die mit Mimosen und Fliederbüschen gesprenkelt waren. Das musste endlich Wasser bedeuten, denn ich hatte niemals Yellowwood- und Stinkwoodbüsche gesehen, die weit von einem Wasserlauf entfernt wuchsen. Dies war unser Rastplatz für die Nacht, und als wir um einen Winkel bogen und in eine grüne Senke hinuntersahen, dachte ich mir, dass ich selten einen so einladenden Ort gesehen hatte. Der Anblick von frischem Grün und Kräutern hatte nach dem Staub, der Hitze und dem hässlichen Grau und Braun des Buschvelds schon immer eine berauschende Wirkung auf mich. Am Talboden befand sich ein großer Kraal, und an den Hängen grasten viele Ziegen und langbeinige Kaffernschafe. Kinder führten Kühe zum Melken hinein, Rauch stieg von den Kochfeuern auf, und ein fröhliches, abendliches Summen lag in der Luft. Ich erwartete, einen Bach zu sehen, konnte jedoch keinen entdecken. Das Tal schien so trocken zu sein wie eine Bodensenke in den Sussex Downs. Auch konnte ich nirgends bewässertes Land erkennen, obwohl es Beete mit Mais und Kaffernkorn gab. Doch irgendwo musste es Wasser geben. Nachdem wir uns neben einer Gruppe von Olivenbäumen einen Lagerplatz ausgesucht hatten, schlenderte ich mit Andrew und einem unserer Boys hinunter, um Erkundigungen einzuziehen.

Ich glaube, dass viele der Bewohner dieses Kraals noch nie einen weißen Mann gesehen hatten, denn unsere Ankunft schien eine Sensation zu sein. Ich stellte fest, dass nur wenige junge Männer herumliefen, dafür aber eine überproportional hohe Anzahl von alten Frauen. Bei unserem Anblick rannten sie nach allen Himmelsrichtungen auseinander, und wir mussten eine halbe Stunde lang geduldig rauchend in der Abendsonne warten, bevor wir mit ihnen ins Gespräch kommen konnten. Als das Eis aber erst einmal gebrochen war, ging alles gut. Sie waren anständige, friedliche Leute, sehr scheu und furchtsam und zögerlich, aber ohne jede Falschheit. Unsere Geschenke – Messing- und Kupferdraht und ein paar Dosen mit eingemachtem Fleisch – machten einen enormen Eindruck auf sie. Wir kauften ihnen zu einem lächerlich niedrigen Preis ein Schaf ab, und sie schenkten uns zusätzlich noch einen Korb mit grünem Mais. Aber als wir auf die Wasserfrage zu sprechen kamen, stießen wir auf unerwartete Schwierigkeiten.

Es gab Wasser, gutes Wasser, sagten sie, aber nicht in einem Wasserloch oder einem Bach. Sie holten es jeden Morgen und Abend von dort droben – und sie deuteten auf einen Waldstreifen unter den Felsen, wo ich das Dach einer großen *Rondavel*-Hütte zu erkennen glaubte. Sie erhielten es von ihrem Vater – sie waren Shangaans, und das Wort, das sie benutzten, war nicht das gewöhnliche Wort für Häuptling, sondern die Bezeichnung für einen großen Priester und Medizinmann.

Ich wollte endlich zu Abend essen, und so unterließ ich es, weiter in sie zu dringen. Ich holte noch ein paar Geschenke und bat sie, diese ihrem Vater mit meinen Grüßen zu überbringen und ihn um Wasser für zwei weiße Fremdlinge, fünf Mitglieder ihrer eigenen Rasse und zwölf Mulis zu bitten. Sie schienen über meinen Vorschlag sehr froh zu sein, und eine Kette von Männern machte sich augenblicklich mit großen Kalabassen auf den Weg den Hügel hinauf.

Als wir zum Lager zurückgingen, sagte ich irgendetwas Törichtes zu Andrew, dass wir einen Kaffern-Moses entdeckt hätten, der Wasser aus einem Felsen schlagen könne. Der Junge war schlecht gelaunt. »Wir haben einen infernalischen Schurken entdeckt, der die Wasserzufuhr abgeschnitten hat und diese armen Teufel ausbeutet. Er ist ein Betrüger, mit dem ich mich am liebsten mit einem *Sjambok* (Lederpeitsche) unterhalten würde.«

Innerhalb einer Stunde hatten wir so viel Wasser, wie wir brauchten. Die gefüllten Kalabassen waren in einer Reihe aufgestellt, und daneben lagen die Geschenke, die ich für den Spender mitgeschickt hatte. Die Dorfbewohner hatten alles abgestellt und waren wieder verschwunden, und unsere Boys, die ihnen beim Tragen geholfen hatten, verhielten sich seltsam still und feierlich. Man sagte mir, der Vater habe das Wasser ohne Bezahlung als Geschenk für die Fremden geschickt. Ich versuchte, einen unserer Shangaans ins Kreuzverhör zu nehmen, aber er sagte mir nur, dass das Wasser von einer heiligen Stätte stamme, in die niemand eindringen dürfe. Er brabbelte auch noch etwas von einem Gnu, das ich nicht verstand. Nun sind die Kaffern die abergläubischsten Geschöpfe auf Gottes Erdboden. Während des ganzen Weges von Pietersburg bis hierher hatten wir Probleme mit den lebhaften Fantasien unserer Leute gehabt. An einem Ort wollten sie nicht übernachten, weil er von einer kopflosen Frau heimgesucht werde. Sie wagten es nicht, nach Einbruch der Dunkelheit auch nur einen Meter weit auf einer bestimmten Straße zu gehen, weil dort ein Geist in Form eines rollenden Feuerballs spukte. Gewöhnlich war aber ihr Gedächtnis so kurz, wie ihre Fantasie lebhaft war, und fünf Minuten nach ihrem Protest lachten sie wie die Paviane. Aber an diesem Abend musste irgendetwas sie wirklich beeindruckt haben. Sie schwatzten und sangen nicht beim Abendessen, sondern flüsterten nur ganz leise und legten sich so nah bei Andrew und mir zum Schlafen, wie sie es wagten.

Am nächsten Morgen stand die identische Reihe von Flaschenkürbissen vor unserem Lager, und es war genügend Wasser da, dass ich ein Bad in meiner zusammenlegbaren Wanne nehmen konnte. Ich glaube, ich habe noch nie etwas Kälteres auf meiner Haut gespürt.

Ich beschloss, mir einen freien Tag zu gönnen und auf die Jagd zu gehen. Andrew sollte im Lager bleiben und eines der Räder des Planwagens reparieren, das infolge der Buschwege gelitten hatte. Er kündigte an, dass er anschließend einen Spaziergang machen und mit dem Wasserverkäufer reden wolle.

»Sei um Gottes willen vorsichtig«, ermahnte ich ihn. »Höchstwahrscheinlich ist er irgend so ein Priester, und wenn du nicht höflich zu ihm bist, werden wir dieses Land verlassen müssen. Ich lege größten Wert darauf, die heidnischen Götter zu respektieren.«

»Das tut ihr Engländer alle«, erwiderte er übellaunig. »Darum seid ihr ja auch so verdammt ungeschickt im Umgang mit den Kaffern. Aber dieser Kerl ist ein Geschäftsmann mit sehr klaren

Vorstellungen, was öffentliche Versorgungsgüter betrifft. Ich möchte seine Bekanntschaft machen.«

Ich verbrachte einen wunderschönen Tag in dieser heißen, duftenden Wildnis. Zuerst versuchte ich mein Glück in der Niederung, fand dort aber nichts als ein paar alte Kudu-Fährten und eine Trappe, die ich schoss. Dann probierte ich es am Fuß des Berges, der östlich des Dorfes lag, und stellte fest, dass die Schluchten, die von unten so aussahen, als könnte man sie erklimmen, alle irgendwo einen verdammten Überhang hatten, der mich aufhielt. Ich fand keine Möglichkeit, auf das Plateau hinaufzugelangen, und so beschäftigte ich mich den Nachmittag über damit, das zerklüftete Glacis zu erforschen. Ich entdeckte keine Spur von Kupfer, denn der Fels bestand aus rötlichem Granit, aber es war ein hübscher Ort mit vielen Blumen und grünen Mulden zwischen den Spalten und einer faszinierenden Vielfalt von Vögeln. Ich war jedoch froh, dass ich eine Wasserflasche mitgenommen hatte, denn ich fand kein Wasser. Es war zwar vorhanden, aber nur unterirdisch. Ich pirschte mich an einen Buschbock heran und verfehlte ihn, aber ich erwischte eine von den kleinen, bockähnlichen Gämsen, die die Holländer *Klipspringer* nennen. Damit und mit der Trappe, die ich mir um den Hals hängte, schlenderte ich gemütlich zurück zum Abendessen.

Sobald ich in Sichtweite des Dorfes kam, sah ich, dass das Volk in heller Aufruhr war. Es herrschte ein allgemeiner Tumult. Alle Bewohner hatten sich an dem Ende des Dorfes versammelt, das am weitesten von unserem Lager entfernt war. Das Lager selbst wirkte sehr still. Ich sah die Mulis mit zusammengekoppelten Vorderbeinen herumstehen, aber ich vermochte keinen unserer Leute zu entdecken. Ich dachte mir, dass es unter diesen Umständen ratsam sei, möglichst unauffällig zurückzukommen, und so bog ich nach links ab, überquerte die Senke an einer Stelle, wo sie mit dichtem Buschwerk bewachsen war, und gelangte von Süden her zum Lager. Es war wie ausgestorben. Die Kochfeuer waren erloschen, obwohl die Boys mit der Zubereitung des Abendessens beschäftigt sein sollten. Weit und breit war kein einziges schwarzes Gesicht zu sehen. Voll böser Ahnungen ging ich zu unserem Schlafzelt und fand Andrew rauchend auf seinem Bett liegend vor.

»Was in aller Welt ist passiert?«, wollte ich wissen. »Wo sind Coos und Klemboy und …«

»Weg«, sagte er kurz. »Sind alle abgehauen.«

Er sah missmutig und müde aus, und sein Gesicht war ziemlich blass. Er schien ein ernsthafteres Problem zu haben als nur schlechte Laune. Andrew legte seine Pfeife aus der Hand und presste eine Hand gegen die Stirn wie jemand mit starken Kopfschmerzen. Auch schaute er mir kein einziges Mal in die Augen. Ich muss sagen, dass ich ziemlich barsch reagierte, denn ich hatte Hunger. Ein paarmal dachte ich, dass er gleich in Tränen ausbrechen würde. Aber schließlich brachte ich eine Art Geschichte aus ihm heraus.

Am Vormittag hatte er seine Arbeit am Rad des Planwagens beendet, und nach dem Mittagessen war er zu dem Wald über dem Dorf am Fuß der Klippen gegangen. Er wollte sehen, wo das Wasser herkam, und mit dem Mann reden, der es unter Kontrolle hatte. Wie ich schon sagte: Andrew war ein hartgesottener Realist, was eine Reaktion auf seine Familie war. Er verachtete allen Aberglauben und verabscheute den Gedanken an diesen Priester und seinen Hokuspokus. Nun ja, offenbar kam er beim Wohnsitz des Priesters an – es war das große *Rondavel,* das wir von unten gesehen hatten. Zu beiden Seiten erstreckte sich ein eingefriedeter Platz mit einem sehr starken Zaun, sodass man nur durch das *Rondavel* hineingelangen konnte. Er hatte den Priester zu Hause angetroffen, hatte, seinen eigenen Angaben zufolge, höflich mit ihm geredet und versucht, das Wasserproblem zu erforschen. Aber der alte Mann wollte ihm nichts sagen und weigerte sich hartnäckig, ihm zu gestatten, den eingefriedeten Platz zu betreten. Nach und nach verlor Andrew die Beherrschung und verschaffte sich schließlich gewaltsam Zutritt. Der Priester setzte sich zur Wehr, es kam zu einem Handgemenge. Ich bin überzeugt, dass Andrew von seinem *Sjambok* Gebrauch machte, denn ein Holländer aus dem Backveld kann die Finger niemals von einem Kaffer lassen.

Die Geschichte gefiel mir ganz und gar nicht, aber es war sinnlos, einen Jungen zu beschimpfen, der aussah wie ein kranker Hund.

»Was war da drinnen? Hast du das Wasser gefunden?«

»Dazu hatte ich keine Zeit. Es ist ein dichter Wald voller Tiere. Ich kann dir sagen, dass ich zu Tode erschrocken war und um mein Leben rennen musste.«

»Leoparden?«, fragte ich. Ich hatte von Eingeborenenhäuptlingen gehört, die sich zahme Leoparden hielten.

»Zum Teufel mit Leoparden. Mit Leoparden hatte ich bereits zu tun. Ich habe ein Gnu gesehen, so groß wie ein Haus – ein altes Biest mit grauem Maul, und der Rest von ihm war grün. Grün, sage ich dir. Ich warf nur einen Blick auf das Vieh und rannte … Als ich rauskam, heulte der ganze verdammte Kraal. Der alte Teufel musste sie aufgehetzt haben. Ich rannte hierher zurück … Nein, sie verfolgten mich nicht, aber innerhalb einer halben Stunde machten sich alle unsere Leute davon. Sie nahmen sich nicht mal die Zeit, ihren Krempel zusammenzupacken … Ach zum Teufel, ich kann nicht weiterreden. Lass mich in Ruhe.«

Ich musste wider Willen lachen. Ein Gnu ist zu seinen besten Zeiten keine Zierde, aber ein solches Vieh in Grün musste wirklich ein gutes Rezept für eine Gruselgeschichte sein. Dabei war mir ganz und gar nicht zum Lachen zumute. Andrew hatte das Dorf und dessen Priester beleidigt, die brüchigen Nerven unserer Boys überstrapaziert und ganz allgemein dafür gesorgt, dass der Boden hier zu heiß für uns wurde. Er war auf irgendeinen Zauber der Eingeborenen gestoßen, der ihn trotz seines Skeptizismus bis auf die Knochen erschreckt hatte.

Das Einzige, was ich tun konnte, war zu versuchen, irgendwie Frieden mit dem Wasserverkäufer zu schließen. Ich entzündete also ein Feuer und hängte den Kessel zum Kochen darüber, stillte meinen Hunger mit einer Handvoll Kekse und machte mich auf den Weg zum *Rondavel.* Aber als Erstes überzeugte ich mich davon, dass mein Revolver geladen war. Ich konnte mir vorstellen, dass es Probleme geben würde. Es war ein ruhiger, heller Abend, aber aus dem Tal, in dem der Kraal lag, drang ein Summen wie von wütenden Wespen zu mir herüber.

Niemand stellte sich mir in den Weg. Ich traf keine Menschenseele, bis ich vor der Tür des *Rondavel* stand. Die Hütte war groß und leer. Zu beiden Seiten schloss sich die Einfriedung an, und gegenüber der Tür befand sich eine zweite, durch die man in dunkelgrüne Schatten blickte. Ich hatte noch nie eine Einfriedung gesehen, die so stabil gebaut war. Sie bestand aus einem Palisadenzaun aus hohen, angespitzten Pfosten, dazwischen eine dicke Wand aus Schwarzdornakazien, durchflochten mit leuchtend rot blühenden Schlinggewächsen. Ein Mann mit einer Axt hätte einen halben Tag gebraucht, um eine Öffnung hineinzuschlagen. Der einzig mögliche Zugang führte durch den *Rondavel.*

Ein alter Mann hockte auf dem Lehmboden, der so festgestampft war, dass er wie dunkler, polierter Stein aussah. Sein weißer Bart ließ darauf schließen, dass er älter als 70 Jahre war. Aber er schien immer noch über beträchtliche Körperkraft zu verfügen, denn seine langen, auf den Knien ruhenden Arme waren muskulös. Er hatte nicht das für Kaffern typische flache Gesicht, sondern regelmäßige Züge mit hohen Wangenknochen wie manche Zulus aus den führenden Familien. Wenn ich jetzt darüber nachdenke, hatte er vermutlich arabisches Blut in den Adern. Beim Geräusch meiner Schritte hob er den Kopf, und an der Art, wie er mich ansah, erkannte ich, dass er blind war.

Er saß wortlos da – doch aus jeder Linie seines Körpers sprachen Niedergeschlagenheit und Tragik. Plötzlich hatte ich das entsetzliche Gefühl, dass hier ein Sakrileg begangen worden war. Dass der junge Narr Andrew die Hand gegen einen blinden alten Mann erhoben und ein harmloses Tabu gebrochen hatte, erschien mir als verabscheuungswürdige Tat. Ich hatte das Gefühl, dass etwas Heiliges verletzt, dass etwas Ehrwürdiges und Unschuldiges grausam beleidigt worden war. In diesem Augenblick wünschte ich mir nichts so sehr, als das Unrecht wiedergutzumachen.

Ich redete ihn mit dem Wort an, das in der Sprache der Shangaan sowohl Priester als auch König bedeutet. Ich berichtete ihm, dass ich auf die Jagd gegangen war und bei meiner Rückkehr feststellen musste, dass mein Begleiter schlimmes Unheil angerichtet habe. Ich erklärte, dass Andrew noch sehr jung sei und dass sein Irrtum nur auf die Torheit und Hitzköpfigkeit der Jugend zurückzuführen sei. Ich versicherte – und meine Stimme musste ihm gesagt haben, dass ich es ehrlich meinte –, dass mir das Herz blutete wegen dem, was passiert sei, dass ich vor Reue den Kopf in den Staub neigte und dass ich um nichts anderes bat, als um die Erlaubnis, Wiedergutmachung zu leisten. Natürlich bot ich ihm kein Geld an. Das wäre in etwa gewesen, als würde ich dem Papst ein Trinkgeld zustecken.

Er hob nicht einmal den Kopf, deshalb sagte ich alles noch einmal. Diesmal flehte ich ihn regelrecht an. So hatte ich noch niemals zu einem Kaffer gesprochen, aber für mich war dieser alte Mann kein Kaffer, sondern der Hüter eines uralten Mysteriums, das von rüder Hand beleidigt worden war.

Endlich sprach er: »Es kann keine Wiedergutmachung geben. Ein Unrecht ist geschehen, und der Schuldige muss die Strafe erleiden.«

Er sprach die Worte ohne jede Drohung aus, als sei er der unfreiwillige Prophet des Unheils. Seine Aufgabe war es, das Gesetz zu erklären, das er nicht ändern konnte, selbst wenn er es wollte.

Ich bat um Verzeihung, ich protestierte, ich flehte, ich kroch praktisch vor ihm auf dem Bauch. Ich beschwor ihn, mir zu sagen, ob es denn wirklich keine Möglichkeit gab, das Unglück zu beheben. Aber selbst wenn ich ihm eine Million Pfund angeboten hätte, ich glaube nicht, dass der alte Kerl seinen Ton geändert hätte. Er schien das Gefühl zu haben, und er gab auch mir das Gefühl, dass ein Verbrechen gegen das Gesetz der Natur begangen worden sei, und dass es die Natur sein würde und nicht die

Menschen, die dafür Rache nehmen würde. Er war nicht im Mindesten unfreundlich. Ich glaube sogar, dass er die Ernsthaftigkeit zu schätzen wusste, mit der ich die Angelegenheit betrachtete, und dass ihm klar war, wie leid es mir tat. Die Sätze kamen langsam und ohne eine Spur von Bitterkeit aus seinem Mund. Und das war es, was einen so entsetzlichen Eindruck auf mich machte – er war wie ein altes, steinernes Orakel, das die Befehle des Gottes ausspricht, dem es dient.

Ich konnte ihn zu nichts bewegen, obwohl ich mich darum bemühte, bis draußen die Schatten länger wurden und die Hütte fast von Dunkelheit erfüllt war. Ich hätte ihn gerne gebeten, mir wenigstens zu helfen, meine Boys zurückzubekommen und Frieden mit den Dorfbewohnern zu schließen, aber ich brachte die Bitte nicht über die Lippen. Die Atmosphäre war zu feierlich, um über derart praktische Fragen zu reden.

Als ich mich umwandte, um zu gehen, fiel mein Blick auf die Tür an der gegenüberliegenden Hüttenwand. Infolge der seltsamen Felsformationen berührten die Strahlen der sinkenden Sonne erst jetzt die Gipfel der Bäume, und ein verirrter Lichtstrahl ließ die Einfriedung heller erscheinen als bei meiner Ankunft. Ich verspürte plötzlich das überwältigende Bedürfnis, hineinzugehen.

»Ist es erlaubt, Vater«, fragte ich, »durch diese Tür zu treten?«

Zu meiner Überraschung bedeutete er mir mit einer Handbewegung, weiterzugehen. »Es ist erlaubt«, erwiderte er, »denn du hast ein reines Herz.« Dann fügte er noch etwas Seltsames hinzu: »Das, was dort weilte, ist dort nicht mehr. Es ist gegangen, um zu tun, was das Gesetz verlangt.«

Ich betrat den unheimlichen Zirkel mit großer Beklommenheit. Ich dachte an Andrews Entsetzen und hielt die Hand am Revolver, denn ich fürchtete, dass sich im Inneren irgendwelche seltsamen Tiere befinden könnten. Über mir war es hell, aber weiter unten herrschte olivgrüne Dämmerung. Ich hatte Angst vor Schlangen und Raubkatzen, und dann war da das grüne Gnu, von dem Andrew gesprochen hatte.

Die umzäunte Fläche war nur etwa 8000 Quadratmeter groß und obwohl ich mich sehr vorsichtig bewegte, hatte ich sie nach kurzer Zeit umrundet. Sie erstreckte sich halbmondförmig zu beiden Seiten bis zu einer senkrechten Felswand. Das Unterholz war nicht sehr dicht. Hohe Bäume ragten daraus hervor, sodass der Wald an einen alten, heidnischen Hain erinnerte. Wenn man hinaufschaute, erblickte man Stücke des violetten Abendhimmels zwischen den federigen Baumwipfeln, aber dort, wo ich ging, war es sehr dunkel.

Kein Zeichen von Leben war zu erkennen, kein Vogel, kein Säugetier, kein Knacken eines Zweiges, keine Bewegung im Gebüsch. Alles war still und tot, wie in einer Gruft. Nachdem ich meinen Rundgang beendet hatte, ging ich diagonal durch die eingezäunte Fläche und stieß augenblicklich auf das, was ich suchte: ein wassergefülltes Becken. Die Quelle war fast kreisrund und hatte einen Durchmesser von etwa sechs Metern. Was mich erstaunte, war, dass sie von einem Kranz behauener Steine umgeben war. Im Zentrum des Hains war es ein bisschen heller, und ich erkannte, dass die Steinmetzarbeiten keinesfalls das Werk von Kaffern waren. Der Abend ist die Zeit, in der das Wasser erwacht. Während des Tages schläft es, aber in der Dunkelheit hat es sein eigenes, selbstständiges Leben. Ich tauchte eine Hand hinein. Es war eiskalt. Es blubberte nicht und bildete keine Blasen, aber es schien sich in einer langsamen, rhythmischen Bewegung zu befinden, als ob ständig frische Ströme aus der Tiefe aufstiegen und wieder zurückflossen. Ich zweifelte nicht daran, dass das Wasser kristallklar gewesen wäre, wenn ein wenig Licht darauf gefallen wäre, aber so wie ich es sah, war es eine Fläche aus tiefdunkler Jade, undurchsichtig und undurchdringlich, einem magischen Impuls folgend aus dem Herzen der Erde hervorquellend.

Die Wirkung, die dies alles auf mich hatte, ist schwer zu erklären. Ich war schon vorher voller Ehrfurcht gewesen, aber dieser Hain und diese Quelle erfüllten mich mit der hilflosen, unbestimmbaren Furcht eines Kindes. Irgendwie hatte ich das Gefühl, als befände ich mich jenseits der vernünftigen Welt. Der Ort war frei von allem Natürlichen. Es war Frühsommer, und diese dunklen Gänge hätten von Motten und fliegenden Ameisen wimmeln und von den tausend Geräuschen der Nacht erfüllt sein müssen. Stattdessen herrschte hier vollkommene Stille und es existierte kein Leben, der Ort war so tot wie Stein, abgesehen vom heimlichen Pulsieren des kalten Wassers.

Ich hatte absolut genug. Es ist absurd, so etwas zugeben zu müssen, aber ich rannte los – pflügte durch das Unterholz zurück in den *Rondavel,* wo der alte Mann noch immer wie ein Buddha auf dem Fußboden saß.

»Hast du es gesehen?«, fragte er.

»Ich habe es gesehen«, keuchte ich – »aber ich weiß nicht, was ich gesehen habe. Vater, sei gnädig mit der Torheit der Jugend.«

Er wiederholte die Worte, die mich schon zuvor hatten erschauern lassen. »Was dort weilte, ist nicht mehr dort. Es ist gegangen, um zu tun, was das Gesetz verlangt.«

Ich rannte die ganze Strecke bis zum Lager zurück und stolperte mehrfach auf ganz unheilige Art, denn ich bildete mir ein, Andrew sei in Gefahr. Ich nehme nicht an, dass ich jemals an sein grünes Gnu glaubte, aber er war sich ganz sicher gewesen, dass der Ort von Tieren gewimmelt hatte, und ich wusste mit absoluter Sicherheit, dass er verlassen war. War irgendein schreckliches Untier auf die Welt losgelassen worden?

Ich fand Andrew in unserem Zelt. Der Kessel, den ich zum Kochen über das Feuer gehängt hatte, war leer, das Feuer erloschen. Der Junge schlief tief und fest. Sein Gesicht war gerötet, und ich sah sofort, was passiert war. Er war praktisch Antialkoholiker, aber jetzt hatte er eine unserer vier Whisky-Flaschen zu gut einem Drittel geleert. Der Zwang, der ihn zum Trinken getrieben hatte, musste ziemlich stark gewesen sein.

Danach verschlechterte sich die Situation für unsere Expedition zusehends. Am Morgen stand kein Wasser bereit, und ich konnte mich nicht dazu durchringen, selbst eine Kalabasse zu schultern und zum Hain hinaufzusteigen. Auch unsere Boys kamen nicht zurück. Im Kraal kam keine Menschenseele auch nur in unsere Nähe. Während der ganzen Nacht hatten sie jämmerlich geheult und geklagt und auf ihre kleinen Trommeln geschlagen. Es war sinnlos, noch länger zu bleiben. Ich selbst wünschte schnellstens die Gegend zu verlassen. Die Erlebnisse des vorangegangenen Abends hatten den Nachgeschmack einer inneren Unruhe in mir hinterlassen, und ich wollte vor etwas fliehen, das ich nicht deuten konnte. Andrew war offensichtlich krank. Damals führte man noch keine Fieberthermometer mit, aber der Junge hatte mit Sicherheit hohes Fieber.

Also spannten wir nach dem Frühstück ein, und wenn man alle Arbeit selbst verrichten muss, ist das Trecken eine mühselige Sache. Ich lenkte den Planwagen und Andrew den Karren, und ich fragte mich, wie lange er wohl noch in der Lage sein würde, sich auf seinem Sitz zu halten. Ich stellte mir vor, dass wir, wenn wir uns nach Osten wandten, neue Boys anwerben und im Hügelland oberhalb der Biegung des Limpopo beginnen konnten, nach Bodenschätzen zu suchen.

Aber alle Dörfer der Umgebung waren bereits vor uns gewarnt worden. Sie wissen ja, auf welche Weise die Kaffer Nachrichten hundert Meilen weit so schnell wie ein Telegraf verbreiten – mit Trommeln oder durch Telepathie. Erklären Sie das, wie Sie wollen. Jedenfalls kamen wir an diesem Nachmittag zu einem großen Kraal, aber die Bewohner wollten kein Wort mit uns wechseln. Sie verhielten sich sogar ausgesprochen drohend, und ich musste meinen Revolver ziehen und ziemlich grob werden, bevor wir wieder abziehen konnten. Am nächsten Tag war es das Gleiche, und ich machte mir Sorgen wegen unserer Vorräte, denn wir konnten nichts kaufen – kein Huhn, kein Ei, nicht einmal einen Maiskolben. Andrew war ein reizender Begleiter. Er hatte sich zu einem vorzeitlichen Rüpel zurückentwickelt und Manieren wie ein Höhlenmensch. Wenn er nicht so offensichtlich gelitten hätte, wäre es mir schwergefallen, nicht die Beherrschung zu verlieren.

Insgesamt waren die Aussichten wahrhaft rosig. Zu allem Überfluss hatte Andrew am dritten Morgen den schlimmsten Malariaanfall, den ich je erlebt habe, und kippte um wie ein gefällter Baum. Das setzte allen Plänen ein Ende. Zuerst glaubte ich, dass es die Schwarzwasser-Krankheit sei. Mein Zorn auf den Jungen verflüchtigte sich. Ich hatte nur noch Angst um ihn. Es gab keine andere Möglichkeit, als die Expedition aufzugeben und zu versuchen, so schnell wie möglich zur Küste zu gelangen. Ich steuerte portugiesisches Territorium an, und am Abend erreichten wir den Limpopo. Zum Glück trafen wir dort auf freundlichere Eingeborene, die noch nichts von unseren Taten gehört hatten. Ich konnte ein Geschäft mit dem Dorfhäuptling abschließen, der sich verpflichtete, unsere Ausrüstung aufzubewahren, bis ich danach schickte, und uns ein großes Eingeborenenboot verkaufte. Ich warb vier kräftige Burschen als Ruderer an, und am nächsten Morgen machten wir uns auf die Reise flussabwärts.

Wir verbrachten fünf schwindelerregende Tage auf dem Fluss, bevor ich Andrew im Krankenhaus in Lourenço Marques abliefern konnte. Gott sei Dank, er hatte nicht die Schwarzwasser-Krankheit, aber es war erheblich mehr als ein gewöhnlicher Malariaanfall. Ich glaube, er hatte zusätzlich auch noch eine leichte Hirnhautentzündung. Seltsamerweise war ich sogar erleichtert darüber. Während der ersten beiden Tage hatte mich das Verhalten des Jungen ziemlich erschreckt. Ich fürchtete, der alte Priester habe ihn tatsächlich mit einem Fluch belegt. Ich musste daran denken, wie die Lichtung und die Quelle sogar mich in eine ehrfürchtige Stimmung versetzt hatten, und ich überlegte mir, dass Andrew, in dessen Ahnenreihe es irgendwo einen Kaffer geben musste, vermutlich empfänglich für etwas war, das mich kaltließ. Ich hatte mich zu lange in Afrika herumgetrieben, um heidnischen Geheimnissen mit dogmatischer Skepsis zu begegnen. Aber dieses Fieber schien alles zu erklären. Die Krankheit musste schon vorher in ihm gesteckt haben, und das war der Grund, warum er sich dem alten Mann gegenüber so übel benommen und bei seiner Rückkehr etwas von einem grünen Gnu gefaselt hatte. Ich wusste, dass das Fieber einen Mann anfangs benommen machen kann, sodass er jede Selbstbeherrschung verliert und seltsame Wahnvorstellungen hat … Dennoch war ich nicht ganz von dieser Theorie überzeugt. Ich konnte weder das Bild des alten Mannes und seine beunruhigenden Worte noch den leeren Hain unter der sinkenden Sonne aus dem Kopf bekommen.

Ich tat mein Bestes für den Jungen, und als wir die Küste erreichten, war das Schlimmste vorbei. Am Heck des Bootes wurde ein Bett für ihn hergerichtet, und ich musste ihn Tag und Nacht im Auge behalten, um zu verhindern, dass er über Bord ging und bei den Krokodilen landete. Er neigte zu Gewaltausbrüchen, denn in seinem Fieberwahn glaubte er, er werde verfolgt. Manchmal musste ich alle Kraft aufwenden, um ihn im Boot zu halten. Er schrie wie ein Wahnsinniger, flehte und fluchte. Es erschien mir seltsam, dass er bei seinen Tobsuchtsanfällen niemals Holländisch sprach, sondern einen Kafferdialekt benutzte – meistens Sesutu, das er in seiner Kindheit gelernt hatte. Ich war darauf gefasst, dass er wieder von dem grünen Gnu anfangen würde, aber zu meiner Erleichterung erwähnte er es nie. Er gab durch nichts zu erkennen, was ihn so erschreckte, doch es musste etwas ganz Entsetzliches sein, denn jeder Nerv in seinem Körper schien zu vibrieren, und ich vermied es ängstlich, ihm in die Augen zu sehen.

Am Ende ließ ich ihn in einem Krankenhausbett zurück, schwach wie ein Kätzchen, aber fieberfrei und wieder bei klarem Verstand. Er war wieder der nette Kerl, als den ich ihn gekannt hatte, bat tausendmal um Verzeihung und zeigte sich sehr dankbar. So regelte ich mit gutem Gewissen die Rückholung meiner Ausrüstung und kehrte in den Rand zurück.

Sechs Monate lang verlor ich Andrew aus den Augen. Ich musste ins Namaqualand und dann hinauf ins Kupferland von

Barotseland, was zur damaligen Zeit kein so einfacher Treck war wie heute. Ich erhielt einen Brief von ihm, den er in Johannesburg geschrieben hatte – kein sehr befriedigendes Machwerk, denn ich schloss daraus, dass der Junge sehr unausgeglichen war. Er hatte sich mit seiner Familie gestritten, und er schien mit seinem Job in den Goldfeldern unzufrieden zu sein. So wie ich ihn gekannt hatte, war er ein ordentlicher, fleißiger Lehrling gewesen, entschlossen, seinen Weg in der Welt zu machen, und ohne jede Angst vor einem langweiligen Job. Aber in diesem Brief nörgelte er über alles und jeden. Er wollte unbedingt mit mir reden – er dachte sogar daran, seine Arbeit hinzuschmeißen und nach Norden zu reisen, um mich zu besuchen. Der Brief endete mit der unterstrichenen Bitte, ich solle ihm ein Telegramm schicken, wenn ich nach Süden käme. Der Zufall wollte es, dass ich gerade zu dieser Zeit keine Gelegenheit hatte, zu telegrafieren, und später dachte ich nicht mehr daran.

Nach und nach beendete ich meine Tour und befand mich gerade bei den Wasserfällen, als ich eine lokale rhodesische Zeitung in die Hand bekam. Durch dieses Blatt wurde ich mit einem Schlag wieder an Andrew erinnert. Es enthielt einen Artikel über einen Mord im Buschveld – zwei Männer waren ausgezogen, um nach Krügers Schatz zu suchen, und einer hatte den anderen erschossen. Zu meinem Entsetzen stellte ich fest, dass derjenige, der nun in Pretoria im Gefängnis saß und auf die Vollstreckung seines Todesurteils wartete, mein unglücklicher Freund war.

Sie erinnern sich an die wilden Gerüchte, die nach dem Burenkrieg im Umlauf waren und in denen von einem Goldschatz die Rede war, den Krüger auf seiner Flucht zur Küste irgendwo im Selatiland vergraben haben sollte. Das war natürlich alles Unsinn. Der gerissene Ex-Präsident hatte schon viel früher dafür gesorgt, dass der größte Teil des Geldes sicher in einer Bank in Europa lag. Aber ich bin überzeugt, dass einige Beamte mit Teilen des Staatsschatzes entkommen sind und dass im Buschveld Goldbarren vergraben worden sein könnten.

Jedenfalls war jeder Taugenichts südlich des Sambesi verrückt nach dem Geld; es waren unzählige Expeditionen unterwegs, von denen keine auch nur eine einzige Münze aus Transvaal fand. Offenbar war Andrew zwei Monate zuvor zusammen mit einem Holländer namens Smit aufgebrochen, um sein Glück zu versuchen. Irgendwo am Olifant-Fluss waren die beiden eines Abends fortgegangen, und nur einer kehrte zurück. Smit wurde von Eingeborenen mit einem Loch im Kopf gefunden, und es wurde bewiesen, dass die Kugel aus Andrews Gewehr stammte, das er bei sich gehabt hatte, als die beiden losmarschierten. Danach wurde die Geschichte ziemlich verworren. Andrew sei sehr aufgeregt gewesen, als er zurückgekehrt war, und erklärte, er habe »es endlich getan«.

Nachdem Smits Leiche gefunden worden war, leugnete er aber, ihn erschossen zu haben. Es war jedoch klar, dass Smit mit Andrews Jagdgewehr .303 getötet worden war, und die Eingeborenen schworen, dass die beiden Männer sich ununterbrochen gestritten hätten und dass Andrew sich immer sehr seltsam benommen habe.

Der Staatsanwalt vertrat die Ansicht, die beiden hätten geglaubt, sie hätten einen Schatz gefunden, und Andrew habe Smit kaltblütig ermordet, um nicht mit ihm teilen zu müssen. Die Verteidigung schien hauptsächlich argumentiert zu haben, dass sich ein schuldiger Mann unmöglich so verhalten würde, wie Andrew sich verhalten hatte, und dass es sehr wahrscheinlich sei, dass er in der Dunkelheit auf ein Tier geschossen und dabei versehentlich seinen Begleiter getötet habe. Das klang für mich sehr dünn, und die Geschworenen glaubten es auch nicht, denn sie entschieden auf vorsätzlichen Mord.

Ich wusste, dass es ausgeschlossen war, dass Andrew das Verbrechen begangen hatte. Menschen sind seltsame Geschöpfe, und manchen halbwegs anständigen Leuten, die ich kenne, würde ich sogar einen Mord zutrauen, aber dieser Junge gehörte eindeutig nicht zu dieser Sorte. Sollte er nicht vollkommen verrückt geworden sein, dann war ich mir ganz sicher, dass er niemals fähig war, einen Menschen zu töten. Ich kannte ihn sehr genau, so genau, wie man einen Mann kennt, mit dem man monatelang allein gelebt hat, und darauf konnte ich bauen. Andererseits schien es erwiesen zu sein, dass er Smit erschossen hatte …

Ich schickte das längste Telegramm meines Lebens an einen schottischen Rechtsanwalt in Johannesburg namens Dalgleish, dem ich traute, und bat ihn, Himmel und Hölle in Bewegung zu setzen, um einen Vollstreckungsaufschub zu erreichen. Er sollte Andrew besuchen und mir telegrafisch über dessen Gemütszustand berichten. Ich dachte mir, dass unsere beste Strategie vermutlich darin bestehen würde, auf vorübergehenden Wahnsinn zu plädieren, und ich war auch selbst davon überzeugt, dass das die Erklärung war. Am liebsten hätte ich sofort einen Zug nach Pretoria bestiegen, aber ich konnte nicht fort, bevor der Rest meiner Ausrüstung eintraf. Ich wurde von dem Gedanken gequält, dass man Andrew womöglich bereits gehenkt hatte, denn die verdammte Zeitung war schon eine Woche alt.

Nach zwei Tagen erhielt ich Dalgleishs Antwort. Er hatte den Verurteilten besucht und ihm gesagt, dass er in meinem Auftrag kam. Er berichtete, dass Andrew seltsam friedlich und apathisch wirke und dass er über die ganze Geschichte nicht reden wollte, außer um seine Unschuld zu beteuern. Dalgleish glaubte, dass er nicht recht bei Verstand sei, aber Andrew war schon untersucht worden, und das Gericht hatte den Einwand, er sei wahnsinnig, zurückgewiesen. Andrew ließ mich herzlich grüßen und mir ausrichten, ich solle mir keine Sorgen machen.

Ich schickte Dalgleish noch einmal los und erhielt eine weitere Antwort. Andrew gab zu, die Büchse abgefeuert zu haben, aber nicht auf Smit. Er hatte irgendetwas getötet, aber er wollte nicht sagen, was es war. Er schien nicht den geringsten Wert darauf zu legen, seinen Hals zu retten.

Als ich auf dem Weg nach Süden in Bulawayo ankam, hatte ich plötzlich einen Gedankenblitz, aber die Sache kam mir so absurd vor, dass ich sie kaum ernst nehmen konnte. Dennoch wagte ich es nicht, irgendeine Chance nicht zu nutzen. Also schickte ich Dalgleish noch einmal ein Telegramm und bat ihn, zu versuchen, die Hinrichtung zu verschieben, bis er den Priester ausfindig gemacht hatte, der auf dem Berg über dem Pufuri lebte. Ich beschrieb ihm ganz genau, wie er ihn finden konnte. Ich sagte ihm, der alte Mann habe Andrew mit irgendeinem Fluch belegt, was seinen Geisteszustand erklären könne. Schließlich müsse Besessenheit von Dämonen vor dem Gesetz ebenso bewertet werden wie Wahnsinn. Diesmal hatte ich die Hoffnung jedoch fast aufgegeben. Es erschien mir ziemlich sinnlos, diese langwierige Geschichte aufzuschreiben, während jede Stunde den Jungen dem Galgen näher brachte.

Ich verließ den Zug in Mafeking, weil ich glaubte, mir den langen Umweg über De Aar ersparen zu können, indem ich quer durch das Land zog. Es wäre besser gewesen, im Zug zu bleiben, denn es ging alles schief. Mein Fuhrwerk brach in der Strömung des Selons-Flusses zusammen, und ich musste einen Tag lang in Rustenburg warten. Dann gab es noch einmal Probleme am Commando Nek, sodass ich Pretoria erst am Abend des dritten Tages erreichte … Wie ich befürchtet hatte, war bereits alles vorbei. In meinem Hotel berichtete man mir, dass Andrew am Morgen dieses Tages gehenkt worden war.

Ich fuhr zurück nach Johannesburg, um Dalgleish zu besuchen. Mein Herz war von kaltem Entsetzen erfüllt und ich war restlos verwirrt. Der Teufel persönlich musste die Hand im Spiel haben und hatte einen furchtbaren Justizirrtum verursacht. Wenn es irgendjemanden gegeben hätte, dem ich die Schuld an den Ereignissen geben konnte, hätte ich mich besser gefühlt, aber der Fehler schien ausschließlich auf die Willkür des Schicksals zurückzuführen zu sein …

Dalgleish konnte mir nur wenig sagen. Smit war ein verkommener Taugenichts gewesen, kein bedeutender Mensch und kein großer Verlust für die Welt. Rätselhaft war nur, warum Andrew den Wunsch haben konnte, sich ihm anzuschließen. Der Junge war in seinen letzten Tagen in Haft vollkommen apathisch gewesen – ohne jeden Groll gegen irgendjemanden. Offenbar hatte er seinen Frieden mit der Welt gemacht, aber anscheinend wollte er nicht mehr leben. Der Prediger, der ihn täglich besuchte, wusste nichts mit ihm anzufangen. Er schien bei klarem Verstand zu sein, aber abgesehen davon, dass er seine Unschuld beteuerte, mochte er nicht reden und war wenig hilfreich für die Leute, die versuchten, einen Vollstreckungsaufschub für ihn zu erwirken. Offenbar interessierte es ihn kaum. Er hatte mehrfach nach mir gefragt und seine letzten Tage damit verbracht, mir einen langen Brief zu schreiben, der mir ungeöffnet übergeben werden sollte. Dalgleish überreichte ihn mir, sieben Seiten in Andrews ordentlicher Schrift, und am Abend las ich ihn auf dessen Veranda.

Es schien, als spreche eine Stimme aus dem Grab heraus zu mir. Doch es war nicht die Stimme, die ich gekannt hatte. Verschwunden war der aufgeklärte, geschäftsmäßig denkende junge Mann, der frei war von jedem Aberglauben und für alles und jedes im Himmel und auf der Erde eine gewandte Erklärung hatte. Es war ein primitiver Junge, der diese Zeilen geschrieben hatte, ein Junge, in dessen Seele alle alten calvinistischen Schrecknisse wiedererweckt worden waren, zusammen mit noch älteren Schrecknissen, die aus den vorzeitlichen Schatten Afrikas stammten.

Er hatte eine große Sünde begangen – das war der Punkt, den er immer wieder betonte, und durch diese Sünde hatte er etwas Furchtbares freigesetzt, das nun in der Welt wüte … Auf den ersten Blick erschien mir das alles als reiner Wahnsinn, aber als ich darüber nachdachte, erinnerte ich mich an meine eigenen Gefühle in jenem leeren Hain. Ich war von Ehrfurcht ergriffen, und dieser Junge, in dessen Adern etwas zirkulierte, das in den meinen nicht vorhanden war, hatte eine verhängnisvolle spirituelle Erfahrung gemacht. Er äußerte nichts Genaues darüber, aber die wenigen Sätze, die er dazu zu Papier gebracht hatte, sprachen in ihrer harten Intensität eine beredte Sprache. Er hatte dagegen angekämpft, hatte versucht, die Sache leichtzunehmen, zu vergessen, zu verachten, aber sie saß ihm im Nacken wie ein Albtraum. Er hatte geglaubt, verrückt zu werden. Ich hatte richtig geraten, als ich eine leichte Hirnhautentzündung vermutete.

Soweit ich begriff, war er überzeugt gewesen, dass aus dem entweihten Heiligtum etwas Reales und Lebendiges entwichen war. Jedenfalls etwas aus Fleisch und Blut. Aber dieser Gedanke war ihm vielleicht erst später gekommen, als er bereits mehrere Monate geistiger Qualen durchlitten und die Fähigkeit zu schlafen eingebüßt hatte. Anfangs bestand sein Problem vermutlich nur in einem unbestimmten gespenstischen Gefühl, in einer Ahnung von Sünde und bevorstehender Vergeltung. Aber in Johannesburg hatte das Unbehagen konkrete Formen angenommen. Er glaubte, dass durch seine Tat etwas Entsetzliches freigesetzt worden war, mit einer großen Macht, Böses zu tun. Böses nicht nur gegen den Missetäter selbst, sondern gegen die ganze Welt. Und er glaubte, dass dieses Etwas noch aufgehalten werden konnte, dass es sich immer noch im Buschland im Osten befand. Diese primitive Vorstellung zeigte, dass seine normale Intelligenz restlos zerstört war. Er war wieder in die Backveld-Welt seiner Kindheit zurückgefallen.

Er beschloss, sich auf den Weg zu machen und danach zu suchen. Hier zeigte sich wieder die Tapferkeit seiner weißen Ahnen. Er konnte dem blinden Entsetzen eines Kaffers verfallen, aber er hatte den eisernen Mut eines Grenzland-Buren. Es erforderte schon ein starkes Herz, sich aufzumachen, um etwas zu suchen, das alle Nerven zum Vibrieren brachte, wenn man bloß daran dachte. Ich muss zugeben, dass mir der Gedanke an den einsamen, bleichen, gequälten Jungen schwer zu schaffen machte. Ich glaube, er wusste, dass die ganze Sache in einer Tragödie enden würde, aber er musste sich seinem Schicksal stellen und die Konsequenzen auf sich nehmen.

Er hörte von Smits Expedition und beteiligte sich zur Hälfte daran. Vielleicht trug die Tatsache, dass Smit einen schlechten Ruf hatte, dazu bei, dass ihn die Unternehmung reizte. Er wollte keinen Mann zum Gefährten haben, mit dem er irgendetwas gemein hatte, denn er musste seinen eigenen Gedanken nachhängen und sein eigenes Ziel verfolgen.

Nun ja, Sie wissen, wie die Sache endete. In seinem Brief schrieb er nichts über die Reise, nur dass er gefunden hatte, wonach er suchte. Ich kann mir gut vorstellen, dass die beiden nicht gut zusammenpassten – der eine voller Gier nach dem geheimnisvollen Schatz, der andere mit einem Problem, das alles Gold Afrikas nicht lösen konnte …

Irgendwo im Buschveld am Selati nahm sein Inkubus eine körperliche Form an und er begegnete dem Wesen – oder glaubte es zu treffen –, das durch sein Sakrileg freigesetzt worden war. Ich nehme an, wir müssen das als Wahnsinn bezeichnen. Er erschoss seinen Kameraden und glaubte, er hätte ein Tier erlegt. »Wenn sie am nächsten Morgen nachgesehen hätten, hätten sie die Fährte gefunden«, schrieb er. Smits Tod schien ihn nicht im Mindesten zu berühren – ich glaube nicht, dass er ihn wirklich zur Kenntnis nahm. Wichtig war für ihn nur seine Überzeugung, dass er einem Schrecken ein Ende bereitet und irgendwie Wiedergutmachung geleistet hatte. »Auf Wiedersehen, und mach dir keine Sorgen um mich« waren seine letzten Worte. »Ich bin vollkommen zufrieden.«

Ich saß noch lange da und dachte nach, während die Sonne über dem Magaliesberg unterging. Ein Grammofon krächzte auf einer benachbarten Veranda, und vom Rand her tönte lautes Stampfen zu mir herüber wie der Lärm ferner Trommeln. Zur damaligen Zeit zitierten die Leute ständig einen lateinischen Satz, der besagte, dass aus Afrika immer etwas Neues komme. Aber ich dachte mir, dass es in Afrika nicht auf die neuen Dinge ankam, sondern auf die alten.

Ich beschloss, den Berg über dem Pufuri noch einmal aufzusuchen und mit dem Priester zu reden, aber ich hatte keine Gelegenheit dazu, bis ich im folgenden Sommer vom Main Drift zum Limpopo hinunterreiste. Ich war wenig begeistert von der Aufgabe, aber ich fühlte mich um Andrews willen verpflichtet, die Sache mit dem alten Mann zu besprechen. Sehen Sie, ich wollte noch ein paar weitere Argumente haben, um den Haushalt in Wakkerstroom davon zu überzeugen, dass der Junge nicht, wie sein Vater glaubte, die Sünde Kains begangen hatte.

An einem Abend im Januar kam ich nach einem glühend heißen Tag zum Berg und schaute in das grüne Tal hinunter. Ein einziger Blick genügte, um mir zu zeigen, dass es zu keinen Erklärungen bei dem Priester kommen würde ... Ein Teil der Klippe war herabgebrochen, und der Steinschlag hatte den Hain und den *Rondavel* einfach wegradiert. Eine ungeheure Menge von Geröll reichte bis zur halben Höhe des Berges, und die großen Bäume, durch die ich zum Himmel hinaufgeschaut hatte, waren darunter begraben. Das Geröll war bereits mit Dornbüschen und Gras gesprenkelt. An den Hängen des Tals sah man keine Kornfelder mehr. Zerbröckelnde Lehmwände waren alles, was vom Kraal noch übrig war. Der Dschungel war über das Dorf hinweggeflossen, und als ich näher kam, leuchteten überall große Datura-Blüten auf dem Schutt, die in der Dämmerung aussahen wie Geister einer verschollenen Rasse.

Eine große Veränderung hatte stattgefunden. Der Erdrutsch musste das Grundwasser befreit haben, denn jetzt floss ein Bach durch das Tal. An diesem Bach, in einer Wiese voller Lilien und Aronstab, fand ich zwei Australier, die nach Bodenschätzen suchten. Einer von ihnen – er war Bankangestellter in Melbourne gewesen – hatte eine poetische Ader. »Netter kleiner Ort«, sagte er. »Wenn ich auf der Suche nach einem Platz für eine Farm wäre, würde ich mich wohl hier niederlassen.«

H. F. Arnold

H. F. Arnold ist einer von vielen »vergessenen Autoren« aus der Zeit der Pulpmagazine. Das ist etwas erstaunlich, da ›The Night Wire‹ zu den beliebtesten Geschichten zählt, die jemals in *Weird Tales* veröffentlicht wurden. Auch Lovecraft schätzte diese kurze Arbeit sehr – er lobt sie in Briefen an E. Hoffmann Price, J. Vernon Shea, Richard Ely Morse und Farnsworth Wright, den Herausgeber von *Weird Tales,* und betonte den »wahren kosmischen Schrecken und die makabre Kraft« dieser Erzählung. Beachtenswert ist neben dem knappen Schreibstil, wie der Autor durch rätselhafte Beschreibungen, die nicht erklärt werden, sehr schnell eine bizarre Atmosphäre erzeugt. Es ist eine der allerersten »modernen Horrorgeschichten«.

Henry Ferris Arnold (1901–1963) war ein aus Illinois stammender Presseagent. Er arbeitete in den späten 20er- und 30er-Jahren des vorigen Jahrhunderts für die Filmindustrie in Hollywood. Arnold hat nur zwei Geschichten in *Weird Tales* veröffentlicht. ›The Night Wire‹ erschien im September 1926, gefolgt von ›The City of Iron Cubes‹, einer Fortsetzungsgeschichte, die im März und April 1929 veröffentlicht wurde. Zwei Geschichten einer Science-Fiction-Serie ›When Atlantis Was‹ erschienen im Oktober und Dezember 1937 in der Zeitschrift *Amazing Stories.*

Telegramm in der Nacht

New York, 30. September, CP Blitztelegramm
Heute verstarb hier Botschafter Holliwell. Der Tod ereilte ihn ganz plötzlich, als er sich alleine in seinem Büro aufhielt ...

Der Nachtdienst am Telegrafen hat etwas Ungutes an sich. Du sitzt hier oben im obersten Stockwerk eines Wolkenkratzers und horchst auf das Flüstern einer Zivilisation. Wenn die Straßenlaternen trübe werden und die Welt im Schlaf versinkt, sind Städte wie New York, London, Kalkutta, Bombay und Singapur deine nächsten Nachbarn.

In den ruhigen Stunden zwischen zwei und vier dösen die Telegrafisten über ihren Empfangsgeräten, und die Nachrichten tröpfeln herein. Brände, Desaster und Selbstmorde, Morde, Menschenmengen und Katastrophen. Manchmal ein Erdbeben mit einer Opferliste so lang wie dein Arm. Der Mann am Telegrafen schreibt das alles nieder wie im Schlaf, tippt es mit einem Finger in seine Schreibmaschine ein.

Hin und wieder spitzt du die Ohren und hörst zu. Dann erfährst du etwas über jemanden, den du vor langer Zeit in Singapur, Halifax oder Paris gekannt hast. Vielleicht ist derjenige befördert worden, aber wahrscheinlicher ist es, dass man ihn ermordete oder er ertrunken ist. Vielleicht hat er ganz einfach beschlossen, sein Leben zu beenden, und sich eine bizarre Methode ausgedacht, die interessant genug ist, um in den Nachrichten erwähnt zu werden.

Aber das passiert nicht oft. Die meiste Zeit sitzt du da und döst und tippst auf deiner Schreibmaschine und wünschst dir, du wärest zu Hause und lägest im Bett.

Manchmal passieren jedoch seltsame Dinge. Neulich war das

der Fall, und ich bin immer noch nicht darüber hinweggekommen. Ich wünschte, es würde mir gelingen.

Sehen Sie, ich bin der Chef der Nachtschicht in einer westlichen Hafenstadt, deren Name keine Rolle spielt. Mein Stab besteht – oder besser gesagt, bestand – nur aus einem Telegrafisten, einem Burschen namens John Morgan, schätzungsweise um die 40 Jahre alt und ein nüchterner, hart arbeitender Mann.

Er war einer der besten Telegrafisten, die ich je gekannt habe. Er war ein sogenannter »Doppelter«. Das heißt, dass er zwei Geräte gleichzeitig bedienen und zwei Geschichten zur gleichen Zeit auf zwei verschiedenen Schreibmaschinen mitschreiben konnte. Er war einer von nur drei Männern, die ich je gekannt habe, die das ununterbrochen stundenlang durchhielten und niemals einen Fehler machten. Gewöhnlich benutzten wir nachts nur einen Telegrafen, aber wenn es spät war und die Nachrichten schnell hereinkamen, eröffneten die Stationen in Chicago und Denver ein zweites Gerät, und dann vollführte Morgan sein Kunststück. Er war ein Hexenmeister, ein mechanischer, automatischer Hexenmeister, der hervorragend funktionierte, aber ohne jede Fantasie.

Am Abend des 16. klagte er darüber, dass er müde sei. Es war das erste und das letzte Mal, dass ich ihn jemals etwas über sich selbst sagen hörte, und ich kannte ihn schon seit drei Jahren.

Es war drei Uhr, und wir arbeiteten nur mit einem Gerät. Ich kämpfte an meinem Schreibtisch über den Berichten mit dem Schlaf und achtete nicht besonders auf das, was er sagte.

»Jim«, fragte er, »kommt es dir hier drin heute auch so eng vor?«

»Wieso, John? Nein!«, antwortete ich. »Falls du möchtest, kann ich aber ein Fenster öffnen.«

»Schon gut. Ich glaube, ich bin nur ein bisschen müde.«

Das war alles, was er sagte, und ich machte mich wieder an die Arbeit. Etwa alle zehn Minuten ging ich zu ihm hinüber und holte mir einen Stapel Papier, der sich neben seiner Schreibmaschine ansammelte, weil die Nachrichten in dreifacher Ausfertigung ausgedruckt wurden.

Etwa 20 Minuten, nachdem er mich angesprochen hatte, bemerkte ich, dass er den zweiten Telegrafen in Betrieb genommen hatte und beide Schreibmaschinen benutzte. Ich fand das ein bisschen ungewöhnlich, weil keine besonders »heißen« Nachrichten hereinkamen. Als ich das nächste Mal hinüberging, nahm ich die Papiere von beiden Geräten mit und trug sie zu meinem Schreibtisch, um die Duplikate auszusortieren.

Der erste Telegraf spuckte lediglich die üblichen Meldungen aus, die ich nur rasch überflog. Dann wandte ich mich dem zweiten Stapel zu. Ich kann mich ganz genau daran erinnern, weil die Geschichte aus einer Stadt kam, von der ich noch nie etwas gehört hatte: *Xebico.* Hier ist die Nachricht. Ich habe ein Duplikat davon aus unseren Akten aufgehoben.

> *Xebico, 16. September, CP BULLETIN*
> *Der dichteste Nebel in der Geschichte der Stadt hat sich gestern um vier Uhr nachmittags in Xebico ausgebreitet. Der Verkehr ist gänzlich zum Erliegen gekommen, und der Nebel hängt wie ein Sargtuch über allem. Lichter von normaler Stärke können den Nebel nicht durchdringen. Der Nebel wird ständig immer noch dichter.*
> *Die Wissenschaftler sind sich über den Grund nicht einig, und das örtliche Wetterbüro erklärt, dass dergleichen noch nie in der Geschichte der Stadt passiert ist.*
> *Gestern Abend um sieben Uhr haben die städtischen Behörden – (Fortsetzung folgt)*

Das war alles. Nichts Ungewöhnliches in einem Büro eines Pressezentrums, aber die Geschichte war mir, wie gesagt, wegen des Namens der Stadt aufgefallen.

Etwa 15 Minuten später ging ich wieder hinüber, um mir einen weiteren Stapel Papier zu holen. Morgan war in seinem Stuhl zusammengesunken und hatte den grünen Schirm seiner elektrischen Lampe so eingestellt, dass der Lichtstrahl nicht in seine Augen fiel, sondern nur auf den oberen Teil der beiden Schreibmaschinen.

Auf dem Stapel auf der rechten Seite war nur das übliche Zeug, aber auf der linken Seite lag wieder eine Geschichte aus Xebico. Alle Pressemitteilungen kommen in »Intervallen« herein, was bedeutet, dass Teile von vielen verschiedenen Geschichten aneinandergehängt sind, wobei von jeder Geschichte vielleicht nur wenige Absätze auf einmal durchkommen. Diese zweite Geschichte war mit dem Vermerk »Fortsetzung Nebel« gekennzeichnet. Hier ist die Abschrift:

Um sieben Uhr abends war der Nebel spürbar dichter geworden. Alle Lichter waren nun unsichtbar, und die Stadt war in tiefe Dunkelheit gehüllt.
Eine Eigenheit des Phänomens ist die Tatsache, dass der Nebel von einem Übelkeit erregenden Geruch begleitet wird, der mit nichts zu vergleichen ist, was hier jemals vorgekommen ist.

Darunter waren, wie es bei der Presse üblich ist, die Uhrzeit, 3:27 Uhr, und die Initialen des Telegrafisten, JM, verzeichnet.

Im Stapel neben dem zweiten Gerät befand sich nur noch eine weitere Nachricht. Hier ist sie:

2. Fortsetzung Nebel in Xebico.
Es sind die unterschiedlichsten Berichte über den Ursprung des Nebels im Umlauf. Einer der ungewöhnlichsten ist der des Kirchendieners der örtlichen Kirche, der sich in vollkommen hysterischem Zustand bis zum Hauptbüro durchgetastet hat und behauptet, der Nebel ströme vom Friedhof des Ortes aus.
»Zuerst zeigte er sich als weiches, graues Tuch, das an der Erde über den Gräbern haftete«, berichtete er. »Dann begann er höher und höher zu steigen. Ein unterirdischer Wind schien ihn in Wolken aufwärtszuwehen, die auseinandertrieben und

sich dann wieder miteinander vereinigten. Aus Nebelschwaden, die sich wie in Qualen krümmten, bildeten sich seltsame Gestalten und Figuren. Und dann bewegte sich etwas in der Mitte der dicken Nebelmasse. Ich drehte mich um und floh von dem verfluchten Ort. Hinter mir hörte ich Schreie, die aus den Häusern in der Nähe des Friedhofs kamen.«

Obwohl die Geschichte des Kirchendieners allgemein bezweifelt wird, machte sich eine Gruppe von Leuten auf den Weg, um die Sache zu untersuchen. Unmittelbar nachdem er seine Geschichte erzählt hatte, brach der Kirchendiener zusammen und liegt nun bewusstlos im städtischen Krankenhaus.

Das war nun wirklich eine irre Geschichte. Nicht dass wir an so etwas nicht gewöhnt wären. Über den Telegrafen kommen eine Menge ungewöhnlicher Meldungen bei uns an. Aber aus irgendeinem Grund, vielleicht auch nur, weil es in dieser Nacht so ruhig war, machte der Bericht über den Nebel einen großen Eindruck auf mich.

Fast mit Grauen ging ich hinüber zu den wartenden Papierstößen. Morgan rührte sich nicht, und das einzige Geräusch im Raum war das Tapp-Tapp der Empfangsgeräte. Es war unheimlich, nervenzerreißend.

Der Papierstoß enthielt eine neue Geschichte aus Xebico. Angstvoll griff ich danach.

Neuer Bericht Xebico Nebel CP

Der Rettungstrupp, der um elf Uhr abends ausgerückt ist, um eine verrückte Geschichte über den Ursprung des Nebels zu untersuchen, der die Stadt seit gestern Nachmittag in Dunkelheit hüllt, ist nicht zurückgekehrt. Ein weiterer, größerer Trupp wurde losgeschickt.

Inzwischen ist der Nebel noch dichter geworden, sofern das überhaupt möglich ist. Er dringt durch alle Ritzen und erfüllt die Luft mit einem deprimierenden Verwesungsgeruch. Es ist

bedrückend und erschreckend und weckt auf subtile Weise den Gedanken an längst verstorbene Lebewesen.
Die Einwohner der Stadt sind aus ihren Häusern geflohen und haben sich in der Kirche versammelt, wo die Priester Gebetsgottesdienste abhalten. Die Szene ist unbeschreiblich. Erwachsene und Kinder sind gleichermaßen entsetzt, und viele sind fast außer sich vor Angst.
Inmitten der Nebelschleier, die durch den Kirchenraum ziehen, betet ein alter Priester für das Wohl seiner Gemeindemitglieder, die abwechselnd jammern und sich bekreuzigen.
Aus den Außenbezirken der Stadt sind immer wieder die Schreie fremder Stimmen zu hören. Sie hallen seltsam unmelodisch klagend durch den Nebel. Die Töne erinnern an einen Sturm, der durch einen gigantischen Tunnel fegt. Aber die Nacht ist ruhig und es weht kein Wind. Der zweite Rettungstrupp – (Fortsetzung folgt)

Ich bin ein nervenstarker Mann, und in den zwölf Jahren, die ich an den Telegrafen verbracht habe, habe ich mich noch niemals aufgeregt. Aber jetzt stand ich wider Willen von meinem Stuhl auf und ging zum Fenster.

Irrte ich mich oder sah ich tief unten in den Straßenschluchten der Stadt eine schwache Spur von Nebel? Unsinn! Das war alles nur Einbildung.

Im Presseraum schien das Tempo der Empfangsgeräte verstärkt worden zu sein. Nur Morgan hatte sich nicht aus seinem Stuhl fortbewegt. Mit tief zwischen die Schultern gesunkenem Kopf tippte er die Nachrichten mit je einem Finger beider Hände in die beiden Schreibmaschinen ein.

Er sah so aus, als ob er schliefe. Vielleicht schlief er ja tatsächlich – aber nein, endlos und effizient spuckten die beiden Empfangsgeräte Zeile um Zeile aus, gnadenlos und mühelos wie der Tod. Die monotone Bewegung der Schreibmaschinentasten hatte etwas an sich, das mich faszinierte. Ich ging hinüber, stellte mich hinter Morgans Stuhl und las über seine Schulter hinweg den Text mit, der Wort für Wort unter seinen Fingern entstand.

Ah, da war eine neue Meldung.

Blitztelegramm Xebico CP
Aus diesem Büro werden keine Bulletins mehr kommen. Das Unmögliche ist geschehen. Seit 20 Minuten sind keine neuen Nachrichten mehr hier angekommen. Wir sind von der Außenwelt abgeschnitten, selbst von den Straßen unter uns.
Ich werde bis zum Ende bei dem Telegrafen ausharren.
Es ist wirklich das Ende. Seit gestern Nachmittag um vier Uhr hängt der Nebel über der Stadt. Infolge eines Berichts des Kirchendieners der örtlichen Kirche wurden zwei Rettungstrupps ausgeschickt, um festzustellen, wie es in den Außenbezirken der Stadt steht. Keiner der beiden Trupps ist zurückgekehrt, und wir haben auch kein Wort mehr von ihnen gehört. Inzwischen ist es ziemlich sicher, dass sie niemals wiederkommen werden.
Von meinem Telegrafen aus kann ich auf die Stadt hinuntersehen. Von diesem Raum im 13. Stock aus kann man fast ganz Xebico überblicken. Jetzt sehe ich nur ein dickes schwarzes Tuch, wo gewöhnlich Licht und Leben sind.
Ich fürchte, dass die klagenden Schreie, die man ständig aus den Außenbezirken der Stadt hört, die Todesschreie ihrer Bewohner sind. Sie werden immer lauter und nähern sich allmählich dem Stadtzentrum.
Der Nebel hängt über allem. Sofern das überhaupt möglich ist, ist er noch dichter geworden als zuvor, aber die Situation hat sich verändert. Anstelle einer undurchsichtigen und undurchdringlichen Wand aus übel riechendem Dampf wirbelt und dreht sich jetzt eine formlose Masse, die sich geradezu menschenähnlich in Qualen verkrümmt. Hin und wieder teilt sich die Masse, und ich erhasche einen Blick auf die Straßen dort unten.

Menschen rennen verzweifelt schreiend hin und her. Ein wildes Durcheinander von Geräuschen fliegt zu meinem Fenster herauf, und über allem dröhnt das gewaltige Pfeifen ungesehener und ungefühlter Winde.
Weit hat sich der Nebel über die Stadt gebreitet, und das Pfeifen kommt näher und näher.
Jetzt ist es direkt unter mir.
Lieber Gott! Gerade hat sich der Nebel geöffnet, und ich konnte kurz auf die Straßen dort unten hinuntersehen.
Dieser Nebel besteht nicht nur aus Dampf – er lebt! Neben jedem stöhnenden und weinenden menschlichen Wesen befindet sich eine zweite Gestalt, ein seltsamer, vielfarbiger Schatten. Wie sich diese Schatten festklammern! Ein jeder an ein lebendes Wesen!
Die Männer und Frauen liegen flach auf den Gesichtern am Boden. Die Nebelgestalten streicheln sie liebevoll. Sie knien neben ihnen. Sie – aber ich wage es nicht, es auszusprechen.
Die hingestreckten, sich windenden Körper sind nackt. Sie werden aufgefressen – stückweise.
Eine gnädige Wand aus weißem Dampf hat sich über die ganze Szene gelegt. Ich kann nichts mehr erkennen.
Unter mir verändert die Nebelwand ihre Farben. Sie scheint von inneren Feuern erleuchtet zu sein. Nein, das ist nicht richtig. Ich habe mich geirrt. Die Farben kommen von oben. Sie sind Reflexionen, die vom Himmel ausgehen.
Sehen Sie hinauf! Sehen Sie hinauf! Der ganze Himmel steht in Flammen. Farben, die weder Menschen noch Dämonen je gesehen haben. Die Flammen bewegen sich, sie haben begonnen, sich miteinander zu vermischen. Jetzt ordnen sich die Farben neu. Sie leuchten so stark, dass mir die Augen brennen, und doch sind sie unendlich weit entfernt.
Jetzt haben sie begonnen, herumzuwirbeln, nach innen und außen zu kreisen, sich zu wirren Formen und Mustern zu ordnen. Die Lichter jagen einander, ein Kaleidoskop von überirdischer Leuchtkraft.

Ich habe eine Entdeckung gemacht. Die Lichter haben nichts Schädliches an sich. Sie strahlen Kraft und Freundlichkeit aus, fast Fröhlichkeit. Aber infolge ihrer Stärke sind sie schmerzhaft.
Während ich ihnen zuschaue, schwingen sie sich näher und näher heran, eine Million Meilen mit jedem Sprung. Millionen von Meilen mit Lichtgeschwindigkeit. Oh, dieses Licht ist die Quintessenz allen Lichts. Unter ihm schmilzt der Nebel zu einem juwelenbestückten Dunst zusammen, leuchtend, regenbogenfarben wie tausend verschiedene Spektren.
Ich kann die Straßen sehen. Lieber Gott, sie sind voller Menschen! Die Lichter kommen immer näher. Ich bin ganz von ihnen umgeben. Ich bin eingehüllt. Ich …«

Die Nachricht endete abrupt. Die Verbindung nach Xebico war tot. Der schwarze Text hatte aufgehört, sich vor meinen Augen in dem kleinen Lichtkreis unter dem grünen Lampenschirm Buchstabe für Buchstabe über die Seite fortzuspinnen.

Im Raum herrschte feierliche Stille, eine Stille, die auf unerklärliche Weise eindrucksvoll und mächtig war.

Ich sah zu Morgan hinunter. Seine Hände hingen leblos zu beiden Seiten hinab, und sein Körper war eigentümlich zusammengesackt. Ich drehte den Lampenschirm so, dass das Licht direkt auf sein Gesicht fiel. Seine Augen waren starr geradeaus gerichtet.

Eine plötzliche Vorahnung trieb mich, mich neben ihn zu stellen und über den Telegrafen Chicago anzurufen. Nach einer Sekunde klickte das Empfangsgerät die Antwort.

Aber etwas stimmte nicht. Chicago erklärte, dass der zweite Telegraf die ganze Nacht lang nicht in Betrieb genommen worden sei.

»Morgan!«, schrie ich. »Morgan! Wach auf, es ist nicht wahr! Jemand hat uns einen Streich gespielt. Warum …« In meiner Erregung packte ich ihn bei den Schultern.

Er war ganz kalt. Morgan war schon seit Stunden tot. Konnte

es sein, dass sein sensibilisiertes Gehirn und seine automatischen Finger nach dem Ende einfach nicht aufgehört hatten, seine Visionen wiederzugeben?

Ich werde es niemals erfahren, denn ich werde nie wieder eine Nachtschicht übernehmen. Meine Suche in einem Weltatlas ergab, dass eine Stadt namens Xebico nicht existiert. Was immer es war, das John Morgan getötet hat, es wird für alle Zeiten ein Geheimnis bleiben.

Mearle Prout

Die Erzählung ›The House of the Worm‹ erschien 1933 in der Oktoberausgabe des *Weird-Tales-Magazine* und erregte Lovecrafts Interesse. In einem Brief vom 3. Oktober an Clark Ashton Smith schrieb er begeistert: »Mearle Prout ist zwar ein Newcomer, aber ich finde, seine Story hat eine einzigartige authentische Qualität, trotz einiger unübersehbar naiver Stellen. Sie erweckt tatsächlich eine Stimmung und Ahnung des brütenden Bösen – ein Geschick, das den meisten Autoren der Pulpmagazine völlig fehlt.«

Kein weiteres Wort, doch ist H. P. Lovecraft nicht aufgefallen, dass der Autor die ersten Sätze seiner eigenen Erzählung ›The Call of Cthulhu‹ im Text benutzt hat?

Auch Farnsworth Wright, der Herausgeber des *Weird Tales*, hielt die Erzählung für eine der besten, die er dort je abdruckte, und fand, sie sei zu Unrecht von den Lesern übersehen worden. Sie durchwehe »ein eisiger Wind des Schreckens«.

Wright veröffentlichte in *Weird Tales* noch drei weitere Geschichten von Mearle Prout: ›Masquerade‹ (1937), ›Guarded‹ (1938), ›Witch's Hair‹ (1939). Wer Mearle Prout war, ist ein weiteres von so vielen Geheimnissen in der Literaturgeschichte. Möglicherweise war der Name ein Pseudonym.

Das Haus des Wurmes

Doch sieh, in die mimende Runde
Drängt schleichend ein blutrot Ding
Hervor aus ödem Hintergrunde
Der Bühne – ein blutrot Ding.
Es windet sich! – Windet sich in die Bahn
Der Mimen, die Angst schon tötet;
Die Engel schluchzen, da Wurmes Zahn
In Menschenblut sich rötet.

Edgar Allan Poe

Seit Stunden hatte ich an meinem Schreibtisch gesessen und vergeblich versucht, die Gefühle eines Verbrechers im Todestrakt nachzuempfinden und auf das Papier zu bannen. Sie kennen das doch, wie man sich stunden- oder gar tagelang damit herumschlagen kann, den gewünschten Effekt zu erzielen, um plötzlich in einem kurzen Sekundenbruchteil der Erleuchtung zu wissen, dass man die richtige Betonung gefunden hat. Aber wie oft wird man genau in diesem Augenblick unterbrochen, als ob das Schicksal selbst eingegriffen hätte, und die Straße, die einem einen kurzen Moment lang gerade und hell erschienen war, wird verdunkelt oder gar vollständig verschüttet. So erging es mir.

Kaum hatte ich die Finger auf die Schreibmaschinentasten gelegt, als mein Zimmergenosse, der lange schweigend über eine Zeitschrift gebeugt dagesessen hatte, leise vor sich hin murmelte: »Der Mond – ich frage mich, ob er tatsächlich existiert!«

Ich drehte mich abrupt um. Fred stand am Fenster und starrte mit unerklärlicher Verzückung in die Dunkelheit.

Neugierig stand ich auf, ging zu ihm und folgte seinem Blick in die Nacht hinaus. Der Mond war nicht mehr ganz voll, aber immer noch fast makellos rund, und stand – eindeutig real – wie eine große rote Scheibe über den Baumwipfeln …

Das eigenartige Verhalten meines Freundes ließ mich die Irritation vergessen, die die unglückselige Unterbrechung unter normalen Umständen in mir ausgelöst hätte.

»Warum hast du das gerade gesagt?«, fragte ich nach kurzem Zögern.

Er lachte verlegen und erwiderte entschuldigend: »Tut mir leid, dass ich laut gesprochen habe. Ich habe nur an eine verrückte Theorie gedacht, auf die ich zufällig in einer Geschichte gestoßen bin.«

»In einer Geschichte über den Mond?«

»Nein. Es war nur eine ganz normale Gespenstergeschichte. So eine, wie du sie schreibst. ›Während Pan wandelt‹ heißt sie, und es kommt nichts über den Mond darin vor.«

Er wandte sich wieder der rötlichen Scheibe zu, die ein schwaches, bleiches Licht auf die Straße unter uns warf. »Weißt du, Art«, fuhr er fort, »diese Idee lässt mich nicht mehr los. Vielleicht ist doch etwas daran …«

Bizarre Theorien haben Fred schon immer gefesselt, und für mich haben sie einen romantischen Reiz. Und so wartete ich gespannt, während er über seine neueste Lieblingsvorstellung nachdachte.

»Art«, begann er schließlich, »glaubst du diese alte Geschichte, dass Gedanken Wirklichkeit werden können? Ich meine, dass sich die Gedanken der Menschen physisch manifestieren können?«

Ich dachte einen Augenblick lang nach, dann entfuhr mir ein leises Lachen. »Eines Tages sagte ein junger Mann zu Carlyle, er habe beschlossen, die materielle Welt als Realität zu akzeptieren. Carlyle antwortete nur: ›Bei Gott, das sollten Sie aber auch!‹ … Hmm, ich bin auch schon oft auf diese Theorie gestoßen, aber …«

»Du verstehst nicht, worauf ich hinauswill«, fiel er mir ins Wort. »Was hast du, wenn du die physische Welt akzeptierst? Etwas, das Gott geschaffen hat. Und woher sollen wir wissen, dass der

Schöpfungsprozess ganz und gar aufgehört hat? Vielleicht können sogar wir …«

Während er sprach, war er zum Bücherregal gegangen und kam mit einem dicken, ledergebundenen Band zurück, den er sorgfältig vom Staub befreite.

»Zum ersten Mal bin ich in diesem Buch auf die Idee gestoßen. Aber erst, als diese Geschichte mich wieder darauf brachte, habe ich angefangen, ernsthaft darüber nachzudenken.«

Er blätterte in den vergilbten Seiten. »Hör zu: In der Bibel heißt es: *Am Anfang schuf Gott Himmel und Erde.* Woraus hat er sie geschaffen? Offensichtlich aus seinen Gedanken, seiner Vorstellungskraft, seiner Willenskraft, wenn man so will. Ferner heißt es in der Bibel: *Gott schuf den Menschen nach seinem Bilde.* Bedeutet das nicht, dass der Mensch alle Eigenschaften des Allmächtigen hat, nur in viel kleinerem Maßstab? Wenn Gott also in seiner Allmacht das gesamte Universum schaffen konnte, dann müsste der Geist des Menschen, der nach Gottes Bild geschaffen wurde und sein Gegenstück auf Erden ist, auf die gleiche Weise, wenn auch nur in verkleinertem Maßstab, mit seinem eigenen Willen Dinge schaffen können.

Beispielsweise die alten Götter der Vorzeit. Wer kann sagen, ob sie nicht real existierten, weil sie von den Menschen geschaffen worden waren? Und woher sollen wir wissen, ob sie sich nicht, als sie erst einmal existierten, zu etwas entwickelt haben, das sich der Kontrolle ihrer Schöpfer entzog und sie quälen und zerstören konnte? *Wenn das wahr sein sollte, dann bestünde die einzige Möglichkeit, sie zu vernichten, darin, aufzuhören an sie zu glauben.* Darum sind die alten Götter gestorben, als sich die Menschen mit ihrem Glauben von ihnen ab- und dem Christentum zugewandt haben.«

Er verstummte und sah mich an. Ich stand nachdenklich da.

»Seltsam, wohin solche Gedanken einen Menschen führen können«, sagte ich schließlich. »Woher sollen wir wissen, welche Dinge real sind und welche nur in unserer Vorstellung existieren – als gemeinschaftliche Fantasien, wie wir sie alle haben? Ich glaube, ich verstehe jetzt, was du gemeint hast, als du gefragt hast, ob der Mond real ist.«

»Aber stell dir eine Gruppe von Menschen vor«, fuhr mein Freund fort, »einen Kult, Menschen, die alle die gleichen Gedanken denken und die gleiche imaginäre Person verehren. Was könnte nicht alles passieren, wenn sie fanatisch genug und ihre Gedanken und Gefühle wirklich tief empfunden sind? Eine stoffliche Manifestation, die allen Menschen fremd ist, die nicht daran geglaubt haben …«

So diskutierten wir noch eine Weile weiter. Als wir uns endlich zum Schlafen niederlegten, war der Mond, der das alles ausgelöst hatte, fast bis zum Zenit gewandert und schickte seine kalten Strahlen auf eine Welt der harten, physischen Realität herab.

Am nächsten Morgen standen wir beide früh auf – Fred, um zu seiner trockenen Arbeit als Bankangestellter zu gehen, ich, um mich endlich an meine Schreibmaschine zu setzen. Nach der Ablenkung der vergangenen Nacht stellte ich fest, dass ich die problematische Szene nun ohne große Mühe zu Papier bringen konnte, und noch am gleichen Abend brachte ich das fertige und überarbeitete Manuskript zur Post.

Als mein Freund nach Hause kam, redete er ohne große Gemütsbewegung von unserem Gespräch in der vergangenen Nacht und gab sogar zu, dass er die Theorie bei näherem Nachdenken für eine seltsame Ausgeburt der Metaphysik hielt.

Mit erheblich mehr Begeisterung sprach er von einem Jagdausflug, den er mir vorschlug. Für einen romantischen Burschen wie ihn war seine Arbeit bei der Bank die reine Plackerei, und jede Möglichkeit, ihr zu entkommen, war ein seltener Glücksfall.

Nachdem meine Arbeit erledigt und mein Kopf wieder frei war, war auch ich hocherfreut über eine solche Aussicht: »Ich würde gerne mal wieder ein paar Eichhörnchen schießen«, stimmte ich zu. »Und ich weiß einen guten Platz. Hast du morgen Zeit?«

»Aber klar, mein Urlaub fängt ja morgen an. Aber ich wollte schon seit Langem wieder mal zu einem Wald, in dessen Nähe ich meine Kindheit verbracht habe. Er ist nicht allzu weit entfernt – nur etwa 250 Kilometer, und …«

Er sah mich schuldbewusst an, weil seine Pläne von den meinen abwichen. »… im Sacrament Wald gibt es mehr Eichhörnchen, als du je gesehen hast.«

Und damit war die Sache beschlossen.

Der Sacrament Wald ist etwas Einmaliges. Er ist an die sechs Kilometer breit und doppelt so lang und füllt ein ganzes, sehr seltsames Tal aus, eine Art Schlucht in der zerklüfteten Topografie der oberen Ozark-Berge. Kein Bach oder Flusslauf fließt hindurch, und nichts an ihm erinnert an ein normales Tal. Es ist ganz einfach da, und sein physisches Vorhandensein lässt keine Fragen zu. Schroffe, mit einzelnen Bäumen bewachsene Hänge schließen es von allen Seiten ein, als wollten sie mit ihrer eigenen Unwirtlichkeit die Lieblichkeit und Heiterkeit des Tales kompensieren. Und darin besteht die Eigentümlichkeit: Obwohl die umliegenden Berge allesamt besiedelt sind, notwendigerweise natürlich nur dünn, wurde das bewaldete Tal trotz aller Anzeichen einer wunderbaren Fruchtbarkeit von keinem Pflug berührt. Die hohen, duftenden Eichen blieben verschont von den Äxten der Holzfäller.

Auch ich kannte den Sacrament Wald bereits. Er galt allgemein als Paradies für Jäger, und ich hatte vor langer Zeit schon zweimal dort gejagt. Doch das war so lange her, dass ich das Tal fast vergessen hatte und mich jetzt freute, wieder daran erinnert worden zu sein. Denn wenn es irgendeinen Ort auf der Welt gab, wo die Eichhörnchen schneller heranwuchsen, als sie geschossen werden konnten, dann war es der Sacrament Wald.

Es war schon gegen vier Uhr nachmittags, als wir endlich die letzte Bergstraße hinaufkurvten und auf einer kleinen Lichtung hielten. Eine winzige Hütte mit Schindeldach stand malerisch an der Straße. Dahinter war eine gebeugte Gestalt in einem ausgebleichten Overall damit beschäftigt, die vertrockneten Stängel von Baumwollpflanzen zu zerkleinern.

»Das muss der alte Zeke sein«, jubelte mein Begleiter. Seine Augen leuchteten vor Freude, dieses Relikt seiner Kindheit wiederzusehen. »Hallo!«, rief er und stieg aus dem Auto.

Der alte Bergbauer richtete sich auf. In seinem faltigen Gesicht zeichnete sich Erkennen ab. So stand er da, bis mein Freund sich nach den Jagdmöglichkeiten erkundigte. Daraufhin verdunkelten sich seine Augen, und er schüttelte traurig den Kopf.

»Mit der Jagd ist es vorbei. Alles ist abgestorben. Der ganze Sacrament Wald ist tot.«

»Tot?«, rief ich. »Das ist doch unmöglich. Warum soll er tot sein?«

Im gleichen Augenblick wusste ich, dass ich mich taktlos verhalten hatte. Die Bergbewohner geben niemandem eine Auskunft, der allzu begierig danach verlangt – und einem ungläubigen Fremden erst recht nicht.

Der alte Mann wandte sich wieder seiner Arbeit zu. »Es ist Schluss mit der Jagd«, bekräftigte er und hackte wütend auf einen Baumwollstängel ein. Wir waren offensichtlich entlassen und konnten nicht länger bleiben.

»Der alte Zeke hat zu lange alleine gelebt«, erklärte Fred, als wir uns abwandten. »Früher oder später werden alle Bergbauern so.«

Aber ich sah, dass der Ausflug für ihn bereits verdorben war, und nahm an, dass er wegen meines unangebrachten Ausrufs wütend auf mich war. Aber er sagte nichts und kündigte nur an, dass der Sacrament Wald im nächsten Tal liege.

Wir fuhren weiter. Eine Zeit lang führte die Straße über die Hochebene. Aber dann, als wir den holperigen Feldweg hinunterfuhren, sahen wir plötzlich den Sacrament Wald unter uns liegen, in Farben getaucht, wie ich sie noch nie gesehen hatte. Die mächtigen Bäume hatten bereits ihr herbstliches Gewand angelegt und leuchtendes Rot und Gelb vermischte sich mit Brauntönen zu einem Bild von unglaublicher Schönheit. Von unserem

Aussichtspunkt aus wirkte der Wald fast wie eine Miniatur, die in der trockenen Hitze des frühen Herbstes schimmerte wie ein Bergsee.

Aber warum ließ ein vager Gedanke an etwas Unreines meinen ganzen Körper erschauern, während wir dastanden und schweigend hinunterblickten? Hatten die rätselhaften Worte des alten Bergbauern mich so stark beeindruckt? Oder sagte mir mein Herz, was mein Verstand nicht erkannte – dass es noch zu früh im Jahr war, um jede Spur von Grün verschwinden zu lassen und durch die Farben des Todes zu ersetzen? Oder war es etwas anderes? Etwas, das weder die Sinne noch den Verstand ansprach, aber dennoch eine Botschaft aussandte, die zu intensiv war, um missachtet zu werden?

Aber ich hielt mich nicht lange mit solchen Überlegungen auf. Wie ich schon seit Langem weiß, neigt der menschliche Geist dazu, in seinem Bemühen, eine logische Folge von Ereignissen nachweisen zu können, die Tatsachen um der Erklärbarkeit willen zu verfälschen. Vielleicht spürte ich in Wirklichkeit auch gar nichts, und meine Erinnerungen wurden durch die nachfolgenden Ereignisse verändert. Fred sagte jedenfalls nichts, obwohl er unnatürlich blass war. Wir fuhren schweigend weiter.

In dem tiefen Tal des Sacrament Waldes bricht die Nacht früh herein. Die Sonne schien auf einem der hohen Gipfel im Westen zu ruhen, als wir den Wald erreichten und unser Lager aufschlugen. Aber noch lange, nachdem es um uns herum schon ziemlich dunkel geworden war, war der Berg, den wir gerade heruntergefahren waren, in sanftes, goldenes Licht getaucht.

Wir saßen in der sinkenden Dämmerung und rauchten unsere Pfeifen. Es war zutiefst friedlich in diesem immer dunkler werdenden Wald, und doch waren Fred und ich unnatürlich schweigsam. Vielleicht hegten wir beide die gleichen Gedanken. Warum hatten diese dicken Bäume ihre Blätter schon so früh verloren? Warum schwiegen die Vögel? Woher kam der schwache, aber unverwechselbare *Fäulnisgeruch?*

Ein fröhlich flackerndes Feuer ließ unsere Ängste bald verfliegen. Wir waren wieder die beiden Jäger, die sich über ihre Freiheit und die Aussicht auf die Jagd freuten. Mir ging es jedenfalls so. Fred jedoch erschütterte mein Gefühl der Sicherheit.

»Art, was auch immer der Grund sein mag, wir müssen zugeben, dass der Sacrament Wald tatsächlich tot ist. Sieh doch her, Mann, diese Bäume bereiten sich nicht auf die Winterruhe vor, sie sind tot. Warum haben wir keine Vögel gehört? Früher haben die Blauhäher diesen Wald beständig mit Lärm erfüllt. Und woher stammte das Gefühl, das mich überkam, als wir den Wald betraten? Ich habe ein Gespür für solche Dinge, Art. Ich kann einen Friedhof in der dunkelsten Nacht *fühlen*. Und genau so hat es sich angefühlt, als wir herkamen – als würden wir einen Friedhof betreten. Ich sage dir, ich *weiß* es!«

»Ich habe das auch gespürt«, antwortete ich, »und auch den Geruch … Aber das ist jetzt alles vorbei. Das Feuer verändert die Dinge.«

»Ja, das Feuer verändert die Dinge. Hörst du das Stöhnen in den Bäumen? Glaubst du, das ist der Wind? Dann sage ich dir, dass du dich irrst. Das ist nicht der Wind. Etwas, das nicht menschlich ist, leidet. Vielleicht tut ihm das Feuer weh.«

Ich lachte unbehaglich. »Komm … Du jagst mir auch noch Angst ein. Ich habe mich genauso gefühlt wie du. Ich habe sogar diesen Geruch wahrgenommen. Aber der alte Mann hat uns einfach erschreckt, das ist alles. Das Feuer hat die Dinge verändert. Jetzt ist alles in Ordnung.«

»Ja«, stimmte er mir zu, »jetzt ist alles in Ordnung.«

Trotz seiner Nervosität war Fred der Erste, der an diesem Abend einschlief. Wir hatten das Feuerholz hoch aufgeschichtet, bevor wir uns zum Schlafen niederlegten, und ich lag noch lange wach und beobachtete die tanzenden Flammen.

Ich dachte über das Feuer nach. »Feuer ist rein«, sagte ich mir, als ob mir der Gedanke von außen eingegeben worden sei. »Feuer ist rein. Feuer ist Leben. Unsere Körper werden durch Oxidation am Leben gehalten. Ja, ohne Feuer gäbe es keine Reinheit in der Welt.«

Aber dann muss auch ich eingeschlafen sein, denn als mich ein leises Stöhnen weckte, war das Feuer erloschen. Im Wald war es vollkommen ruhig. Kein Flüstern und kein Rascheln von Blättern störte die schwere Stille der Nacht. Und dann bemerkte ich den Geruch ... Als ich ihn erst einmal wahrgenommen hatte, wurde er stärker und stärker, bis die Luft mir schwer und dick erschien von seiner Masse. Sein Gewicht schien ihn in den Boden hineinzupressen. Er wirbelte und kreiste in Übelkeit erregenden Wellen von Gestank. Es war der Gestank des Todes und der Verwesung.

Wieder hörte ich ein Stöhnen.

»Fred«, wollte ich aufschreien, doch die Stimme blieb mir im Hals stecken.

Die einzige Antwort war ein noch lauteres Stöhnen.

Ich packte Fred am Arm – und meine Finger versanken in dem geschwollenen Fleisch wie in einer verwesenden Leiche. Die Haut platzte auf wie eine überreife Kirsche, Schleim floss über meine Hand und tropfte mir von den Fingern.

Voller Entsetzen entzündete ich ein Streichholz. Im Schein der winzigen Flamme sah ich einen Augenblick lang – sein Gesicht. Das Fleisch war violett und gedunsen und bedeckte fast seine starren Augen. Weiße Würmer krochen über seinen aufgeblähten Körper, wanden sich aus seinen Nasenlöchern hervor und fielen auf seine bläulichen Lippen.

Der Gestank wurde immer stärker und er war so dick, dass meine gequälten Lungen um Hilfe schrien. Mit einem Schreckensschrei schleuderte ich das brennende Streichholz von mir, warf mich auf mein Lager und vergrub das Gesicht in meinem Kopfkissen.

Ich weiß nicht, wie lange ich so dalag, krank, zitternd und von Übelkeit überwältigt. Aber schließlich bemerkte ich ein Rauschen in den Baumwipfeln. Große Äste knackten und ächzten, die Baumstämme selbst schienen in Todesqual zu krachen. Ich blickte hinauf und bemerkte ein rötliches Licht, das um uns herum leuchtete. Und wie ein Donnerschlag überkam mich der Gedanke: »Feuer ist rein. Feuer ist Leben. Ohne Feuer gibt es keine Reinheit in der Welt.«

Wie auf Kommando rappelte ich mich auf, ergriff alles, was ich zu fassen bekam, und warf es auf die erlöschenden Flammen.

Irrte ich mich oder wurde der Gestank des Todes wirklich schwächer? Ich schleppte Holz herbei und schichtete es hoch auf. Zum Glück war das Streichholz, das ich von mir geschleudert hatte, in die bereits angesengten Blätter gefallen.

Als ich wieder an meinen Freund dachte, züngelten die prasselnden Flammen bereits fünf Meter hoch in die Luft empor. Zögernd wandte ich mich in der Erwartung um, eine Leiche zu sehen, die in widerwärtig stinkendem Schleim schwamm – und sah stattdessen einen friedlich schlafenden Mann. Freds Gesicht war gerötet, die Hände immer noch leicht geschwollen. Aber er war nicht verwest. Er atmete. Konnte es sein, fragte ich mich, dass ich den Tod und den Gestank des Todes nur im Traum wahrgenommen hatte? War es möglich, dass ich von den Würmern nur geträumt hatte?

Ich weckte ihn auf und wartete gespannt.

Er starrte erst mich und dann das Feuer an und stieß einen Schrei des Entzückens aus. Einen Augenblick lang leuchteten seinen Augen voller Glückseligkeit auf, wie die eines Kindes, das zum ersten Mal in das Geheimnis der reinigenden Flammen blickt. Aber dann, als er in die Wirklichkeit zurückfand, wich das Glück in seinem Gesicht einem Ausdruck von Entsetzen und Abscheu.

»Die Würmer!«, schrie er. »Die Maden! Erst kam der Gestank, und mit ihm die Würmer. Ich bin aufgewacht, als das Feuer gerade erlosch … Ich konnte mich nicht bewegen, ich konnte nicht schreien. Die Würmer kamen – ich weiß nicht, woher. Vielleicht aus dem Nichts. Sie kamen und sie krochen und sie fraßen. Und der Gestank kam mit ihnen. Er tauchte ebenso wie die Würmer einfach aus dem Nichts auf. Er war einfach da. Und dann – der

Tod! … Ich sage dir, ich bin gestorben … Ich bin verrottet … Ich bin verwest, und die Würmer … die Maden – sie haben gefressen … Ich bin tot, sage ich dir. *Tot!* Oder ich sollte zumindest tot sein.«

Er bedeckte das Gesicht mit den Händen.

Ich weiß nicht, wie wir diese Nacht überstanden, ohne den Verstand zu verlieren. Während der langen Stunden bis zum Morgen sorgten wir dafür, dass das Feuer lichterloh brannte. Während der ganzen Nacht stöhnten die hohen Bäume in Todesqual. Tod und Verwesung überfielen uns nicht noch einmal. Das Feuer schützte uns auf seltsame Weise und wehrte sie ab. Aber unser Verstand fühlte das Böse, das so lautstark in der Dunkelheit sein Unwesen trieb, und begriff vage, was für einen Schmerz unsere Unverletzlichkeit für diesen teuflischen Wald bedeutete.

Es war mir unverständlich, warum Fred dem Tod so leicht zum Opfer gefallen war, während ich unverletzt geblieben war. Er versuchte, mir zu erklären, dass sein Geist empfänglicher und aufgeschlossener sei.

»Aufgeschlossen für was?«, fragte ich.

Aber er wusste darauf keine Antwort.

Endlich kam die Morgendämmerung und trieb die nächtliche Dunkelheit nach Westen vor sich her. Um uns herum ertönte von allen Seiten das schmerzgequälte Rascheln der Baumgiganten und weckte in uns die Vorstellung von Millionen verzweifelt knirschenden Zähnen. Über die Klippen im Osten erhob sich die lächelnde Sonne und goss Licht und Klarheit über unseren Wald.

Noch nie war ein Tag so lange und so sehnsüchtig erwartet und noch nie so freudig begrüßt worden. In einer halben Stunde hatten wir unsere Habseligkeiten zusammengepackt und fuhren eilig zur offenen Straße hinauf.

»Fred, erinnerst du dich an das Gespräch, das wir neulich Abend hatten?«, fragte ich meinen Freund nach langem Schweigen. »Ich überlege mir gerade, ob das, was wir an diesem Abend geredet haben, für das zutrifft, was heute Nacht passiert ist.«

»Du meinst, dass alles nur eine – Halluzination war? Wie erklärst du dir dann das?« Er schob einen Ärmel über den Ellenbogen hinauf und zeigte mir seinen Arm.

Wie gut ich mich noch daran erinnere! Denn dort war unter der blasigen Haut der Abdruck meiner Hand zu sehen, rot wie eine Brandwunde.

»Letzte Nacht habe ich deinen Griff nicht gefühlt, sondern irgendwie anders wahrgenommen. Und hier ist der Beweis.«

»Ja«, antwortete ich langsam. »Du und ich, wir müssen über vieles nachdenken.«

Wir fuhren schweigend weiter.

Als wir zu Hause ankamen, war es noch nicht einmal Mittag, aber der strahlende Tag hatte bereits Wunder an uns und unserer Stimmung gewirkt. Ich glaube, der menschliche Geist ist die gnädigste Sache der Welt und weit davon entfernt, ein Fluch zu sein. Wir leben auf einer stillen, geschützten Insel der Unwissenheit. Die einzige Strömung, die unsere Küste streift, gibt uns eine Vorstellung von der Unendlichkeit des schwarzen Ozeans um uns herum, aber was wir sehen, sind Einfachheit und Sicherheit. Würden wir auch nur einen geringen Teil der gegenläufigen Strömungen und wirbelnden Strudel aus Geheimnis und Chaos bewusst wahrnehmen, würden wir augenblicklich den Verstand verlieren.

Aber wir können nichts davon sehen. Wenn eine einzelne gegenläufige Strömung den Frieden des sichtbaren Meeres stört, weigern wir uns, es zu glauben. Unser Geist schreckt davor zurück und will es nicht verstehen. Und so leben wir mit einem seltsamen Paradox: Nach einem unvorstellbar schrecklichen Erlebnis sind Körper und Geist noch lange Zeit erschüttert. Aber selbst die grauenhaftesten Begegnungen mit dem Unbekannten verlieren im Licht eines strahlenden Tages jede Bedeutung. Schon nach kurzer Zeit widmen wir uns der prosaischen Aufgabe, unser Mittagessen zuzubereiten und unseren anscheinend unstillbaren Appetit zu befriedigen.

Und dennoch konnten wir unser Erlebnis nicht vergessen. Die Wunde an Freds Arm heilte schnell. Schon nach einer Woche war nicht einmal mehr eine Narbe zu sehen. Aber wir hatten uns verändert. Wir hatten die Gegenströmung gesehen – und wir wussten es. Während des Tages löste ein kurzer Augenblick der Erinnerung oft Übelkeit aus, und während der Nacht waren wir, auch wenn wir das Licht brennen ließen, ganz dem Grauen ausgeliefert. Es schien, als ob unser ganzes Leben von den Ereignissen einer einzigen Nacht geprägt worden sei.

Trotz all dem war ich nicht auf den Schock vorbereitet, den Fred fast einen Monat später bei mir auslöste, als er mit bleichem Gesicht in unser Zimmer gestürzt kam.

»Lies das«, flüsterte er und streckte mir eine zerknüllte Zeitung entgegen. Ich ergriff sie und las die Spalte, auf die er zeigte.

TOD EINES BERGBAUERN

Ezekiel Whipple, ein 64-jähriger, alleine lebender Bergbauer, wurde gestern von Nachbarn tot in seiner Hütte aufgefunden. Die Obduktion ergab, dass die Leiche sich in fortgeschrittenem Zustand der Verwesung befand. Nach Einschätzung der Ärzte muss er bereits seit mindestens zwei Wochen tot gewesen sein.

Die Ermittlungen des Morddezernats ergaben nichts, was auf ein Verbrechen schließen lässt, dennoch wird einem Hinweis nachgegangen, der sich als wertvoll erweisen könnte. Jesse Layton, der nächste Nachbar und engste Freund des alten Junggesellen, gibt an, er habe den Verstorbenen am Tag vor seiner Auffindung noch besucht und mit ihm gesprochen. Aufgrund dieser Aussage wird eine Festnahme in näherer Zukunft für möglich gehalten.

»Lieber Gott!«, schrie ich auf. »Bedeutet das …«

»Ja! Es breitet sich aus – was immer es auch sein mag. Es dringt weiter vor, es kriecht über die Berghänge voran. Weiß der liebe Himmel, wie weit es am Ende reichen wird. »Es ist keine Krankheit.

Es lebt. Ich sage dir, es lebt, Art. Ich habe es gefühlt und *gehört*. Ich glaube, es hat versucht, mir etwas zu sagen.«

Für uns gab es in dieser Nacht keinen Schlaf mehr. Wir erlebten jeden Augenblick unseres halb vergessenen Abenteuers tausendfach neu. Unser Grauen wurde durch die nächtliche Dunkelheit und unsere Ängste bis ins Unerträgliche gesteigert. Am liebsten wären wir in irgendein weit entferntes Land geflohen, um die grausigen Bilder hinter uns zu lassen. Aber gleichzeitig wollten wir hierbleiben und kämpfen und die tödliche Bedrohung vernichten. Wir wollten einen Plan machen, aber – was für ein furchtbarer Gedanke – wie sollten wir planen, ein Nichts zu bekämpfen? Wir waren ebenso hilflos wie der alte Bergbauer …

Von diesen widersprüchlichen Wünschen hin- und hergerissen taten wir genau das, was zu erwarten war, nämlich nichts. Vielleicht wären wir sogar in das gewohnte Gleichmaß unseres Lebens zurückgefallen, wären wir nicht ständig mit neuen Nachrichten konfrontiert worden, die bewiesen, dass der Tod sich immer weiter ausbreitete.

Schließlich begannen wir, über unsere Geschichte zu reden, aber die gesenkten Blicke und die offensichtliche Verlegenheit unserer Gesprächspartner zeigten uns nur zu deutlich, wie wenig man uns glaubte. Aber wer konnte schon erwarten, dass normale Menschen mit gewöhnlichen Erfahrungen im Jahr 1933 etwas glauben würden, das so offensichtlich unmöglich war? Und so befahl uns unser Selbsterhaltungstrieb, nicht mehr darüber zu reden. Wir sahen voller Schrecken, aber untätig zu, wie das Unbekannte sich langsam, aber unaufhaltsam ausbreitete.

Der Winter war schon weit fortgeschritten, als der sich stetig erweiternde Kreis die erste Ortschaft erreichte. Es war ein kleines Bergdorf mit nur rund 50 Einwohnern. Der Tod ereilte sie in einer kalten Winternacht – spät in der Nacht, denn keiner von ihnen entkam – und erstickte sie in ihren Betten. Und die Besucher, die sie am nächsten Tag fanden und ihren Tod meldeten, beschrieben den gleichen grauenhaft fortgeschrittenen Zustand der Verwesung, der für alle anderen Fälle so kennzeichnend gewesen war.

Erst jetzt begann die Welt, apathisch wie gewöhnlich, zu reagieren. Aber selbst jetzt suchten die Leute nach der naheliegendsten und natürlichsten Erklärung und weigerten sich, die Möglichkeiten zur Kenntnis zu nehmen, die wir ihnen beschrieben hatten. Sie sagten, eine neue Seuche bedrohe uns und entvölkere unsere Bergregion. Wir müssten fortziehen ... Einige wenige siedelten wirklich um. Aber die Optimisten, die den Ärzten vertrauten, blieben. Und wir taten das Gleiche, obwohl wir kaum wussten, weshalb.

Ja, die Welt begann, die Gefahr zu erkennen. Die Seuche wurde zum häufigsten Gesprächsthema. Erweckungsprediger verkündeten das Ende der Welt. Und wie gewöhnlich machten sich die Ärzte an die Arbeit. Sie strömten in das betroffene Gebiet, untersuchten, trotz ihrer Angst um ihre persönliche Sicherheit, die aufgeschwollenen Leichen und fanden die Bakterien der Verwesung und – die Würmer. Sie forderten die Einwohner der näheren Umgebung auf, das Gebiet zu verlassen, und um den Ausbruch einer Panik zu verhindern, fügten sie hinzu, dass es auch ermutigende Erkenntnisse gebe.

»Wir haben einen Hinweis auf die Ursache«, erklärten sie entsprechend der bewährten Methode der Kriminalpolizei. »Wir hoffen, das tödliche Bakterium schon bald isolieren und einen wirksamen Impfstoff entwickeln zu können.«

Und die Welt glaubte ihnen. Selbst ich war nahe daran, ihnen zu glauben, und wagte es sogar, ein bisschen Hoffnung zu schöpfen.

»Es ist also eine Seuche«, sagte ich. »Eine seltsame neue Seuche, die das Land heimsucht. Und wir waren als Erste dort.«

Aber Fred widersprach. »Das ist keine Seuche. Ich war schließlich dort. Ich habe es gefühlt. Es hat zu mir gesprochen. Es ist schwarze Magie, sage ich dir. Wir brauchen keine Mediziner, sondern Medizinmänner.«

Und zur Hälfte glaubte ich auch ihm.

Der Frühling kam, und die schleichende Bedrohung hatte eine kreisförmige Fläche mit einem Durchmesser von etwa 15 Kilometern erfasst, deren Mittelpunkt irgendwo im Wald lag. Zugegeben, sie breitete sich nur langsam, aber dafür offenbar unaufhaltsam aus... Der leise, tödliche Vormarsch der Krankheit, die allgemein nur als *der Tod* bezeichnet wurde, war nach wie vor rätselhaft und verursachte Angst und Schrecken.

Als Woche um Woche verging, ohne dass von den vor Ort versammelten Ärzten und Wissenschaftlern eine gute Nachricht kam, wurden meine Zweifel immer stärker. Wenn es eine Seuche ist, so fragte ich mich, warum erfasst sie ihre Opfer dann niemals während des Tages? Und welche Art von Krankheit kann alle Arten von Leben gleichermaßen vernichten, gleichgültig ob Mensch, Tier oder Pflanze? Es ist keine Seuche, sagte ich mir schließlich – jedenfalls keine normale Seuche, fügte ich hinzu, um nicht auch noch das letzte bisschen Hoffnung aufgeben zu müssen.

»Fred«, sagte ich eines Tages, »es kann Feuer nicht ertragen – wenn du recht hast. Und das ist unsere Chance zu beweisen, dass du recht hast. Wir zünden den Wald einfach an. Wir nehmen Dieselöl und verbrennen den Wald, und wenn du recht hast, wird das Ding sterben.«

Sein Gesicht erhellte sich. »Ja«, stimmte er mir zu, »wir werden den Wald verbrennen. Das Ding wird sterben. Ich wurde durch Feuer gerettet. Ich weiß es und du weißt es. Feuer könnte niemals eine Krankheit heilen, und der bloße Anblick eines Feuers würde niemals dazu führen, dass normale Bäume vor Todesangst flüstern und seufzen und knacken. Wir werden den Wald anzünden, und das Ding wird sterben.«

Fest von der Richtigkeit dessen überzeugt, was wir beredet hatten, machten wir uns ans Werk. Wir kauften vier Fässer Dieselöl, dazu Kerzen und Fackeln. Und an einem klaren, kalten Märztag fuhren wir mit einem Lastwagen los. Der Wind blies bitterkalt aus nördlicher Richtung, und in dem offenen Fahrzeug wurden unsere Hände blau vor Kälte. Aber es war eine gesunde Kälte. Angesichts ihrer Reinheit und Schärfe erschien es kaum glaublich, dass unser Ziel ein ekelerregendes, ödes, totes Land war. Die Sonne stand noch tief im Osten und sandte ihre hellen, gelben Strahlen über die bereits knospenden Bäume.

Es war immer noch früh am Morgen, als wir am Rand des sich langsam vergrößernden Todeskreises ankamen. Das letzte Opfer war erst einen Tag zuvor von seinem Schicksal ereilt worden. Aber auch ohne dieses Wissen war es leicht zu erkennen, dass wir uns in der Todeszone befanden, weil keine Spur von Leben zu sehen war. Die kleinen Knospen, die wir unterwegs gesehen hatten, fehlten hier. Die Bäume waren so kahl und kalt wie mitten im Winter.

Warum nahmen die Bewohner dieser Gegend die Warnungen nicht ernst und zogen nicht fort? Zwar hatten die meisten von ihnen die Ratschläge befolgt, aber einige alte Farmer waren dageblieben – und einer nach dem anderen war gestorben.

Wir fuhren weiter den steinigen, steilen Weg hinauf und ließen den Trubel und die Sicherheit der normalen Welt hinter uns. Irrte ich mich oder hatte sich tatsächlich ein Schatten über die Sonne gelegt? Sah nicht alles ein bisschen dunkler aus? Schweigend fuhr ich weiter.

Ein schwacher Gestank stieg mir in die Nase – der Geruch des Todes. Er wurde stärker und stärker. Fred war blass – und ich ebenfalls. Blass und schwach.

»Zünden wir eine Fackel an«, schlug ich vor. »Vielleicht verschwindet dann der Geruch.«

Obwohl es heller Tag war, entzündeten wir eine Fackel und fuhren weiter. Wir kamen an einem Schweinestall vorbei. Weiße Knochen glänzten in der Sonne. Das Fleisch war vollkommen verwest und zerfressen worden. Was für ein Grauen hatte die Tiere im Schlaf getötet?

Der Schatten wurde immer dunkler. Die Sonne schien zwar immer noch hell, aber auf seltsame Weise war ihr Licht schwach. Es verdunkelte sich und flimmerte wie bei einer partiellen Sonnenfinsternis.

Inzwischen waren wir dem Tal schon nah. Wir passierten den letzten Berg, kamen an der verfallenden Hütte des Bergbauern vorbei, der als Erster gestorben war, und begannen, in das Tal hinunterzufahren.

Der Sacrament Wald lag unter uns, nicht frisch und grün, wie ich ihn vor Jahren zum ersten Mal gesehen hatte, aber auch nicht in flammende Farben getaucht wie bei unserem Ausflug im vergangenen Herbst, sondern kalt und dunkel. Eine schwarze Wolke hatte sich darübergelegt, eine dunkle Decke aus wallendem Nebel wie die, die der Sage nach über dem Fluss Styx lag. Sie bedeckte die Todeszone wie ein schweres Leichentuch und verbarg sie vor unseren forschenden Blicken. Irrte ich mich oder hörte ich ein Flüstern, das sich aus dem geschändeten Wald erhob? Oder fühlte ich etwas, das ich nicht zu hören vermochte?

Doch in einer Hinsicht konnte ich mich nicht irren. Es wurde immer dunkler. Je weiter wir den steinigen Pfad hinunterfuhren, je tiefer wir in das Zentrum der Todeszone eindrangen, desto bleicher wurde die Sonne und desto düsterer wurde der Weg.

»Fred«, flüsterte ich. »Sie verhüllen die Sonne. Sie zerstören das Licht. Im Wald wird es ganz dunkel sein.«

»Ja«, flüsterte er zurück. »Das Licht tut ihnen weh. An jenem Morgen konnte ich ihren Schmerz und ihre Todesangst fühlen, als die Sonne aufging. Tagsüber können sie nicht töten. Aber inzwischen sind sie stärker geworden und verdecken die Sonne. Das Licht verletzt sie, aber sie zerstören das Licht.«

Wir entzündeten eine zweite Fackel und fuhren weiter.

Als wir den Waldrand erreichten, war die Dunkelheit noch tiefer und fast fühlbar geworden, sodass es nicht heller war als in einer Mondnacht. Aber es war keine silberne Nacht. Die Sonne glimmte rot, und sie tauchte den verfluchten Wald in blutrotes Licht. Sie war von großen, roten Ringen umgeben wie die Augen eines Kranken, der von der Schlaflosigkeit gezeichnet ist. Nein, die Sonne selbst war unrein. Sie war schwach und krank und ebenso hilflos wie wir im Angesicht des Grauens. Ihr roter Schein mischte sich mit dem Brandrot unserer Fackeln und umhüllte den Wald um uns herum mit der Farbe des Blutes.

Wir fuhren so weit, wie der Zustand des Untergrundes es gestattete – gerade nur bis zu dem Bereich, wo der Bewuchs aus verkrüppelten Zedern und dornigen Schlehen den hohen, gerade gewachsenen Eichen Platz machte. Dann ließen wir unser Fahrzeug stehen und traten auf die verrottende Erde. Augenblicklich überfiel uns der Gestank nach Fäulnis noch stärker als zuvor. Wir waren dankbar, dass alles tierische Fleisch bereits vollständig verwest und verschwunden war. Nur der säuerliche, durchdringende Geruch nach verfaulenden Pflanzen war geblieben. Das roch unangenehm genug und hatte einen starken Einfluss auf unsere ohnehin überreizten Nerven, aber es war erträglich. Und es war warm auf dem todgeweihten Talgrund. Trotz der frühen Jahreszeit und der fehlenden Sonnenwärme war es nicht kalt. Die Hitze der Fäulnis und der Gärung war stärker als die beißend kalten Winde, die gelegentlich von den umliegenden Bergen bis ins Tal hinunter bliesen.

Die Bäume waren tot. Nicht nur tot, sie waren verrottet. Große Äste waren zu Boden gekracht und lagen auf der schwammigen Erde verstreut. Alle kleineren Zweige waren verschwunden, aber die Bäume selbst, diese Märtyrer des Waldes, standen aufrecht, die nackten Äste flehend zum Himmel gereckt, als erwarteten sie Hilfe von oben. Selbst die dicksten Baumstämme waren von gefräßigen Würmern zerlöchert. Es war ein Wald des Todes, ein Albtraum. Ein verschimmelter Wald, der den Eindringlingen entgegenschrie, der im Licht der Fackeln in Todesqualen schluchzte und in seiner eigenen unheiligen Fäulnis hin und her schwankte.

Geschützt durch unsere Fackeln waren wir gefeit gegen die Kräfte des Todes, die in den finsteren Bereichen des Waldes, jenseits des Lichtkreises unserer flackernden Fackeln, am Werk waren. Doch obwohl sie sich nicht an unseren Körpern vergreifen konnten, riefen sie nach uns und griffen nach unserem Verstand. Albtraumhafte Bilder von Entsetzen und Verwesung überschwemmten unseren Verstand. Ich sah meinen Freund vor mir, wie er vor einem halben Jahr auf seinem Lager gelegen hatte. Ich musste an das Bergdorf denken und an die vielen Opfer, die dort in einer einzigen Nacht gestorben waren.

Wir wussten, dass wir es nicht wagen durften, uns länger mit solchen Gedanken zu beschäftigen. Wir wären wahnsinnig geworden. Eilig sammelten wir einen Haufen abgestorbener Äste zusammen. Die feuchten, verfaulten Äste und Zweige zerbrachen unter unseren Fingern oder zerfielen ganz zu Staub. Aber schließlich hatten wir einen hohen Haufen aus dem trockensten Holz aufgeschichtet, gossen ein Fass Öl darüber und zündeten das Ganze an. Während wir zusahen, wie die Flammen aufrauschten und hoch und immer höher züngelten, ertönte ein Seufzer des Schmerzes, des Kummers und der ohnmächtigen Wut über der Todeszone.

»Das Feuer tut ihnen weh«, sagte ich. »Solange das Feuer brennt, können sie uns nichts anhaben. Der Wald wird verbrennen, und sie werden alle sterben.«

»Aber wird der Wald denn brennen? Sie haben die Sonne verdunkelt. Sie haben sogar unsere Fackeln verdunkelt. Sieh doch nur! Sie müssten eigentlich viel heller leuchten. Würde der Wald denn brennen, wenn sie ihn in Ruhe lassen würden? Er ist nass und verfault und wird nicht brennen. Sieh doch, unser Feuer geht aus. Wir sind gescheitert!«

Ja, wir waren gescheitert. Das mussten wir zugeben, als wir nach zwei weiteren Versuchen zweifelsfrei festgestellt hatten, dass der Wald nicht durch Feuer zerstört werden konnte. Wir waren voller Mut gewesen, aber jetzt überwältigte uns die Angst. Kalter Schweiß bedeckte unsere kranken, zitternden Leiber, als wir in unserem Lastwagen den steinigen Pfad hinauf der Sicherheit entgegenrumpelten. Unsere Fackeln flackerten im Wind und hinterließen eine schwarze Rauchwolke, die unsere Flucht begleitete.

Aber wir schworen uns, dass wir wiederkommen würden. Wir würden mit vielen Männern und mit Dynamit wiederkommen.

Wir würden herausfinden, wo dieses Wesen seinen Sitz hatte, und wir würden es vernichten.

Und wir versuchten es erneut und scheiterten ein zweites Mal.

Es kam nun zu keinen Todesfällen mehr. Als es Frühling wurde und der tödliche Kreis deutlich sichtbar war, verließen selbst die hartnäckigsten Bewohner das todgeweihte Gebiet. Niemand konnte das stumme Zeugnis der toten und sterbenden Bäume anzweifeln, die der Bedrohung zum Opfer gefallen waren. Nacht für Nacht rückte der Kreis erst 20, dann 30 und schließlich 60 Meter weit vor. Bäume, die an einem Tag noch frisch und lebendig und voller grüner Triebe waren, welkten am nächsten Tag dürr und gelb. Der Tod wich nie zurück. Während der Nacht rückte er vor, und tagsüber hielt er seine Stellung. Und in der nächsten Nacht setzte er seinen beängstigenden Vormarsch fort.

Die Bevölkerung in den angrenzenden Bezirken lebte in Angst und Schrecken. Die Zeitungen hatten von nichts anderem zu berichten als von geplatzten Hoffnungen. Sie brachten langatmige Beschreibungen von jeder neuen Ausweitung der Todeszone und ebenso langatmige technische Theorien der an der Front versammelten Wissenschaftler, aber nichts, was zu neuer Hoffnung berechtigte.

Wir sagten den verstörten Menschen, dass unsere Idee die einzige Chance auf einen Sieg darstellte. Wir beschrieben ihnen unseren Plan und baten sie um ihre Hilfe. Aber sie erwiderten immer nur: »Nein, nein. Die Seuche breitet sich aus. Sie hat im Wald angefangen, aber jetzt ist sie aus dem Wald herausgekommen. Was soll es uns nützen, wenn wir jetzt den Wald verbrennen? Die Welt ist verloren. Kommt mit uns und lebt, solange das noch möglich ist. Wir müssen alle sterben.«

Nein, niemand war bereit, sich unseren Plan auch nur anzuhören. Und so gingen wir nach Norden, wo der Tod noch so ungewohnt und weit entfernt war, dass er die Gesellschaft noch nicht zerstört hatte. Hier hatten die Menschen zwar ihre Zweifel, aber sie hatten den Glauben an ihre Wissenschaftler noch nicht eingebüßt. Sie hielten nach wie vor die Ordnung und das Wirtschaftsleben aufrecht. Aber auch hier war unsere Idee nicht willkommen. »Wir vertrauen den Ärzten«, sagten die Leute. Niemand wollte mit uns kommen.

»Fred«, sagte ich endlich zu meinem Freund. »Wir sind noch nicht endgültig gescheitert. Wir rüsten einen großen Lastwagen aus. Nein! Wir nehmen einen Traktor. Wir machen genau das, was wir gesagt haben. Wir nehmen einfach viel mehr Dieselöl und Dynamit mit. Wir können das Ding immer noch zerstören.«

Es war unsere letzte Chance, das war uns vollkommen klar. Wenn wir auch diesmal scheiterten, war die Welt tatsächlich verloren. Wir wussten, dass der Tod täglich stärker wurde. Also arbeiteten wir schnell, um ihm entgegenzutreten.

Das Material, das wir benötigten, brachten wir mit dem Lastwagen an den Ort des Geschehens: Fackeln, Dynamit und acht Fässer Dieselöl. Wir nahmen sogar zwei Pistolen mit. Dann luden wir alles auf einen improvisierten, von einem Raupenschlepper gezogenen Anhänger und fuhren los.

Diesmal war der Wald stockdunkel, obwohl es erst Mittag war, als wir hineinfuhren. Schwarz wie ein Brunnen um Mitternacht war der Wald. Unsere Fackeln schickten ihr flackerndes rotes Licht kaum sechs Meter weit in das undurchdringliche Dunkel hinein. Und durch die zitternde Finsternis drang ein Murmeln wie von einer Million Bienenstöcken an unsere Ohren.

Wie wir den Weg fanden, weiß ich nicht. Ich versuchte, dahin zu steuern, wo es am lautesten summte, in der Hoffnung, auf diese Weise auf die Quelle der Plage zu stoßen. Es war nicht schwer, vorwärtszukommen. Der Traktor zog eine endlose Spur durch den Wald und zermalmte das feuchte, verrottende Holz auf dem Waldboden unter seinen Ketten zu Brei. Und hinter uns rumpelte der schwere Anhänger auf der glatten Spur entlang, die der Raupenschlepper durch den Wald gebrochen hatte. Die schauerlich verwundeten, aller Äste beraubten Bäume standen wie unheimliche Wächter um uns herum, die uns den Weg wiesen.

Je weiter wir vordrangen, desto trostloser wurde die Szenerie. Die aufrecht stehenden, knackenden Baumstämme sahen zunehmend verrottet aus. Der Geruch des Todes, der uns entgegenschlug, wurde immer stärker – es war nicht der Übelkeit erregende Gestank der Verwesung, sondern der weniger scheußliche, aber dafür umso durchdringendere Geruch fortgeschrittener Fäulnis.

Und das Wesen rief uns und lockte. Aus der Dunkelheit kroch es uns ins Gehirn und versuchte, uns seinen Willen aufzuzwingen. Wir merkten es nicht. Wir spürten nur, dass uns der Geruch nicht mehr abscheulich erschien, sondern uns wie das süßeste Parfüm vorkam. Wir wussten nur, dass der Anblick der verschimmelten Bäume unsere Augen erfreute, als sei er die Erfüllung eines lange gehegten ästhetischen Bedürfnisses. Vor meinem geistigen Auge entstand das Bild einer perfekten Welt: feuchte, verrottete Vegetation und saftiges Fleisch – verwestes Fleisch, das man essen konnte. Es schien, als breitete sich das Bild über die ganze Erde aus, und ich schrie laut auf vor Begeisterung.

Der Klang dieses halb unfreiwillig ausgestoßenen Schreis ließ mich blitzartig erkennen, dass diese Gedanken nicht meine eigenen waren. Sie wurden mir von außen aufgezwungen. Mit einem weiteren Aufschrei griff ich nach der Fackel über mir und badete meine Arme in der zuckenden Flamme. Ich riss die Fackel aus ihrer Halterung und hielt sie in das Gesicht meines Kameraden. Der reinigende Schmerz raste durch meine Adern und Nerven. Das Bild verblasste, das Verlangen verging. Ich war wieder ich selbst.

Was wäre geschehen, wenn wir dem Ruf gefolgt und weiter in den schreienden Wald vorgedrungen wären? Nun, nach diesem Erlebnis spürten wir jetzt ständig, dass ein obszöner Geist versuchte, den unseren zu manipulieren und uns seinem Willen zu unterwerfen. Ich erschauerte, als mir klar wurde, dass diese Gedanken sehr wohl die Gedanken eines Wurmes gewesen sein konnten.

Und dann drang plötzlich durch das Gebrüll des Waldes und das stetige Klopfen unseres Motors der Klang von menschlichem Gesang. Ich nahm den Gang heraus und schaltete den Motor aus. Jetzt war der Gesang deutlich zu hören, ein Gesang in einer vertrauten und doch seltsam veränderten Sprache. Leben! Leben in dieser Todeszone? Das war unmöglich. Der Gesang verstummte und das Summen der Baumstämme wurde viel lauter. Jemand oder etwas begann, etwas vorzutragen.

Ich strengte meine Ohren an, um es zu verstehen, aber das war gar nicht nötig. Klar und deutlich drang der hohe Halbgesang durch die lärmende Dunkelheit: »Mächtig ist unser Herr, der Wurm. Mächtiger als alle Könige im Himmel und auf der Erde ist der Wurm. Die Götter erschaffen, die Menschen planen und bauen, aber der Wurm vertilgt ihre Werke.

Mächtig sind die Planer und Erbauer. Groß sind ihre Werke und ihr Besitz. Doch am Ende bleibt ihnen nur ein bisschen Erde, und wahrlich, auch das wird der Wurm ihnen nehmen.

Dies ist das Haus des Wurmes, sein Heim, das niemand zerstören kann. Das Heim, das wir, seine Beschützer, für ihn gebaut haben.

Oh Herr, mit gebeugten Knien geben wir Dir all diese Dinge. Wir geben Dir den Menschen und seinen Besitz. Wir geben Dir das Leben der Erde zur Nahrung. Wir geben Dir die Erde selbst zur Wohnung.

Mächtig, ja mächtiger als alle Könige des Himmels und der Erde ist unser Herr und Meister, der Wurm, für den die Zeit ein Nichts ist.«

Krank vor Entsetzen und Abscheu blickten Fred und ich einander an. Hier gab es Leben. Gott weiß, was für ein Leben das war, aber es war Leben. Und es war menschlich. Und dann, mitten in diesem höllischen Wald, umgeben vom Geruch, dem Anblick und dem Klang des Todes, mussten wir lächeln. Ich schwöre, dass wir lächelten. Wir hatten eine Chance bekommen, zu kämpfen. Gegen etwas Fassbares zu kämpfen. Ich schaltete den Motor wieder ein, legte einen Gang ein und fuhr weiter.

Nach etwa 30 Metern hielt ich an, denn wir hatten die Beter vor uns. Es waren um die 50 Personen, die in Verwesung und Schmutz knieten und herumkrochen, ja sich sogar regelrecht darin wälzten. Die Geräusche und Schreie, die sie ausstießen, als das Licht unserer brennenden Fackeln direkt in ihre blinden, starren Augen fiel! Nur ein Wahnsinniger könnte die Worte des Hasses und des Entsetzens, die sie uns ins Gesicht schleuderten, aus seinem Gedächtnis hervorholen und auf bedrucktes Papier bannen. Es gibt bestimmte klangliche Eigenschaften, die typisch für die menschliche Stimme sind, während andere typische Tierlaute sind. Aber nirgends diesseits des Höllenschlunds wurden jemals solche Schreie gehört, wie sie aus den Kehlen dieser Menschen drangen, als wir unsere Fackeln ergriffen und auf sie zurannten. Nur wenige Augenblicke lang stellten sie sich uns trotzig in den Weg. Der Schmerz, den das ungewohnte Licht in ihren empfindlichen Augen verursachte, war zu viel für sie. Mit schrillen Angstschreien wandten sie sich um und flohen. Und wir standen auf dem wogenden Schmutz, der uns umgab, sahen uns um – und lächelten wieder.

Denn wir hatten ihren Götzen entdeckt. Es war kein Götzenbild aus Holz oder Stein oder sonst einem normalen, sauberen Material. Es war ein aufgehäuftes Grab. Riesig, etwa sechs Meter lang und drei Meter hoch, und bedeckt mit verwesenden Knochen und verrottenden Ästen. Die Erde, die zu diesem abstoßenden Hügel aufgeschüttet war, zitterte in ihrem Inneren, wogte wie von unreinem Leben. Und dann entdeckten wir die halb im Schmutz vergrabene Grabtafel – ein verrottendes Holzbrett, das lose in der Erde ruhte. Nur eine Zeile war in das Holz eingeritzt: *Das Haus des Wurmes.*

Das Haus des Wurmes! Ein aufgehäuftes Grab. Und der Kult der Dunkelheit und des Todes hätte fast die ganze Welt zu einem einzigen unreinen Grab gemacht und auch dieses mit einem Leichentuch aus Dunkelheit bedeckt!

Mit einem Wutschrei stampfte ich auf die aufgehäufte Erde. Die oberste Schicht war dünn, so dünn, dass ich durchbrach und fast kopfüber in die Grube gestürzt wäre. Nur mit einem gewaltigen Sprung konnte ich mich gerade noch davor bewahren, kopfüber hinab in die wogende Masse zu stürzen – Würmer. Weiße Würmer krümmten sich unter dem blutroten Licht unserer lodernden Fackeln und wanden sich vor Todesangst und entsetzlichem Schmerz, den die reinigende Flamme ihnen zufügte. Wahrlich, das Haus des Wurmes …

Krank vor Abscheu arbeiteten wir wie besessen. Das Brüllen der fremdartigen Bäume steigerte sich zu einem Geheul – einem gespenstischen Kauderwelsch, das in unseren Ohren dröhnte und an unserem Verstand zerrte, während wir arbeiteten. Wir entzündeten weitere Fackeln, badeten unsere Hände in den Flammen, trotzten dem bösartigen Willen und zerstörten den wogenden Erdhaufen, der wie zum Hohn die Form eines Grabes angenommen hatte. Wir schleppten ein Fass Öl nach dem anderen herbei und entleerten sie über die zappelnden Kreaturen, die sich bereits ausbreiteten und wie ein schmutziger Ozean bis unmittelbar vor unsere Füße schwappten. Ohne an den Traktor zu denken, der uns in Sicherheit bringen sollte, schleuderte ich die Schachtel mit dem Dynamit auf die Würmer, sah zu, wie sie in der Masse versank, bis sie nicht mehr zu sehen war, entzündete das Ganze mit meiner Fackel und floh.

»Art! Der Traktor. Das restliche Öl brauchen wir, um Licht für den Rückweg zu haben …«

Ich lachte wie ein Wahnsinniger und rannte weiter.

Nach etwa 100 Metern blieben wir stehen und beobachteten das Spektakel. Die Flammen sprangen 20 Meter hoch in die Luft, erleuchteten den Wald um uns herum und trieben den dicken, unnatürlich schwarzen Nebel in die schwere Dunkelheit hinter uns. Fremde Stimmen heulten wie wahnsinnig, und ihr hysterisches Gestammel und wildes Flehen drang uns tief in die Seele. So greifbar waren sie, dass wir fühlten, wie sie an uns zerrten und uns in den unheiligen Tanz der schwankenden Bäume mit hineinzogen. Aus der widerlichen Grube, wo die Flammen am hellsten flackerten, stieg eine dichte, gelbe Rauchwolke empor. Ein knisterndes Geräusch schrillte durch den Wald und die Schwärze um uns herum warf das Echo zu uns zurück. Der Traktor stand in Flammen gehüllt und auch das letzte Ölfass fing Feuer. Und dann …

Dann ertönte ein tiefes, vibrierendes Krachen. Der schwammige Boden unter unseren Füßen schwankte und bebte. Die prasselnden Flammen flogen hoch in die Luft, emporgeschleudert von einer unwiderstehlichen unterirdischen Kraft. Sie bildeten lang gestreckte Bögen aus flüssigem Feuer und zerstreuten sich über den stöhnenden Waldboden. Das Schwarzpulver!

Das Haus des Wurmes war zerstört. Im Augenblick seiner Zerstörung erstarben auch die heulenden Stimmen um uns herum zu einem zitternden Flüstern. Der dunkle Nebel um und über uns zuckte einen Augenblick lang wie schwarze Seide und tastete nach uns wie mit suchenden Fingern. Endlich zog er sich über die toten Bäume zurück und gab den Blick auf die Sonne frei.

Die Sonne in all ihrer mittäglichen Pracht tauchte über uns auf und wärmte unsere Herzen mit ihrem goldenen Licht.

»Sieh nur, Art«, flüsterte mein Freund. »Der Wald brennt. Jetzt kann nichts mehr das Feuer aufhalten. Alles wird zerstört.«

Er hatte recht. An tausend Stellen gleichzeitig erhoben sich die Flammen und breiteten sich aus. Seltsame kleine Feuerschlangen krochen über den Boden und suchten nach neuer Nahrung. Das Feuer war durch die Explosion verstreut worden und fraß sich nun voran.

Wir wandten uns um und liefen davon, einem warmen Südwind entgegen, der zu uns herunter blies. Wir ließen das stetig anwachsende Feuer hinter uns und eilten weiter. Eine halbe Stunde später, nachdem wir etwa drei Kilometer weit durch zerstörten Wald und stinkendes Ödland gewandert waren, blieben wir stehen und schauten zurück. Das Feuer hatte sich über die ganze Breite des

Tales ausgedehnt und drang nun brüllend in nördlicher Richtung vor. Ich dachte an die etwa 50 Menschen, die vor uns geflohen waren, ebenfalls nach Norden.

»Arme Teufel«, sagte ich. »Aber sie sind ohne Zweifel sowieso bereits tot. Sie können das Sonnenlicht nicht allzu lange ausgehalten haben.«

Und so endet unsere Geschichte der vielleicht größten Bedrohung, der die Menschheit jemals ausgesetzt war. Die Wissenschaftler überlegten hin und her, kamen aber zu keinem Ergebnis. Tatsächlich brauchten auch wir sehr lange, bis wir uns eine befriedigende Erklärung zurechtlegen konnten.

Wir hatten vergeblich in jedem bekannten Buch über das Okkulte nach einer Erklärung gesucht, als wir schließlich in einer alten Zeitschrift einen Hinweis fanden: Sie erinnerte uns an unser fast vergessenes Gespräch, das ich am Anfang dieser Erzählung beschrieben habe.

Auf irgendeine seltsame Weise musste dieser Kult des Wurmes sich zu einer Anbetung des Todes entwickelt haben, dessen Sitz sich im Sacrament Wald befand. Seine Anhänger bauten sich das riesige Grab als Schrein, und durch ihre übermäßige Konzentration und Anbetung schuf ihr fanatischer Geist eine physische Manifestation, die als reale Folge ihrer Gedanken im Inneren des Grabes entstand. Und was konnte machtvoller an den Tod erinnern als seine ewigen Begleiter, die Würmer und die Verwesungsbakterien? Vielleicht wurde ihre Aufgabe dadurch erleichtert, dass der Tod immer real ist und dass es keiner übermäßig großen Willenskraft bedarf, um ihn hervorzubringen.

Nach diesem Anfang sandten sie von ihrem Zentrum aus Gedankenwellen in die Umwelt, die stark genug waren, um ihnen einen Einfluss auf die Region zu sichern, in der sie aktiv waren. Und im gleichen Maß, wie ihr Einfluss immer stärker und ihr Geist durch die ungeheure Konzentration immer mächtiger wurde, breiteten sie sich aus und zerstörten sogar das Licht. Vielleicht erhielten sie Zulauf von vielen Neulingen, die ihre Zahl vergrößerten, wie ja auch wir ihnen beinahe verfallen wären. Vielleicht wurde das bereits eroberte Land von Geistern bewacht, die sie herbeigerufen und sich unterworfen hatten, sodass keine weiteren Anstrengungen ihrer selbst erforderlich waren, um das Gebiet unter Kontrolle zu halten. Das würde die unheimlichen Geräusche erklären, die uns aus allen Teilen des Waldes entgegendröhnten und auch noch anhielten, als die Gläubigen selbst geflohen waren.

Was ihre endgültige Zerstörung betrifft, so zitiere ich eine Zeile aus dem alten Buch, in dem wir zum ersten Mal etwas über die Theorie gelesen hatten: »*Wenn dies wahr ist, dann besteht die einzige Möglichkeit, sie zu vernichten, darin, aufzuhören, an sie zu glauben.*«

Als ihr großer Fetisch, dieses Zerrbild eines Grabes, zerstört war, rissen die Bande, die ihr System zusammenhielten. Und als die Gläubigen selbst in den Flammen untergingen, starb jede Möglichkeit einer Rückkehr des Schreckens mit ihnen.

Das ist unsere Erklärung und unsere Überzeugung. Doch Fred und ich haben nicht das geringste Bedürfnis, uns auf eine wissenschaftliche Debatte einzulassen. Wir wünschen uns nichts als die Chance, das chaotische Erlebnis zu vergessen, das unser Leben so vollständig durcheinandergebracht hat.

Unser Lohn? Unsere Belohnung war die Zerstörung des widerlichen Geschöpfes, gegen das wir gekämpft haben. Dennoch hat die dankbare Welt zu dieser Befriedigung auch noch ihren Reichtum und ihre Gunst hinzugefügt. Dafür sind wir dankbar, und wir genießen ihre Gaben. Welcher Mensch täte das nicht? Trotzdem haben wir das Gefühl, dass weder Bewunderung noch irgendwelche Freuden unsere endgültige Genesung bewirken können. Wir müssen arbeiten und können das Erlebte nur durch Anstrengung und Fleiß wenigstens aus unserem unmittelbaren Bewusstsein verbannen. Vielleicht nach langer Zeit …

Und dennoch können wir nicht vollständig vergessen. Erst heute Morgen, als ich durch die Felder wanderte, entdeckte ich den Kadaver eines wilden Tieres, der in einer Furche lag. In seinem mageren, verwesenden Körper wimmelte Leben – ein Übelkeit erregendes, fremdartiges Leben, das sich von Fäulnis und Verwesung ernährt.

M. L. Humphreys

In der *Weird Tales* Ausgabe von Oktober 1923 wurde ein Leserbrief von Lovecraft abgedruckt. Darin schrieb er: »Ich las kürzlich die *Weird Tales* Maiausgabe, und ich gratuliere Ihnen zu Mr. Humphreys ›The Floor Above‹ (einen Augenblick lang überlief mich ein Schauer, den der Autor aber nicht beabsichtigt hatte – ich glaubte, dass er eine Idee verwenden wollte, die ich demnächst selbst benutzen möchte!! Schließlich war es dann doch nicht der Fall).«

Über M. L. Humphreys ist nichts bekannt. Der Verfassername ist höchstwahrscheinlich ein Pseudonym. Er taucht nur bei ›The Floor Above‹ auf und in keiner anderen Zeitschrift der damaligen Zeit. Als man die Geschichte im Juni 1933 noch einmal im *Weird-Tales-Magazine* nachdruckte, wurde der Familienname anders buchstabiert, nämlich »Humphries«.

Das obere Stockwerk

17. September 1922 – Ich setzte mich an diesem Morgen mit gutem Appetit zum Frühstück nieder. Die Hitze schien gebrochen zu sein, und ein kühler Wind wehte vom Garten herein, in dem die Chrysanthemen bereits die ersten Knospen trieben. Sonnenschein strömte ins Zimmer und erhellte das breite Gesicht von Mrs. O'Brien, die die Eier und den Kaffee hereintrug. Für einen angeblich einsamen alten Junggesellen schien mir die Welt ein ausgesprochen erfreulicher Ort zu sein. Ich bestrich gerade mein drittes Paar Waffeln mit Butter, als die Haushälterin noch einmal ins Zimmer trat, diesmal mit der Post.

Ich warf einen flüchtigen Blick auf die drei, vier Briefe neben meinem Teller. Einer davon war in einer Handschrift geschrieben, die mir vertraut vorkam. Ich starrte ihn eine Minute lang an, dann ergriff ich ihn mit klopfendem Herzen. Fast traten mir Tränen in die Augen. Das war ohne Zweifel Arthur Barkers Handschrift! Zwar zittrig und verändert, aber seit ich Arthur zuletzt gesehen hatte, oder besser gesagt, seit seinem geheimnisvollen Verschwinden, waren zehn Jahre vergangen.

Zehn Jahre lang hatte ich kein Wort von ihm gehört. Seine Familie wusste ebenso wenig wie ich, was aus ihm geworden war. Wir hielten ihn schon seit Langem für tot. Er war spurlos verschwunden, und ich hatte das Gefühl, dass mit ihm die letzte Spur meiner Jugend fortgeschlichen war. Denn Arthur war in jenen glücklichen Zeiten mein liebster Freund gewesen. Wir waren die besten Gefährten und hatten gemeinsam manchen verrückten Streich ersonnen.

Und jetzt, nach zehn Jahren des Schweigens, schrieb Arthur mir einen Brief! Der Umschlag war in Baltimore abgestempelt. Fast zögernd – denn ich hatte Angst vor dem, was er enthalten könnte – schob ich einen Finger unter die Lasche und öffnete den

Brief. Der Umschlag enthielt nur ein einziges Blatt Papier, das von einem Schreibblock abgerissen worden war. Aber es war Arthurs Handschrift:

Lieber Tom,
alter Freund, kannst du herunterkommen und mich ein paar Tage lang besuchen? Ich fürchte, es geht mir nicht besonders gut.
Arthur

Auf den unteren Teil des Blattes ist die Adresse gekritzelt: *536 N. Marathon Street.* Ich bin oft in Baltimore gewesen, aber ich kann mich nicht an eine Straße dieses Namens erinnern. Natürlich werde ich hinfahren … Aber was für ein seltsamer Brief nach zehn Jahren! Er hat fast etwas Unheimliches an sich.

Ich werde morgen Abend abreisen. Vorher kann ich unmöglich weg.

18. September – Heute Abend reise ich ab. Mrs. O'Brien hat meine beiden Koffer gepackt, und alles ist für meine Abreise bereit. Vor zehn Minuten habe ich ihr die Schlüssel ausgehändigt, und sie ging tränenüberströmt davon. Sie hat schon den ganzen Vormittag geschnieft, und ich bin ratlos, weil heute Morgen etwas Seltsames passiert ist.

Es handelt sich um Arthurs Brief. Nachdem ich ihn gestern gelesen hatte, trug ich ihn zu meinem Schreibtisch und legte ihn, zusammen mit anderen persönlichen Papieren, in ein kleines Fach. Ich erinnere mich noch ganz genau, dass er zuoberst lag, und darunter befand sich eine Lavendel-Karte von meiner Schwester. Heute Morgen ging ich zum Schreibtisch, um ihn zu holen. Der Brief war fort.

Die Lavendel-Karte lag genau dort, wo ich sie zuletzt gesehen hatte, aber Arthurs Brief war spurlos verschwunden. Ich stellte alles auf den Kopf, dann rief ich nach Mrs. O'Brien, und wir suchten gemeinsam, jedoch vergebens. Mrs. O'Brien hatte das Gefühl, dass ich sie verdächtigte. Ich konnte sagen, was ich wollte … Aber wo mochte der Brief hingekommen sein? Zum Glück hatte ich die Adresse noch nicht vergessen.

19. September – Ich bin angekommen. Ich habe Arthur gesehen. In diesem Augenblick befindet er sich im Zimmer nebenan, und ich sollte mich eigentlich bettfertig machen. Aber irgendetwas sagt mir, dass ich in dieser Nacht kein Auge zutun werde. Ich bin seltsam erregt, obwohl es nicht den geringsten Anlass für meine Erregung gibt. Ich sollte glücklich sein, meinen Freund wiedergefunden zu haben. Und doch –

Ich bin heute Morgen um elf Uhr in Baltimore angekommen. Weil der Tag warm und schön war, hielt ich mich noch ein paar Minuten lang vor dem Bahnhof auf, bevor ich ein Taxi rief. Der Fahrer schien die Straße, die ich ihm nannte, gut zu kennen, und wir rollten über die Brücke davon.

Während ich mich meinem Ziel näherte, war ich plötzlich besorgt und ängstlich. Aber die Fahrt dauerte länger, als ich erwartet hatte – die Marathon Street schien in einem Außenbezirk der Stadt zu liegen. Schließlich bogen wir in eine staubige Straße ein, die nur stellenweise asphaltiert war und von Linden und Espen gesäumt wurde. Das gefallene Laub knisterte unter den Rädern. Die Septembersonne brannte heiß vom Himmel. Das Taxi hielt vor einem Haus, das mitten in einem Block von nur sechs Häusern lag. Zu beiden Seiten des Hauses befand sich je ein unbebautes Grundstück, und es stand weit zurückgesetzt. Davor lag ein schmaler, langer, baumbestandener Garten.

Ich bezahlte den Fahrer, öffnete das Tor und ging in den Garten hinein. Die Bäume standen so dicht, dass ich das Haus erst richtig erkennen konnte, als ich die Hälfte des Weges zurückgelegt hatte. Es war ein dreistöckiger Ziegelbau in ziemlich gutem Zustand, doch es sah einsam und verlassen aus. Alle Fensterläden waren geschlossen bis auf zwei, von denen der eine im Erdgeschoss und der zweite im ersten Stockwerk lag. Nirgends war ein Anzeichen von Leben zu sehen, keine Katze, keine Milchflasche, die die Monotonie der mit Blättern bedeckten Veranda unterbrochen hätten.

Dessen ungeachtet überwand ich mein Unbehagen, stellte meine Koffer entschlossen auf die Veranda, griff nach der Kordel der altmodischen Glocke und zog energisch daran. Ein erschreckend lautes Gebimmel durchbrach die Stille. Ich wartete, aber niemand reagierte.

Nach einer Minute klingelte ich noch einmal. Diesmal hörte ich aus dem Inneren ein seltsames, schlurfendes Geräusch, als nähere sich jemand langsam durch den Korridor. Der Türknopf drehte sich und die Tür wurde geöffnet. Vor mir stand eine alte Frau. Sie war faltig und verrunzelt, sah mich aus trüben Augen an und stützte sich auf eine Krücke.

»Wohnt Mr. Barker in diesem Haus?«, erkundigte ich mich.

Sie nickte und starrte mich seltsam an, machte jedoch keine Anstalten, mich hineinzubitten.

»Ich bin gekommen, um ihn zu besuchen«, erklärte ich. »Ich bin ein alter Freund von ihm. Er hat nach mir geschickt.«

Daraufhin trat sie einen Schritt zur Seite.

»Er ist im oberen Stockwerk«, sagte sie mit brüchiger Stimme, die kaum lauter als ein Flüstern war. »Ich kann Sie nicht hinaufführen. Ich bin schon seit zehn Jahren keine Treppe mehr hinaufgegangen.«

»Das ist schon in Ordnung«, erwiderte ich, ergriff meine Koffer und ging den langen Korridor entlang.

»Oben an der Treppe«, hörte ich die flüsternde Stimme hinter mir. »Die Tür am Ende des Korridors.«

Ich stieg die kalte, dunkle Treppe hinauf, ging durch den kurzen Gang und stand vor einer geschlossenen Tür. Ich klopfte.

»Herein.« Es war Arthurs Stimme, und doch – nicht wirklich die seine.

Ich öffnete die Tür und sah Arthur auf einer Couch sitzen, die Schultern gebeugt, die Augen zu mir erhoben.

Die vergangenen zehn Jahre hatten ihn nicht allzu sehr verändert. In meiner Erinnerung war er mittelgroß mit einer Neigung zur Körperfülle und hatte ein gerötetes Gesicht mit lebhaften grauen Augen. Jetzt war er immer noch füllig, aber er hatte alle Farbe verloren und seine Augen waren trübe.

»Wo bist du die ganze Zeit gewesen?«, fragte ich, nachdem die erste Begrüßung vorüber war.

»Hier«, antwortete er.

»In diesem Haus?«

»Ja.«

»Aber warum hast du nichts von dir hören lassen?«

Das Sprechen schien ihn Anstrengung zu kosten: »Was hätte das geändert? Ich habe nicht angenommen, dass es irgendjemanden interessiert.«

Vielleicht bildete ich mir das nur ein, aber ich konnte das Gefühl nicht loswerden, das Arthurs fahle Augen, die unverwandt auf mein Gesicht gerichtet waren, versuchten, mir etwas zu sagen, etwas ganz anderes als das, was seine Lippen aussprachen.

Ich erschauerte. Obwohl die Fensterläden offen waren, wurde das Zimmer von Bäumen verdunkelt, die dicht vor dem Fenster wuchsen. Arthur hatte mir nicht die Hand gegeben und schien nicht recht zu wissen, wie er mir das Gefühl vermitteln sollte, willkommen zu sein. Aber eines war sicher: Er brauchte mich, und er wollte, dass ich wusste, dass er mich brauchte.

Ich setzte mich auf einen Stuhl und sah mich im Raum um. Es war ein typisches Pensionszimmer von mittlerer Größe mit einer geblümten Tapete, abgenutztem Fußbodenbelag, nichtssagenden Teppichläufern, einem Waschtisch in einer Ecke und einem Kleiderständer in einer anderen. In der Mitte stand ein Tisch mit zwei Stühlen, dahinter eine Couch, die Arthur offensichtlich auch als Bett diente. Aber es war kalt, seltsam kalt für einen so warmen Tag.

Arthurs Augen waren voller Unbehagen zu meinen Koffern gewandert. Mühsam stemmte er sich auf die Füße.

»Dein Zimmer ist da hinten«, sagte er und deutete mit dem Daumen auf eine Tür.

»Nein, warte noch«, protestierte ich. »Sprechen wir doch erst einmal über dich. Was ist los?«

»Ich war krank.«

»Hast du denn keinen Arzt? Wenn nicht, dann hole ich einen.«

Auf dieses Angebot reagierte er zum ersten Mal seit meiner Ankunft mit einem Anzeichen von Gemütsbewegung.

»Nein, Tom, tu das nicht. Ärzte können mir jetzt nicht helfen. Außerdem hasse ich sie alle und habe Angst vor ihnen.«

Seine Stimme erstarb. Seine Erregung weckte mein Mitleid, und ich beschloss, die Frage zunächst einmal ruhen zu lassen.

»Wie du willst«, antwortete ich gelassen.

Ohne weiteren Widerspruch folgte ich ihm in mein Zimmer, das an das seine anschloss und ebenso eingerichtet war. Aber es hatte zwei Fenster, eines auf jeder Seite, die auf die unbebauten Grundstücke hinausgingen. Folglich war es erheblich heller, wofür ich dankbar war. In der hinteren Ecke bemerkte ich eine Tür, die mit einem starken Riegel verschlossen war.

»Es gibt noch ein Zimmer«, erklärte Arthur, als ich meine Koffer abgestellt hatte. »Eines, das dir gefallen wird. Aber wir müssen erst noch durch das Badezimmer gehen.«

Wir tasteten uns durch das moderige Bad, in dem eine winzige Gasflamme flackerte, und traten in ein großes, fast luxuriöses Zimmer.

Es war eine gut eingerichtete, mit Teppichen ausgelegte Bibliothek. An allen vier Wänden befanden sich Regale, die von Büchern überquollen. Abgesehen von der Kälte und dem schlechten Licht war es vollkommen. Während ich herumging, folgte mir Arthur mit dem Blick.

»Es gibt ein paar seltene Werke über Botanik.«

Ich hatte sie bereits entdeckt, eine Sammlung von Büchern, für die ich viel gegeben hätte, um sie zu besitzen. Ich konnte meine Freude nicht verbergen.

»Dann wird es dir nicht so langweilig sein, wenn du hier herumsuchst.«

Obwohl meine Gedanken bei den Büchern waren, spitzte ich die Ohren. Diese monotone Stimme ließ keinerlei Teilnahme an meiner Freude erkennen. Sie war kalt und müde.

Als ich meine Neugier befriedigt hatte, kehrten wir in den vorderen Raum zurück, und Arthur warf sich oder, besser gesagt, stürzte auf die Couch. Es war fast fünf Uhr nachmittags und schon ziemlich dunkel. Als ich die Gaslampe entzündete, hörte ich von unten ein Geräusch, als ob jemand gegen die Wand klopfte.

»Das ist die alte Frau«, erklärte Arthur. »Sie bereitet das Essen für mich zu, aber sie ist zu lahm, um es heraufzubringen.«

Er machte einen schwachen Versuch, aufzustehen, aber ich sah, dass er erschöpft war.

»Rühr dich nicht von der Stelle«, ermahnte ich ihn. »Heute Abend bringe ich dein Essen herauf.«

Zu meiner Überraschung fand ich das Essen appetitlich und gut zubereitet und aß mit Genuss, trotz der Tatsache, dass das Aussehen der alten Frau mir missfiel. Arthur hob nur ein paar Löffel Suppe an die Lippen und zerbröckelte geistesabwesend ein Stück Brot über seinem Teller.

Kaum hatte ich das Geschirr weggetragen, wickelte er sich in seinen rötlich-braunen Bademantel, streckte sich auf der Couch aus und bat mich, die Gaslampe zu löschen. Als ich seiner Bitte nachgekommen war, fragte er mit seiner schwachen Stimme, ob ich alles hätte, was ich benötige.

»Ich habe alles«, versicherte ich ihm. Danach herrschte vollkommenes Schweigen.

Schließlich ging ich in mein Zimmer und schloss die Tür. Nun sitze ich ruhelos zwischen den beiden Fenstern, die auf die unbebauten Grundstücke blicken. Ich habe meine Kleider ausgepackt und die Bettdecke aufgeschlagen, aber ich kann mich nicht entschließen, mich schlafen zu legen. Um die Wahrheit zu sagen, es widerstrebt mir, das Licht zu löschen … Das Geräusch der trockenen Blätter, die an die Fensterscheiben schlagen, hat etwas Unheimliches. Und mein Herz ist voller Kummer, wenn ich an Arthur denke.

Ich habe meinen alten Freund wiedergefunden, aber er ist nicht mehr mein alter Freund. Weshalb hält er seine fahlen Augen so seltsam auf mein Gesicht gerichtet? Was möchte er mir sagen?

Aber das sind morbide Gedanken. Ich werde sie mir aus dem Kopf schlagen. Ich werde ins Bett gehen und mich richtig ausschlafen. Und morgen werde ich aufwachen und feststellen, dass alles in Ordnung und so ist, wie es sein sollte.

26. September – Heute bin ich seit einer Woche hier, und ich habe mich an dieses seltsame Leben gewöhnt, als hätte ich niemals eine andere Existenz gekannt. Am Tag nach meiner Ankunft stellte ich fest, dass der dritte Band der botanischen Reihe in lateinischer Sprache abgefasst ist, und ich machte es mir zur Aufgabe, ihn zu übersetzen. Es ist eine fesselnde Arbeit, und wenn ich mich in einem der tiefen Sessel am Tisch der Bibliothek vergraben habe, fliegen die Stunden schnell dahin.

Meiner Gesundheit zuliebe zwinge ich mich, jeden Tag ein paar Kilometer zu gehen. Ich habe versucht, Arthur dazu zu bewegen, das Gleiche zu tun, aber er, der doch immer so aktiv gewesen war, weigert sich jetzt, das Haus auch nur für kurze Zeit zu verlassen. Kein Wunder, dass er buchstäblich blau ist! Denn es ist eine Tatsache, dass sein Teint und die Schatten um seine Augen und an den Schläfen eindeutig bläulich sind.

Was fängt er den ganzen Tag lang mit sich an? Wann immer ich sein Zimmer betrete, liegt er auf der Couch, ein Buch neben sich, das er jedoch niemals liest. Er scheint keine Schmerzen zu haben, denn er klagt nie. Nach mehreren fruchtlosen Versuchen, einen Arzt für ihn zu holen, habe ich es aufgegeben, das Thema auch nur zu erwähnen. Ich habe das Gefühl, dass sein Problem mehr geistiger als physischer Natur ist.

28. September – Ein verregneter Tag. Seit dem frühen Morgen regnet es in Strömen. Und ich hatte heute Nachmittag ein verrücktes Erlebnis.

Weil ich meinen Spaziergang heute nicht machen konnte, verbrachte ich den Vormittag damit, das Haus zu säubern. Es war höchste Zeit. Schmutz und Staub überall. Im Badezimmer, das kein Fenster hat und mit einer Gaslampe beleuchtet wird, wimmelte es von Kellerasseln und Kakerlaken. Natürlich bin ich nicht in Arthurs Zimmer eingedrungen, aber ich hörte keinen Laut von ihm, während ich fegte und abstaubte.

Ich bereitete ein gutes Mittagessen zu und ließ mich in der Bibliothek nieder, wo es sehr gemütlich ist. Es regnete ununterbrochen weiter, und es war so kalt geworden, dass ich beschloss, später ein Feuer zu entzünden. Aber nachdem ich meine Tabellen und Notizbücher um mich versammelt hatte, vergaß ich die Kälte.

Ich erinnere mich, dass ich mich gerade mit der *Aster trifolium* beschäftigte, einer seltenen Art, die in diesem Land nicht oft vorkommt. Als ich eine Seite des Buches umblätterte, stieß ich auf ein getrocknetes und gepresstes Exemplar ebendieser Art, das auf den Seitenrand geklebt war. Darüber stand in Arthurs Handschrift geschrieben: 27. September 1912.

Ich beugte mich gerade darüber, um die Blume zu untersuchen, als ich plötzlich von einer vagen Angst erfasst wurde. Ich hatte das Gefühl, jemand sei im Zimmer und beobachte mich. Aber ich hatte nicht gehört, dass die Tür geöffnet wurde. Ich hatte auch niemanden eintreten gesehen. Ich wandte mich abrupt um und sah Arthur, der in seinen rotbraunen Bademantel gehüllt direkt neben mir stand.

Er lächelte – lächelte zum ersten Mal seit meiner Ankunft – und seine trüben Augen leuchteten. Dieses Lächeln gefiel mir jedoch nicht. Unwillkürlich zuckte ich zurück.

Er deutete auf die Aster: »Sie wuchs im vorderen Garten unter einem Lindenbaum. Ich habe sie gestern gefunden.«

»Gestern?«, rief ich aus. Meine Nerven waren zum Zerreißen

gespannt. »Lieber Gott, Mann! Sieh doch mal her! Das war vor zehn Jahren!«

Das Lächeln erstarb in seinem Gesicht.

»Vor zehn Jahren«, wiederholte er mit belegter Stimme. *»Vor zehn Jahren?«*

Fünf Uhr. Es dämmert bereits. Lieber Gott! Was ist über mich gekommen? Bin ich noch der gleiche Mann, als der ich vor drei Stunden aus dem Haus gegangen bin? Was ist geschehen? …

Ich hatte einen wunderbaren Spaziergang und schritt im Abendrot nach Hause. Aber als ich um die Ecke bog und das Haus sehen konnte, war es, als ob ich dem Tod selbst ins Gesicht starren würde. Ich konnte mich nur mit Mühe die Treppe hinaufschleppen, und als ich in das dämmerige Zimmer blickte und den Mann zusammengesunken auf der Couch kauern sah, hätte ich am liebsten aufgeschrien wie eine Frau. Ich hatte das Bedürfnis, zu fliehen, hinaus in die klare, kalte Luft zu stürmen und fortzurennen – fortzurennen und niemals wiederzukommen! Aber ich riss mich zusammen und zwang meine Füße, mich in mein Zimmer zu tragen.

Die Hoffnungslosigkeit lastet wie ein Gewicht auf meinem Herzen. Die Dunkelheit schreitet fort und verschluckt alle Dinge, aber ich habe nicht die Willenskraft, die Gaslampe zu entzünden …

Jetzt sehe ich einen Lichtschimmer im vorderen Zimmer. Ich bin ein Narr. Ich muss mich zusammennehmen. Arthur entzündet die Lampe und ich höre das Klopfen, dass das Abendessen ankündigt …

Es ist ein irritierender Gedanke, auf den ich erst jetzt komme, aber es ist eigenartig, dass es mir nicht schon früher aufgefallen ist. Gleich werden wir uns zu unserem Abendessen niedersetzen. Arthur wird praktisch nichts essen, weil er keinen Appetit hat. Trotzdem bleibt er rundlich. Das kann kein gesundes Fett sein, aber auch in diesem Fall meine ich, dass ein Mann, der so wenig isst wie er, zu einem lebenden Skelett werden müsste.

5. Oktober – Ich muss unbedingt selbst einen Arzt aufsuchen, sonst bin ich in Kürze ein psychisches Wrack. Ich benehme mich wie ein Kind. Letzte Nacht habe ich die Beherrschung verloren und mich wie ein Feigling betragen.

Ich war früh zu Bett gegangen, ermüdet von der Arbeit eines anstrengenden Tages. Es regnete schon wieder, und während ich im Bett lag, sah ich den Tropfen zu, die an den Fensterscheiben hinunterliefen. Eingelullt vom Seufzen des Windes in den Blättern schlief ich ein.

Als ich aufwachte (ich weiß nicht, wie lange ich geschlafen hatte), fühlte ich eine kalte Hand auf meinem Arm. Einen Augenblick lang war ich gelähmt vor Schreck. Ich wollte laut schreien, aber meine Stimme versagte. Endlich schaffte ich es, mich aufzusetzen und die Hand abzuschütteln. Ich griff nach den Streichhölzern und entzündete die Gaslampe.

Arthur stand neben meinem Bett – eingehüllt in seinen ewigen rotbraunen Bademantel. Er war aufgeregt. Sein blaues Gesicht war gelblich verfärbt, und seine Augen glühten im Licht.

»Horch!«, flüsterte er.

Ich lauschte, aber ich hörte nichts.

»Hörst du es denn nicht?«, keuchte er und deutete nach oben.

»Im oberen Stock?«, stammelte ich. »Ist jemand im oberen Stock?«

Ich strengte meine Ohren an und glaubte schließlich, ein undeutliches Geräusch zu hören, das wie das Tappen leichter Schritte klang.

»Jemand muss dort oben hin und her gehen«, sagte ich schließlich.

»Nein!«, schrie er mit schriller, krächzender Stimme. »Nein! Niemand geht da oben herum.«

Er flüchtete in sein Zimmer.

Lange Zeit lag ich zitternd da und wagte es nicht, mich zu bewegen. Doch weil ich mir um Arthur Sorgen machte, stand ich schließlich auf und schlich mich zur Tür. Er lag offensichtlich schlafend auf der Couch, das Gesicht vom Mondschein erhellt.

Heute hatte ich ein Gespräch mit Arthur. Gestern konnte ich mich nicht dazu durchringen, über die Ereignisse der vergangenen Nacht zu sprechen, aber dieser ganze Unsinn muss aufgeklärt werden.

Wir saßen in der Bibliothek. Im Kamin brannte ein Feuer, und Arthur hatte die Füße auf das Schutzgitter gelegt. Die Hausschuhe, die er trägt, finde ich ebenso scheußlich wie seinen Bademantel. Es sind alte, abgetragene Pelzpantoffeln, die an den Rändern so ausgefranst sind, dass sie aussehen, als seien sie von Ratten angenagt worden. Ich verstehe nicht, warum er sich nicht ein Paar neue kauft.

»Sag mal, alter Freund«, begann ich abrupt, »gehört dir dieses Haus?«

Er nickte.

»Vermietest du nicht einen Teil davon?«

»Ja, den unteren Stock – an Mrs. Harlan.«

»Und den oberen?«

Er zögerte, dann schüttelte er den Kopf. »Nein, das wäre unbequem. Es gibt nur eine Möglichkeit, in das obere Stockwerk zu kommen.«

Ich war überrascht.

»Lieber Himmel! Du hast recht. Wo ist die Treppe?«

Er sah mir direkt in die Augen.

»Erinnerst du dich nicht an die verriegelte Tür in einer Ecke deines Zimmers? Die Treppe befindet sich hinter dieser Tür.«

Natürlich erinnerte ich mich, aber irgendwie bereitete mir der Gedanke Unbehagen. Ich sagte nichts weiter und beschloss, auch nicht mehr die Geschehnisse der Nacht zu erwähnen. Mir war nämlich der Gedanke gekommen, dass Arthur vielleicht im Schlaf herumgelaufen war.

8. Oktober – Als ich am Dienstag meinen Spaziergang machte, ging ich bei Doktor Lorraine vorbei. Er ist ein alter Freund von mir. Er war überrascht über meinen angegriffenen Zustand und schrieb mir ein Rezept.

Ich habe vor, nächste Woche nach Hause zurückzukehren. Wie schön wird es sein, wieder in meinem Garten herumzuwandern und Mrs. O'Brien in der Küche singen zu hören!

9. Oktober – Vielleicht sollte ich meine Reise lieber verschieben. Ich habe heute Morgen ganz nebenbei zu Arthur von meiner Absicht gesprochen.

Er lag friedlich auf dem Sofa, aber als ich sagte, dass ich abreisen will, richtete er sich bolzengerade auf. Seine Augen glühten.

»Nein, Tom, fahr nicht fort!« Seine Stimme klang entsetzt und so flehend, dass mir das Herz schwer wurde.

»Du hast es zehn Jahre lang alleine hier ausgehalten«, protestierte ich. »Und jetzt …«

»Das ist es nicht«, erwiderte er. »Aber wenn du jetzt gehst, wirst du niemals wiederkommen.«

»Hast du so wenig Vertrauen zu mir?«

»Ich vertraue dir, Tom. Aber wenn du gehst, wirst du nie wiederkommen.«

Ich sagte mir, dass man auf die Launen eines Kranken Rücksicht nehmen muss.

»Also gut«, gab ich nach. »Ich werde nicht abreisen. Jedenfalls nicht so bald.«

12. Oktober – Was ist das, das wie eine Wolke über diesem Haus hängt? Denn ich kann nicht länger leugnen, dass da etwas ist – etwas unbeschreiblich Bedrückendes. Es scheint die ganze Gegend zu beherrschen.

Stehen alle Häuser in diesem Block leer? Wenn nicht, warum sehe ich dann niemals spielende Kinder auf der Straße? Warum geht nur so selten jemand vorbei? Und wenn ich durch das vordere Fenster einen Blick auf einen Fußgänger erhasche, warum hastet er dann vorbei, so schnell er kann?

Ich habe ständig so ein unangenehmes Gefühl. Ich weiß, dass ich eine Veränderung brauche, und heute Morgen habe ich Arthur definitiv gesagt, dass ich abreisen werde. Zu meiner Überraschung machte er keine Einwände. Er murmelte sogar zustimmend und lächelte. Er lächelte genau so, wie er an jenem Morgen in der Bibliothek gelächelt hatte, als er auf die *Aster trifolium* zeigte. Und ich mag dieses Lächeln nicht. Jedenfalls steht es jetzt fest. Nächste Woche, am Donnerstag den 19., reise ich ab.

13. Oktober – Letzte Nacht hatte ich einen seltsamen Traum, wenn es wirklich ein Traum war. Er war so lebhaft ... Den ganzen Tag lang hatte ich ihn wieder und wieder vor Augen.

In diesem Traum lag ich in meinem Bett. Der Mond schien hell ins Zimmer, sodass jedes Möbelstück klar zu erkennen war. Der Waschtisch steht so, dass ich, wenn ich mit dem Kopf auf dem Kopfkissen auf dem Rücken liege, direkt in den Spiegel sehe.

Ich glaubte, dass ich genau so dalag und in den Spiegel starrte. Auf diese Weise konnte ich die verriegelte Tür in der hinteren Ecke des Zimmers sehen. Ich versuchte, nicht daran zu denken und mich auf etwas anderes zu konzentrieren, aber die Tür zog meine Augen an wie ein Magnet.

Ich hatte das Gefühl, dass jemand im Zimmer war, eine undeutliche Gestalt, die ich nicht zu erkennen vermochte. Sie näherte sich der Tür und griff nach dem Riegel. Sie zog mit aller Kraft daran, aber vergeblich – der Riegel gab nicht nach.

Dann wandte sich die Gestalt um und zeigte mir ihr gequältes Gesicht. Es war Arthur. Ich erkannte seinen rotbraunen Bademantel.

Ich setzte mich im Bett auf und schrie ihn an, doch er war verschwunden. Ich rannte in sein Zimmer, und da lag er ausgestreckt im Mondlicht und schlief. Es muss ein Traum gewesen sein.

15. Oktober – Wir haben einen richtigen Altweibersommer, fast bedrückend warm. Ich bin fast den ganzen Tag lang herumgelaufen, unfähig, mich mit etwas Sinnvollem zu beschäftigen. Heute Morgen fühlte ich mich so einsam, dass ich, als ich das

Frühstücksgeschirr hinuntertrug, versuchte, ein Gespräch mit Mrs. Harlan anzufangen.

Bisher war sie immer so feierlich und unkommunikativ wie eine Sphinx. Jetzt, als sie mir das Tablett aus der Hand nahm, verzog sich ihr faltiges Gesicht zu etwas, das fast einem Lächeln glich. In diesem Augenblick schien sie mir eine verblüffende Ähnlichkeit mir Arthur zu haben. War es das Lächeln oder lag es am Ausdruck ihrer Augen? Hat auch sie mir etwas zu sagen?

»Ist es hier nicht sehr einsam für Sie?«, fragte ich sie mitfühlend.

Sie schüttelte den Kopf. »Nein, Sir, inzwischen bin ich daran gewöhnt. Anderswo würde ich es gar nicht mehr aushalten.«

»Und Sie haben vor, für den Rest Ihres Lebens hierzubleiben?«

»Das wird vielleicht nicht mehr sehr lange dauern«, gab sie zurück und lächelte wieder.

So einfach ihre Worte auch waren, die Art, wie sie mich ansah, als sie sie aussprach, schien ihnen einen Doppelsinn zu geben. Sie entfernte sich hinkend. Ich ging hinauf in mein Zimmer und schrieb an Mrs. O'Brien, sie solle mich am 19. Oktober frühmorgens erwarten.

18. Oktober – Zehn Uhr vormittags – Ich werde heute Nacht den Zwölf-Uhr-Zug nehmen. Gott sei Dank war ich entschlossen genug, mich loszureißen. Ich glaube, eine weitere Woche dieses Lebens würde mich in den Wahnsinn treiben. Und vielleicht hat Arthur recht – vielleicht werde ich nie wiederkommen.

Ich frage mich, ob ich ein solcher Schwächling geworden bin, dass ich ihn in dem Augenblick verlasse, in dem er mich am meisten braucht. Ich weiß es nicht. Ich kenne mich selbst nicht mehr.

…

Aber natürlich werde ich wiederkommen. Da ist doch noch die Übersetzung, mit der ich so gut vorankomme. Ich könnte es mir niemals verzeihen, wenn ich sie im entscheidenden Augenblick einfach fallen ließe.

Was Arthur betrifft, so werde ich ihm nicht mehr nachgeben, wenn ich wiederkomme. Ich werde hier die Herrschaft an mich reißen und ihn gegen seinen Willen kurieren. Frische Luft, Abwechslung, ein guter Arzt, das sind die Dinge, die er braucht.

Aber worin besteht seine Krankheit eigentlich? Hat der Einfluss des Hauses ihn erfasst wie ein Pesthauch? Das kann man sich gut vorstellen, weil es auf mich die gleiche Wirkung hat.

Ja, ich bin an dem Punkt angekommen, wo ich nicht mehr schlafen kann. Nachts liege ich wach und versuche, nicht in den Spiegel auf der gegenüberliegenden Seite des Zimmers zu schauen. Aber am Ende ertappe ich mich immer wieder dabei, dass ich hineinstarre und die Tür mit dem schweren Riegel nicht aus den Augen lasse. Ich habe das dringende Bedürfnis, aufzustehen und den Riegel zurückzuschieben, aber ich wage es nicht.

Wie langsam dieser Tag vergeht! Wird es denn niemals Nacht?

Neun Uhr abends – Ich habe meine Koffer gepackt und das Zimmer aufgeräumt. Arthur muss schon schlafen … Ich fürchte, der Abschied von ihm wird schmerzhaft werden. Ich werde um elf Uhr von hier aufbrechen, damit ich genügend Zeit habe … Es fängt an zu regnen …

19. Oktober – Es ist endlich passiert! Ich bin verrückt! Ich habe es gewusst! Ich habe die ganze Zeit gespürt, wie es auf mich zukroch! Habe ich nicht einen ganzen Monat lang in diesem Haus gewohnt? Hatte ich denn keine Augen im Kopf? … Um gesehen zu haben, was ich gesehen habe, um einen Monat lang so zu leben, wie ich gelebt habe, muss man wirklich verrückt sein …

Es war zehn Uhr Abends. Ich wartete ungeduldig darauf, dass die letzte Stunde verging. Ich hatte mich in einen Schaukelstuhl neben dem Bett gesetzt, meine beiden Koffer standen neben mir, mein Rücken war dem Spiegel zugewandt. Es regnete nicht mehr. Ich muss eingenickt sein.

Aber plötzlich war ich hellwach und mein Herz hämmerte wild in meiner Brust. Etwas hatte mich berührt. Ich sprang auf die Füße, und als ich mich abrupt umdrehte, fiel mein Blick auf den Spiegel. In ihm sah ich die Tür und die Gestalt, die an dem Riegel herumfummelte, ebeneso wie ich sie neulich Nacht gesehen hatte. Ich fuhr herum, aber es war nichts zu sehen.

Ich sagte mir, dass ich wieder geträumt hätte und dass Arthur schlafend in seinem Bett liegen würde. Dennoch zitterte ich, als ich die Tür zu seinem Zimmer öffnete und hineinspähte. Das Zimmer war leer, das Bett nicht einmal zerwühlt. Ich entzündete ein Streichholz und tastete mich durch das Badezimmer in die Bibliothek.

Der Mond kam hinter einer Wolke hervor. Sein Licht strömte wie eine silbrige Flut durch die Fenster, aber Arthur war nicht da. Ich stolperte zurück in mein Zimmer.

Auch dort schien der Mond … Und die Tür, die Tür in der Ecke, stand halb offen. Der Riegel war zurückgezogen. In der Dunkelheit konnte ich eine Treppe erkennen, die nach oben führte.

Ich zögerte nicht lange. Ich entzündete wieder ein Streichholz und stieg die Treppe hinauf.

Als ich oben ankam, befand ich mich in völliger Dunkelheit, denn die Fensterläden waren fest geschlossen. Ich vermutete, dass das Zimmer ebenso geschnitten war wie der Raum darunter und tastete mich an der Wand entlang zum Gashahn. Einen Augenblick flackerte die Flamme, dann brannte sie hell und klar.

O Gott! Was war das, was ich dort sah? Ein dick mit Staub bedeckter Tisch und etwas, das in einen rotbraunen Bademantel gehüllt war und die Ellenbogen auf die Tischplatte gestützt hatte.

Wie lange hatte er hier gesessen, dass er so vertrocknet war wie der Staub auf der Tischplatte? Wie viele Tausend Tage und Nächte hatte es gedauert, bis das Fleisch auf diesem grinsenden Schädel verrottet war?

Die knochigen Finger hielten immer noch einen Bleistift umklammert. Vor der Gestalt lag ein vergilbtes Blatt Papier. Mit zitternden Händen wischte ich den Staub fort. Das Datum auf dem Papier war der 19. Oktober 1912. Der Text lautete:

Lieber Tom,
alter Freund, kannst du herunterkommen und mich ein paar Tage lang besuchen? Ich fürchte, es geht mir nicht besonders gut …

Théophile Gautier

Théophile Gautier wurde am 30.08.1811 in Tarbes geboren und starb am 23.10.1872 in der Nähe von Paris, wo er seit seiner Kindheit gelebt hatte. Mit 18 Jahren wurde er Schüler des Malers Rioult, wandte sich dann aber der Literatur zu. Er war ein Freund von Baudelaire, Flaubert, Goncourt, Hugo, Renan und Zola.

Ab 1836 arbeitete er als Journalist, Schriftsteller und Dramatiker und wurde bald zu einem der wichtigsten Repräsentanten der literarischen Boheme von Paris. Er prägte die berühmte Theorie des *l'art pour l'art,* dass die Kunst völlig zweckfrei sein sollte und keinerlei gesellschaftliche oder politische Aufgabe habe; ihr Sinn sei einzig die Perfektion ihrer Produkte.

H. P. Lovecraft erwähnte Gautier oft als einen seiner Lieblingsschriftsteller aus Europa. In *Supernatural Horror in Literature* schreibt er: »Frankreich war im Genre des Unheimlichen ebenso aktiv wie Deutschland. Victor Hugo, in Geschichten wie *Hans of Iceland,* und Balzac, in *The Wild Ass's Skin, Seraphita* und *Louis Lambert* – beide nahmen sich des Übernatürlichen in mehr oder weniger umfangreichem Maße an, wenn auch im Allgemeinen eher als ein Mittel für ein sorgenfreieres Ende und ohne die echte und dämonische Intensität, welche die geborenen Meister des Finsteren auszeichnet.

Erst bei Théophile Gautier scheinen wir erstmals das echte französische Gespür für die fantastische Welt zu finden. Hier und da taucht ein gespenstisches Rätsel auf, das, wenngleich nicht kontinuierlich verwendet, sofort als etwas Echtes und Profundes erkennbar ist. Erzählungen wie *Avatar, The Foot of the Mummy* und *Clarimonde* gestatten flüchtige Blicke auf verbotene Panoramen, die betören, bedrücken und manchmal entsetzen, während die ägyptischen Visionen in *One of Cleopatra's Nights* von kühnster und ausdrucksvollster Kraft sind. Gautier fing die innerste Seele des durch die Äonen erdrückten Ägypten mit seinem mystischen Überdauern und seiner zyklopischen Architektur ein. Er prägte sie für alle Zeit durch die Schilderungen des ewigen Grauens seiner unterirdischen Welt der Katakomben, wo bis ans Ende der Zeit Millionen starrer, balsamierter Leichen mit glasigen Augen in die Schwärze hinaufstarren und auf einen Furcht einflößenden, überraschenden Weckruf warten.«

Der Mumienfuß

Aus Langeweile betrat ich den Laden eines Antiquitätenhändlers. Der Leser hat ohne Zweifel schon durch die Scheiben der Auslage einen Blick ins Innere derartiger Trödelbuden getan, die so zahlreich geworden sind, seit es Mode wurde, antike Möbel zu kaufen, und jeder kleine Wechselagent sich verpflichtet fühlt, ein mittelalterliches Zimmer zu besitzen. Sie haben etwas von Alteisenhandlung, Tapeziergeschäft, alchimistischem Laboratorium und Maleratelier. In diesen geheimnisvollen Gewölben, deren herabgelassene Fensterläden klüglich nur wenig Licht einlassen, ist das notorisch Älteste sicher der Staub; die Spinnweben sind echter als die Spitzen, altes Birnbaumholz ist dort neuer als gestern von Amerika eingetroffenes Mahagoni.

Der Laden meines Kuriositätenhändlers war ein Wirrsal der unterschiedlichsten Gegenstände. Alle Jahrhunderte und Länder hatten sich dort ein Stelldichein gegeben: Eine etruskische Vase aus rotem Lehm stand auf einem Schrank von Boules Hand, mit feierlichen Metallintarsien in ebenhölzernen Feldern, ein Liegestuhl aus der Zeit Ludwigs XV. schob die zart gewundenen Füße unter einen schweren Tisch der Epoche von Ludwig XIII., mit wuchtig gedrehten Säulenbeinen, Blattwerk und mit Schimären verquickten Arabesken-Schnitzereien.

Eine damaszierte Mailänder Rüstung ließ in einer Ecke die bebänderte Wölbung ihres Brustpanzers aufglänzen; Liebesgötter und Nymphen aus Biskuit, porzellanene Chinesen, Fabeltiere und Vasen, Tassen aus Alt-Meißner und Sèvres Porzellan füllten Eckschränke und Regale. Auf geschweiften Schrankplatten schimmerten riesige japanische Teller und Schalen, bunt bemalt und goldbeflimmert neben Emailarbeiten Bernard Palissys, die Schlangen, Kröten und Eidechsen in erhabener Arbeit darstellten.

Den Schubfächern entquollen Ströme silberdurchwirkter Brokate, Fluten in schrägem Sonnenstrahl aufglühender Damaste, Bildnisse aller Zeiten lächelten unterm trüben Firnis aus verblassten Rahmen.

Der Ladeninhaber folgte mir vorsichtig durch den engen Winkelweg zwischen den aufeinandergestapelten Möbelstücken und gab acht, dass meine Rockschöße nichts herunterfegten, bewachte meine Ellbogen mit der besorgten Aufmerksamkeit des Althändlers und Wucherers.

Was er für ein seltsames Gesicht hatte, dieser Händler: Der riesige Schädel, nackt wie ein Knie, von spärlicher weißer Haarfranse umzottelt, die lebhaft von heller Lachsfarbe der Haut abstach, gab ihm ein falsches behäbig-patriarchalisches Aussehen, abgeschwächt überdies durch das Geflimmer kleiner gelber Augenkreise, die im Weißen unruhig flirrten wie zwei quecksilbergebettete Zehnfrankenstücke. Die Nase war scharf gebogen in orientalisch-jüdischer Art. Seine magerspitzigen, sehnendurchzogenen Hände zeigten Adern wie Saiten am Violinenhals, die Nägel krümmten sich wie die Haken an den Hautflügeln der Fledermäuse, sie waren, beunruhigender Anblick, in steter, greisenhaft zittriger Bewegung, doch wurden diese von Fieberkrampf durchbebten Hände griffsicherer als Stahlzangen oder Hummerscheren, sobald sie irgendein kostbares Gerät hielten, etwa eine Onyxschale, venezianisches Glas oder Teller aus böhmischem Kristall. Der alte Schelm sah so teufelsgelehrt und schlau-zauberkundig aus, dass er vor 300 Jahren allein wegen seines Gesichtes verbrannt worden wäre.

»Kaufen Sie mir heute nichts ab, Herr? Hier hab ich einen malaiischen Dolch, dessen Klinge flammenzackig ist, beachten Sie die Abflussrinnen für das Blut, die verschieden gerichteten Widerhaken zum Herausreißen der Eingeweide beim Zurückziehen des Messers. Es ist eine furchtbare und sehr eigenartige Waffe, die eine Zierde Ihrer Sammlung sein würde. Dort das Schlachtschwert, mit zwei Händen zu führen, ist auch recht schön: Es stammt von

Josepe de la Hera, und dieser Helm mit gegittertem Visier, welch prachtvolle Arbeit!«

»Nein, ich besitze genug Waffen und Mordinstrumente. Ich möchte irgendeine kleine Figur haben, einen Gegenstand, den ich als Briefbeschwerer benutzen kann. Die scheußlichen Allerweltsbronzen, die in den Galanteriegeschäften angeboten werden, kann ich nicht leiden, denn die finden sich auf allen Schreibtischen.«

Der alte Unhold kramte in seinen Altertümern herum und stellte eine ganze Auswahl antiker oder antik sein sollender Bronzen vor mich hin – Malachitgegenstände, kleine indische und chinesische Götzen, Jade-Ungeheuer, irgendwelche Inkarnationen Brahmas oder Wischnus in äußerst tauglicher Form zu der wenig götterwürdigen Verwendung, Briefe und Zeitungen in Ordnung zu halten.

Ich schwankte zwischen einem porzellanenen, ganz mit Auswüchsen bedeckten, wildmauligen Drachen und einem kleinen mexikanischen, überaus grässlichen Fetisch, Darstellung des Gottes Vitzliputzli, als ich einen entzückenden Fuß, den ich anfänglich für das Bruchstück einer antiken Venus hielt, erblickte. Er zeigte jenen schönen braunrötlich warmen Ton, der florentinischen Bronzen so lebendiges Aussehen verleiht, und der hässlich grünspanigen Färbung der gewöhnlichen Bronzen, die Bildwerke wie Verwesung überschillert, weit vorzuziehen ist. Seidiger Glanz überzitterte die zart gerundeten, von 20 liebkosenden Jahrhunderten geglätteten Formen, denn es musste wohl ein Erzgebilde korinthischer Herkunft sein, eine Schöpfung der Blütezeit. Vielleicht ein Werk des Lysippos!

»Diesen Fuß möchte ich nehmen«, sagte ich zu dem Händler, der mich spöttisch-schlau beäugte und mir den Gegenstand zu genauerer Betrachtung reichte.

Er war viel leichter, als ich dachte, denn es war kein Fuß aus Metall, sondern ein menschlicher – der einbalsamierte Fuß einer Mumie. Betrachtete man ihn genauer, vermochte man das

Hautgewebe zu erkennen und kaum merkliche Spuren, die ihn vormals umwindende Binden zurückgelassen hatten. Der Bau war zart, an den Zehen fanden sich vollkommen geformte Nägel, wie Achat durchscheinend und klar. Die große Zehe lag etwas gesondert zur Stellung der anderen Zehen, frei spielend nach der Weise antiker Fußbildung, was ihm ein leichtes Aussehen gab, die Schlankheit des Vogelfußes. Die mit wenigen, fast unsichtbaren Linien überzogene Sohle ließ erkennen, dass sie mit der Erde nie in Berührung gekommen war, sondern einzig über fein geflochtene Matten aus Nilbinsen und weichen Pantherfellen geschritten war.

»Ha! Sie wollen den Fuß der Prinzessin Hermontis haben«, sagte der Händler mit seltsamem Gekicher und stierte mich mit seinen Eulenaugen an. »Als Briefbeschwerer! Ein origineller Gedanke, ein Künstlereinfall. Wer hätte wohl dem alten Pharao vorhergesagt, dass der Fuß seiner angebeteten Tochter als Briefbeschwerer dienen sollte. Wie erstaunt er wohl gewesen wäre. Ließ er doch einen Granitfelsen aushöhlen, um ihm den gemalten und vergoldeten, dreifachen Sarg, bedeckt mit Hieroglyphen und schönen Darstellungen des Seelengerichtes, einzuverleiben«, setzte der sonderbare, gnomenhafte Händler halblaut, wie mit sich selber redend, hinzu.

»Und was verlangen Sie für dieses Mumienfragment?«

»Oh, viel, denn es ist ein schönes Stück; wenn ich den anderen Fuß auch hätte, kostete er Sie zum Mindesten 500 Franken. Von einer Pharaonentochter, bedenken Sie! Kann man sich wohl Selteneres wünschen?«

»In der Tat ist es nicht alltäglich … doch nennen Sie mir Ihren Preis. Nur will ich Ihnen gleich sagen, dass ich nur noch über 100 Franken verfüge. Mehr als 100 Franken kann ich nicht ausgeben. Und wenn Sie auch meine sämtlichen Taschen durchsuchten, meine geheimsten Schubfächer, Sie würden auch nicht den mindesten Mammon zutage fördern.«

»100 Franken für den Fuß der Prinzessin Hermontis, das ist

wenig, sehr wenig, für einen echten Mumienfuß«, erwiderte der Händler und wackelte mit dem Kopf, während sich seine Augen im Kreise drehten.

»Fort mit Schaden, da haben Sie ihn, und die Hülle schenke ich Ihnen obendrein«, setzte er hinzu, indem er ihn in einen Damastfetzen einwickelte. »Schöner, echter Damast, indischer Damast, der nie aufgefärbt worden ist; stark, seidenweich«, murmelte er und strich mit den Fingern über das mürbe Gewebe, wohl aus unwiderstehlichem Händlertrieb, ein wertloses Ding, das ihm schlecht genug zum Verschenken schien, noch anzupreisen.

Er ließ die Goldstücke in eine Geldtasche gleiten, die ihm am Gürtel hing, und wiederholte nochmals: »Der Fuß der Prinzessin Hermontis als Briefbeschwerer!«

Dann starrte er mich mit seinen Glimmeraugen an und sagte mit einer Stimme, kreischend wie das Geschrei einer Katze, der eine Gräte im Hals steckt: »Der alte Pharao wird unzufrieden sein, er liebte seine Tochter sehr, der brave Mann.«

»Sie reden von ihm, als hätten Sie ihn gekannt. Wenn Sie auch alt sind, so alt wie die ägyptischen Pyramiden werden Sie wohl kaum sein«, rief ich ihm lachend von der Schwelle des Ladens zu.

Zufrieden mit meinem Einkauf, begab ich mich nach Hause. Um mich unverweilt seiner zu erfreuen, schob ich einen Haufen Papiere unter den Fuß der göttlichen Prinzessin Hermontis, Reimgekritzel, unleserliche Verbesserungen, Manuskripte aller Art, angefangene Aufsätze, vergessene Briefe, die statt in den Briefkasten in die Schublade wanderten, eine Verwechslung, die zerstreuten Leuten sehr oft unterläuft. Der Fuß wirkte reizvoll, seltsam und äußerst romantisch.

Sehr zufrieden mit dieser neuen Errungenschaft, verließ ich das Haus und spazierte in den Straßen mit aller Würde, allem Stolz, der einem Mann gebührt, der den Leuten den unschätzbaren Besitz eines Fußes der Pharaonentochter, Prinzessin Hermontis, voraushat. Ich verachtete höchlichst alle, die nicht wie ich einen so offenkundig ägyptischen Briefbeschwerer besaßen, denn das einzig Richtige für vernünftige Menschen schien mir zu sein, einen Mumienfuß auf dem Schreibtisch stehen zu haben.

Glücklicherweise traf ich einige Freunde, die meinen Besitzerrausch störten, und ich ging mit ihnen zum Essen, ich allein hätte es wohl nicht so weit gebracht.

Als ich abends nach Hause kam, leise weinumnebelt, kitzelte ein leichter Hauch orientalischer Düfte meine Nase. Die Zimmerwärme ließ Natron, Harz, Myrrhe, in die Balsamierer den Körper der Prinzessin getränkt hatten, aufdunsten. Es war ein zarter, jedoch durchdringender Duft. 4000 Jahre hatten nicht genügt, ihn vergehen zu lassen. Ägyptens Traum war die Unendlichkeit; auch seine Düfte sind von Bestand wie der Granit.

Ich war müde und sank bald in schweren Schlaf. Für einige Stunden versank alles in Nächtlichkeit, ich tauchte unter in die dunklen Fluten des Unbewussten. Doch meine geistige Verfinsterung hellte sich auf, Träume erwachten und breiteten still ihre Flügel aus.

Meine Seele tat die Augen auf, und ich sah mich selbst in der mir gewohnten Umgebung. Ich hätte mich für wach halten können, aber ein unbestimmtes Gefühl sagte mir, dass ich schliefe, und Sonderbares sollte sich begeben.

Der Myrrhenduft hatte sich verstärkt, matter Kopfschmerz plagte mich. Ich schrieb ihn vernünftigerweise dem Champagner zu, den wir auf das Wohl unbekannter Götter und zukünftiger Erfolge getrunken hatten.

Ich schaute im Zimmer umher, in einem von nichts gerechtfertigten Gefühl von Erwartung. Die Möbel standen an gewohnter Stelle, die Lampe auf dem Betttisch, gedämpft schimmerte ihre matte Kristallkugel, die Bilder hingen wie sonst an der Wand, lässig bauschten sich Vorhangfalten. Alles sah verschlafen-friedlich aus.

Nach kurzer Zeit jedoch nahm diese Ruhe ein Ende. Holzwerk knackte, blau flammte es aus der Asche des Kamins auf, und die Rosetten der Gardinenhalter sahen aus wie metallene Augen, die ebenso wie ich ein ungewöhnliches Schauspiel zu erwarten schienen.

Mein Blick wanderte zum Tisch hinüber, auf den ich den Fuß der Prinzessin Hermontis gestellt hatte.

Anstatt unbeweglich zu sein, wie es sich für einen seit 4000 Jahren einbalsamierten Fuß geziemt, sprang er, bog sich auf den Papieren hin und her wie ein erschrecktes Reptil. Er war wie elektrisiert, deutlich vernahm ich den Ton, mit dem seine Ferse, hart wie ein Gazellenfuß, aufschlug.

Ich war wenig entzückt über mein neues Besitztum, da ich eine Vorliebe habe für würdevolle Briefbeschwerer und es durchaus nicht selbstverständlich finde, losgelöste Füße umherspringen zu sehen. Ich begann etwas zu empfinden, was der Angst durchaus nicht unähnlich schien.

Plötzlich bemerkte ich, wie sich die Falten eines der Vorhänge verschoben, und vernahm ein Geräusch, so, als spränge jemand mit beiden Füßen zugleich auf. Ich muss gestehen, dass es mir kalt und heiß wurde. Grauen blies mir in den Nacken, und meine Nachtmütze flog zwei Schritte weit ins Zimmer, weil meine Haare sich wild emporsträubten. Die Vorhänge glitten auseinander, und ich erblickte die seltsamste Erscheinung, die man sich nur vorstellen kann.

Es war ein junges Mädchen, mit einer Haut in der Färbung dunklen Milchkaffees, wie die Tänzerin Amani, vollkommen schön und von reinstem ägyptischen Typus. Ihre mandelförmigen Augen hoben sich an den Schläfen, und die Brauen waren so schwarz, dass sie blau erschienen. Ihre Nase war fein geschnitten, von fast griechischer Vornehmheit, sie hätte ein korinthisches Bronzebild sein können, wenn vorstehende Backenknochen und die etwas afrikanische Fülle des Mundes sie nicht unzweifelhaft als Angehörige einer geheimnisvollen Rasse von den Ufern des Nils gekennzeichnet hätten.

Ihre herb-schlanken Jungmädchenarme waren mit Metallreifen und Bändern aus Glasschmelz geschmückt, das Haar zu Schnüren geflochten. Auf die Brust hing ihr grünes Götterbild: Isis, Beschützerin der Seelen mit der siebenzüngigen Geißel. Auf ihrer Stirn flimmerte eine Goldscheibe, und Spuren von Schminke mischten sich mit den Kupfertönen ihrer Wangen.

Ihre Kleidung war äußerst sonderbar. Man stelle sich einen Schurz aus Binden vor, über und über mit schwarzen und roten Hieroglyphen bedeckt, steif von Harzen. Sie sahen aus, als stammten sie von einer gerade enthüllten Mumie.

In einem jener Gedankensprünge, die in Träumen so häufig sind, vernahm ich die heiser kreischende Stimme des Althändlers. Eintönig wiederholte sie jenen Satz, den er mit so rätselhafter Betonung im Laden geäußert hatte: »Der alte Pharao wird unzufrieden sein, er liebte seine Tochter sehr, der brave Mann.«

Es beruhigte mich auch keineswegs, dass die Erscheinung nur einen Fuß hatte, der zweite Fuß fehlte.

Die Erscheinung näherte sich dem Tisch, auf dem der Mumienfuß sich in höchster Erregung bewegte. Sie stützte sich auf den Rand des Tisches, und ich sah eine Träne ihre Wangen herabfließen. Wenngleich sie nicht sprach, vermochte ich ihre Gedanken doch deutlich zu lesen. Sie betrachtete den Fuß, ohne Zweifel war es der ihre, mit einem Ausdruck koketter Betrübnis von unendlicher Anmut, der Fuß aber hüpfte und sprang, als sei er von Stahlfedern geschnellt.

Mehrmals versuchte sie ihn mit der Hand zu fangen, doch es gelang ihr nicht. Da begann zwischen der Prinzessin Hermontis und ihrem Fuß, der wie mit einem Eigenleben begabt war, eine äußerst seltsame Unterhaltung, in uraltem Koptisch, so wie es vielleicht vor 30 Jahrhunderten in den Tälern des Landes Ser gesprochen ward. Ein Glück nur, dass ich in jener Nacht das Koptische ausgezeichnet verstand.

Die Prinzessin Hermontis sagte mit einer Stimme, süß durchdringend wie das Läuten kristallener Glocken: »Mein kleiner Fuß, so willst du also nicht zu mir kommen. Und ich pflegte dich doch so gut. Du wurdest in Wohlgerüchen gebadet, reingespült in alabasterner Schale. Deine Ferse wurde geglättet mit palmölbeträufeltem Bimsstein, deine Nägel mit goldenen Feilen gekürzt, Glanz wurde ihnen gegeben durch Reiben mit dem Zahn des

Nilpferdes. Ich bekleidete dich mit den schönsten gestickten und bemalten spitzschnäbeligen Sandalen, die der Neid aller Jungfrauen Ägyptens waren. Du trugst Ringe in der Form des heiligen Skarabäus und hattest einen Körper zu stützen, so leicht, wie ihn sich nur irgendein träger Fuß wünschen mochte.«

Der Fuß gab in übellaunigem und schmollendem Ton zur Antwort: »Wisst Ihr denn nicht, dass ich kein Verfügungsrecht mehr über mich habe? Ich wurde gekauft und bezahlt; der alte Krämer handelte gerissen. Er kann es nicht vergessen, dass Ihr ihn nicht habt heiraten wollen: Einen schlechten Streich gedachte er Euch zu spielen.

Jener Araber, der Euren königlichen Sarg im unterirdischen Schacht der Totenstadt Thebens erbrach, war von ihm ausgesandt, er wollte Euch hindern, an der Vereinigung des Schattenvolkes in den Reichen der Unterwelt teilzunehmen. Besitzt Ihr fünf Goldstücke, um mich wiederzukaufen?«

»Ach nein, meine Schätze, mein köstliches Geschmeide, meine Beutel voller Gold und Silber, alles hat man mir gestohlen«, erwiderte seufzend die Prinzessin Hermontis.

»Prinzessin«, rief ich da aus, »ich habe noch nie widerrechtlich den Fuß irgendeiner Person zurückbehalten. Wenn Sie auch die fünf Zwanzigfrankenstücke nicht aufbringen können, die ich ausgegeben habe, so stelle ich Ihnen den Fuß doch gerne zur Verfügung. Es wäre mir äußerst peinlich, ein so liebenswürdiges Wesen wie die Prinzessin Hermontis zum Hinken zu verdammen.«

Ich brachte diese Rede in galant troubadeskem Ton vor, der die schöne Ägypterin sicherlich erstaunen musste.

Mit dankbarem Blick wendete sie sich mir zu. Blaues Licht schimmerte in ihren Augen auf. Sie griff ihren Fuß, der sich ihr jetzt nicht mehr entzog, und befestigte ihn geschickt an ihrem Bein, so wie eine Frau sich den Pantoffel anzieht. Danach ging sie einige Male im Zimmer auf und ab, wie um sich zu versichern, dass sie nicht mehr hinkte.

»Ach, wie mein Vater sich freuen wird, er war verzweifelt über meine Verstümmelung, er, der vom Tage meiner Geburt an ein ganzes Volk an meinem Grabmal arbeiten und es so tief in den Berg höhlen ließ, damit ich mich bis zum Jüngsten Tag erhielte, dem Tag, da die Seelen in den Waagschalen Amenthis gewogen werden.

Geleitet mich zu meinem Vater, er wird Euch freundlich aufnehmen, denn Ihr habt mir meinen Fuß zurückerstattet.«

Ich fand diesen Vorschlag ganz natürlich; hüllte mich in meinen breitstreifigen Schlafrock, der mir ein einigermaßen ägyptisches Aussehen verlieh, schlüpfte eilig in türkische Pantoffeln und sagte der Prinzessin Hermontis, ich sei bereit, ihr zu folgen.

Hermontis löste, ehe sie ging, die kleine grüne Götterfigur vom Hals und legte sie auf die ungeordneten Papiere.

»Es gehört sich«, sagte sie lächelnd, »dass ich den Briefbeschwerer ersetze!«

Sie reichte mir die Hand, die sich weich und kühl anfühlte wie Schlangenhaut, und wir machten uns auf den Weg.

Mit Pfeilgeschwindigkeit durchflogen wir einige Zeit grau dämmernde Fluida, kaum kenntliche Schatten tauchten an unseren Seiten auf. Eine Zeit war nur Wasser und Himmel um uns, wenig später begannen Obelisken aufzutauchen. Pyramiden, Sphinxalleen zeichneten sich am Horizont ab.

Wir waren am Ort der Bestimmung. Die Prinzessin führte mich vor einen Berg aus rosa Granit, in dem sich ein schmaler, niedriger Eingang befand, der schwer zu unterscheiden gewesen wäre von Felsklüftungen, hätten gemeißelte Stelen ihn nicht gerahmt.

Hermontis ergriff eine Fackel und schritt vor mir her. Die Gänge waren in gewachsenen Felsen gehauen. Die mit Hieroglyphen und mannigfachen Allegorien bedeckten Wände wiesen die Arbeit Tausender Händen während Tausender Jahre auf. Endlos lange Korridore führten zu quadratischen Gemächern, in deren Mitte Schächte angelegt waren, die wir abwärtsstiegen, auf Wendeltreppen oder Hakenleitern. Diese Schächte führten in tiefere Gemächer, von denen neue Gänge abzweigten, gleichfalls bemeißelt mit Sperbern und im Kreis sich ringelnden Schlangen, dem Tau, dem Pedum, mystischem Bari; unerhörte Arbeit, die menschliches Auge nie erblicken sollte, endlose, granitene Legenden, die einzig entzifferbar waren für die Toten in der Ewigkeit.

Zu guter Letzt gelangten wir in eine weite Halle so riesigen Ausmaßes, dass ihr anderes Ende sich in Schatten verlor. Unabsehbar reihten sich ungeheure Säulen, zwischen denen in weiter Ferne Sterne gelblich-matt aufschimmerten. Wir wanderten in unerrechenbaren Tiefen.

Die Prinzessin Hermontis hielt mich noch immer bei der Hand, anmutig begrüßte sie Mumien ihrer Bekanntschaft.

Langsam gewöhnte sich mein Auge an die Dämmerung, ich begann, die Umgebung zu unterscheiden.

Ich sah die Könige der unterweltlichen Reiche auf Thronen sitzen. Es waren große vertrocknete Greise, verwittert und starr von Naphtha und Harzen, mit goldenem Pschent bekrönt, mit Brustschilden und Halsketten gepanzert, bedeckt mit Edelsteinen. Sphinxhaft starrten die Augen, und die langen Bärte hatte Schnee der Jahrhunderte weiß beschneit. Dahinter aufgereiht standen ihre einbalsamierten Untertanen in der steifen Haltung ägyptischer Kunstdarstellungen, in ewig gleichen, vom hierarchischen Kodex vorgeschriebenen Gesten. Hinter den Volksmengen miauten, flatterten, wimmerten Katzen, Ibisse und Krokodile, deren Gestalten sich in den Bindenhüllen noch unheimlicher ausnahmen.

Da waren alle Pharaonen, Cheops, Chephren, Psammetich, Sesostris, Amenhotep; sämtliche dunklen Herrscher der Pyramiden und Irrgänge. Auf einem die anderen überragenden Hochsitz thronten der König Chronos und Xiutros, der zur Zeit der Sintflut herrschte, und Tubal Kain, der ihm vorausging.

Der Bart des Königs Xiutros war so lang geworden, dass er schon siebenmal den granitenen Tisch umschlang, auf den er sich müde und nachdenklich stützte. In stäubenden Nebeln sah ich in der

Weite durch das Gewölk der Ewigkeiten die 72 voradamitischen Könige mit ihren 72 für immer verschollenen Völkerschaften.

Nachdem ich mich eine Weile in dies schwindelerregende Schauspiel verloren hatte, stellte mich die Prinzessin Hermontis ihrem Vater, dem Pharao, vor, der mich mit majestätischer Kopfneigung grüßte.

»Ich habe meinen Fuß zurück, ich habe meinen Fuß wieder!«, rief die Prinzessin und schlug mit allen Anzeichen höchster Freude die kleinen Hände ineinander. »Dieser Herr hat ihn mir zurückgeschenkt.« Und alle schwarzen, bronzefarbenen, kupfrigen Völker wiederholten im Chor: »Die Prinzessin Hermontis hat ihren Fuß zurückerhalten.«

Selbst Xiutros schien angeregt. Er hob schwere Lider, ließ seine Finger durch den Bart gleiten und betrachtete mich mit einem Blick, schwer von Jahrtausenden.

»Bei Oms, dem Höllenhund, und bei Tmei, Tochter der Sonne und der Wahrheit. Das nenne ich mir einen tüchtigen und braven Jüngling«. Er streckte mir sein lotoshäuptiges Zepter entgegen.

»Was begehrst du zur Belohnung?«

Mit jener Traumkühnheit, die nichts als unmöglich anerkennt, erbat ich die Hand der Prinzessin Hermontis. Die Hand für den Fuß, dies schien mir ein sehr geschmackvoller Ausgleich.

Der Pharao öffnete seine glasigen Augen weit, meine Bitte schien ihn aufs Höchste zu verwundern.

»Aus welchem Lande stammst du und wie alt bist du?«

»Ich bin Franzose und 27 Jahre alt, verehrungswürdiger Pharao.«

»27 Jahre! Und er will die Prinzessin Hermontis heiraten, die dreißig Jahrhunderte alt ist!«, rief der ganze Chor der versammelten Nationen und Throne.

Einzig Hermontis schien meine Bitte nicht unpassend zu finden.

»Wenn du wenigstens 2000 Jahre alt wärst«, begann der alte König wieder, »so würde ich dich gern mit der Prinzessin vermählen, aber das Missverhältnis ist zu groß. Und zudem müssen wir unsere Töchter mit Gatten verbinden, die von Dauer sind – ihr versteht nicht mehr, euch zu konservieren. Die Letzten, die man vor kaum 15 Jahrhunderten hierherbrachte, sind nur noch eine Handvoll Asche. Sieh her, mein Fleisch ist basalthart und meine Knochen sind wie Stein. Ich werde den letzten Tag der Welt erleben in gleicher Gestalt, mit gleichem Antlitz wie zu Lebzeiten; meine Tochter Hermontis überdauert bronzene Standbilder.

Dann wird der Wind die letzte Flocke deiner Asche verweht haben, und selbst Isis, die des zerstückten Osiris Glieder zusammenfand, würde schwerlich dich wieder zusammensetzen können. Sieh, wie stark ich noch bin, wie fest meine Arme noch in den Gelenken sitzen«, sagte er und schüttelte mir die Hand auf englische Art mit so kräftigem Druck, dass mir die Ringe tief in die Finger einschnitten. Er drückte mir die Hand so heftig, dass ich erwachte … Mein Freund Alfred schüttelte mich am Arm, er wollte, dass ich aufstehen sollte.

»Du hast aber einen gesunden Schlaf. Man soll dich wohl auf die Straße tragen und neben dir Böllerschüsse abfeuern lassen. Es ist nach zwölf, du hast anscheinend vergessen, dass du mich abholen wolltest, um mit mir die spanischen Bilder Aguados zu betrachten?«

»Ach Gott, das habe ich ganz vergessen«, antwortete ich und fuhr in meine Kleider. »Gehen wir gleich, die Eintrittskarten müssen auf meinem Schreibtisch liegen.«

Gerade wollte ich sie suchen, da erblickte ich, wer beschreibt mein Erstaunen, anstelle des gestern gekauften Mumienfußes das kleine grüne Götterbild, mit dem die Prinzessin Hermontis ihn hatte ersetzen wollen.

Arthur J. Burks

Arthur J. Burks (1898–1974) begann 1920 mit dem Schreiben und entwickelte sich in den 30er-Jahren zu einem der produktivsten Autoren der Pulpmagazine. Er schrieb auch mehrere Romane und Sachbücher. Zu seinen besten Geschichten gehört ›Bells of Oceana‹, in der er auf seine Erfahrungen als Offizier in der US-Marine zurückgreifen konnte. Die Erzählung erschien 1927 in der Dezemberausgabe von *Weird Tales*.

Im Zweiten Weltkrieg diente Burks wieder in der Marine. Von 1948 bis zu seinem Tod 1974 widmete er sich dann ganz dem Schreiben. August Derleth stellte 1966 für seinen Verlag Arkham House unter dem Titel *Black Medicine* einen Band mit 16 Erzählungen von Burks zusammen. Offenbar glaubte Burks an das Übernatürliche, denn er schrieb mehrere Bücher zu diesem Thema und hielt darüber auch öffentliche Lesungen.

Die Glocken des Ozeans

Die Geschichte trug sich auf einem schwer beladenen Truppentransporter zu, der mit Kurs nach Westen unterwegs war. Schon vor Stunden war die Sonne im Meer in Richtung China versunken und hatte ebenholzschwarze Nacht hinter sich hergezogen. Seit wir vor einer Woche die kalifornische Küste hinter uns gelassen hatten, hatten wir außer uns selbst nichts als die wilde Wasserwüste zu sehen bekommen. Kein Schiffsschlot hatte die flache Linie des Horizonts durchbrochen, kein Anzeichen von Land hatte sich gezeigt, denn unser Kapitän fuhr einen Kurs, der irgendwo zwischen den gewöhnlich von Schiffen befahrenen Routen lag. Das nächstgelegene Land, abgesehen von dem, das sich in ewiger Dunkelheit rund drei Meilen unter uns erstreckte, lag mehr als tausend Meilen von uns entfernt hinter dem südlichen Horizont.

Wir waren nichts als ein einzelnes Schiff, schwer beladen mit einer kostbaren Fracht menschlicher Seelen, das auf einem scheinbar endlosen Ozean dahintrieb. Der erste Tag auf See war stürmisch gewesen und abgesehen von den Männern, die schon öfter auf See gewesen waren, wurden alle seekrank. Aber in den frühen Morgenstunden des nächsten Tages hatte sich das Meer beruhigt, und unser Schiff fuhr friedlich über das blaue Wasser, immer auf die gebogene Linie des Horizonts zu, die im goldenen Licht der sinkenden Sonne vor uns herglitt. Die alten, erfahrenen Matrosen behaupteten, dass unsere Reise ereignislos verlaufen würde. Aber mit einer jener seltsamen Vorahnungen, die jeden von uns gelegentlich überkommt, glaubte ich ihnen nicht.

Vom ersten Augenblick an sagte mir *irgendetwas,* dass unsere Reise unter einem bösen Stern stand. Ich konnte mir dieses Gefühl nicht erklären. Es war eigentlich weder Grauen noch Angst, nur ein seltsames Unbehagen, ähnlich dem, das die meisten Leute bei ihrer ersten Seereise überkommt, wenn das Schiff unter ihren Füßen rollt und alles aus dem Gleichgewicht zu geraten scheint, bis sie endlich ihre Seebeine bekommen. Ich weiß, dass dieser Vergleich meinen Gemütszustand nicht erklärt, aber er kommt ihm so nah, wie ich meine Gefühle in Worte fassen kann.

Als die Sonne unterging und der 180. Längengrad nicht einmal mehr 24 Stunden entfernt vor uns lag, wusste ich, dass uns seltsame, bedeutende Ereignisse bevorstanden. Und als ob dies alles von *etwas* oder *jemand* Unbekanntem von Anfang an geplant worden wäre, wurde mein Unbehagen noch dadurch verstärkt, dass der wachhabende Offizier plötzlich erkrankte und ich seinen Nachtdienst übernehmen musste. Als ich Koppel, Pistolenhalfter und Pistole anlegte, wusste ich, dass ich dem Willen eines unsichtbaren Souffleurs gehorchte – eines Souffleurs ohne Namen.

Wir hatten sieben Wachleute an verschiedenen wichtigen Punkten des Schiffes verteilt, und etwa eine Stunde vor Mitternacht machte ich meinen routinemäßigen Rundgang, bevor ich mich zurückzog. Als ich meine Kajüte betrat und das Licht einschaltete, war mein Unbehagen noch stärker als zuvor. Obwohl ich die Tür verschlossen hatte, als ich meine Kajüte verließ, überkam mich das Gefühl, dass unmittelbar, bevor ich den Raum wieder betrat, jemand anderes ihn verlassen hatte. Aber das war unmöglich. Ich trug den Schlüssel die ganze Zeit in der Tasche bei mir, und mein Bursche besaß keinen. Es war ganz einfach nicht möglich, dass jemand oder etwas in meiner Abwesenheit meine Kajüte betreten hatte, es sein denn …

Als sei mir jede Bewegung von einem unsichtbaren Souffleur eingegeben worden, flog mein Blick zum Bullauge neben meiner Koje. Es war viel zu klein, als dass ein menschlicher Körper hindurchgepasst hätte. Und selbst wenn jemand die Kajüte durch das Bullauge verlassen hätte – er wäre ins Meer gefallen. Denn wäre das Bullauge auch noch so groß gewesen, es gab absolut keine

Möglichkeit, wie jemand die Kajüte auf diesem Weg verlassen und sich immer noch auf dem Schiff befinden konnte – es sei denn, derjenige wäre hinausgeklettert und würde jetzt an den Händen außen an der Schiffswand hängen. Das Gefühl der Anwesenheit von etwas Fremdem hatte so sehr von mir Besitz ergriffen, dass ich zum Bullauge ging und hinausschaute, obwohl ich wusste, dass es vollkommen verrückt war, auch nur den geringsten Zweifel zu hegen. Natürlich war da draußen nichts als Wasser. Es sah nun schwarz und bedrohlich aus und erstreckte sich nach Süden zu einem Horizont, der seit Anbruch der Nacht sehr nahe an uns herangerückt zu sein schien, um uns auf unserer Fahrt zu beobachten.

Immer noch unzufrieden, obwohl ich mich selbst einen Narren schalt, schloss ich das Bullauge und setzte mich so in einen Sessel neben der Koje, dass ich die runde Glasscheibe im Auge behalten konnte. Sie glich in meiner plötzlich fiebrigen Fantasie dem Auge eines riesigen, einäugigen Giganten. Ich begann, mich auszuziehen. Mechanisch hob ich erst den einen und dann den anderen Fuß und zog Schuhe und Strümpfe aus.

Aber ich hielt den Blick fest auf das geschlossene Bullauge gerichtet – und das Gefühl einer unsichtbaren Präsenz im Raum wurde von Augenblick zu Augenblick stärker. Als ich fertig ausgekleidet war, stand ich auf, um das Licht zu löschen – und konnte nur mit größter Willenskraft einen Schrei des Schreckens unterdrücken.

Denn, wenn auch nur einen Sekundenbruchteil lang, ich hatte ein totenbleiches Gesicht an der Außenseite der Glasscheibe vor dem Bullauge gesehen. Es war das Gesicht eines Ertrunkenen, sagte ich mir mit wildem Entsetzen, und auf dem tropfenden Haar ruhte ein Kranz von flatterndem Seetang. Die Augen der seltsamen Erscheinung starrten ausdruckslos und ohne zu blinzeln in die meinen, und die Lippen, die von lange ertragener, eisiger Kälte blau waren, lächelten ein dünnes, ironisches Lächeln. Ich nahm all meinen Mut zusammen, der im Angesicht des Unbekannten ohnehin schwach genug ist, und warf mich über das Bett, die rechte Hand nach der Schraube ausgestreckt, die die runde Glasscheibe festhielt. Unmittelbar bevor meine Hand das Glas berührte, fuhr das Schiff in den Sturm hinein, der für den Rest der Nacht anhalten sollte. Eine mächtige Welle hob erst das Heck des Dampfers und dann das ganze Schiff in schwindelerregende Höhe. Das Gesicht mit den immer noch lächelnden blauen Lippen glitt langsam aus meinem Gesichtsfeld.

Ich gebe zu, dass ich zitterte. Mit unsicheren Fingern fummelte ich an der Schraube herum, um die Glasscheibe zu öffnen. Als das Bullauge wieder offen war, schlug mir die kalte Brise dieser Breiten in das fieberheiße Gesicht. Ich streckte den Kopf aus dem runden Loch und spähte nach oben und unten und nach rechts und links an dem gewölbten Schiffskörper entlang. Aber da war nichts – außer vor mir auf unserer Backbordseite. Und auch da war nichts als schwarzes Wasser, riesige Wellenberge mit weißen Schaumkronen, die wie fliegende Leichentücher oder Bänder aus Spitze aussahen, als seien sie als Umrandung des Mantels der Nacht ersonnen worden.

Ich beobachtete, wie die Wellen unter den Schiffsrumpf glitten, der sich schwerfällig hob und senkte. Sie schienen sich in keine bestimmte Richtung zu bewegen, sondern vereinigten sich mit einem Gebrüll wie aus den Kehlen wütender Stiere zu einem Chaos aus widerstreitenden Kräften. Täler mit tiefschwarzem Grund, schneebedeckte Berggipfel, die sich unheimlich im Sturm bewegten.

Ich wollte das Bullauge gerade wieder schließen, als ich die Glocken hörte. Der Ton klang so, als käme er viele Meter weit vom Schiff entfernt, als hätte der Leib des alten Ozeans ihn geboren.

Wie die kleinen Glocken, die die Leithammel tragen, um den Mutterschafen und den Lämmern den Weg zu weisen, so klang das Bimmeln dieser Glocken – wie jene Glöckchen, und doch nicht so wie sie und vollkommen fehl am Platz inmitten des Ozeans. Ich spürte ein seltsames Prickeln auf der Kopfhaut, als ich dem Bimmeln lauschte. Eilig und von einer Angst getrieben, die ich weder damals erklären konnte noch jetzt erklären kann, schloss ich das Bullauge – und fuhr abermals mit einem Schrei herum, der diesmal trotz meiner Anstrengung, ihn zu unterdrücken, von meinen zitternden Lippen kam.

In der Tür meiner Kajüte stand der wachhabende Bootsmann. Seine Lippen zitterten noch stärker als meine eigenen. Die Augen quollen ihm vor Entsetzen aus dem Höhlen. Sein Gesicht war kalkweiß. Er versuchte mit aller Kraft, etwas zu sagen. Ich beobachtete seinen mannhaften Kampf und hatte gleichzeitig Angst, er könnte tatsächlich zu sprechen beginnen – denn ich wusste, dass das, was er zu sagen hatte, etwas Seltsames und Entsetzliches sein würde, etwas, das vollkommen außerhalb meiner bisherigen Erfahrungen lag.

»Sir«, brachte er schließlich hervor, nachdem ich ihm mit einem steifen Nicken zu verstehen gegeben hatte, er solle sprechen. »Gerade habe ich meinen Rundgang zu den Wachleuten gemacht!«

Der arme Kerl verstummte, unfähig, weiterzusprechen.

»Ja, Bootsmann?«, stieß ich mühsam hervor. »Sie haben Ihren Rundgang zu den Wachleuten gemacht, und dann?«

»Der Wachmann, der auf dem Hauptdeck vor der Brücke Dienst tun sollte, ist verschwunden!«

Natürlich war mir augenblicklich klar, dass es viele Gründe dafür geben konnte, dass der diensthabende Bootsmann den Wachmann nicht gefunden hatte. Viele logische Erklärungen. Der Wachmann konnte seinen Posten verlassen haben – was natürlich eine Verletzung der Vorschriften wäre –, vielleicht um auf der Leeseite des Rettungsbootes eine heimliche Zigarette zu rauchen. Er konnte einen Rundgang in die gleiche Richtung gemacht haben wie der Bootsmann, sodass dieser ihn nicht überholt hätte, auch wenn er das ganze Hauptdeck umrundet hatte. Er konnte – oh, es gab viele logische Erklärungen, aber ich wusste instinktiv, dass keine davon zutraf. Erstens war der diensthabende Bootsmann ein erfahrener Mann, der viele Jahre seines Lebens auf See verbracht hatte. Und zweitens war er trotz seiner Erfahrung halb verrückt vor Angst, und ich wusste, dass er mit ebenso vielen Tapferkeitsorden ausgezeichnet worden war wie irgendein anderer Offizier oder Mann in der Marine. Hinter dem Verschwinden des Wachmannes musste etwas Entsetzliches oder – wenn Sie so wollen – Unheimliches stecken.

Ich murmelte einen Fluch, mehr um meinen eigenen sinkenden Mut zu stärken als aus irgendeinem anderen Grund, wandte mich zur Tür und bedeutete dem Bootsmann, vor mir herzugehen. Dieser aber schüttelte störrisch den Kopf und versperrte mir den Weg. Ich blieb stehen, weil er seinen Bericht offensichtlich noch nicht zu Ende gebracht hatte.

»Vielleicht halten Sie mich für verrückt, Sir«, stammelte er. »Aber ich kann Sie nicht da rausgehen lassen, ohne Ihnen alles gesagt zu haben. Bevor ich meine Runde machte, erzählte mir der diensthabende Obermaat am oberen Ende der Gangway eine seltsame Geschichte. Er hat die Tür zur Gangway auf der Steuerbordseite geöffnet, um nachzusehen, was draußen für ein Wetter ist, und gerade als er die Tür wieder schließen will, wird das Schiff von einer riesigen Welle hochgehoben – und draußen, jenseits der Welle, weit vom Schiff entfernt, hört er etwas, das er mit dem Läuten von Glocken verglich!«

»Lieber Gott«, rief ich aus.

»Und«, fuhr der Bootsmann fort, »während ich nach dem verschwundenen Wachmann suchte, hatte ich die ganze Zeit das Gefühl, dass hinter mir jemand ist, der mir auf Schritt und Tritt folgt. Aber wenn ich mich umdrehte, um nachzusehen, war das Deck hinter mir leer.«

»Und Sie haben keine Spur von dem Wachmann gefunden?«, fragte ich dümmlich.

Der Bootsmann schüttelte den Kopf.

»Nichts«, antwortete er, »außer – außer – nun ja, Sir, wie ich schon gesagt habe, können Sie mich für verrückt halten. Aber an der Stelle, wo der Wachmann gestanden hatte, als ich meine letzte Runde machte, waren nasse Spuren auf dem Decksboden – soweit ich das mit meiner Taschenlampe feststellen konnte, die Abdrücke von nackten Füßen.«

Während der Bootsmann redete, hatte ich mechanisch angefangen, mich anzuziehen, ohne mir jedoch die Schuhbänder zuzubinden. Es lief mir eiskalt über den Rücken, und es graute mir wie noch nie in meinem Leben davor, ihm weitere Fragen nach den nassen Fußabdrücken auf dem Deck zu stellen.

»Die nassen Fußabdrücke …« Er redete mit wilder Hast und stieß die Worte so schnell hervor, dass sie übereinanderpurzelten, als wollte er seinen Bericht zu Ende bringen, bevor ich ihn noch einmal unterbrechen konnte. »Die Fußabdrücke führten von der Stelle, wo der Wachmann hätte stehen sollen, direkt zur Reling auf der Steuerbordseite. Direkt an der Reling bückte ich mich, um die Spuren näher zu untersuchen. Ich war mir ganz sicher, dass es menschliche Fußabdrücke waren. Die Abdrücke der Zehen waren verwischt und weit auseinandergespreizt, als hätte derjenige – oder was auch immer sie hinterlassen hatte – etwas Schweres in den Armen getragen.«

»Lieber Gott, Bootsmann«, sagte ich noch einmal. »Worauf wollen Sie hinaus?«

»Nur das, Sir. Irgendetwas ist auf diesem Schiff ganz entschieden nicht in Ordnung. Jemand hat den Wachmann über Bord geworfen.«

In dem Moment, in dem ausgesprochen wurde, was ich mir selbst bereits gedacht hatte, auch wenn es noch so unsinnig war, kehrte ein wenig von meinem Mut zurück. Ich konnte mich nun etwas leichter dazu überwinden, meine Kajüte zu verlassen. Mit dem Bootsmann dicht auf den Fersen hastete ich auf das Hauptdeck und wandte mich zur Steuerbordseite, wo der Wind mich mit eisigen Fingern erfasste und die Kälte mir bis in die Knochen drang.

Im Laufen blickte ich seitwärts in das Wasserchaos hinunter – und blieb abrupt stehen.

Hinter mir stöhnte der Bootsmann auf, als sei er tödlich verwundet worden. Denn weit draußen auf dem Wasser auf der Steuerbordseite erklang das Läuten von Glocken. Ich stürzte zur

Reling, beugte mich weit hinaus und versuchte, die Dunkelheit mit den Augen zu durchdringen. Aber dort war nichts als die Wasserwüste, Berge und Täler – und weit draußen zwei grünlich phosphoreszierende Punkte, wie die Augen einer Schlange, die das vorbeigleitende Schiff beobachtete. Aber als ich mich anstrengte, die Form zu erkennen, die zu den Augen gehörte, schob sich ein Wellenberg zwischen sie und das Schiff, und die beiden unheimlichen Lichtpunkte verschwanden.

Nun ja, wir fanden den Wachmann ausgestreckt auf dem Gesicht liegend genau da, wo der Bootsmann ihn auf seinem Rundgang hätte antreffen sollen. Ich drehte den Mann um. Er war eiskalt – und das aus gutem Grund. Er war tropfnass und vollständig nackt, die Lippen und Wangen so blau, als wäre der Leichnam stundenlang an einer Leine hinter dem Schiff hergezogen worden.

Gleichgültig wie zurückgezogen einer gelebt hat, gleichgültig wie sorgfältig ein Mensch zeitlebens beschützt worden ist, im Leben der meisten Menschen geschehen irgendwann irgendwelche unerklärlichen Dinge, die sie niemals wieder vergessen. Die Geschichte mit dem toten Wachmann war ein solches Ereignis für mich. Die Erinnerung an seine kalten Wangen und blauen Lippen wird bis zum Ende meines Lebens in meine Seele eingebrannt bleiben. So viele seltsame Umstände waren mit diesem Ereignis verbunden. Zum Glück konnte ich in diesem Moment nicht voraussehen, welches Grauen die nächsten beiden Stunden für mich bereithielten, sonst wäre ich sicherlich vollkommen verrückt geworden – aber es ist kein Wunder, dass ich es nie wieder vergessen konnte: der brüllende Sturm, der den Ozean aufwühlte, ein Strudel inmitten des Meeres, Wellenberge mit geisterhaft weißen Schaumkronen, die sich scheinbar unendlich weit in die Dunkelheit hinein erstreckten, der entsetzte Bootsmann hinter mir, dessen Zähne vor Angst aufeinanderschlugen, der tote, blau gefrorene und vollkommen nackte Wachmann zu meinen Füßen, auf dem Deck die Abdrücke riesiger nackter Füße, nass, als seien diese Füße direkt aus dem Meer gekommen, der unheimliche Klang von Glocken zwischen unserem Schiff und dem sinkenden Horizont – und das totenblasse Gesicht, das ich eine halbe Stunde zuvor durch das Bullauge meiner eigenen Kajüte gesehen hatte.

Gab es eine Erklärung für all das? Was war der Grund für die Glocken, wenn es denn überhaupt Glocken waren? Was war aus dem Meer gestiegen und mit nackten Füßen über die Gangway des schlafenden Truppentransporters geschritten? Hatte mein Wachmann gesehen, was sich genähert hatte, um ihn zu holen, bevor er ergriffen worden war?

Wenn Sie zu all diesen Umständen noch die Tatsache hinzufügen, dass in der Wasserwüste die Hölle los war und dass es kurz nach Mitternacht war, dann werden Sie meine Gefühle ein wenig verstehen. Weder vorher noch nachher hatte ich jemals solche Angst. Ich betrachte mich nicht als Feigling, und eigentlich bin ich auch nicht abergläubisch, aber zeigen Sie mir einen Mann, der angesichts des Unbekannten und Unheimlichen ohne Furcht ist, dann zeige ich Ihnen einen Mann ohne Seele.

Ich wirbelte herum, stieß dabei gegen den Bootsmann, der tapfer einen Schreckensschrei wegen meiner unerwarteten Bewegung unterdrückte, und rannte blindlings zum Heck des Truppentransporters. Während ich voranlief, den Bootsmann dicht auf den Fersen, flogen seltsame Bilder vor meinem geistigen Auge vorbei. Ich dachte an die Geschichte von der Loreley, die Männer in ihren Booten mit ihrem unheimlichen Singen in den Tod lockte. Ich durchforschte die Dunkelheit mit den Augen nach Umrissen und hatte gleichzeitig Angst, ich könnte etwas erkennen.

Dann wanderte meine Erinnerung weiter zurück zu der Zeit, bevor ich lesen konnte, zu den Jahren, in denen ich Bilder in alten Geschichtsbüchern betrachtete, um meinen Wissensdurst zu stillen. An eines dieser Bilder musste ich denken, während ich zum hinteren Teil des Schiffes eilte. Es war das Bild eines Scheusals von unglaublicher Größe, das hinter dem Horizont aus dem Ozean auftauchte und die Sonne verdunkelte. Seine langen Arme waren bis in den Vordergrund des Bildes ausgestreckt, die rechte Hand hielt ein mittelalterliches Segelschiff in die Höhe, das das Monster buchstäblich aus dem Wasser gehoben hatte. Heute weiß ich, dass es ein Fantasiebild war, gemalt in der Absicht, die Existenz von grässlichen Ungeheuern hinter dem Horizont zu beweisen, in Regionen, in die sich weder Karavelle noch Galeone je gewagt hatte. Ich fragte mich, warum dieses alte Bild mir gerade jetzt wieder eingefallen war, und wieder wurde ich von würgender Angst erfasst.

»Ich komme, mein geliebter Schatz!«

Mit diesen Worten trat einer meiner Wachleute aus dem tiefen Schatten des riesigen Schiffsschlots heraus. Seine Stimme war schrill vor ekstatischer Erregung. Als er auf die Reling auf der Steuerbordseite zutaumelte, konnte ich eine Sekunde lang sein Gesicht erkennen – und dieses Gesicht leuchtete, als ob der Mann direkt in die Seele einer vollkommenen Geliebten irgendwo jenseits der Reling blickte. Langsam, Schritt für Schritt, als wolle er die Vorfreude verlängern, ging der Wachmann, der sein Gewehr von sich geworfen hatte, auf die Reling zu, die Augen immer noch auf das Wasserchaos da draußen gerichtet.

Ich blieb wie gebannt stehen, um zu sehen, was er tun würde. Von draußen aus dem Wasser ertönte wieder das Läuten der Glocken. Und als wäre der Glockenton ein Signal, löste sich eine riesige Gestalt aus dem Schatten, aus dem der Wachmann einen Augenblick zuvor herausgetreten war, und ragte hoch über dem unglücklichen jungen Mann auf. Im gleichen Augenblick wurde das Schiff von einer gigantischen Welle hochgeworfen, sodass seine Steuerbordseite tiefer und immer tiefer sank, bis weiß schäumendes Wasser über das Deck spülte – und als es sich zitternd wieder aufrichtete, war der Wachmann verschwunden. Weit hinter dem Schiff, aus der Richtung, in die der Mann in den Wassermassen verschwunden war, ertönte ein einziger, lang gezogener Schrei. Es war kein Schreckens- oder Schmerzensschrei, sondern ein Schrei der Ekstase.

»Er ist fort, Bootsmann«, sagte ich dümmlich. »Aber was hat ihn mitgenommen? Die Welle kann es nicht gewesen sein. Er hätte sich ja nur an der Reling festhalten müssen, um sich zu retten.«

»Haben Sie den Schatten gesehen, Leutnant?«, fragte der Bootsmann.

Ich antwortete nicht. Er *wusste,* dass ich ihn gesehen hatte.

Wir setzten unseren Weg zum Heck des Schiffes fort. Überall um uns herum, über dem Schiff, zu beiden Seiten des Schiffes – aber nicht auf dem Schiff – läuteten die unheimlichen, unerklärlichen Glocken.

Endlich standen wir am Heck des Truppentransporters und starrten in das geisterhafte Kielwasser hinab, tief unter uns. Ich beobachtete die Heckwelle, doch man konnte sie nicht weit verfolgen. Dieser Umstand prägte sich augenblicklich in mein Bewusstsein ein. Kaum zwölf Meter vom Heck des Schiffes entfernt löste sich die Heckwelle auf, als wäre sie bereits im Augenblick ihrer Geburt hinterhältig erstickt worden.

Im nächsten Augenblick erkannte ich den Grund und glaubte gleichzeitig, vieles zu verstehen. Denn wie ein gigantisches Floß, das sich, so weit das Auge reichte, nach hinten und nach beiden Seiten in die Dunkelheit hinaus erstreckte, folgte uns eine wogende Masse von geruchlosem Seetang. Es war eine riesige Fläche, die sich schwerfällig hob und senkte, aber durch Nacht und Sturm immer mit dem Truppentransporter Schritt hielt. Wieder waren die Glocken zu hören, und als ich sah, welche Wirkung der Ton auf den Seetang hatte, standen mir die Haare zu Berge. Das Tangfeld war plötzlich von wildem, zügellosem Leben erfüllt. Unter uns wuchsen lange Ranken nach rechts und links aus der Masse heraus, als hätten sie einen eigenen Willen, und diese Schlingpflanzen, Tausende, unendlich viele, verwoben sich mit anderen Ranken, glitten über sie hinweg, sodass die ganze Masse sich wie in Qualen wand und aussah wie eine Ansammlung von unzähligen Schlangen, die aus allen verfluchten Orten dieser Erde zusammengekommen waren. Und wo die Schlingpflanzen sich zur Seite schoben, sah ich schwarzes Wasser in dem Spalt, als ob die Ranken den Spalt geöffnet hätten, *damit* ich das Wasser sehen sollte. Eine furchtbare Faszination hielt mich gefangen, die Augen unablässig auf das schwarze Wasser gerichtet – aus der Tiefe stiegen zwei Gestalten auf, die mein ganzes Wesen mit lähmendem Entsetzen erfüllten … mit lähmendem Entsetzen und noch etwas anderem.

Ich wusste auf Anhieb, dass eines der beiden Geschöpfe tot war, denn ich sah sein weißes, verzerrtes Gesicht und die trotz allem lächelnden blauen Lippen. Es war der unglückselige Wachmann, der vor meinen Augen über Bord gegangen war. Und er war in den Armen einer Kreatur aus der Tiefe heraufgetragen worden, der ich kaum einen Namen zu geben wage. War das eine Frau? Ich weiß es nicht, und weiß es doch. In dem Augenblick, in dem ich in ihre Augen sah, verstand ich die Ekstase, die ich im Gesicht des Wachmanns gesehen hatte, den sie nun in den Armen hielt. Ihre nackten, schamlosen Brüste waren die Brüste einer üppigen Frau, ihre Lippen so rot wie voll erblühte Rosen, das Haar so schwarz wie die Flügel einer Krähe, ein lieblicher Mantel, der ihren wundervollen Körper umhüllte und im Sturm bald hierhin und bald dorthin geweht wurde.

Sie löste ihren Blick von meinen Augen und hob einen wohlgeformten, schneeweißen Arm aus dem Wasser – und wieder hörte ich das Klingeln der Glocken. Wieder drehte und krümmte sich der Seetang und drängte gegen das Schiff. Aber ein Teil der Masse löste sich heraus, drückte sich dicht an die Frau, wenn ich sie so nennen soll, trieb wieder fort – jetzt waren die Arme der wunderschönen Kreatur leer.

Instinktiv wirbelte ich herum. Irgendwie wusste ich, dass ich das Gesicht abwenden musste, bevor ich noch einmal in die Augen dieses Wesens schaute. Ich starrte in den schattigen Teil der Gangway, aus dem der Wachmann aufgetaucht war, bevor er über Bord ging. An der Steuerbordseite des Schiffes kroch eine Wand aus Seetang empor bis hinauf zur Reling. Dort verharrte sie einen Augenblick, dann ergoss sie sich auf das Deck, wo sie eine irrsinnige, verkrümmte Form annahm, die mich vage an einen Mann erinnerte. Aus der Mitte dieser Monstrosität stürzte eine schlaffe, weiße, kalte Gestalt heraus. Der zweite Wachmann war ebenso zurückgekehrt wie der erste.

Ich durchforschte den gesamten Schatz meiner Erfahrungen nach dem Schlüssel zu diesem gespenstischen Geheimnis. Ich wusste, dass wir außerhalb der üblichen Seerouten nach Westen fuhren, dass Schiffe nur selten, wenn überhaupt jemals in diese Region kamen, dass wir seit sieben Tagen nicht ein einziges Schiff, ja nicht einmal die Rauchfahne eines Schiffes am Horizont gesehen hatten. Warum fuhren keine Schiffe auf dieser Route?

Aber ich vermochte meine vielen Fragen nicht zu beantworten. Ich konnte sie nur stellen und in meinem Innersten hoffen, dass sie niemals beantwortet werden würden. Die Rückkehr des zweiten Wachmannes, ebenso nackt wie der erste, hatte bei mir ein Gefühl der Übelkeit hinterlassen. Ich schloss einen Moment lang die Augen, und als ich sie wieder öffnete, waren kein Seetang und keine monströse Gestalt mehr auf der Gangway zu sehen. Aber selbst von meinem Standplatz aus konnte ich die nassen Fußabdrücke erkennen – und ich fragte mich, wen die Kreatur der Tiefe als Nächstes von unserem vom Unglück verfolgten Schiff holen würde.

Ich zog meine Pistole und ging zum Heck des Schiffes zurück. Diese Kreatur der Tiefe, was immer sie auch sein mochte, hatte Menschen getötet – zweimal. Was auch immer sie war, sie war sterblich, und alles, was sterblich ist, kann von einer Kugel getötet werden.

Doch als ich mich umdrehen wollte, erstarrte ich mitten in der Bewegung – denn zwischen mir und dem Heck des Schiffes stand mit einem träumerischen Lächeln auf den Lippen das Geschöpf, das im Kielwasser des Schiffes mit dem toten Mann in den Armen aus der Tiefe aufgetaucht war. Wasser rann über ihren nackten, herrlichen Körper und tropfte auf das Deck. Meine Arme sanken herab, die Pistole fiel klappernd zu Boden. Langsam taumelte ich auf sie zu, Schritt für Schritt, ebenso wie der Wachmann es zuvor getan hatte. Das wunderbare Geschöpf streckte mir seine tropfenden Arme entgegen. Meine Augen verschlangen das Wunder ihres herrlichen Körpers – von Kopf bis – *aber sie hatte keine Füße!*

Wo ihre Füße und Beine hätten sein sollen, waren weder Beine noch Füße, sondern ein schuppiger Schwanz, nass und tropfend, wie eine Schlange mit dem Körper einer Frau. Ungläubig schrie ich auf, aber es war zu spät. Sie hatte die Arme um mich geschlungen und machte es mir unmöglich, zu entkommen. Aber als diese Arme mich berührten, wollte ich mich gar nicht mehr wehren. Ich wusste, was den beiden Wachleuten passiert war, und wusste, dass mir das gleiche Schicksal bevorstand. Aber in diesem Augenblick hatte ich keinen anderen Wunsch, als in den Armen dieses wunderbaren Geschöpfs über die Reling in die Tiefe zu stürzen.

»Leutnant! Leutnant! Um Gottes willen, was ist mit Ihnen los?«

Die Stimme des diensthabenden Bootsmanns bebte vor abgrundtiefer Fassungslosigkeit, aber es war mir gleichgültig. Die schönen, seltsam warmen Arme der Meereskreatur hielten mich umschlungen, und das Läuten der Glocken, das mir auf einmal unglaublich süß erschien, hallte in meinen Ohren. Ich wusste nur noch, dass diese beiden Dinge wichtig waren. Denn die Realität hatte für mich aufgehört zu existieren. Ich wurde zur Reling getragen und glitt langsam und sanft wie auf einem Daunenkissen über Bord. Im gleichen Augenblick kam ich wieder zu mir und wusste, dass ich verloren war.

Ich befand mich tief unten hinter der wirbelnden Schiffsschraube und wurde in rasendem Tempo um meine eigene Achse gedreht. Ich hielt den Atem an, bis meine Lunge nahe am Bersten war, und versuchte, mich zur Wasseroberfläche und der lebensrettenden Luft hinaufzukämpfen, hatte jedoch nicht die geringste Ahnung, wo oben war. Ich ruderte mit aller Kraft, aber ich kam nur langsam und mühsam voran, denn an meinen Knien hing ein Gewicht, als ob jemand seine Arme um meine Beine geschlungen hätte und versuchte, mich in der Tiefe festzuhalten. Eine wortlose

Stimme in meinen Ohren bettelte und beschwor mich, und diese Stimme hatte etwas an sich, das mir meinen Kampf töricht und unnötig erscheinen ließ, sodass ich mir wünschte, die Luft, die ich so dringend brauchte, niemals zu erreichen.

Ich schloss die Augen, die ich instinktiv beim Aufschlagen auf dem Wasser geöffnet hatte, und zwei Lippen pressten sich fest gegen die meinen. Und diese Lippen retteten mein Leben und meinen Verstand, denn es waren die kalten Lippen einer Leiche, gänzlich ohne Liebe und Leidenschaft. Ich begann wieder, um mich zu schlagen, und meine Hand bekam die Leine zu fassen, die der Dampfer hinter sich herzog, um zu messen, mit wie vielen Knoten Geschwindigkeit wir uns fortbewegten. Alles um mich herum wurde vorwärtsgezogen, bald über bald unter Wasser, sodass mein Gesicht hin und wieder auftauchte und ich kurz nach Luft schnappen konnte. Das Seetangfeld hob und senkte sich in der schweren See.

Weiß der liebe Himmel, wie ich letzte Nacht wieder an Bord gekommen bin, aber ich erwachte am frühen Morgen von dem Signal, das die Mannschaft zum Frühstück rief, und schickte gleich als Erstes nach dem Bootsmann, der in der vergangenen Nacht Dienst gehabt hatte.

»Was ist letzte Nacht passiert, Bootsmann, nachdem ich wieder an Bord geklettert bin?«, fragte ich ohne Einleitung.

Der Bootsmann starrte mich an, als ob er mich für verrückt hielte.

»Ich verstehe nicht, was Sie meinen«, stotterte er schließlich.

»Haben wir das Seetangfeld endlich hinter uns gelassen?«

»Seetang? Macht der Herr Leutnant einen Witz mit mir? Wir sind 2000 Meilen von der nächsten Küste entfernt, und hier ist nirgends Seetang. Ich verstehe Sie nicht.«

»Lassen wir das«, sagte ich. »Wann haben Sie in der vergangenen Nacht zum letzten Mal die Wachen kontrolliert?«

»Kurz vor Mitternacht, Sir.«

»Und waren alle auf ihrem Posten?«

»Ja, Sir.«

»Und was ist mit den Glocken?«

Wieder war die Verwirrung des Bootsmanns so echt, dass klar zu erkennen war, dass er keine Ahnung hatte, wovon ich sprach. Wie viel von dem, was ich erlebt hatte, war real gewesen und was hatte nur in meiner Fantasie stattgefunden? Ich versuchte es auf andere Weise. »Haben Sie nach Mitternacht noch einmal einen Kontrollgang zu den Wachleuten gemacht?«

Der Bootsmann schüttelte verunsichert den Kopf. Die Bestimmungen für den Wachdienst erfordern, dass ein Rundgang zu sämtlichen Wachleuten zwischen Mitternacht und dem frühen Morgen stattfindet.

»Dann wurden die Wachleute heute Morgen nicht inspiziert? Sind alle anwesend? Wissen Sie das? Dann gehen Sie sofort los und stellen das fest.«

Nach zehn Minuten kam der Bootsmann mit kalkweißem Gesicht zurück und berichtete, dass zwei der Wachleute fehlten und nirgends an Bord zu finden seien. Er nannte mir ihre Namen – und augenblicklich war ich im Geist wieder bei den unheimlichen Ereignissen der Nacht und den beiden nackten Leichen, die in den Armen – von wem oder was? – aus der Tiefe heraufgetragen worden waren. Ich wusste es nicht, und bis zum heutigen Tag sind die Fragen, die ich mir stellte, unbeantwortet geblieben.

Aber eines weiß ich: Am 180. Längengrad, 1000 Meilen nördlich von Honolulu, hält das Meer seltsame Dinge und Laute bereit – und was das Seltsamste an dieser Schreckensnacht war: Die Kleidung, die ich am nächsten Morgen trug, war vollkommen trocken, aber meine Haare waren steif vom Salzwasser, und in meiner Kajüte fand ich Seetang.

Ich überprüfte auch die Glasscheibe vor dem Bullauge neben meiner Koje … An der Außenseite der Glasscheibe war der Abdruck dünner Lippen zu sehen und darüber ein Fleck, der mir sagte, dass ein Gesicht von außen gegen die Glasscheibe gepresst worden war, als ob jemand oder *etwas* zwischen dem Einbruch der Dunkelheit und dem Morgen versucht hätte, hineinzuspähen.

Und die Glocken? Manchmal, wenn ich auf See nach Mitternacht aufwache und das Rollen und Stampfen des Schiffes mir sagt, dass ein Sturm sich zusammenbraut, kann ich sie immer noch hören.

Robert Louis Stevenson

Robert Louis Balfour Stevenson wurde am 13. November 1850 in Edinburgh geboren. Er studierte zunächst Ingenieurswesen. Als er an Tuberkulose erkrankte, gab er das Studium auf und arbeitete für verschiedene Zeitschriften, bevor er freier Schriftsteller wurde.

Ab Ende 1881 erschien *Treasure Island* als Fortsetzungsroman in einer Zeitschrift für Jugendliche, die erste Buchausgabe 1883. *Die Schatzinsel* machte Stevenson weltberühmt. 1886 folgte *Dr. Jekyll and Mr. Hyde* – die Persönlichkeit, die in eine gute und eine böse Seite gespalten ist, wurde zu einem Urmodell der Unterhaltungsliteratur, was sich in vielen Bearbeitungen des Stoffes niederschlug. Der Roman ist mit mehr als 100 Verfilmungen auch eine der am häufigsten verfilmten literarischen Vorlagen.

Um seine Lungenkrankheit zu lindern, bereiste Stevenson südlichere Länder, die Schweiz, Frankreich, Kalifornien und die Südsee. Dort, auf der Insel Vailima (die zum Inselstadt Westsamoa gehört), lebte er mit seiner Frau Fanny ab 1889 für den Rest seines kurzen Lebens, heftig geplagt von Heimweh nach Schottland. Er starb am 3. Dezember 1894.

H. P. Lovecraft bemerkt in *Supernatural Horror in Literature* über Stevensons unheimliches Werk: »Stevenson schuf, trotz einer scheußlichen Neigung zur Effekthascherei, mit ›Markheim‹, ›The Body Snatcher‹ und *Dr. Jekyll and Mr. Hyde* unsterbliche Klassiker. Ja, wir können sogar sagen, dass diese Art des Schreibens fortlebt, denn zu ihr zählen unverkennbar solche der heutigen Horrorgeschichten, die sich mehr auf die Ereignisse als auf die atmosphärischen Details konzentrieren. Sie beschäftigen eher den Intellekt, als dass sie beunruhigende, emotionale Ängste wecken, und nehmen starken Anteil an den Menschen und ihrem Schicksal. Das ist zweifellos kraftvolles Erzählen und aufgrund ihres ›menschlichen Elements‹ zieht es ein weitaus größeres Publikum an als der rein künstlerische Albtraum. Dass es jedoch nicht so eindringlich wie das Letztgenannte ist, liegt auch daran, dass ein verwässertes Produkt niemals die Intensität einer konzentrierten Essenz erreichen kann.«

›The Body Snatcher‹ wurde im Juni 1881 geschrieben und war vorgesehen für einen Band mit unheimlichen Geschichten, die Stevenson in Zusammenarbeit mit seiner Frau verfassen wollte und die er »crawlers« nannte. Dazu kam es jedoch nicht und er legte die Geschichte zur Seite. 1884 bat man ihn um eine Erzählung für die Weihnachtsausgabe von The Pall Mall. Stevenson sandte ›The Body Snatcher‹ und schrieb, sie sei »gruselig und hanebüchen genug, um das Blut eines Soldaten zum Stocken zu bringen«. Die Geschichte erregte großes Aufsehen, denn die Leser glaubten, dass sie auf Tatsachen beruhe – es hieß sogar, dass die Polizei Ermittlungen aufgenommen habe.

Die Leichenräuber

Jeden Abend saßen wir in der kleinen Gaststube im *King George* in Debenham – der Totengräber, der Wirt, Fettes und ich. Manchmal waren auch mehr da, aber ob es mehr oder weniger stürmte, bei Regen wie Sonnenschein, bei Schnee wie Frost, wir vier saßen immer da, jeder in seinem gewohnten Lehnstuhl.

Fettes war ein alter, versoffener Schotte, augenscheinlich ein Mann, der eine gewisse Erziehung genossen hatte, und auch ein Mann von einigem Vermögen, denn er lebte so dahin und tat nichts. Schon vor Jahren war er nach Debenham gekommen, als er noch jung gewesen war, und hatte die ganzen Jahre dort gelebt, sodass man ihn mittlerweile als einen richtigen Debenhamer ansah. Sein blauer Anzug war geradezu eine Antiquität des Dorfes geworden wie der Kirchenturm. Sein Stammplatz in der Gaststube des *George,* sein Missfallen gegen die Kirche, sein unsteter, lasterhafter, unrühmlicher Lebenswandel waren in Debenham jedem bekannt. Er vertrat einige unklare radikale politische Ansichten und seine Meinung zur Religion war durchaus ketzerisch, und ab und zu brachte er sie laut vor und bekräftigte seine Worte mit dröhnenden Fausthieben auf den Tisch. Er trank stets Rum – jeden Abend fünf Becher voll, und die meiste Zeit während seiner abendlichen Besuche im *George* saß er, das Glas in der Rechten, in melancholischer Berauschtheit da. Wir nannten ihn den Doktor, weil er einige Kenntnis in der Medizin besaß, und gelegentlich, wenn Not am Mann war, hatte er tatsächlich einen Bruch geschient oder verrenkte Glieder wieder eingerenkt. Doch ansonsten wussten wir kaum etwas über ihn und sein Vorleben.

An einem dunklen Winterabend – es hatte schon längst neun geschlagen, bevor der Wirt sich zu uns setzte – erkrankte ein Gast des *George.* Es war ein Großgrundbesitzer aus der Umgebung, den auf der Reise zur Parlamentssitzung ein Schlaganfall niedergeworfen hatte. Nun wurde telegrafisch aus London der berühmte Arzt des reichen Mannes an dessen Bett gerufen. So etwas geschah zum ersten Mal in Debenham, denn der Bahnhof war erst kürzlich eröffnet worden; deshalb gab es einige Aufregung über diesen Vorfall.

»Er ist eingetroffen«, sagte der Wirt, nachdem er sich seine Pfeife gestopft und angezündet hatte.

»Er?«, fragte ich. »Wer? ... Etwa der Doktor?«

»Höchstselbst«, erwiderte unser Gastgeber.

»Wie heißt er?«

»Doktor Macfarlane.«

Fettes hatte sein drittes Glas schon zum größeren Teil geleert und befand sich in einem Zustand stumpfsinniger Beduselung, nickte manchmal vor sich hin und starrte mit schwerfälligen Augen um sich. Aber bei diesen letzten Worten schien er aufzuwachen: Er wiederholte zweimal den Namen »Macfarlane«, das erste Mal ganz ruhig, das zweite Mal jedoch in einer plötzlichen Erregung.

Der Wirt sagte: »Jawohl, das ist sein Name: Doktor Wolfe Macfarlane.«

Fettes wurde auf der Stelle nüchtern – seine Augen erwachten, seine Stimme wurde klar, laut und fest, seine Sprache deutlich und ernst.

Wir waren alle ganz überrascht über diese Veränderung: Es war, als wenn einer von den Toten auferstanden wäre.

»Bitte um Verzeihung«, sagte er. »Ich fürchte, ich habe nicht recht zugehört. Wer ist dieser Wolfe Macfarlane?«

Nachdem er die Erklärung des Wirtes vernommen hatte, murmelte er: »Das kann doch nicht sein ... Das kann doch nicht sein. Nun, dem möchte ich mal Angesicht zu Angesicht gegenübertreten!«

»Kennen Sie ihn, Doktor?«, fragte der Totengräber ganz erstaunt.

»Gott bewahre!«, war die Antwort. »Und doch – der Name ist ungewöhnlich, man kann sich kaum vorstellen, dass er einem zweimal unterkommt. Sag mal, Wirt, ist er alt?«

»Tja, er ist ganz gewiss kein junger Mann. Sein Haar ist weiß, aber er sieht jünger aus als Sie.«

»Er ist aber doch älter; um Jahre! Aber …« Jetzt schlug Fettes mit der flachen Hand auf den Tisch. »Das macht der Rum, den Sie mir am Gesicht ansehen – der Rum und die Sünde! Dieser Mann hat, vielleicht, ein ruhiges Gewissen! Und eine gute Verdauung. Gewissen, ha! Hört, was ich euch sage! Ihr meint wohl, ich wäre so ein guter, alter, anständiger Christenmensch – nicht wahr? Aber nein, das bin ich nicht! Ich habe niemals gefrömmelt. Mein Kopf …«, und dabei schlug er sich auf seinen kahlen Kopf, dass es knallte, »… mein Kopf war immer klar und fix. Ich habe so einiges gesehen und mir nie was vorgemacht.«

»Wenn Sie diesen Doktor kennen«, erlaubte ich mir nach einer etwas peinlichen Pause zu bemerken, »so scheinen Sie die gute Meinung des Wirtes nicht zu teilen.«

Fettes beachtete meine Bemerkung nicht und sagte mit einer plötzlichen Entschlossenheit: »Ja – ich muss ihm von Angesicht zu Angesicht gegenübertreten!«

Wieder schwiegen wir; dann wurde im ersten Stock eine Tür ziemlich laut geschlossen, und wir hörten Schritte auf der Treppe.

»Das ist der Doktor«, sagte der Wirt. »Passen Sie auf, damit Sie ihn nicht verpassen.«

Es waren nur zwei Schritte von der breiten Eichentreppe bis zur Straßentür des alten Wirtshauses. Dieser schmale Raum war jeden Abend hell erleuchtet. Fettes ging mit entschlossenen Schritten bis zur Treppe, und wir sahen die beiden Männer, wie Fettes es ausgedrückt hatte, von Angesicht zu Angesicht einander gegenübertreten.

Doktor Macfarlane war ein munterer, kräftiger Mann. Sein weißes Haar hob sich von seinem blassen und ruhigen, dabei aber doch energischen Gesicht ab. Er war sehr fein gekleidet, im allerbesten Stoff, mit einer großen goldenen Uhrkette und Hemdknöpfen und einer Brille aus dem gleichen kostbaren Metall. Er trug eine breite weiße Halsbinde mit fliederrotem Knoten und hielt über dem Arm einen Reisemantel aus teurem Pelz. Es war nicht daran zu zweifeln, er war ein stattlicher Mann für seine Jahre, dem man seinen Reichtum und seine geachtete Stellung in der Welt ansah – ein auffallender Gegensatz zu unserem Saufkumpan, der kahlköpfig, schmutzig, mit Pickeln im Gesicht in seinem uralten blauen Anzug vor ihm stehen blieb.

Fettes rief ziemlich laut, eigentlich mehr herausfordernd als freundschaftlich: »Macfarlane!«

Der berühmte Arzt blieb mit einem Ruck auf der vierten Treppenstufe stehen, als hätte die Vertraulichkeit der Anrede ihn überrascht und ein wenig in seiner Würde gekränkt.

»Toddy Macfarlane«, wiederholte Fettes.

Der Herr aus London taumelte beinahe. Er starrte mit einem blitzschnellen Blick den Mann an, der da vor ihm stand, sah sich kurz um, als hätte er Angst bekommen, und flüsterte erschrocken: »Fettes! Du!«

»Jawohl«, erwiderte der andere. »Ich! Dachtest du, ich wäre auch tot? So einfach wirst du mich nicht los.«

»Still, still!«, machte der Arzt. »Still! Sei doch still! Dieses Wiedersehen kommt völlig unerwartet – ich sehe, du bist auch überrascht. Ich muss gestehen, auf den ersten Blick habe ich dich kaum erkannt, aber ich freue mich sehr – freue mich ganz außerordentlich, diese Gelegenheit zu haben. Für den Augenblick muss ich mich allerdings wieder verabschieden, denn mein Wagen wartet auf mich, und ich darf den Zug nicht versäumen. Doch du solltest … Warte mal … Ja – du solltest mir deine Adresse geben … und du kannst dich darauf verlassen, dass du bald von mir hören wirst. Wir müssen was für dich tun, Fettes! Ich fürchte, es geht dir wohl nicht so gut, aber wir werden sehen, was da zu machen ist – um der alten Freundschaft willen, wie wir früher beim Essen sangen.«

»Geld!«, rief Fettes. »Geld von dir! Das Geld, das ich von dir bekommen hab, liegt sicher noch an der Stelle, wo ich es in die Gosse schmiss!«

Doktor Macfarlane, der während seiner Rede wieder etwas Selbstvertrauen gewonnen zu haben schien, schaute Fettes nach dieser ungewöhnlich heftigen Zurückweisung verwirrt an.

Dann kroch ein böser, hässlicher Ausdruck über sein bisher geradezu würdevolles Gesicht: »Mein lieber Freund, ganz wie du willst, es liegt mir völlig fern, dich zu beleidigen. Ich dränge mich keinem Menschen auf. Ich will dir jedoch meine Adresse zurücklassen –«

»Ich will sie nicht – ich will gar nicht wissen, wo du wohnst!«, unterbrach der andere ihn. »Ich habe deinen Namen gehört und befürchtet, du könntest es sein. Ich wollte immer wissen, ob es nicht doch einen Gott gibt. Jetzt weiß ich, es gibt keinen. Verschwinde!«

Fettes stand immer noch zwischen der Treppe und der Haustür, und wenn der berühmte Londoner Arzt ihm entrinnen wollte, musste er ihm ausweichen. Offenbar zauderte er bei dem Gedanken an eine solche Demütigung, er war leichenblass, aber in seinen Brillengläsern sah man ein gefährliches Funkeln.

Während er noch zögerte und offenbar überlegte, was er tun sollte, bemerkte er, dass sein Kutscher von der Straße her den ungewöhnlichen Auftritt beobachtete, und erblickte gleichzeitig unsere kleine Gesellschaft in der Gaststube, die in der Ecke beisammensaß. Die Anwesenheit so vieler Zuschauer brachte ihn zu dem Entschluss, sofort zu fliehen. Er duckte sich und schoss am Geländer entlang wie eine Schlange, die einen Angriff macht, geradewegs auf die Tür los.

Aber die Prüfung war für ihn noch nicht ganz zu Ende, denn gerade, als er an Fettes vorbeisprang, packte dieser den Arm des Arztes und wir hörten die geflüsterten, trotzdem aber deutlichen Worte: »Hast du es noch mal gesehen?«

Der bekannte, reiche Londoner Arzt schrie laut auf – es war ein scharfer, halb erstickter Schrei. Er drängte Fettes zur Seite, schlug die Hände über dem Kopf zusammen und floh zur Tür hinaus wie ein ertappter Dieb. Bevor einer von uns sich auch nur rührte, ratterte seine Kutsche schon davon in Richtung Bahnhof.

Der Auftritt war vorüber wie ein Traum – aber der Traum hatte Beweisstücke hinterlassen, denn am nächsten Tag fand der Dienstbote die schöne goldene Brille zerbrochen auf der Schwelle liegen. An diesem Abend aber starrten wir alle atemlos vor Aufregung Fettes an, der vor uns stand: nüchtern, blass und mit einem entschlossenen Ausdruck auf dem Gesicht.

»Gott behüte uns, Mister Fettes!«, rief der Wirt, der als Erster von uns wieder zur Besinnung kam. »Was in aller Welt sollte das bedeuten? Das waren ja merkwürdige Sachen, die Sie da sagten!«

Fettes sah uns einem nach dem anderen ins Gesicht. Dann sagte er: »Ich rate euch, lieber den Mund zu halten! Diesem Macfarlane kommt man besser nicht in die Quere! Wer das tat, hat es am Ende bereut!« Und ohne sein letztes Glas auszutrinken, winkte er uns zum Abschied und schritt durch den hellen Lichtschein der Laterne hindurch raus in die dunkle Nacht.

Wir drei blieben auf unseren Plätzen in der Gaststube mit dem großen roten Kaminfeuer sitzen. Als wir die Vorgänge noch einmal durchsprachen, verwandelte sich unsere kalte Überraschung bald in eine brennende Neugier, und wir blieben bis spät in die Nacht hinein beisammen sitzen, so lange wie noch nie. Als wir uns trennten, hatte jeder von uns seine eigene Theorie über die Vergangenheit unseres Zechkumpans und darüber, welches Geheimnis ihn mit dem bekannten Arzt aus London verband, entwickelt.

Es soll nichts heißen, aber ich glaube, ich kam der Sache viel näher als einer meiner Abendgenossen im *George* und fand eine Geschichte heraus, die heute vielleicht kein Mensch auf der Welt mehr kennt, sodass keiner die grausigen und unnatürlichen Ereignisse deshalb besser erzählen könnte als ich.

In seinen jungen Tagen studierte Fettes Medizin in Edinburgh. Er hatte ein besonderes Talent – nämlich das Talent, dass er alles, was er hörte, schnell erfasste und umsetzte. Er erledigte zwar nur wenige Hausaufgaben, aber er zeigte sich in Gegenwart seiner Professoren als höflicher, aufmerksamer und kluger Kerl. Er fiel ihnen bald auf, weil er gut aufpasste und ein gutes Gedächtnis hatte.

Zu dieser Zeit gab es in Edinburgh einen Anatomieprofessor, den ich hier einfach K— nennen will. Sein Name wurde später nur zu gut bekannt. Der Mann, der ihn trug, schlich verkleidet durch die Edinburgher Straßen, während der Pöbel, der bei Burkes Hinrichtung Beifall brüllte, zugleich laut nach dem Blut seines Arbeitgebers verlangte. K— befand sich damals auf dem Höhepunkt seines Ruhmes. Die Studenten schworen auf ihn, und als Fettes das besondere Wohlwollen dieses meteorhaft berühmt werdenden Mannes gewann, da glaubte er selber, und andere glaubten es auch, er sei nun ein gemachter Mann.

K— war nicht nur ein ausgezeichneter Lehrer, sondern auch ein *bon vivant*, ein Lebemann; er bereitete seine Genüsse sorgfältig vor und genoss sie heimlich, damit die Öffentlichkeit nichts davon erfuhr. Hierbei war ihm nun Fettes behilflich, und zwar in seinem Beruf wie auch bei seinen nächtlichen Freuden.

Im zweiten Jahr seines Studiums wurde Fettes von K— bereits zum zweiten Assistenten ernannt. Ihm oblag nun die Aufsicht über den Anatomiesaal und es gehörte auch zu seinen Aufgaben, die angelieferten Leichenteile in Empfang zu nehmen und unter den Studenten zu verteilen. Aus diesem Grund sorgte K— dafür, dass Fettes eine Wohnung im Gebäude der Anatomie erhielt. Hier wurde er dann nach manch durchzechter Nacht, wenn seine Hände noch zitterten und seine Augen noch wie durch einen Schleier blickten, in den finsteren Stunden vor Anbruch der Dämmerung oft von den schmutzigen Strolchen, die den Seziertisch mit Material versorgten, aus dem Bett geholt. Er öffnete dann die Tür für die Männer, deren Namen später das ganze Land mit Abscheu erfüllten, nahm ihnen ihre grausige Bürde ab, zahlte ihnen ihr vereinbartes Schandgeld und legte sich dann wieder ins Bett, um noch ein, zwei Stunden zu schlafen und sich von den Ausschweifungen der Nacht zu erholen.

Nur wenige junge Männer hätten wohl so unempfindlich wie Fettes auf die Eindrücke der Vergänglichkeit reagiert. Er hatte jeden Sinn gegen moralische Überlegungen verschlossen. Ihn interessierte das Schicksal anderer Menschen nicht, er war der Sklave seiner eigenen niedrigen Wünsche geworden. Kalt, gedankenlos und selbstsüchtig lag ihm nur daran, von seinem Lehrer geachtet zu werden, und daher leistete er K— Tag für Tag tadellose Dienste. Nachts entschädigte er sich für diese Disziplin durch Trinkgelage und niedere Genüsse und sein Gewissen meldete sich nicht.

Einzig die regelmäßige Beschaffung der erforderlichen Leichen war eine beständige Sorge für ihn und für seinen Professor. Für die vielen Studenten ging alle Augenblicke das anatomische Rohmaterial aus; die daraus resultierende Notwendigkeit, ständig neue Leichen zu erwerben, war nicht nur an sich unangenehm, sondern sie konnte auch für alle daran Beteiligten üble Folgen haben.

K— vertrat den Grundsatz, bei dem hierzu erforderlichen Handel niemals Fragen zu stellen: »Sie bringen die Leiche«, pflegte er zu sagen, »und wir zahlen den Preis – *quid pro quo!*« Und oft warnte er seinen Assistenten: »Nur keine Fragen stellen, dann haben Sie immer ein gutes Gewissen.« Niemals deutete er auch nur an, dass die Körperteile für den Seziertisch durch Mord beschafft sein könnten. Er hätte einen solchen Gedanken natürlich entsetzt von sich gewiesen, wiewohl sein leichtfertiges Reden über eine so ernste Sache an sich schon etwas Geschmackloses war.

Doch Fettes wunderte sich immer öfter, wie eigentümlich frisch die Leichen waren, und ihm fielen auch die abgebrühten Blicke der Strolche auf, die vor dem Tagesgrauen an seine Tür klopften. Als er darüber nachdachte, kam er zu dem Schluss, dass das Verhalten seines Professors wohl unmoralisch sein könnte, aber er begriff auch, dass es seine Aufgabe war, die Lieferungen anzunehmen und die Augen gegenüber jedem Anzeichen eines Verbrechens zu verschließen.

An einem Novembermorgen wurde diese Politik des Schweigens auf eine harte Probe gestellt. Fettes war die ganze Nacht wegen bohrenden Zahnwehs wach gewesen, war in seinem Zimmer wie ein Raubtier im Käfig hin und her gelaufen, hatte sich tobend aufs Bett geworfen und schließlich war er in einen tiefen, aber unruhigen Schlaf versunken. Doch ärgerlicherweise wurde er bald von dem wiederholten Klopfen des verabredeten Zeichens geweckt.

Eine schmale Mondsichel schien hell, die Nacht war bitterkalt und ein eisiger Wind wehte. Die Stadt war noch nicht erwacht, aber ein schwer zu beschreibendes Gemisch verschiedener Geräusche kündigte bereits die lärmende Geschäftigkeit des Tages an.

Die Leichenmänner waren spät dran und schienen es eilig zu haben, wieder fortzukommen. Fettes leuchtete ihnen schlaftrunken die Treppe hinauf. Er hörte wie in einem Traum ihre groben irischen Stimmen. Als sie den Sack von ihrer traurigen Ware abstreiften, lehnte er halb schlafend mit dem Rücken gegen die Wand – er musste sich zusammenreißen, um den Männern ihr Geld zu geben.

Während er es abzählte, blickte er auf das tote Gesicht. Fettes erschrak maßlos. Mit erhobener Kerze trat er zwei Schritte näher an den Körper heran und rief: »Allmächtiger Gott! Das ist ja Jane Galbraith!«

Die Männer erwiderten nichts, schoben sich nur näher zur Tür heran.

»Ich sage euch, ich kenne sie! Gestern hat sie noch gelebt und war gesund. Sie kann unmöglich tot sein! Unmöglich könnt ihr auf legitime Weise zu dieser Leiche gekommen sein!«

»Sie müssen sich irren, Sir!«, sagte einer der beiden, doch der andere sah Fettes mit einem düsteren Blick in die Augen und verlangte sein Geld, und zwar auf der Stelle.

Es war unmöglich, die Drohung zu überhören. Den jungen Studenten verließ der Mut. Er stotterte einige Entschuldigungen, zählte das Geld ab und gab es ihnen. Als seine unangenehmen Besucher verschwunden waren, atmete er erleichtert auf.

Kaum waren die beiden aus dem Haus, beeilte Fettes sich, um sich Gewissheit zu verschaffen. An einem Dutzend untrüglicher Kennzeichen erkannte er das Mädchen, mit dem er am Tag zuvor noch gescherzt hatte. Mit Entsetzen sah er an ihrem Körper deutliche Spuren von Gewaltanwendung.

Eine panische Angst ergriff ihn, und er floh in sein Zimmer, wo er lange über die von ihm gemachte Entdeckung nachdachte. Ergab sich für ihn eine Gefahr? Er kam zu keinem Ergebnis und beschloss, auf seinen unmittelbaren Vorgesetzten zu warten, den ersten Assistenten, und diesen um Rat zu bitten.

Der erste Assistent war ein junger Doktor, Wolfe Macfarlane. Er kleidete sich außerordentlich elegant, war klug, genusssüchtig und völlig skrupellos. Er hatte viele Länder bereist und im Ausland studiert. Macfarlane verkehrte mit Fettes sehr vertraut, was natürlich an ihrem Tätigkeitsbereich lag. Wenn es mal an Leichen für die Seziertische fehlte, fuhren die beiden in Macfarlanes offener kleiner Kutsche weit ins Land hinaus, um irgendeinen einsamen Friedhof zu suchen und zu plündern. Ihre Beute schafften sie dann noch vor Tagesgrauen in den Anatomiesaal.

Als Macfarlane an jenem Morgen erschien, erzählte Fettes, was ihn beunruhigte, und führte ihn zu der Toten. Macfarlane untersuchte den Körper und nickte: »Ja, es sieht verdächtig aus.«

»Und was sollen wir jetzt tun?«

»Tun? Was willst du denn tun? Je weniger darüber gesprochen wird, desto besser, würde ich sagen.«

»Irgendeiner könnte sie vielleicht erkennen. Sie war sehr bekannt hier.«

»Hoffen wir das Beste«, sagte Macfarlane. »Doch selbst wenn sie jemand erkennen sollte – du hast es doch nicht getan, nicht wahr? Na also! Die Sache währt schon zu lange so. Rühre bloß keinen Schlamm auf, oder du bringst K— in schauderhafte Schwierigkeiten – und dich selbst auch. Natürlich auch mich. Stell dir vor, wie wir drei auf einer Zeugenbank aussehen würden und was wir dann zu unseren Gunsten sagen könnten! Ich bin sowieso überzeugt, dass fast all unser Material von Ermordeten stammt.«

»Macfarlane!«, rief Fettes.

»Ach, hör auf!«, antwortete der andere spöttisch, »als ob du es nicht selber schon längst vermutet hättest!«

»Vermuten und …«

»… Beweisen sind zwei verschiedene Dinge, ja, ich weiß. Es tut mir für die Kleine genauso leid wie dir.«

Er tippte mit seinem Spazierstock an die Tote. »Wenn du Lust hast, kannst du sie ja erkennen. Ich mache dir keine Vorschriften, aber jeder kluge Mensch würde den Mund halten. Und das darf ich wohl noch hinzufügen: Ich nehme an, K— erwartet das auch von uns. Er kann nämlich keine alten Klatschweiber gebrauchen.«

Dies war der richtige Ton, um einen jungen Mann wie Fettes zu beeindrucken. Er stimmte Macfarlane zu und die Leiche des unglücklichen Mädchens wurde fachmännisch seziert. Keiner der Studenten äußerte jemals etwas, niemand schien sie zu erkennen.

Eines Nachmittags, als die Arbeit des Tages getan war, kam Fettes zufällig an einem heruntergekommenen Ausschank vorbei und sah Macfarlane, der dort mit einem Unbekannten an einem Tisch saß. Der Fremde war klein, sehr blass, dunkelhaarig und seine Augen kohlschwarz. Seinem Gesicht nach konnte man ihn für klug und gebildet halten, aber die Manieren des Mannes waren grob und ordinär. Trotzdem benahm er sich Macfarlane gegenüber auffallend gebieterisch – er gab ihm Befehle wie ein Pascha und geriet bei einem Widerspruch oder Zögern von Macfarlane sofort in Wut.

Dieser höchst unangenehme Kerl fand auf der Stelle großen Gefallen an Fettes. Er trank ihm fortwährend zu und erzählte ihm vertrauliche Details über seine Vergangenheit. Wenn von dem, was er da ausplauderte, nur ein Zehntel stimmte, so war er ein ganz entsetzlicher Lump, aber der junge Student fühlte sich durch die Aufmerksamkeit des älteren Mannes geschmeichelt.

»Ich bin ja selber ein ziemlicher Schuft«, bemerkte der Fremde, »aber Macfarlane ist mir über – Toddy Macfarlane nenn ich ihn. Hey Toddy, bestell deinem Freund noch ein Glas! Und steht doch mal auf und macht die Tür zu!«

Später sagte er: »Toddy hasst mich! Oh schau nicht so, Toddy, das tust du!«

»Nennen Sie mich nicht mit dem verdammten Namen!«, knurrte Macfarlane.

»Am liebsten würde er mich abstechen!«, lachte der Fremde.

»Wir Mediziner haben da eine bessere Methode«, sagte Fettes, der schon ziemlich angetrunken war. »Wenn uns jemand nicht gefällt, sezieren wir ihn.«

Macfarlane sah ihn scharf an. Dieser Scherz gefiel ihm nicht.

Am Abend lud Gray – so hieß der Fremde – Fettes zum Essen ein. Er bestellte eine so üppige Mahlzeit, dass die ganze Kneipe aufmerksam wurde. Anschließend befahl er Macfarlane, die Rechnung zu bezahlen.

Es war spät, als sie sich trennten. Gray torkelte völlig betrunken davon. Auch Fettes ging mit schwankenden Schritten und verworrenen Gedanken nach Hause, Macfarlane jedoch hatte der Zorn nüchtern gemacht. Er war wütend über das viele Geld, das er hatte vergeuden müssen, und über die Unverschämtheiten, die er hatte hinunterschlucken müssen.

Am nächsten Tage erschien Macfarlane nicht im Anatomiesaal, und Fettes lächelte in sich hinein bei dem Gedanken, dass er immer noch den unausstehlichen Gray von Kneipe zu Kneipe begleiten musste. Sobald er mit der Arbeit fertig war, machte er sich auf und suchte seine Gefährten der letzten Nacht in all den Kaschemmen, wo er erwarten konnte, sie zu treffen. Er fand sie aber nirgendwo, also ging er heim und legte sich früh ins Bett.

Am frühen Morgen um vier Uhr wurde er durch das wohlbekannte Klopfzeichen geweckt. Als er die Treppe hinabging und öffnete, sah er voller Erstaunen Macfarlane mit seiner offenen

Kutsche, auf deren Sitz eines jener langen grausigen Bündel lag, die er so gut kannte.

»Was?«, rief Fettes. »Bist du allein unterwegs gewesen? Wie bist du denn zurechtgekommen?«

Aber Macfarlane brachte ihn grob zum Schweigen und sagte, er solle ihm beim Abladen helfen. Als sie die Leiche nach oben geschafft und auf den Tisch gelegt hatten, meinte Macfarlane: »Schau dir besser mal das Gesicht an.« Als Fettes ihn nur verblüfft anstarrte, wiederholte er: »Sieh's dir lieber an!«

Fettes spürte Angst in sich aufsteigen. Er sah von dem jungen Doktor auf die Leiche, dann wieder zurück. Schließlich tat er, was der andere von ihm verlangte. Obwohl er den Anblick beinahe erwartet hatte, zuckte er vor Schreck zusammen. In Todesstarre, nackt, den Mann daliegen zu sehen, von dem er sich vor der Schenke, gut gekleidet, voll von Speis und Trank und gut gelaunt, verabschiedet hatte, das weckte sogar in dem abgestumpften Fettes die Schrecken des Gewissens auf. Die Überraschung traf ihn so unvorbereitet, dass er nicht wusste, wie er seinem Freund ins Gesicht sehen sollte. Er vermochte kein Wort, ja nicht einmal einen Ton hervorzubringen.

Macfarlane selber unterbrach die Stille. Er legte Fettes eine Hand auf die Schulter und sagte: »Richardson kann den Kopf haben.«

Richardson war ein Student, der schon lange darauf brannte, diesen Teil des menschlichen Körpers sezieren zu dürfen.

Als keine Antwort erfolgte, fuhr der Mörder fort: »Da wir gerade vom Geschäft sprechen – du musst mich bezahlen, denn natürlich müssen deine Rechnungen stimmen.«

Fettes fand endlich seine Stimme wieder, aber sie klang wie ein geisterhaftes Echo seiner eigenen: »Dich bezahlen! Dich bezahlen – dafür?«

»Na ja, natürlich musst du das! Ich wage es nicht, die Leiche umsonst herzugeben, und du darfst sie nicht umsonst annehmen. Das könnte uns beide verraten. Es ist wieder so wie mit Jane Galbraith. Je größer das Unrecht ist, das begangen wird, desto mehr müssen wir so handeln, als wäre alles in Ordnung. Wo bewahrt der alte K— sein Geld auf?«

Fettes zeigte auf einen Wandschrank in der Ecke.

»Na, dann gib mir den Schlüssel!«, sagte der andere ganz ruhig und streckte die Hand aus.

Einen Augenblick noch zögerte Fettes, dann hatte er sich entschieden. Macfarlane konnte ein nervöses Zittern nicht unterdrücken, ein winziges Zeichen ungeheuerer Erleichterung, als er den Schlüssel in seinen Fingern fühlte. Er öffnete den Schrank, holte Feder und Tinte und ein Rechnungsbuch heraus und entnahm dem Kästchen, das sich in einer Schublade befand, einen Betrag, wie er den Umständen angemessen war. Dann sagte er: »Nun sieh, die Zahlung ist eingetragen – der Beweis deiner Aufrichtigkeit und der erste Schritt zu deiner Sicherheit.«

Dann fügte Macfarlane hinzu: »Und hier ist dein Anteil, das ist nicht mehr als recht und billig!«

»Macfarlane«, begann Fettes, immer noch etwas heiser, »ich habe meinen Hals in eine Schlinge gesteckt, um dir einen Gefallen zu tun.«

»Mir einen Gefallen zu tun! Oh, bitte, soweit ich die Sache beurteilen kann, hast du einfach getan, was du zu deiner eigenen Sicherheit tun musstest. Nehmen wir an, ich käme in Schwierigkeiten – wie würde es dann dir ergehen? Diese zweite Geschichte ergibt sich ganz klar aus der ersten: Herr Gray ist die Fortsetzung von Fräulein Galbraith. Du kannst nicht anfangen und dann einfach aufhören!«

Ein furchtbares Gefühl von schwarzem Unglück packte die Seele des unglücklichen Studenten. »Mein Gott, in was bin ich hineingeraten!«, rief er.

»Ach Junge«, sagte Macfarlane, »was ist denn Böses geschehen? Was kann dir schon Böses geschehen, solange du deinen Mund hältst? Mensch, weißt du denn nicht, wir Menschen bilden zwei Klassen – die Löwen und die Lämmer. Wenn du ein Lamm bist, wirst du einmal auf diesem Tische landen, wie Gray oder die

Galbraith, doch wenn du ein Löwe bist, wirst du leben, wirst mit eigenem Pferd und Wagen fahren, wie ich, wie K—, wie jeder, der einen Funken Verstand oder Mut hat. Natürlich bist du jetzt etwas verdattert. Aber, mein lieber Junge, du bist klug, du hast Schneid, heute in drei Tagen wirst du über deine Ängste lachen wie ein Schuljunge über einen Schabernack!«

Damit empfahl sich Macfarlane und fuhr in seiner Kutsche die Gasse hinauf und ließ Fettes allein zurück – der mit unbeschreiblichem Verdruss bemerkte, dass er grenzenlos schwach war, und dass er Stufe um Stufe herabgesunken war zu einen willenlosem Helfershelfer. Das Geheimnis der ermordeten Jane Galbraith und diese verdammte Eintragung in das Kassenbuch schlossen ihm den Mund.

Die Stunden vergingen. Die Studenten kamen, die einzelnen Glieder des unglücklichen Gray wurden verteilt und ungerührt in Empfang genommen. Richardson wurde mit dem Kopf beglückt, und schon am Nachmittag bemerkte Fettes freudebebend, wie weit er und sein Freund schon auf dem Wege zur Sicherheit waren. Zwei weitere Tage lang beobachtete er mit stets wachsender Freude, wie die Züge und Glieder von Gray immer unkenntlicher wurden, und bevor die Woche zu Ende war, hatte Macfarlanes Prophezeiung sich schon erfüllt. Fettes hatte seine Angst überwunden und das Verbrechen vergessen. Er begann sogar etwas stolz auf seinen Mut zu sein.

Von seinem Komplizen sah Fettes nur wenig. Natürlich trafen sie sich bei ihrer Tätigkeit, sie empfingen ja gemeinsam ihre Befehle von Herrn K—. Ab und zu wechselten sie ein paar Worte miteinander, dabei war Macfarlane ganz außerordentlich freundlich. Aber es war offensichtlich, dass er jede Andeutung ihres gemeinsamen Geheimnisses vermied – als Fettes ihm einmal zuflüsterte, er habe sich für ein Leben als Löwe entschieden und den Lämmern abgeschworen, da gab Macfarlane ihm nur ein stummes Zeichen, den Mund zu halten.

Schließlich ergab sich aber doch noch eine Gelegenheit, die die beiden wieder enger verband: Herrn K— mangelte es wieder einmal an Präpariermaterial. Um diese Zeit hörten sie, dass auf dem ländlichen Friedhof von Glencorse eine Beerdigung stattgefunden hatte. Der besagte Ort befand sich an einem Kreuzweg, fern von jeder menschlichen Behausung und tief in dem Schatten von sechs Zedern gelegen. Das Blöken der Schafe auf den benachbarten Hügeln, das Plätschern eines nahen Baches, das Rauschen des Windes in alten Kastanienbäumen und alle sieben Tage das Geläut der Kirchenglocke – das waren die einzigen Laute, die das Schweigen rings um den Friedhof unterbrachen.

Ein Leichenräuber ließ sich von der Heiligkeit frommer Bräuche nicht abschrecken, ihn hielt keine natürliche Ehrfurcht zurück von solchen Orten. Über menschliche Leichname, die in stiller Hoffnung auf ein ganz anderes Erwachen in die Erde gesenkt worden waren, kam plötzlich eine schreckliche Auferstehung durch Spaten und Hacke beim Schein einer Diebeslaterne. Der Sarg wurde erbrochen, die Leichentücher wurden zerrissen, die traurigen Überbleibsel in einen Sack gesteckt, fortgeschleppt und schließlich von einer Schar gaffender Studenten auf das Schmählichste entweiht.

Wie zwei Geier sich auf ein sterbendes Lamm stürzen, so eilten Fettes und Macfarlane an das frische Grab – das Grab einer Bäuerin; eine Frau, die 60 Jahre gelebt hatte und wegen ihrer guten Butter und gemütlichen Art bekannt gewesen war. Sie sollte um Mitternacht aus ihrem Grab herausgeschaufelt werden, sollte als nackte Leiche in die ferne Stadt geschleppt werden.

Am späten Nachmittag traten die beiden ihre Fahrt an, in dicke Mäntel gehüllt und mit einer riesigen Whiskyflasche ausgerüstet. Es regnete ohne Unterlass, ein kalter, dichter, peitschender Regen, ab und zu blies ein Windstoß, aber nur selten, denn die Wassergüsse hielten den Wind nieder. Trotz ihrer Flasche war es eine traurige und schweigsame Fahrt bis Penicuik, wo sie den Abend verbringen mussten. Unterwegs hielten sie einmal, um ihre Werkzeuge in einem dichten Gebüsch nicht weit vom Friedhof zu verbergen.

Als sie das Ziel ihrer Fahrt erreichten, wurde das Pferd gefüttert und abgerieben und die beiden jungen Doktoren setzten sich zu einem guten Essen und dem besten Wein nieder, den das Gasthaus anbot. Der Kerzenschein, das Kaminfeuer, der Regen, der an das Fenster schlug, die kalte, unheimliche Arbeit, die noch vor ihnen lag – dies alles prägte ihre Stimmung. Mit jedem Glas wuchs die Herzlichkeit ihrer Freundschaft. Es dauerte nicht lange und Macfarlane gab seinem Kameraden mehrere Goldstücke und sagte: »Mein Lieber! Unter Freunden sollten diese verdammten kleinen netten Dingelchen hin- und herwandern wie Streichhölzer.«

Fettes steckte das Geld ein und lachte. »Du bist ein Philosoph! Und ich war ein Esel, bis ich dich kennenlernte! Ich wusste doch, dass ich mit deiner Dankbarkeit rechnen konnte, nicht wahr?« Und Fettes schlug sich auf die Tasche, dass die Goldstücke klangen.

Es war inzwischen ziemlich spät geworden. Sie zahlten die Rechnung und machten sich wieder auf die Reise. Sie erzählten, sie müssten nach Peebles, und fuhren in dieser Richtung, doch als sie an den letzten Häusern der Stadt vorbei waren, löschten sie die Lampen und wendeten in Richtung Glencorse. So gelangten sie, unter den triefenden Bäumen von riesigen, tanzenden Schatten umschwebt, an die Stätte ihrer unheiligen Arbeit.

Sie waren beide in solchen Dingen erfahren und wussten mit dem Spaten umzugehen. Sie waren daher auch kaum 20 Minuten an der Arbeit, als sie schon das dumpfe Klopfen auf den Sargdeckel belohnte. Die beiden standen beinahe bis zu den Schultern in dem Grab. Macfarlane warf achtlos einen großen Stein über die Schulter weg und traf die Laterne, die sie von der Kutsche abgenommen hatten. Sie hörten das Klirren von Glas, dann fiel die schwarze Nacht über sie her und alles wurde von tiefem Schweigen erfüllt.

Sie lauschten, doch sie hörten nichts außer dem Regen, der auf das weite Land niederrauschte. Da sie dem Ende ihrer scheußlichen Arbeit schon so nahe waren, machten sie im Dunkeln weiter.

Der Sarg wurde herausgehoben und geöffnet, der Leichnam in den triefend nassen Sack gesteckt und zur Kutsche geschleppt.

Sie waren beide bis auf die Haut durchnässt worden, und jedes Mal, wenn die kleine Kutsche erschüttert wurde, fiel das Ding, das zwischen ihnen ruhte, mal an die Schulter des einen, dann an die des anderen. Bei jeder dieser grausigen Berührungen stießen sie den Sack hastig von sich.

Macfarlane machte einen müden Witz über die Bauersfrau, der jedoch in Schweigen unterging. Immer noch fiel ihre gespenstische Bürde abwechselnd nach rechts und links – die Leiche lehnte den Kopf wie im Vertrauen an die Schultern der Männer.

Eine furchtbare Kälte begann Fettes in die Seele zu kriechen. Er sah aus dem Augenwinkel nach dem Sack, und dieser schien ihm immer größer zu werden. Auf ihrem ganzen Weg durch das Land begleiteten von nah und fern die Hofhunde ihre Fahrt mit tragischem Geheul, und immer stärker wuchs in ihm das Gefühl, es habe sich irgendein übernatürliches Wunder vollzogen. Als sei mit der Leiche irgendeine Veränderung vorgegangen, und die Hunde heulten aus Angst vor der ruchlosen Fracht, die auf ihrer Kutsche saß.

»Um Gottes willen, lass uns Licht machen!«, sagte er endlich, und es gelang ihm kaum, ein Wort hervorzubringen.

Anscheinend befand Macfarlane sich in derselben Stimmung. Er antwortete zwar nicht, hielt aber das Pferd an, gab die Zügel seinem Kameraden, stieg ab und zündete die noch übrig gebliebene Laterne an. Als die Helligkeit sich auszubreiten begann und einen weiten Kreis von trübem Licht um den Wagen warf, starrten die beiden gebannt das Ding an, das sie bei sich hatten. Der Regen hatte den derben Stoff an die Formen der Leiche angeschmiegt, der Kopf hob sich deutlich vom Rumpf ab.

Ein Grauen, das Worte nicht ausdrücken können, umhüllte die Leiche wie ein nasses Tuch. Fettes fühlte eine unsinnige Angst. Ein Grauen vor etwas, das nicht sein konnte, kroch ihm ins Gehirn hinein.

»Das ist keine Frau!«, sagte Macfarlane heiser.

»Es war eine Frau, als wir sie aufluden«, flüsterte Fettes.

»Ich muss ihr Gesicht sehen.«

Macfarlane löste die Kordel, die den Sack zusammenschnürte, und zerrte die Hülle vom Kopf herunter. Das Licht fiel auf das glatt rasierte, ihnen nur allzu bekannte Antlitz, das die beiden jungen Männer so oft in ihren Träumen gesehen hatten.

Ein gellender Schrei zerriss die Nacht. Beide rannten in Panik in die Dunkelheit davon. Das Pferd, durch den ungewöhnlichen Lärm erschreckt, bäumte sich auf und brauste im Galopp in Richtung Edinburgh. Mit ihm, als einziger Insasse der Kutsche, der Leichnam des toten und längst sezierten Gray.

Arthur Machen

Arthur Llewellyn Jones (er nannte sich erst später Machen, nach dem Mädchennamen seiner Mutter) wurde am 3. März 1863 als Sohn eines anglikanischen Pfarrers in dem kleinen Städtchen Caerleon-on-Usk in Süd-Wales geboren, wo er auch seine einsame Jugend verbrachte. Später trieb es ihn nach London, wo er sich als Übersetzer, Journalist und Buchautor durchschlug. Er starb am 30. März 1947 im hohen Alter von 84 Jahren.

H. P. Lovecraft schwärmte immer wieder über Machens Werk. »Von den lebenden Schriftstellern kosmischen Grauens auf höchstem künstlerischem Niveau können nur wenige hoffen, dem vielseitigen Arthur Machen gleichzukommen. Machen schrieb etwa ein Dutzend kürzerer und längerer Erzählungen, in denen der angedeutete Schrecken und die fassbare Furcht eine geradezu unvergleichliche Kraft und realistische Schärfe erreichen ...«

Auf der Webseite *Phantastik-Couch.de* fand ich eine sehr treffende Betrachtung von Michael Drewniok über Machens Schreibstil, die ich zitieren möchte: »Machens aus heutiger Sicht sehr modern wirkende Technik, die den bis dato üblichen stringenten Erzählfluss auflöste und es dem Leser überließ, ihn durch die Montage mehr oder weniger separater Handlungselemente quasi selbst zusammenzufügen, war zu einem guten Teil aus der Not geboren: Der Verfasser wusste sich oft keinen anderen Rat, wenn er seine Handlung wieder einmal in eine Sackgasse geführt hatte. Dieselben Schwierigkeiten verraten die oft überbordenden Nebenplots und Einleitungen, die in der eigentlichen Geschichte wenig oder gar nichts verloren haben, aber Machen die Gelegenheit zu philosophischen (und sehr trockenen) Exkursen über die Natur des Bösen und ähnliche Themen boten, was den Lektürefluss manchmal etwas zäh geraten lässt. Aber dem stehen mehr als genug Passagen gegenüber, in denen Horror pur auf hohem Niveau geboten wird!«

Viele stufen Arthur Machen als einen weit bedeutenderen Autor des Unheimlichen als H. P. Lovecraft ein; man versteht dieses Urteil gut, wenn man gerade mitten in die Lektüre von Machens großen Werken wie ›The White People‹ vertieft ist und das Befremdliche seines Schreckens verspürt. Machens Horror ist sicherlich die reinste Verkörperung dessen, was Lovecraft das »Kosmische Grauen« nannte: Uns wird die Existenz von etwas Fremdem und Kaltem in unserem Universum gezeigt und erschreckt uns, doch irgendwie ist dieser Schrecken uns auch vertraut wie fast vergessene Ängste aus der Kindheit.

Die weißen Gestalten

PROLOG

Hexerei und Heiligkeit«, sagte Ambrose, »das sind die einzig realen Dinge. Beide sind eine Art Ekstase, ein Rückzug aus dem normalen Leben.«

Cotgrave hörte ihm interessiert zu. Er war von einem Freund in dieses verfallende Haus in einer Vorstadt im Norden gebracht und durch einen alten Garten in das Zimmer geführt worden, in dem Ambrose, der Einsiedler, über seinen Büchern vor sich hin dämmerte und träumte.

»Ja«, fuhr er fort, »die Magie wird durch ihre Kinder gerechtfertigt. Ich nehme an, dass es viele gibt, die trockene Brotrinden essen und Wasser trinken und dabei unendlich viel mehr Freude empfinden, als praktizierende Epikureer sie jemals erleben können.«

»Sie sprechen von den Heiligen?«

»Ja, aber von den Sündern auch. Ich glaube, Sie sind dem weitverbreiteten Irrtum verfallen, die spirituelle Welt auf die übermäßig guten Menschen zu begrenzen. Aber die übermäßig Bösen haben notwendigerweise ebenfalls daran teil. Ein Mann mit ausschließlich fleischlichen und sinnlichen Gelüsten kann ebenso ein großer Heiliger wie ein großer Sünder sein. Die meisten von uns sind nur indifferente Geschöpfe mit gemischten Eigenschaften. Wir wursteln uns durch die Welt, ohne die Bedeutung und den inneren Sinn der Dinge wahrzunehmen – unsere Bosheit oder Güte ist deshalb gleichermaßen zweitrangig und unbedeutend.«

»Und Sie glauben, dass ein großer Sünder ebenso ein großer Asket sein kann wie ein großer Heiliger?«

»Große Menschen aller Art lehnen unvollkommene Kopien ab

und entscheiden sich für die vollkommenen Originale. Ich zweifle nicht daran, dass viele der am meisten verehrten Heiligen in ihrem Leben keine einzige ›gute Tat‹ vollbracht haben (wenn man diese Worte im normalen Sinn verwendet). Auf der anderen Seite hat es Menschen gegeben, die den tiefsten Abgrund der Sünde ausgelotet haben, ohne jemals in ihrem ganzen Leben eine ›böse Tat‹ begangen zu haben.«

Ambrose ging für einen kurzen Moment aus dem Zimmer. Cotgrave wandte sich hocherfreut seinem Freund zu und dankte ihm dafür, dass er ihn diesem Mann vorgestellt hatte.

»Er ist großartig«, versicherte er. »So einen Besessenen habe ich noch nie kennengelernt.«

Ambrose kehrte mit einer Whiskyflasche zurück und beleidigte die Glaubensgemeinschaft der Antialkoholiker mit grimmiger Genugtuung, indem er die Gläser der beiden Männer großzügig füllte. Dann reichte er ihnen das Sodawasser und schenkte sich selbst ein Glas Wasser ein. Gerade wollte er mit seinem Monolog fortfahren, als Cotgrave ihn unterbrach.

»Wissen Sie, ich finde das unerträglich«, sagte er. »Ihre Paradoxe sind einfach zu abwegig. Ein Mann soll ein großer Sünder sein und trotzdem niemals etwas Sündiges tun. Kommen Sie!«

»Sie irren sich«, antwortete Ambrose. »Nichts, was ich sage, ist paradox. Ich wünschte, es wäre so. Ich habe gesagt, dass jemand eine Vorliebe für exquisite Weine haben kann, ohne Bier jemals auch nur gerochen zu haben. Das ist alles, und das ist doch wohl mehr eine Binsenwahrheit als ein Paradox, nicht wahr? Ihre Überraschung über meine Bemerkung ist darauf zurückzuführen, dass Sie sich nicht darüber im Klaren sind, was Sünde tatsächlich ist. Oh ja, es gibt eine Art Verbindung zwischen der Sünde und Handlungen, die allgemein als sündig bezeichnet werden, wie Mord, Diebstahl, Ehebruch und dergleichen – eine ähnliche Verbindung wie die zwischen dem ABC und der Belletristik. Aber ich glaube, dass die Fehleinschätzung – und sie ist praktisch universell – in hohem Maße darauf zurückzuführen ist, dass wir die Sache stets durch die soziale Brille betrachten. Wir glauben, dass ein Mann, der uns und seinen Nachbarn Böses zufügt, sehr böse sein muss. Vom sozialen Standpunkt aus gesehen ist er das auch. Aber sehen Sie nicht, dass das Böse im Grunde genommen eine sehr einsame Angelegenheit ist? Ein normaler Mörder ist keineswegs ein Sünder im wahren Sinn dieses Wortes. Er ist einfach ein wildes Tier, das wir loswerden müssen, um unseren eigenen Hals vor seinem Messer zu retten. Ich würde ihn eher mit Tigern auf eine Stufe stellen als mit Sündern.«

»Das erscheint mir ein wenig seltsam.«

»Das finde ich nicht. Der Mörder mordet nicht wegen positiver Eigenschaften, sondern wegen negativer. Es fehlt ihm etwas, das Menschen, die nicht morden, besitzen. Das Böse hingegen ist ganz und gar positiv – es ist nur auf der falschen Seite. Sie können mir glauben, dass Sünde im wahren Sinne des Wortes sehr selten vorkommt. Es ist sehr wahrscheinlich, dass es viel weniger Sünder gibt als Heilige. Ja, Ihr Standpunkt ist für praktische, soziale Zwecke vollkommen richtig. Wir neigen von Natur aus dazu, zu glauben, dass jemand, der für uns sehr unangenehm ist, ein großer Sünder sein muss. Es ist sehr unangenehm, wenn einem die Taschen ausgeräumt werden, und wir behaupten, der Dieb sei ein großer Sünder. In Wahrheit ist er nur ein unterentwickelter Mann. Natürlich kann man ihn nicht als Heiligen bezeichnen. Aber er kann einen wesentlich besseren Charakter haben als Tausende, die niemals ein Gebot übertreten haben, und häufig ist das tatsächlich der Fall. Er ist zugegebenermaßen außerordentlich lästig für *uns*, und wir tun gut daran, ihn einzusperren, wenn wir ihn erwischen. Aber zwischen seiner lästigen und unsozialen Handlung und dem Bösen – oh, da besteht nur eine äußerst schwache Verbindung.«

Es war bereits sehr spät. Der Mann, der Cotgrave zu Ambrose gebracht hatte, hatte all dies vermutlich schon oft gehört, denn er stimmte mit einem ziemlich desinteressierten Lächeln zu. Cotgrave hingegen begann zu glauben, dass sein ›Besessener‹ in Wahrheit ein Weiser war.

»Hören Sie«, sagte er, »ich finde das alles ungeheuer interessant. Sie glauben also, dass wir die wahre Natur des Bösen nicht richtig verstehen?«

»Ich glaube, dass wir sie gar nicht verstehen. Wir überschätzen sie, und gleichzeitig unterschätzen wir sie. Wir denken an die zahlreichen Verstöße gegen die so notwendigen und gerechtfertigten Gesetze zum Schutz unserer Gesellschaft, die das menschliche Zusammenleben erst möglich machen, und erschrecken wegen des Überhandnehmens der Sünde und des Bösen. In Wirklichkeit ist das aber alles Unsinn. Nehmen Sie zum Beispiel den Diebstahl. Erfüllt Sie der Gedanke an Robin Hood mit *Entsetzen?* Oder erschauern Sie beim Gedanken an die Bauernbanden im schottischen Hochland im 17. Jahrhundert oder an die ›Moss-Troopers‹, die das schottische Hochland zur Zeit Cromwells unsicher machten, oder an die Manager unserer Tage?

Auf der anderen Seite unterschätzen wir das Böse. Wir nehmen die ›Sünde‹ des Stehlens oder des Ehebruchs so ungeheuer wichtig, dass wir darüber vergessen haben, wie entsetzlich die wahre Sünde ist.«

»Und was ist Sünde?«, wollte Cotgrave wissen.

»Ich glaube, ich muss Ihre Frage mit einer Gegenfrage beantworten. Was würden Sie, ganz im Ernst, empfinden, wenn Ihre Katze oder Ihr Hund anfangen würde zu reden und in menschlicher Sprache mit Ihnen zu diskutieren? Sie wären sprachlos vor Entsetzen. Da bin ich mir ganz sicher. Und wenn die Rosen in Ihrem Garten ein seltsames Lied singen würden, würden Sie den Verstand verlieren. Und stellen Sie sich vor, die Steine auf der Straße würden vor Ihren Augen anfangen, anzuschwellen und zu wachsen, und die Kieselsteine, die Sie am Abend noch gesehen haben, hätten bis zum nächsten Morgen steinerne Blüten bekommen. Diese Beispiele können Ihnen einen Eindruck davon geben, was Sünde wirklich ist.«

»Hören Sie«, sagte der bisher schweigsame dritte Mann, »Sie beide scheinen sich regelrecht aneinander festgebissen zu haben.

Aber ich gehe jetzt nach Hause. Meine Straßenbahn habe ich sowieso verpasst, und jetzt muss ich zu Fuß gehen.«

Ambrose und Cotgrave vertieften sich noch ernsthafter in ihr Gespräch, nachdem der andere in den Morgennebel und das fahle Licht der Straßenlaternen hinausgetreten war.

»Sie erstaunen mich«, sagte Cotgrave. »Daran habe ich noch nie gedacht. Wenn es wirklich so ist, muss man alles auf den Kopf stellen. Dann besteht das Wesen der Sünde in Wirklichkeit ...«

»... darin, den Himmel im Sturm zu erobern«, fiel Ambrose ihm ins Wort. »Ich glaube, dass sie einfach ein Versuch ist, auf verbotene Weise in die eine ider andere höhere Sphäre vorzudringen. Verstehen Sie jetzt, warum das so selten ist? Es gibt nur wenige, die auf erlaubte oder verbotene Weise in andere Sphären vordringen wollen, gleichgültig ob in höhere oder niedrigere. Die Masse der Menschen ist vollkommen zufrieden mit dem Leben, so wie sie es vorfinden. Darum gibt es so wenige Heilige, und noch seltener sind echte Sünder – im wahren Sinne des Wortes. Geniale Menschen, die manchmal ein Stück von beiden Charaktereigenschaften in sich vereinigen, sind ebenfalls selten. Ja, insgesamt gesehen ist es vielleicht schwerer, ein großer Sünder zu sein, als ein großer Heiliger.«

»Dann hat die Sünde also etwas zutiefst Unnatürliches an sich? Ist es das, was Sie meinen?«

»Genau. Heiligkeit erfordert eine ebenso große oder fast ebenso große Anstrengung, aber Heiligkeit ist etwas, das zumindest früher einmal natürlich war. Sie ist das Bemühen, die Ekstase wiederzuerlangen, die die Menschen vor dem Sündenfall besaßen. Aber die Sünde ist das Bemühen, die Ekstase und das Wissen zu gewinnen, die ausschließlich den Engeln zustehen. Und durch dieses Bemühen wird der Mensch zum Dämon. Ich habe Ihnen gesagt, dass ein einfacher Mörder deshalb noch kein Sünder ist. Das ist richtig, aber ein Sünder ist manchmal ein Mörder. Gilles de Rais ist ein solches Beispiel. Sie sehen also, dass sowohl das Gute als auch das Böse für das soziale, zivilisierte Wesen, das der

Mensch heute ist, unnatürlich sind – doch das Böse ist in einem viel tieferen Sinn unnatürlich als das Gute. Der Heilige versucht, eine Gabe wiederzuerlangen, die er verloren hat. Der Sünder versucht, sich etwas anzueignen, das ihm nie gehört hat. Kurz gesagt, er wiederholt den Sündenfall.«

»Sind Sie eigentlich Katholik?«

»Ja, ich bin Mitglied der verfolgten Anglikanischen Kirche.«

»Wie halten Sie es dann mit jenen Bibeltexten, die Dinge als Sünde einordnen, die für Sie lediglich unbedeutende Übertretungen sind?«

»Das ist richtig – aber an einer Stelle kommt das Wort ›Zauberer‹ im gleichen Zusammenhang vor. Das scheint mir das Wichtigste zu sein. Überlegen Sie einmal: Können Sie sich vorstellen, dass eine Falschaussage, die das Leben eines unschuldigen Menschen rettet, eine Sünde sein soll? Nicht? Dann ist es also nicht einfach nur der Lügner, der mit diesen Worten ausgeschlossen wird. Es sind vor allem die *Zauberer*, die das materielle Leben und die Mängel, die untrennbare Bestandteile des materiellen Lebens sind, als Instrumente benutzen, um ihre unendlich bösen Ziele zu erreichen. Und lassen Sie mich Ihnen noch das eine sagen: Unsere Sinne sind so abgestumpft, wir sind so von Materialismus durchtränkt, dass wir das wahre Böse vermutlich nicht einmal erkennen, wenn wir ihm begegnen.«

»Aber müssten wir in der Gegenwart eines wirklich bösen Menschen nicht zumindest ein gewisses Grauen verspüren, etwa so wie das, das uns, wie Sie sagen, erfassen würde, wenn ein Rosenbusch anfangen würde, zu singen?«

»Das wäre der Fall, wenn wir noch natürlich empfinden würden. Kinder und Frauen können dieses Entsetzen, von dem Sie sprechen, noch verspüren. Aber die meisten Männer sind durch Konventionen, Zivilisation und Erziehung blind und taub geworden, und unsere natürliche Vernunft ist uns abhandengekommen. Nur manchmal erkennen wir das Böse an seinem Hass auf das Gute. Man braucht nicht allzu viel Scharfsinn, um zu erraten, welchen

Einfluss die Kritik in Blackwoods Zeitschrift auf Keats Gedichte ausübte, ohne dass es dem Verfasser bewusst war – aber das ist nur ein Zufall. In der Regel, fürchte ich, bleiben die Diener des Bösen unentdeckt oder werden in gewissen Fällen für gute, aber irrende Menschen gehalten.«

»Sie haben gerade gesagt, Keats Kritiker hätten unbewusst gehandelt. Aber ist Bosheit jemals unbewusst?«

»Das ist sie immer. Es muss so sein. In dieser wie in anderer Hinsicht ist Bosheit nicht anders als Heiligkeit und Genialität. Sie ist eine bestimmte Art von Verzückung oder Ekstase der Seele, eine übersinnliche Anstrengung, die gewöhnlichen Grenzen zu überschreiten. Und indem sie diese überschreitet, überschreitet sie auch das Verstehen, die Fähigkeit, zur Kenntnis zu nehmen, was ihr vorausgeht. Ein Mann kann unendlich und entsetzlich böse sein, und niemals auf die Idee kommen, dass er es sei. Aber ich versichere Ihnen, das Böse in diesem, seinem wahren Sinn ist selten, und ich glaube, es wird immer seltener.«

»Ich versuche, das alles zu verstehen«, sagte Cotgrave. »Aus dem, was Sie sagen, schließe ich, dass das wahre Böse sich grundsätzlich von dem unterscheidet, was wir das Böse nennen?«

»So ist es. Zweifellos besteht eine Analogie zwischen beidem, eine Ähnlichkeit, die es uns ermöglicht, völlig legitim vom ›Fuß eines Berges‹ oder vom ›Bein eines Tisches‹ zu sprechen. Und manchmal sprechen beide natürlich scheinbar die gleiche Sprache. Ein roher Kerl, ein ungebildeter, unentwickelter ›Tiger-Mann‹, kommt, aufgeheizt durch ein oder zwei Halbe Bier mehr, als er gewöhnlich trinkt, nach Hause und tritt seine Frau zu Tode, weil sie ihn ärgert und ein paar unüberlegte Worte sagt. Er ist ein Mörder. Und Gilles de Rais war auch ein Mörder. Aber sehen Sie den abgrundtiefen Unterschied zwischen den beiden? Das Wort ist, wenn ich das so sagen darf, in beiden Fällen zufällig das Gleiche, aber die Bedeutung ist eine vollkommen andere. Es spricht von kompletter Ahnungslosigkeit, wenn jemand die beiden Begriffe verwechselt, oder besser gesagt, es ist so, als ob jemand annehmen würde, das

Wort Juggernaut und die Argonauten hätten etymologisch etwas miteinander zu tun. Und zweifellos besteht die gleiche schwache Ähnlichkeit oder Analogie zwischen allen ›sozialen‹ Sünden und den echten, geistigen Sünden. In manchen Fällen können die weniger schweren Sünden sogar die ›Schulmeister‹ sein, die zu den größeren führen – vom Schatten zur Realität. Wenn Sie eine Ahnung von Theologie haben, werden Sie erkennen, wie wichtig all das ist.«

»Zu meiner Schande muss ich gestehen, dass ich der Theologie nur sehr wenig von meiner Zeit gewidmet habe. Tatsächlich habe ich mich oft gefragt, mit welcher Begründung die Theologen die Bezeichnung ›Wissenschaft aller Wissenschaften‹ für ihre Disziplin beanspruchen. Denn die theologischen Bücher, in die ich einen Blick geworfen habe, schienen mir ausschließlich von schwachen und durchsichtigen Frömmeleien oder von den Königen von Israel und Judäa zu handeln. Ich habe aber kein Interesse, etwas über diese Könige zu lesen.«

Ambrose lächelte.

»Wir müssen versuchen, theologische Diskussionen zu vermeiden«, erwiderte er. »Ich merke schon, dass Sie ein harter Diskussionsgegner wären. Aber vielleicht haben die Lebensdaten der Könige mit Theologie ebenso viel zu tun wie die Nagelschuhe des mordenden Arbeiters mit dem Bösen.«

»Um zu unserem Hauptthema zurückzukehren, Sie glauben also, dass die Sünde etwas Esoterisches, Okkultes ist?«

»Ja. Sie ist das höllische Wunder, so wie Heiligkeit das überirdische Wunder ist. Hin und wieder wird sie so weit getrieben, dass wir nicht einmal auf die Idee kommen, sie könnte existieren. Sie ist wie der Ton der großen Orgelpfeifen, der so tief ist, dass wir ihn nicht mehr hören können. In anderen Fällen kann sie direkt ins Irrenhaus oder zu noch seltsameren Ergebnissen führen. Aber Sie dürfen sie niemals mit den nur sozialen Missetaten verwechseln. Denken Sie daran, wie der Apostel, als er von der ›anderen Seite‹ sprach, zwischen ›barmherzigen Taten‹ und ›Barmherzigkeit‹

unterschied. Und genau so, wie man seinen gesamten Besitz den Armen geben und dennoch ohne jede Barmherzigkeit sein kann, kann man auch jegliches Verbrechen vermeiden und dennoch ein Sünder sein.«

»Ihre Psychologie ist mir sehr fremd«, antwortete Cotgrave. »Aber ich gebe zu, dass sie mir gefällt. Ich vermute, man kann aus Ihren Voraussetzungen den Schluss ziehen, dass ein echter Sünder einem Beobachter vollkommen harmlos vorkommen kann.«

»Gewiss. Weil das wahre Böse nichts mit dem sozialen Leben und den Gesetzen der Gesellschaft zu tun hat, und wenn doch, dann nur gelegentlich und zufällig. Es ist eine einsame Leidenschaft der Seele – oder eine Leidenschaft der einsamen Seele –, ganz wie Sie wünschen. Wenn wir das Böse durch einen reinen Zufall erkennen und seine ganze Bedeutung begreifen, dann erfüllt es uns tatsächlich mit Grauen und Furcht. Aber dieses Gefühl ist weit entfernt von der Angst und der Abscheu, mit denen wir einen normalen Verbrecher betrachten, weil das letztere Gefühl vorwiegend oder ausschließlich durch die Sorge um unsere eigene Haut oder unser Portemonnaie begründet sind. Wir hassen den Mörder, weil wir wissen, dass wir unter keinen Umständen ermordet werden oder erleben wollen, wie ein Mensch, den wir lieben, ermordet wird. Auf der anderen Seite verehren wir die Heiligen, aber wir lieben sie nicht so wie unsere Freunde. Können Sie sich vorstellen, dass Sie sich in der Gesellschaft des heiligen Paulus wohlgefühlt hätten? Oder glauben Sie, dass Sie und ich mit Sir Galahad besonders gut ausgekommen wären?

Mit den Sündern ist es ebenso wie mit den Heiligen. Wenn Sie einem wirklich bösen Menschen begegnen und auch erkennen würden, wie böse er ist, würden Sie ohne Zweifel Grauen und Furcht empfinden, aber es gibt keinen Grund, warum Sie ihn nicht mögen sollten. Ganz im Gegenteil, es ist sogar sehr gut möglich, dass Sie die Sache mit der Sünde vollständig aus Ihren Gedanken verbannen könnten und den Sünder als ungemein interessanten Menschen empfinden würden, an dessen Gesellschaft Sie große

Freude haben. Nach einiger Zeit würde es Ihnen dann schwerfallen, sich selbst davon zu überzeugen, dass Ihnen eigentlich vor ihm grauen müsste. Und doch, wie furchterregend wäre es, wenn die Rosen und Lilien an diesem Morgen, der gerade anbricht, plötzlich anfangen würden, zu singen, oder wenn die Möbel in Reih und Glied davonmarschieren würden, wie in der Geschichte von de Maupassant!«

»Ich bin froh, dass Sie auf diesen Vergleich zurückgekommen sind. Ich wollte Sie schon die ganze Zeit fragen, was denn bei einem Menschen diesen Fantasietaten unbelebter Dinge entsprechen würde. Mit einem Wort – was ist Sünde? Ich weiß, Sie haben mir eine abstrakte Definition geliefert, aber ich hätte gerne ein konkretes Beispiel.«

»Ich habe Ihnen gesagt, dass dergleichen nur sehr selten vorkommt«, entgegnete Ambrose, der offenbar entschlossen war, jede direkte Antwort zu vermeiden. »Der Materialismus unserer Zeit, der viel dazu beigetragen hat, Heiligkeit nicht aufkommen zu lassen, hat vielleicht noch mehr dazu beigetragen, das Böse zu unterdrücken. Wir finden unsere Erde so behaglich, dass wir keinerlei Bedürfnis haben, in eine andere Sphäre auf- oder abzusteigen. Es scheint, als ob der Gelehrte, der sich auf Tophet ›spezialisieren‹ möchte, auf ausschließlich antiquarische Forschungen reduziert würde. Kein Paläontologe kann Ihnen einen lebenden Pterodaktylus vorführen.«

»Und ich nehme an, dass Sie sich ›spezialisiert‹ haben, und ich glaube, dass Ihre Forschungen sich bis in unsere moderne Zeit erstrecken.«

»Wie ich sehe, sind Sie wirklich interessiert. Nun ja, ich gebe zu, dass ich ein bisschen herumprobiert habe. Wenn Sie möchten, kann ich Ihnen etwas zeigen, das etwas mit dem äußerst seltsamen Thema zu tun hat, von dem wir gesprochen haben.«

Ambrose ergriff eine Kerze und ging zu einer entfernten, dunklen Ecke des Raumes. Cotgrave sah, dass er einen alten Schrank öffnete, der dort stand, und aus einem geheimen Hohlraum ein

Päckchen herausnahm. Dann kam er zu dem Fenster zurück, an dem sie beide gesessen hatten. Ambrose löste das Umschlagpapier, und zum Vorschein kam ein grünes Büchlein.

»Sie werden doch sorgfältig darauf aufpassen?«, fragte er. »Lassen Sie es nicht herumliegen. Es ist eines der wertvolleren Stücke meiner Sammlung, und ich wäre sehr betrübt, wenn es verloren ginge.«

Er strich mit der Hand zärtlich über den verblassten Einband.

»Ich kenne das Mädchen, das dies geschrieben hat«, erklärte er. »Wenn Sie es lesen, werden Sie sehen, wie es das Gespräch illustriert, das wir heute Nacht geführt haben. Es gibt auch noch eine Fortsetzung, aber darüber möchte ich nicht reden.«

Im Tonfall eines Mannes, der das Thema wechseln möchte, fuhr er fort: »Vor einigen Monaten erschien ein seltsamer Artikel in einer Zeitschrift. Er wurde von einem Arzt geschrieben, ich glaube, der Name war Dr. Crown. Er beschrieb, wie eine Dame, die beobachtete, wie ihre kleine Tochter am Wohnzimmerfenster spielte, plötzlich sah, wie das schwere Schiebefenster herunterstürzte und auf die Finger des Kindes fiel. Ich glaube, die Dame wurde ohnmächtig, aber jedenfalls wurde der Arzt gerufen, und nachdem er die verletzten und gebrochenen Finger des Kindes verbunden hatte, wurde er gebeten, nach der Mutter zu sehen. Sie stöhnte vor Schmerz, und er stellte fest, dass die gleichen drei Finger an ihrer Hand, die an der Hand ihres Kindes verletzt worden waren, geschwollen und entzündet waren und später zu eitern begannen.«

Ambrose strich sanft über das grüne Buch.

»Also gut, hier ist es«, sagte er schließlich. Offenbar fiel es ihm schwer, sich von seinem Schatz zu trennen.

»Bringen Sie das Buch zurück, sobald Sie es gelesen haben«, bat er, als sie durch die Eingangshalle in den Garten gingen, in dem es schwach nach weißen Lilien duftete.

Als Cotgrave sich zum Gehen wandte, zeigte sich im Osten schon ein breites rotes Band, und von seinem erhöhten Standplatz aus sah er London wie in einem Traumbild vor sich.

DAS GRÜNE BUCH

Der lederne Einband des Buches war verblichen, und die Farbe blass geworden, aber er wies weder Flecken, Schrammen noch Anzeichen des Gebrauchs auf. Das Buch sah so aus, als sei es »bei einem Besuch in London« vielleicht vor 70 oder 80 Jahren gekauft und dann vergessen worden und habe irgendwo unbeachtet herumgelegen. Es verströmte einen zarten Duft, wie er manchmal auch einem alten Möbelstück 100 Jahre lang und länger anhaften kann. Das Vorsatzpapier war mit seltsamen, farbigen Mustern aus verblasstem Gold verziert. Das Buch wirkte ziemlich schmal, aber das Papier war dünn und seine vielen Seiten waren eng mit kleinen, sorgfältig ausgeführten Buchstaben bedeckt.

Ich habe dieses Buch (begann der Text) in einer Schublade in der alten Kommode gefunden, die im Flur steht. Es war ein verregneter Tag, und ich konnte nicht hinausgehen. Und so holte ich mir am Nachmittag eine Kerze und wühlte in der Kommode herum. Fast alle Schubladen waren mit alten Kleidungsstücken angefüllt, aber eine von den kleinen Schubladen sah leer aus, und ganz hinten darin versteckt fand ich dieses Buch. Ich wollte genau so ein Buch haben, und so nahm ich es an mich, um hineinzuschreiben. Es ist voller Geheimnisse.

Ich habe noch viele andere Bücher, in die ich Geheimnisse hineingeschrieben habe, an einem sicheren Ort versteckt, und in dieses werde ich auch viele alte und manche neue Geheimnisse hineinschreiben.

Aber manche werde ich überhaupt nicht aufschreiben. Ich darf die richtigen Namen der Tage und Monate nicht niederschreiben, die ich vor einem Jahr herausgefunden habe. Ich darf auch nicht aufschreiben, wie die Aklo-Buchstaben geschrieben werden müssen, und auch die Chian-Sprache und die großen, schönen Kreise, und die Mao-Spiele und die wichtigsten Lieder dürfen nicht beschrieben werden. Ich darf aus ganz bestimmten Gründen über alle diese Dinge schreiben, aber nicht, wie man es macht. Und ich darf auch nicht verraten, wer die Nymphen sind und die Dôls und Jeelo und was Voolas bedeutet. Das sind die allergeheimsten Geheimnisse, und ich freue mich, wenn ich daran denke, was sie bedeuten und wie viele wunderbare Sprachen ich kenne.

Aber es gibt auch noch einige Dinge, die ich die Geheimnisse der Geheimnisse der Geheimnisse nenne, und an die ich nicht zu denken wage, es sei denn, ich bin ganz alleine, und dann schließe ich die Augen und lege die Hände darüber, und dann flüstere ich das Wort, und der Alala erscheint. Das tue ich nur nachts und in meinem eigenen Zimmer, oder in bestimmten Wäldern, die ich gut kenne, aber nicht beschreiben darf, weil es geheime Wälder sind. Dann gibt es noch die Zeremonien, die alle wichtig sind, aber manche sind noch viel wunderbarer als die anderen – Es gibt weiße und grüne und rote Zeremonien. Die roten Zeremonien sind die besten, aber es gibt nur einen Ort, an dem sie richtig ausgeführt werden können. Dafür gibt es aber eine sehr schöne Nachahmung, die ich auch an anderen Orten ausgeführt habe. Außerdem habe ich noch die Tänze und die Komödie. Die Komödie habe ich manchmal aufgeführt, als andere zusahen, doch sie haben nichts davon verstanden. Ich war noch sehr klein, als ich zum ersten Mal etwas über diese Dinge erfahren habe.

Ich kann mich erinnern, dass ich mich an Dinge aus der Zeit erinnern kann, als ich noch sehr klein war und meine Mutter noch lebte, aber es ist alles durcheinandergeraten. Ich kann mich erinnern, dass ich, als ich fünf oder sechs Jahre alt war, hörte, wie sie über mich redeten, wenn sie glaubten, ich würde es nicht merken. Sie sagten, wie eigenartig ich vor einem oder zwei Jahren gewesen sei, als das Kindermädchen meine Mutter rief, sie solle kommen und zuhören, wie ich mit mir selber redete und dabei Wörter sagte, die niemand verstand. Ich sprach die Xu-Sprache, aber ich erinnere mich nur noch an wenige Wörter, weil es die Sprache der kleinen weißen Gesichter war, die mich anschauten, wenn ich in meinem Bettchen lag. Sie redeten mit mir, und ich lernte ihre Sprache und redete in dieser Sprache mit ihnen über einen großen, weißen Platz, an dem sie lebten, wo die Bäume und das Gras weiß waren, und es gab weiße Berge, die bis zum Mond hinaufreichten, und es wehte ein kalter Wind.

Später habe ich noch oft von ihnen geträumt, aber die Gesichter sind verschwunden, als ich noch sehr klein war. Doch als ich etwa fünf Jahre alt war, passierte etwas Wunderbares. Mein Kindermädchen trug mich auf den Schultern. Wir gingen durch ein gelbes Getreidefeld, und es war sehr heiß. Dann kamen wir an einen Pfad durch einen Wald, und ein großer Mann lief hinter uns und ging mit uns, bis wir an einen Ort kamen, wo ein tiefer Teich war. Es war dort sehr dunkel und schattig.

Das Kindermädchen setzte mich ins weiche Moos unter einen Baum und sagte: »Sie kann jetzt nicht an den Teich heran.« So ließen sie mich dort zurück, und ich saß ganz still und beobachtete alles, und aus dem Wasser und aus dem Wald kamen zwei wunderbare weiße Gestalten, und sie begannen zu spielen und zu tanzen und zu singen. Sie waren cremig-weiß wie die alte Elfenbeinfigur im Wohnzimmer. Die eine war eine schöne Dame mit freundlichen dunklen Augen und ernstem Gesicht und langen, schwarzen Haaren. Sie sah die andere mit einem so seltsamen, traurigen Lächeln an, dass die auflachte und zu ihr kam. Sie spielten zusammen und tanzten um den Teich herum und herum, und sie sangen ein Lied, bis ich einschlief.

Das Kindermädchen weckte mich, als sie zurückkam, und da es ein bisschen so aussah wie die Dame, erzählte ich ihm alles, was passiert war, und fragte es, warum es so aussehe. Zuerst weinte sie, und dann sah sie sehr erschrocken aus und wurde ganz blass. Sie setzte mich ins Gras und starrte mich an. Ich konnte sehen, dass sie am ganzen Leib zitterte. Dann behauptete sie, ich hätte geträumt – aber ich wusste, dass ich nicht geträumt hatte. Dann musste ich versprechen, niemandem ein Wort davon zu sagen, und wenn ich es doch täte, würde man mich in eine schwarze Grube werfen. Ich hatte überhaupt keine Angst, obwohl mein Kindermädchen Angst hatte. Ich habe das alles niemals vergessen, denn wenn ich die Augen zumachte und es ganz still war und ich ganz alleine war, dann konnte ich sie wieder vor mir sehen, ganz schwach und weit weg, aber wunderschön. Und kleine Stücke des Liedes, das sie gesungen hatten, fielen mir wieder ein, aber ich konnte sie nicht nachsingen.

Als ich 13 oder fast 14 Jahre alt war, hatte ich ein ganz einzigartiges Abenteuer, das so seltsam war, dass ich den Tag, an dem es passiert ist, immer den Weißen Tag nenne. Meine Mutter war schon seit über einem Jahr tot, und am Vormittag hatte ich Unterricht, aber nachmittags durfte ich draußen spazieren gehen. Und an diesem Nachmittag ging ich einen mir unbekannten Weg. Ein kleiner Bach führte mich in eine neue Landschaft. An einigen schwierigen Stellen zerriss ich mir den Rock, denn der Weg führte durch viele Büsche und unter tief hängenden Ästen von Bäumen hindurch und durch dorniges Gestrüpp die Hügel hinauf und vorbei an dunklen Wäldern voller dorniger Ranken.

Es war ein sehr, sehr weiter Weg. Ich hatte das Gefühl, dass ich eine Ewigkeit lang weiterlief, und ich musste durch eine Art Tunnel kriechen, wo einst ein Bach gewesen sein muss, aber er war ganz und gar ausgetrocknet und auf dem Boden lagen Steine. Die Büsche über mir waren zusammengewachsen, sodass es ganz düster um mich herum wurde. Ich ging immer weiter auf diesem dunklen Weg. Es war eine sehr, sehr weite Strecke. Irgendwann kam ich zu einem Berg, den ich noch nie gesehen hatte. Ich fand mich in einem düsteren Dickicht voller schwarzer, verkrümmter Zweige wieder, die an mir zerrten, als ich hindurchging, und ich schrie laut auf, weil mir alles wehtat, und dann stellte ich fest, dass es aufwärtsging. Und ich kroch immer weiter hinauf und hinauf, bis das Dickicht endlich endete, und ich kam weinend am Rand einer großen, kahlen Fläche heraus, wo hässliche, graue Steine überall auf dem Gras verstreut herumlagen, und hier und da wuchs ein kleiner, verkrüppelter Baum unter einem Stein heraus wie eine Schlange.

Ich ging immer weiter und weiter, bis hinauf zum Gipfel. Ich hatte noch nie so große, hässliche Steine gesehen. Manche kamen aus der Erde heraus, und manche sahen so aus, als wären sie dorthin gerollt worden, wo sie lagen, und sie nahmen kein Ende, so weit ich sehen konnte, und das war sehr, sehr weit. Ich schaute mich weit um und sah die Landschaft, aber sie war seltsam. Es war Winter, und von den Hügeln um mich herum hingen schwarze, schreckliche Wälder herab. Mir war, als würde ich in einen großen, mit schwarzen Vorhängen verhängten Raum schauen. Die Bäume schienen ganz anders geformt zu sein als alles, was ich je gesehen hatte. Ich fürchtete mich. Hinter den Wäldern erhoben sich weitere Berge und sie bildeten einen großen Kreis, aber ich hatte keinen von ihnen jemals vorher gesehen. Alles sah schwarz aus und über allem lag ein Schleier. Alles war so still und schweigend, und der Himmel war schwer und grau und traurig wie ein verhexter Dom in Deep Dendo.

Ich lief zwischen den schrecklichen Felsen hindurch. Es waren Hunderte und Aberhunderte. Manche sahen aus wie grässlich grinsende Männer. Ich sah deutlich ihre Gesichter, als ob sie mich aus dem Stein anspringen und packen und mit sich in den Stein hineinzerren wollten, damit ich für immer dortblieb. Andere Felsen sahen aus wie kriechende Tiere, schreckliche Kreaturen, die ihre Zungen herausstreckten, und andere waren wie unaussprechliche Wörter und andere wirkten wie tote Menschen, die im Gras lagen. Ich ging an ihnen vorbei, obwohl sie mir Angst einjagten. In meinem Herzen erwachten viele böse Lieder, die sie hineingelegt hatten. Ich wollte Grimassen schneiden und Verrenkungen machen, so wie sie es taten, und ich ging immer weiter und weiter, bis ich die Felsen schließlich gern mochte, und sie mich nicht mehr erschreckten. Ich sang die Lieder, die mir einfielen, Lieder voller Worte, die nicht ausgesprochen oder niedergeschrieben werden dürfen. Dann schnitt ich Grimassen wie die Gesichter in den Felsen, und ich verrenkte mich wie die, die verrenkt aussahen, und ich legte mich flach auf den Boden wie die Toten, und ich ging zu einem hin, der grinste, und schlang die Arme um ihn und drückte mich an ihn.

So ging ich immer weiter durch die Felsen hindurch, bis ich zu einem runden Erdhügel in ihrer Mitte kam. Er war höher als ein gewöhnlicher Erdhügel, fast so hoch wie unser Haus, und geformt wie eine umgedrehte große Schüssel, ganz glatt und rund und grün. Nur ganz oben ragte ein einzelner Stein wie ein Wachposten heraus. Ich wollte an seiner Flanke hinaufklettern, aber er war so steil, dass ich aufhören musste, weil ich sonst wieder hinuntergerollt und gegen die Felsen am Boden geprallt und vielleicht sogar gestorben wäre. Aber ich wollte unbedingt auf die Spitze des großen, runden Erdwalls gelangen. Darum legte ich mich flach auf den Bauch, ergriff das Gras mit beiden Händen und zog mich Stück für Stück hinauf, bis ich oben ankam. Dort setzte ich mich auf den Stein in der Mitte und sah mich um.

Ich hatte das Gefühl, dass ich sehr, sehr weit gelaufen war, als sei ich hundert Meilen von zu Hause entfernt oder als ob ich mich in einem anderen Land befände oder an einem der seltsamen Orte, von denen ich in den *Indischen Geistergeschichten* und in den *Märchen aus Tausendundeiner Nacht* gelesen hatte. Mir schien es, als hätte ich jahrelang das Meer befahren und eine andere Welt gefunden, die noch nie ein Mensch gesehen und von der noch nie jemand etwas gehört hatte, so, als ob ich irgendwie durch den Himmel geflogen und auf einen der Sterne gefallen wäre, von denen ich gelesen habe und auf denen alles tot und kalt und grau ist und es keine Luft gibt und kein Wind weht.

Ich saß auf dem Stein und sah mich um. Es war, als ob ich auf einem Turm in der Mitte einer großen, leeren Stadt säße, weil ich um mich herum nichts als die grauen Steine auf dem Boden sah. Ich konnte ihre Formen nicht mehr erkennen, aber ich sah, dass die Fläche mit den Steinen immer weiter und weiter reichte, und ich sah sie an, und es schien, als hätten sie sich zu Mustern und Formen und Figuren geordnet. Ich wusste, dass das nicht sein konnte, weil ich gesehen hatte, dass viele von ihnen direkt aus der Erde kamen, also mit den tieferen Felsschichten fest verbunden waren. Und so sah ich wieder hin, aber ich erkannte immer noch nichts als Kreise und kleine Kreise innerhalb der großen Kreise und Pyramiden und Kuppeln und Türme, und sie schienen sich alle immerzu rund um den Platz zu drehen, auf dem ich saß. Je mehr ich hinschaute, desto mehr große Steinringe sah ich, die immer größer wurden. Ich starrte so lange hin, dass es sich anfühlte, als würden sie sich alle bewegen und sich drehen wie ein großes Rad, und ich drehte mich in der Mitte mit ihnen. Mir wurde ganz schwindelig und wirr im Kopf, und alles verschwamm wie im Nebel und wurde undeutlich. Ich sah kleine Funken von blauem Licht, und die Steine sahen jetzt so aus, als ob sie springen und tanzen und sich verrenken und immer weiter im Kreis herum bewegen würden. Ich bekam wieder Angst und ich schrie laut auf, sprang von dem Stein, auf dem ich saß, und fiel hin. Als ich wieder aufstand, war ich froh, weil alles wieder stillzustehen schien. Ich setzte mich auf die Spitze des Erdhügels und rutschte hinab und lief wieder weiter. Im Gehen tanzte ich auf die gleiche Weise, auf die die Felsen getanzt hatten, als mir schwindlig wurde, und ich war so froh, dass ich es gut konnte, und ich tanzte und tanzte immer weiter und sang ungewöhnliche Lieder, die mir dabei einfielen.

Schließlich kam ich an den Rand des großen, flachen Hügels. Hier gab es keine Felsen mehr, und der Weg führte wieder durch ein dunkles Dickicht in einen Graben. Es war ebenso schlimm wie das andere, durch das ich hinaufgeklettert war, aber diesmal machte es mir nichts aus, weil ich so froh war, dass ich diese einmaligen Tänze gesehen hatte und nachahmen konnte. Ich ging hinunter, kroch durch die Büsche und streifte eine große Brennnessel mit dem Bein, und es brannte sehr, aber es war mir egal. Die Zweige und die Dornen kratzten mich, aber ich lachte nur und sang.

Dann gelangte ich aus dem Dickicht hinaus in ein enges Tal. Es war ein kleiner, verborgener Ort, wie ein dunkler Einlass, von dem kein Mensch wusste, weil es so eng und tief und von so dichten Wäldern umgeben war. Dort gibt es eine steile Böschung mit überhängenden Bäumen, und die Farne sind dort den ganzen Winter lang noch grün, wenn sie oben auf dem Berg schon tot und braun sind. Sie verströmen einen süßen, kräftigen Geruch, der dem von Fichtenharz ähnelt. Durch dieses Tal floss ein kleiner Bach, so schmal, dass ich ihn leicht mit einem Schritt zu überspringen vermochte. Ich schöpfte das Wasser mit der Hand, und es schmeckte wie leuchtend gelber Wein, und es funkelte und blubberte und strömte über schöne rote, gelbe und grüne Steine, sodass es aussah, als sei es lebendig, und es leuchtete in allen Farben zugleich. Ich trank davon und schöpfte immer noch mehr mit der Hand, aber ich bekam nicht genug davon, und so legte ich mich nieder, neigte den Kopf und saugte das Wasser mit den Lippen auf. Es schmeckte noch viel besser, wenn man es auf diese Weise trank. Eine kleine Welle erhob sich bis an meine Lippen und gab mir einen Kuss, und ich lachte und trank wieder und stellte mir vor, dass eine Nymphe in dem Wasser lebt, wie die auf dem alten Bild in unserem Haus, und sie habe mich geküsst. Deshalb beugte ich mich tief über das Wasser, berührte es sanft mit den Lippen und flüsterte der Nymphe zu, dass ich wiederkommen würde. Ich war mir ganz sicher, dass es kein gewöhnliches Wasser sein konnte, und ich war sehr glücklich, als ich aufstand und weiterging.

Ich tanzte wieder voran durch das Tal und lief über die Hänge die Hügel hinauf. Als ich oben ankam, erhob sich der Boden vor mir so hoch und steil wie eine Wand, und es war nichts zu sehen außer der grünen Mauer und dem Himmel. Ich dachte an den Spruch »für immer und ewig, Welt ohne Ende, Amen« und fand, dass ich wirklich das Ende der Welt gefunden haben musste, weil es wie das Ende von allem war. Als ob dahinter nichts mehr sein könnte, außer dem Königreich Voor, wo das Licht hingeht, wenn es gelöscht wird, und das Wasser verschwindet, wenn die Sonne es aufsaugt.

Ich begann, an den langen, langen Weg zu denken, den ich zurückgelegt hatte, wie ich den Bach gefunden hatte, dem ich immer weiter gefolgt war, wie ich durch Gebüsch und dorniges Dickicht und dunkle Wälder voller kriechender Dornenranken gegangen war. Dann war ich durch einen Tunnel unter Bäumen hindurchgekrochen, und durch ein Dickicht hinaufgeklettert, und dann hatte ich all die grauen Felsen gesehen, hatte in ihrer Mitte gesessen, als sie sich um mich gedreht hatten, und dann war ich durch die grauen Felsen gegangen und den Berg hinunter durch das stachelige Dickicht gestiegen und in das dunkle Tal hinuntergeklettert, und es war ein weiter, weiter Weg gewesen. Ich fragte mich, wie ich wieder nach Hause kommen sollte, ob ich den Weg jemals finden würde, und ob unser Haus noch da sein würde, oder ob das Haus und alle, die darin waren, in graue Felsen verwandelt sein würden, wie in den Märchen aus *Tausendundeiner Nacht.* Ich setzte mich ins Gras und überlegte, was ich nun tun sollte. Ich war müde und meine Füße brannten vom Wandern.

Als ich mich umschaute, entdeckte ich einen wunderbaren Brunnen direkt neben dem hohen, steilen Graswall. Der Boden um ihn herum war mit leuchtend grünem, tropfendem Moos bedeckt. Es gab dort alle Arten von Moos, einige sahen aus wie schöne kleine Farne, andere wie Palmen und Fichten. Alle Moose waren so grün wie Edelsteine und die Wassertropfen hingen daran wie Diamanten. In ihrer Mitte erhob sich der große Brunnen, dessen Wasser in der Tiefe heraufleuchtete, schön und so klar, dass es so aussah, als könnte ich den roten Sand auf seinem Grund berühren, aber er war viel zu tief unten. Ich stand davor und sah hinein, als blickte ich in einen Spiegel. Am Grund des Brunnens, ganz in der Mitte, waren die roten Sandkörner in ständiger Bewegung, und ich sah, dass das Wasser daraus hervorquoll, aber oben war die Wasserfläche ganz glatt und glänzend.

Es war ein großer Brunnen, so groß wie eine Badewanne, und mit dem glitzernden grünen Moos an seinem Rand sah er aus wie ein großes, von grünen Steinen umrandetes weißes Juwel. Meine Füße waren so wund und müde, dass ich meine Stiefel und Strümpfe auszog und die Füße in das Wasser hinunterhängen ließ. Das Wasser war weich und kühl, und als ich aufstand, war ich nicht mehr müde, und ich wusste, dass ich weiter und immer weiter gehen und nachsehen musste, was auf der anderen Seite des Walls lag.

Ich kletterte ganz langsam hinauf und bewegte mich die ganze Zeit seitwärts, und als ich oben stand und hinübersah, befand ich mich in dem seltsamsten Land, das ich je gesehen hatte, sogar noch seltsamer als der Berg mit den grauen Felsen. Es sah so aus, als ob riesige Erdkinder dort mit ihren Spaten gespielt hätten, denn es befanden sich dort lauter Hügel und Senken und Burgen und Mauern, alle aus Erde und mit Gras bedeckt. Es gab zwei Erdhügel, die wie gewaltige Bienenstöcke aussahen, rund und groß und feierlich, und dann tiefe Mulden und eine steil aufragende Mauer, wie die, die ich einmal am Meer gesehen hatte, wo die großen Kanonen und die Soldaten sind.

Fast wäre ich in eine der runden Senken hineingefallen, als der Boden plötzlich unter meinen Füßen wegbrach, doch dann rannte ich ganz schnell die Seitenwand hinunter, und dann stand ich unten und sah hinauf. Es war seltsam und feierlich, hinaufzuschauen. Es war nichts anderes zu sehen als der graue, schwere Himmel und die Seitenwände der Bodensenke. Alles andere war verschwunden, und die Senke bildete die gesamte Welt, und ich dachte, dass sie in der Nacht voll von Geistern und unruhigen Schatten und blassen Wesen sein musste, wenn der Mond mitten in der Nacht bis auf den Boden herabschien und der Wind darüber heulte. Es war so seltsam und feierlich und einsam wie ein Höhlentempel für tote heidnische Götter.

Es erinnerte mich an eine Geschichte, die mein Kindermädchen mir erzählt hatte, als ich noch ganz klein war. Es war das gleiche Kindermädchen, das mich in den Wald getragen hatte, wo ich die schönen weißen Menschen gesehen hatte. Ich erinnerte mich, wie das Kindermädchen mir die Geschichte an einem Winterabend erzählte, als der Wind die Äste der Bäume gegen die Mauer schlagen ließ und im Kamin des Kinderzimmers heulte und klagte. Sie sagte, dass es irgendwo eine Bodensenke gebe, genau wie die, in der ich gerade stand. Alle Leute fürchteten sich, hinein oder auch nur in die Nähe des Lochs zu gehen, weil es ein so schlimmer Ort sei. Aber einmal gab es da ein armes Mädchen, das sagte, es werde in die Bodensenke gehen, und alle versuchten, sie aufzuhalten, aber sie wollte trotzdem hineingehen. Und sie ging hinunter in die Bodensenke und kam lachend wieder heraus und sagte, es gebe dort nichts als grünes Gras und rote und weiße Steine und gelbe Blumen. Und bald darauf sahen die Leute, dass sie die allerschönsten Ohrringe trug, und sie fragten sie, woher sie sie habe, weil sie und ihre Mutter sehr arm waren. Aber sie lachte nur und sagte, ihre Ohrringe seien nicht aus Smaragden, sondern nur aus grünem Gras gemacht. Eines Tages trug sie den rötesten Rubin auf der Brust, den die Leute jemals gesehen hatten, und er war so groß wie ein Hühnerei. Er funkelte und leuchtete wie ein glühendes Stück Kohle. Und die Leute fragten sie, woher sie den Rubin habe, weil sie und ihre Mutter sehr arm waren. Aber sie lachte und sagte, es sei gar kein Rubin, sondern nur ein roter Stein. Dann trug sie eines Tages die schönste Kette um den Hals, die die Leute je gesehen hatten, viel schöner als die kostbarste Kette der Königin, und sie war aus Hunderten von großen, glänzenden Diamanten gemacht, und sie leuchteten wie die Sterne in einer Juninacht. Die Leute fragten sie, woher sie sie habe, weil sie und ihre Mutter sehr arm waren. Aber sie lachte und antwortete, es seien gar keine Diamanten, sondern nur weiße Steine. Und eines Tages ging sie zum Königshof, und auf dem Kopf trug sie eine Krone aus reinstem Gold, sagte das Kindermädchen, und die Krone leuchtete wie die Sonne und war viel prachtvoller als die, die der König selbst trug, und an ihren Ohren glänzten die Smaragde, und der große Rubin prangte als Brosche auf ihrer Brust, und die Halskette aus den großen Diamanten lag funkelnd um ihrem Hals. Und der König und die Königin dachten, sie sei eine große Prinzessin aus einem weit entfernten Land, und sie stiegen von ihren Thronsesseln herab, um sie zu begrüßen, aber jemand sagte dem König und der Königin, wer sie war und dass sie sehr arm sei. Also fragte der König, warum sie eine goldene Krone trug und woher sie sie habe, wo sie und ihre Mutter doch so arm seien. Und sie lachte und sagte, es sei gar keine goldene Krone, sie habe nur ein paar gelbe Blumen in ihr Haar geflochten. Und der König fand das sehr seltsam und sagte, sie solle am Hof bleiben, und sie wollten sehen, was als Nächstes geschehen würde. Aber sie war so schön, dass alle Leute sagten, ihre Augen seien grüner als die Smaragde, und ihre Lippen seien röter als der Rubin, und ihre Haut sei weißer als die Diamanten und ihr Haar leuchtender als die goldene Krone. Da sagte der Sohn des Königs, er wolle sie heiraten, und der König sagte, es sei ihm recht. So traute der Bischof die beiden und es gab ein großes Festessen und hinterher ging der Königssohn zum Zimmer seiner Frau. Aber als er seine Hand auf die Türklinke legte, sah er einen großen, schwarzen Mann mit einem furchtbaren Gesicht, der vor der Tür stand, und eine Stimme sagte:

Spiele nicht mit deinem Leben,
Mir ist sie zur Frau gegeben.

Da fiel der Königssohn ohnmächtig zu Boden. Sie kamen herbei und versuchten, in das Zimmer einzudringen, aber sie schafften es nicht. Sie hackten mit Äxten auf die Tür ein, aber das Holz war so hart wie Eisen, und zum Schluss liefen alle davon, so entsetzt waren sie über das Schreien und Lachen und Kreischen und Weinen, das aus dem Zimmer drang. Aber am nächsten Tag gingen sie hinein und fanden nichts als dicken, schwarzen Rauch in dem Zimmer, weil der schwarze Mann gekommen war und das Mädchen mitgenommen hatte. Nur auf dem Bett lagen zwei zusammengeballte, vertrocknete Grasbüschel, ein roter Stein, ein paar weiße Steine und ein paar verdorrte gelbe Blumen.

Ich erinnerte mich an diese Geschichte meines Kindermädchens, als ich auf dem Grund der tiefen Bodensenke stand. Es war dort so seltsam und einsam, und ich fürchtete mich. Ich sah keine Steine und auch keine Blumen, aber ich hatte Angst, ich könnte etwas mitnehmen, ohne es zu merken, und ich dachte mir, dass ich eine Zeremonie ausführen sollte, um den schwarzen Mann fernzuhalten. Also stellte ich mich direkt in die Mitte der Bodensenke und vergewisserte mich, dass ich keine solchen Dinge an mir hatte, und dann ging ich um die ganze Senke herum und berührte meine Augen und meine Lippen und mein Haar auf ganz bestimmte Weise, und ich flüsterte seltsame Worte, die das Kindermädchen mir beigebracht hatte, um böse Dinge fernzuhalten. Erst dann fühlte ich mich sicher und kletterte aus der Bodensenke heraus und ging weiter durch all die Erdhügel und Gräben und Mauern, bis ich das Ende erreichte, das hoch über allem anderen lag. Von dort aus konnte ich sehen, dass all die Erdformen so verteilt waren, dass sie Muster bildeten, ähnlich wie die grauen Felsen, nur dass dieses Muster anders war. Es wurde schon spät, und ich konnte es nicht so deutlich erkennen, aber von meinem Standplatz aus sah es aus wie zwei große menschliche Gestalten, die im Gras lagen.

Ich ging weiter, und zuletzt fand ich einen besonderen Wald, der zu geheim ist, um beschrieben werden zu dürfen. Niemand weiß, wie man hineingelangt, doch ich fand den Eingang auf äußerst seltsame Weise. Ich sah nämlich ein kleines Tier durch diesen Eingang in den Wald laufen. Also ging ich auf einem sehr engen, dunklen Weg hinter dem Tier her, unter Dornen und Büschen hindurch, und es war schon fast dunkel, als ich zu einer Art Lichtung in der Mitte kam. Und dort bot sich mir der wunderbarste Anblick, den ich je hatte – jedoch nur eine Minute lang, denn ich rannte fort. Ich kroch auf dem Pfad, auf dem ich in den Wald hineingekommen war, wieder hinaus, und ich rannte und rannte so schnell ich konnte, denn ich fürchtete mich, weil das, was ich gesehen hatte, so wunderbar und so seltsam und so schön gewesen war. Ich wollte nur nach Hause laufen und darüber nachdenken, da ich nicht wusste, was passieren würde, wenn ich in der Nähe des Waldes blieb. Ich fieberte und mein ganzer Leib zitterte und mein Herz pochte. Seltsame Schreie drangen von meinen Lippen, während ich von dem Wald fortrannte, ich konnte es nicht verhindern. Ich war froh, dass ein großer weißer Mond hinter einem runden Hügel aufstieg und mir den Weg zeigte, und so ging ich zurück durch die Erdhügel und Mulden und das enge Tal hinunter und durch das Dickicht hinauf über die Fläche mit den grauen Steinen, und gelangte schließlich wieder nach Hause.

Mein Vater war in seinem Arbeitszimmer beschäftigt und die Dienstboten hatten ihm nichts von meinem Ausbleiben gesagt, obwohl sie sich Sorgen gemacht und nicht gewusst hatten, was sie tun sollten. Ich sagte ihnen, ich hätte mich verirrt, und ließ nicht zu, dass sie herausfanden, wo ich wirklich gewesen war. Ich ging zu Bett und lag die ganze Nacht lang wach und dachte darüber nach, was ich gesehen hatte. Als ich aus dem engen Pfad herausgetreten war und alles hell erleuchtet schien, obwohl es dunkel war, schien es so wirklich, und auf dem ganzen Weg nach Hause war ich mir ganz sicher, dass ich es tatsächlich gesehen hatte. Ich wollte jetzt allein in meinem Zimmer sein und mich ganz allein darüber freuen und die Augen schließen und so tun, als ob alles noch um mich wäre, und all die Dinge tun, die ich getan hätte, wäre ich nicht so furchtsam gewesen. Aber als ich die Augen schloss, kam der Anblick nicht wieder. Ich begann von Neuem über meine Abenteuer nachzudenken, und ich erinnerte mich, wie düster und eigenartig am Ende alles gewesen war, und ich hatte Angst, dass alles ein Irrtum sein könnte, weil es mir so unmöglich erschien, dass es tatsächlich geschehen war. Es erschien mir wie eine der Geschichten meines Kindermädchens, die ich nicht wirklich glaubte, obwohl ich am Grund der Bodensenke solche Angst gehabt hatte. All die Geschichten, die sie mir erzählt hatte, als ich noch klein war, fielen mir wieder ein, und ich fragte mich, ob das, von dem ich glaubte, dass ich es gesehen hätte, wirklich existierte, und ob einige ihrer Geschichten vor langer Zeit passiert sein konnten.

Es war so seltsam. Ich lag wach in meinem Zimmer auf der Rückseite des Hauses, und das Mondlicht fiel auf der anderen Seite des Hauses in Richtung auf den Fluss, sodass das helle Licht nicht auf die Hauswand treffen konnte. Das Haus war völlig still. Ich hörte meinen Vater die Treppe heraufkommen, als es gerade zwölf geschlagen hatte, und danach erfüllte nur Stille und Leere das Haus, als ob niemand darin am Leben war. Obwohl es in meinem Zimmer ganz dunkel war, fiel ein blasses, flimmerndes Licht durch den weißen Vorhang, und einmal stand ich auf und sah hinaus, und der große, schwarze Schatten des Hauses lag über dem Garten, der aussah wie ein Gefängnis, in dem Menschen erhängt werden. Und dahinter schimmerte alles hell, der Wald glänzte weiß mit schwarzen Schlünden zwischen den Bäumen. Es war still und klar, und es gab keine Wolken am Himmel.

Ich wollte an das denken, was ich gesehen hatte, aber ich schaffte es nicht. Ich dachte an all die Geschichten, die mir mein Kindermädchen vor so langer Zeit erzählt hatte, dass ich bereits geglaubt hatte, ich hätte sie vergessen, aber sie kehrten jetzt alle wieder und vermischten sich mit den Dickichten und den grauen Felsen und den Bodensenken und dem geheimen Wald, bis ich kaum noch wusste, was alt und was neu war und ob ich nicht alles nur geträumt hatte. Und dann dachte ich an den heißen Sommernachmittag vor so langer Zeit, als das Kindermädchen mich ganz allein im Schatten zurückließ und die weißen Gestalten aus dem Wasser und dem Wald herauskamen und spielten und tanzten und sangen. Ich begann zu glauben, dass das Kindermädchen mir etwas Ähnliches erzählt hatte, bevor ich sie sah, nur dass ich mich nicht mehr genau erinnern konnte, was sie mir gesagt hatte. Dann fragte ich mich, ob das Kindermädchen selbst die weiße Dame gewesen war, weil ich mich erinnerte, dass sie ebenso weiß und schön erschien, mit den gleichen dunklen Augen und schwarzen Haaren. Und manchmal, wenn sie mir eine ihrer Geschichten erzählte, die mit »Es war einmal …« oder mit »Zur Zeit der Elfen …« begannen, lächelte sie und sah genauso aus, wie die Dame ausgesehen hatte. Dann jedoch glaubte ich, dass sie nicht die Dame gewesen sein konnte, weil sie in die andere Richtung in den Wald gegangen war, und der Mann, der hinter uns hergekommen war, konnte nicht der andere gewesen sein, sonst hätte ich das wunderbare Geheimnis in dem geheimen Wald nicht sehen können.

Ich dachte an den Mond, aber das war ja später gewesen, als ich quer durch das wilde Land lief, wo die Erde zu großen Figuren geformt und alles voller Mauern und geheimnisvoller Bodensenken und glatter, runder Erdhügel war – erst dort hatte ich gesehen, wie der große, weiße Mond über einem runden Hügel aufstieg. Ich dachte über all diese Dinge nach, bis ich zum Schluss große Angst bekam, weil ich fürchtete, dass mir etwas geschehen war, und ich dachte an die Geschichte meines Kindermädchens von dem armen Mädchen, dass in die Bodensenke hinabgestiegen war und am Ende von dem schwarzen Mann fortgeführt wurde. Ich wusste, dass ich auch in eine Bodensenke gestiegen war, und vielleicht war es die gleiche, und ich hatte etwas Entsetzliches getan. Darum führte ich die Zauberzeremonie noch einmal aus und berührte meine Augen und meine Lippen und mein Haar auf ganz besondere Weise und sagte die alten Worte in der Feensprache, damit ich sicher sein konnte, dass ich nicht davongeführt wurde.

Ich versuchte noch einmal, mir den geheimen Wald vorzustellen, durch den Eingang zu kriechen und zu sehen, was ich dort gesehen hatte, aber irgendwie gelang es mir nicht. Deshalb grübelte ich weiter über die Geschichten meines Kindermädchens nach. Ich erinnerte mich an eine von einem jungen Mann, der vor langer Zeit auf die Jagd ging. Den ganzen Tag suchten er und seine Hunde überall nach Wild, sie überquerten Flüsse und gingen in alle Wälder und umrundeten die Sümpfe, aber sie konnten nichts finden. Sie suchten den ganzen Tag, bis die Sonne unterging und hinter dem Berg versank. Der junge Mann war wütend, weil er nichts finden konnte, und gerade als die Sonne den Berg berührte und er nach Hause gehen wollte, sah er aus dem Unterholz vor sich einen wunderschönen weißen Hirsch hervortreten. Er trieb seine Hunde an, aber sie winselten und wollten nicht gehorchen, und er trieb sein Pferd an, aber es zitterte und stand stockstill. So sprang der junge Mann von seinem Pferd, ließ die Hunde zurück und verfolgte alleine den weißen Hirsch. Schon bald war es vollkommen dunkel und der Himmel schwarz, und kein Stern zu sehen. Der Hirsch lief voran in die Dunkelheit. Obwohl der junge Mann sein Gewehr bei sich hatte, schoss er nicht auf den Hirsch, denn er wollte ihn fangen, doch er befürchtete, dass er ihn in der Nacht aus den Augen verlieren würde. Aber er verlor ihn kein einziges Mal aus den Augen, obwohl der Himmel so schwarz und die Nacht so dunkel war. Der Hirsch ging immer weiter, bis der junge Mann nicht mehr wusste, wo er sich befand. Sie liefen durch riesige Wälder, wo die Luft von Flüstern erfüllt war und die verrotteten Baumstämme, die auf dem Boden verstreut lagen, ein fahles, totes Licht verströmten, und gerade als der junge Mann meinte, er habe den Hirsch verloren, sah er ihn weiß und leuchtend vor sich stehen. Er rannte, so schnell er konnte, um ihn zu fangen, aber der Hirsch lief immer noch schneller und der Mann konnte ihn nicht fangen. Und sie gingen durch riesige Wälder und schwammen durch Flüsse, und sie wateten durch schwarze Sümpfe, wo der Boden blubberte und die Luft voller Irrlichter war, und der Hirsch floh hinunter in enge, felsige Täler, wo die Luft so roch wie in einer Gruft, und der Mann lief hinterher. Sie liefen über die hohen Berge, und der Mann hörte, wie der Wind vom Himmel herunterkam, doch der Hirsch lief immer weiter und der Mann lief hinterher. Schließlich ging die Sonne auf, und der junge Mann stellte fest, dass er in einem Land war, das er noch nie gesehen hatte. Es war ein schönes Tal, durch das ein breiter Fluss strömte, und in der Mitte ragte ein großer, runder Berg auf. Der Hirsch ging das Tal entlang auf den Berg zu. Er schien müde zu werden und ging langsamer und langsamer, und obwohl der Mann ebenfalls müde war, begann er, jetzt schneller zu laufen. Er war sich ganz sicher, dass er den Hirsch schließlich doch noch fangen würde. Aber gerade als sie am Fuß des Berges ankamen und der Mann die Hand ausstreckte, um den Hirsch zu packen, verschwand dieser im Erdboden.

Der Mann begann zu weinen, so traurig war er, dass er den Hirsch nach der langen Jagd doch noch verloren hatte. Aber während er so weinte, erkannte er, dass sich direkt vor ihm eine Tür im Berg befand, und er ging hinein. Es war stockdunkel, aber er ging weiter, weil er glaubte, er würde den weißen Hirsch finden. Und plötzlich wurde es hell, und der Himmel war über ihm und die Sonne schien und in den Bäumen zwitscherten Vögel, und darunter war ein schöner Springbrunnen. An dem Springbrunnen saß eine schöne Dame – die Königin der Elfen. Sie sagte dem Mann, sie habe sich in einen Hirsch verwandelt, um ihn hierherzubringen, denn sie liebe ihn sehr. Dann brachte sie einen goldenen Becher aus ihrem Feenpalast, der ganz mit Edelsteinen bedeckt war. Aus dem Becher bot sie ihm Wein zu trinken an. Der junge Mann trank, und je mehr er trank, desto mehr sehnte er sich danach, zu trinken, weil der Wein verzaubert war. Und so küsste er die liebliche Dame und sie wurde seine Frau, und er blieb den ganzen Tag und die ganze Nacht in dem Berg, in dem sie wohnte, und als er aufwachte, sah er, dass er an der Stelle auf dem Boden lag, wo er den Hirsch zum ersten Mal gesehen hatte. Sein Pferd und seine Hunde standen bei ihm und bewachten ihn. Der junge Mann schaute auf und sah die Sonne, die gerade hinter dem Berg versank. So kehrte er nach Hause zurück und er lebte noch lange, aber er küsste nie wieder eine andere Frau, weil er die Feenkönigin geküsst hatte, und er trank nie wieder normalen Wein, weil er den Zauberwein getrunken hatte.

Manchmal erzählte mir mein Kindermädchen Geschichten, die sie von ihrer Urgroßmutter gehört hatte, die sehr alt war und ganz allein in einer Berghütte wohnte. Meistens handelten diese Geschichten von einem Hügel, auf dem die Leute vor langer Zeit nachts zusammenkamen, um die verschiedensten seltsamen Spiele und höchst merkwürdigen Sachen zu tun, von denen das Kindermädchen mir erzählte, die ich aber nicht verstand, und jetzt, sagte sie, wisse außer ihrer Urgroßmutter niemand mehr etwas darüber und niemand erinnere sich daran, wo der Hügel sich eigentlich befunden habe, nicht einmal ihre Urgroßmutter. Mein Kindermädchen erzählte mir einmal eine dieser seltsamen Geschichten über den Hügel, und ich zitterte, als ich mich wieder daran erinnerte.

Sie erzählte, dass die Leute dort immer im Sommer zusammenkamen, wenn es sehr heiß war, und sie hätten sehr viel getanzt. Zuerst war der Ort ganz dunkel gewesen, denn die Bäume, die dort wuchsen, hätten alles noch viel düsterer gemacht. Die Leute seien einzeln und aus allen Richtungen gekommen, auf einem geheimen Pfad, den kein Außenstehender kannte. Zwei Personen hätten den Zugang bewacht und jeder, der dort ankam, musste ein seltsames Zeichen machen, das das Kindermädchen mir, so gut sie konnte, vormachte, aber sie sagte, sie kenne es nicht richtig. Alle möglichen Leute erschienen, Adelige und Bauernvolk, auch Alte, Jungen und Mädchen und sogar kleine Kinder, die dasaßen und zuschauten. Wenn sie ankamen, war noch alles dunkel, außer in einer Ecke, wo jemand etwas schmorte, das stark und süßlich roch und die Menschen zum Lachen brachte – man sah dort glühende Kohlen und rot leuchtender Qualm stieg in die Luft empor. So kamen sie alle herein, und als der Letzte gekommen war, tarnte man den Zugang, sodass niemand mehr hinzukommen konnte, selbst wenn jemand wusste, dass dahinter etwas stattfand.

Einmal verirrte sich dorthin ein vornehmer Herr, der in der Nacht weit geritten und in der Gegend fremd war. Sein Pferd trug ihn mitten hinein in ein wildes Land, wo alles auf dem Kopf zu stehen schien, sich überall schreckliche Sümpfe ausbreiteten und große Felsen herumlagen und sich plötzlich Gruben unter den Füßen auftaten und die Bäume mit ihren langen, schwarzen Armen, die sie über den Weg ausstreckten, sahen wie Galgen aus. Der fremde Herr fürchtete sich sehr und auch sein Pferd begann, am ganzen Körper zu zittern und blieb zuletzt stehen und wollte nicht mehr weitergehen. Der Herr stieg ab und versuchte, das Pferd zu führen, aber es rührte sich nicht von der Stelle, und es war ganz und gar mit Schweiß bedeckt, wie mit Totenschweiß. Also ging der vornehme Herr alleine weiter, immer tiefer und tiefer in das wilde Land hinein, bis er zuletzt einen dunklen Ort erreichte, an dem er Stimmen hörte, die riefen und sangen und schrien, wie er es noch nie zuvor gehört hatte. Es klang so, als ob es ganz aus der

Nähe kam, aber er konnte nicht hin, und so begann er, zu rufen. Während er rief, huschte etwas hinter ihm heran und eine Minute später lag er an Armen und Beinen gefesselt auf dem Boden, sein Mund geknebelt, und er fiel in Ohnmacht. Als er wieder zu sich kam, lag er am Straßenrand an der Stelle, an der er sich verirrt hatte, unter einer zersplitterten Eiche mit geschwärztem Stamm, und sein Pferd stand neben ihm, an einen Baum gebunden. So ritt er in die nächste Stadt und erzählte den Leuten dort, was ihm passiert war, und manche Leute waren verwundert, aber andere nickten wissend.

Sobald sie also alle versammelt waren, wurde der Zugang geschlossen und niemand vermochte noch hindurchzugelangen. Im Inneren fassten alle sich einander bei den Händen und bildeten einen Kreis, und in der Dunkelheit stimmte einer einen Gesang an und ein anderer machte mit einem Instrument, das sie dazu mitgebracht hatten, einen Lärm wie Donnergrollen, das die Leute in stillen Nächten noch weit, weit jenseits des wilden Landes hören konnten. Einige der Menschen, die mitten in der Nacht in ihren Betten von den entsetzlichen, tiefen Tönen, die wie Donner im Gebirge klangen, geweckt wurden und die zu wissen glaubten, woher es rührte, schlugen ein Zeichen auf ihrer Brust. Der Lärm und das Singen gingen lange Zeit ununterbrochen weiter, und die Menschen in dem Kreis wiegten sich hin und her. Sie sangen eine seltsame Melodie in einer uralten Sprache, die heute niemand mehr versteht.

Mein Kindermädchen sagte, als ihre Urgroßmutter noch ein kleines Mädchen gewesen sei, habe sie jemanden gekannt, der sich noch an einen kleinen Teil des Liedes erinnern konnte, und mein Kindermädchen versuchte, mir etwas davon vorzusingen. Die Melodie war so seltsam, dass mir ganz kalt wurde. Ich bekam eine Gänsehaut, als hätte ich die Hand auf etwas Totes gelegt.

Manchmal sang ein Mann, und manchmal eine Frau, und manchmal sang jemand so schön, dass zwei oder drei Leute aus dem Kreis schreiend zu Boden fielen und ihre Hände in Krämpfen wanden. Das Singen ging immer weiter, und die Leute wiegten sich hin und her, und schließlich ging der Mond über dem Ort auf, den sie Tole Deol nannten, und beleuchtete sie, wie sie tanzten und sich hin und her wiegten, und der süße, dicke Rauch kräuselte sich über den brennenden Kohlen und schwebte im Kreis um sie herum.

Später verzehrten sie das Festmahl. Ein Junge und ein Mädchen brachten es herbei. Der Junge trug einen großen Krug Wein und das Mädchen trug einen Laib Brotkuchen, und sie reichten den Wein und das Brot herum und herum, aber beides schmeckte ganz anders als gewöhnliches Brot und gewöhnlicher Wein und jeder, der davon aß und trank, veränderte sich. Dann standen alle auf und tanzten, und geheimnisvolle Gegenstände wurden aus einem Versteck gebracht, mit denen sie ungewöhnliche Spiele spielten. Sie tanzten im Mondlicht immer rundherum, rundherum, rundherum, und manchmal verschwanden einige Tänzer, und man hörte nie wieder etwas von ihnen, und niemand wusste, was ihnen passiert war. Dann tranken sie noch mehr von dem seltsamen Wein und machten sich Abgötter und beteten sie an.

Eines Tages, als wir spazieren gingen und an einem Ort vorbeikamen, an dem es sehr viel nassen Lehm gab, zeigte mir mein Kindermädchen, wie solche Götzenbilder gemacht werden. Damals fragte sie mich, ob ich gerne wissen wolle, wie die Figuren aussehen, die sie auf dem Hügel machten, und ich sagte Ja. Dann fragte sie mich, ob ich auch verspreche, niemals einer lebenden Seele ein Wort davon zu erzählen, und sollte ich es doch tun, würde ich zusammen mit den Toten in die schwarze Grube geworfen, und ich versicherte, ich würde niemandem etwas erzählen. Sie sagte immer wieder das Gleiche, und ich versprach es. Da nahm sie meinen hölzernen Spaten und grub einen großen Klumpen Lehm aus und legte ihn in meinen Spieleimer und sagte mir, falls wir jemandem begegnen würden, solle ich sagen, dass ich zu Hause Kuchen daraus backen wolle. Dann gingen wir noch ein bisschen weiter, bis wir an ein Dickicht kamen, das direkt neben der Straße wuchs, und dort blieb das Kindermädchen stehen. Sie sah die Straße hinauf und hinunter und spähte durch die Hecke in das Feld auf der anderen Seite und sagte: »Schnell!« Wir rannten in das Gebüsch und krochen unter den Büschen hindurch, bis wir ein gutes Stück von der Straße entfernt waren.

Wir setzten uns unter einen Busch, und ich wollte so gerne wissen, was das Kindermädchen mit dem Lehm machen würde, aber bevor sie damit anfing, ließ sie mich noch einmal versprechen, dass ich nichts davon verraten würde, und dann ging sie noch einmal fort und spähte nach allen Seiten durch die Sträucher, obwohl der Weg so schmal und versteckt war, dass kaum jemals jemand dort entlangging. Nun setzten wir uns hin und das Kindermädchen nahm den Lehm aus dem Eimer und begann ihn mit den Händen zu kneten und seltsame Dinge damit zu machen, wand ihn hin und her. Sie verbarg ihn eine oder zwei Minuten lang unter einem großen Feldampferblatt, holte ihn wieder hervor, dann stand sie auf und setzte sich wieder und ging auf besondere Weise um den Lehm herum, und die ganze Zeit sang sie leise eine Art Reim vor sich hin. Ihr Gesicht wurde ganz rot. Danach setzte sie sich wieder hin, nahm den Lehm in die Hand und begann, eine Puppe daraus zu formen, aber keine wie die, die ich zu Hause habe, sondern sie knetete die seltsamste Puppe, die ich je gesehen habe, aus dem nassen Lehm und versteckte sie unter dem Busch, damit sie trocknete und hart wurde. Die gesamte Zeit, während sie die Puppe machte, sang sie diese Reime vor sich hin, und ihr Gesicht wurde immer roter. Versteckt unter den Büschen, wo niemand sie jemals finden würde, ließen wir die Puppe zurück.

Ein paar Tage später wanderten wir die gleiche Strecke entlang, und als wir an die enge, dunkle Stelle des Weges kamen, wo das Gebüsch bis an den Straßenrand reichte, ließ mich mein Kindermädchen alles noch einmal versprechen, und sie sah sich um, wie sie es vorher getan hatte, und dann krochen wir in die Büsche, bis wir zu dem grünen Platz kamen, wo der kleine Lehmmann verborgen lag. Ich kann mich an das alles sehr gut erinnern, obwohl ich erst acht Jahre alt war, und jetzt, wo ich es niederschreibe, ist es acht Jahre her. Der Himmel leuchtete in einem tiefen, violetten Blau, und in der Mitte des Gebüschs, in dem wir hockten, blühte ein großer Holunderbusch, und auf der anderen Seite wuchs ganz viel Mädesüß. Wenn ich an den Tag zurückdenke, scheint das Zimmer vom Duft der Holunderblüten und des Mädesüß erfüllt zu sein, und sobald ich die Augen schließe, sehe ich den gleißend blauen Himmel mit den kleinen weißen Wolken, die über ihn ziehen, und mein Kindermädchen, das schon seit Langem fortgegangen ist, sitzt mir wieder gegenüber und sie sieht aus wie die schöne weiße Dame aus dem Wald.

Wir setzten uns also hin, und das Kindermädchen nahm die Lehmfigur aus dem Versteck und sie sagte, wir müssten ihr »unsere Ehrfurcht erweisen«. Sie würde mir zeigen, was ich tun müsse, und ich solle ihr genau zusehen. Dann tat sie alle möglichen seltsamen Dinge mit dem kleinen Lehmmann, und ich bemerkte, dass sie schweißüberströmt war, obwohl wir ganz langsam gegangen waren, und dann forderte sie mich auf, dass ich nun »meine Ehrfurcht erweise«. Ich tat alles, was sie getan hatte, weil ich sie gerne mochte und weil es so ein seltsames Spiel war. Sie sagte, wenn man sehr stark liebte, dann sei der Lehmmann sehr gut, wenn man bestimmte Dinge mit ihm machte, und wenn man sehr stark hasste, dann sei er ebenso gut, nur dass man dann andere Dinge machen musste, und wir spielten lange Zeit mit ihm und stellten uns alles Mögliche vor.

Das Kindermädchen sagte, ihre Urgroßmutter habe ihr alles über diese Abbilder erzählt, und was wir täten, würde niemandem schaden, sondern sei nur ein Spiel. Aber sie erzählte mir eine Geschichte über solche Abbilder, die mich sehr erschreckte, und daran musste ich in jener Nacht denken, als ich wach in meinem Zimmer in der fahlen, leeren Dunkelheit lag und über den geheimen Wald und über das nachdachte, was ich gesehen hatte.

Mein Kindermädchen hatte erzählt, dass einmal eine junge Dame lebte, die dem Hochadel angehörte, und sie wohnte in einem großen Schloss. Sie war so schön, dass alle adeligen jungen Männer sie heiraten wollten, denn sie war die lieblichste Dame, die man je gesehen hatte. Sie war freundlich zu jedermann, und alle dachten, dass sie ein herzensguter Mensch sei. Aber obwohl sie zu all den Herren, die sie heiraten wollten, sehr höflich war, wies sie alle ab und erklärte, sie könne sich nicht entscheiden und wisse nicht einmal, ob sie überhaupt heiraten wolle. Ihr Vater, der ein hoher Lord war, wurde zornig, obwohl er sie innig liebte, und er fragte sie, warum sie sich nicht einen Junggesellen unter all den gut aussehenden jungen Männern aussuchen wollte, die zum Schloss kamen. Aber sie erwiderte nur, dass sie keinen von ihnen liebe, und sie müsse noch warten, und wenn man sie weiter bedrängen werde, werde sie in ein Kloster gehen. Da sagten die Herren, sie würden fortgehen und ein Jahr und einen Tag lang warten, und wenn das Jahr und der Tag vergangen wären, kämen sie zurück, um sie zu fragen, welchen von ihnen sie heiraten wolle. Also wurde der Tag festgesetzt, und sie gingen alle fort und die Dame versprach, dass der Tag nach einem Jahr und einem Tag ihr Hochzeitstag mit einem von ihnen sein würde.

In Wahrheit aber war sie die Königin der Leute, die in den Sommernächten auf dem Hügel tanzten, und in den betreffenden Nächten verschloss sie die Tür ihres Zimmers und stahl sich mit ihrer Dienerin durch einen Geheimgang, den nur sie kannten, aus dem Schloss, und sie gingen zu dem Hügel in dem wilden Land. Sie wusste mehr über die geheimen Dinge als irgendein anderer Mensch, und das war mehr als irgendjemand vorher oder hinterher wusste, weil sie die größten Geheimnisse niemals jemandem verriet. Sie wusste, wie man all die furchtbaren Dinge macht, wie man junge Männer ruiniert und wie man Menschen mit einem Fluch belegt und noch viele andere Dinge, die ich nicht verstand. Ihr richtiger Name war Lady Avelin, aber die Tänzer nannten sie Cassap, was in der alten Sprache das Wort für einen sehr weisen Menschen ist. Ihre Haut war weißer als die aller anderen und sie war größer, und ihre Augen leuchteten im Dunklen wie brennende Rubine.

Sie konnte Lieder singen, die kein anderer zu singen vermochte, und wenn sie die Stimme erhob, fielen alle Leute nieder auf ihre Gesichter und beteten sie an. Sie konnte die Shib-Zeremonie ausführen, die ein mächtiger Zauber war.

Oft sagte sie ihrem Vater, dem Lord, dass sie in den Wald gehen wolle, um Blumen zu pflücken, und so ließ er sie gehen. Sie und ihre Dienerin gingen dann in den Wald an Stellen, an die niemals jemand kam, und die Dienerin hielt Wache. Einmal legte sich die Dame unter die Bäume und begann, ein ganz bestimmtes Lied zu singen, streckte die Arme aus, und aus allen Teilen des Waldes kamen große Schlangen herbei. Sie zischten und glitten zwischen dem Geäst herum und ließen ihre gespaltenen Zungen herausschnellen und krochen zu der Dame. Sie kamen alle zu ihr und wickelten sich um ihren Körper und ihre Arme und ihren Hals, bis sie ganz mit sich ringelnden Schlangen bedeckt war, und nur ihr Kopf herausschaute. Sie flüsterte ihnen etwas zu, und sie sang ihnen etwas vor, und die Schlangen ringelten sich immer schneller um sie herum, bis sie ihnen sagte, sie sollten sich wieder entfernen. Dann krochen sie alle zurück in ihre Löcher, und auf der Brust der Dame lag ein seltsamer, wunderschöner Stein, der wie ein Ei geformt war und dunkelblau und gelb und rot und grün leuchtete und gemustert war wie die Schuppen einer Schlange. Es war ein Schlangenstein, mit dem man alle möglichen wunderlichen Zauber machen konnte. Mein Kindermädchen sagte, dass ihre Urgroßmutter mit eigenen Augen einen Schlangenstein gesehen habe, und er sei so glänzend und schuppig gewesen wie eine Schlange.

Die Dame konnte auch noch viele andere Dinge tun, aber sie war fest entschlossen, dass sie sich nicht verheiraten lassen würde. Viele Herren wollten sie heiraten, aber fünf von ihnen waren die Bedeutendsten, und ihre Namen waren Sir Simon, Sir John, Sir Oliver, Sir Richard und Sir Rowland. Alle Herren glaubten ihr, dass sie die Wahrheit sagte und dass sie sich einen von ihnen als Ehemann aussuchen würde, wenn ein Jahr und ein Tag verstrichen sein würden. Nur Sir Simon, der sehr klug war, hatte den Verdacht, dass sie sie alle belog, und er schwor sich, aufzupassen und zu versuchen, etwas herauszufinden. Obwohl er sehr weise war, war er doch noch sehr jung, und er hatte ein glattes, sanftes Gesicht, fast wie ein Mädchen. Er gab vor, dass er, wie alle anderen auch, ein Jahr und einen Tag lang nicht zum Schloss kommen würde, und er sagte, er werde über das Meer in ein fremdes Land fahren. Aber in Wirklichkeit ging er nur ein kleines Stück weit fort und kam als Magd verkleidet zurück, und so bekam er eine Stellung als Tellerwäscherin im Schloss. Er wartete, beobachtete und lauschte, doch er sprach mit niemandem. Er versteckte sich in dunklen Nischen und wachte in den Nächten. Und was er hörte und sah, fand er sehr seltsam.

Sir Simon war so schlau, dass er der Zofe der Dame verriet, dass er in Wirklichkeit ein junger Mann sei, und er habe sich als Mädchen verkleidet, weil er sie so sehr liebe und mit ihr im gleichen Haus leben wolle. Darüber war das Mädchen so erfreut, dass sie ihm vieles verriet, und er war sich immer sicherer, dass Lady Avelin ihn und die anderen betrog. Er war so gerissen und erzählte der Zofe so viele Lügen, dass es ihm eines Tages gelang, sich in Lady Avelins Zimmer hinter den Vorhängen zu verstecken. Er verhielt sich ganz still und bewegte sich nicht, und schließlich kam die Dame herein. Sie bückte sich und griff unter das Bett und hob eine Steinplatte auf, unter der sich ein Loch auftat, aus dem sie eine Figur aus Wachs nahm. Die Wachsfigur sah genauso aus wie die, die mein Kindermädchen und ich in dem Gebüsch aus Lehm gemacht hatten.

Die Augen der Dame glühten wie Rubine. Sie hielt die kleine Wachspuppe in den Armen, drückte sie an ihre Brust, flüsterte und murmelte ihr zu, hob sie in die Höhe und legte sie wieder nach unten, hielt sie empor und nach unten und sie legte sie wieder hin. Sie sagte: »Glücklich ist der, der den Bischof zeugte, der den Priester befahl, der den Mann verheiratete, der die Frau nahm, die den Korb flocht, in dem die Biene lebte, die das Wachs sammelte, aus dem mein wahrer Geliebter gemacht ist.« Und aus einem Wandschrank nahm sie eine große, goldene Schale, und aus einem anderen Schrank nahm sie einen Krug Wein. Sie goss Wein in die Schale und legte ihr kleines Männchen sehr behutsam hinein und wusch es ganz und gar mit dem Wein. Dann ging sie zu einem Schrank und nahm einen kleinen, runden Kuchen heraus und hielt ihn an den Mund des Wachsmännchens, und dann nahm sie es sanft heraus und trocknete es ab.

Sir Simon, der ihr die ganze Zeit zusah, obwohl er sich entsetzlich fürchtete, sah, wie die Dame sich niederbeugte und die Arme ausstreckte und wie sie flüsterte und sang, und dann sah Sir Simon einen schönen jungen Mann neben ihr stehen, der sie auf den Mund küsste. Die beiden tranken zusammen den Wein aus der goldenen Schale und aßen den Kuchen. Als jedoch die Sonne aufging, lag nur noch die kleine Wachspuppe da, und die versteckte die Dame wieder in dem Loch unter dem Bett. Nun wusste Sir Simon ganz genau, wie es sich mit der Dame verhielt. Er wartete und beobachtete weiter, bis die Zeit, die sie vereinbart hatten, fast um war – in einer Woche würden das Jahr und der Tag verstrichen sein.

Eines Nachts, als er wieder hinter den Vorhängen in ihrem Zimmer stand und die Dame beobachtete, sah er, dass sie noch mehr Wachspuppen anfertigte. Sie machte fünf Puppen und versteckte sie. In der nächsten Nacht nahm sie eine von ihnen heraus und hielt sie hoch. Dann füllte sie die goldene Schale mit Wasser und fasste die Puppe am Genick und tauchte sie in das Wasser. Dann sprach sie:

Sir Dickon, Sir Dickon, dein Leben ist aus,
Du sollst ertrinken in Wassergebraus.

Am nächsten Tag erreichte das Schloss die Nachricht, dass Sir Richard in einer Furt ertrunken war. Und in derselben Nacht nahm die Dame die zweite Puppe und band eine violette Schnur um ihren Hals und hängte sie an einen Nagel. Dann sprach sie:

Sir Rowland, heut endet dein Lebenslauf,
Sie hängen an einem Baum dich auf.

Am nächsten Tag erreichte das Schloss die Nachricht, dass Sir Rowland von Räubern im Wald aufgehängt worden war. Und in derselben Nacht nahm die Dame die dritte Puppe und stieß ihr ihre Haarnadel ins Herz. Dann sprach sie:

Sir Oliver, du bist verloren,
Ein Messer wird dein Herz durchbohren.

Am nächsten Tag erreichte das Schloss die Nachricht, dass Sir Oliver in einem Wirtshaus in einen Kampf verwickelt worden war, und ein Fremder hatte ihm ein Messer ins Herz gestoßen. Und in derselben Nacht nahm die Dame die vierte Puppe und hielt sie an ein Kohlenfeuer, bis sie geschmolzen war. Dann sprach sie:

Sir John, Sir John, heut bist du in Nöten,
ein brennendes Fieber wird dich töten.

Am nächsten Tag erreichte das Schloss die Nachricht, dass Sir John an einem brennenden Fieber gestorben war. Da verließ Sir Simon das Schloss und bestieg sein Pferd, ritt fort zum Bischof und erzählte ihm alles. Der Bischof schickte seine Männer, und sie ergriffen Lady Avelin, und alles, was sie getan hatte, kam ans Licht.

So geschah es, dass man die Dame an dem Tag, an dem die Frist verstrichen war und sie verheiratet werden sollte, in einem Armesünderkittel durch die Stadt trieb und sie auf einem großen Scheiterhaufen auf dem Marktplatz festband. Ihre Wachspuppe hängte man ihr um den Hals. Sie verbrannte vor den Augen des Bischofs bei lebendigem Leib – die Leute behaupteten, das Wachsmännchen habe laut geschrien, als die Flammen es erreichten.

Ich dachte immer wieder an diese Geschichte, während ich wach in meinem Bett lag, und sah Lady Avelin auf dem Marktplatz vor mir, wie die gelben Flammen ihren schönen weißen Körper verzehrten. Ich dachte so intensiv daran, dass ich selbst zum Teil der Geschichte wurde, und ich stellte mir vor, ich sei die Lady, und sie kämen und holten mich, um mich vor den Augen aller Leute in der Stadt zu verbrennen. Ich fragte mich, ob es ihr nach all den seltsamen Dingen, die sie getan hatte, noch etwas ausmachte, und ob es sehr wehtue, auf einem Scheiterhaufen verbrannt zu werden. Ich versuchte immer wieder, die Geschichten meines Kindermädchens zu vergessen und mich an das Geheimnis zu erinnern, das ich an diesem Nachmittag gesehen hatte, und an das, was in dem geheimen Wald lebte, aber ich sah nur die Dunkelheit und ein Schimmern in der Dunkelheit, und dann verschwand es, und ich sah mich selbst davonrennen, und dann sah ich den Mond, der groß und weiß über dem dunklen runden Hügel aufging. Schon drängten sich all die alten Geschichten wieder in meinen Kopf und die seltsamen Reime, die das Kindermädchen mir immer wieder vorgesungen hatte. Einer davon begann »Halsy cumsy Helen musty«, den sie immer ganz leise sang, wenn sie wollte, dass ich einschlief. Ich fing an, ihn mir selbst in meinem Kopf vorzusingen, und schlief ein.

Am nächsten Morgen fühlte ich mich sehr müde und schläfrig und konnte kaum den Unterricht durchstehen. Als er endlich vorbei war und ich mein Mittagessen gegessen hatte, war ich froh, denn ich wollte hinausgehen und alleine sein. Es war ein warmer Tag, und ich ging zu einem schönen grasbewachsenen Hügel am Fluss und setzte mich auf den alten Schal meiner Mutter, den ich eigens zu diesem Zweck mitgenommen hatte. Der Himmel war grau wie am Tag zuvor, aber dahinter lag ein weißer Schein, und von meinem Sitzplatz aus konnte ich auf die Stadt hinunterschauen, und alles sah still und ruhig und weiß aus, wie ein Gemälde.

Ich dachte daran, dass mein Kindermädchen mir auf diesem Hügel ein altes Spiel mit dem Namen »Troja« beigebracht hatte, bei dem man in ein Muster im Gras hinein- und wieder hinaustanzen muss, und wenn man lange genug getanzt und sich gedreht hat, werden einem Fragen gestellt, und man kann nicht anders, als sie zu beantworten, ob man will oder nicht, und man glaubt, dass man alles tun muss, was auch immer einem befohlen wird.

Früher, sagte das Kindermädchen, habe es viele solche Spiele gegeben, und es gab eines, bei dem man Leute in alles verwandeln konnte, was einem einfiel. Ihre Urgroßmutter habe einst einen Mann gekannt, der selbst gesehen hatte, wie ein Mädchen in eine große Schlange verwandelt worden sei. Und es gab noch ein anderes sehr, sehr altes Spiel, bei dem man im Kreise tanzen und sich drehen muss, wodurch man einen Menschen dazu bringt, aus sich selbst herauszufahren, und man seine Seele dann verstecken kann, solange man will, und sein Körper läuft ganz leer herum, ganz ohne Verstand.

Aber eigentlich war ich zu dem Hügel gegangen, weil ich über das nachdenken wollte, was am vorherigen Tag passiert war, und über das Geheimnis des Waldes. Von der Anhöhe aus konnte ich über die Stadt hinweg bis zu der Lichtung sehen, wo ein kleiner Bach mich in das unbekannte Land geführt hatte. Ich stellte mir vor, dass ich wieder am Bach entlangging, legte im Geist noch einmal den ganzen Weg zurück.

Am Schluss fand ich den Wald und kroch unter den Büschen hindurch, und in der Abenddämmerung erblickte ich etwas, das mir das Gefühl gab, ich wäre ganz mit Feuer ausgefüllt – ich wollte tanzen und singen und hoch in die Luft fliegen, weil ich ganz verändert und verzaubert war. Was ich sah, war nichts anderes als gestern, es war nicht gealtert, und ich fragte mich immer wieder, wie so etwas geschehen konnte, und ob die Geschichten meines Kindermädchens wirklich stimmten, denn hier im Tageslicht und an der frischen Luft schien alles ganz anders zu sein als gestern in der Nacht, als ich mich gefürchtet hatte und mir vorstellte, bei lebendigem Leib verbrannt zu werden.

Einmal erzählte ich meinem Vater eine von ihren kleinen Geschichten. Sie handelte von einem Geist, und ich fragte ihn, ob sie wahr sei. Er sagte, sie sei keinesfalls wahr, und nur einfache, unwissende Leute würden solchen Unsinn glauben. Er war sehr wütend auf mein Kindermädchen, weil sie mir die Geschichte erzählt hatte, und schimpfte mit ihr. Danach versprach ich dem Kindermädchen, dass ich nie wieder auch nur eine Silbe von dem verraten würde, was sie mir erzählte, und wenn ich es doch tat, sollte ich von der großen schwarzen Schlange gebissen werden, die in dem Teich im Wald hauste.

Als ich also so alleine auf dem Hügel saß, fragte ich mich, was denn wirklich passiert war. Ich hatte etwas sehr Erstaunliches und sehr Schönes gesehen, und ich hatte nun meine eigene Geschichte. Falls ich das alles wirklich gesehen hatte und es mir nicht selbst aus der Dunkelheit, dem schwarzen Geäst und dem hellen Licht, das über dem großen runden Hügel zum Himmel aufgestiegen war, zurechtfantasiert hatte, sondern es in Wahrheit gesehen hatte, dann gab es tatsächlich mancherlei wunderbare, schöne und schreckliche Dinge, über die ich nachdenken musste – so überlegte ich zitternd und mir wurde heiß und kalt zur gleichen Zeit.

Ich schaute hinunter auf die Stadt, die so ruhig und still dalag wie ein kleines, weißes Bild, und ich dachte immer und immer wieder darüber nach, ob es denn alles wahr sein könnte. Es dauerte lange, bis ich einen Entschluss traf. Mein Herz bebte so seltsam und schien mir die ganze Zeit zuzuflüstern, dass es nicht nur ein Fantasiegebilde war, und doch erschien es vollkommen unmöglich. Ich wusste, dass mein Vater und alle anderen sagen würden, dass es nur furchtbarer Unsinn sei. Es wäre mir nicht im Traum eingefallen, ihm oder sonst jemandem ein Wort davon zu erzählen, weil ich wusste, dass es sinnlos war und ich nur ausgelacht oder gescholten würde, und so saß ich dort noch lange Zeit ganz still und tief in Gedanken versunken.

In den Nächten träumte ich von erstaunlichen Dingen, und manchmal wachte ich am frühen Morgen auf und streckte mit einem Schrei die Arme aus. Ich hatte große Angst, denn wenn mein Erlebnis wahr war, drohte mir vielleicht Gefahr und es konnte mir, falls ich nicht vorsichtig genug war, irgendetwas Schreckliches passieren. Diese alten Geschichten schwirrten mir jede Nacht und jeden Morgen im Kopf herum. Ich dachte über sie nach, erzählte sie mir selbst immer wieder, und ich ging zu den Plätzen, wo mein Kindermädchen sie mir erzählt hatte. Wenn ich abends in meinem Zimmer am Feuer saß, stellte ich mir vor, mein Kindermädchen sitze auf dem anderen Stuhl und erzähle mir eine ihrer wunderbaren Geschichten, mit ganz leiser Stimme, aus Angst, jemand könne uns belauschen. Doch am liebsten erzählte sie mir solche Dinge, wenn wir uns weit vom Haus entfernt im Freien aufhielten, weil sie mir so wichtige Geheimnisse verriet, und weil die Wände bekanntlich Ohren haben. Wenn etwas besonders geheim war, verbargen wir uns tief in den Gebüschen oder im Wald. Es machte mir immer großen Spaß, an Hecken entlangzukriechen und ganz leise zu gehen, und wenn wir sicher waren, dass niemand uns beobachtete, verschwanden wir hinter den Büschen oder rannten ganz plötzlich in den Wald. Darum wussten wir, dass wir unsere Geheimnisse ganz für uns alleine hatten und kein anderer etwas davon wusste. Hin und wieder, wenn wir uns so versteckt hatten, wie ich es beschrieben habe, zeigte sie mir alle möglichen seltsamen Dinge.

Ich erinnere mich, dass wir eines Tages in einem Haselnussstrauch an einem Bach hockten, und darin war es ziemlich warm und gemütlich, obwohl es erst April war. Die Sonne schien heiß und die Blätter kamen gerade zum Vorschein, und mein Kindermädchen sagte, sie werde mir etwas Lustiges zeigen, das mich zum Lachen bringen werde. Und dann zeigte sie mir, wie man ein ganzes Haus auf den Kopf stellen kann, ohne dass man erwischt wird. Die Töpfe und Pfannen würden herumspringen, und das Porzellan würde zerbrechen und die Stühle würden übereinanderpurzeln. Eines Tages versuchte ich es in der Küche, und ich stellte fest, dass ich es sehr gut konnte. Eine ganze Reihe von Tellern fiel von der Anrichte, und der kleine Arbeitstisch der Köchin bäumte sich auf und kippte um, »vor meinen Augen«, wie sie sagte. Sie war aber so erschrocken und wurde so bleich, dass ich es nie wieder tat, weil ich sie gernhatte.

Nachdem das Kindermädchen mir in dem Haselnussgebüsch gezeigt hatte, wie man Sachen umfallen und herumrollen lassen kann, zeigte sie mir noch, wie man Klopfgeräusche macht, und das lernte ich auch. Anschließend brachte sie mir Reime bei, die man bei bestimmten Gelegenheiten aufsagt, und bestimmte Zeichen, die man bei anderen Gelegenheiten schlägt, und noch andere Dinge, die ihre Urgroßmutter ihr beigebracht hatte, als sie selbst noch ein kleines Mädchen war. Über all diese Dinge dachte ich in den Tagen nach meinem seltsamen Spaziergang nach, bei dem ich glaubte, etwas sehr Geheimes gesehen zu haben, und ich wünschte, dass das Kindermädchen noch im Haus wäre, damit ich sie danach fragen konnte, aber sie war schon vor mehr als zwei Jahren fortgegangen und niemand schien zu wissen, was aus ihr geworden war und wo sie hingegangen war.

Ich werde mich sicher bis ins hohe Alter an diese Tage erinnern, weil ich mich die ganze Zeit so seltsam fühlte und nachdachte und zweifelte und manchmal ganz sicher war, und dann wieder ganz unsicher, ob es solche Dinge in Wirklichkeit gab, und dann fing alles wieder von vorne an. Aber ich hütete mich, manche Dinge zu tun, die sehr gefährlich sein konnten. So wartete ich lange Zeit und dachte nach, und obwohl ich mir überhaupt nicht sicher war, wagte ich es nie, zu versuchen, es herauszufinden. Doch dann, eines Tages, wurde mir klar, dass alles, was mein Kindermädchen mir gesagt hatte, stimmte. Ich war ganz alleine, als ich es herausfand. Ich zitterte am ganzen Leib vor Freude und vor Schreck, und ich rannte so schnell ich konnte zu einem der alten Gehölze, wo wir immer hingegangen waren – es war das Dickicht an der Straße, wo mein Kindermädchen den kleinen Mann aus Lehm gemacht hatte. Dort rannte ich hin und kroch hinein. Als ich zu der Stelle kam, wo der Holunder wuchs, bedeckte ich mein Gesicht mit den Händen und legte mich flach ins Gras. Ich blieb zwei Stunden lang dort liegen, ohne mich zu bewegen, und flüsterte mir selbst immer wieder wonnig-furchtbare Worte zu. Es war also alles wahr und wunderbar und herrlich, und als ich mich an mein Abenteuer erinnerte und an das, was ich wirklich gesehen hatte, wurde mir heiß und kalt, und die Luft schien von Düften und Blumen und Gesang erfüllt.

Zuerst wollte ich mir auch einen kleinen Mann aus Lehm formen, wie ihn mein Kindermädchen vor so langer Zeit gemacht hatte. Ich musste Pläne schmieden und mir Ausreden ausdenken, im Voraus alles bedenken, weil niemand etwas von dem, was ich tun wollte, auch nur ahnen durfte, und ich zu alt war, um Lehm in einem Spielzeugeimerchen herumzutragen. Schließlich dachte ich mir einen Plan aus und brachte den nassen Lehm zu dem Gebüsch und tat alles so, wie es mein Kindermädchen gemacht hatte, nur dass ich eine viel feinere Puppe machte als sie. Als sie fertig war, tat ich alles, was ich mir vorstellen konnte, und viel mehr, als sie gemacht hatte, weil meine Puppe das Ebenbild von etwas viel Besserem war.

Dann, einige Tage später, als mein Unterricht schon früh beendet war, ging ich zum zweiten Mal zu dem kleinen Bach, der mich in das fremde Land geführt hatte. Ich folgte seinem Verlauf und lief durch die Büsche und unter den niedrigen Baumästen hindurch und das dornige Dickicht auf dem Hügel hinauf und an den dunklen Wäldern voller Dornenranken vorbei. Es war ein weiter, weiter Weg. Wieder kroch ich durch den dunklen Tunnel, den der Bach herausgespült hatte und dessen Boden so steinig war, bis ich zuletzt zu dem Dickicht kam, das den Hügel hinaufwuchs. Obwohl an den Bäumen schon kleine Blätter wuchsen, sah alles fast so schwarz aus wie an dem ersten Tag, an dem ich dorthin gelangte. Das Unterholz war genau gleich, und ich ging langsam hinauf, bis ich zu dem großen, kahlen Hügel kam und begann, zwischen den wunderbaren Felsen hinaufzugehen. Wieder sah ich den furchtbaren Schleier auf allem, denn obwohl der Himmel heller schien, war der Ring wilder Berge, der alles umgab, immer noch dunkel, und die dichten Wälder sahen schwarz und erschreckend aus, und die seltsamen Felsen so grau wie zuvor.

Als ich mich auf dem Stein auf dem großen Erdhügel setzte und auf die Felsen hinabblickte, sah ich ihre erstaunlichen Kreise innerhalb von Kreisen, und ich musste ganz still sitzen und ihnen zusehen, als sie begannen, sich um mich herum zu drehen. Jeder Stein tanzte auf seinem Platz und schien sich in einem großen Wirbel immer im Kreis herum zu drehen, immer zu drehen, als ob ich in der Mitte von allen Sternen säße und sie durch die Luft rauschen hörte. Dann ging ich hinunter zu ihnen, um mit den Felsen zu tanzen und die seltsamen Lieder zu singen.

Später lief ich durch das andere Dickicht hinunter und trank aus dem glänzenden Bach in dem schmalen, verborgenen Tal und berührte das prickelnde Wasser mit den Lippen. Danach wanderte ich weiter, bis zu dem tiefen, vollen Brunnen in dem glänzenden Moos. Dort setzte ich mich nieder und beobachtete die geheimnisvolle Dunkelheit des Tales um mich herum. Hinter mir erhob sich der hohe, grasbewachsene Wall, und um mich herum wuchsen die tiefen Wälder, die das Tal zu einem so geheimen Ort machten. Ich wusste, dass sich außer mir niemand hier aufhielt und dass mich niemand sehen konnte. Also zog ich Stiefel und Strümpfe aus und ließ die Füße ins Wasser baumeln und sagte einige Sprüche auf, die ich kannte. Das Wasser war gar nicht kalt, wie ich erwartet hatte, sondern warm und angenehm, und als meine Füße im Wasser steckten, fühlte es sich an, als wären sie in Seide gewickelt oder als ob die Nymphe sie küsse. Als ich fertig war, sagte ich andere Sprüche und machte die Zeichen, trocknete meine Füße mit einem Handtuch ab, das ich zu diesem Zweck mitgebracht hatte, und zog meine Strümpfe und Stiefel wieder an.

Nun kletterte ich die steile Wand hinauf und ging zu der Gegend mit den Bodensenken und den beiden schönen Erdhügeln und den runden Abbrüchen und all den seltsamen Formen. Diesmal stieg ich nicht in die Mulde hinunter, sondern ging weiter bis zum Ende, drehte mich um und konnte die Figuren klar erkennen, weil es heller war. Ich erinnerte mich wieder an die Geschichte, die ich vorher ganz vergessen hatte. In der Geschichte heißen die beiden

Figuren Adam und Eva, und nur diejenigen, die die Geschichte kennen, verstehen, was sie bedeuten. So ging ich immer weiter, bis ich zu dem geheimen Wald kam, den ich nicht beschreiben darf. Ich kroch durch den Pfad hinein, den ich gefunden hatte.

Als ich die Hälfte des Weges zurückgelegt hatte, hielt ich an und wandte mich um und machte mich bereit, und ich band ein Taschentuch fest um meine Augen und vergewisserte mich, dass ich nichts sehen konnte, keinen Zweig, nicht die Spitze eines Blattes, nicht das Licht des Himmels, weil es ein altes rotes Seidentuch mit großen gelben Tupfen war, das zweimal um meinen Kopf herumging und meine Augen so bedeckte, dass ich nichts sehen konnte. Dann begann ich, Schritt für Schritt ganz langsam weiterzugehen. Mein Herz schlug schnell und immer schneller, und etwas stieg in meiner Kehle auf, das mich erstickte, sodass ich beinah laut aufgeschrien hätte, aber ich presste die Lippen zusammen und ging weiter. Meine Haare verfingen sich in den Zweigen, lange Dornen verletzten mich, aber ich ging immer weiter bis zum Ende des Weges. Dort blieb ich stehen, streckte die Arme aus, verbeugte mich und ging zum ersten Mal rundherum, wobei ich mir den Weg mit den Händen ertastete, aber da war nichts. Dann ging ich zum zweiten Mal herum und tastete mit den Händen und es war wieder nichts da. Dann ging ich zum dritten Mal herum, und die Geschichte war ganz und gar wahr, und ich wünschte, die Jahre wären schon vergangen und ich müsste nicht so lange warten, bevor ich für alle Ewigkeit glücklich sein werde.

Mein Kindermädchen muss ein Prophet gewesen sein wie die, von denen wir in der Bibel lesen. Alles, was sie gesagt hatte, wurde wahr, und seither haben sich andere Dinge bewahrheitet, von denen sie mir erzählt hatte. Auf diese Weise begriff ich, dass ihre Geschichten wahr waren und dass das Geheimnis nicht nur meiner eigenen Fantasie entsprungen war.

Aber an diesem Tag passierte noch etwas anderes. Ich ging noch einmal zurück zu dem geheimen Platz. Es war an dem tiefen, vollen Brunnen, und als ich auf dem Moos stand, bückte ich mich und sah hinein. Und da wusste ich, wer die weiße Dame gewesen war, die ich vor so langer Zeit, als ich noch ganz klein war, in dem Wald hatte aus dem Wasser kommen sehen. Ich zitterte am ganzen Leib, weil das mir auch noch andere Dinge verriet. Ich erinnerte mich, wie das Kindermädchen mich einige Zeit, nachdem ich die weißen Gestalten im Wald gesehen hatte, aufforderte, ihr mehr darüber zu erzählen, und ich schilderte ihr alles noch einmal. Sie hörte zu und sagte lange, lange nichts, bis sie schließlich meinte: »Du wirst sie wiedersehen.«

Jetzt verstand ich, was geschehen war und was noch geschehen würde. Ja, ich begriff auch alles über die Nymphen, dass ich sie an jedem möglichen Ort treffen konnte, dass sie mir immer helfen würden, dass ich nur stets nach ihnen Ausschau zu halten brauche, um sie in allen möglichen Gestalten und Erscheinungsformen zu entdecken. Mein Kindermädchen hatte mir schon vor langer Zeit alles über sie erzählt, aber sie hatte sie bei einem anderen Namen genannt, und ich wusste damals nicht, was sie meinte und was es mit den Geschichten über sie auf sich hatte, sie kamen mir nur sehr seltsam vor. Es gibt zwei Arten, helle und dunkle, und beide sind sehr schön und wunderbar, und manche Leute sehen nur die eine Art und manche nur die andere, aber manche sehen beide. Gewöhnlich erscheinen die dunklen zuerst und die anderen kommen erst danach, und es gibt ganz außerordentliche Geschichten über sie.

Es war einen oder zwei Tage, nachdem ich von dem geheimen Ort nach Hause gekommen war, an dem ich die Nymphen zum ersten Mal richtig kennengelernt hatte. Das Kindermädchen hatte mir gezeigt, wie man sie rufen konnte, und ich hatte es versucht, doch ich hatte nicht gewusst, wie sie es meinte, und deshalb gedacht, es sei alles Unsinn. Aber jetzt entschloss ich mich, es noch einmal zu versuchen, und so ging ich in den Wald mit dem Teich, wo ich die weißen Gestalten zum ersten Mal gesehen hatte, und versuchte es noch einmal. Die dunkle Nymphe kam, Alanna, und sie verwandelte den Teich aus Wasser in einen Teich aus Feuer …

»Das ist eine sehr seltsame Geschichte«, sagte Cotgrave und gab dem Einsiedler Ambrose das grüne Buch zurück. »Ich verstehe, worauf es hinausläuft, aber viele Dinge verstehe ich überhaupt nicht. Was zum Beispiel meint sie auf der letzten Seite mit ›Nymphen‹?«

»Nun ja, im gesamten Manuskript gibt es immer wieder Hinweise auf bestimmte ›Prozesse‹, die durch Tradition von einem Zeitalter zum anderen überliefert worden sind. Manche dieser Prozesse geraten gerade erst ins Blickfeld der Wissenschaft, die auf vollkommen anderen Wegen auf sie gestoßen ist – oder, besser gesagt, auf die Stufen, die zu ihnen hinführen. Ich habe die Anspielung auf die Nymphen als Anspielung auf einen dieser Prozesse interpretiert.«

»Und Sie glauben, dass es solche Dinge gibt?«

»Oh, ich glaube, schon. Und ich glaube, ich könnte Ihnen in dieser Hinsicht überzeugende Beweise liefern. Ich fürchte, Sie haben das Studium der Alchemie vernachlässigt? Das ist schade, denn zumindest der Symbolismus ist sehr schön, und wenn Sie bestimmte Bücher zu diesem Thema kennen würden, könnte ich Sie an manche Stellen erinnern, die einen großen Teil des Manuskriptes erklären, das Sie gerade gelesen haben.«

»Ja, aber ich möchte wissen, ob Sie im Ernst glauben, dass diese Fantasien irgendeine reale Grundlage haben. Ist das nicht alles ein Zweig der Dichtung, ein seltsamer Traum, dem sich die Menschheit hingegeben hat?«

»Ich kann nur sagen, dass es für die große Masse der Menschen besser ist, wenn sie das alles als Traum abtun. Aber wenn Sie nach meinem wahren Glauben fragen – der besagt genau das Gegenteil. Nein, ich sollte nicht von Glauben reden, sondern eher von Wissen. Ich kann Ihnen sagen, dass mir Fälle bekannt sind, in denen Menschen durch reinen Zufall auf einen dieser ›Prozesse‹ gestoßen sind und von ganz und gar unerwarteten Ergebnissen überrascht wurden. In den Fällen, an die ich hier denke, bestand keine Möglichkeit der ›Suggestion‹ oder irgendeiner unbewussten Handlung. Mit dem gleichen Recht könnte man annehmen, dass ein Schuljunge sich selbst die Existenz von Aischylos ›suggeriert‹, während er gerade mechanisch versucht, sich die Deklinationen einzuprägen.

Doch Sie haben gewiss bemerkt, wie verschleiernd sich die Schreiberin ausdrückt«, fuhr Ambrose fort, »und in diesem besonderen Fall muss sie dies instinktiv getan haben, denn sie konnte ja nicht ahnen, dass ihre Manuskripte in fremde Hände fallen würden. Diese Praxis ist jedoch allgemein üblich, und zwar aus guten Gründen. Starke und wirkungsvolle Medikamente, die notwendigerweise gleichzeitig gefährliche Gifte sind, werden in verschlossenen Schränken aufbewahrt. Ein Kind könnte sie zufällig finden und sich damit vergiften. Aber in den meisten Fällen hat die Suche danach eine erzieherische Wirkung, und für den, der sich mit Geduld einen passenden Schlüssel angefertigt hat, enthalten die Phiolen kostbare Elixiere.«

»Möchten Sie das nicht genauer erklären?«

»Nein, das möchte ich, ehrlich gesagt, nicht. Sie müssen leider unüberzeugt bleiben. Aber Sie erkennen, inwieweit das Manuskript unser Gespräch von letzter Woche illustriert?«

»Lebt dieses Mädchen noch?«

»Nein. Ich war einer von denen, die sie gefunden haben. Ich habe ihren Vater gut gekannt. Er war Rechtsanwalt und hat sie meistens sich selbst überlassen. Er hatte nichts als Urkunden und Verträge im Kopf, und die Nachricht war für ihn eine entsetzliche Überraschung. Eines Morgens war sie nicht da. Ich nehme an, es war etwa ein Jahr, nachdem sie das Manuskript geschrieben hatte, das Sie gelesen haben. Die Dienstboten wurden gerufen, und sie erzählten alles Mögliche und interpretierten es auf die einzig natürliche – und vollkommen falsche – Weise. Sie haben das grüne Buch irgendwo in ihrem Zimmer entdeckt, und ich fand sie an dem Ort, den sie mit solcher Angst und Ehrfurcht beschrieben hat. Sie lag vor der Statue auf dem Boden.«

»Es war eine Statue?«

»Ja, sie war von Dornen und dichtem Gestrüpp überwuchert. Es war eine wilde, einsame Gegend – aber Sie wissen ja aus ihrer Beschreibung, wie es dort aussah, obwohl Sie natürlich einkalkulieren müssen, dass alles etwas übertrieben war. Die Fantasie eines Kindes macht jede Anhöhe höher und jedes Tal tiefer, als sie in Wirklichkeit sind. Und sie war zu ihrem eigenen Unglück mehr als fantasievoll. Vielleicht könnte man sagen, dass das Bild, das sie im Kopf hatte und das sie bis zu einem gewissen Grad mit Erfolg in Worte gefasst hat, etwa dem entsprach, wie ein fantasiebegabter Künstler die Landschaft gesehen hätte. Aber es ist eine seltsame, gottverlassene Gegend.«

»Und sie war tot?«

»Ja, sie hatte sich vergiftet – im Lauf der Zeit. Nein, im gewöhnlichen Sinn konnte man kein Wort gegen sie sagen. Vielleicht erinnern Sie sich an die Geschichte von der Frau, die mit ansah, wie die Finger ihres Kindes von einem Fenster zerquetscht wurden, die ich Ihnen neulich erzählt habe.«

»Und was war das für eine Statue?«

»Sie war römischen Ursprungs. Sie bestand aus einem Stein, der sich im Laufe der Jahrhunderte nicht geschwärzt hatte, sondern leuchtend weiß geworden war. Das Dickicht war darum herumgewachsen und hatte es verdeckt. Im Mittelalter haben die Anhänger einer sehr alten Tradition sie für ihre Zwecke verwendet. Sie spielte eine Rolle in der monströsen Sabbat-Mythologie. Sie werden bemerkt haben, dass von denen, die durch Zufall oder scheinbaren Zufall einen Blick auf dieses leuchtende Weiß hatten werfen können, verlangt wurde, sich bei ihrem zweiten Besuch die Augen zu verbinden. Das ist sehr bedeutsam.«

»Und die Figur steht immer noch dort?«

»Ich habe Werkzeug dorthin bringen lassen, und wir haben sie zu Staub und Trümmern zerschlagen.«

Nach einer Pause fügte Ambrose hinzu: »Das Überleben solcher Traditionen überrascht mich nicht. Ich könnte Ihnen manche englische Gemeinde nennen, in der Überlieferungen wie die, mit denen das Mädchen in ihrer Kindheit konfrontiert wurde, mit geheimer, aber unangefochtener Kraft fortleben. Nein, für mich ist es die ›Geschichte‹ an sich und nicht ›ihre Auswirkungen‹, die seltsam und schrecklich sind, denn ich habe immer geglaubt, dass Wunder etwas mit der Seele zu tun haben.«

Edward Lucas White

Edward Lucas White wurde am 11. Mai 1866 in Bergen, New Jersey, geboren. Von 1915 bis 1930 war er Lehrer an der *University School for Boys* in Baltimore. White hatte großen Erfolg mit seinen historischen Romanen, wie *The Unwilling Vestal* (1918), *Andivius Hedulio* (1921) und *Helen* (1926). Diese Werke sind heute so gut wie vergessen, seine fantastischen Erzählungen jedoch nicht. Der amerikanische Literaturkritiker S. T. Joshi bemerkt dazu in seinem Buch *The Evolution of the Weird Tale:* »Möglicherweise würde sich Edward Lucas White darüber ärgern, wüsste er, dass von seinen vielen literarischen Veröffentlichungen, die er in mehr als drei Dekaden verfasste, heute praktisch nur noch seine unheimlich-fantastischen Erzählungen bekannt sind; maßgeblich jene aus der schmalen Sammlung *Lukundoo and Other Stories* (1927). Ein solches Schicksal ereilte allerdings viele Schriftsteller, die zu Lebzeiten für Werke einer ganz anderen Richtung berühmt waren – etwa F. Marion Crawford oder Robert W. Chambers. Es ist vielleicht ein Anzeichen für die zeitlose Qualität so vieler Unheimlicher Fantastik, dass sie moderne Leser viel länger begeistern kann als soziale oder politische Romane, an denen das Interesse sofort schwindet, sobald die Umstände, die sie behandeln, das öffentliche Interesse nicht länger beschäftigen. In Whites Fall muss es besonders frustrieren, denn seine unheimlichen Geschichten sind zu seinen Lebzeiten so gleichgültig aufgenommen worden, dass eine Reihe von ihnen nicht einmal in Magazinen abgedruckt worden ist, trotz wiederholter Einreichung, wohingegen seine historischen Romane – alle geschickt konstruiert und viele von ihnen noch sehr gut lesbar – geradezu Bestseller-Status erreichten.«

Zu Lebzeiten wurden Whites Erzählungen in zwei Bänden herausgegeben, *The Song of the Sirens* (1919) and *Lukundoo and Other Stories* (1927). Posthum erschienen *The House of the Nightmare* (1999) und *Sesta and Other Strange Stories* (2001). Die letzte Sammlung enthält zum größten Teil Texte, die zuvor noch nie veröffentlicht worden waren.

White starb am 30. März 1934 durch eigene Hand, genau sieben Jahre nach dem Tod seiner Frau Agnes Gerry. Sein letztes Buch erschien 1932: *Matrimony.* Es war die Erinnerung an seine glückliche Ehe mit ihr.

H. P. Lovecraft: »Auf ihre Weise sehr bemerkenswert sind einige unheimliche Konzepte des Roman- und Kurzgeschichtenautors Edward Lucas White, von denen viele Themen tatsächlichen Träumen entsprangen. ›*The Song of The Sirens*‹ steckt voller sehr überzeugender Seltsamkeiten, während ›Lukundoo‹ und ›The Snout‹ dunklere Ängste wecken. Mr. Whites Geschichten haben eine besondere Eigenschaft – einen grotesken Zauber, der seine eigene Überzeugungskraft besitzt.«

Lukundoo

Man muss vernünftigerweise zugeben«, erklärte Twombly, »dass man seinen eigenen Augen trauen muss, und wenn Augen und Ohren sogar übereinstimmen, dann kann es keinen Zweifel geben. Man muss glauben, was man sowohl gesehen als auch gehört hat.«

»Nicht immer«, warf Singleton ruhig ein.

Alle drehten sich nach dem Sprecher um. Twombly stand mit gespreizten Beinen auf dem Kaminvorleger, den Rücken dem Feuerrost zugewandt, und beherrschte in gewohnter Weise den ganzen Raum. Singleton hatte sich wie gewöhnlich so unauffällig wie möglich in eine Ecke zurückgezogen. Aber wenn er mal etwas sagte, dann hatte er auch wirklich etwas mitzuteilen. So wandten wir uns zu ihm um, und es trat jene schmeichelhafte, erwartungsvolle Stille ein, die zum Reden einlädt.

»Ich dachte nur gerade an etwas«, sagte er nach einer kurzen Pause, »das ich in Afrika sowohl gesehen als auch gehört habe.«

Bisher hatte es sich als absolut unmöglich erwiesen, irgendetwas Genaues über seine Erlebnisse in Afrika aus Singleton herauszubekommen. Wie in der Geschichte von dem Bergsteiger, der nichts anderes zu sagen wusste, als dass er hinauf- und wieder heruntergestiegen sei, so bestand die Summe von Singletons Aussagen nur darin, dass er dort gewesen und mit dem Leben davongekommen sei. Darum erregten seine Worte augenblicklich unsere Aufmerksamkeit.

Twombly verschwand vom Kaminvorleger, aber später konnte sich keiner von uns erinnern, gesehen zu haben, wie er fortging. Die Anwesenden im Raum ordneten sich neu, sodass alle Singleton zugewandt waren. Viele zündeten sich verstohlen noch rasch eine Zigarre an. Singleton folgte ihrem Beispiel, aber seine Zigarre ging sofort wieder aus, und er zündete sie nicht wieder an.

KAPITEL I

Wir befanden uns im Großen Regenwald und suchten nach Pygmäen. Van Rieten vertrat die Theorie, dass die Zwerge, die Stanley und andere gefunden hatten, nur Kreuzungen zwischen normalen Eingeborenen und echten Pygmäen gewesen seien. Er hoffte, eine Menschenrasse zu entdecken, die höchstens 90 Zentimeter oder noch kleiner war.

Wir hatten allerdings keine Spur von solchen Lebewesen gefunden. Nur selten trafen wir auf Eingeborene und selbst das Wild war knapp – und sonst gab es keine Nahrung. Wir steckten im tiefsten, feuchtesten, tropfendsten Wald, den man sich nur vorstellen kann. Wir waren eine echte Neuheit im Land. Keiner der Eingeborenen, auf die wir trafen, hatte jemals einen weißen Mann gesehen, und die meisten hatten nicht einmal davon gehört, dass es so etwas gab.

An einem späten Nachmittag tauchte plötzlich ein Engländer in unserem Lager auf. Er war ziemlich erschöpft. Wir hatten nicht einmal gerüchtweise von ihm gehört, aber er hatte nicht nur von uns gehört, sondern auch einen erstaunlichen Marsch von fünf Tagen absolviert, um sich zu uns durchzuschlagen. Sein Führer und seine beiden Träger waren kaum weniger erschöpft als er selbst. Obwohl seine Kleidung zerfetzt war und er einen Fünf-Tage-Bart trug, ließ sich immer noch erkennen, dass er gewöhnlich ein ordentlicher Mensch war und sich täglich rasierte. Er war klein, aber drahtig. Sein Gesicht war ein typisch britisches Gesicht, aus dem alle Gefühle so gründlich verbannt sind, dass Ausländer glauben konnten, ein Mann mit einem solchen Gesicht sei unfähig, irgendetwas zu empfinden. Es war die Art von Gesicht, die, wenn es überhaupt etwas ausdrückt, lediglich die Entschlossenheit widerspiegelt, mit Anstand durch das Leben zu gehen und niemanden zu belästigen oder zu verärgern.

Sein Name war Etcham. Er stellte sich mit aller Bescheidenheit vor und aß mit uns mit solcher Selbstbeherrschung, dass keiner von uns – hätten es seine Träger nicht unseren Trägern erzählt – jemals vermutet hätte, dass er während der letzten fünf Tage nur drei kleine Mahlzeiten gehabt hatte. Nachdem wir unsere Zigarren entzündet hatten, erzählte er uns, warum er gekommen war.

»Mein Vorgesetzter ist furchtbar krank«, sagte er zwischen zwei Zügen. »Er wird mit Sicherheit sterben, falls nichts geschieht. Ich dachte, dass Sie vielleicht ...«

Er redete ruhig und mit leiser, gleichmäßiger Stimme, aber auf seiner Oberlippe standen kleine Schweißperlen unter seinem struppigen Schnurrbart. In seinem Tonfall schwangen unterdrückte Gefühle mit, und in seinen Augen stand ein nur mühsam verhülltes Drängen. Sein Verhalten verriet eine innere Qual, die mich augenblicklich rührte. Van Rieten hatte keinerlei Gefühl, und wenn er bewegt war, dann zeigte er es nicht. Aber zu meiner Überraschung hörte er zumindest zu. Er war ein Mann, der Bitten gewöhnlich sofort ablehnte. Aber er hörte sich Etchams zögernde, mühsam vorgebrachte Schilderung an. Er stellte sogar Fragen.

»Wer ist Ihr Vorgesetzter?«

»Stone«, flüsterte Etcham.

Das elektrisierte uns beide.

»Ralph Stone?«, riefen wir gleichzeitig aus.

Etcham nickte.

Einige Minuten lang saßen Van Rieten und ich schweigend da. Van Rieten hatte ihn niemals persönlich kennengelernt, aber ich war ein Klassenkamerad von Stone gewesen, und Van Rieten und ich hatten an manchem Lagerfeuer von ihm gesprochen. Zwei Jahre zuvor hatten wir südlich von Luebo im Balunda-Land von ihm gehört, wo jedermann von seinem dramatischen Kampf gegen einen Balunda-Hexenmeister redete. Die Auseinandersetzung hatte mit einer vollständigen Niederlage des Zauberers und einer Demütigung seines ganzen Stammes geendet. Die Balunda hatten sogar die Flöte des Medizinmannes zerbrochen und Stone die Einzelteile ausgehändigt. Es war wie der Triumph des Elias über die Priester Baals gewesen, nur sehr viel realer für die Balunda.

Wir hatten geglaubt, dass Stone irgendwo weit von uns entfernt und vielleicht nicht einmal mehr in Afrika sei, und jetzt tauchte er plötzlich dicht vor unserer Nase auf und war wahrscheinlich unserer Expedition sogar zuvorgekommen.

KAPITEL II

Als Etcham Stones Namen nannte, fiel uns mit einem Schlag dessen ganze erstaunliche Geschichte wieder ein: Seine berühmten Eltern und ihr tragischer Tod; seine brillanten Leistungen auf dem College; sein schwindelerregender Reichtum; die in den jungen Mann gesetzten großen Hoffnungen; seine Bekanntheit, die schon fast an echten Ruhm grenzte; seine romantische Flucht mit einer schnell erfolgreich gewordenen Schriftstellerin, die sich trotz ihrer Jugend mit einer wahren Kaskade von kurz hintereinander entstandenen Romanen einen großen Namen gemacht hatte und deren Schönheit und Charme allgemein gerühmt wurden; der anschließende skandalöse Prozess wegen des gebrochenen Heiratsversprechens; die trotz alledem unerschütterliche Liebe seiner Braut; der plötzliche Streit der beiden, nachdem alles vorbei war, und ihre Scheidung; die allzu laute Ankündigung seiner bevorstehenden Heirat mit der Klägerin im Prozess um das gebrochene Heiratsversprechen; seine überstürzte Wiederverheiratung mit seiner geschiedenen Ehefrau; ihr zweiter Streit und ihre zweite Scheidung; seine Abreise aus dem Land seiner Geburt und seine Ankunft auf dem Schwarzen Kontinent …

Ich war von Gefühlen überwältigt, und ich glaube, Van Rieten, der still dasaß, wohl auch.

»Wo ist Werner?«, fragte er schließlich.

»Tot«, entgegnete Etcham. »Er starb, bevor ich mich Stone angeschlossen habe.«

»Dann waren Sie nicht mit Stone oberhalb von Luebo?«

»Nein, ich bin bei den Stanley-Fällen zu ihm gestoßen.«

»Wer ist jetzt bei ihm?«

»Nur seine Diener aus Sansibar und die Träger.«

»Woher stammen die Träger?«, fragte Van Rieten weiter.

»Mang-Battu-Männer«, gab Etcham einfach zurück.

Diese Auskunft machte sowohl auf Van Rieten als auch auf mich selbst großen Eindruck. Sie bestätigte Stones Ruf, ungewöhnlich geschickt in der Menschenführung zu sein. Denn bis zu diesem Zeitpunkt war es noch niemandem gelungen, Mang-Battu-Leute außerhalb ihres eigenen Gebietes als Träger zu gewinnen oder sie auf langen oder schwierigen Expeditionen bei Laune zu halten.

»Waren Sie lange bei den Mang-Battu?«, erkundigte sich Van Rieten.

»Einige Wochen«, erwiderte Etcham. »Stone interessierte sich für sie und lernte einen beachtlichen Teil ihrer Sprache. Er glaubt, dass sie von den Balunda abstammen, was seiner Meinung nach von vielen ihrer Sitten bestätigt wird.«

»Wovon leben Sie?«, fragte Van Rieten weiter.

»Vorwiegend von Wild.«

»Wie lange ist Stone nun schon krank?«

»Seit mehr als einem Monat.«

»Und Sie haben für das ganze Lager gejagt?«, rief Van Rieten erstaunt aus.

Etchams von der Sonne verbranntes Gesicht wurde noch röter. »Einige Tiere, die ich leicht hätte erwischen können, habe ich verfehlt«, gab er betrübt zu. »Ich habe mich selbst nicht besonders wohlgefühlt.«

»Was fehlt denn Ihrem Chef?«

»So etwas Ähnliches wie Karbunkel«, erklärte Etcham.

»Einen oder zwei Karbunkel sollte er doch problemlos überstehen«, meinte Van Rieten.

»Es sind nicht wirklich Karbunkel«, widersprach Etcham. »Und es handelt sich auch nicht nur um einen oder zwei. Er hat Dutzende davon, manchmal fünf zur gleichen Zeit. Wenn es Karbunkel wären, wäre er schon längst tot. Aber in mancher Hinsicht sind sie weniger schlimm, dafür in anderer Hinsicht noch viel schlimmer.«

»Wie meinen Sie das?«

»Nun ja.« Etcham zögerte. »Die Entzündung ist nicht so tief wie bei Karbunkeln und auch nicht so schmerzhaft. Außerdem verursachen sie kein so hohes Fieber. Aber dafür treten Symptome einer Geisteskrankheit auf. Er hatte mir gestattet, die ersten Beulen zu verbinden, aber alle späteren versteckte er sorgfältig vor mir und vor den Männern. Er bleibt in seinem Zelt, wenn sie anschwellen, und lässt mich weder die Verbände wechseln noch duldet er mich in seiner Nähe.«

»Haben Sie genügend Binden?«, fragte Van Rieten.

»Wir haben noch eine ganze Menge«, sagte Etcham betrübt. »Aber er benutzt sie nicht. Er wäscht die gebrauchten Verbände aus und benutzt sie immer wieder.«

»Wie behandelt er die Schwellungen?«

»Er schneidet sie mit seinem Rasiermesser ganz und gar ab.«

»Was?«, schrie Van Rieten.

Etcham antwortete nicht, sah ihm nur fest in die Augen.

»Entschuldigen Sie«, sagte Van Rieten. »Sie haben mich erschreckt. Das können keine Karbunkel sein. Sonst wäre er schon lange tot.«

»Ich dachte, ich hätte gesagt, dass es keine Karbunkel sind«, entgegnete Etcham.

»Der Mann muss verrückt sein!«, rief Van Rieten aus.

»So ist es«, pflichtete Etcham ihm bei. »Er hört nicht auf meinen Rat und lässt sich von mir nichts sagen.«

»Wie viele hat er auf diese Weise behandelt?«, fragte Van Rieten.

»Zwei, soviel ich weiß.«

»Zwei?«

Etcham errötete wieder. »Ich habe es beobachtet«, gab er zu. »Durch einen Spalt in der Hüttenwand. Ich fühlte mich verpflichtet, auf ihn aufzupassen, weil er selbst nicht ganz zurechnungsfähig war.«

»Das war er vermutlich wirklich nicht«, stimmte Van Rieten ihm zu. »Und Sie haben zweimal gesehen, wie er das getan hat?«

»Ich vermute, dass er es mit allen anderen ebenso gemacht hat.«

»Wie viele hatte er denn?«, wollte Van Rieten wissen.

»Dutzende«, flüsterte Etcham.

»Isst er?«

»Wie ein Wolf. Mehr als zwei Träger zusammen.«

»Kann er gehen?«

»Er kriecht manchmal herum und stöhnt dabei.«

»Und kein hohes Fieber, haben Sie gesagt?«

»Genug und zu viel«, erklärte Etcham.

»Hat er fantasiert?«

»Nur zweimal. Einmal als die erste Beule aufbrach, und das zweite Mal etwas später. Zu diesem Zeitpunkt ließ er niemanden in seine Nähe. Aber wir hörten ihn ununterbrochen reden, und das erschreckte die Eingeborenen.«

»Redete er im Delirium denn in ihrer Sprache?«, fragte Van Rieten.

»Nein, aber in einer ähnlichen. Hamed Burghash behauptete, es sei Balunda. Ich verstehe nicht genug Balunda. Ich lerne Sprachen nicht so leicht. Stone lernte in einer Woche mehr Mang-Battu als ich in einem Jahr gelernt hätte. Aber ich glaubte, Mang-Battu-Wörter zu hören. Jedenfalls hatten die Mang-Battu-Träger Angst.«

»Angst?«, wiederholte Van Rieten ungläubig.

»Die Leute aus Sansibar hatten auch Angst, sogar Hamed Burghash, und auch ich. Doch aus einem anderen Grund: Er redete mit zwei Stimmen.«

»Mit zwei Stimmen!« Van Rieten sah ihn nachdenklich an.

»Ja!« Etcham war plötzlich erregter, als er es bisher gewesen war. »Mit zwei Stimmen, als führte er ein Gespräch. Die eine Stimme war seine eigene, die andere eine dünne, quäkende Stimme, die mit nichts Ähnlichkeit hatte, das ich je gehört hatte. Aus dem, was die tiefe Stimme sagte, glaubte ich einige Mang-Battu-Wörter herauszuhören, die ich kannte, wie *nedru, metababa* und *nedo,* ihre Ausdrücke für Kopf, Schulter und Oberschenkel, und vielleicht auch noch *kudra* und *nekere* – sprechen und pfeifen. Das, was die schrille Stimme sagte, klang wie *matomipa, angunzi* und *kamonami* – töten, Tod und Hass. Hamed Burghash sagte, er habe die gleichen Wörter gehört. Er kann viel besser Mang-Battu als ich.«

»Was sagten die Träger dazu?«, fragte Van Rieten.

»Sie sagten ›Lukundoo!‹ Ich kannte das Wort nicht, aber Hamed Burghash behauptete, es sei das Mang-Battu-Wort für Leopard.«

»Es ist das Mang-Battu-Wort für Hexerei«, korrigierte Van Rieten.

»Es wundert mich nicht, dass sie das glaubten«, sagte Etcham. »Diese beiden Stimmen reichten aus, um einen an Hexerei glauben zu lassen.«

»Eine Stimme, die der anderen antwortete?«, fragte Van Rieten nüchtern.

Etchams sonnengebräuntes Gesicht wurde blass.

»Manchmal sprachen beide gleichzeitig«, antwortete er heiser.

»Beide gleichzeitig?«

»Für die Männer klang es auch so. Und das war noch nicht alles.«

Etcham hielt inne und sah uns hilflos an. »Kann ein Mensch gleichzeitig sprechen und pfeifen?«.

»Wie meinen Sie das?«

»Wir hörten Stone mit seinem tiefen Bariton ununterbrochen reden, und gleichzeitig hörten wir ein schrilles Pfeifen, ein seltsames, keuchendes Geräusch. Sehen Sie, egal wie schrill ein erwachsener Mann auch pfeifen mag, der Ton unterscheidet sich vom Pfeifen eines Jungen oder einer Frau oder eines kleinen Mädchens. Ihr Pfeifen klingt irgendwie heller. Also, stellen Sie sich das kleinste Mädchen vor, das pfeifen kann, ohne Melodie, einfach so – so klang dieses Pfeifen, nur noch durchdringender, und es war durch Stones tiefe Stimme hindurch zu hören.«

»Sind Sie denn nicht zu ihm gegangen?«, rief Van Rieten.

»Er ist eigentlich ein ruhiger Mensch«, verteidigte sich Etcham. »Aber er hatte uns gedroht … und das war nicht nur die leere

Drohung eines Kranken. Also, er hatte gedroht, dass jeder Mann, der auch nur in seine Nähe käme, wenn er gerade mit seinem Problem kämpfte, sterben würde. Und das hatte uns eingeschüchtert – nicht so sehr seine Worte, sondern die Art, wie er sie aussprach. Er war wie ein Herrscher, der befiehlt, seine Privatsphäre auf dem Totenbett zu respektieren. Es war einfach unmöglich, seinen Befehl zu missachten.«

»Ich verstehe«, bemerkte Van Rieten kurz.

»Er ist wirklich sehr krank«, wiederholte Etcham hilflos. »Ich dachte, dass Sie vielleicht …«

Seine tiefe Zuneigung für Stone, seine echte Liebe zu ihm, brach unter dem Panzer seiner konventionellen Erziehung deutlich hervor. Seine Verehrung für Stone war ganz offensichtlich.

Wie es bei manchen besonders fähigen Leuten der Fall ist, war Van Rietens Charakter durch eine beträchtliche Portion Eigensucht gekennzeichnet. Diese Charaktereigenschaft zeigte sich jetzt. Wir müssten Tag für Tag um unser Leben kämpfen, ebenso wie Stone, erklärte er. Er würde weder die Bande des gleichen Blutes noch die Verpflichtung missachten, die zwischen zwei Forschern bestehe. Es sei jedoch sinnlos, alle Mitglieder einer Expedition in Gefahr zu bringen, um unter äußerst schwierigen Umständen zu versuchen, einem Mann zu helfen, für den vermutlich sowieso jede Hilfe zu spät komme. Es sei schon schwierig genug, für *eine* Gruppe zu jagen. Für die Mitglieder von zwei Expeditionen genügend Nahrung aufzutreiben, wäre mehr als doppelt so schwierig. Die Gefahr, dass dabei alle verhungern, sei einfach zu groß. Außerdem könne ein Umweg von sieben ganzen Tagen das Scheitern unserer Expedition bedeuten.

KAPITEL III

Van Rieten hatte die Logik auf seiner Seite, und seine Worte waren sehr überzeugend. Etcham saß irgendwie schuldbewusst und ehrerbietig da wie ein Viertklässler vor seinem Schuldirektor. Schließlich erklärte Van Rieten zusammenfassend: »Ich bin auf der Suche nach Pygmäen. Dafür riskiere ich mein Leben. Also suche ich auch weiter nach Pygmäen.«

»Dann wird dies hier Sie vielleicht interessieren«, meinte Etcham ruhig.

Er nahm zwei Gegenstände aus seiner Hemdtasche und reichte sie Van Rieten. Sie waren rund, größer als eine große Pflaume, aber kleiner als ein kleiner Pfirsich, also etwa so groß, dass eine Hand von normaler Größe sie umschließen konnte. Sie waren schwarz, und auf den ersten Blick konnte ich nicht erkennen, um was es sich handelte.

»Pygmäen!«, rief Van Rieten aus. »Tatsächlich Pygmäen. Lieber Gott, sie können nicht größer als 60 Zentimeter sein. Wollen Sie behaupten, dass das Köpfe von Erwachsenen sind?«

»Ich behaupte gar nichts«, erwiderte Etcham ruhig. »Sie sehen sie ja selbst.«

Van Rieten reichte mir einen der Köpfe. Die Sonne ging gerade unter, und ich sah ihn mir ganz genau an. Es war ein tadellos erhaltener, getrockneter Kopf. Das Fleisch fühlte sich so hart an wie argentinisches Trockenfleisch. An der Stelle, an der die Muskeln des nicht mehr vorhandenen Halses in Falten eingetrocknet waren, schaute ein Stück eines Halswirbels heraus. Das winzige, spitze Kinn saß auf einer vorstehenden Kinnlade, zwischen den geöffneten Lippen waren weiße, gleichmäßige Zähnchen zu sehen, die kleine Nase war flach, die Stirn fliehend, und die winzige Schädeldecke war mit Büscheln krauser Wolle bedeckt. Der Kopf hatte nichts Babyhaftes, Kindliches oder Jugendliches an sich, sondern sah eher greisenhaft aus.

»Wo kommen diese Köpfe her?«, fragte Van Rieten.

»Das weiß ich nicht. Ich habe sie zwischen Stones Sachen gefunden, als ich nach Medikamenten oder sonst irgendetwas suchte, womit ich ihm vielleicht helfen konnte. Ich weiß nicht, woher er sie hatte. Aber ich kann schwören, dass er sie noch nicht hatte, als wir in die Gegend kamen.«

»Sind Sie sich ganz sicher?« Van Rieten sah Etcham mit weit aufgerissenen Augen an.

»Ganz sicher«, gab Etcham zurück.

»Aber wie kann er dazu gekommen sein, ohne dass Sie etwas davon wussten?«

»Manchmal, wenn wir auf der Jagd waren, waren wir zehn Tage am Stück voneinander getrennt. Stone ist kein sonderlich gesprächiger Mann. Er hat mir nicht gesagt, was er tat, und Hamed Burghash erzählt nichts weiter und hält die Männer streng unter Kontrolle.«

»Haben Sie diese Köpfe untersucht?«

»Mit der größten Sorgfalt«, versicherte Etcham.

Van Rieten zog sein Notizbuch aus der Tasche. Er war ein methodischer Mann. Er riss eine Seite heraus, faltete sie zusammen und zerteilte sie in drei gleich große Stücke. Eines davon gab er mir, und eines reichte er Etcham.

»Nur um meinen Eindruck zu überprüfen«, erklärte er. »Ich möchte, dass jeder von uns aufschreibt, woran diese Köpfe ihn am meisten erinnern. Dann möchte ich vergleichen, was auf den drei Zetteln steht.«

Ich reichte Etcham einen Bleistift, und dieser schrieb. Dann gab er den Bleistift an mich weiter, und ich schrieb.

»Lesen Sie alle drei vor«, bat Van Rieten und reichte mir seinen Zettel.

Van Rieten hatte geschrieben: »Ein alter Balunda-Hexenmeister.«

Etcham hatte geschrieben: »Ein alter Medizinmann der Mang-Battu.«

Ich hatte geschrieben: »Ein alter Katongo-Zauberer.«

»Nun, da sehen wir es«, rief Van Rieten. »Diese Köpfe haben nichts von einem Wagabi oder Batwa oder Wambuttu oder Wabotu an sich. Und auch nichts von einem Pygmäen.«

»Das hatte ich mir auch schon gedacht«, pflichtete Etcham ihm bei.

»Und Sie sagen, dass er sie vorher nicht gehabt hat?«

»Mit absoluter Sicherheit nicht«, beteuerte Etcham.

»Diese Sache ist es wert, dass man ihr nachgeht«, erklärte Van Rieten. »Ich komme mit Ihnen und werde mein Bestes tun, um Stone zu retten.«

Er streckte die Hand aus und Etcham ergriff sie schweigend. Er war ungeheuer dankbar.

KAPITEL IV

Nur seine fieberhafte Sorge konnte Etcham in fünf Tagen von Stones Lager bis zu dem unseren getrieben haben. Obwohl er die Gegend nun kannte und unsere Gruppe zu seiner Unterstützung zur Verfügung hatte, brauchte er für den Rückweg acht Tage. Es wäre unmöglich gewesen, es in sieben Tagen zu schaffen, obwohl Etcham uns in seiner unterdrückten Angst um Stone geradezu wütend vorwärtstrieb. Das war nicht nur Treue zu seinem Chef, sondern echte Zuneigung und glühende persönliche Verehrung, die unter seinem trockenen, konventionellen Äußeren hervorschimmerte und sich nicht verheimlichen ließ.

Als wir schließlich ankamen, stellten wir fest, dass Stone gut versorgt war. Etcham hatte dafür gesorgt, dass ein hoher Zaun aus Dornenzweigen um das Lager herum angelegt worden war. Die einfachen Hütten waren fest gebaut und mit Schilf gedeckt, und besonders Stones Behausung war so gut, wie die vorhandenen Mittel es gestatteten. Hamed Burghash war nicht ohne Grund nach zwei Seyyids benannt worden: Er vereinte alle Eigenschaften eines Sultans. Er hatte die Mang-Battu-Leute zusammengehalten, nicht einer hatte sich heimlich davongestohlen, und er hatte für Ordnung und Disziplin gesorgt. Zudem war er ein tatkräftiger Krankenpfleger und treuer Diener.

Die beiden anderen Männer aus Sansibar hatten sich als brauchbare Jäger erwiesen, und obwohl alle hungrig waren, waren sie doch weit davon entfernt, zu verhungern.

Stone lag auf einem segeltuchbespannten Feldbett, neben dem ein zusammenklappbarer Tisch von der Größe eines türkischen Fußschemels stand. Darauf befanden sich eine Wasserflasche, einige Flakons, Stones Uhr und in einer Schachtel sein Rasiermesser.

Stone war sauber und auch nicht abgemagert, aber vollkommen entkräftet. Er war zwar nicht bewusstlos, aber benommen und unfähig, Befehle zu erteilen oder sich gegen irgendjemanden zu wehren. Er schien uns nicht zu sehen und wusste offenbar nicht, dass wir da waren.

Ich hätte ihn überall sofort erkannt. Seine jungenhafte Kraft und sein Charme waren natürlich vollkommen verschwunden, aber sein Kopf sah noch löwenhafter aus als zuvor. Sein blondes, welliges Haar war immer noch voll, der kurz geschnittene blonde Bart, den er sich während seiner Krankheit hatte wachsen lassen, veränderte ihn nicht. Er war groß und seine Brust nach wie vor breit, aber seine Augen schimmerten trübe, und er murmelte und brabbelte bedeutungslose Silben vor sich hin, die keine erkennbaren Wörter ergaben.

Etcham half Van Rieten, Stone aufzudecken und zu untersuchen. Für einen Mann, der schon so lange ans Bett gefesselt war, war er noch sehr muskulös. Er hatte keine Narben am Körper, außer um die Knie herum, an den Schultern und auf der Brust. Auf und unter den Knien waren unzählige runde Schnittwunden zu erkennen, ein weiteres Dutzend davon befand sich an beiden Schultern, alle vorne. Zwei oder drei waren offene Wunden, vier oder fünf gerade erst verheilt. Zwei frische Schwellungen zeigten sich seitlich auf den Brustmuskeln, wobei die auf der linken Seite weiter oben und stärker aufgewölbt war. Sie sahen nicht wie Geschwüre oder Karbunkel aus, sondern eher so, als ob etwas Stumpfes, Hartes von unten durch relativ gesundes Fleisch gegen die Haut gedrückt würde, ohne eine starke Entzündung hervorzurufen.

»Die würde ich nicht aufstechen«, meinte Van Rieten, und Etcham stimmte ihm zu.

Sie betteten Stone so bequem wie möglich, und kurz vor Sonnenuntergang schauten wir noch einmal nach ihm. Er lag auf dem Rücken, seine breite Brust hob und senkte sich gleichmäßig, aber er schien wie betäubt. Wir ließen Etcham bei ihm zurück und gingen in die benachbarte Hütte, die Etcham uns zugewiesen hatte. Die Geräusche des Dschungels klangen nicht anders als überall während der letzten Monate, und so schlief ich bald fest.

KAPITEL V

Irgendwann wachte ich in tiefer Dunkelheit auf und lauschte. Ich hörte zwei Stimmen. Die eine war die von Stone, die andere klang zischend und keuchend. Trotz all der Jahre, die vergangen waren, seit ich Stones Stimme zum letzten Mal gehört hatte, erkannte ich sie sofort wieder. Die andere war mit nichts zu vergleichen, an das ich mich erinnern konnte. Sie war dünner als das Wimmern eines neugeborenen Babys, aber so durchdringend und weittragend wie das Zirpen eines Insekts.

Während ich angestrengt lauschte, hörte ich Van Rieten neben mir in der Finsternis atmen. Dann merkte er, dass ich ebenso horchte wie er. Wie Etcham sprach ich kaum Balunda, aber ich hörte das eine oder andere Wort heraus. Die Stimmen wechselten einander ab, zwischendurch war es mehrmals eine Weile lang still.

Plötzlich hörten wir beide Stimmen gleichzeitig. Stones tiefer Bariton, der so kräftig klang, als sei er vollkommen gesund, und diese unglaublich schrille Falsett-Stimme, und beide redeten heftig aufeinander ein. Es klang wie zwei Menschen, die miteinander streiten und versuchen, sich gegenseitig niederzubrüllen.

»Das ist ja unerträglich«, sagte Van Rieten. »Gehen wir und schauen wir nach ihm.«

Er besaß eine elektrische Stablampe, nach der er suchend herumtastete, drückte auf den Knopf und winkte mir, ich solle ihn begleiten. Vor der Hütte bedeutete er mir, stehen zu bleiben, und schaltete instinktiv das Licht aus, als wäre es schwieriger, etwas zu hören, wenn man sehen konnte.

Abgesehen vom schwachen Schein der Glut in der Feuerstelle der Träger war es um uns herum vollkommen dunkel. Nur wenig Sternenlicht drang durch die Bäume, und vom Fluss war nur ein schwaches Murmeln zu hören. Wir vernahmen immer noch die beiden Stimmen gleichzeitig, aber plötzlich zerriss statt der kreischenden Stimme ein scharfes, durchdringendes und unglaublich schneidendes Pfeifen die Nacht, während Stone einen gellenden Sturzbach krächzender Worte ausstieß.

»Gütiger Gott«, stieß Van Rieten hervor und knipste die Taschenlampe wieder an.

Wir fanden Etcham tief schlafend vor, erschöpft von der langen Zeit der Sorge und den Anstrengungen seines phänomenalen Marsches, jetzt aber vollkommen entspannt in dem Bewusstsein, dass die Last sozusagen von seinen Schultern genommen und Van Rieten aufgeladen worden war. Selbst das Licht der Taschenlampe auf seinem Gesicht weckte ihn nicht.

Das Pfeifen hatte aufgehört, und wir hörten wieder die beiden Stimmen. Beide kamen von Stones Feldbett. Im weißen Strahl der Taschenlampe lag er genau so da, wie wir ihn zurückgelassen hatten, nur dass er die Arme über den Kopf gelegt und die Verbände von seiner Brust gerissen hatte.

Die Schwellung auf der rechten Brustseite war aufgebrochen. Van Rieten richtete die Taschenlampe direkt auf die Stelle. Wir sahen genau, was passiert war. Aus dem blutigen Fleisch ragte ein ebensolcher Kopf heraus wie der, den Etcham uns in getrockneter Form gezeigt hatte. Er sah aus wie eine Miniaturausgabe des Kopfes eines Balunda-Medizinmannes. Er war schwarz, so glänzend schwarz wie die schwärzeste afrikanische Haut. Der Kopf rollte die winzigen Augen, sodass das Weiße zu sehen war. Er zeigte uns seine mikroskopisch kleinen Zähne zwischen den fleischig roten Lippen, die selbst in einem so kleinen Gesicht abstoßend negroid aussahen. Der Schädel des winzigen Wesens war mit wolligem Haarflaum bedeckt. Es drehte sich boshaft von einer Seite zur anderen und zeterte ununterbrochen in dieser unglaublichen hohen Stimme. Stone antwortete mit einem abgehackten Brabbeln.

Van Rieten rüttelte Etcham mit einiger Mühe wach. Als dieser endlich wach war und sah, was geschah, starrte er Stone nur an und sagte kein Wort.

»Sie haben gesehen, dass er zwei solcher Schwellungen abgeschnitten hat?«, fragte Van Rieten.

Etcham nickte mühsam.

»Hat es stark geblutet?«, wollte Van Rieten wissen.

»Sehr wenig.«

»Halten Sie seine Arme fest«, befahl ihm Van Rieten.

Er griff nach Stones Rasiermesser und drückte mir die Taschenlampe in die Hand. Stone gab durch nichts zu erkennen, dass er das Licht sah oder wusste, dass wir in seiner Hütte standen. Aber der kleine Kopf jammerte und kreischte uns an.

Van Rietens Hand zitterte nicht. Er vollführte mit dem Rasiermesser einen gleichmäßigen Schnitt. Stone blutete erstaunlich wenig, und Van Rieten verband die Wunde, als ob es sich um einen Bluterguss oder einen Kratzer handeln würde.

In dem Augenblick, in dem der Kopf abgetrennt wurde, war Stone verstummt. Van Rieten tat alles Nötige für Stone, dann riss er mir praktisch die Taschenlampe aus der Hand. Er ergriff ein Gewehr, suchte den Boden neben dem Feldbett ab und ließ den Gewehrkolben einmal, zweimal mit aller Kraft niedersausen.

Wir gingen zu unserer Hütte zurück, aber ich glaube nicht, dass ich noch einmal einschlief.

KAPITEL VI

Am nächsten Tag gegen Mittag hörten wir abermals die beiden Stimmen aus Stones Hütte, obwohl es heller Tag war. Wieder trafen wir Etcham schlafend neben seinem Schutzbefohlenen an. Die Beule auf der linken Seite war aufgebrochen, und ein zweiter kleiner Kopf ragte jaulend und spuckend daraus hervor. Etcham wachte auf, und wir standen alle drei da und starrten das Schauspiel an. Stone untermalte die gurgelnd hervorgestoßenen Sätze des bösen Omens mit heiseren, unverständlichen Worten.

Van Rieten trat vor, griff nach Stones Rasiermesser und ließ sich neben dem Feldbett auf die Knie nieder. Der kleine Kopf quiekte und knurrte ihn wütend an.

Plötzlich begann Stone, Englisch zu sprechen.

»Wer sind Sie, Sie da, mit meinem Rasiermesser?«

Van Rieten fuhr zurück und stand auf.

Stones Augen waren auf einmal klar und er sah sich in der Hütte um.

»Das ist das Ende«, ächzte er. »Ich weiß, dass es das Ende ist. Ich sehe Etcham, wie im Leben. Aber da ist Singleton! Ach, Singleton. Die Geister meiner Kindheit kommen, um mich sterben zu sehen. Und Sie, fremdes Gespenst mit dem schwarzen Bart und meinem Rasiermesser in der Hand! Geht fort.«

»Ich bin kein Geist, Stone«, stieß ich mühsam hervor. »Ich lebe, und Etcham und Van Rieten ebenso. Wir sind gekommen, um Ihnen zu helfen.«

»Van Rieten!«, rief er aus. »Meine Arbeit wird in die Hände eines besseren Mannes gelegt. Das Glück sei mit Ihnen, Van Rieten.«

Van Rieten trat einen Schritt auf ihn zu.

»Halten Sie einen Augenblick lang still, alter Freund«, sagte er beruhigend. »Sie werden nur einen kleinen Stich spüren.«

»Ich habe für viele solcher Stiche stillgehalten«, antwortete Stone ruhig und sehr deutlich. »Lassen Sie mich in Ruhe. Lassen

Sie mich auf meine eigene Weise sterben. Die Hydra war nichts im Vergleich zu diesem hier. Sie können zehn, hundert, tausend solcher Köpfe abschneiden, aber den Fluch können Sie weder abschneiden noch von mir nehmen. Wenn etwas tief in die Knochen eingedrungen ist, kommt es ebenso wenig aus dem Fleisch wieder heraus wie das, was dort gezeugt worden ist. Schnipseln Sie nicht mehr an mir herum. Versprechen Sie es mir.«

Seine Stimme hatte wieder den alten Befehlston seiner Jugend angenommen, und er beeindruckte Van Rieten, wie er schon immer jeden beeindruckt hatte.

»Ich verspreche es«, sagte Van Rieten.

Kaum hatte er dies gesagt, als Stones Augen sich wieder trübten.

Danach saßen wir drei um Stone herum und sahen zu, wie diese abscheuliche, schwatzende Kreatur aus seinem Fleisch herauswuchs, sich mühevoll mit zwei scheußlichen, spindeldürren schwarzen Ärmchen aus ihrem Gefängnis zu befreien suchte. Die winzigen Fingernägel waren perfekt bis hin zu dem kaum erkennbaren Halbmond am Nagelbett, und die rosafarbenen Handflächen sahen erschreckend natürlich aus. Diese Arme gestikulierten und zerrten an Stones blondem Bart.

»Ich halte das nicht aus«, rief Van Rieten und griff wieder nach dem Rasiermesser.

Augenblicklich schlug Stone die Augen auf. Sie waren hart und funkelten böse. »Van Rieten will sein Wort brechen?«, fragte er langsam und deutlich. »Niemals!«

»Aber wir müssen Ihnen helfen«, keuchte Van Rieten.

»Ich bin über jede Hilfe und jeden Schmerz hinweg«, erwiderte Stone. »Meine Stunde ist gekommen. Ich wurde nicht mit diesem Fluch belegt, er wuchs aus mir selbst heraus wie dieses entsetzliche Scheusal hier. Ich sterbe jetzt.«

Er schloss die Augen. Wir standen hilflos da, während die an ihm haftende Gestalt schrille Rufe ausstieß.

Kurz darauf sagte Stone noch etwas: »Du sprichst alle Sprachen?«, fragte er hastig.

Und der Winzling antwortete plötzlich auf Englisch: »Ja, alle, die du sprichst.«

Er streckte seine kleine Zunge heraus, kräuselte die Lippen und wackelte mit dem Kopf. Inzwischen konnten wir erkennen, wie seine dünnen Rippen sich hoben und senkten, als ob das Wesen atmete.

»Hat sie mir vergeben?«, fragte Stone mit erstickter Stimme.

Der Kopf quiekte: »Solange das Moos an den Zypressen hängt, solange die Sterne auf den See Pontchartrain scheinen, wird sie dir nicht vergeben.«

Mit einer raschen Bewegung wälzte sich Stone auf die Seite. Im nächsten Augenblick war er tot.

Als Singleton verstummte, war es eine Weile still im Raum. Wir konnten einander atmen hören.

Der taktlose Twombly war derjenige, der das Schweigen brach: »Ich nehme an, Sie haben den Winzling abgeschnitten und in Alkohol eingelegt mit nach Hause gebracht.«

Singleton drehte sich mit ernstem Gesicht zu ihm um.

»Wir haben Stone unverstümmelt begraben«, entgegnete er, »so wie er gestorben ist.«

»Aber«, bohrte Twombly ohne jedes Feingefühl weiter, »die ganze Geschichte ist doch unglaubwürdig.«

Singleton versteifte sich.

»Ich habe von Ihnen nicht erwartet, dass Sie mir glauben. Ich habe gleich zu Anfang gesagt, dass ich, obwohl ich alles selbst gesehen und gehört habe, es heute, wenn ich daran zurückdenke, selbst nicht glauben kann.«

Edgar Allan Poe

Edgar Allan Poe (1809–1849) verlebte an der Ostküste der USA ein kurzes, trauriges Leben als Schriftsteller unter ärmlichsten Umständen. Der immense literarische Wert seiner Erzählungen, Gedichte und Essays wurde erst nach seinem Tod erkannt; Poes Werke prägten die moderne Literatur maßgeblich. Die Parallelen zu Lovecrafts Leben und Werk sind geradezu unheimlich.

Poe war der Schriftsteller, den Lovecraft am meisten bewunderte: »My god of fiction«. Doch überraschenderweise übte Poe kaum einen erkennbaren Einfluss auf Lovecrafts Arbeiten aus. Bedenkt man aber, dass Poe die Schrecken der Horrorerzählung ins Psychologische transportierte und Lovecraft in seinen Erzählungen dem Menschen und dessen Psyche keine besondere Beachtung schenkte – obwohl ihre introvertierten, einsamen, aus alten Adelsgeschlechtern stammenden Figuren viel Ähnlichkeit aufweisen –, so hat man die Erklärung schon gefunden. Lovecraft war nicht im Mindesten am Schicksal seiner Figuren interessiert, sondern an der Wahrnehmung des »kosmischen Grauens«, an der Schilderung des Außerweltlichen. Poe näherte sich diesem ›Hyperfremden‹ besonders in *The Narrative of Arthur Gordon Pym of Nantucket*, und dieser Roman wirkte sich auch am stärksten auf Lovecrafts Arbeit aus: *At the Mountains of Madness* gilt als Fortführung von Poes rätselhafer Geschichte.

Anmerkung des Übersetzers: In der folgenden Erzählung von Poe wird ein Instrumentalstück namens *Webers letzter Walzer* erwähnt. Bei Poe heißt es an dieser Stelle unrichtig: »the last waltz of Von Weber«. Gemeint ist aber nicht eine fiktive letzte Walzerkomposition Carl Maria von Webers (1786–1826), sondern der unmittelbar nach Webers Tod unter dem irreführenden Titel *Dernière pensée musicale de C. M. v. Weber (C. M. von Webers letzter musikalischer Gedanke)* neu gedruckte *Wehmuts-Walzer* des Komponisten Carl Gottlieb Reißiger (1798–1859), im Englischen bekannt geworden als *Weber's Last Waltz*. Diese mutwillige Verwechslung führte zu Poes Irrtum, der in den meisten deutschen »Usher«-Übersetzungen erhalten blieb.

Die Auslöschung des Hauses Usher

Son cœur est un luth suspendu;
Sitôt qu'on le touche il résonne.
De Béranger

(Sein Herz gleicht einer frei hängenden Laute;
Sobald man sie anrührt, erklingt sie.
De Béranger)

Einen geschlagenen grauen Herbsttag lang war ich unter schweren Wolken einsam durch eine triste Landschaft geritten. Erst als es bereits dunkelte, tauchte endlich das Haus Usher vor mir auf. Ich bemerkte gleich eine eigentümliche Trübseligkeit, die ihm anhaftete. Dennoch konnte ich mir nicht erklären, warum meine Stimmung bei seinem Anblick derart absank. Was ich verspürte, hatte nichts von der düster-poetischen Empfindung an sich, die herbe Naturbilder mitunter erwecken. Doch wurde das Gefühl deswegen nicht erträglicher – im Gegenteil. Ich nahm den Anblick in mich auf: das Haus selbst sowie den kargen Bewuchs des Grundstücks; die nackten Mauern; die hohlen Fensteraugen; ein paar schlaffe Schilfrohre; ein paar weiße Rümpfe abgestorbener Bäume. Und ich fühlte mich so stumpf dabei, wie man es dem Opiumesser nachsagt, der aus seinem Rausch erwacht – dessen Traumgewebe zerreißt und ihn in den nüchternen Alltag hinausstößt. Sosehr ich mich bemühte – die Kälte, die tiefe Schwermut, die mich erfasst hatten, ließen sich nicht in ein höheres Gefühl erhabenen Schauders verwandeln.

Ich zügelte mein Pferd und grübelte: Warum nur deprimierte dieser Anblick des Hauses Usher mich so sehr? Es war ein Rätsel!

Und je länger ich nachdachte, desto mehr setzte meine Fantasie mir mit allerlei Einbildungen zu. Ich versuchte mich mit der Erklärung zu trösten, dass es eben bestimmte Anordnungen eigentlich harmloser Objekte gibt, die uns auf solche Weise an die Nerven fassen. Warum das so ist, übersteigt allerdings den menschlichen Verstand. Doch wäre es nicht möglich, überlegte ich, dass schon eine Umgruppierung einzelner Bestandteile der Szenerie, einzelner Bilddetails, hinreichte, um ihre ungesunde Wirkung zu mindern oder sogar aufzuheben? Mit diesem Einfall drängte ich mein Pferd zu dem abschüssigen Ufer eines schwarzen und unheimlichen kleinen Sees, der in ölig-glattem Glanz an das Bauwerk grenzte – und blickte hinab. Doch wider Erwarten fühlte ich mich nur noch elender, als ich die ins Spiegelbild verdrehten grauen Schilfrohre und gespenstischen Baumgerippe und hohlen Fensteraugen darin erblickte.

Und in dieser Heimstätte der Schwermut sollte ich nun einige Wochen lang zu Gast sein! Der Hausherr, Roderick Usher, war einer meiner besten Jugendfreunde gewesen. Leider hatten wir uns viele Jahre lang aus den Augen verloren. Ich lebte schon längst weit von ihm entfernt in einem anderen Teil des Landes, und ebendort hatte mich ein Brief von ihm erreicht. Der Tonfall dieses Schreibens war so ungestüm drängend, dass mir nur eine leibhaftige Antwort übrig blieb. Die Handschrift verriet nervöse Erregung. Usher schrieb von einer schweren körperlichen Erkrankung – von einer beängstigenden Geistesstörung – und von dem sehnlichen Verlangen, mich zu sehen. Nur von der heiteren Gesellschaft seines besten, ja seines einzigen Freundes erhoffte er sich eine Linderung seines Leidens. Aus all dem wie auch aus dem Rest des Briefes sprach eine solche *Herzensnot,* dass ich trotz meiner Verwirrung über Ushers sonderbare Einladung sofort aufgebrochen war.

Zwar waren wir einst unzertrennlich gewesen, doch wusste ich im Grunde wenig über meinen Freund. Schon als Knabe hatte er sich überaus verschlossen gezeigt. Immerhin war mir bekannt, dass seiner uralten Familie seit jeher ein überaus feinfühliges

Naturell nachgesagt wurde. Über zahlreiche Generationen hinweg hatte diese besondere Sensibilität in manch erlesener Kunstschöpfung Ausdruck gefunden. In neuerer Zeit machte sie sich in einer großzügigen, jedoch diskreten Mildtätigkeit sowie – mehr noch – in einer Hingabe an die Tonkunst bemerkbar. Womit allerdings kein profaner Musikgenuss gemeint ist, sondern eine leidenschaftliche Hingabe an die Finessen der musikalischen Wissenschaft.

Außerdem wusste ich, dass der Hauptstamm der Familie Usher, so altehrwürdig er war, kaum jemals eine dauerhafte Seitenlinie hervorgebracht hatte. Vielmehr stammten die Ushers bis zum jüngsten Glied direkt vom Gründer des Geschlechts ab. Daraus folgte, dass sowohl der Familienstammsitz wie auch die Familieneigenschaften der Ushers immer wieder unverändert von einer Generation auf die nächste vererbt worden waren. Mir kam nun der Gedanke, wie sehr der Wohnsitz und seine Bewohner einander aufgrund dieser Beständigkeit im Ablauf langer Jahrhunderte beeinflusst haben mochten ... Und ich vermutete, dass diese fortwährende Weitergabe des Besitzes wie auch des Familiennamens immer nur vom Erzeuger auf den Spross im Laufe der Zeit beides – den Namen der Familie und den Stammsitz der Familie – miteinander verschmolzen hatte. So war dann der ursprüngliche Name des Besitztums irgendwann in der sonderbaren und doppeldeutigen Bezeichnung »Haus Usher« aufgegangen. Wenn die Bauern und Pächter der Umgegend vom »Hause Usher« sprachen, dann meinten sie damit sowohl die Familie selbst wie auch deren Stammsitz.

Ich sagte bereits, dass mein etwas albernes Experiment – in den See hinabzublicken – meinen ersten eigenartigen Eindruck sogar noch vertieft hatte. Und meine Erkenntnis, dass diese Art von Aberglauben – weshalb sollte ich es nicht so nennen? – rasch in mir anwuchs, trug erst recht dazu bei, dieses Anwachsen weiter zu beschleunigen. Dies ist das mir wohlbekannte, paradoxe Gesetz aller Empfindungen, die im Grauen wurzeln. Und es mag ebenso die Ursache für das sonderbare Hirngespinst sein, das in mir erwachte, als ich den Blick vom Spiegelbild des Hauses im See erhob und auf das Haus selbst richtete. Derart lächerlich war diese Einbildung, dass ich sie überhaupt nur erwähne, um die lebhafte Wirkung der mich bedrängenden Empfindungen deutlich zu machen. Hatte ich doch meine Vorstellungskraft so sehr aufgereizt, dass ich wahrhaftig glaubte, über dem Herrenhaus und dem gesamten Anwesen lagere ein besonderes, nur ihnen und ihrer unmittelbaren Umgebung eigenes Fluidum – ein Fluidum, gänzlich verschieden von der normalen Luft des Himmels, das von den vermoderten Bäumen ausdünstete und von dem grauen Mauerwerk und von dem schweigenden See: ein geheimnisvoller Pestatem, trüb, träge, nur schwach wahrnehmbar und von bleierner Färbung.

Es war ein Tagtraum – *konnte* gar nichts anderes sein. Ich schüttelte ihn ab und nahm nun das wirkliche Äußere des Hauses genauer in Augenschein. Vor allem fiel mir auf, dass es überragend alt sein musste. Die Zeit hatte ihm jede Farbe genommen. Dünne Steinflechten überwucherten die fahlen Außenmauern in alle Richtungen und hingen als zartes Gespinst unter den Dachtraufen. Dennoch wies nichts auf fortgeschrittene Baufälligkeit hin. Kein Teil des Gemäuers war eingestürzt. Allerdings schien das gut erhaltene architektonische Gefüge in sonderbarem Widerspruch zu dem morschen Zustand der einzelnen Steine zu stehen. Die Fassade erinnerte mich an den trügerischen Erhaltungszustand alten hölzernen Gebälks, das unter Ausschluss frischer Luft jahrelang in irgendeinem vergessenen Keller vor sich hin gemodert hat. Sah man jedoch von diesen Anzeichen allgemeiner Verwitterung ab, schien das Mauerwerk an keiner Stelle sonderlich brüchig zu sein. Nur das Auge eines äußerst scharfsichtigen Betrachters hätte vielleicht einen kaum wahrnehmbaren Riss bemerkt, der vom Dach der Gebäudefront ausging und in einer Zickzacklinie über die Außenmauer abwärts verlief, bis er sich im trüben Gewässer des Sees verlor.

Während dieser Beobachtungen ritt ich über einen kurzen Dammweg zum Hause hin. Ein Knecht übernahm mein Pferd und ich trat durch den gotischen Torbogen der Vorhalle. Von hier aus geleitete mich ein Diener schweigend und auf leisen Sohlen durch ein Labyrinth finsterer Gänge zum Atelier seines Herrn. Vieles, was ich unterwegs sah, verstärkte die unbestimmten Empfindungen in mir, von denen ich bereits sprach. Zwar war mir das Ambiente – die Deckenschnitzereien, die düsteren Wandbehänge, die Ebenholzschwärze der Dielen und der wild-fantastische Wappen- und Waffenschmuck, der zu jedem meiner Schritte rasselte – in seiner Weise durchaus vertraut. Ich erinnerte mich an dergleichen gut aus meiner Kindheit. Und dennoch erstaunte es mich, wie ungewohnt die Empfindungen waren, die solch altgewohnte Anblicke in mir wachriefen. Auf einem Treppenabsatz begegneten wir dem Hausarzt der Ushers. Aus seiner Miene meinte ich eine Mischung aus diebischer Durchtriebenheit und schlechtem Gewissen abzulesen. Mit einem verdrucksten Gruß ging er an mir vorüber. Jetzt stieß der Diener eine Tür auf und führte mich zu seinem Herrn.

Ich betrat einen großzügigen, weiten Raum. Die Fenster waren hoch und schmal, liefen in Spitzbögen aus und begannen so weit über dem schwarzeichenen Parkett, dass sie von unten nicht erreichbar waren. Matte Strahlen karmesinroten Lichtes drangen durch die vergitterten Scheiben. Sie genügten gerade, um die auffälligeren Gegenstände einigermaßen zu erkennen. Jedoch versuchte das Auge vergebens, bis in die weiter entfernten Winkel des Gemachs vorzudringen oder in die Tiefen zwischen den mit Schnitzwerk geschmückten Spanten des Deckengewölbes zu spähen. Dunkle Draperien bekleideten die Wände. Die Einrichtung war überladen, unbequem, altertümlich und abgenutzt. Zahlreiche Bücher und Musikinstrumente lagen verstreut umher, ohne jedoch dem Ganzen auch nur einen Funken Leben einzuhauchen. Ich fühlte, dass ich eine von Gram geschwängerte Luft atmete. Eine Aura bitterer, tiefer und unheilbarer Schwermut hing über allem und durchdrang alles.

Bei meinem Anblick erhob Usher sich von einem Diwan, auf dem er hingestreckt geruht hatte, und hieß mich willkommen. Die lebhafte Wärme, mit der er mich begrüßte, kam mir zunächst unecht vor. Ich meinte darin die übertriebene – die affektierte – Herzlichkeit des gelangweilten, des blasierten Weltmannes zu verspüren. Doch ein Blick in sein Gesicht überzeugte mich von seiner völligen Aufrichtigkeit.

Wir nahmen Platz – und da er zunächst schwieg, betrachtete ich ihn einige Augenblicke lang mit einem Gefühl halb des Mitleids, halb der ehrfürchtigen Scheu. Und wirklich, nie zuvor hatte ein Mensch in so kurzer Zeit eine solch furchtbare Veränderung durchgemacht wie Roderick Usher! Ich musste mich wirklich überwinden, um in dem blutlosen Wesen dort vor mir den Gefährten meiner frühen Jugend wiederzuerkennen.

Allerdings, sein Gesicht war schon immer auffällig gewesen: Eine leichenblasse Hautfarbe; große, feucht schimmernde Augen von unvergleichlicher Leuchtkraft; schmale, sehr blasse, aber schön geschwungene Lippen; eine Nase von erlesenem hebräischem Schnitt, zu dem die breiten Nasenflügel in Kontrast standen; ein fein geformtes Kinn, dessen mangelnde Ausprägung einen entsprechenden Mangel an Charakterstärke verriet. Haare, weicher und feiner als Spinnweben. Gemeinsam mit einer ungewöhnlichen Verbreiterung der Stirn oberhalb der Schläfen ergaben all diese Merkmale ein Antlitz, das man nicht so leicht vergaß. Allerdings waren diese Züge seines Gesichts sowie der Ausdruck, der gewöhnlich darin lag, jetzt stark übersteigert – so sehr, dass ich kaum glauben konnte, wirklich Roderick Usher vor mir zu haben. Besonders erfüllten die geradezu gespenstisch gewordene Blässe der Haut und der ins Übernatürliche gesteigerte Glanz der Augen mich mit Bestürzung, ja mit Schaudern. Zudem hatte das seidenfeine Haar ungehemmt wuchern dürfen und es fiel, nein, floss in seiner hauchdünnen Geschmeidigkeit so wirr und arabesk um das Gesicht herum, dass dieser Anblick mir beim besten Willen kaum noch menschenartig vorkam.

Das Benehmen meines Freundes fiel mir schnell als unstet auf, als unausgewogen. Bald schon entdeckte ich, dass dies auf Ushers dauernde, aber schwache und fruchtlose Versuche zurückging, ein beständiges banges Beben der Gliedmaßen, eine heftige nervöse Unruhe, zu unterdrücken. Auf etwas Derartiges war ich jedoch gefasst gewesen. Und zwar nicht nur durch seinen Brief und die Erinnerung an bestimmte Wesenszüge, die er bereits in Jugendjahren offenbart hatte, sondern ebenso durch seinen eigentümlichen körperlichen und seelischen Zustand. Seine Gestik war bald lebhaft, bald träge. Seine Redeweise wechselte sprunghaft von stotternder Zerstreutheit (wenn seine Lebensgeister scheinbar schliefen) zu jener angestrengten, krampfhaft konzentrierten Sprechweise – zu jener abgehackten, schleppenden und zungenschweren Artikulation –, die man an Volltrunkenen bemerkt oder an unheilbaren Opiumessern im höchsten Fieber ihres Rausches.

In dieser Art und Weise redete er vom Zweck meines Besuches, von seinem innigen Wunsch, mich zu sehen, und von dem Trost, den er sich von mir erhoffte. Dabei erörterte er ausgiebig, wie er selbst seine Krankheit beschaffen sah. Es handelte sich, erklärte er, um etwas Anlagebedingtes, um ein Erbleiden seiner Familie, für das es einfach kein Heilmittel gebe – im Grunde eine bloße Nervensache, fügte er hastig hinzu, die sicherlich bald vorübergehe. Dieses Übel äußerte sich in einer Unzahl unnatürlicher Sinneseindrücke. Einige davon erregten mein Interesse, während er sie beschrieb, und bestürzten mich zugleich – was jedoch zum Teil auch an seiner Wortwahl und an seiner Sprechweise liegen mochte. Er litt sehr unter einer krankhaften Schärfung sämtlicher Sinne: Er vertrug nur gänzlich ungewürzte Kost; er konnte nur ganz bestimmte Textilien am Körper tragen; jegliche Blütendüfte wirkten atembeklemmend auf ihn; selbst der schwächste Lichtstrahl plagte seine Augen und nur ganz bestimmte Töne, ausschließlich Saiteninstrumenten entlockt, erfüllten ihn nicht mit Abscheu.

Eine unnatürliche Form der Furcht hielt ihn, wie ich feststellte, eisern im Griff. »Ich werde daran zugrunde gehen«, sagte er, »ich *muss* an dieser erbarmungswürdigen Verrücktheit zugrunde gehen. Nur sie, sie allein und nichts sonst, wird mich vernichten. Mir graut vor den kommenden Ereignissen – nicht um ihrer selbst willen, sondern wegen ihrer Folgen. Ich schaudere beim Gedanken an jedes Ereignis, selbst das allerbanalste, das sich auf diese unerträgliche Seelenangst auswirken könnte, die mich beherrscht. Ich fürchte bestimmt keine Gefahr – nur was sie mit sich bringt: die Angst. Ich fühle, dass ich in dieser zerrütteten – in dieser erbärmlichen Verfassung früher oder später so weit sein werde, dass ich Leben und Verstand zugleich einbüße, im Ringen mit jenem grauenvollen Schreckgespenst: der FURCHT.«

Nach und nach schnappte ich bruchstückhafte, verschwommene Andeutungen auf, die mir eine weitere Eigentümlichkeit seines Geisteszustandes enthüllten. Er war besessen von gewissen abergläubischen Vorstellungen in Bezug auf das Haus, das er bewohnte und das zu verlassen er schon seit langer Zeit nicht mehr wagte. Angeblich übte das Haus einen Einfluss aus, dessen Wirkungsweise Usher in allzu nebulösen Worten erklärte, um sie hier zu wiederholen. Diesen Einfluss, sagte er, hätten einige Besonderheiten in der Bauweise und im Baumaterial seines Familiensitzes über sein von Krankheit geschwächtes Gemüt errungen: Der *materielle Zustand* der grauen Mauern und Türme und des dunklen Gewässers, worin sie sich spiegelten, habe sich nach und nach auf seinen *geistigen Zustand* ausgewirkt.

Usher gab jedoch zögernd zu, dass auch eine näherliegende Hauptursache für seine sonderbare Schwermut und Seelenverdüsterung denkbar war. Nämlich das heimtückische und langwierige Siechtum – ja, die absehbare Auflösung – einer zärtlich geliebten Schwester, die er besaß, seiner einzigen Gefährtin seit vielen Jahren, ja seiner einzigen und letzten Familienangehörigen auf Erden. Ihr Tod, sagte er mit einer Bitterkeit, die ich nie vergessen werde, würde ihn, den Hoffnungslosen und

Hinfälligen, als Letzten des uralten Geschlechtes der Ushers zurücklassen.

Noch während er dies sagte, strich seine Schwester, Lady Madeline, langsam im Hintergrund des Zimmers vorüber und entschwand, ohne mich zu beachten. Ich betrachtete sie mit äußerster Bestürzung, die nicht frei von Grauen war – ohne jedoch eine Erklärung für diese Anwandlung zu finden. Wie unter einer Lähmung hielt ich die Augen auf ihre entschwebende Gestalt gerichtet. Als dann endlich eine Tür hinter ihr ins Schloss fiel, suchte mein Blick unwillkürlich und gespannt die Miene des Bruders zu deuten. Doch Usher hatte das Gesicht in den Händen vergraben, und ich sah nur, dass seine abgemagerten Finger noch blasser waren als gewöhnlich und dass ein Strom bitterer Tränen zwischen ihnen hervorquoll.

Dem Leiden der Lady Madeline war keine ärztliche Kunst gewachsen. Chronische Apathie, schleichendes Dahinwelken und häufige, wenngleich rasch vorübergehende, dem Starrkrampf ähnelnde Anfälle – so sah das ungewöhnliche, von den Ärzten festgestellte Krankheitsbild aus. Bislang hatte Lady Madeline dem Zehren der Krankheit getrotzt und das Krankenbett gemieden. Doch als der Tag meiner Ankunft sich neigte, warf (wie ihr Bruder mir in der Nacht unsagbar aufgewühlt mitteilte) das unerbittliche Fortschreiten der Krankheit sie auf ihr Lager nieder. So erfuhr ich, dass ihr erster, flüchtig mir gewährter Anblick wahrscheinlich auch der letzte sein würde, der mir vergönnt blieb – dass ich die Lady, zumindest lebend, niemals wiedersehen würde.

Während der nächsten Tage wurde ihr Name weder von Usher noch von mir erwähnt. Stattdessen gab ich mir alle erdenkliche Mühe, die Schwermut meines Freundes zu lindern. Wir malten und lasen gemeinsam, oder ich lauschte gleichsam traumverloren seinem wild-spontanen Lautenspiel. Mit jedem Tag wuchs unsere Vertrautheit; mit jedem Tag ließ er mich freier in die Schattenwinkel seiner Seele blicken. Ich jedoch begriff nur desto bitterer die Vergeblichkeit all meiner Versuche, ein Gemüt aufzuhellen, von dem eine geradezu organische Finsternis ausstrahlte und sämtliche Dinge der geistigen und körperlichen Welt mit der düsteren Glut ewiger Trübsal übergoss.

Die vielen feierlichen Stunden, die ich auf diese Weise allein mit dem Herrn des Hauses Usher verbrachte, werde ich für immer in Erinnerung behalten. Und doch bin ich unfähig, irgendeine genaue Vorstellung von den Studien oder den Zerstreuungen zu vermitteln, in die er mich einführte und einbezog. Eine leidenschaftliche und äußerst ungesunde Subjektivität tauchte gleichsam alles, was er tat, in einen schwefelgelben Glanz. Ushers endlose Klagegesänge, die der Augenblick ihm eingab, werden mir ewig in den Ohren klingen. Unter anderem erinnere ich mich peinvoll einer bestimmten eigentümlichen Pervertierung von *Webers letzter Walzer.* Nicht weniger beeindruckten mich die Malereien, die Ushers vertrackte Fantasie ausbrütete. Strich für Strich arteten sie unter seinem Pinsel immer weiter ins Nichtgegenständliche aus, bis mich ein Schaudern packte – und zwar desto mehr, als ich mir dies Schaudern nicht erklären konnte. Die meisten dieser Malereien sind, so deutlich sie mir jetzt auch vor Augen stehen, mit den bloßen Mitteln des geschriebenen Wortes beim besten Willen nicht zu schildern. Durch die radikale Schlichtheit, durch die äußerste Nacktheit der Darstellung, fesselte Usher den Betrachter und überwältigte ihn zutiefst. Wenn jemals ein Sterblicher eine Idee gemalt hat, dann war dieser Sterbliche Roderick Usher. Mir jedenfalls brachten – unter den damaligen Bedingungen – die schieren Abstraktionen, die dieser Überempfindliche auf die Leinwand zu bannen verstand, eine entsetzliche Furcht bei. Selbst die grausigen, aber allzu handfesten Traumgebilde eines Füssli haben mir niemals auch nur den Anflug einer solchen Angst eingejagt.

Eine der wild-fantastischen Ausgeburten meines Freundes, die dem strikten Geist der Abstraktion nicht ganz so stark verhaftet war, lässt sich, wenigstens schattenhaft, mit Worten nachzeichnen: Ein kleinformatiges Gemälde zeigte die Innenansicht eines überaus langen, rechtwinkligen Gewölbes oder Tunnels. Die niedrigen Tunnelwände waren glatt, weiß und ohne irgendeine Unterbrechung oder Ausschmückung. Einige subtile Aspekte der künstlerischen Ausführung deuteten an, dass dieser Schacht unermesslich tief unter der Erdoberfläche lag. Ein Ausweg war im Verlauf seiner endlosen Flucht nicht zu entdecken. Ebenso wenig sah man eine Fackel oder eine andere künstliche Lichtquelle. Und doch durchspülte diesen Tunnel eine Flut hellster Strahlen und tauchte alles in einen gespenstischen und widernatürlichen Glanz.

Ich sprach bereits von jener krankhaften Verfassung des Hörnervs, die dem Leidenden jegliche Musik unerträglich machte, mit Ausnahme gewisser Saitenklänge. Vielleicht bewirkten gerade die erzwungenen Beschränkungen, die er seinem Lautenspiel auferlegte, das eigentümlich Fantastische seiner Darbietungen. Doch die furiose *Mühelosigkeit* seiner *aus dem Stegreif* vorgetragenen musikalischen Darbietungen ließ sich damit nicht erklären. Unter normalen Bedingungen wären die geradezu aus dem Handgelenk gezauberten Noten und Worte dieser leidenschaftlichen Fantasien – denn Usher begleitete sein Lautenspiel nicht selten mit spontan erdachten Versvorträgen – undenkbar gewesen. Sie verdankten sich wahrscheinlich, ja sogar gewiss, jener hochgradigen geistigen Sammlung und Konzentration, von der ich bereits sagte, dass sie nur in ganz bestimmten Momenten höchster, künstlich hervorgerufener Erregung auftritt. An die Worte einer dieser Rhapsodien erinnere ich mich noch genau. Sie beeindruckten mich im Laufe seines Vortrags desto tiefer, als ich auch ihren unterschwelligen oder versteckten Doppelsinn begriff – und darin erstmals einen Hinweis zu entdecken meinte, wie klar Usher selbst erkannte, dass sein erhabener Verstand auf seinem Throne wankte. Die Strophen mit dem Titel ›Palast der Gespenster‹ besaßen annähernd, wenn nicht genau, folgenden Wortlaut:

I

In einem Tal, duftdurchströmt und grün,
Wo ein Volk von Feen wohnte,
Sah man einen Palast steh'n
In dem ein König thronte.
Dieser Herrscher hieß Verstand –
Und sein stolzes Schloss
Ragte auf im Feenland
Mächtig, prächtig, stolz und groß.

II

Dort wehten vor den Himmelsweiten
Prachtbanner von den Zinnen
(Dies war in alten Zeiten,
Die lange schon von hinnen)
Und der linde Hauch der Luft
Von gold'nen Tagen
Hat manch süßen Blütenduft
Aus dem Palast getragen.

III

Durch ein Paar heller Fenster schaute,
Wenn er dies Tal durchquerte,
Der Wand'rer, wie zur Laute,
Deren Musik er hörte,
Im Takt gemess'ner Schritte
Beseelte Geister
Den Fürst in ihrer Mitte
Umschwebten – ihren Meister.

IV

Hell leuchtend von Perlen und Rubin,
Tat sich auf des Schlosses Tor
Und es zog ins Tal dahin
Ein wunderholder Echochor,
Dessen süße Pflicht es war,
Lieblich zu klingen
Und die Weisheit immerdar
Des Königs zu besingen.

V

Doch plünderten Siechtum und Sorgen
Dieses Herrschers Domizil
(Nie wird ihm mehr ein Morgen
Dämmern, seit die Mauer fiel!)
Und im ganzen tristen Tal
Ist all die Glorie
Nur ein Traum von dazumal;
Verblassende Historie.

VI

Und hinter glutentflammten Fenstern
Können Wanderer jetzt sehn
Mahlströme von Gespenstern
Sich zu schrillen Klängen drehn;
Und ein Fratzen-Sturzbach quillt
Aus dem fahlen Tor
Furchtbar lachend, ungestillt
Nie mehr lächelnd wie zuvor.

Ich erinnere mich gut, dass bestimmte Andeutungen in den Worten dieser Ballade uns von einem Gedankengang zum anderen führten – bis Usher eine Überzeugung zu erkennen gab, die nicht gerade neu war, denn andere vertraten diese Überzeugung bereits vor ihm. Ich erwähne diese Überzeugung aber aufgrund der Verbissenheit, mit der er sie verfocht. Es war, allgemein gesprochen, die Überzeugung von der Beseeltheit der Pflanzenwelt. Doch hatte diese Überzeugung in Ushers verstiegener Fantasie an Kühnheit noch gewonnen: Unter gewissen Voraussetzungen beanspruchte sie nämlich Geltung auch für das Reich des Anorganischen. Mir fehlen die Worte, um das volle Ausmaß seines Glaubens und seine bierernste *Unbeirrbarkeit* darin zu vermitteln. Jedoch stand dieser Glaube, wie bereits angedeutet, mit den grauen Steinen seines Ahnensitzes in Verbindung. Usher bildete sich ein, dass auch hier die Bedingungen für eine solche Beseeltheit erfüllt seien: durch die Methode, nach der man die Steine gesetzt und geschichtet habe, durch das Muster, dem die Anordnung der Steine, die Verteilung der darüberkriechenden Flechten und der Wuchs der skelettierten Bäume auf dem Grundstück folgten – aber vor allem durch das ewig lange, unveränderte Bestehen dieses Zusammenspiels und durch seine Widerspiegelung in den reglosen Wassern des Sees.

Als Usher dann auch noch den Beweis nannte, den er für jene Beseeltheit zu besitzen glaubte, da fuhr ich wie unter einem Schlag zusammen: Denn diesen Beweis sah er in der schleichenden, aber unverkennbaren Verdichtung eines eigenen Fluidums über dem See und um die Mauern herum. Das Ergebnis, ergänzte er, sei an jenem stillen, doch beharrlichen und schrecklichen Einfluss erkennbar, der über Jahrhunderte hinweg die Geschicke seiner Familie bestimmt habe. Ein Einfluss, der *ihn* zu dem gemacht habe, was ich nun vor mir sähe – was er *sei*. Derlei Ansichten bedürfen keines Kommentars, und ich enthalte mich eines solchen.

Wie zu vermuten, passten jene Bücher der Hausbibliothek, die jahrelang den Geist des Kranken genährt hatten, sehr gut zu dieser

Persönlichkeit mit ihren Wahnideen. Gemeinsam brüteten wir über solchen Werken wie dem *Vert-Vert* und dem *Chartreuse* von Gresset; dem *Belphegor* des Machiavelli; über *Himmel und Hölle* von Swedenborg; über *Nicholai Klims unterirdische Reise* von Holberg; über den chiromantischen Abhandlungen von Robert Fludd, von Jean d'Indaginé und von de la Chambre; über *Die Reise ins Blaue hinein* von Tieck und über Campanellas *Der Sonnenstaat*. Zu Ushers Lieblingslektüre zählte eine Kleinoktav-Ausgabe des *Directorium inquisitorum* aus der Feder des Dominikaners Nicholas Eymerich, und bei Pomponius Mela gab es Passagen zu den Satyrn und Ägipanen Alt-Afrikas, über die gebeugt Usher viele Stunden verträumen konnte. Ganz vernarrt war er jedoch in das Studium eines überaus seltenen und seltsamen Buches im gotischen Quartformat, das Ritualbuch einer vergessen Kirche – die *Vigiliae Mortuorum secundum Chorum Ecclesiae Maguntinae*.

Die bizarre Kulthandlung, zu der dieses Werk anleitet, kam mir kurz darauf besonders in den Sinn. Zugleich musste ich an ihre mögliche Auswirkung auf den Überspannten denken, nachdem er mich eines Abends kurz und knapp über den Tod der Lady Madeline in Kenntnis gesetzt hatte. Denn er ließ mich ebenso wissen, dass er ihren Leichnam 14 Tage lang, bis zur endgültigen Beisetzung, in einem der zahlreichen Gewölbe innerhalb der Grundmauern des Gebäudes aufbahren wollte. Seine Begründung für diese beispiellose Vorgehensweise erschien mir allerdings nachvollziehbar. Wie er betonte, hatte Usher seinen Beschluss in brüderlicher Verantwortung gegenüber der Verblichenen gefasst. Er wies auf die Seltenheit ihres medizinischen Falles hin, auf bestimmte Verdacht erregende und begehrliche Erkundigungen von Seiten ihrer Ärzte und auf den mangelnden Schutz, den die einsam gelegene Familiengrabstätte vor der Heimsuchung durch Leichenräuber bot. Seine Worte erinnerten mich an das heimliche Frohlocken im Gesichtsausdruck der Person, die ich bei meiner Ankunft im Haus auf der Treppe angetroffen hatte. Ich muss sagen, dass ich somit keine Einwände gegen eine

Vorsichtsmaßnahme erhob, die ich als letztendlich harmlos und keinesfalls abwegig ansah.

Auf Ushers Wunsch hin ging ich ihm bei dieser vorläufigen Beisetzung zur Hand. Sobald der Leichnam im Sarg lag, trugen wir beide allein ihn zu seiner Ruhestätte. Das Gewölbe, worin wir ihn abstellten, war eng, feucht und vom Tageslicht völlig abgeschlossen. Es war seit Jahrzehnten oder sogar länger nicht mehr geöffnet worden, und die Luft darin war so stickig, dass unsere blakenden Fackeln es kaum ausleuchteten. Es lag in beträchtlicher Tiefe genau unter jenem Gebäudeteil, in dem auch mein eigener Schlaftrakt sich befand. Offenbar hatte es in den fernen Tagen der Feudalherrschaft als Burgverlies furchtbaren Zwecken gedient und war später als Kammer für Schießpulver oder andere leicht entflammbare Substanzen genutzt worden. Ein Teil des Fußbodens nämlich und das gesamte Innere des langen Bogenganges, der zum Gewölbe hinführte, waren sorgsam mit Kupferplatten ausgeschlagen. Auch die massive Eisentür besaß einen solchen Schutz. Als sie sich drehte, gaben die Scharniere unter ihrem gewaltigen Gewicht einen unerhört schrillen, kreischenden Misston von sich.

Nachdem wir unsere traurige Bürde in dieser schaurigen Unterwelt auf Stützen abgesetzt hatten, schoben wir den noch unverschraubten Deckel des Sarges ein Stück zur Seite und betrachteten das Antlitz der darin Ruhenden. Sofort fesselte mich die verblüffende Ähnlichkeit zwischen dem Bruder und der Schwester. Usher, der meine Gedanken womöglich erriet, murmelte ein paar Worte, denen ich entnahm, dass die Verblichene und er selbst Zwillinge gewesen waren, und dass seit jeher ein Seelengleichklang kaum fassbarer Natur zwischen ihnen bestanden hatte.

Doch ruhten unsere Blicke nicht lange auf der Toten – denn wir konnten sie nicht ohne scheue Furcht betrachten. Das Leiden, dem die Lady in der Blüte ihrer Jugend erlegen war, hatte, wie es bei Katalepsie-Toten häufig vorkommt, wie zum Hohn eine zarte Röte auf Brust und Antlitz hinterlassen und den Lippen jenes so tückisch darauf verweilende Lächeln verliehen, das an Leichen so grässlich ist. Wir rückten den Sargdeckel an seinen Platz und schraubten ihn fest. Nachdem wir auch die Eisentür hinter uns geschlossen hatten, erklommen wir die vielen Stufen zu den kaum minder düsteren Zimmerfluchten der oberen Stockwerke.

Einige Tage bitteren Grams verstrichen. Während dieser Zeit nun vollzogen die äußeren Symptome der geistigen Zerrüttung meines Freundes einen merklichen Wandel. Sein bisheriges Verhalten fiel von ihm ab. Seine bisherigen Zeitvertreibe wurden vernachlässigt oder waren vergessen. Er streifte mit gehetzten, ungleichmäßigen und ziellosen Schritten von Zimmer zu Zimmer. Die Blässe seines Gesichtes nahm, soweit möglich, eine noch totenähnlichere Färbung an – der leuchtende Glanz seiner Augen hingegen erlosch völlig. Seine frühere gelegentliche Heiserkeit beim Sprechen war gewichen, und ein Zittern und Schwanken, wie von namenloser Angst, trat jetzt oft in seine Stimme. Ja, es gab Momente, da glaubte ich, er ringe nach Mut, um irgendein bedrückendes Geheimnis zu bekennen, mit dem sein ständig fiebernder Geist sich quälte. Dann wiederum war ich geneigt, alles den unerklärlichen Irrungen des Wahnsinns zuzuschreiben – wenn ich ihn nämlich stundenlang ins Leere starren sah, wobei seine Körperhaltung äußerste Aufmerksamkeit verriet, als lausche er gespannt auf irgendein eingebildetes Geräusch. Es war kein Wunder, dass sein Zustand mich entsetzte – ja, dass er mich ansteckte. Ich fühlte, wie die Einflüsse, denen seine fantastischen, doch auch eindrucksvollen Wahnvorstellungen unterlagen, langsam, aber sicher auch auf mich übergriffen.

In der Nacht des siebten oder achten Tages nach der Aufbahrung der Lady Madeline im Kellergewölbe suchten diese Anwandlungen mich besonders machtvoll heim. Ich war spät zu Bett gegangen, fand aber keinen Schlaf. Die Stunden troffen dahin. Ich bot alle Vernunftgründe auf, um die nervöse Anspannung, die mich beherrschte, zu überwinden. Ich redete mir ein, dass vieles oder sogar alles von dem, was mich beunruhigte, dem verstörenden Einfluss der düsteren Zimmereinrichtung zuzuschreiben war – den dunklen und zerschlissenen Wandbehängen, die, unsanft aufgestört von den Atemstößen eines anschwellenden Sturmes, an den Wänden ruhelos hin und her wogten und unbehaglich raschelnd über die Verzierungen meines Bettes strichen. Doch meine Mühen blieben fruchtlos. Ein unbezähmbares Beben erfasste Stück für Stück meinen ganzen Körper, und nach einiger Zeit kauerte ein Alb völlig grundloser Angst auf meinem Herzen. Keuchend und unter großer Anstrengung warf ich diese Beklemmung von mir ab und setzte mich in den Kissen auf.

Angespannt spähte ich in die pechschwarze Finsternis des Zimmers. Zugleich zwang eine instinktive Eingebung mich – warum auch immer –, auf einige gedämpfte, unbestimmte Laute zu horchen, die während der Sturmpausen in langen Abständen – woher auch immer – an mein Ohr drangen. Ein irres Entsetzen übermannte mich, das sich nicht erklären und noch weniger ertragen ließ. Da in dieser Nacht an Schlaf nicht mehr zu denken war, warf ich hastig meine Kleider über und marschierte in dem Versuch, mich aus meinem jammervollen Zustand zu erlösen, rasch im Zimmer auf und ab.

Ich hatte auf diese Weise kaum einige Kehrtwenden absolviert, als leise Schritte auf einer angrenzenden Treppe mich aufhorchen ließen. Ich erkannte sofort, dass sie von Usher stammten. Im nächsten Moment pochte er auch schon sacht an meine Tür. Eine Laterne in der Hand, trat er zu mir ein. Sein Gesicht war wie stets leichenhaft fahl – doch darüber hinaus flackerte eine Art von irrer Heiterkeit in seinen Augen. Eine gerade noch gebändigte *Hysterie* lauerte in seinem ganzen Gebaren. Sein Aussehen erschreckte mich. Und doch war alles besser als die Einsamkeit, die ich bis eben erduldet hatte, und so begrüßte ich seine Gegenwart geradezu als eine Erlösung.

»Und du hast es nicht gesehen?«, stieß er unvermittelt hervor, nachdem er einige Augenblicke lang schweigend in die Runde gestarrt hatte. – »Du hast es also wirklich nicht gesehen? – Doch warte! Jetzt sollst du es sehen.« Während er sprach, schirmte er seine Laterne sorgsam mit einer Hand ab. Sodann eilte er zu einem der Fensterflügel – und stieß ihn weit in den Sturm hinein auf.

Die ungestüme Wut der hereinfauchenden Böe riss uns fast von den Füßen. Es war eine wilde, aber auch schrecklich-schöne Sturmnacht, und ganz einzigartig in ihrem Schrecken wie in ihrer Schönheit. Anscheinend hatte sich in unserer Nachbarschaft ein Wirbelsturm zusammengebraut, denn es blies ungebärdig und jäh umschlagend aus ständig wechselnden Richtungen. Die dicht geballten Wolken hingen so tief, dass sie bereits auf die Mauertürme des Hauses drückten. Dies hinderte uns jedoch nicht, den rasenden Flug wahrzunehmen, mit dem sie beseelten Wesen gleich von überall her aufeinander einjagten, ohne in die Ferne weiterzuziehen. Ich betone, dass selbst die außerordentliche Wolkendichte uns nicht hinderte, dies zu erkennen – dabei schienen weder Mond noch Sterne, und auch kein Blitzstrahl flammte auf. Doch die Unterseite der ungeheuren, wild bewegten Wolkenmasse sowie alle Objekte auf der Erde ringsum glommen im unnatürlichen Schimmer einer schwach glosenden und deutlich sichtbaren gasigen Ausdünstung, die über allem hing und das Haus wie ein Leichentuch umhüllte.

»Dies darfst du nicht – dies sollst du nicht anschauen!«, sagte ich erschaudernd zu Usher und zog ihn mit sanfter Gewalt vom Fenster fort zu einem Sessel. »Diese Erscheinungen, die dich so aufregen, sind bloße elektrische Naturphänomene – oder vielleicht haben sie ihren grausigen Ursprung in dem scheußlichen Pesthauch des Sees. Wir wollen dieses Fenster schließen – die Luft ist ungesund kalt und schadet dir nur. Hier haben wir einen deiner Lieblingsschmöker. Ich will vorlesen, und du sollst zuhören – und so werden wir diese Schreckensnacht gemeinsam durchstehen.«

Der alte Band, den ich in der Hand hielt, war der *Mad Trist* von Sir Launcelot Canning. Ich hatte ihn auch eher in trübem Scherz als im Ernst Ushers Lieblingsbuch genannt. In Wahrheit bietet der plumpe und fantasielose Schwulst dieses Werkes wenig, was den fein gestimmten und hochfliegenden Geist meines Freundes hätte anregen können. Doch war gerade kein anderes Buch greifbar gewesen. Außerdem hegte ich die vage Hoffnung, dass Ushers unbändige Erregung gerade von der Überdosis an Albernheiten gedämpft würde, die ich ihm vorlesen wollte (derartige Widersprüche kommen ja in der Geschichte der Geisteskrankheiten häufig vor). Und nach der angespannten Miene äußerster Konzentration zu urteilen, mit der er den Worten der Erzählung lauschte, oder vermeintlich lauschte, hätte ich mir zum Erfolg meines Kunstgriffes tatsächlich gratulieren dürfen.

Ich war bis zu jenem wohlbekannten Absatz der Geschichte gelangt, wo Ethelred, der Held des *Trist,* sich den gewaltsamen Zugang zur Eremitenklause erzwingt, da ihm der gutwillige Zutritt verwehrt worden war. An dieser Stelle hat die Geschichte, wie man sich erinnern wird, folgenden Wortlaut:

> »Und Ethelred, in dessen Busen von Natur ein mannhaft Herz schlug, und der vermöge des kraftvollen Rebentrunks, dessen er sich zuvor erlabt, nun selbst von Kraft strotzte, vertändelte ab jetzt keine Zeit mehr dadurch, Zwiesprache mit dem Klausner zu pflegen, der wahrlich verstockten und ruchlosen Schlages war, sondern hub, da er den Regen auf seinen Schultern verspürte und er dem aufziehenden Unwetter wollt' entrinnen, stracks seinen Streitkolben und schuf vermittelst kräftiger Hiebe gegen die Bretter der Tür weidlich Raum für seinen Panzerhandschuh; und alsdann ging er mit beherzter Faust zu Werke und brach und zerrte und riss alles entzwei und in Stücke, sodass das Splittern des trock'nen und hohl tönenden Holzes durch den gesamten Forst schallte und widerhallte.«

Bei den letzten Worten dieses Satzes schreckte ich aus der Lektüre auf und hielt einen Herzschlag lang den Atem an; denn obwohl ich es sogleich als Narrenstreich meiner überreizten Fantasie abtat, schien es mir doch … ja, mir schien, als würde aus einem weit entfernten Teil des Hauses schwach ein Laut an mein Ohr dringen. Ein Laut, der sich geradezu wie ein getreues, doch auch unterdrücktes und gedämpftes Echo jenes krachenden und berstenden Geräusches anhörte, das Sir Launcelot so unnachahmlich beschrieben hatte. Zweifellos war es nur diese zufällige Übereinstimmung gewesen, die mich hatte aufhorchen lassen. Denn inmitten des Rüttelns der Fensterrahmen und der Lärmkulisse des immer wütenderen Sturmes haftete dem Geräusch an sich nichts Auffälliges an, wodurch es mich hätte hochscheuchen können. Ich fuhr also in der Geschichte fort:

»Doch da nun der wack're Kämpe Ethelred durch die zerschlag'ne Pforte stampfte, verwunderte er sich über alle Maßen und ergrimmte sehr, als er keine Spur des ruchlosen Klausners gewahrte, sondern an dessen Statt ein ungeschlachtes Drachentier von wundersam schuppigem Gebaren und feurigem Odem, das hielt Wacht vor einem Palast ganz aus Gold mit einem Fußboden von reinstem Silber. Und an der Wand hing ein Schild von schimmerndem Erz, worin folgende Inschrift stand graviert:

Wer hier dringt ein, den Sieg mit sich bringt;
Wer den Drachen bezwingt, der den Schild auch erringt.

Und Ethelred schwang seinen Streitkolben hoch empor und ließ ihn auf des Drachen Haupt niederfahren, der ihm zu Füßen hinsackte und seinen fauligen Odem mit einem Schrei aushauchte, der gar so grässlich und schrill tönte und gar so gräulich gellte, dass Ethelred sich hätte die Ohren mit den Händen zuhalten mögen, zur Verwahrung gegen diesen schrecklichen Laut, dessengleichen noch niemals zuvor ward vernommen.«

An dieser Stelle hielt ich abermals jäh inne, diesmal in höchster Bestürzung – denn jetzt war kein Zweifel mehr möglich, dass ich es tatsächlich hörte, wenn ich auch unmöglich hätte sagen können, aus welcher Richtung es kam: einen leisen, offenbar fernen, aber durchdringenden, lang gezogenen und überaus sonderbaren Ton – ein schrilles Quietschen oder Kreischen und die haargenaue Wiederholung des unnatürlichen Drachenschreis, den die Worte des Romandichters eine Sekunde zuvor in meiner Fantasie heraufbeschworen hatten.

Tausende widerstreitende Empfindungen beherrschten mich angesichts dieser zweiten und absolut außergewöhnlichen Übereinstimmung – am stärksten jedoch Verblüffung und äußerstes Grauen. Trotzdem besaß ich genug Geistesgegenwart, nicht durch irgendeine Bemerkung die empfindliche Nervosität meines Gefährten noch zu steigern. Ich war nämlich keineswegs sicher, dass er die fraglichen Geräusche ebenfalls gehört hatte. Doch war während der letzten Minuten unstrittig eine sonderbare Änderung in seinem Verhalten eingetreten: Nachdem er anfangs mir zugewandt dagesessen hatte, war er nach und nach mit seinem Sessel immer weiter herumgerückt, sodass er jetzt zur Tür schaute. Daher konnte ich sein Gesicht nur teilweise erkennen. Aber ich sah, dass seine Lippen zuckten, so als flüsterte er unhörbar vor sich hin. Sein Kinn war auf die Brust gesunken – doch als ich einen kurzen Blick auf sein Profil erhaschte, verriet mir sein weit und starr geöffnetes Auge, dass er nicht schlief. Dazu passte auch die Bewegung seines Körpers. Denn er wiegte sich sanft und stetig von einer Seite zur anderen. Nachdem ich all dies raschen Blicks erfasst hatte, kehrte ich zu Sir Launcelots Geschichte zurück. Sie nahm folgenden Fortgang:

> »Und jetzt, da der Held der grimmen Wut des Drachen ward entronnen, und da er des ehernen Schildes gedachte und sich besann, dass der Zauberbann, unter dem es gestanden, nunmehr ward gebrochen, zerrte er das hingestreckte Untier aus

dem Weg und schritt kühn über den silbernen Boden des Palastes zu der Wand hin, wo der Schild hing. Dieser jedoch verharrte nicht, bis dass der Recke sich genaht, sondern fiel ihm zu Füßen auf die Silberdielen, was einen gewaltig schallenden und scheußlich klirrenden Ton machte.«

Kaum waren diese Silben über meine Lippen gekommen, da vernahm ich deutlich ein hohl klingendes, metallisch dröhnendes, aber offenbar gedämpftes Hallen – als wäre in diesem Augenblick *tatsächlich* ein schwerer Eisenschild auf einen Silberboden aufgeschlagen.

Völlig außer Fassung gebracht schnellte ich empor; doch die monotone Schaukelbewegung Ushers dauerte fort. Ich stürzte zu dem Sessel hin, in dem er saß. Sein Blick war unverwandt geradeaus gerichtet und auf seinem Gesicht lag eine steinerne Starre. Doch als ich meine Hand auf seine Schulter legte, durchlief ein heftiger Schauder seinen ganzen Körper. Ein wehes Lächeln umzuckte seine Lippen und ich bemerkte, dass er ein leises, gehetztes und unverständliches Flüstern ausstieß, so als wäre er sich meiner Gegenwart nicht bewusst. Ich beugte mich dicht über ihn. Und endlich sickerte der furchtbare Sinn seiner Worte in mich ein:

»Hör' ich es denn nicht? – Oh ja, ich höre es und ich *habe* es gehört. Lange – lange – lange – viele Minuten, viele Stunden, viele Tage lang hab ich es gehört – aber ich wagte nicht – weh mir, elender Wicht, der ich bin! – Ich wagte nicht – Ich *wagte* es nicht, zu sprechen! *Wir haben sie lebend in die Gruft gesperrt!* Sagte ich nicht, meine Sinne seien geschärft? *Jetzt* sage ich dir, dass ich ihre allerersten schwachen Regungen im hohlen Sarg vernahm. Ich hörte sie – vor vielen, vielen Tagen schon – und doch wagte ich nicht – *wagte ich nicht zu sprechen!* Und jetzt – heute Nacht – Ethelred – ha! ha! – da barst die Tür des Eremiten, da schrie der Drache im Todeskampf und der Schild schlug dröhnend auf … Sag lieber: Ihr Sargdeckel krachte, und ihre Kerkertür kreischte aus eisernen Angeln, und sie kämpfte sich qualvoll voran durch den kupferbeschlagenen Kellergang der Gruft! Ach, wohin nur soll ich fliehen? Wird sie nicht gleich hier sein? Eilt sie nicht heran, um mich wegen meiner Überstürzung anzuklagen? Hab ich nicht eben ihre Schritte auf den Stufen gehört? Vernehme ich nicht den schweren und schrecklichen Schlag ihres Herzens? Wahnsinniger!« Hier sprang er wie rasend auf und schrie die Silben heraus, als fahre ihm dabei die Seele aus dem Leib: »Wahnsinniger! Ich sage dir, dass sie BEREITS vor unserer Zimmertüre steht!«

Als hätte die übermenschliche Energie seiner Worte Zauberkräfte entbunden – schwangen im selben Augenblick die gewaltigen, vertäfelten Flügel der alten Doppeltür, auf die der Sprecher wies, langsam zurück, als klappten zwei schwere Kinnladen aus Ebenholz auf. Es war nur das Werk eines der Windstöße gewesen – doch hinter den Türflügeln stand *wahrhaftig* die hohe, von Leichentüchern umwehte Gestalt der Lady Madeline Usher. Blut sprenkelte ihre weißen Hüllen und die Spuren eines verzweifelten Kampfes zeigten sich überall an ihrem ausgemergelten Körper.

Einige Herzschläge lang verharrte sie zitternd und schwankend auf der Schwelle, dann taumelte sie mit einem leisen, seufzenden Aufstöhnen ins Zimmer herein. Sie stürzte auf ihren Bruder zu und riss ihn in ihrem heftigen und nunmehr endgültigen Todeskampf mit sich zu Boden – als ein entseeltes Opfer der Schrecken, die er bereits seit vielen Tagen gefürchtet hatte.

Von Entsetzen gejagt, floh ich aus jenem Zimmer, aus jenem Haus. Draußen tobte der Orkan noch mit voller Wut, als ich auf den alten Dammweg hinauslief. Plötzlich fiel ein düsterer Glutschein auf meinen Weg. Ich blickte zurück, um zu sehen, woher ein solch geisterhaftes Aufleuchten rührte – denn hinter mir lagen nur das riesige Haus und seine Schatten.

Es war der Loderschein des in blutiger Röte versinkenden Vollmondes, der jetzt deutlich durch jenen einst kaum sichtbaren Riss strahlte, den ich bereits erwähnte und der im Zickzack vom Dach des Gebäudes bis zu seinen Grundfesten verlief. Während ich darauf starrte, klaffte dieser Spalt rasch immer weiter auf – ein

Schnauben des Sturmwinds fegte heran, jäh trat die volle Scheibe des Mondes in meinen Blick –, mir schwindelte, als ich die mächtigen Gemäuerhälften vor mir auseinandersinken sah – ein schier endloses, ohrenbetäubendes Tosen wie von tausend Wasserfällen – und der bodenlose, eisige See zu meinen Füßen schloss sich schwarz und schweigend über den Ruinen des »Hauses Usher«.

C. L. Moore

Catherine Lucille Moore (1911–1987) war eine amerikanische Autorin düsterer fantastischer Geschichten und eine der allerersten Frauen, die sich ausschließlich diesem Genre widmeten.

Moores erste Veröffentlichung war die Story ›Shambleau‹, die 1933 in *Weird Tales* erschien und ihren Science-Fiction-Helden Northwest Smith einführte. Im Oktober 1934 erschien in dem Magazin ›Black God's Kiss‹, eine Erzählung um die Heldin Jirel aus dem Fantasyreich Joiry. Obwohl C. L. Moore erfolgreich war – sie arbeitete unter diversen Pseudonymen auch für Film und Fernsehen –, gab sie nach ihrer zweiten Heirat 1963 das Schreiben ganz auf, offenbar auf Wunsch ihres Mannes, der kein Interesse an Literatur hatte.

Lovecraft fiel C. L. Moores literarisches Talent sofort auf. In einem Brief an William Frederick Anger von 28. Januar 1935 verteidigt er sie gegen Angers negatives Urteil. »Ich stimme dir nicht zu. Ihre Geschichten haben eine ausgeprägte kosmische Seltsamkeit, schwer zu erklären, aber leicht zu bemerken, die sie wirklich einzigartig machen.« Lovecraft erklärt weiter, dass die Atmosphäre von »Fremdartigkeit und kosmischer Furcht«, die in

Moores Geschichten auffalle, auch das Kennzeichen der besten unheimlichen Werke sei. »Miss Moore gehört ganz gewiss zu den besten Autoren von *W. T.*, neben Smith, Howard ...«

In einem weiteren Brief an Anger vom 16. Februar lobt Lovecraft nochmals ihre markante sprachliche Begabung. Lovecraft mochte besonders die Erzählung ›The Black God's Kiss‹, deren bizarrer Schauplatz ihn begeisterte.

Der Kuss des Schwarzen Gottes

1.

Sie schleppten Joirys hochgewachsenen Befehlshaber herein. Er wehrte sich heftig, als die beiden Krieger fester an den Stricken zerrten, mit denen seine Arme über der Eisenrüstung gefesselt waren. Zwischen den hier überall noch herumliegenden Toten bahnten sie sich einen Weg durch die große Halle zum Podest, wo der Eroberer auf dem Thron saß. Zweimal rutschten sie auf den blutbeschmierten Marmorplatten aus.

Als sie vor der Gestalt auf dem Thron ankamen, atmete Joirys Befehlshaber schwer, und die Stimme, die hohl aus dem geschlossenen Visier klang, war heiser vor Grimm und Verzweiflung.

Guillaume, der Eroberer, lehnte sich auf sein gewaltiges Schwert und grinste von der Höhe des Podests auf den zornbebenden Gefangenen hinab. Guillaume war ein großer Mann, und in seiner blutbespritzten Rüstung wirkte er noch größer. Auch auf seinem harten, narbigen Gesicht war Blut. Mächtig und gefährlich sah er aus, wie er so auf seinem gewaltigen Schwert lehnte und hinunterlächelte auf den obersten Kriegsherrn des gefallenen Joiry, der sich gegen den Griff der beiden Krieger wehrte.

»Holt mir diesen Krebs aus seinem Panzer«, befahl Guillaume mit tiefer, lässiger Stimme. »Ich bin gespannt, wie der Kerl aussieht, der uns den Sieg so schwer machte. Herunter mit seinem Helm!«

Aber es bedurfte noch eines Dritten, der herbeieilen musste, um die Riemen zu durchtrennen, die den eisernen Helm mit dem Rest der Rüstung verbanden. Joirys Befehlshaber wehrte sich trotz der gefesselten Arme mit einer Wildheit, dass keine der beiden Wachen es wagen konnte, den Griff zu lockern.

Erst nach Minuten erbittertster Gegenwehr waren die Riemen endgültig geöffnet, und der Helm rollte klirrend über den Marmorboden.

Ein Fluch der Überraschung drang zwischen Guillaumes glitzernden Zähnen hervor.

Joirys Herrin funkelte ihn wütend an. Ihre gelben Augen brannten unter den zerzausten Locken. Joirys Fall brach ihr fast das Herz, umso tiefer war ihr Hass auf den Eroberer.

»Gott verdamme Euch!«, fauchte Jirel von Joiry zwischen zusammengepressten Zähnen. »Möge der Teufel Euer schwarzes Herz holen.«

Guillaume hörte sie kaum. Er starrte sie mit offenem Mund an, wie die meisten Männer, wenn sie Jirel das erste Mal sahen. Sie war groß wie ein Mann und wilder als die meisten Männer. Dem Gesicht über der Rüstung hätte unter dem Kopfputz einer Lady vielleicht die damenhafte Zartheit gefehlt, aber im stählernen Rahmen des Brustpanzers hatte es die Schönheit einer messerscharfen Klinge. Die roten Locken auf Jirels Kopf waren kurz geschnitten und das gelbe Brennen ihrer Augen verriet die Wut, die in ihr tobte.

Guillaumes Überraschung wich einem Lächeln. Ein neues Licht flammte in seinen Augen auf, als er ihre geschmeidige Gestalt mit geübtem Blick musterte. Das Lächeln wurde zum Lachen, zu einem amüsierten Gelächter.

»Bei allen Teufeln!«, brüllte er. »Welch willkommener Anblick für einen Krieger! Nun, was seid Ihr bereit, für Euer Leben zu geben, mein Kätzchen?«

Sie schleuderte ihm einen Fluch entgegen.

»Oh! Welch hässliche Worte aus einem so schönen Mund, meine Lady. Nun, ich will nicht bestreiten, dass Ihr uns eine heldenhafte Schlacht geliefert habt. Kein Mann hätte tapferer sein können und gar mancher hat weniger Kampfgeist bewiesen. Aber gegen Guillaume …« Er dehnte die mächtige Brust und grinste sie hinter seinem wuchernden Bart an.

»Kommt her zu mir, mein Kätzchen«, befahl er. »Ich wette, Eure Lippen sind süßer als Eure Worte.«

Jirel stieß die Sporen ihres Absatzes in das Schienbein einer der Wachen und entwand sich ihrem Griff, als der Mann aufheulend zurücksprang. Fast gleichzeitig rammte sie dem anderen Krieger ein eisenbekleidetes Knie in den Leib. Nun war sie von beiden frei und machte drei lange Schritte auf den Eingang zu, ehe Guillaume ihr nachsprang.

Sie spürte, wie seine Arme sich von hinten um sie legten, und schlug mit beiden gespornten Absätzen gegen seine Schienbeine. Wild wand sie sich in seinem Griff. Sie kämpfte mit Knien und Sporen und zerrte mit aller Kraft an den Stricken um ihre Handgelenke.

Guillaume lachte und wirbelte sie herum. Mit einem amüsierten Lächeln beantwortete er das Funkeln ihrer gelben Augen. Dann drückte er die Faust unter ihr Kinn und hob ihre Lippen zu seinen. Ihre Flüche erstarben.

»Beim Himmel, das ist ja, als küsse man eine Schwertklinge«, brummte er schließlich, nachdem er ihren Mund freigegeben hatte.

Jirel stieß etwas aus, das gnädigerweise mehr heiser als verständlich klang. Sie warf ihren Kopf zur Seite und ließ ihn vorschnellen. Tief senkte sie ihre Zähne in seinen Hals. Um Haaresbreite verfehlte sie seine Schlagader.

Guillaume gab keinen Laut von sich. Aber er packte ihren Kopf, obgleich sie ihn wild schüttelte und ihm zu entkommen suchte, ohne jedoch seine Kehle freizugeben. Dann steckte er die eisenbehandschuhten Finger in ihre Mundwinkel und zwang ihr die Zähne auseinander.

Als sein Hals frei war, blickte er durchbohrend auf sie hinab. Das Feuer ihrer gelben Augen brannte auf seinem narbigen Gesicht. Er grinste und hob seine unbehandschuhte Linke. Mit einem heftigen Schlag ins Gesicht schleuderte er sie quer durch die halbe Halle. Sie blieb still auf dem Marmorboden liegen.

2.

Jirel öffnete die Augen. Dunkelheit umgab sie. Eine Weile lag sie ganz ruhig, um wieder zu sich zu finden.

Allmählich kehrte die Erinnerung zurück, und sie presste die Lippen auf ihren Arm, um einen Laut zu unterdrücken, der halb Fluch, halb Schluchzen war. Joiry war gefallen! Wie erstarrt lag sie nun und zwang sich, mit der Wirklichkeit fertigzuwerden.

Das Geräusch von Schritten auf Steinboden ganz in der Nähe riss sie aus den quälenden Gedanken. Vorsichtig setzte sie sich auf. Sie tastete um sich, um zu ergründen, in welchem Teil von Joiry die Herrin des Landes gefangen gehalten wurde.

Es war ihr klar, dass die Schritte, die sie gehört hatte, von einer Wache stammen mussten. Und dem modrigen Geruch und der Dunkelheit nach zu schließen, befand sie sich unter der Erde, in einem der kleineren Verliese.

Leise erhob sie sich. Sie murmelte einen Fluch, als alles sich zu drehen schien und ihr Kopf wild pochte. Sie versuchte, sich in der Finsternis der Zelle zu orientieren. In einer Ecke stieß sie auf einen hölzernen Hocker.

Sie packte ihn an einem Bein und schlich damit an der Wand entlang, bis sie an die Tür gefunden hatte.

Der Posten erinnerte sich später, dass er den wildesten Hilfeschrei seines Lebens gehört hatte, und er entsann sich, die Tür aufgesperrt zu haben. Was danach geschehen war, wusste er nicht mehr, nur dass sie ihn nach Stunden in dem verriegelten Verlies mit blutigem Schädel gefunden hatten.

Jirel schlich die dunklen Stufen des Nordturms hoch. Sie kannte nur noch einen Gedanken: Rache zu nehmen. Mehrmals in ihrem Leben hatte sie schon gehasst, aber noch nie mit einem so alles verzehrenden Feuer wie diesmal. Sie konnte Guillaumes abfällig lachendes Gesicht vor sich sehen, die grinsenden weißen Zähne inmitten des schwarzen Barts. Sie spürte jetzt noch die fordernden Lippen auf ihren, und seine starken Arme, die sie an ihn pressten.

Eine so glühende Wut überwältigte sie, dass sie sich, von Schwindel erfasst, hastig an der Wand festhalten musste. Ein roter Schleier schob sich vor ihre Augen, und etwas wie Wahnsinn ergriff von ihrem Geist Besitz.

Aus dem hassgeborenen Chaos nahm allmählich ein Entschluss Form an. Als dieser Gedanke sich ihrer bemächtigte, hielt sie erneut an, mitten im Schritt auf der Treppe. Sie war sich einer Kälte bewusst, die sie erschauern ließ. Doch sie war nur kurz. Jirel straffte die Schultern, verzog die Lippen zu einem grimmigen Lächeln und setzte ihren Weg fort.

Dem Stand der Sterne nach, die sie durch die schmalen Schießscharten sehen konnte, musste es etwa Mitternacht sein. Leise waren ihre Schritte auf den Steinstufen. Sie begegnete niemandem. Ihr kleines Turmgemach in luftiger Höhe war leer. Selbst das Strohlager ihrer Leibmagd war in dieser Nacht unbenutzt geblieben. Sie schlüpfte deshalb mit viel Mühe ohne Hilfe aus ihrer Rüstung. Ihr Lederwams darunter starrte vor Schweiß und Blut. Naserümpfend warf sie es in eine Ecke.

Die brennende Wut in ihren Augen war nun zu einer steten kalten Flamme abgekühlt. Sie lächelte, als sie ein frisches Wams über ihre zerzausten roten Locken zog und darüber ein kurzes Kettenhemd. Um Knie und Waden befestigte sie die Beinschienen eines längst vergessenen Legionärs. Es war ein Relikt aus den vergangenen Zeiten, als Rom über die Welt herrschte.

Sie schob einen Dolch in den Gürtel und nahm ihr Schwert, einen langen Bihänder, ohne Scheide an sich. Dann stieg sie die Treppe wieder hinunter. Sie war sicher, dass die Eroberer den Sieg mit allem, was Joirys Küche und Keller nur bieten konnten, in der großen Halle gefeiert hatten. Aus der Stille, die nun so schwer über der Burg hing, schloss sie, dass der Großteil der Feinde bereits seinen Rausch ausschlief. Flüchtig dachte sie an die vielen Fässer erstklassigen Weins, der so vergeudet worden war.

Gleichzeitig schoss ihr der Gedanke durch den Kopf, dass eine entschlossene Frau mit einem scharfen Schwert gewiss nicht wenige der betrunkenen Schläfer in den Tod befördern könnte, ehe sie überwältigt wurde. Aber sie schob diesen Gedanken von sich, denn gewiss würde Guillaume Posten vor der Halle aufgestellt haben, und sie wollte schließlich ihre eben erst errungene Freiheit nicht gleich wieder verlieren.

Leise stieg sie die dunklen Stufen hinab und durchquerte das hintere Ende der riesigen Halle, deren Dunkelheit sicher so manchen vom Weintrunk übermannten Schläfer verbarg. So kam sie in die Düsternis der kleinen Kapelle, die direkt an Joirys Halle anschloss.

Jirel war überzeugt, Bruder Gervase hier zu finden. Sie täuschte sich auch nicht. Er kniete vor dem Altar. Seine Gestalt war in der dunklen Kutte kaum zu sehen.

Aber der Mond, der seinen schwachen Schein durch ein hohes schmales Fenster warf, spiegelte sich auf der glänzenden Tonsur. Als er ihre Schritte hörte, drehte er sich hastig um und erhob sich.

»Meine Tochter!«, flüsterte er. »Wie ist es Euch geglückt, zu fliehen? Soll ich Euch ein Pferd besorgen? Wenn Ihr es schafft, an den Wachen vorbeizukommen, müsstet Ihr die Burg Eures Vetters bei Tagesanbruch erreichen.«

Sie drückte ihren Finger zum Schweigen mahnend vor die Lippen. »Nein«, erwiderte sie schließlich leise. »Nicht ins Freie will ich diese Nacht. Doch die Reise, die zu machen ich beabsichtige, ist noch gefährlicher. Gebt mir Euren Segen, Bruder Gervase, und erteilt mir die Absolution.«

Er blickte sie an. »Was habt Ihr vor?«

Sie fiel vor ihm auf die Knie und klammerte sich mit drängenden Händen an den rauen Stoff seiner Kutte.

»Erteilt mir die Absolution, ich bitte Euch! Ich muss hinunter in die Tiefe der Hölle, um den Teufel um eine Waffe zu bitten. Es mag sein, dass ich nicht zurückkehre.«

Gervase bückte sich und packte ihre Schultern mit zitternden Händen. »Seht mich an!«, befahl er heiser. »Wisst Ihr denn überhaupt, was Ihr da sagt? Ihr wollt …«

»Hinunter!«, erklärte sie mit fester Stimme. »Nur Ihr und ich kennen diesen Weg – und nicht einmal wir wissen mit Sicherheit, wohin er führt. Aber um eine Waffe gegen diesen Mann zu finden, würde ich mich in noch schlimmere Gefahr als diese begeben.«

»Wenn ich mir sicher wäre, dass Ihr es ernst meint«, flüsterte der Priester, »ich würde Guillaume noch in diesem Augenblick wecken und Euch in seine Hände geben. Es wäre ein gnädigeres Geschick, meine Tochter.«

»Ein Geschick, dem zu entkommen ich den Teufel selbst aufsuchen werde«, erwiderte sie wild. »Versteht Ihr denn nicht? Gott weiß, ich bin kein Unschuldslämmchen, was die flüchtige Liebe des Körpers betrifft – aber das Spielzeug eines Mannes zu sein, für eine Nacht oder auch zwei, ehe er mir den Kopf abschlägt oder mich in die Sklaverei verkauft – und schlimmer noch, wenn dieser Mann Guillaume ist! O Bruder Gervase, könnt Ihr denn nicht verstehen?«

»Es wäre natürlich eine Schmach und Schande.« Gervase nickte. »Aber denkt doch, Jirel. Für diese Schmach gibt es Sühne und Absolution. Und für einen solchen Tod öffnet die Pforte des Himmels sich weit. Doch dieses – dieses andere … Jirel – Jirel, nie in aller Ewigkeit kämt Ihr mit heiler Seele davon, wenn Ihr Euch – da hinunter begebt.«

Sie zuckte die Schultern. »Um mich an Guillaume zu rächen, würde ich es wagen, selbst wenn ich wüsste, dass ich dafür für immer in der Hölle brennen müsste.«

»Jirel, ich fürchte, Ihr versteht nicht. Ein Geschick, schlimmer als in den tiefsten Tiefen der Hölle, würde Euch ereilen. Das ist – das ist jenseits aller Grenzen der Hölle, wie wir sie uns vorstellen. Und ich glaube, Satans heißeste Flammen wären wie der milde Atem des Paradieses, verglichen mit jenem, das Euch dort zustoßen mag.«

»Ich weiß. Meint Ihr, ich würde mich dort hinunterwagen, wenn ich nicht müsste? Wo sonst könnte ich eine Waffe bekommen, wie ich sie brauche, wenn nicht außerhalb der Macht Gottes?«

»Tochter! Ihr dürft nicht!«

»Ich gehe, Gervase! Werdet Ihr mir nun Absolution erteilen?« Ihre glühenden gelben Augen brannten heiß in seinen.

Nach einem kurzen Augenblick senkte er den Kopf. »Ihr seid meine Herrin. Ich gebe Euch Gottes Segen. Aber er wird Euch nichts nützen – nicht *dort!*«

3.

Sie schlich zurück zu den Reihen von Verliesen und an ihnen vorbei durch die tiefste Finsternis über Steine, die modrig und glitschig waren von Feuchtigkeit, durch eine Schwärze, die nie das Licht des Tages gekannt hatte. Zu jeder anderen Zeit mochte vielleicht leise Furcht ihr Herz erfüllt haben, doch die stete Flamme des Hasses, der in ihr brannte, war eine Fackel, die ihren Weg erhellte.

Aber auch die Erinnerung an Guillaumes Arme um sie, an den Druck seiner Lippen auf ihren, spornte sie an. Ungewollt entrang sich ihrer Kehle ein Stöhnen, und heißer Hass ließ sie erbeben.

In der undurchdringlichen Dunkelheit kam sie schließlich zu einer Mauer. Sie machte sich daran, mit ihrer freien Hand die losen Steine herauszuziehen. Sie waren nie mit Mörtel befestigt gewesen und boten deshalb wenig Widerstand.

Als der Weg frei war, schlüpfte sie durch die so geschaffene Öffnung. Ihre Füße berührten einen schräg abwärtsführenden Gang aus glattem Stein. Sie räumte den Schutt zur Seite und vergrößerte das Loch in der Mauer ein wenig, um auf dem Rückweg schnell hindurchsteigen zu können. Denn wenn sie zurückkam – und die Betonung lag auf dem Wenn –, mochte es leicht sein, dass sie die Beine in die Hand nehmen musste.

Am Ende des Gangs kniete sie sich auf den kalten Stein und tastete den Boden ab. Ihre Finger fühlten schließlich die Umrisse eines Kreises als kaum bemerkbaren Spalt. Weiter tasteten ihre Hände, bis sie den Ring genau in der Kreismitte fanden. Dieser

Ring war aus dem kältesten Metall, das sie kannte, und aus dem glattesten. Sie kannte seinen Namen nicht, und es hatte vermutlich auch keinen in der Welt der Menschen. Das Tageslicht hatte jedenfalls noch nie Metall dieser Art gesehen.

Sie zog. Der Stein gab nicht nach. Schließlich nahm sie das Schwert zwischen die Zähne und zerrte mit beiden Händen am Ring. Aber selbst jetzt wollte er sich nicht heben lassen, obgleich ihre Kraft der eines Mannes in nichts nachstand.

Endlich schaffte sie es doch. Mit einem gespenstischen Laut, der wie ein Stöhnen klang, kam der Stein hoch. Ein kalter Schauder rann ihr den Rücken hinab.

Nun nahm sie das Schwert wieder in die Hand und kniete sich an den Rand der unsichtbaren Schwärze, die in die Tiefe führte. Einmal war sie diesen Weg schon gegangen, doch danach nie wieder. Sie hätte auch nie gedacht, dass es in ihrem Leben je etwas so Zwingendes gäbe, das sie veranlassen würde, ihn noch einmal zu beschreiten.

Dieser Gang war fremdartiger als alles, das ihr je untergekommen war. Auf der ganzen Welt gab es gewiss keinen ähnlichen mehr. Er war sicher nicht für Menschenfüße gebaut worden – wenn überhaupt für Füße. Es war ein enger, geglätteter Schacht, der sich wie eine Wendeltreppe nach unten wand. Eine Schlange mochte ihn vielleicht hinunterschlüpfen und, sich in Spiralen drehend, in die Tiefe gleiten.

Aber keine Schlange dieser Erde war groß genug, den Schacht auszufüllen. Und kein menschlicher Fuß hätte diese Spirale so glatt treten können. Nein, sie wollte gar nicht daran denken, welche Kreatur ihn so geebnet hatte – in welcher Zeitspanne.

Sie hätte vielleicht diesen ersten Ausflug hinunter nie geschafft, und auch niemand nach ihr, hätte nicht eine menschliche Hand die Kerben in den Stein geschlagen, um einen langsameren Abstieg zu ermöglichen. Das heißt, sie nahm an, dass es sich um eine menschliche Hand gehandelt hatte. Auf jeden Fall waren diese Einbuchtungen tief und breit genug für Hände und Füße, und auch im richtigen Abstand, um sich festhalten zu können. Was die Wesen betraf, die den Schacht in lang vergessenen Zeiten gebaut hatten – nun, vor dem ersten Menschen hatten Teufel die Erde bewohnt, und die Welt war unvorstellbar alt.

Sie drehte sich um und schlüpfte mit den Beinen voraus in den sich in die Tiefe windenden Tunnel. Das erste Mal waren sie und Gervase mit heiligem Respekt vor dem, was vor ihnen liegen mochte, hinuntergestiegen. Diesmal glitt sie ohne Angst hinab, und ohne sich um Hand- und Fußhalt zu kümmern. Nur hin und wieder bremste sie mit den Händen die Geschwindigkeit, wenn das Tempo allzu schnell wurde.

Es war ein langer Weg nach unten. Ehe sie sehr weit gekommen war, befiel sie, wie schon beim ersten Mal, ein starkes Schwindelgefühl. Ein Schwindelgefühl jedoch, das nicht allein durch das ständige Rundherum des Spiralenschachts hervorgerufen wurde, sondern durch eine tiefere Unbeständigkeit, als bewege nicht allein sie sich, sondern als täten es auch alle Substanzen um sie herum.

Etwas war sehr merkwürdig mit den Winkeln dieser Biegungen. Sie war in Geometrie nicht bewanderter als andere, aber sie fühlte intuitiv, dass die Windungen dieses Schachtes anders waren als die aller Spiralenrampen und Wendeltreppen, die sie kannte.

Sie führten in das Unbekannte, in die Dunkelheit, aber es schien ihr auch, dass sie in tiefere Finsternis als rein physische stieß. Als ob – wenngleich sie es nicht einmal in ihren Gedanken genau definieren konnte – der eigenartige Verlauf des Tunnels genau so berechnet sei, dass er durch den vieldimensionalen Raum führte, wie auch durch die Tiefe – möglicherweise sogar durch die Zeit.

Sie wusste nicht, dass sie im Augenblick überhaupt an etwas dachte, während rings um sie ein undurchdringlicher Schleier wirbelte, als sie immer schneller rund und rundherum in die Tiefe sauste. Es war ihr jedoch klar, dass sie eine fremdartigere Reise als je zuvor angetreten hatte.

Tiefer und tiefer kam sie. Sie glitt schnell, aber sie wusste, wie lange es so weitergehen würde. Bei ihrem ersten Ausflug hatte

Angst sich ihrer bemächtigt, als der Spiralenschacht kein Ende nehmen wollte. Gervase und sie hatten an den langen Rückweg gedacht und anzuhalten versucht, ehe es zu spät war. Es war ihnen jedoch nicht gelungen. War der erste Schritt einmal getan, gab es kein Anhalten.

Wie sehr sie sich bemüht hatten! Aber dann war das schreckliche Schwindelgefühl so schlimm geworden, dass sie fast das Bewusstsein verloren. Es war, als hätten sie versucht, ein Gesetz der Natur umzustoßen. Es gab keine andere Wahl, als weiter und weiter zu gleiten. Alles in ihnen wehrte sich gegen die Umkehr.

Der Weg nach oben, als sie zurückkehrten, war nicht schwierig gewesen. Sie hatten einen anstrengenden Aufstieg über unzählige Windungen vor sich gesehen, aber auch hier machte sich der unheimliche Unterschied dieser Spiralen zu normalen bemerkbar. Auf eine gespenstische Art schienen sie der Schwerkraft zu trotzen – oder vielleicht führte eine unbekannte Macht sie auch jenseits davon in die Höhe. Sie hatten sich auf dem Rückweg nicht weniger schwindlig und unwohl gefühlt, aber durch die Schleier ihrer Verwirrung war es ihnen doch, als glitten sie den Schacht genauso leicht empor wie vorher hinunter. Oder konnte es sein, dass es in diesem Tunnel weder oben noch unten gab?

Allmählich verlief die Rampe schräg. Das war das schlimmste Wegstück für einen Menschen, obgleich es vermutlich die Geschwindigkeit jener Wesen gebremst haben musste, für die dieser Gang erbaut worden war.

Für Jirel aber war er jedenfalls zu eng, als dass sie sich hätte umdrehen können. Sie musste sich mit den Füßen voraus und dem Gesicht nach unten auf allen vieren durch den glatten, jetzt horizontalen Gang fortbewegen.

Sie war sehr froh, als ihre tastenden Zehen endlich ins Freie vordrangen. Sie schob sich aus der Schachtöffnung und stand aufrecht in der Dunkelheit.

Kurz blieb sie stehen, um zu überlegen. Ja, hier war der Anfang des langen Korridors, den sie und Bruder Gervase seinerzeit voll

Forschungsdrang betreten hatten. Nur durch einen unwahrscheinlichen Zufall hatten sie damals die Schachtöffnung gefunden, und nur unwahrscheinliche Kühnheit hatte sie überhaupt bis hierher gebracht.

Der Priester war dann sogar noch weiter als sie vorgedrungen – sie war noch sehr jung gewesen und hatte sich seiner Autorität gebeugt. Als er zurückkam, war sein Gesicht totenbleich gewesen, und er hatte zur sofortigen Rückkehr gedrängt.

Vorsichtig tastete sie sich weiter. Sie erinnerte sich nur zu gut, was sie damals, ein Stück weiter voran, selbst gesehen hatte, trotz der Finsternis. Jetzt fragte sie sich erneut, was Bruder Gervase wohl in die Flucht getrieben hatte. Mit seiner Erklärung war sie nämlich nicht so recht zufrieden gewesen. Es müsste etwa hier gewesen sein – oder noch ein Stückchen weiter? Die Stille dröhnte in ihren Ohren.

Da, vor ihr, bewegte sich die Dunkelheit.

Ja, genau das war es – eine unbeschreibliche Bewegung des festen Dunkels. O Gott! Das war etwas völlig Neues.

Sie umklammerte mit einer Hand das Kreuz, das an einem Kettchen um ihren Hals hing, und mit der anderen den Schwertgriff.

Schon hatte sie es erreicht. Es erfasste sie wie ein Orkan, wirbelte sie gegen die Wände und kreischte wie tausend Teufel um ihre Ohren – ein gewaltiger Wirbelwind der Finsternis, der sie erbarmungslos schüttelte, an ihrem Haar zerrte und in ihren Ohren wimmerte wie alle verlorenen Seelen zusammen.

Dieses Wimmern war schrecklicher als alles andere und griff an ihr Herz. Tränen des Mitleids schimmerten in ihren Augen, doch gleichzeitig schauderte sie auch vor unsagbarem Grauen, denn der Wirbelwind erschien ihr als lebendes Wesen mit einem gespenstischen Instinkt, wie er so durch die Dunkelheit tief unter der Erde brauste.

Er war unheilig. Sie fürchtete sich vor ihm mit fast abergläubischer Angst, obgleich sie sich wünschte, sie könnte etwas für die armen Seelen tun, deren Klagelaute in ihr Herz schnitten.

Dann war er vorbei. Im Bruchteil eines Atemzugs war er verschwunden, und nicht der leichteste Windhauch und das leiseste Wimmern verrieten, dass es ihn überhaupt gegeben hatte. Nur in ihrem Herzen echoten die hilfeflehenden Stimmen der Verdammten nach, und das wilde Kreischen der Windteufel.

Sie stand einen Augenblick wie erstarrt. Schwach hielt sie das Schwert in der Rechten, während ihr die Tränen über die Wangen strömten. Arme verlorene Seelen! Mit zitternder Hand trocknete sie sich das Gesicht und biss die Zähne zusammen. Sie musste die Schwäche überwinden, die sie übermannt hatte. Es dauerte gut fünf Minuten, ehe sie weitergehen konnte, und erst nach ein paar Schritten hörten ihre Beine zu zittern auf.

Der Boden unter ihren Füßen war glatt und trocken. Er führte schräg abwärts. Sie fragte sich, in welcher Tiefe sie sich inzwischen befand. Erneut umgab sie drückendes Schweigen. Sie ertappte sich dabei, gerade sehnsüchtig nach einem anderen Laut zu lauschen als dem leisen Tappen ihrer Stiefel.

Plötzlich glitt ihr Fuß in etwas Nassem aus. Sie bückte sich und fasste mit den ausgestreckten Fingerspitzen nach dem Boden. Irgendetwas in ihr sagte ihr, dass die Nässe sich als rot herausstellen würde, könnte sie sie sehen. Ihre Finger betasteten die Umrisse eines riesigen Fußabdrucks – dreizehig und gespreizt wie die eines Frosches, doch von ungeheuerlichen Ausmaßen. Es war ein noch ganz frischer Abdruck.

Ganz deutlich erinnerte sie sich an ihren ersten Besuch hier – an das Ding, das sie ganz flüchtig gesehen hatte. Aber damals hatte sie ein Licht bei sich gehabt. Jetzt dagegen war sie blind in der Dunkelheit, in der diese Kreatur hauste …

Einen Herzschlag lang war sie nicht Jirel von Joiry, deren Rachedurst sie auf die Suche nach einer teuflischen Waffe geführt hatte, sondern eine angsterfüllte Frau in einer unheiligen Finsternis. Die Erinnerung war so lebendig in ihr geworden …

Doch dann sah sie Guillaumes spöttisches Gesicht mit dem kurzen dunklen Bart, die kräftigen weißen Zähne, die er zu einem abfälligen Lächeln entblößt hatte, und Wut brannte aufs Neue in ihr wie ein alles verzehrendes Feuer.

Sie war wieder Jirel von Joiry, hasserfüllt und entschlossen. Weiter ging sie, langsam und vorsichtig. Bei jedem dritten Schritt beschrieb ihr Schwert einen Halbkreis vor ihr, um so zu verhindern, dass sie von einem albtraumhaften Ungeheuer überrascht und zermalmt würde. Aber es half nicht, den Schauder zu vertreiben, der ihr den ungeschützen Rücken herablief.

Der glatte Korridor schien kein Ende zu nehmen. Sie konnte an beiden Seiten die kalten Wände fühlen, und ihr Schwert, wenn sie es hob, streifte die Decke. Es war, als krieche sie blind durch den Gang eines Riesenwurms, mit Tonnen von Erdreich über sich. Sie spürte den Druck geradezu körperlich. Er war überwältigend, und sie hatte nur den einen Wunsch, endlich das Ende dieses Tunnels zu erreichen, gleichgültig, was es für sie bringen mochte.

Als es dann kam, war es noch unvorstellbarer, als sie es je geträumt haben könnte. Mit einem Mal ließ diese schreckliche Beklemmung nach. Sie hatte nicht mehr das Gefühl, Tonnen um Tonnen von Erdreich drückten auf sie. Die Wände bedrängten sie nicht länger, und unter ihren Füßen knirschten jetzt lose Steine. Aber auch die Finsternis, die ihren Augen die Sicht verweigert hatte, war anders, auf unbeschreibliche Weise anders. Nicht länger schien sie mehr eine Dunkelheit zu sein, sondern eine Leere – nicht das Fehlen von Licht, sondern ganz einfach das Nichts. Abgründe öffneten sich um sie.

Sie konnte nichts sehen. Sie wusste nur, dass sie sich auf der Schwelle zu einem riesigen Raum befand. Sie spürte namenlose Dinge um sich und kämpfte vergebens gegen das Nichts an.

Plötzlich schloss sich etwas schmerzhaft um ihre Kehle. Sie hob die Linke und stellte fest, dass die Kette mit dem Kruzifix sich würgend um den Hals spannte und zu vibrieren schien. Sie lächelte grimmig, denn sie begann zu verstehen. Das Kreuz also. Gegen ihren Willen zitterte ihre Hand, trotzdem öffnete sie das Kettchen und ließ das Kruzifix auf den Boden fallen.

Erstaunt riss sie die Augen auf.

Vor ihr, so plötzlich wie das Erwachen aus einem Traum, hatte das Nichts sich in unvorstellbare Fernen geöffnet. Sie stand auf einem hohen Hang unter einem Himmel mit fremden Sternen. Tief unter sich, teilweise von einem Dunstschleier verborgen, sah sie Ebenen und Täler, von denen sich weit entfernte Berge in die Wolken hoben. Und direkt zu ihren Füßen umringten sie winzige blinde Kreaturen, die geifernd und mit bleckenden Zähnen an ihr hochzuspringen versuchten.

Sie waren von abstoßender Hässlichkeit und hoben sich kaum merklich von dem dunklen Hintergrund ab. Jirel versuchte, die grässlichen Laute, die sie ausstießen, nicht zu hören. Sie beleidigten ihre Ohren.

Fast wie von selbst holte das Schwert in ihrer Hand aus, und sie schlug wild auf die grauenvollen Wesen rund um sie ein. Sie starben mit einem ekelerregenden Platschen, und schleimiger Lebenssaft besudelte ihre nackten Schenkel. Als ihre Klinge lautlos mehrere gespalten hatte, floh der Rest verängstigt in die Dunkelheit, nur das quatschende Geräusch ihrer Füße war noch eine Weile zu hören.

Jirel bückte sich. Sie riss ein paar Büschel des rauen Grases aus, das hier auf dem Hang wuchs, und wischte sich die Übelkeit erregenden Schleimspritzer von den Beinen.

Heftig atmend blickte sie sich in diesem Land um, das so unheilig war, dass einer, der ein Kruzifix trug, es nicht einmal zu sehen vermochte. Hier, wenn überhaupt, mochte sie eine Waffe finden, wie sie sie suchte.

Hinter ihr im Hang befand sich die Öffnung zu dem Tunnel, aus dem sie getreten war. Über ihr leuchteten die fremden Sterne und bildeten völlig unbekannte Konstellationen. Wenn die größeren, helleren Sterne Planeten waren, dann gewiss sehr ungewöhnliche. Sie funkelten in Farben wie Violett und Grün und Gelb. Einer war ohne Zweifel grellrot wie Feuer.

Weit entfernt, im Hügelland tief unter ihr, sah sie eine gewaltige

Lichtsäule. Sie strahlte weder einen Schein aus, noch erhellte sie die Dunkelheit, genauso wenig warf sie Schatten. Es war ganz einfach ein riesiger leuchtender Pfeiler, der sich hoch in die Nacht erhob. Er schien künstlichen Ursprungs zu sein, ja vielleicht sogar von Menschenhand geschaffen, obgleich sie hier kaum auf die Anwesenheit von Menschen hoffen durfte.

Insgeheim hatte sie eigentlich befürchtet, geradewegs auf den sagenhaften, rot glühenden Weg zur Hölle zu kommen. Umso vorsichtiger machte sie aber der erfreuliche Anblick dieses weiten Landes unter dem herrlichen Sternenhimmel.

Die Kreaturen, die den Tunnel gebaut hatten, konnten keine Menschen gewesen sein. Es war Idiotie, hier mit Menschen rechnen zu wollen. Ein wenig verwirrte sie auch die Tatsache, so weit im Innern der Erde einen offenen Himmel vorzufinden, obgleich sie natürlich intelligent genug war, zu erkennen, dass sie sich nicht im Innern der Erde befand, gleichgültig, wie sie hierhergekommen war. Keine unterirdische Höhle könnte mit diesem sternenübersäten Himmel prunken.

Jirel stammte aus einer leichtgläubigen Zeit und akzeptierte ihre Umgebung, ohne sich viele Gedanken darüber zu machen. Aber um ganz ehrlich zu sein, ein wenig enttäuschte der Friede dieser schönen Gegend sie schon. Die feurigen Straßen zur Hölle wären ihr als ein passenderer Ort erschienen, eine Waffe gegen Guillaume zu finden.

Als sie ihr Schwert mit Gras abgewischt und ihre Beine vom ekligen Schleim gesäubert hatte, machte sie sich langsam auf den Weg ins Tal. Die ferne Leuchtsäule lockte sie an, und nach einem Augenblick der Unentschlossenheit wählte sie ihre Richtung. Sie hatte keine Zeit zu verlieren, und dort war der wahrscheinlichste Ort, zu bekommen, was sie begehrte.

Das harte Gras streifte gegen ihre Beine und raschelte unter ihren Füßen. Hin und wieder stolperte sie über kleinere Felsbrocken, die das dichte Grün verbarg, aber trotzdem kam sie schließlich heil am Fuß des Hanges an.

Irgendwie schienen ihre Schritte viel leichter als sonst. Das Gras unter ihren Füßen drückte sich kaum nieder. Es war ihr fast, als schwebe sie wie im Traum. Die Schwerkraft war vermutlich schwächer als diejenige, die sie gewohnt war, aber ihr selbst war nur bewusst, dass sie leichtfüßig und mit erstaunlicher Geschwindigkeit vorankam.

So zog sie durch die üppige Graslandschaft, über Bäche, die sich in verwirrenden Biegungen hindurchschlängelten und die laut vor sich hin murmelten in einem eigenartigen Raunen, fast wie eine Sprache, so ganz anders als das auf der Erde übliche Rauschen und Gurgeln fließenden Wassers.

Einmal rannte sie mitten in einen Flecken Dunkelheit, in ein Stück Nichts in der Luft. Keuchend und blinzelnd und wütend kam sie wieder heraus.

Das Land war offenbar doch nicht von so harmloser Normalität, wie es aussah.

Weiter und weiter schwebte sie mit dieser erstaunlichen Schnelligkeit, während die Wiesen unter ihren Füßen zurückblieben und die Leuchtsäule immer näher kam. Sie sah nun, dass es sich dabei um einen runden Turm aus glühender Materie handelte – als höben Mauern aus fester Flamme sich aus dem Boden. Aber diese Flamme flackerte nicht, noch warf sie einen Schein in den Himmel über sich.

Es war kaum Zeit vergangen. Sie näherte sich mit traumhafter Geschwindigkeit ihrem Ziel. Der Grund unter ihren Füßen begann morastig zu werden, und schon bald stieg ihr der Geruch von Sumpfpflanzen in die Nase. Jetzt sah sie auch, dass sich zwischen ihr und dem glühenden Turm ein breiter Streifen Moorland erstreckte.

Da und dort fielen ihr verschwommene Flecken auf, die sich durch dunkles Schilf bewegten. Es mochten Tiere sein, vielleicht aber auch nur Nebelschleier. Das Sternenlicht war nicht hell genug, Genaueres erkennen zu lassen.

Vorsichtig tastete sie sich über den nachgiebigen Sumpfboden. Wo dunkle Grasbüschel zu finden waren, war der Grund fester. Deshalb sprang sie von Grasfleck zu Grasfleck, immer noch mit erstaunlicher Leichtigkeit, dass ihre Sohlen den schwarzen Morast kaum berührten.

An vielen Stellen blubberten dicke Blasen im Sumpf und zersprangen. Es gefiel ihr hier absolut nicht.

Etwa auf halbem Weg bemerkte sie einen der weißen Flecken ganz langsam und in einem unberechenbaren Zickzackkurs auf sich zukommen. Er bewegte sich holpernd. Zuerst glaubte sie nicht, dass es sich um ein lebendes Wesen handeln konnte, so indirekt und scheinbar ziellos war seine Annäherung.

Kurz darauf hörte sie jedoch die saugenden und platschenden Geräusche, die es verursachte, und dann sah sie die Gestalt auch besser, als sie herbeihüpfte.

Sie glaubte, ihr Herz müsse stillstehen, und ihr Magen drehte sich um. Was sich ihr näherte, war eine Frau – eine wunderschöne Frau, deren nackter weißer Körper die Ebenmäßigkeit einer herrlichen Statue aufwies.

Aber sie hatte sich wie ein Frosch zusammengekauert, und während Jirel sie ungläubig mit aufgerissenen Augen betrachtete, streckte sie abrupt die Beine aus und sprang auch wie ein Frosch – nur viel ungeschickter.

Sie fiel in voller Länge in den blubbernden Sumpf, unweit von Jirel, aber sie schien sie nicht zu bemerken. Ihr schmutzverschmiertes Gesicht war leer. Weiter hüpfte sie schwerfällig über das Moor. Jirel blickte ihr nach, bis sie sich als vager weißer Fleck in der Dunkelheit verlor.

Der erste Schock über diesen Anblick machte tiefem Mitleid Platz und einem Hass auf den, der verantwortlich dafür war, dass eine so schöne Frau ziellos durch den Sumpf hüpfen musste – mit leerem Geist und blicklosen Augen. Zum zweiten Mal in dieser Nacht, als sie ihren Weg fortsetzte, rollten Tränen über Jirels Wangen.

Der so mitleiderregende Anblick hatte ihr jedoch trotzdem ein wenig geholfen. Die menschliche Gestalt war also hier nicht unbekannt. Mochte es auch lederhäutige Teufel mit Pferdefüßen und Hörnern geben, wie sie sie immer noch erwartete, sie würde jedenfalls nicht das einzige menschliche Wesen sein – selbst wenn alle anderen so bedauernswert geistlos waren wie die Frau, die sie gesehen hatte.

Aber darüber wollte sie jetzt nicht nachdenken. Es war zu unerfreulich und quälend. Sie war froh, als sie den Rand des Sumpfes erreicht hatte. Sie brachte die kurze Strecke, die sie noch von dem Turm trennte, hinter sich. Dann sah sie, dass es sich tatsächlich um ein Bauwerk handelte, das aus Licht bestand. Es gab keinen Zweifel daran, auch wenn ihr Verstand es nicht begreifen konnte. Die Mauern waren reines Licht, das in sich leuchtete, ohne einen Schein abzugeben. Als sie näher herankam, stellte sie fest, dass es sich in steter Bewegung befand und offenbar aus einer unterirdischen Quelle emporsprudelte, als sei es Wasser, das unter hohem Druck steht. Und doch spürte sie intuitiv, dass sie kein Wasser, sondern festes Licht vor sich hatte.

Sie umklammerte den Schwertgriff, bis die Knöchel ihrer Rechten sich weiß abhoben, und trat zögernd heran. Kurz vor dieser gigantischen Leuchtsäule änderte sich jedoch die Beschaffenheit des Bodens. Er wurde zu einer gummiartigen, elastischen Schwärze, die das Licht nicht widerspiegelte. Aus dieser Schwärze sprangen mit der Gewalt einer Fontäne die leuchtenden Mauern mit ihren scharf gezeichneten Konturen.

Die gigantische Größe dieses turmartigen Bauwerks ließ Jirel winzig erscheinen. Aber sie beugte sich nicht. Mit kühlem Blick starrte sie an den Mauern empor und versuchte zu verstehen – wenn es so etwas wie eine feste Lichtsubstanz gab, dann war es das hier.

4.

Erst als sie sich bereits ganz nahe unter dem Turm befand, konnte sie die Einzelheiten des Bauwerks deutlich sehen. Sie schienen ihr von unsagbarer Fremdheit, diese gewaltigen Säulen und Strebebogen und das riesige Portal, die alle aus dem emporschießenden Licht geformt waren.

Sie wandte sich dem Eingang zu und betrachtete ihn forschend. Das Licht sah sehr hart aus. Sie glaubte nicht, dass sie einfach hindurchmarschieren könnte, selbst wenn sie es wagen würde.

Als sie unter dem Torbogen stand, versuchte sie, ins Innere zu spähen, zutiefst beeindruckt von der ungeheuren Größe des seltsamen Bauwerks. Sie glaubte das Zischen und Tosen des emporstrebenden Lichtes zu hören, und es erfüllte sie mit Unbehagen.

Durch das Lichtportal blickte sie in eine riesige Kugel, eine Halle, die wie das Innere einer gewaltigen Blase geformt war, obgleich die Krümmung so ungeheuerlich war, dass sie ihr kaum bewusst wurde. In der Mitte der Kugel schwebte ein Licht.

Jirel blinzelte. Ein Licht, das in einer gigantischen Lichtblase hauste! Es hing mitten in der Luft mit einer blassen gleichmäßigen Flamme, die lebte. Sie war greller als die Lichtmauern, denn es schmerzte ihre Augen, sie direkt anzublicken.

Jirel stand auf der Schwelle und starrte nur. Sie wagte es nicht, einfach einzudringen. Während sie noch zögerte, änderte sich die lebende Flamme. Ein rosiges Glühen verdrängte die Blässe. Das Rosa vertiefte sich und wurde dunkler, bis es schließlich die Farbe frischen Blutes angenommen hatte.

Auch die Form war seltsamen Veränderungen unterworfen. Sie wurde schmaler, verlängerte sich. Dann teilte sie sich am unteren Ende in zwei Äste und streckte am oberen zwei Fühler aus. Das Blutrot erblasste wieder, und irgendwie verlor das Licht seinen grellen Glanz. Es zog sich in die Tiefen des entstehenden Wesens zurück.

Jirel umklammerte das Schwert und beobachtete atemlos die Transformation. Das Licht nahm die Gestalt eines Menschen an – einer hochgewachsenen Frau im Kettenhemd, mit zerzaustem rotem Haar, deren Augen sich auf das Ebenbild am Portal richteten.

»Willkommen«, sagte die in der Kugel schwebende Jirel. Ihre Stimme war klangvoll und trotz der Entfernung deutlich zu hören.

Jirel am Tor hielt den Atem an. Sie staunte und hatte Angst. Das da drinnen war sie in jeder Einzelheit, eine Spiegelbild-Jirel. Ja, das war es, eine Jirel, die sich auf einer Oberfläche spiegelte, die glänzte und glühte, sodass die Augen mit ihr leuchteten. Die ganze Gestalt hielt ihre Form nur durch größte Anstrengung, und es fehlte offenbar nicht viel, dass sie sich wieder zu dem reinen formlosen Licht auflöste.

Die Stimme jedoch war nicht die Jirels. Sie verriet ein Wissen, das so fremdartig wie die aus Licht gebauten Mauern sein mochte. Mit unverkennbar spöttischem Tonfall sagte sie: »Willkommen! Tretet durch das Portal, Weib!«

Jirel betrachtete argwöhnisch die rauschenden Lichtwände um sich. Unwillkürlich trat sie einen Schritt zurück.

»Tretet ein!«, drängte die Stimme ihres Spiegelbilds. Jirel gefiel der Ton nicht.

»Tretet ein!«, schrie die Stimme erneut. Und diesmal war es zweifellos ein Befehl.

Jirels Augen verengten sich. Etwas in ihr warnte sie intuitiv, umzukehren, und doch … Sie zog den Dolch aus dem Gürtel und warf ihn in die riesige kugelförmige Halle. Lautlos schlug er auf dem Boden auf. Ein grelles Licht hüllte ihn ein. So blendend war es, dass sie nicht sehen konnte, was geschah, aber es schien ihr, der Dolch dehne sich aus, schwelle zur vielfachen Größe, aber nebelhafter, glimmender Substanz an.

In Augenblicksschnelle war er verschwunden, als habe er sich in seine Atome aufgelöst, die nun unsichtbar im goldenen Glühen der gewaltigen Blase schwebten. Das grelle Licht schwand mit dem Dolch, und Jirel starrte benommen auf den leeren Boden.

Die andere Jirel lachte, ein klingendes Lachen voll Spott und Bosheit.

»Na schön, dann bleibt draußen«, sagte die Stimme. »Ihr seid intelligenter, als ich dachte. Nun, was wollt Ihr hier?«

Jirel schluckte. »Ich suche eine Waffe. Eine Waffe gegen einen Mann, den ich so sehr hasse, dass keine Waffe auf der Erde genügt, mich an ihm zu rächen.«

»Ihr hasst ihn also wirklich?«, erkundigte sich die Stimme.

»Aus tiefstem Herzen!«

»Aus tiefstem Herzen ...«, echote die Stimme mit einem Unterton, den Jirel nicht verstand. Dann lachte sie, und an der Kugelwand hallte dieses Lachen wider.

Jirel spürte, wie ihre Wangen brannten über diesen Spott, und es machte sie wütend, dass sie sich seines Grundes nicht klar werden konnte. Als die Echos des Gelächters endlich erstarben, sagte die Stimme gleichgültig: »Gebt dem Mann, was Ihr im Schwarzen Tempel im See finden werdet. Ich schenke es Euch.«

Die Lippen, die ein Spiegelbild von Jirels eigenen waren, verzogen sich zu einem unvorstellbar spöttischen Lächeln. Dann erlosch das Licht um ihr so perfektes Ebenbild langsam. Jirel sah, wie die Konturen schmolzen. Sie musste die Augen abwenden, als erneut das formlose Licht in der Mitte der Kugel brannte und sie blendete.

Jirel drehte sich um und stolperte aus dem gewaltigen Torbogen. Sie presste eine Hand gegen ihre schmerzenden Augen. Erst als sie den äußeren Rand des schwarzen gummiartigen Bodens rund um den Turm erreicht hatte, wurde ihr klar, dass sie gar nicht wusste, wie sie den See finden konnte, wo die versprochene Waffe ihrer harrte. Und jetzt fiel ihr auch erst ein, wie gefährlich es sein mochte – so jedenfalls hatte sie gehört –, ein Geschenk von einem Dämon anzunehmen.

Wenn du etwas von ihm willst, so kauf es ihm ab oder verdien es dir, aber lass es dir niemals von ihm schenken.

Sie zuckte die Schultern und trat hinaus auf das Sumpfgras. Gewiss war sie jetzt schon verdammt, weil sie sich auf das Wagnis eingelassen hatte, an einen Ort wie diesen zu kommen, und noch dazu aus einem Grund wie dem ihren. Aber öfter als einmal kann man seine Seele nicht an den Teufel verlieren. Noch einmal zuckte sie die Schultern.

Sie blickte zu den fremden Sternen empor und fragte sich, in welche Richtung sie wohl ziehen sollte. Kalt und unnahbar starrte der Himmel mit seinen Myriaden von funkelnden Augen herab. Eine Sternschnuppe sauste, noch während sie hinaufsah, in die Tiefe. Da sie abergläubisch war, verstand sie es als Omen und schritt entschlossen über die Wiese in die Richtung, wo der Himmelsbote erloschen war.

Kein Sumpf machte das Vorwärtskommen hier schwierig. Sie kam schnell voran, mit jenen leichten, fast schwebenden Schritten, die die geringere Schwerkraft erlaubte. Und während sie dahineilte, überfiel sie die Erinnerung an das arrogante Gelächter eines bärtigen Mannes, und sie spürte seinen fordernden Mund auf ihren Lippen.

Wie Lava brannte der Hass in ihren Adern. Sie lachte wild im Vorgefühl ihrer Rache. Welch furchtbare Waffe erwartete sie im Tempel am See? Welch höllische Strafe würde Guillaume durch ihre Hände treffen?

Und kostete es auch ihre Seele, sie hielt es doch für einen fairen Handel, wenn sie ihm nur dieses höhnische Lachen auszutreiben vermochte, und der Spott in seinen Augen der Furcht Platz machte.

Diese und ähnliche Gedanken vertrieben ihr die Zeit auf ihrem weiten Marsch. Deshalb fühlte sie sich auch weder verloren noch erfüllte sie diese gespenstische Dunkelheit, über die kein Schatten des mächtigen Turmes hinter ihr fiel, mit Angst.

Die stets gleichbleibende Grasfläche flog unter ihren Füßen nur so dahin, und ihre Beine waren schwerelos wie im Traum. Wüsste sie nicht sicher, dass sie es war, die sich bewegte, wie leicht könnte sie glauben, dass die Erde unter ihren Füßen vorbeizog, so mühelos waren ihre Schritte. Sie zweifelte auch nicht mehr, dass sie die richtige Richtung eingeschlagen hatte, denn zwei weitere Sternschnuppen hatten ihr den gleichen Weg gewiesen.

Die schier endlose Wiese war nicht ohne Leben. Hin und wieder fühlte sie sich in der Dunkelheit aus nächster Nähe beobachtet, und einmal rannte sie geradewegs in ein Nest der geifernden blinden Kreaturen, deren Bekanntschaft sie bereits auf dem Tunnelhang gemacht hatte. Sie sprangen mit klickenden Zähnen an ihr hoch und schnappen nach ihr. Voll Ekel holte sie weit mit ihrem Schwert aus und schickte mehrere von ihnen in den Tod. Heftig kämpfte sie gegen den Ekel an, der ihr den Magen umdrehte, denn etwas Scheußlicheres als diese kleinen Monstrositäten hatte sie nie gesehen.

Sie überquerte einen Bach, der sich in der finsteren Nacht selbst ein Schlaflied sang – wieder war es das gleiche seltsame Murmeln, das so sehr wie eine Sprache klang. Und ein paar Schritte weiter hielt sie abrupt an, als der Boden unter ihr von sich näherndem Hufschlag erbebte.

Sie stand ganz still und spähte durch die schier undurchdringliche Dunkelheit. Der Hufschlag wurde lauter, und schließlich sah sie etwas Vages, Weißes sich von links nähern. Als der Hufschlag noch stärker, ja fast betäubend wurde, erkannte sie eine heranstürmende Herde schneeweißer Rösser.

Es war ein herrlicher Anblick, die geschmeidigen Pferdeleiber, die fliegenden Mähnen und die langen glänzenden Schweife. Atemlos bewunderte sie die Schönheit ihrer Bewegungen. Unweit von ihr galoppierten sie mit zurückgeworfenen Köpfen und unvergleichlicher Grazie durch die Wiese.

Doch als sie an ihr vorbeibrausten, sah sie, wie eines stolperte und gegen das nächste stieß. Das wiederum schüttelte verwirrt den Kopf. Plötzlich erkannte sie, dass diese großartigen Tiere blind waren, dass sie ihren Weg durch eine tiefere Dunkelheit suchen mussten als sie.

Nun bemerkte sie auch, dass ihr Fell schweißüberströmt war, dass Schaum aus ihren Mäulern drang und Blut aus ihren Nüstern. Hin und wieder stolperte eines aus reiner Erschöpfung. Und doch rannten sie immer weiter, blind durch die Finsternis, gejagt, gehetzt von etwas, das über ihr Begriffsvermögen ging.

Als der letzte der Schimmel blutverkrustet und schweißüberströmt an ihr vorbeirannte, die Beine unsicher vor Müdigkeit, sah sie ihn den Kopf hochwerfen und mit schäumendem Maul schrill zum Himmel emporwiehern. Es schien ihr, als sei dieses Wiehern eine Sprache. Fast hörte sie die Echos eines Namens – Julienne! Julienne! – in diesem Laut. Die bittere Verzweiflung, die daraus klang, und das Los dieser herrlichen Tiere ließen ihr zum dritten Mal in dieser Nacht die Tränen in die Augen steigen.

Der so menschliche Schrei hallte noch lange in ihren Ohren wider, als der Hufschlag schon längst in der Ferne verklungen war. Mühsam hielt sie die Tränen des Mitleids für diese blinde, schöne Kreatur zurück, die vor Erschöpfung taumelte und die aus einem Pferderachen hoffnungslos den Namen eines Mädchens in die Dunkelheit hinausschrie, wo er sich für immer verlor.

Dann fiel eine weitere Sternschnuppe vom Himmel, und sie eilte weiter und versuchte, ihr Herz vor dem Leid dieser unbegreiflichen Welt zu verschließen. Doch immer mehr wuchs in ihr die Überzeugung, dass dies hier, wenn es auch nicht nach Pech und Schwefel stank, doch eine Art Hölle sei. Endlich sah sie in der Ferne etwas Helles schimmern. Doch da fiel der Boden schräg ab, und sie watete plötzlich durch eine Senkung, wo bleiche unbeschreibbare Kreaturen ihr auswichen und sich in der tiefen Dunkelheit verloren. Sie wusste nicht, welcher Art diese Wesen waren, und sie wollte es auch gar nicht wissen.

Als sie wieder höheren Grund erreichte, sah sie das helle Schimmern bereits näher. Sie hoffte, es wäre der See mit dem Tempel, und sie begann darauf zuzulaufen.

Es *war* ein See – ein See, wie es ihn nirgendwo außerhalb dieses Höllenlands geben konnte. Zögernd blieb sie an seinem Ufer stehen und fragte sich, ob dies der Ort sein mochte, von dem der Lichtdämon gesprochen hatte.

Schwarzes glänzendes Wasser erstreckte sich vor ihr und hob sich sanft mit einer Bewegung, wie sie es noch von keiner Wasserfläche je gesehen hatte. In seinen Tiefen, wie in Eis gefangene Glühwürmchen, glimmten Myriaden winziger Lichter. Sie waren unbeweglich und wiegten sich nicht im Rhythmus des Wassers.

Während sie noch in die Tiefe starrte, zischte etwas hoch über ihrem Kopf vorbei, und ein Lichtstreifen zerriss die Dunkelheit. Sie blickte noch rechtzeitig auf, um etwas Strahlendes in hohem Bogen in den See stürzen zu sehen.

Kein Aufplatschen war zu hören, aber das Wasser kräuselte sich in kleinen leuchtenden Wellen, die gegen das Ufer schlugen, wo sie sich vor ihren Füßen mit einem gespenstischen Flüstern brachen, als spreche jede der sanften Wogen eine Silbe, die alle miteinander ein Wort oder auch mehr ergaben.

Sie starrte in den Himmel, um zu ergründen, woher die gefallenen Lichter stammten, aber die Sterne verrieten ihr nichts. Nun beugte sie sich ein wenig vor, denn sie wollte den Mittelpunkt der sich in immer größeren Kreisen ausbreitenden Wellen besser sehen.

Dort, wo das leuchtende Ding ins Wasser gestürzt war, glaubte sie ein neues Licht in der Tiefe zu entdecken. Sie konnte nicht feststellen, was es war, und gab es schließlich auch auf. Nicht deshalb war sie hierhergekommen, sondern um den Tempel zu finden, von dem der Lichtteufel gesprochen hatte.

Nachdem sie den See mit forschenden Blicken abgesucht hatte, war ihr, als sehe sie in seiner Mitte etwas Dunkleres. Sie konzentrierte sich darauf und konnte allmählich mehr erkennen. Es sah gegen den lichterfunkelnden helleren Hintergrund des Wassers wie ein dunkler Torbogen aus. Vielleicht war es ein Tempel!

Sie schritt langsam am Seeufer entlang, um vielleicht einen besseren Blick darauf erhaschen zu können, denn das Ding schien ihr wie eine Finsternis im lichtdurchzogenen Dunkel des Sees, wie ein Abgrund im sternenübersäten Himmel.

Plötzlich stolperte sie über etwas im Gras.

Erschrocken blickte sie nach unten und sah eine seltsame, kaum erkennbare Dunkelheit. Sie fühlte sich fest an, ohne so auszusehen, und es war schwierig, sie im Blickfeld zu behalten. Es war, als wolle man etwas sehen, das nicht existierte, außer vielleicht als Loch, als eine Dunkelheit im Gras. Sie hatte die Form einer Stufe, und als Jirel ihr mit den Augen folgte, sah sie, dass es der Anfang einer Brücke war, die sich über den See streckte. Sie war schmal und gebogen und schien aus nichts zu bestehen und keine Oberfläche zu haben.

Ihre Konturen waren nur schwer zu erkennen. Aber sie war fest, ließ sich berühren – eine Brücke aus harter Finsternis – und führte in eine Richtung, in die sie wollte.

Jirel war nun irgendwie ganz sicher, dass das torbogenähnliche Dunkel in der Seemitte der Tempel sei, nach dem sie suchte. Die Sternschnuppen hatten ihr den Weg gewiesen, wie hätte sie ihn da verfehlen können?

Jirel biss die Zähne aufeinander, umklammerte den Schwertgriff und setzte ihren Fuß auf die Brücke. Sie fühlte sich wie aus Stein erbaut an, war jedoch nur etwa einen Fuß breit und ohne Geländer. Als sie einen Schritt getan hatte, wurde ihr schwindlig, denn das Wasser unter ihr hob sich in eigenartigen Wogen, dass sich alles um sie zu drehen schien.

Die Sterne funkelten gespenstisch in der dunklen Tiefe. Es war, als überquere sie einen Steg über einen endlosen Abgrund, einen Steg, der nichts weiter war als ein schwankender Streifen Nichts.

Je weiter sie kam, desto höher wogte das Wasser. Trotzdem schien es ihr immer mehr wie der grenzenlose Sternenhimmel. Die Brücke vor ihr war nichts als leerer Raum.

Das Schwindelgefühl steigerte sich. Während sie weitertaumelte, hatte sie das Empfinden, die Brücke taumele mit ihr und schwanke in weitem Bogen über das sternenübersäte Nichts zu ihren Füßen.

Sie sah den Tempel bald näher, wenn auch kaum deutlicher als vom Ufer aus. Er schien ihr nicht mehr als eine umrissene Leere gegen den sternenfunkelnden Hintergrund. Trotzdem hoben sich die Konturen von Strebebögen und Säulen aus Nichts von dem glitzernden Wasser ab.

Die letzten Schritte rannte Jirel und blieb atemlos unter dem Torbogen stehen, der den vagen Eingang des Tempels bildete. Sie holte tief Luft und blickte sich, das Schwert in der Hand, mit verengten Augen um. Obgleich der Tempel leer und still war, spürte sie doch eine fremde Gegenwart, als sie den Fuß auf den Boden setzte.

Sie starrte auf ein kleines Bauwerk aus Nichts im sternenglitzernden See. Mehr als nichts schien es in der Tat nicht. Sie erblickte die Mauern und Säulen, wo sie sich gegen das Wasser abhoben oder gegen den Sternenhimmel, aber wo sich nur Dunkelheit hinter ihnen befand, vermochte sie überhaupt nichts zu sehen.

Es war ein winziger Tempel, nur ein paar Quadratmeter Leere im funkelnden Wasser. Genau in der Mitte stand eine Statue.

Schweigend betrachtete Jirel sie. Sie spürte einen eigenartigen Zwang in sich erwachsen, der ihr wie ein vager Befehl dünkte.

Die Statue war aus einer Substanz von namenlosem Schwarz, anders als jene, aus der das Bauwerk bestand, denn selbst in dieser Dunkelheit vermochte sie sie ganz deutlich zu erkennen. Sie stellte eine halb menschliche Gestalt dar, die in einer gebückten Haltung kauerte und den Kopf ein wenig nach vorn gestreckt hatte – eine merkwürdige Gestalt, geschlechtslos und fremdartig. Ihr eines Auge auf der Stirnmitte war wie in Verzückung geschlossen, und ihr Mund wie zum Kuss gespitzt. Obgleich sie nur eine Statue und so ganz ohne Lebensähnlichkeit war, spürte Jirel doch die Gegenwart von etwas Lebendem im Tempel, aber es war ein so unvorstellbar fremdartiges Leben, dass sie unwillkürlich erschauerte.

Eine ganze Minute stand sie reglos unter dem Torbogen. Sie zögerte, diesen Ort zu betreten, in dem ein so fremdartiges Wesen hauste, und war sich des stimmenlosen Zwangs, der immer noch in ihr wuchs, nur halb bewusst.

Langsam wurde ihr klar, dass die Linien des halb sichtbaren Gebäudes alle auf die Statue zuliefen und sie so zu ihrem

Mittelpunkt machten. Selbst der Brückenbogen senkte sich, um diesen Mittelpunkt noch hervorzuheben.

Während sie das Bild in sich aufnahm, schien ihr, als ob durch die Strebebögen sogar die Sterne im See und Himmel sich in einem Muster zusammentaten, das die Statue zum Mittelpunkt werden ließ. Jede Linie, jeder Bogen in dieser düsteren Welt schien auf dieses kauernde Ding mit dem geschlossenen Auge und dem erwartungsvollen Mund zuzulaufen.

Allmählich übte diese universale Richtung der Linien ihren Einfluss auf sie aus. Sie tat einen zögernden Schritt vorwärts, ohne sich dessen bewusst zu sein. Aber ein Schritt genügte diesem noch nicht voll erwachten Zwang in ihr. Mit dieser einen Vorwärtsbewegung ergriff er absoluten Besitz von ihr.

Gegen ihren Willen schritt sie weiter. Hilflos und schon halb verwirrt erkannte sie den Wahnsinn, der sie packte, dieser blinde, unwiderstehliche Drang, das zu tun, was alle sichtbaren Linien taten.

Die Sterne wirbelten um sie herum, als sie willenlos auf die Statue zuschritt und ihre Hände auf die runden Schultern legte. Das Schwert lag dabei wie zum Ritterschlag auf dem höckerigen Nacken.

Sie hob den rothaarigen Kopf und drückte ihren Mund blindlings gegen die gespitzten Lippen des Idols.

Wie im Traum empfand sie diesen Kuss. In einem verworrenen Traum, der sie schwindlig machte, glaubte sie zu spüren, wie die eiskalten Lippen sich unter ihren bewegten. Durch die Vereinigung dieses Kusses – des warmen Blutes einer Frau und des unbekannten Steines eines Idols –, durch diese Berührung ihrer Lippen schlich etwas sich in ihre Seele, etwas Kaltes und Lähmendes, etwas über alle Maßen Fremdartiges. Es presste sich auf ihr schauderndes Herz wie ein eisiges Gewicht aus der Leere, ein Gefäß mit einem unvorstellbar grauenvollen Inhalt. Sie konnte seine Schwere auf einem inneren Teil ihres Selbst spüren, der davor zurückzuckte. Es war wie der Druck zu später Reue oder Verzweiflung, nur viel kälter und fremdartiger und irgendwie unheilvoller, als sei dieses Gewicht lediglich das Ei, aus dem Dinge ausschlüpfen mochten, die zu schrecklich waren, sie sich auch nur auszumalen.

Der Augenblick des Kusses konnte nicht länger als einen Herzschlag gedauert haben, und doch schien er ihr endlos. Wie im Traum spürte sie schließlich, dass der Zwang nachließ. Und wie im Traum nahm sie auch die Hände von den Schultern der Statue. Dann lag das Schwert wieder schwer in ihrer Hand. Sie blickte es eine Weile dumpf an, ehe die Schleier sich von ihrem Verstand hoben und sie wieder klar zu denken vermochte. Schlaff und mit hängendem Kopf stand sie vor dem blinden verzückten Idol. Das eisige Gewicht lastete auf ihrer Seele, unheilschwanger und schrecklicher als alles, was sie je bedrückt hatte.

Als ihr Bewusstsein vollständig wiedergekehrt war, übermannte sie mit einem Mal lähmende Angst – Angst vor dem Idol und dem Tempel des Dunkels, dem sternenfunkelnden See und der ganzen schrecklichen Welt.

Mit jeder Faser ihres Herzens sehnte sie sich nach Hause zurück. Selbst den brennenden Hass würde sie in Kauf nehmen, sogar Guillaumes Lippen auf ihren und die Arroganz seiner feurigen Augen. Alles, alles, nur das hier nicht.

Sie rannte, ohne richtig zu wissen, weshalb. Ihre Füße huschten über die schmale Brücke, so leicht wie die Schwingen der Möwe. Fast im gleichen Augenblick, so schien ihr, eilte die sternenübersäte Leere des Sees unter ihr davon, und sie hatte wieder festen Boden unter den Füßen. Sie sah die gewaltige Leuchtsäule weit entfernt jenseits der dunklen Wiesenfläche, und dahinter hoben die Berggipfel sich in den Nachthimmel.

Sie lief mit dem Grauen auf ihren Fersen, und die Teufel heulten im Wind, den ihre Bewegungen verursachten. Sie versuchte vor ihrem eigenen, jetzt so fremden Ich davonzulaufen, auf dem das unausweichliche Unheil lastete.

Sie watete durch die Senke, wo die bleichen Kreaturen vor ihr flüchteten. Sie floh bebend vor Furcht durch die hügelige Wiese.

Sie rannte mit jenen langen Schritten, die die geringere Schwerkraft erlaubte. Sie war leichtfüßiger als ein Reh.

Unvorstellbare Panik beherrschte sie, presste ihr die Kehle zu. Das unerträgliche Gewicht auf ihrer Seele drückte sie nieder, ohne ihr Tränen zu gestatten. Sie floh, um ihm zu entkommen, und konnte es doch nicht. Die Gewissheit wuchs, dass sie etwas Unheilvolles mit sich trug, das zu schrecklich war, als dass sie auch nur daran zu denken wagte.

Eine lange Zeit lief sie durch das Gras, mit leichten Füßen, die nicht zu ihrem schweren Herzen passten. Der Wind zerzauste ihr rotes Haar. Nach einer Weile erstarb die Panik, aber das Gefühl eines sich nahenden Unheils blieb. Sie spürte irgendwie, dass Tränen ihr helfen würden, doch etwas in dem eisigen Dunkel ihres Herzens gefror die Tränen, noch ehe sie den Weg aus ihren Augen fanden.

Allmählich erwachte in ihrer Finsternis eine wilde Erwartung. Rache an Guillaume! Sie hatte aus dem Tempel nichts anderes als einen Kuss mitgenommen, also war es das, was sie an ihn weitergeben musste. Der Gedanke, was dieser Kuss dem Ahnungslosen antun würde, erfüllte sie mit grausamer Freude. Sie wusste es nicht, aber sie malte es sich in ihrer Fantasie voll Erregung aus.

Sie hatte die Leuchtsäule hinter sich gelassen. Den Morast mit den schwerfällig hüpfenden weißen Frauengestalten umging sie. Gerade lief sie durch das raue Gras, das zu dem Hügelland führte, als der Himmel am Horizont heller wurde. Dieses dämmrige Grau erfüllte sie mit neuer Panik, mit einer unvorstellbaren Angst vor dem Tag in diesem unheiligen Land. Sie war sich selbst nicht klar, ob es die Helligkeit als solche war, die sie fürchtete, oder das, was sich ihr in jenen dunklen Gebieten offenbaren würde, durch die sie nachtblind gekommen war – welch schreckliche Grauen die Finsternis gnädigerweise ihren Augen vorenthalten hatte.

Instinktiv wusste sie aber, dass sie dieses Land verlassen musste, ehe es hell wurde, wenn sie nicht den Verstand verlieren wollte.

Also verdoppelte sie ihre Anstrengung und spornte ihre Beine, die immer schwerer wurden, zu noch größerer Eile an. Es würde ein knappes Rennen werden, denn schon verblassten die Sterne, und ein Streifen merkwürdigen Grüns dehnte sich am Horizont aus, während die Luft um sie sich in ein vages Grau färbte, das ihr geradezu körperlich unangenehm war.

Keuchend hastete sie den steilen Hang empor. Als sie ihn zur Hälfte erklommen hatte, nahm ihr Schatten bereits Form auf den Felsen an. Er schien ihr fremdartig und wies auf etwas von unheilvoller Bedeutung hin, das sie zu erfassen suchte, das ihr aber gnädigerweise im letzten Augenblick wieder entschlüpfte. Sie wendete die Augen davon ab, voll Angst, sie würde die Bedeutung doch noch verstehen und ihr gequältes Gehirn sie nicht ertragen.

Sie konnte den Berggipfel hoch oben sich dunkel gegen den immer heller werdenden Himmel abheben sehen. Verzweifelt hastete sie weiter und umklammerte ihr Schwert mit aller Kraft. Sie wusste, sie würde in Schreikrämpfe ausbrechen, müsste sie die ekligen blinden Kreaturen bei Tageslicht bekämpfen, die auf dem Herweg geifernd an ihr hochgesprungen waren.

Der Höllenschlund öffnete sich gähnend vor ihr – einladend schwarz, eine Zuflucht vor dem dämmernden Licht hinter ihr. Trotzdem erfüllte sie plötzlich ein kaum unterdrückbares Verlangen, sich umzudrehen und von dieser Höhe aus das Land zu überschauen, durch das sie gekommen war. Sie biss sich auf die Unterlippe, um nur nicht diesem Drang zu unterliegen.

Da vernahm sie scharrende Geräusche zwischen den Steinen zu ihren Füßen. Noch tiefer grub sie die Zähne in die Lippe und schwang ihr Schwert, ohne hinabzusehen. Sie hörte schrilles Quietschen, das Platschen von nassen Schwimmhäuten auf Stein und das Klicken von schnappenden Zähnen.

Dreimal spürte sie, wie ihr Schwert durch weiches Fleisch drang. Dann ergriffen die grauenvollen Wesen die Flucht den Hügel abwärts. Blindlings taumelte sie weiter. Nur mit größter Beherrschung unterdrückte sie den Schrei, der aus ihren Lippen wollte.

Den ganzen Weg nach oben zur Tunnelöffnung kämpfte sie gegen diesen Drang an, denn sie wusste mit Bestimmtheit, gäbe sie ihm nach, sie würde nicht mehr zu schreien aufhören können, bis ihre Kehle versagte.

Blut tropfte aus ihrer zerbissenen Lippe, als sie den Höhlengang endlich erreichte. Und dort lag schimmernd auf den Steinen etwas Winziges, ungemein Wertvolles für sie. Sie schluchzte vor Erleichterung und bückte sich, um das Kruzifix aufzuheben, das sie sich vom Hals gerissen hatte, als sie dieses Land betrat.

Als ihre Finger es erfassten, legte sich schützende Dunkelheit um sie. Sie atmete erleichtert auf und taumelte die letzten zwei oder drei Schritte hinein in die Höhle.

Die Dunkelheit lag wie eine dicke Binde vor ihren Augen, aber sie hieß sie aus tiefstem Herzen willkommen, erinnerte sie sich doch allzu gut an die beängstigende Form ihres Schattens, als sie den Hang erklomm, und auch an die ersten Strahlen der fremden Sonne, die ihr einen Schauder den Rücken hinabgejagt hatten.

Sie stolperte durch die Schwärze und gewann langsam die Herrschaft über ihren zitternden Körper und ihre schmerzende Lunge zurück. Allmählich verlor sich auch die Panik, die der dämmernde Tag auf so unerklärliche Weise in ihr geweckt hatte. Aber als sie erstarb, gewann das dumpfe Gewicht auf ihrer Seele neue Kraft. Ihre Panik hatte es lange überlagert gehabt, doch jetzt wurde dieses Gefühl bevorstehenden Unheils immer peinigender und im Dunkel des Tunnels noch bedrückender.

Sie tastete sich in stumpfer Verzweiflung vorwärts, und die Last des unbekannten schrecklichen Geschicks, das sie mit sich schleppte, machte ihre Füße schwer wie Blei.

Nichts stellte sich ihr in den Weg. Nichts hielt sie auf. Doch in ihrer stumpfen Beklommenheit dachte sie überhaupt nicht an die Ausgeburten der Hölle, die hier hausten und sie jeden Augenblick überfallen konnten. Aber der Weg lag frei vor ihren stolpernden Füßen und drohte mit keinen Gefahren.

Einmal nur hörte sie etwas – das Rasseln rauen Atems und das Scharren eines Schuppenpanzers auf Stein. Doch welche Kreatur diese Geräusche auch immer verursachte, sie befand sich offenbar nicht im gleichen Gang oder zumindest nicht in unmittelbarer Reichweite, denn sie begegneten einander nicht.

Als sie am Ende des Tunnels vor einer kalten Wand ankam, war es kaum mehr als ein Reflex, der sie nach der Öffnung zum Schacht tasten ließ, der sanft aufwärts weiter in die Dunkelheit führte. Sie kletterte hinein und zog das Schwert hinter sich her, bis die Neigung stärker wurde und die niederdrückende Decke sie auf den Bauch zwang. Mit Zehen und Fingern schob sie sich nun den in Spiralen windenden glitschigen Weg empor.

Ehe sie noch weit gekommen war, bewegte sie sich völlig mühelos voran. Es kam ihr gar nicht in den Sinn, dass sie eigentlich gegen die Schwerkraft ankämpfen müsste, wenn hier alles mit rechten Dingen vor sich ginge. Das eigenartige Schwindelgefühl, das der Schacht verursachte, hatte sie wieder erfasst, dieses merkwürdige Gefühl der Veränderung ihrer Körpersubstanz.

Erst nach einer Weile bemerkte sie, wie leicht sie die Windungen der Spirale entlangglitt. Wieder hatte sie das Gefühl, dass es in diesem Schacht weder oben noch unten gab. Eine lange Weile setzte sich der ständige schwindelerregende Reigen fort.

Endlich war jedoch der Schacht zu Ende. Sie spürte unter ihren tastenden Fingern den Rand der oberen Öffnung, die sich unterhalb von Joirys Verliesen befand.

Vorsichtig zog sie sich hoch. Eine Weile lag sie still im Dunkeln auf dem kalten Boden, bis das Schwindelgefühl nachließ und nur der unheilvolle Druck zurückblieb. Als die Finsternis nicht mehr um sie herumzuwirbeln schien und der Boden nicht mehr unter ihr wegzutauchen drohte, stand sie taumelnd auf. Sie schob den Deckel über die Öffnung zurück, und wieder schauderten ihre Hände bei der Berührung mit dem kalten glatten Ring, der noch nie das Tageslicht gesehen hatte.

Stumpf drehte sie sich um. Die Dunkelheit hatte einer Düsternis

Platz gemacht. Sie bemerkte den Grund dafür. Ein flackerndes Licht zeigte das Loch in der Mauer an, aus der sie die Steine herausgehoben hatte – wie lange was das schon her? Wie eine Ewigkeit erschien es ihr. Die Helligkeit blendete sie nach ihrer endlosen Wanderung durch die Finsternis. Sie blieb eine Weile schwankend stehen und presste die Hände gegen die Augen, ehe sie hinauskletterte zu der Fackel und zu Bruder Gervase, der gewiss besorgt auf ihre Rückkehr wartete. Aber selbst er hatte nicht gewagt, ihr durch das Loch in der Mauer und zum Schacht in die Tiefe zu folgen.

Eigentlich sollte sie überglücklich vor Erleichterung sein, dass sie wieder in der Welt der Menschen war. Doch während sie den schräg aufwärtsführenden Gang zum Licht und in die Sicherheit hochstolperte, war sie sich nur stumpf des noch nicht entfesselten Grauens bewusst, das sie in sich trug und das so sehr auf ihrer Seele lastete.

Sie stieg durch das gähnende Loch im Mauerwerk hinaus zu dem grellen Schein der auf sie wartenden Fackeln. Mit einem grimmigen Lächeln erinnerte sie sich, wie weit sie diese Öffnung gemacht hatte, um nur ja schnell hindurchzukommen auf dem Rückweg, auf ihrer Flucht vor unbekannten Schrecken. Nur vor dem Schrecken, den sie in sich trug, gab es keine Flucht. Ihr Herz, so schien ihr, pochte viel zu unregelmäßig. Es setzte einen Schlag aus und klopfte dann im Stakkato, um ihn wieder einzuholen.

Sie kam heraus ins Fackellicht, wankend vor Erschöpfung. Ihr Mund war verschmiert von dem Blut ihrer aufgebissenen Lippen, und ihre nackten, nur mit den Eisenschienen bekleideten Beine, genau wie das bloße Schwert, waren besudelt von dem Lebenssaft dieser abscheulichen Kreaturen, die sie vor dem Tunnelmund angefallen hatten. Ihr rotes Haar hing ihr wirr ins Gesicht, und die Augen darunter hatten einen wie erfrorenen, nach innen gerichteten Blick, der von den Grauen zeugte, die sie gesehen hatte – und von der Last, die auf sie drückte. Die an glänzenden Stahl erinnernde Schönheit, die zuvor ihr eigen gewesen war, schien nun so stumpf und beschmutzt wie die Schwertklinge.

Als Bruder Gervase ihr in die Augen sah, schauderte er und bekreuzigte sich.

5.

Sie warteten alle auf sie, und keiner schien sich wohl in seiner Haut zu fühlen: der Priester, besorgt und unauffällig in seiner dunklen Kutte; Guillaume, groß, arrogant und beeindruckend im Fackellicht; und eine Handvoll Krieger, die die flackernden Fackeln hielten und unruhig von einem Bein aufs andere stiegen.

Als Jirel Guillaume sah, verdrängte die aufkommende Glut in ihren Augen das stumpfe Entsetzen dahinter, und ihr Herz schlug so heftig wie die Hufe eines galoppierenden Pferdes, dass das Blut wild durch ihre Adern brauste. Guillaume wirkte majestätisch in seiner Rüstung, wie er sich auf das Schwert lehnte und auf sie herabblickte, die Lippen hinter dem kurzen Bart zu einem Lächeln verzogen. Guillaume, der Joiry erobert hatte!

Das, was sie tief in ihrem Innern trug, war schwerer als alles auf der Welt; so schwer, dass sie sich nur mühsam auf den Beinen halten konnte. Sie konnte kaum noch dagegen an. Sie wollte sich fallen lassen, wollte tiefer und tiefer unter der zermalmenden Last sinken, um reglos in der finsteren Welt zu liegen, derer sie sich dumpf durch die dichten Wolken bewusst war, die rings um sie aufstiegen.

Aber da war Guillaume – grimmig und grinsend. Und sie hasste ihn aus tiefster Seele. Nein, sie musste sich gegen diesen Druck stemmen. Sie musste es um jeden Preis, denn sie ahnte nun, dass der Tod ihrer harrte, wenn sie diese Last zu lange trug, genau wie sie wusste, dass die Waffe, das Geschenk des Dämons, zweischneidig war, dass sie sich gegen ihren Träger wandte, wenn der Schlag zu lange hinausgezögert wurde.

Das alles wusste sie durch die dumpfen Schleier, die sich in ihrem Kopf eingenistet hatten. Deshalb legte sie all ihre Kraft in die ungeheuerliche Anstrengung, die paar Schritte auf Guillaume zuzutreten. Sie taumelte und stolperte mühsam vorwärts. Und als sie ihm ihre Arme entgegenhob, fiel das Schwert klirrend auf den Boden.

Er drückte sie fest und warm an sich. Sie hörte sein Lachen, triumphierend, wie ihr schien, und dafür hasste sie ihn noch mehr, als er seinen Kopf beugte, um seinen Mund auf ihren zu pressen, den sie ihm entgegenhob. In jenem letzten Augenblick, ehe ihre Lippen sich trafen, musste er den siegesbewussten Blick in ihren Augen gesehen und sich darüber gewundert haben. Aber er zögerte nicht. Sein Mund lag fordernd auf ihrem.

Es war ein langer Kuss. Sie spürte, wie Guillaume in ihren Armen zusammenzuckte. Die Lippen auf ihren fühlten sich plötzlich kalt an. Gleichzeitig begann langsam die finstere Schwere zu schwinden, die sie in sich getragen hatte, und die Schleier lösten sich von ihrem halb betäubten Geist. Vibrierende Kraft strömte in sie zurück. Die ganze Welt um sie begann wieder zu leben.

Sie befreite sich aus Guillaumes schlaffen Armen und trat ein paar Schritte zurück, ehe sie ihm voll Triumph ins Gesicht blickte.

Sie sah, wie die Farbe daraus schwand und seine narbigen Züge steinerne Starre annahmen. Nur seine Augen waren noch lebendig und verrieten, dass er verstand, und sie las Qual in ihnen.

Sie war froh, dass er verstand. Sie hatte gewollt, dass er erfuhr, was es kostete, Jirels Kuss zu rauben. Sie lächelte dünn in seine von Pein zusammengekniffenen Augen und beobachtete ihn. Sie sah etwas Kaltes, Fremdartiges durch ihn strömen. Ein unnennbares Gefühl zwang sich ihm auf, ein Gefühl, wie noch kein Mensch es je zuvor gekannt hatte. Sie wusste nicht, was es war, konnte es nicht beschreiben, aber sie las es in seinen Augen. Es war eine schreckliche Empfindung, wie kein Fleisch und Blut sie kennen sollte; eine dunkle Verzweiflung, wie gewiss nur eines der unvorstellbaren Wesen aus der grauen formlosen Leere sie je gekannt haben mochte – zu furchtbar und fremdartig, als dass ein Mensch sie ertragen könnte. Selbst sie schauderte unter der grauenvollen

Düsternis in seinen Augen. Und sie wusste, während sie ihn beobachtete, dass es vielerlei Gefühlsregungen, viele Ängste und Freuden außerhalb des Verständnisvermögens eines Menschen geben musste, die kein Wesen aus Fleisch und Blut ertragen und überleben konnte.

Graue Schwere breitete sich in ihm aus, und sein Körper erbebte unter diesem eisernen Gewicht. Eine sichtbare körperliche Veränderung erfolgte.

Mit weit aufgerissenen Augen starrte Jirel ihn an. Sie erschrak allein bei dem Gedanken, dass sie in ihrem eigenen Körper, in ihrer eigenen Seele, den Samen dieses unvorstellbaren Grauens getragen hatte. Sie wunderte sich jetzt nicht mehr, dass ihr Herz diesem unerträglichen Gewicht fast erlegen wäre.

Guillaume stand starr, mit leicht gehobenen Armen, genau wie im Augenblick, als sie sich aus seiner Umarmung gelöst hatte. Plötzlich begannen sichtbare Schauder durch seinen Körper zu ziehen. Er zitterte, ein graugesichtiges Gespenst in eiserner Rüstung, unbeschreibliche Qual in den Augen. Sie sah die Schweißtropfen, die sich auf seiner Stirn bildeten, sah das Blut aus seinem Mund sickern, als habe er sich vor Pein über diese neue, unvorstellbare Empfindung tief in die Lippen gebissen. Schließlich zuckte ein letzter wilder Schauder durch ihn. Er warf den Kopf zurück, dass der lockige Bart zur Decke wies und die Muskeln seines kräftigen Halses hervortraten.

Ein langer Schrei von unmenschlicher Fremdartigkeit drang über seine Lippen. Jirel presste die Hände gegen die Ohren, um ihn nicht hören zu müssen. Trotzdem meinte sie, ihr Blut würde erstarren. Er bedeutete etwas, dieser Schrei – er drückte eine entsetzliche Empfindung aus, die weder Leid noch Verzweiflung noch Grimm war, sondern etwas unendlich Fremdartiges, unendlich Trauriges. Dann gaben seine Knie nach, und er stürzte mit klirrender Rüstung auf den Boden. Reglos blieb er liegen.

Sie wusste, dass er tot war. Das war unverkennbar. Jirel stand ganz still. Sie blickte auf ihn hinab. Es schien ihr seltsamerweise, als sei alles Licht dieser Welt erloschen. Nur Minuten zuvor war er so groß und stark und lebendig gewesen, so beeindruckend in seiner im Fackellicht glänzenden Rüstung. Sie spürte noch seinen Kuss auf ihren Lippen und die Wärme seiner Umarmung …

Plötzlich wurde ihr mit betäubender Gewalt bewusst, was sie getan hatte. Es traf sie als furchtbarer Schock. Sie wusste nun, weshalb diese glühende Erregung sie jedes Mal übermannt hatte, wenn immer sie an ihn dachte. Sie wusste nun auch, weshalb der Lichtteufel in ihrer eigenen Gestalt so höhnisch gelacht hatte. Und sie kannte jetzt den Preis, den sie für das Geschenk des Dämons bezahlen musste. Für sie war auch diese Welt jetzt kalt und dunkel – nun, da es Guillaume nicht mehr gab.

Bruder Gervase fasste sie sanft am Arm. Sie schüttelte seine Hand ab und warf sich neben Guillaumes Leiche auf die Knie. Tief beugte sie den Kopf, sodass ihr rotes Haar über das Gesicht fiel und ihre Tränen verbarg.

Lord Dunsany

Edward John Moreton Drax Plunkett, 18. Baron of Dunsany (1878–1957) war ein irischer Schriftsteller. Heute kennt man ihn vorwiegend unter dem Namen Lord Dunsany und für seine verschrobenen, der Fantasy zuzurechnenden Kurzgeschichten und Romane sowie eine Reihe von »Lügenkrimis« um die Figur Jorkens, eines englischen Gentleman, in dessen Club außergewöhnliche Geschichten zum Besten gegeben werden.

Neben Edgar Allan Poe übte wahrscheinlich Lord Dunsany den stärksten Einfluss auf Lovecraft aus, besonders in Lovecrafts frühen Werken. Lord Dunsany war ein Exzentriker, ein Mann mit vielen Begabungen und Leidenschaften. In Afrika, wo er im Zweiten Burenkrieg als Offizier diente, ging er auf Löwenjagd; er war ein guter, leidenschaftlicher Kricketspieler, irischer Champion im Pistolenschießen und ein bekannter Meister im Schachspiel. Dunsany hat zahlreiche Schachaufgaben hinterlassen, unter anderem die Schachvariante ›Dunsany's Game‹, bei der die 16 Figuren eines Spielers durch 32 Bauern ersetzt werden. Es wird behauptet, Dunsany habe seine Werke mit einer Gänsefeder geschrieben. Über seine Erzählungen sagte er: »Ich schreibe niemals über Dinge, die ich gesehen habe, nur über die, von denen ich geträumt habe.«

Die erschütternde Geschichte von Thangobrind, dem Juwelendieb

Als Thangobrind, der Juwelendieb, das unheilschwangere Hüsteln hinter sich auf dem schmalen Weg hörte, wandte er sich sofort um. Er war ein Dieb von höchstem Ansehen und die Berühmten und die Reichen nahmen seine Dienste in Anspruch, denn er stahl nichts, was nicht mindestens die Größe vom Ei des Moomoo besaß, und all sein Leben lang stahl er nur vier Arten von Edelsteinen – den Rubin, den Diamanten, den Smaragd und den Saphir; und, für einen Juwelendieb, war er außerordentlich rechtschaffen. Nun gab es da einen reichen Handelsherrn, der an Thangobrind herangetreten war, und der ihm die Seele seiner Tochter für einen Diamanten versprochen hatte, der größer war als der Kopf eines Menschen – dieser Diamant befand sich im Schoß des Spinnengottes Hlo-Hlo in dessen Tempel in Moung-Ga-Ling – und der Herr hatte gehört, dass Thangobrind ein Dieb war, dem man diese Aufgabe zutrauen konnte.

Thangobrind ölte seinen Körper ein, schlich sich aus seinem Laden und bewegte sich heimlich über versteckte Pfade und gelangte nach Snarp, bevor noch jemand merkte, dass er wieder unterwegs war oder dass das Schwert an seinem Platz unter dem Tresen fehlte. Von Snarp aus bewegte er sich nur noch des Nachts, versteckte sich am Tag und schärfte die Schneide seines Schwertes, das er Maus nannte, weil es so schnell und so flink war.

Der Juwelendieb hatte seine eigene Art zu reisen; niemand sah, wie er die Ebenen von Zid überquerte, niemand sah ihn, wie er nach Mursk und Tlun kam. Wie er doch die Schatten liebte! Einmal hätte der Mond, der unverhofft hinter einer Sturmwolke zum Vorschein kam, einen einfachen Dieb verraten. Nicht jedoch Thangobrind: Die Stadtwache sah nur einen fauchenden, hockenden Umriss und lachte: »Das ist bloß eine Hyäne.« So erzählt man.

Einmal, in der Stadt Ag, ergriff ihn einer der Wächter, aber Thangobrind war eingeölt und entglitt seiner Hand – man hörte es kaum, wie seine bloßen Füße davoneilten. Er wusste, dass der Kaufmann auf seine Rückkehr wartete; er wusste, dass sich dessen kleine Äuglein die ganze Nacht nicht schlossen und voller Gier funkelten; er wusste, dass die Tochter in Ketten lag und Tag und Nacht schluchzte. Oh ja, Thangobrind wusste das. Und wäre er nicht beruflich unterwegs gewesen, dann hätte er sich vielleicht sogar ein verhaltenes Lachen erlaubt. Aber Geschäft ist Geschäft, und der Diamant, den er suchte, lag noch immer im Schoß von Hlo-Hlo, wo er die letzten zwei Millionen Jahre geruht hatte, seit Hlo-Hlo die Welt erschaffen und ihr alle Dinge übereignet hatte, bis auf diesen einen Edelstein, den man den Diamanten des Toten Mannes nannte. Das Juwel wurde oft gestohlen, aber es hatte die Angewohnheit, in den Schoß von Hlo-Hlo zurückzukehren. Das war Thangobrind bekannt, aber er war kein gewöhnlicher Juwelendieb und er hegte die Hoffnung, Hlo-Hlo überlisten zu können. Er bemerkte nicht die Anmaßung und die Gier, die darin lagen, und die Tücken der Eitelkeit.

Wie behände er doch seinen Weg durch die Sandgruben von Snood fand: Im einen Moment wie ein Botaniker, der den Untergrund erforscht, im nächsten wie ein Tänzer, der von den bröckelnden Kanten zurückweicht. Es war stockfinster, als er an den Türmen von Tor vorbeikam, wo die Bogenschützen mit elfenbeinernen Pfeilen auf alle Unbekannten schießen, damit kein Fremdling ihre Gesetze ändern kann, die zwar ungerecht sind, aber doch nicht so einfach von Fremden geändert werden dürfen. Bei Nacht zielen sie mit ihren Pfeilen auf die Geräusche, die die Schritte der Fremden erzeugen. O Thangobrind, was bist du doch für ein unvergleichlicher Juwelendieb! Er schleppte an langen Seilen zwei Steine hinter sich her, und darauf schossen die Bogenschützen.

Die Falle, die man ihm in Woth stellte, war wirklich eine Versuchung – die Smaragde, die leicht erreichbar in das Stadttor eingesetzt waren –, aber Thangobrind bemerkte die goldene Schnur, die sich von jedem der Steine an der Mauer entlangzog, und die schweren Gewichte, die bereit hingen, um auf ihn herabzustürzen, falls er einen der Steine berührte. Also ließ er sie zurück, wenn auch schweren Herzens, und kam zu guter Letzt nach Theth. Dort verehren alle Menschen Hlo-Hlo, obwohl sie auch willig sind, an andere Götter zu glauben, wie Missionare berichten, aber nur als Beute für die Jagd von Hlo-Hlo, der ihre Heiligenscheine, wie diese Menschen berichten, an goldenen Haken an seinem Jagdgürtel trägt.

Von Theth aus gelangte Thangobrind zu der Stadt Moung und zum Tempel von Moung-Ga-Ling, und als er ihn betrat, da sah er den Spinnengott Hlo-Hlo, der dort hockte, mit dem Diamanten des Toten Mannes im Schoß. Und für alle Welt sah das aus wie ein voller Mond, aber wie ein voller Mond, wie ihn wohl ein Wahnsinniger sieht, der zu lange in seinem Schein geschlafen hat, denn dieser Diamant des Toten Mannes hatte etwas Finsteres an sich und gab dem Betrachter eine Vorahnung von Dingen, die geschehen werden und über die man besser nicht spricht. Das Antlitz des Spinnengottes wurde von diesem todbringenden Edelstein beschienen; es gab kein anderes Licht. Trotz der monströsen Gliedmaßen und des grässlichen Körpers war das Antlitz friedlich und augenscheinlich ohne Bewusstsein.

Eine leichte Furcht schlich sich in die Gedanken von Thangobrind, dem Juwelendieb – eine flüchtige Regung, nicht mehr. Geschäft ist Geschäft, und er hoffte, dass alles gut endete. Thangobrind brachte Hlo-Hlo Honig dar und warf sich vor ihm in den Staub. Oh, was war er doch verschlagen! Als die Priester aus der Dunkelheit gekrochen kamen, um den Honig aufzuschlürfen, brachen sie besinnungslos zusammen, denn es war ein Schlafmittel in den Honig gerührt, den er Hlo-Hlo als Opfergabe dargebracht hatte. Und Thangobrind, der Juwelendieb, hob den Diamanten des Toten Mannes auf, stemmte ihn sich auf die Schulter und trottete aus dem Schrein hinaus; und Hlo-Hlo, der Spinnengott, schwieg dazu, aber leise lachte er in sich hinein, als der Juwelendieb die Tür hinter sich schloss.

Als die Priester aus den Fängen des Schlafmittels erwachten, das zusammen mit dem Honig Hlo-Hlo geopfert worden war, hasteten sie in eine kleine Geheimkammer, die zu den Sternen hin offen stand, und sie erstellten ein Horoskop des Diebes. Etwas, das sie im Ergebnis des Horoskops erkennen konnten, schien die Priester zu befriedigen.

Es war nicht Thangobrinds Art, auf dem Weg zurückzugehen, auf dem er gekommen war. Nein, er nahm eine andere Route, obwohl sie ihn über den schmalen Pass zum Haus namens Nacht und zum Wald der Spinnen führte.

Die Stadt Moung dräute hinter ihm, Terrasse um Terrasse, und verdeckte den halben Sternenhimmel, während er sich davonschlich. Als er ein leises Tapsen wie von samtenen Füßen hinter sich hörte, wollte er sich selbst gegenüber nicht eingestehen, das könne das sein, was er befürchtete, aber seine Berufserfahrung sagte ihm, dass es nicht gut ist, wenn ein Geräusch, gleich welcher Art, einem Diamanten in der Nacht folgt – und dies war einer der größten Diamanten, die ihm je in seinem Beruf untergekommen waren.

Als er zu dem schmalen Pass kam, der zum Wald der Spinnen führt, mit dem Diamanten des Toten Mannes kalt und schwer auf der Schulter und dem Klang der samtenen Schritte beängstigend nah hinter sich, da blieb der Juwelendieb stehen und hätte fast sein Vorhaben aufgegeben. Thangobrind sah sich um, doch er sah niemanden. Er lauschte angestrengt; da war kein Geräusch mehr. Dann dachte er an das Wehklagen der Tochter des Handelsherrn, deren Seele der Preis für den Diamanten war, lächelte und schritt wacker voran. Teilnahmslos beobachtete ihn von oberhalb des schmalen Weges die unerbittliche, zwielichtige Frau, deren Haus die Nacht ist. Thangobrind, der nicht mehr die verdächtigen Schritte hinter sich vernahm, fühlte sich jetzt sicherer. Er war fast am Ende des schmalen Weges angelangt, als die Frau dieses unheilschwangere Hüsteln von sich gab.

In diesem Hüsteln lag zu viel Bedeutung, um es zu ignorieren. Thangobrind drehte sich um und sah augenblicklich, was er befürchtet hatte. Der Spinnengott war nicht daheimgeblieben.

Der Juwelendieb setzte vorsichtig den Diamanten auf dem Boden ab und zog das Schwert mit Namen Maus. Und dann begann der berühmte Zweikampf auf dem schmalen Pfad, der die unerbittliche alte Frau, deren Haus die Nacht ist, so wenig zu kümmern schien. Man sah auf den ersten Blick, dass es für den Spinnengott nur ein grausames Spiel war. Für den Juwelendieb war es bitterer Ernst. Er kämpfte und keuchte und wurde langsam über den schmalen Weg zurückgedrängt, aber er fügte Hlo-Hlos weichem, massigem Körper schreckliche, tiefe Wunden zu, bis Maus vom Blut ganz schlüpfrig war.

Schließlich war das beständige Gelächter Hlo-Hlos doch zu viel für die Nerven des Juwelendiebes und er sank entsetzensstarr und todesmatt an der Tür des Hauses, das man Nacht nennt, zu Füßen der unerbittlichen alten Frau zusammen, die, nachdem sie dieses unheilschwangere Hüsteln von sich gegeben hatte, kein weiteres Interesse mehr am Lauf der Ereignisse zeigte. Von da trugen die, deren Aufgabe das ist, Thangobrind, den Juwelendieb zu dem Haus, wo die beiden Männer hingen, und nachdem sie den Mann zur Linken von dessen Haken genommen hatten, hängten sie den wagemutigen Juwelendieb an seinen Platz. So traf Thangobrind, wie jedermann weiß, obwohl es schon so lange her ist, das Schicksal, das er gefürchtet hatte, und so besänftigte er ein wenig den Zorn der eifersüchtigen Götter.

Doch die einzige Tochter des Handelsherrn empfand so wenig Dankbarkeit für ihre Errettung, dass sie zu einem Ausbund an Rechtschaffenheit der übelsten Art und ganz furchtbar langweilig wurde, sich an der englischen Riviera niederließ, Sinnsprüche mit Kammgarn in ihre Teewärmer sticken ließ und am Ende nicht einmal starb, sondern in ihrem Heim selig entschlief.

Quellen- und Copyrightvermerke

Matthew Phipps Shiel: ›Das Haus im Sturm‹ (The House of Sounds)
Entnommen aus *Xelucha and Others,* Arkham House 1975.
Aus dem Englischen von Michael Siefener.

Maurice Level: ›Der Abdruck der Hand‹ (Originaltitel unbekannt)
Entnommen aus *Das Buch der seltsamen Geschichten* (hrsg. von Nobert Falk), Ullstein-Verlag, Berlin 1914.
Aus dem Englischen von Gutti Ulsen.

Francis Marion Crawford: ›Das Totenlächeln‹ (The Dead Smile)
Entnommen aus *For the Blood is the Life and Other Stories,* White Wolf Publishing, USA 1997.
Aus dem Englischen von Michael Siefener.

Irvin S. Cobb: ›Fischkopf‹ (Fishhead)
Entnommen aus *Fishhead,* Necronomicon Press, USA 1985.
Aus dem Englischen von Michael Siefener.

Mary E. Wilkins-Freeman: ›Die Schatten an der Wand‹ (The Shadows on the Wall)
Entnommen aus *Collected Ghost Stories,* Arkham House, USA 1974.
Aus dem Englischen von Michael Siefener.

Villiers de L'Isle-Adam: ›Die Marter der Hoffnung‹ (La torture par l'espérance)
Entnommen aus *Grausame Geschichten,* Insel-Verlag, Leipzig 1967.
Aus dem Englischen von Helene und Herbert Kühn.

Ambrose Bierce: ›Halpin Fraysers Tod‹ (The Dead of Halpin Frayser)
Entnommen aus *The Collected Writings of Ambrose Bierce*, New York 1960.
Aus dem Englischen von Michael Siefener.

Lafcadio Hearn: Vier Erzählungen aus *Phantasien* (Fantastics)
Entnommen aus *Phantasien*, Gyldendal'scher Verlag 1922.
Aus dem Englischen von Else v. Hollander.

Robert Barlow: ›Eine blass erinnerte Geschichte‹ (A Dim-Remembered Story)
Entnommen aus *Das schwarze Geheimnis* Nr. 3 (hrsg. von Helena und Marco Frenschkowski), Edition Metzengerstein, Kerpen 1998.
Aus dem Englischen von Michael Siefener.

Ralph Adams Cram: ›Das Tote Tal ‹ (The Dead Valley)
Entnommen aus *Black Spirits and White*, Necronomicon Press, USA 1993.
Aus dem Englischen von Michael Siefener.

H. G. Wells: *Das rote Zimmer*
Originaltitel: The Red Room. © 1896 by H. G. Wells.
Übersetzung von Michael Weh.

Clemence Housman: *Die Werwölfin*
Originaltitel: The Were-Wolf. © 1895 by Clemence Housman.
Übersetzung von Doris Hummel.

John Buchan: *Das grüne Gnu*
Originaltitel: The Green Wildebeest. © 1927 by John Buchan.
Übersetzung von Sigrid Langhaeuser.

H. F. Arnold: *Telegramm in der Nacht*
Originaltitel: The Night Wire. © 1926 by the Popular Fiction Company for *Weird Tales Magazine.*
Übersetzung von Sigrid Langhaeuser.

Mearle Prout: *Das Haus des Wurmes*
Originaltitel: The House of the Worm. © 1933 by the Popular Fiction Company for *Weird Tales Magazine.*
Übersetzung von Sigrid Langhaeuser.

M. L. Humphreys: *Das obere Stockwerk*
Originaltitel: The Floor Above. © 1923 by the Popular Fiction Company for *Weird Tales Magazine.*
Übersetzung von Sigrid Langhaeuser.

Théophile Gautier: *Der Mumienfuß*
Originaltitel: Le pied de momie. © 1840 by Theophile Gautier.
Übersetzung von Alastair. Bearbeitet von Felix Fumas.

Arthur J. Burks: *Die Glocken des Ozeans*
Originaltitel: Bells of Oceana. © 1927 by the Popular Fiction Company for *Weird Tales Magazine.*
Übersetzung von Sigrid Langhaeuser.

Robert Louis Stevenson: *Die Leichenräuber*
Originaltitel: The Body Snatcher. © 1884 by Robert Louis Stevenson.
Übersetzung von Felix F. Frey.

Arthur Machen: *Die weißen Gestalten*
Originaltitel: The White People. © 1904 by Arthur Machen.
Übersetzung von Sigrid Langhaeuser.

Edward Lucas White: *Lukundoo*
Originaltitel: Lukundoo. © 1907 by Edward Lucas White.
Übersetzung von Sigrid Langhaeuser.

Edgar Allan Poe: *Die Auslöschung des Hauses Usher*
Originaltitel: The Fall of the House of Usher. © 1839 by *Burton's Gentleman's Magazine.*
Übersetzung von Malte S. Sembten.

Catherine Lucile Moore: *Der Kuss des Schwarzen Gottes*
Originaltitel: Black God's Kiss. © 1934 by the Popular Fiction Company for *Weird Tales Magazine.*
Übersetzung von Lore Straßl.

Lord Dunsany: *Die erschütternde Geschichte von Thangobrind, dem Juwelendieb*
Originaltitel: Distressing Tale of Thangobrind the Jeweller.
© 1912 by Lord Dunsany.
Übersetzung von Michael Plogmann.

HORROR- UND FANTASYGESCHICHTEN

Nach der zweibändigen *Chronik des Cthulhu-Mythos* liegen mit *Die lauernde Furcht* und *Der silberne Schlüssel* H. P. Lovecrafts restliche Horror- und Fantasygeschichten vor. Diese vier Bände enthalten das komplette unheimlich-fantastische Werk Lovecrafts (abgesehen von Kooperationen mit anderen Autoren).

Infos, Leseproben & eBooks: www.Festa-Verlag.de